रिक्शावाला

जिसका परिचय देने जा रहा हूं, उसका 'ऊंट' नहीं, खुशी नाम है। 'ऊंट' बुलाने का नाम है। किस तरह ऐसा अद्भुत उसका नामकरण हुआ, यह कहानी बाद में आएगी। जब हम वहां पहुंचेंगे, तब कहेंगे। इसके बाद बुलाने का नाम छोड़ कर हम उसे असली नाम से ही पुकारेंगे।

किसी मशीन का सविस्तार विवरण देते समय जिस तरह उसके एक-एक पुर्ज़े का भी अच्छी तरह परिचय देना होता है, उसी तरह खुशी को भी हम परिचित करना चाहते हैं। 'ऊंट'–यह उपाधि पाने के पहले वह आज़ाद रिक्शावालों में एक था। 'आज़ाद' शब्द एकदम ऐसे छोकरे रिक्शावालों की व्यंजना करता है, जिनके पास अपने रिक्शे होते हैं। वे स्वयं अपना रिक्शा चला कर रोज़ी कमाते हैं। रिक्शावालों की श्रेणी में इन लोगों का गोत्र अलग है, ख़ासा ऊंचा!

और होगा भी क्यों नहीं? अपना रिक्शा स्वयं ही खींचने के गौरव तक पहुंचना कोई मामूली बात नहीं। एक वर्ष, दो वर्ष, तीन या चार वर्षों का धक्का तो है ही, इससे भी अधिक हो सकता है। एक दो बूंद पसीने का तो यह काम नहीं। कौन जाने, कितने सहस्र, लाख-लाख पसीने की बूंदें माथे रो पैर पर गिर कर तब कहीं एक रिक्शे का मालिक हुआ जा सकता है। वर्षा-तूफ़ान को तुच्छ समझकर, दांत पर दांत बैठा, कितने दिन चाय और भात से अपने को वंचित करने पर ही तो ऐसा सौभाग्य मिलता है! इतने दिनों के दुःख और संग्राम का पुरस्कार! यह मानो एक सौ युद्ध जीतने वाले सैनिक के गले का पदक हो! इतने दिनों तक वह मालिक का रिक्शा भाड़े पर लेकर खींचता रहा है, चोट खाए हुए लट्टू की तरह बिन्-बिन् कर घूम रहा है, एक पल के लिए भी शान्त नहीं होने पाया। प्रभात से संध्या तक, पूर्व से पश्चिम, उत्तर से दक्षिण, किसी घिरनी की तरह वह नाचता रहा है, किन्तु उसकी दृष्टि एक बार भी धुंधली नहीं हुई। लक्ष्य वह नहीं भूला। सर्वदा इसी चिन्ता में मग्न रहा, उसी रिक्शे की बात सोचता रहा, जो उसको मुक्त करेगा, 'आज़ाद' क़रेगा, जो हाथ-पैर की तरह ही उसके शरीर का एक अंग होगा। रिक्शे के मालिक की अनर्गल बातें उसे

नहीं सुननी होंगी, किसी के पास लम्बी कैफ़ियत नहीं देनी होगी; अपना रिक्शा और अपनी शक्ति.....और क्या चाहिए? सिर्फ़ अपनी दो आंखें खुली रखकर वह खींचता जाएगा, दो मुट्ठी भात तो जुट ही जाएगा।

खुशी इसी तरह का एक रिक्शावाला है। तकलीफों से वह किसी दिन नहीं डरा। दूसरे रिक्शावालों की तरह वह नहीं है। अपनी गलतियों की ओर उसकी कड़ी नज़र है। अपने को हमेशा सुधारने की इच्छा रखता आया है। आकांक्षाओं को मन में पाल कर चुप बैठा नहीं रहा, उन्हें कार्यरूप में परिणत करने की चेष्टा करता रहा है। यदि उसकी वेश-भूषा कुछ दूसरी होती, साथ ही यदि उसे कुछ लिखने-पढ़ने की सुविधा होती, तो निश्चय ही रबड़ के चक्के खींचनेवालों के दल में वह नहीं मिलता। यह बात निःसन्देह कही जा सकती है कि जैसा भी कोई काम उसे दिया जाता, सुयोग मिलने पर वह पीछे नहीं हटता। क्या करे बेचारा! क़िस्मत ही खोटी है, अतः रिक्शावालों के दल में आकर भिड़ना पड़ा है, किन्तु यहां भी उसने अपने कौशल और अपनी बुद्धि का परिचय दिया है। हमें तो ऐसा लगता है कि नरक में जाने पर भी वह सभ्य-भव्य शैतान हुए बिना रहता या नहीं, यह ठीक नहीं बतलाया जा सकता। एक नगण्य ग्राम में उसका जन्म हुआ। वहीं वह बड़ा हुआ और मां-बाप एवं कुछ 'मू' ज़मीन खोकर अठारह वर्ष की उम्र में शहर आया। उस समय उसके शरीर में गंवई गांव के लड़के की ताक़त थी, मन में ग्राम्य-सरलता थी। रोज़ी-रोज़गार के लिए ऐसा कोई काम नहीं, जिसे उसने नहीं किया हो। इसके बाद उसने सोचकर देखा, रिक्शा खींचना ही रोज़गार की सीधी सड़क है। सीधी सड़क तो है ही। दूसरे कामों में रोज़गार की एक सीमा है; जितना भी खटो, अधिक पैसे नहीं मिलेंगे, पर रिक्शा खींचने के रोज़गार में यह बात बिल्कुल नहीं। यहां सुयोग पर सुयोग मिलेगा। कहां और कब, जो तुम आशा से अधिक रोज़गार कर बैठोगे, इसकी ख़बर तुम्हें स्वयं नहीं होगी!

पर इस तरह का सुयोग सहसा नहीं आता, यह बात भी वह जानता है। सुयोग के लिए तैयार रहना होगा। रिक्शे को धो-पोंछ कर बिल्कुल झकझक शीशे की तरह रखना होगा। रिक्शावाले को फुर्तीला और तेज़ी से भरा होना चाहिए। बिक्री के लिए बढ़िया माल चाहिए, तभी तो उसकी क़द्र समझ कर ख़रीदार आएंगे!

खुशी ने काफ़ी छानबीन कर देखा, उसे पूर्ण विश्वास हुआ, उसके भीतर अच्छे रिक्शावालों के सभी गुण मौजूद हैं। शरीर में बल है, उम्र भी कम है। अब तक उसने केवल रिक्शा ही नहीं खींचा है! बहुत से आदमी तो नये रिक्शे में हाथ लगाते समय भय का अनुभव करेंगे, किन्तु घबराने से नहीं चलेगा। उसकी ऐसी बलिष्ठ देह दस दिन या बहुत हुआ, तो दो सप्ताह शिक्षा पाकर चलने का धरण-धारण सीख लेगी; इसके बाद एक नया रिक्शा भाड़े पर लेने भर की देर है! महीने भर में भी रिक्शा खींचने के काम में पारंगत होगा, कौन जाने! जल्दी-जल्दी जुट जाना ही ठीक है। इसके बाद दो वर्षों के भीतर रुपये जमाकर एक रिक्शा ख़रीद लेना कोई बड़ी बात नहीं! अवश्य ही, दो वर्ष के बदले तीन या चार वर्ष भी लग सकते हैं, किन्तु इससे अधिक नहीं। खुशी अपनी देह की ओर देखकर मन-ही-मन कहता है, नहीं.....इससे अधिक नहीं! चार वर्ष के भीतर वह निश्चय ही एक रिक्शे का मालिक होगा। हां, होगा ही! यह सिर्फ़ स्वप्न नहीं है।

उम्र की तुलना में उसकी गढ़न ख़ासी अच्छी है। बीस बरस से कम होने से क्या होगा? देखने में अच्छा लम्बा-चौड़ा जवान है, लेकिन मुंह पर किशोर-वय की भावना को अपनाए हुए है। कुछ दिनों तक उस्ताद रिक्शावालों की ओर टुकुर-टुकुर देखता रहा, इसके बाद कमर कसकर रिक्शा खींचने लगा। इस्पात की तरह उसकी मज़बूत छाती और लम्बी रीढ़। रिक्शा खींचते-खींचते गर्दन घुमाकर अपने कंधों

को देखकर अवाक् रह जाता। इतने चौड़े उसके कंधे हैं! पहनावे में ढीला-ढाला पाजामा घुटने तक। उसको देखने से ही लगता है, रिक्शावालों के बीच में वह अलग क़िस्म का है। ग्रामीण, सरल बालक भविष्य की संभावनाओं के बारे में सोचकर उल्लसित हो उठता।

उसके चेहरे में आकर्षण नामक कोई वैसी चीज़ नहीं। सिर छोटा और सफ़ाचट किया हुआ, दोनों आंखें गोल और उनींदी-सी, मोटे तौर पर जिसे ग्रामीण चेहरा कहा जा सकता है।

मुंह हमेशा लाल रहता है, ऐसा लगता, मानों अभी तुरंत किसी ने चांटे रसीद किए हों। इसके अतिरिक्त दाएं कान से जबड़े की हड्डी तक घाव का एक निशान है। लड़कपन में एक दिन एक पेड़ की छाया तले सोया हुआ था, तब एक खच्चर ने उसे काट खाया और थोड़ा-सा मांस नोच लिया। घाव तो कभी का सूख गया है, पर दाग मिटा नहीं। अपने चेहरे को लेकर खुशी ने कभी सिर नहीं खपाया। शरीर में बल होने से हुआ, मुंह पर उसीकी अभिव्यक्ति रहनी चाहिए। मुंह भी तो हाथ-पांव की तरह एक अंग है, हां, है ही! शहर में आकर भी उसने सिर नीचा कर, हाथ के बल खड़ा होकर बीच-बीच में यह तौला है कि उसका शरीर ठीक है या नहीं। जब शरीर के ऊपर इस तरह की परीक्षा होती, उसके मन में आता कि वह जैसे एक वृक्ष हो, उसका ऐसा कोई अंग नहीं, जो सीधा और मज़बूत नहीं हो। खुशी सीधा खड़े होने पर सचमुच एक सीधे वृक्ष की तरह दीखता है। स्वस्थ, जीवित, निर्वाक् एक वृक्ष। ऐसी बात नहीं कि उसमें बुद्धि-बुद्धि का अभाव है, पर दूसरों से बातें करते समय उसका मुंह नहीं खुलता। रिक्शावालों के बीच अपने दुःख एवं मालिकों के अविचार को लेकर आलोचना प्रत्यालोचनाएं होती हैं। रास्ते के किनारे, रिक्शे के अड्डों पर, छोटी चाय की दूकानों में, हाट-बाज़ार में प्रत्येक रिक्शावाला अपने व्यक्तिगत दुःख की बातें कहता है। उस समय उसका दुःख व्यक्तिगत नहीं रह जाता, समस्त दल की पूंजी हो जाता है, जनप्रिय गीत की तरह चारों तरफ़ फैल जाता है।

खुशी गंवई-गांव का लड़का है, उसकी जीभ, उसके होंठ, शहर के अपने और भाई-बिरादरों की तरह चटपटे नहीं। बचपन से ही अधिक बोलना उसे अच्छा नहीं लगता, अत: शहर के रिक्शावालों की तरह वह चटपटा नहीं होगा, यह तो जानी हुई बात है। इसके अलावा अपने को लेकर दूसरों के साथ आलोचना करने में वह कुण्ठित हो उठता है। दोनों होंठ दाबकर उसने एक सुविधा पाई है, वह सोच सकता है। सोचते-सोचते वह अपना रास्ता ढूंढ़ निकालता है, इसके बाद काम में पिल पड़ता है। असफल होने पर रत्ती भर भी खबर वह किसी को नहीं देता। बल्कि दो-तीन दिनों तक कोई उसके मुंह से कुछ सुन ही नहीं पाता। इसलिए जब उसने तय किया कि वह रिक्शा खींचेगा, वह चुपचाप एक रिक्शा भाड़े पर ले आया। पहले दिन एक जर्जर, टूटा-फूटा रिक्शा भाड़े पर लेकर उसने अपने पैरों को अभ्यस्त कर लिया। उस दिन कुछ भी रोज़गार नहीं हुआ। दूसरे दिन काफ़ी अच्छा हुआ, पर इसके बाद चित्त सोए रहकर उसे दो दिन बिताने पड़े। दोनों जांघे और पिंडलियां तुम्बे की तरह फूल गईं; और कितनी असह्य पीड़ा! पैर समेट भी नहीं सकता था। खुशी मुंह बन्द कर सब सह गया। वह जानता था कि प्रत्येक रिक्शावाले को पहले यह तकलीफ़ उठानी पड़ती है।

दर्द छूटते ही वह फिर उठ खड़ा हुआ। अब कोई डर नहीं है। अब वह मन मुताबिक चाहे जितनी देर तक रिक्शा खींच सकता है। अब उसका मुकाबला करनेवाला कौन है! राह-घाट वह अच्छी तरह पहचानता है, गली-कूचे तक के नाम उसे कंठाग्र हैं। दूर के किसी हिस्से में जाने से भी वह कभी नहीं घबराएगा। शरीर में बल है। रिक्शा खींचने के लिए शरीर में बल होना ही चाहिए। वह स्वयं रिक्शा खींचने की सारी प्रक्रिया से परिचित हो गया, पीछे ठेलना, ऊपर खींचना, इसी तरह की अनेक बातें!

भाड़ा लेकर कुछ देर कस-कसी करते समय उसने देखा कि उसकी जीभ में वैसी धार नहीं। पुराने रिक्शावाले उससे कहीं ज़्यादा उस्ताद हैं। अपनी असमर्थता जान कर वह फिर बड़े रास्ते के मोड़ वाले अड्डे की तरफ़ नहीं गया। इस बार उसने ऐसी जगह अपना रिक्शा रखा, जिसके तिराहे तक एक भी रिक्शा नहीं था। ऐसे उपेक्षित कोने से सवारियां तो मिलने ही लगीं, भाड़ा लेकर चढ़ा-ऊपरी करने का हंगामा भी नहीं करना पड़ा। आगे-पीछे एक भी रिक्शा नहीं, भाड़ा चढ़ा कर बोलने में ज़रा भी आगा-पीछा नहीं करता। कभी सिर्फ़ कहता, "गाड़ी पर बैठिए तो, जो होगा दीजिएगा।" उसके चेहरे को देखकर कोई सोच भी नहीं सकता था कि यह गंवई-गांव का लड़का ठग कर उनसे पैसे लेगा। सन्देह यदि कोई करता तो इसी बात को लेकर कि छोकरा हाल ही में शहर आया मालूम पड़ता है, राह-घाट इसे मालूम हैं या नहीं?

इसका कारण भी था। जब कोई पूछता, "क्यों रे, पहचान सकेगा न?" खुशी मृदु हंसी हंसता, जवाब नहीं देता। सवारी अवाक् होकर सोचती, गाड़ी पर चढ़ना चाहिए या नहीं?

दो-तीन सप्ताह के भीतर पैर काफ़ी अभ्यस्त हो गए। चलने के रंग-ढंग उसने सीख लिये। चलने के ढंग से यह मालूम किया जा सकता है कि रिक्शावाला पक्का है, या अनाड़ी। जिसके पैर फेंकने की ताल बार-बार कट जाए, वह निश्चय ही अनाड़ी होगा। पूछने पर पता चलेगा, अभी तुरंत गांव से आया है। जो सिर उठाकर चलेगा, पैर जिसके थप् थप् नहीं पड़ेंगे, लगेगा कि दौड़ रहा है, पर असल में वह ज़ोर से चल रहा है, ऐसा ही आदमी हुआ उस्ताद रिक्शावाला। पचास के ऊपर नहीं होने से इस तरह की उस्तादी नहीं सीखी जा सकती! इसके अलावा एक दल और ऐसा है, जिनके शरीर में ताक़त नहीं, बल्कि जानकारी सोलह आना न होकर दस आना ही है, इनकी उस्तादी दूसरे प्रकार की है। जब ये सब दौड़कर चलते हैं, सामने झुककर दोनों कन्धों को आगे बढ़ा कर चलते हुए–दोनों बार-बार उठा, पैर फेंकने की ताल-ताल से, सिर झुकाए ये सवारी को समझा देते हैं कि वे तेज़ चाल से चल रहे हैं, पर असल में ये दौड़ते नहीं, सिर्फ़ ऐसी ही भाव-भंगिमा की पूंजी से अपना व्यवसाय चलाते हैं। खुशी का ढंग इन दोनों दलों से निराला है। लम्बे उसके पैर हैं, जांघे भी काफ़ी पुष्ट हैं। बिना शब्द किए वह चलता, रिक्शे की दोनों मूठें सीधी रहतीं, सवारी को झझकोरा नहीं खाना पड़ता। रुकने के समय भी ख़ूब तेज़ी से नहीं रुकता, दो-एक डग आगे जाकर ही रुकता। लगता कि रिक्शे की प्रत्येक गति उसकी शक्ति द्वारा संचालित है। पीठ थोड़ा झुका कर, दोनों हाथों से रिक्शे के अग्रभाग को पकड़ जब वह दौड़ता, सवारी के पास आशंका का कोई कारण नहीं रहता।

पुराने रिक्शे को छोड़ इस बार एक नया रिक्शा उसने भाड़े पर लिया। रिक्शे में झकझक पीतल और गाला से काम किया हुआ था। वर्षा से बचने के लिए टप, सामने पर्दा, दो लैंप, और ख़ूब ज़ोर से आवाज़ करनेवाला एक भोंपू, इन सबों से नया रिक्शा बिल्कुल चमत्कृत था। उसने हिसाब लगा कर देखा, इस तरह के एक रिक्शे का दाम एक सौ डालर से ऊंचा ही होगा। पीतल और गाला का काम यदि साधारण रहे, तो एक सौ डालर चाहिए। साथ ही साथ उसने हिसाब बैठा कर देखा, रोज यदि दस सेन्ट जमा करे, तब एक सौ डालर जमा करने में एक हज़ार दिन लगेंगे। हज़ार दिन! हज़ार दिनों की कल्पना से ही सिर घूमने लगता है। फिर भी संकल्प उसने नहीं छोड़ा। एक हज़ार दिन हो, चाहे दस हज़ार दिन, रिक्शा वह ख़रीदेगा ही।

बहुत सोच-विचार के बाद उसने तय किया कि किसी परिवार में वह माहवारी रिक्शा खींचने का काम पकड़ लेगा। मालिक के यदि बहुत-से मित्र हों, और बार-बार यदि वे निमंत्रित हों, तो फिर क्या पूछना!

महीने में यदि किसी तरह मालिक दस निमंत्रण में जाएं तो प्रत्येक निमंत्रण-कर्ता से लौटती बार वह दो या तीन डालर के हिसाब से बख़्शीश पाएगा। इस ऊपरी आमदनी और महीने के वेतन में से सभी ख़र्चों के बाद देकर जो बचेगा, उससे वर्ष के अन्त में पचास या साठ डालर तो बच ही जाएंगें। इस तरह हिसाब करने से वह मन में बल पाता, लगता मानो शीघ्र ही वह अपने लक्ष्य को प्राप्त कर लेगा, वह होगा रिक्शे का मालिक। वह सिगरेट नहीं पीता, शराब नहीं पीता, जुआ खेलने की भी उसे आदत नहीं। एक वाक्य में उसे किसी प्रकार के नशे की लत नहीं थी। उस पर पारिवारिक बन्धन भी नहीं था। इसलिए उसने संकल्प किया, डेढ़ वर्ष के भीतर वह अपना रिक्शा खींचने लगेगा। हां, पुराना जर्जर रिक्शा होने से काम नहीं चलेगा, नया रिक्शा ही वह ख़रीदेगा।

एक परिवार में वह काम पा गया, पर जैसी आशा वह किए हुए था, वैसी बात नहीं बनी। आशा और यथार्थ में तो भेद है ही। एक वर्ष बीत गया, डेढ़ वर्ष बीत गया, नया रिक्शा ख़रीदने का सौभाग्य नहीं हुआ। यह दुनिया तो उतनी आसान जगह है नहीं। सावधानी से उसने रिक्शा चलाया, मालिक को अप्रसन्न करने का भी क़सूर नहीं किया, पर इस वजह से नौकरी से बर्ख़ास्त होने से भी वह नहीं बच पाया। कहीं दो महीने, कहीं तीन महीने, कहीं आठ या दस दिनों के बाद ही उसकी नौकरी चली गई। नौकरी तो मोमबत्ती की लौ के समान है, फूंक मार कर बुझा देने भर की देर है। इसके बाद फिर किसी के दरवाज़े धरना देने के सिवा और चारा क्या है? इसी तरह दिन-पर-दिन बीते, महीने-पर-महीने। रिक्शा खींचना उसने एक दिन के लिए भी बन्द नहीं किया, साथ-साथ माहवारी काम पाने की चेष्टा भी करता रहा। रिक्शा तो ख़रीदना ही है। यह मानो घोड़े पर चढ़कर घोड़े को ही खोजना है। एक पल के लिए भी वह स्थिर नहीं रह सका, स्थिर होना चाहा भी नहीं।

ऐसे ही समय प्रायः उससे भूलें होने लगीं। प्रतिदिन वह पेट भरने तक के पैसे का रोज़गार नहीं कर सकता था, इसके ऊपर रिक्शा ख़रीदने के लिए रुपए जुटाने का सिलसिला तो था ही। शक्ति क्षीण होने लगी, पग-पग पर भूलें करनी शुरू कीं। रिक्शा खींचने में अब उसका मन स्थिर नहीं रहता। जाने क्या वह हमेशा सोचा करता। चेहरे पर उतर आई आशंका की छाया। कब वह रिक्शा ख़रीदने में समर्थ होगा, कौन जाने? क्यों ऐसा हुआ? चेष्टा करने में तो उसने कभी हिचकिचाहट नहीं की। ऐसी ही अनेक चिन्ताएं आ गईं, वह विभ्रान्त हो गया। अब वह रास्ता चलते प्रायः दुर्घटनाएं करने लगा। पीतल के टुकड़े या टूटे हुए बर्तन के ऊपर रबर का टायर पड़ता और साथ-ही-साथ ट्यूब फटने का एक हल्का विस्फोट! अरे, टायर फट गया! तब मरम्मत के अड्डे पर लौट, रिक्शे को छोड़ने के सिवा और क्या चारा है? बीच-बीच में किसी के शरीर के ऊपर टक्कर खाकर गिर पड़ता और एक आफत मोल लेता। एक बार तो अन्यमनस्क हो चौंक पार करते समय रिक्शे की दुर्गति ही करा डाली। माहवारी वेतन पर जब काम करता था, इस तरह की दुर्घटनाएं नहीं होती थीं। पर नौकरी छूट जाने पर उसका दिमाग़ ठीक नहीं रहता। सिर्फ़ यही भावना चक्कर मारती कि रिक्शा ख़रीदने की आशा जैसे छूटती जा रही हो। रिक्शे के टूटने पर उसका हर्जाना देते समय मन-ही-मन जल उठता। आंग में मानो थोड़ा और मिट्टी तेल पड़ता। अब वह भाड़े पर रिक्शा नहीं लेता, सारा दिन घूमकर बिता देता, पर कितने दिन आख़िर इस तरह काटता? एक दिन फिर सवारी की खोज में रास्ते पर निकल पड़ता।

ऐसे ही बुरी चिन्ता और भय के बीच उसका जीवन बीतने लगा। जितनी ही बुरी चिन्ताएं उसे धर दबातीं, वह ख़र्च में उतनी ही कमी कर देता। लोहे का शरीर है उसका। खुराक घटाने से भी ताक़त में कमी नहीं आएगी, किन्तु एक बार भी उसने नहीं सोचा कि इससे वह अस्वस्थ हो सकता है। बीमार पड़ने

पर मुंह बन्द कर पड़ा रहता, जमा किए हुए पैसों से दवा नहीं ख़रीदता, किन्तु हर बार बिना खर्च के वह नीरोग नहीं हो पाता। बीमारी जब खतरनाक हो उठती, तब दवा भी ख़रीदनी पड़ती, परहेज़ के लिए भी ख़र्च करना पड़ता। इसके अलावा काफ़ी दिनों तक विश्राम करना ही पड़ता, पर इतना दुःख दर्द उसे कभी विचलित नहीं कर पाया, बल्कि उसे और दृढ़ बना गया। रिक्शा ख़रीदने लायक रुपये जुटा सकना तो कोई आसान बात नहीं। संभावना केवल सुदूर रही, और भी सुदूर हो गई।

तीन वर्ष इसी तरह बीते। तीन वर्ष के बाद उसके हाथ में जुट पाए एक सौ डालर।

फिर उसने एक पल के लिए भी देर नहीं की। उसकी तो इच्छा थी, बिल्कुल अप-टू-डेट रिक्शा वह ख़रीदेगा, पर एक सौ डालर तो पूंजी है। इसके द्वारा मन लायक रिक्शा कहां से मिल सकता है? कहना होगा कि उसका भाग्य अच्छा था। एक रिक्शा मिल गया। अभी तुरंत ही तैयार हुआ है, पर जिसके लिए तैयार किया गया था, वह रुपये देकर ख़रीद नहीं सका है। खुशी जिस तरह के रिक्शे का स्वप्न देखता आया है, बिल्कुल वैसा न हो, लगभग उसके जैसा तो है ही। इसका वास्तविक मूल्य एक सौ डालर से अधिक है, कुछ ही अधिक है, पर पहले ख़रीदार के एडवांस रुपये ज़ब्त कर दूकानदार कुछ कम में ही बेचने पर राज़ी हो गया। खुशी के आनन्द का क्या पूछना! ऐसा दांव मारा है उसने! मुंह उसका प्रसन्नता से लाल हो उठा, हाथ कांपने लगे। अपनी कमीज़ के भीतर की छोटी-सी थैली से उसने छियानवे डालर निकाले, "यह रिक्शा मुझे चाहिए।"

दूकानदार ने एक सौ डालर पाने के लिए बहुत चेष्टा की। रिक्शे को एक बार आगे ठेल दिया, एक बार पीछे ठेला, भोंपू बजाया और साथ ही रिक्शे का गुणगान आरंभ कर दिया। बातों की क़लाबाजी! अन्त में चक्के के ऊपर लाठी मारकर बोला, "सुन रहे हो जी? घंटी की आवाज़ सुनते हो? रिक्शा ले जाकर खींचते-खींचते जर्जर भले बना दो, फिर भी चक्कों पर आंच नहीं आएगी। यदि कुछ हो तो दूकान में आकर दोनों-चक्के मेरे मुंह पर दे मारना, पर भई, दाम होंगे सौ डालर! एक पेनी कम होने से भी नहीं चलेगा।" खुशी ने एक बार फिर रुपयों को गिनकर देखा, छियानबे डालर ही हैं। एक पेनी अधिक या कम नहीं।

"मैं इस रिक्शे को चाहता हूं, पर छियानबे डालर से अधिक नहीं दे सकता।"

दूकानदार ने उसके चेहरे की ओर देखकर ही समझ लिया, इसके साथ क़ीमत को लेकर कसा-कसी से कोई फ़ायदा नहीं। दीर्घ सांस फेंककर बोला, "अब क्या करूं? तुम्हारी ख़ातिर तो करना ही होगी। ले जाओ भाई, रिक्शा तुम्हारा हुआ। छ: महीने की गारन्टी रही। बिल्कुल तोड़-फोड़ कर यदि नहीं लाओगे तो यूं ही बना दूंगा। यह शर्तनामे की रसीद पकड़ो।"

खुशी ने हाथ बढ़ा दिये। हाथ उस समय भी कांप रहा था। शर्तनामे की रसीद ले रिक्शा खींचते हुए वह रास्ते पर निकल आया। इतनी प्रसन्नता उसे हो रही है कि रोने की इच्छा होती है। रिक्शा लेकर एक एकान्त जगह पर वह रुका। अपना रिक्शा...... अच्छी तरह एक बार देखना होगा। सुन्दर रिक्शा है! चमक रहा है, शीशे की तरह इसमें मुंह देखा जा सकता है। जितना ही वह देखता, उतना ही अच्छा लगता। यह ख़याल एक बार भी मन में नहीं उठा कि ठीक मन के मुताबिक नहीं हुआ। अपना रिक्शा उसके पास है, और क्या चाहिए? देखते-देखते वह थका-थका-सा हो आया। कार्पेट से मुड़े हुए पायदान पर बैठ रहा। आंखें तब भी पीतल के चमकते हुए भोंपू की ओर गड़ी रहीं।

सहसा उसे याद आया, इस वर्ष उसने बाइसवें साल में क़दम रखा है। मां-बाप लड़कपन में ही मर गए, इससे वह अपनी जन्म-तिथि तक भूल गया है। शहर में आकर जन्म दिन को लेकर कभी थोड़ी हंसी-खुशी मनायेगा, ऐसी फ़ुर्सत कहां मिली! आज नया रिक्शा ख़रीदने के दिन को ही यदि जन्म-दिन

मान लिया जाए, तो क्या हर्ज हैं? आज उसके रिक्शे की जन्म-तिथि तो है ही। अपनी जन्म-तिथि भी वह इसी में जोड़ देना चाहता है। उसका भी तो आज पुनर्जन्म हुआ है। आज के दिन को वह कभी भूल नहीं सकेगा। माथे का पसीना पैरों पर गिराकर उसने रिक्शा मोल लिया है। यह रिक्शा तो उसके शरीर का एक अंग-विशेष है।

किन्तु किस तरह वह इस डबल जन्म-तिथि के उत्सव को मनाए? खुशी ने मन-ही-मन एक बात तय की। उसकी पहली सवारी होगी फ़िट-फ़ाट पोशाक में लैस कोई व्यक्ति। औरत की सवारी वह नहीं लेगा। दक्षिण फाटक या बाज़ार की ओर की सवारी मिले तो अच्छा। बाज़ार जाकर सबसे बढ़िया खाने की दूकान में जाकर भुना हुआ मांस या ऐसी ही कोई चीज़ वह ख़रीद कर खा लेगा। खाने के काम से फ़ुर्सत पाने पर यदि ढंग की कोई सवारी मिले तो उसे रिक्शे पर बैठाएगा, नहीं तो आज की रात वह रिक्शे को विश्राम देगा। यही उसकी जन्म-तिथि का उत्सव होगा।

रिक्शा ख़रीदने के बाद से खुशी के जीवन में विचित्रता आई। जीवन कितना सहज, सरल हो गया! इच्छानुसार अब वह माहवारी नौकरी पकड़ सकता है, या स्वतंत्र रूप से भाड़े पर अपने को खटा सकता है। पहले की अस्तव्यस्तता नहीं है। दिन के आख़ीर में रिक्शा मालिक को भाड़ा तो नहीं गिन देना होगा। जो पैसे कमाएगा, सब उसके होंगे। मन के भीतर उदारता भी उमड़ आई। बहुत से दोस्त पैदा कर लिए। छ: महीने तक रिक्शा खींचने के बाद उसकी आशा और भी बढ़ गई। इस तरह यदि धन्धा होता गया, तो बहुत से बहुत और दो वर्षों तक रिक्शा खींचेगा। हां, दो वर्ष से अधिक नहीं। इसके बाद एक और भी रिक्शा वह ख़रीद सकेगा, इसके बाद एक और! इस तरह रिक्शों के एक अड्डे का पूरा मालिक बन जाएगा। पर प्रायः देखा जाता है, रंगीन आशा की समाप्ति होती है कटु निराशा में। खुशी के भाग्य में भी इससे व्यतिक्रम नहीं हुआ।

खुशी का डर कुछ दूर हो गया है। अब वह काफ़ी ज़ोर से चलता है। अनमना होकर आफत मोल नहीं लेता। अपना रिक्शा है, इससे सतर्कता की कमी भी नहीं दीखता।

शहर में जब आया था, उससे एक इंच लम्बाई में बढ़ा है। उसे लगता है कि वह और भी बढ़ेगा, फनफना कर बढ़ जाएगा। होठों के ऊपर मूंछ की रेखा फूटती दिखाई पड़ती है। नीचे फाटक या छोटे घर से जब वह बाहर निकलने लगता है, तो स्वभावतः उसे सिर झुका कर निकलना होता है। इससे उसे गर्व ही होता है। सिर काफ़ी बड़ा हो गया सही, पर मुंह पर अभी भी शिशु की सरलता है। यह बात कम मज़ेदार नहीं।

ऐसा फूटता हुआ जवान, ऐसा एक चमकीला रिक्शा खींच रहा है! आईने की तरह झकझक कर रहा है रिक्शे का शरीर। गद्दा कितना सफ़ेद है–बिल्कुल धप धप! भोंपू से कैसी अच्छी आवाज निकलती है! घसीट कर आहिस्ते-आहिस्ते चलने से कैसा अच्छा लगेगा! रिक्शा और साथ ही अपने मुंह की लाली की लाज बचाने के लिए तो उसे ज़ोर से दौड़ना होगा। यह उसके गर्व की बात नहीं है। यह तो उसके कर्तव्य की बात है। हवा की तरह नहीं दौड़ने से ऐसा रिक्शा, ऐसे जवान की इज़्ज़त क्या रह जाएगी? किसी से यह बात मुंह खोलकर उसने नहीं कही। क्या होगा कहकर? जब मन में उमंगें हैं तब और क्या? वह छूट कर दौड़ेगा, सवारी लेकर हवा से बातें करेगा।

रिक्शे को भी वह प्यार करने लगा है। छ: महीने बीतते-न बीतते उसका प्रत्येक अंश मानो उसके

लिए सजीव हो गया है। उसे तो लगता है मानो रिक्शे का भी हृदय है! खुशी जब इधर-उधर घुस पड़ता है, रिक्शा उससे बातें करने लगता है? उसकी अनजनाम बातें अच्छी लगतीं। वह लापरवाही कभी नहीं करता। जब सीधे, निर्जन रास्ते पर वह चलता है, तब दोनों हाथों से उसकी मूंठ पकड़ कर चलना नहीं पड़ता। एक हाथ से ही हलके पकड़ उसे चलाता है। कंकड़ों के ऊपर से चक्के नाचते हुए चलते हैं, लगता है मानो मन्द हवा में हिलकोरे मार कर रिक्शा बढ़ रहा है। जब सवारी को उसके ठिकाने पर पहुंचा देता है, उसकी क़मीज़ पसीने से भीग कर बिल्कुल गीली हो जाती है, जैसे अभी ही धोई गयी है, पर निचोड़ी नहीं गयी। थक वह अवश्य जाता है, पर उसे गर्व भी होता है। मालूम होता है तेज घोड़े को वश में कर वह दस मील चक्कर देकर लौटा है।

भय उसका कम हुआ है, पर सतर्कता में कमी नहीं आई है। ज़ोर से नहीं दौड़ने पर जिस तरह सवारी के सामने मान नहीं बचता, उसी तरह उसकी असतर्कता से रिक्शा यदि टूट कर चूर-चूर हो जाए तो अपनी इज़्ज़त अपनी ही आंखों के सामने कैसे बचेगी? रिक्शा ही उसका जीवन है, सावधान तो वह रहेगा ही। सावधानी और साहस, इन्हीं दोनों के समन्वय से उसमें आया है आत्मविश्वास। अब वह यह विश्वास करता है कि वह और उसका रिक्शा दोनों लोहे के बने हैं, भारी और मजबूत।

सिर्फ़ ज़ोर से ही वह नहीं दौड़ता, इस समय उसकी मेहनत भी बढ़ गई है। वह सोचता है, रिक्शा खींच कर भात जुटा सकना एक बड़ी बहादुरी का काम है। जब इच्छा होती है, रिक्शे को ठेलकर सड़क पर उतर आता है। बाधा देनेवाला तो कोई है नहीं। बाहर की अफ़वाहों पर वह कान नहीं देता। उसने क्या नहीं सुना कि 'च्यांग मिन तियेन' में लड़ाई हो रही है। सेनाएं इकट्ठी की जा रही हैं, या शहर के पश्चिम फाटक होकर चलना-फिरना बन्द कर दिया गया है। ......और क्या होगा? दूकानदार अपनी दूकानों के आगे टट्टी लगा देंगे, अथवा जल्द ही रास्ते पर हथियार बन्द पुलिस या शान्ति-रक्षा-वाहिनी के लोग देखे जाएंगे, किन्तु इससे उसका क्या? रास्ते में रिक्शा खींचते हुए कोई दुर्घटना न कर दे बस, इतनी ही फ़िक्र उसे है। अफ़वाहों पर विश्वास नहीं करता। तब यह बात ज़रूर है कि 'अपना' रिक्शा लेकर ही उसे इतना सावधान होना पड़ा है, पर शहरी लोगों की तरह हवा देखकर ही वर्षा का अनुमान कर बैठना उसने नहीं सीखा। इसके अलावा उसे अपने ऊपर इतना विश्वास ज़रूर है कि चाहे जितनी भी बड़ी विपत्ति में फंस जाए, निकल वह ज़रूर आएगा। ऐसा चेहरा, ऐसे चौड़े कंधे! उसे किसी मुसीबत में फंसाना तो मज़ाक नहीं है।

फागुन के समय ही लड़ाई की खबरें और अफ़वाहें सुनने में आती हैं। अनाज पकने के साथ ही पता नहीं इनका क्या सम्बन्ध है? उत्तर चीन के लोगों के पास अनाज पकने का संवाद जहां आशा का आनन्द लाता है, वहां संगीनी की दहशत भी लाता है। खुशी के रिक्शे की उम्र अभी लगभग छः ही महीने की हुई होगी, ऐसे ही समय अनाज पकने का समय आ गया। वसन्त की वर्षा के लिए धान के पौधे उत्कंठित हो प्रतीक्षा करते हैं। किसान वर्षा की आशा लगाए बैठे हैं, पर वसन्त की दुर्लभ वर्षा का कहीं पता नहीं है। इधर लड़ाई ठीक छिड़ गई। यह तो किसी की प्रतीक्षा नहीं करती।

यह ख़बर सच्ची हैं, या झूठी, इसे लेकर खुशी सिर नहीं खपाता। एक दिन वह एक किसान का बेटा था, इस बात को भी भूल गया है। युद्ध छिड़ने से खलिहान की फसलें नष्ट हो जाएंगी तो इससे उसका क्या! वसन्त की वर्षा के लिए भी वह बेचैन नहीं होता। एकमात्र रिक्शा ही उसका ध्यान-ज्ञान है। इसी की बदौलत दो मुट्ठी भात वह पाएगा। यह मानो एक टुकड़ा ऐसी ज़मीन है, जिसमें कैसी ही फ़सल क्यों न बोओ, वह मर नहीं सकती। इसके अलावा एक और सुविधा है। साथ-ही-साथ घूमेगी,

आंखों के सामने हमेशा बनी रहेगी। तब बाहरी दुनिया का हालचाल जो ज़रूरी जानने लायक है, खुशी जानता है। अनावृष्टि और युद्ध की अफ़वाहों से चीज़ों के दाम बढ़ रहे हैं, यह तो कोई भी चीज़ ख़रीदने जाकर वह समझ लेता है, पर शहरी लोगों की तरह केवल आरोपित करता है, प्रतिकार का कोई उपाय ढूंढ़ नहीं पाता। चीज़ों के दाम बढ़ रहे हैं, पर क्या किया जाए? सस्ता करने का उपाय क्या है?.....और कौन करेगा ? इन सब गोरखधंधों में अपना सिर नहीं खपा कर वह अपनी रोज़ी कमाने के धन्धे में व्यस्त है। इतने दिन शहर में उसका रहना व्यर्थ नहीं हुआ। है शहरी लोगों के रंग-ढंग वह पूरी तरह सीख गया है।

शहर के लोग प्रतिकार का उपाय सोचें, चाहे नहीं सोचें। अफ़वाह फैलाने में ख़ूब उस्ताद है। बात कुछ भी न हो, पर एक अफ़वाह फैला देने से ही हुई। कभी-कभी अफ़वाहों के बीच एकाध सच्ची बात की पुट भी रहती है। इससे मालूम होता है कि ये सब निरर्थक या फ़ालतू दोनों में कोई नहीं हैं। मानो छोटी मछलियों का एक समूह है। विशेष कुछ कर नहीं सकने के कारण पानी पर अपने सिर निकाल बुलबुले पैदा कर देते हैं। इन मिथ्या अफ़वाहों के बीच सबसे तगड़ी अफ़वाह युद्ध की होती है।......और सब अफ़वाह परी और दैत्य की कथाओं के समान हैं। चाहे जितना ही कहो, वे कभी वास्तविकता में परिणत नहीं हो सकतीं, पर युद्ध की अफ़वाहों की बात अलग है। देखते ही देखते फालतू अफ़वाह कब सत्य रूप में परिणत हो जाएगी, कौन जानता है! अफ़वाह और सच्ची बात में और सब विषयों में भले ही काफ़ी भेद हो, पर युद्ध के विषयों में तो बिल्कुल ही नहीं। यहां अफ़वाह के आठ या नौ भाग तो सत्य ही रहते हैं, इनसे भी अधिक हो सकता है।

शीघ्र ही लड़ाई छिड़ेगी। यह बात यदि किसी के मुंह से, आप सुनें तो समझ लीजिए, ठन गई। किसके साथ ठन गई, इस बात को लेकर संभवतः आप अनेक लोगों के मुंह से अनेक प्रकार की बातें सुनेंगे। खुशी यह बात अच्छी तरह जानता है। रिक्शावाले युद्ध नहीं चाहते हैं, यह ठीक है, पर लड़ाई छिड़ने से इनका ज़्यादा नुकसान नहीं है। युद्ध छिड़ने पर बड़े आदमी ही सबसे ज़्यादा भयभीत होते हैं। अफ़वाह फैलते ही वे भागने के लिए व्यस्त हो जाते हैं। रुपयों के लोभ से ये कहीं जाकर जुटते ज़रूर हैं, पर विपत्ति की आशंका पाते ही व्यवसाय समेटते भी इन्हें देर नहीं लगती, पर भागते हुए भी अकेले वे भाग नहीं सकते। इनके पैर ज़ो रुपयों के बोझ से भारी हो गए रहते हैं। इसलिए भाड़े पर चलने वाले पैर इन्हें चाहिए। सन्दूक़ ढोने के लिए क़ुली चाहिए, उनके अपने भारी-भरकम शरीर के लिए चाहिए रिक्शा। इसलिए युद्ध छिड़ने की आशंका ज़रूर है, पर रिक्शावालों के लिए यह एक नफ़े का मौक़ा है। भाड़ा भी काफ़ी चढ़ा हुआ रहता है।

"पूरब स्टेशन......कहां चलिएगा मालिक? पूरब स्टेशन?......एक डालर चालीस सेन्ट.....एक पैसा भी कम नहीं होगा......लड़ाई जो बढ़ गई है!" ऐसे ही एक दुर्योग के दिन खुशी को एक सवारी मिली। शहर की दीवार के बाहर पहुंचा देना होगा। गत दस दिनों से युद्ध की अफ़वाहें ज़ोर पकड़ रही हैं। चीज़ों के दाम भी चढ़ रहे हैं। युद्ध अभी बहुत दूर है। जल्द ही पीकिंग[1] पहुंचेगा, इसका कोई लक्षण नहीं। खुशी अपनी मरज़ी से ही रिक्शा खींचता चला। अफ़वाहों से वह रोजी बन्द नहीं कर सकता। उस दिन रिक्शा लेकर शहर के पश्चिम की ओर निकल गया। चारों ओर आने वाली विपत्ति की छाया उमड़ रही है। रास्ते भांय-भांय कर रहे हैं। एक भी रिक्शे का पता नहीं है रास्ते में। यहां तक कि 'चिंग हुआ' विश्वविद्यालय के पास भी नहीं। 'निउ रोड' के दरवाज़े के पास कुछ क्षणों तक वह इधर-उधर घूमता रहा। सवारी का पता नहीं।

1. अब पेइचिंग

एक राहगीर उसे पुकार कर बोला, "आज शहर से बाहर जाने की सवारी नहीं मिलेगी। पश्चिम दरवाज़े के बाहर गाड़ी, रिक्शे सभी रोके जा रहे हैं।" खुशी ने निश्चय किया, एक प्याला चाय पी, रिक्शा लेकर वह लौट जाएगा। रास्ते जब भांय-भांय कर रहे हैं, तब ज़रूर ही कोई विपत्ति आने वाली है। यह ठीक है कि वह विपत्तियों से नहीं डरता, पर सूने रास्ते पर टहल मारने से क्या फ़ायदा?

वह इसी तरह की बातें सोच रहा था कि इसी समय दक्षिण दिशा की ओर से दो रिक्शे आकर खड़े हो गए। दोनों सवारियां विद्यार्थी मालूम पड़ते हैं। वे दोनों चिल्ला कर बोल रहे हैं, "चिंग हुआ" कौन जाएगा?......चिंग हुआ?"...'चिंग हुआ' विश्वविद्यालय शहर से काफ़ी दूर हैं। रिक्शे वाले चुप रहे। एक बैठा-बैठा पाइप पी रहा था, उसने एक बार भी घूमकर नहीं देखा। विपत्ति मंडराती आ रही है। इस समय शहर छोड़कर कौन 'चिंग हुआ' जाएगा? रिक्शे के वे दोनों सवार फिर चिल्ला उठे, "तुम लोग क्या गूंगे हो गए हो? चिंग हुआ कौन जाएगा? ...चिंग हुआ?"

जिसका सिर बिल्कुल मुड़ा हुआ था वह छोकरा रिक्शावाला बोल उठा, "दो डालर यदि मिलें तो हम चलेंगे, मालिक!" मानो वह और रिक्शावालों का मज़ाक उड़ाते हुए ही बोला।

"चले आओ, एक और रिक्शा हम लोगों को ठीक करना होगा।" दोनों रिक्शे इस बार रुक गए। छोकरा रिक्शावाला थोड़ा हिचकिचा गया। क्या करना चाहिए, यह सोच नहीं पाया।......और सभी चुप। खुशी समझ गया, इस समय शहर की दीवार के बाहर जाने के लिए कोई राज़ी नहीं है, नहीं तो स्वाभाविक हालत में बीस या तीस सेन्ट में ही सवारी लेकर वे लोग 'चिंग हुआ' गए हैं। और आज तो दो-दो डालर देने पर भी किसी के मुंह से बात तक नहीं निकलती।......और लोगों की बात अलग, उसे ख़ुद भी तो जाने की इच्छा नहीं होती, पर छोकरा रिक्शावाला तो छोड़ने वाला बन्दा नहीं। उसने ठीक किया, कोई भले ही न जाए, वह अकेले जाएगा, पर इसके पहले किसी को भिड़ा लेने के लिए एक बार और चेष्टा करनी होगी। अचानक खुशी की और उसकी नज़र पड़ी।

"क्यों जी जवांमर्द? चलोगे?"

'जवांमर्द' शब्द सुनकर खुशी मुस्कराया, आत्म-तुष्टि की मुस्कान। क्या मज़े की बात यह बोलता है! उसने सोचकर देखा......और नहीं तो ऐसी प्रशंसा के लिए ही इस छोकरे का साथ देना चाहिए। इसके ऊपर दो डालर तो हैं ही। रोज़ ही ऐसा मौका नहीं मिलता। विपत्ति? नहीं भी हो सकती हैं। साथ ही उसे याद आया, दो दिन पहले उसने सुना था कि 'स्वर्ग की वेदी' मुहल्ला पल्टन से भर गया हैं, पर ख़ुद जाने पर तो उसे पल्टन की गंध तक नहीं मालूम हुई। रिक्शा खींचकर रास्ते के उस पार जा खड़ा हुआ। विपत्ति आती है, तो आए, वह तो जाएगा ही।

पश्चिम दरवाज़े के पास पहुंचने पर उन लोगों को पंहरे वालों का निशान तक देखने को नहीं मिला। खुशी भयभीत हुआ। छोकरा भी डर गया है, पर मुंह की हंसी बनाए रखकर बोला, "साथी, क़िस्मत यदि अच्छी हो तो कोई भय नहीं।.....और यदि क़िस्मत ही खोटी हो, तो किया क्या जा सकता हैं? विपत्ति से बचने की कोशिश करके भी क्या हम बच सकते हैं?"

खुशी समझ गया कि मामला काफ़ी गंभीर हो उठा है, पर इतनी दूर आकर भय से कांपते हुए बूढ़े की तरह लौटा तो नहीं जा सकता। भाग्य में जो हो, आगे बढ़ना ही होगा।

पश्चिम दरवाज़े को पार कर वे आगे बढ़े। रास्ते सुनसान हैं। जहां तक दृष्टि जाती है, एक रिक्शे का भी पता नहीं। खुशी झुककर रिक्शा खींचता जा रहा है। छाती भय से धक्-धक् कर रही हैं। आसपास देखने का भी साहस उसे नहीं होता। 'सफ़ेद-ब्रिज' के पास आकर एक बार पल भर के लिए उसने चारों ओर दृष्टि

दौड़ाई। नहीं तो, एक भी सैनिक का पता नहीं हैं। छाती की धुकधुकी कुछ कम हुई। मन-ही-मन वह बोला, "दो डालर पाना क्या इतना आसान काम है! थोड़ा साहस नहीं करने से ऐसा दाव फिर कैसे मिलेगा?" यूं वह मुंह से बात नहीं निकालता, पर जाने क्या सोचकर अपने साथी से बोला, "भाई, सीधी सड़क को छोड़ हम लोग दूसरा रास्ता पकड़े, क्यों ठीक है न?"

"अजी, हमको यह नहीं बतलाना होगा। सीधी सड़क से जाकर क्या आफ़त मोल लेंगे?"

मोड़ से कतराने की कोशिश हो ही रही थी कि एक घटना हो गयी। जाने किधर से निकलकर लगभग दस सैनिकों ने उन्हें घेर लिया। वे बन्दी हो गए।

कड़कड़ाती ठंड है। खुशी की एक क़मीज़ से ठंड नहीं जाती, पर चारा क्या है? न कोई पोशाक है, न बिछावन है। सिर्फ़ सैनिकों द्वारा बहुत दिनों का इस्तेमाल किया हुआ एक मैला कोट है, और नीले रंग का एक पाजामा है, जो पसीने की दुर्गन्ध से भरा है। जब उन लोगों ने उसे इन चीज़ों को पहनने के लिए दिया, उसी समय वे पसीने से भीगी हुई थीं। फटे हुए कोट को देखकर खुशी को अपने नीले रंग के कोट और पाजामे की याद आ गई। कितना बढ़िया, धुले हुए, साफ़-सुथरे थे वे!

पसीने की गन्ध नाक में आकर घुसती है। पोशाक फटकर तार-तार हो गयी है। एक लम्बी सांस उसने ली। अतीत की बातें ही याद आ रही है। कितनी मेहनत के बाद उसने रिक्शा ख़रीदा था। आज लगता है, जैसे वह उसकी कीर्ति है। जितनी ही उसकी याद आती है, इन सैनिकों के प्रति उतनी ही घृणा बढ़ जाती है। उसकी पोशाक उन लोगों ने छीन ली, उसकी टोपी और उसका रिक्शा भी छीन लिया। यहां तक कि जिस कपड़े को कमरबन्द की तरह उसने अपनी कमर में लपेट रखा था, उसे भी छीन लेने में उन्हें हिचकिचाहट नहीं हुई। सिर्फ़ यही बात नहीं, मार-मारकर उन लोगों ने उसके शरीर में नीली रेखाएं डाल दीं, पांवों में फोड़े निकाल दिए। अच्छा जी, पोशाक और शरीर के दाग़ों को छोड़ दिया, नई पोशाक फिर ख़रीदी जा सकती है, मार के नीले निशान भी मिट सकते हैं, पर रिक्शे का क्या होगा? शरीर का ख़ून पानी कर उसने रिक्शा ख़रीदा था, उसी रिक्शे को इन लोगों ने छीन लिया। छावनी में पहुंचने के बाद फिर उस रिक्शे का चेहरा देखने को नहीं मिला। एक मिनट में वह सभी बातें भूल सकता है, पर रिक्शे की बात कैसे भूलेगा?

कष्टों से वह नहीं डरता, पर मुंह की बातों से तो तुरंत एक रिक्शा नहीं जुट सकता। फिर कई वर्षों का धक्का तो है ही। नये सिरे से शुरू करना होगा। खुशी रो पड़ा। सिर्फ़ सैनिकों पर से ही नहीं, सारी दुनिया से उसे घृणा हो आई। क्यों उसके ऊपर इतना जुल्म हुआ? क्यों?.....क्यों....? वह चीत्कार कर उठा। अपना स्वर सुनकर वह चौंक गया। नहीं-नहीं, इस समय केवल पुराने दिनों की जुगाली करने से नहीं चलेगा। इस समय केवल यही सोचना होगा कि किस तरह इन पशुओं के चंगुल से वह भाग सकता है।

यह कौन-सी जगह है? यह भी उसे नहीं मालूम। कितने दिनों तक लगातार पल्टन के साथ चल रहा है, तो चल ही रहा है। सिर का पसीना पैर पर चूता है, पर फिर भी रुकने का नाम नहीं।

सैनिकों का सामान ठेला-गाड़ी पर रखकर खींचता जा रहा है। जब वे उससे खट कर काम लेते, तो उसे भूख भी लगती, पर उसे ठीक से रोटी नहीं मिलती। पानी लाता बेगार करता है यह ही कार्यक्रम है, मन जैसे शून्य हो गया है। आधी रात को थककर जब वह सोने जाता है, तब और सोचने की शक्ति नहीं रह जाती। मुर्दे के समान सो रहता है। बीच-बीच में इच्छा होती है कि फिर यदि आंखें खोलना न पड़े, तो कैसी अच्छी बात होगी!

उसे सिर्फ़ इतनी ही बात याद है कि पल्टन पहले पहाड़ी हिस्से की ओर गयी। पहाड़ पर चढ़ने के समय और कोई भी बात सोचने की फ़ुर्सत उसे नहीं मिली। सिर्फ़ लगता कि अब पैर फिसल कर वह गिरा! गिरने

पर तो फिर निस्तार नहीं है। चीलें किस तरह चारों ओर उड़ रही हैं। वे अपनी चोंच से मांस कुरेद-कुरेद कर खा डालेंगी, केवल कुछ हड्डियों रह जाएंगी। दिन पर दिन ऐसे ही जाने कितने पहाड़ों को पार करने के बाद एक दिन कुछ दूरी पर फिर समतल भूमि देखने को मिली।

उस समय सूर्य डूब चुका था, रात हो गई थी। रात के खाने का बिगुल बज उठा। जो सैनिक पहरे पर थे, वे लौट आए। उनके साथ तीन-चार ऊंट थे। खुशी की छाती में ज्वार उमड़ने लगा। इतने दिनों तक मन उसका सूना था। कोई भी भावना पल भर के लिए भी जम नहीं पाई थी, पर आज उसके मन में भावना की छाया पड़ी। यह मानो कोई पथ-भ्रष्ट पथिक हो, रास्ता भूल चक्कर मार कर मर रहा था, सहसा पहचाने हुए रास्ते की रेखा देखने को मिला। अब फिर उसे कौन पा सकता है? ऊंट पहाड़ पर नहीं चढ़ सकते। इसलिए वे समतल भूमि के पास पहुंचे हैं। पिकिंग से पश्चिम के ग्रामीण ऊंट पालते हैं, यह बात वह जानता है। तब क्या इतना घूम-घाम कर वे अब तक पिकिंग के कुछ पश्चिम तक आ सके हैं? फिर इनका यह कैसा जाल है? सोच कर उसे कोई किनारा नहीं मिला। तब क्या पिकिंग के पश्चिम के होयेतस्तोन की घाटी में वे आ पहुंचे हैं? यदि यही बात हो तो यह एक अच्छा मौका है। यहां से उत्तर-पूर्व की ओर पहाड़ हैं, दक्षिण की ओर रेल-लाइन है। एक सीधी सड़क पच्छिम की ओर भी चली गई है। पल्टन वाले कौन-सा रास्ता पकड़ेंगे, पता नहीं, पर उसके भागने का यही अच्छा मौका है। पलटन यदि पहाड़ की ओर जाए, तब वहां से भागने की चेष्टा करना बेकार है। भागने पर भूखे मर जाने की भी काफ़ी आशंका है। भागने के लिए यही उपयुक्त जगह है। यहां से वह ठीक शहर में भाग सकता है। यद्यपि कुछ दूर है, पर रास्ता पहचाना हुआ है। खुशी उत्तेजित हो उठा। उसके क्लान्त शरीर में मानो फिर शक्ति का ज्वार आ गया है, मन में सरगर्मी हो आई है। सारा शरीर उत्तेजना में कांप रहा है।

रात आधी बीत गई, फिर भी उसकी आंखों में नींद नहीं आई। आशा के ज्वार के बाद ही निराशा का भाटा आया। यदि वह विफल हुआ? करवटें बदल कर उसने कई बार सोने की चेष्टा की, पर सो नहीं सका। चारों ओर निस्तब्धता है। आकाश तारों से भर गया है। वह निर्निमेष देखता रहा। यह क्या? ऊंटों की बोली! अधिक दूर से नहीं, नज़दीक से ही आ रही है। कान लगाकर उसने सुना। जाने कैसी हलक़ से निकलने वाली बोली, पर सुनने में ख़राब नहीं लगती! सहसा दूर कमानों की गर्जना सुनाई पड़ी, बहुत दूर, पर कमान की ही गर्जना है। चारों ओर ही हल्ला-हुड़दंग, व्यस्तता। वह उठ बैठा, मौका आ गया! पल्टन को इस बार पहाड़ में जाकर छिपना होगा। यह छोड़ दूसरा उपाय नहीं है!

सांस रोक कर सिमटता हुआ वह ऊंटों की खोज में चला। ये ऊंट उसके किसी काम नहीं आएंगे, पर बोझा ढोने वाले के हिसाब से ये भी तो उसके ही आत्मीय जैसे हैं। इसी से शायदं इतनी ममता उमड़ आई है। चारों ओर व्यस्तता है, हल्ला है। उसने उन्हें खोज लिया। सभी ऊंट मिट्टी के लोंदे की तरह चुपचाप पड़े हैं, सिर्फ़ सांस लेने और छोड़ने की आवाज़ें सुनाई पड़ रही हैं। चारों ओर ख़ामोशी है। सैनिक जिस तरह बालू के बोरों के पीछे छिपकर आश्रय लेते हैं, उसी तरह वह ऊंटों के पीछे जाकर भाग निकला। मन ही मन उसने हिसाब लगाकर देखा, गोली की आवाज़ दक्षिण की ओर से आ रही है। चाहे लड़ाई न भी छिड़ी हो, फिर भी उस रास्ते से नहीं जाएगा। पहाड़ पर ही भागेगा, पर ऊंट तो वहां अचल होंगे। उनके ऊंट यहीं रखकर भागना ठीक है। ज़मीन की ओर कान लगाकर उसने सुनने की चेष्टा की, पांवों की आहट आ रही है या नहीं! हृदय अज्ञात आशंका से कांपने लगा।

काफ़ी समय कट गया। नहीं तो, कोई भी आहट नहीं। ऊंटों की खोज में भी कोई नहीं आया। ऊंटों के समूह की ओर से उसने सिर निकाल कर देखा, कहीं कुछ भी नहीं है, सिर्फ़ घनी काली रात चारों ओर

छाई है। अब क्या है, अब वह दौड़ेगा। माथे पर चाहे जो लिखा हो, वह भागेगा ही।

कुछ दूर जाने पर खुशी रुका। ऊंटों को छोड़कर वह जाने के लिए तैयार नहीं है। अपनी ज़िन्दगी को छोड़ पूंजी के नाम पर और कोई वस्तु उसके पास नहीं है। रास्ते में इस समय यदि उसे सन की रस्सी भी पड़ी मिले तो उसे उठाने में खुशी ही होगी। हो सकता है कि यह उसके किसी काम न आए, पर हाथ की मुट्ठी में रखने से सुख जो होता है। यह जैसे एक बड़ा सहारा है, अपने को अब सर्वहारा वह नहीं समझेगा। इस समय अवश्य ही अपने प्राण बचाना ही सब से बड़ी बात है, पर प्राण बचा कर ही क्या होगा यदि पास कुछ नहीं रहा? ऊंटों को वह ले जाएगा। इन ऊंटों को लेकर वह क्या करेगा, यह नहीं सोचा? जो हो, हाथ में कुछ मिला तो!

ऊंटों को उसने खींच कर उठाया। जानवरों को किस तरह काबू में रखा जाता है, यह नहीं जानता, पर डर उसे नहीं लगा। ऊंट आहिस्ता-आहिस्ता उठ खड़े हुए। उन्हें हांकते हुए वह चला। कितने ऊंट लेकर वह चला है, ये सब बंधे हुए हैं या नहीं, इन बातों की ओर ध्यान तक नहीं दिया।

कुछ दूर जाने पर उसे अफसोस होने लगा। ऊंटों को लाकर उसने अच्छा नहीं किया। भारी बोझा ढोते-ढोते इन जन्तुओं को ज़ोर से चलने का अभ्यास नहीं रहा है। उसे अब इनके ही साथ धीरे-धीरे, सावधानी से चलना होगा। रास्ते में इधर पानी है, उधर कीच है। बस, ज़रा फिसलने भर की देर है। उनके पांव ही सभी कुछ हैं, घायल होने से फिर क्या रह जाएगा? इस पर पलटन का डर अभी गया नहीं है।

उन्हें छोड़ते हुए भी उसका मन राज़ी नहीं हुआ। हां भाई, देवता ही ज़रा कहें, बिना पैसे के मिले हुए ऊंट किस तरह छोड़े जा सकते हैं? रिक्शा खींचने में उस्ताद होने के कारण दिशाओं के सम्बन्ध में उसका ज्ञान ज़रा चौकस है, पर अभी जैसे सब भूल गया है। ऊंटों का पाकर रास्ते की ओर उसने अपना विशेष लक्ष्य नहीं रखा। इस पर कैसी काली रात है! इस समय सिर्फ़ ये तारे ही सहारा हैं, पर तारे भी जाने कैसे टिमटिमा से रहे हैं! लगता है, जैसे वे उससे भी अधिक मुश्किल में पड़ गए हों। खुशी ने फिर आकाश की ओर न देखकर, सिर झुका कर चलना शुरू कर दिया। ज़ोर से वह चलना चाहता था, पर ऊंटों के कारण चल नहीं पाया।

उसने सोच कर देखा, ऊंटों को लेकर यदि वह चले, तो सदर सड़क से ही चलना होगा। होयेतस्तोन की तराई से हलूद गांव तक एक सीधी सड़क गई है। ऊंटों को लेकर इस रास्ते से चलने पर कोई भी असुविधा नहीं होगी। रिक्शावालों के लिए सीधी सड़क का मूल्य कहीं ज़्यादा है, दिक़्क़त सिर्फ़ यही है कि ऐसे रास्ते में छिप सकने की कोई सुविधा नहीं है। यदि फिर पल्टन से मुठभेड़ हो जाए, तब क्या होगा? पल्टन के साथ यदि मुठभेड़ न भी हो, पर दूसरी एक दिक़्क़त और है। कोई यदि पूछ बैठे, ऊंट कहां से मिले, तब वह क्या उत्तर देगा? उसकी फटी-पुरानी पोशाक देखकर कोई भी उसके ऊंटों का मालिक होने का विश्वास नहीं करेगा। नहीं, ऊंटों के मालिक की रूपरेखा उसमें ज़रा भी नहीं जंचती, बिल्कुल नहीं। निश्चिन्त होने के साथ ही उसे इन जानवरों को छोड़ देना होगा, पर वह किसी भी तरह उन्हें छोड़ नहीं सका। रस्सी खींचते हुए उन्हें हंका कर ले चला। इन्हें वह नहीं छोड़ेगा। आदमी पहचान कर उसके ही अनुसार गप्प बना कर कह देगा। यदि बचना ही है, तो कुछ ऊंटों का मालिक होकर बचना कहीं अच्छा है, और मरने पर तो सभी मामले ख़तम।

शरीर की क़मीज़ फर्र-फर्र कर उसने फाड़ फेंकी। लोहे और पीतल के बटन निकाल फेंके। अब उसके सैनिक होने का कोई सन्देह नहीं करेगा। पाजामे को समेट कर घुटने तक कर लिया। पर अब भी पूरा ऊंट-चालक जैसा वह नहीं लगता। सेना छोड़ कर भागा हुआ सैनिक भी वह अब नहीं जंचता। उसे ख़याल आया कि ऊंट की पीठ पर चढ़ बैठना अच्छा होगा। भूख से पेट जल रहा है, चलने की ताक़त कम होती जा रही है। ऊंट पर चढ़ बैठने से कम-से-कम पेट की ज्वाला नहीं सताएगी, ताक़त भी नहीं लगेगी, पर ऊंट की पीठ पर चढ़ सकना ही तो मुश्किल है। ऊंट को किसी तरह घुटने टिकवा कर बैठाना होगा। इसमें भी समय लगेगा। इसे लेकर सिर खपाने की फुर्सत कहां है? इसके अलावा ऊंट की पीठ पर चढ़ने से सामने के राह-घाट उतनी ऊंचाई से दिखलाई ही नहीं पड़ेंगे और यदि ऊंट एक बार भी पांव फिसल कर गिर जाए, तब तो उसका भी बंटाधार है। ना, इससे तो पैदल चलना ही अच्छा है।

उसे मालूम हो गया कि सदर सड़क होकर ही वह जा रहा है, पर किस हिस्से की ओर वह क्रमशः पहुंच रहा है, किस ओर जा रहा है, इस विषय में कोई धारणा ही वह न बना पाया। घनी रात है, इतने दिनों के उपवास और भय के कारण शरीर और मन पत्थर की तरह भारी हो उठे हैं। अब और चलने की इच्छा ऐसी दशा में नहीं होती। धीरे-धीरे चलने की ताल के साथ ही नींद उमड़ रही है। एक प्रकार से वह सोते-सोते ही चल रहा है रात अभी भी घनी और काली है। हवा बह रही है। मन अज्ञात आशंकाओं से भर गया है। खुशी ने अच्छी तरह अपने पांवों के नीचे के पथरीले रास्ते को देखा। सामने का रास्ता मानो झूलता और फूलता हुआ टेढ़ा-मेढ़ा हो उठा है। पैर बढ़ाते ही डर लगता है, पर पैर वह बढ़ाता ही जा रहा है। तब भी ऐसी रात में बिना सावधान हुए चारा नहीं है। खुशी अपने ही ऊपर खीझ उठा, पर चारा क्या है? आंखों से राई-रत्ती कुछ भी नहीं देखा जाता। लगता है, जैसे शून्य से शून्य में पांव बढ़ाए जा रहा है और उसके साथ चल रही है ऊंटों की एक कतार।

क्रमशः अंधेरा आंखों को अभ्यस्त हो चला। छाती की धड़कन कम हुई है, आंखें झपक रही हैं। वह समझ नहीं पाया कि आगे बढ़ रहा है, या एकाएक रुक गया है। सिर्फ़ उसे यही अनुभव हुआ, एक-पर-एक गति की लहर एक काला-ही-काला समुद्र मानो हिलोरें मार रहा है। सब धुंधला हो उठा है, अस्त-व्यस्त हो गया है। आंखें खोल रखने का उपाय उसे ढूंढ़ निकालना होगा। यदि देह उठगा कर वह सो जाए, तीन दिन के बाद भी उसकी नींद टूटेगी, या नहीं, सन्देह है, पर आंखें कैसे खुली रखी जाएं? सिर घूम रहा है। सारा शरीर पसीने से भीग गया है। पैर उठा नहीं पाता है। गला सूख कर काठ हो गया है। ऐसी हालत में कुछ सोच सकना ही मुश्किल है वह मानो अपनी सत्ता ही भूलता जा रहा है। एक मोमबत्ती मानो बुझने-बुझने को है, चारों ओर प्रकाश करना तो दूर की बात, अंपना अस्तित्व ही बचा पाना कठिन प्रश्न है।

और कभी भी वह ऐसी मुसीबत में नहीं पड़ा, अनिश्चित लहरों में कभी इस प्रकार डूबा-उतराया नहीं। उसका कोई दोस्त नहीं और उसकी ज़रूरत भी उसने कभी महसूस नहीं की। सूर्य जब तक प्रकाश दे रहा है, जब तक चारों ओर उजाला दिखलाई पड़ता है, तब तक डरने की कोई बात नहीं, पर ऐसी अंधेरी रात में गधे या ख़च्चर होते तो अच्छा था। रखवाली करने के लिए सिर्फ़ जागना ही पड़ता, पर ऊंट तो बिल्कुल निरीह जन्तु ठहरे। चल रहे हैं, तो चल ही रहे हैं, रस्सी से एक बार भी खिंचावट नहीं देनी होती। बीच-बीच में बल्कि उसे ही सजग होकर देखना पड़ता है कि ऊंट सब हैं, या नहीं। कहा तो नहीं जा सकता, उसकी नींद का सुयोग पाकर हो सकता है कि वे भाग भी गए हों। यह मानो बर्फ़ के एक सिल को रस्सी बांध कर खींचता आ रहा था, कब गल कर पानी हो गया, इसकी ख़बर भी नहीं लगी।

कब उसे नींद आ गई, वह स्वयं ही नहीं जानता। कितनी देर तक सोता रहा, इसका भी पता नहीं। पांच मिनट भी हो सकते हैं, एक घंटा भी हो सकता है। हड़बड़ा कर वह उठ बैठा। यह स्वाभाविक नींद टूटने की बात नहीं, हठात् जैसे ठोकर लगकर ही टूटने जैसी हो। अब भी अंधियारे ने मानो सब लेप-पोंछ कर एक कर दिया है। सिर्फ़ मुर्ग़ों की बांग सुनी जा रही है। तीखी आवाज़ कान के पास पहुंच रही है, सिर के भीतर का भार मानो गल रहा है, नींद का नशा फट रहा है।

ऊंट?.....और दूसरी चिन्ता करने का समय नहीं। हाथ में रस्सी है, ऊंट सब ठीक हैं न? हां ठीक ही हैं। उसने आराम की सांस ली। आलस्य अभी तक नहीं छूटा। डोलने की भी इच्छा नहीं होती, पर सोने से भी तो नहीं चलेगा। कोई ढंग सोचना होगा, सोच-समझ कर कोई उपाय निकालना होगा। रिक्शे की बात भी याद आई। रिक्शा बेहाथ हो गया। क्यों ऐसा हुआ?

प्रश्न करने से कोई लाभ नहीं। ऊंटों की ओर उसने देखा। रात के अंधियारे में गिनने का समय उसे नहीं मिला, अब गिनती कर देखा। तीन ऊंट हैं। ज़्यादा नही हैं, पर ये ही अब उसके लिए एकमात्र भरोसा हैं। ऊंटों को बेचकर रिक्शा ख़रीदने से ही कुछ बने। वह उछल पड़ा। अरे, वह कितना बेवक़ूफ़ है, यह बात पहले नहीं सोच सका!

मन उसने स्थिर कर लिया। मुर्ग़ों की बांग तो वह सुन चुका है न? मुर्गे यदि रात दो बजे भी बांग दें, तब भी भोर होने में अधिक देर नहीं है। और जब पास में ही मुर्गे हैं, तो गांव भी ज़रूर होगा। हो सकता है कि कोई छोटा-मोटा शहर ही हो। वहां ज़रूर ही ऊंट-व्यवसायी मिलेंगे। जल्दी-जल्दी जाने से सुबह ही वह वहां पहुंच जाएगा। इसके बाद ऊंटों को बेच शहर में लौट कर वह रिक्शा ख़रीदेगा। इस गोलमाल के समय ज़रूर ही रिक्शे का दाम घट गया होगा। रिक्शा ख़रीदने की बात ही उसने सोची, इसी से ऊंट बेचने की बात उसे सहज लगी।

आशाओं से वह उल्लसित हो उठा, थकावट दूर हो गई। कोई यदि इन तीन ऊंटों के बदले सौ 'मू' ज़मीन या तीन जवाहरात भी दे, वह नहीं लेगा। वह रिक्शा लेगा। गिरते-पड़ते वह चलने लगा। रस्सी से बंधे हुए ऊंट पीछे रहे। ऊंटों की बाज़ार-दर आजकल क्या है, वह नहीं जानता। पता नहीं किसके मुंह से उसने सुना था कि जब रेल लाइन नहीं थी, तब पचास भर चांदी में एक-एक ऊंट बिकता था। ऊंट गधा या घोड़े से कम खाता है, अधिक खट सकता है। तीन ऊंट बेचने पर आजकल डेढ़ सौ भर चांदी न मिले, यह ठीक है पर अस्सी या एक सौ डालर तो मिलेंगे ही और रिक्शा ख़रीदने के लिए यही तो काफ़ी है।

आसमान अब साफ़ होता जा रहा है। अब भूल नहीं हो सकती, पूरब की ओर ही वह चल रहा है। रास्ता गलत हो सकता है, पर दिशा ठीक है। पश्चिम की ओर पहाड़ और पूरब की ओर शहर है। शहर की ओर ही वह चल रहा है। अंधेरी रात की छाती पर अब अंधकार-प्रकाश की आंख-मिचौनी चल रही है, पर अब भी आंखों से स्पष्ट नहीं सूझता। मटमैले कुहासे के बीच दूर के पेड़-पौधे, खेत-खलिहान धीरे-धीरे उभर रहे हैं। तारे मध्यम होते जा रहे हैं। आसमान मानो और भी ऊंचे पर उठ गया है, पारे की तरह एक हल्की परत वहां छाई है। बादल या कुहासा होगा। खुशी ने मुंह उठाकर देखा, अब डर की बात नहीं है। भीगी घास की गंध नाक में घुस रही है। पक्षियों की अस्पष्ट पुकार उसे सुनाई पड़ रही है। उसकी सारी इन्द्रियां सजग हो गईं। अपने को भी वह देख पा रहा है, पोशाक फट गई है, मुंह पर धूल की तहें जम गई हैं, पर अब भी वह बचा है। बुरे सपने देखने के बाद जाग उठने पर यही मन में आता है कि बचा रहना ही आश्चर्य है। यह मानो एक ऐसी ही अनुभूति है। अपनी ओर से दृष्टि फेरकर इस बार उसने ऊंटों की ओर देखा। उसके

ही समान ये भी गन्दे हैं, पर ये देखने में अच्छे ही लग रहे हैं। इस ऋतु में जीव-जन्तुओं के शरीर से रोएं झर पड़ते हैं। ऊंटों के रोए भी झर चुके हैं, यहां-वहां सिर्फ़ दो-एक झोंटे झूल रहे हैं। गले के पास कितना घिनौना लगता है! लम्बे, चिकने गले में एक भी रोआ नहीं है। लगता है, जैसे कुछ रोगी बकरियां चल रही हों।

पर खुशी को अच्छा ही लगा। चाहे जितने भी घिनौने हों, बचे हुए तो हैं। तीन-तीन ज़िन्दा ऊंटों का वह मालिक है, उससे अधिक भाग्यशाली कौन है? रिक्शा के बदले देवतागणों ने उसे ऊंट दिए हैं। ऊंट फ़ालतू चीज़ नहीं हैं। सभी जगह क्या ऐसे ही पाए जाते हैं? प्रसन्नता से वह नाच उठा।

धूसर आकाश के बीच लाल आभा दिखाई पड़ी है, स्पष्ट होकर पेड़-पौधे नज़र आ रहे हैं। क्षण-क्षण में रंग बदल रहा है। धूसर और लाल रंग मिलकर कहीं पर फीका लाल और कहीं पर बैंगनी रंग हो गया है। कुछ देर के बाद पीला रंग फूट उठा। सभी स्पष्ट हो रहा है। पूरब आकाश के कुहासे का रंग गाढ़ा लाल है, सिर के ऊपर का आकाश घना नीला है। सहसा लाल कुहासा फटकर बिखर पड़ा और उसी के बीच धुनी हुई रुई की भांति सुनहरी रोशनी फैल गई। बादलों के बीच जैसे किसी ने सोने की ज़री से कोई एक बहुत बड़ी चादर बुन डाली हो! घास और पेड़-पौधों का रंग नीलकान्तमणि के समान प्रखर हो उठा है।

वृक्ष की जड़ें पहली किरण में झिलमिला रही हैं, उड़ते हुए पंछियों के परों में सुनहरा रंग लग गया है। चारों दिशाएं मानो हंस रही हैं। खुशी को लगा, जैसे कितने दिनों से ऐसा सूर्योदय वह नहीं देख पाया है। इतने सारे दिन किसी अभिशाप के भीतर कटे, सूर्य और चांद का चेहरा उसने नहीं देखा, उदार विस्तृत आकाश नहीं देखा। आज अभिशाप छूटा। आज वह उन्मुक्त है, रास्ता चल रहा है। उज्ज्वल हो उठी हैं पगडंडियां। घास के ऊपर ओस ढलक रही है, उनपर किरणें पड़ रही हैं, मोतियों के सामान चमक रहे हैं, देखते ही आंखें जुड़ा जाती हैं, अपना दुःख भूल जाना पड़ता है। खुशी ने छक-छक कर देखा। उसके शरीर पर धूल का पलस्तर पड़ गया है, पोशाक जीर्ण-शीर्ण है, पर सूर्य का प्रकाश, उसकी उष्णता उसके लिए निषिद्ध नहीं हुई है। यह उष्णता, यह प्रकाश पृथ्वी के ही बाशिन्दे हैं। वह इतना सुखी है! आनन्दातिरेक से चीत्कार कर उठने की इच्छा हुई।

अपने फटे-पुराने कपड़े और घिनौने ऊंटों की ओर देख कर वह हंसा। अचरज की ही बात है! ये अद्भुत जीव किस प्रकार विपत्ति के चंगुल से बचकर फिर सूर्य के प्रकाश का मुंह देख पाए हैं। देवता की कृपा के बिना क्या यह संभव होता!

पीकिङ्ग!......पीकिङ्ग के लिए वह पागल हो उठा। उसके मां-बाप नहीं हैं, अपना कहने लायक कुछ भी नहीं है, फिर भी पीकिङ्ग उसका घर है, सारा शहर ही उसका घर है। एक बार वहां पहुंच जाने के बाद तो कोई उपाय होगा ही।

दूर पर एक गांव है। काफ़ी बड़ा गांव मालूम पड़ता है। वृक्षों की एक घनी पंक्ति हरी पोशाक पहने सैनिकों की तरह ही मानो गांव का पहरा दे रही है। नीचे झुक कर खुशी ने देखा, घरों की चिमनियों से धुआं उठ रहा है। गांव के कुत्तों की भौं-भौं उसे बड़ी मीठी लगी। वहां जाने पर क्या होगा, न होगा? यह सोचते ही वह गांव की ओर रवाना हो गया।

कुत्ते उसके पीछे भौंकते हुए आने लगे। उस ओर ज़रा भी भौं को टेढ़ा उसने नहीं किया, पर गांव के बच्चे-कच्चे और औरतों की भीड़ जमते ही वह कुछ उमस जैसी महसूस करने लगा। उसे लगा, ऊंट चालक की तरह वह शायद बिल्कुल नहीं जंचता। नहीं तो मुंह बाए ये उसकी ओर देख क्यों रहे हैं? ओह, असह्य होता जा रहा है! पल्टन वालों ने उसे आदमी के रूप में गिना ही नहीं, ये भी उसकी ओर चकित

दृष्टि से देख रहे हैं, जैसे कोई विचित्र चीज़ देखी हो। एक समय उसका स्वास्थ्य और शक्ति उसके भीतर आत्म-सम्मान की भावना जगाते थे, आज रत्ती भर भी वह बचा नहीं है। खुशी ने चारों ओर नज़र दौड़ाई। बस्तियों के सिर पर उसी प्रकार का उज्ज्वल आसमान दिखाई पड़ रहा है, पर कुछ क्षण पहले उसमें जो सौन्दर्य था, वह अब नहीं है। जाने कैसा धुंधला हो गया है।

गांव में जाने का एक ही सदर रास्ता है। इधर-उधर गड्ढे-नाले हैं। दुर्गन्ध उठ रही है। रास्ता चलते हुए खुशी डर गया। अभी शायद ये ऊंट पांवों से पिछल कर कोई मुसीबत न खड़ी कर दें। इस समय उसे विश्राम की ज़रूरत है। रास्ते के उत्तर एक बड़ा मकान दिखलाई पड़ा। मालिक की हालत मोटे तौर पर अच्छी दिखलाई पड़ती है। घर का पिछवाड़ा चौड़े खपरैल से छाया हुआ है। दरवाज़े के नाम पर कुछ भी नहीं। खुशी का मन आनन्द से नाच उठा। ज़रूर इस घर का मालिक ऊंटों का व्यवसायी होगा। फाटक यदि रहते तो ऊंट इस मकान में घुस नहीं पाते। ठीक, यहीं पर वह थोड़ा ठहर जाएगा, हो सकता है कि ऊंटों की कोई व्यवस्था यहीं हो जाएगी।

'ज....जे....जे...." खुशी ने ऊंटों को घुटने टेक कर बैठने के लिए संबोधित किया। ऊंट-चालक जब ऊंटों को घुटने टेक कर बैठने के लिए कहते हैं, तो ऐसे ही शब्द निकालते हैं। खुशी को काफ़ी प्रसन्नता हुई। भाग्यवश उसने यह पुकारने का ढंग सीख लिया था। गांव के लोग भी अब उसे अनाड़ी नहीं समझ सकेंगे। वे ऊंट सचमुच यह पुकार सुनकर घुटने टेक कर बैठ गए। अब खुशी का क्या पूछना! अत्यन्त आडम्बर के साथ वह एक पुराने बृक्ष की जड़ पर जा बैठा। गांव के लोग अब भी मुंह बाये उसकी ओर देख रहे थे। उसने भी उनकी ओर देखा। इनका सन्देह दूर करने का और दूसरा उपाय क्या है? कुछ क्षण बीते। इसी समय घर के आंगन से एक वृद्ध सज्जन फाटक के बाहर आए। उनका चेहरा चमक रहा है। एक नीली क़मीज़ उन्होंने पहन रखी है और सामने के बटन खुले हुए हैं। उन्हें देखकर ही ऐसा लगता है कि गांव के कोई संभ्रान्त सज्जन हैं। खुशी ने अपने मन को स्थिर कर लिया, "बूढ़े मालिक, यहां पानी मिल सकता है? प्यास लगी है।"

बूढ़े सज्जन खुली हुई छाती पर का मैल अपनी अंगुलियों द्वारा छुड़ाते और ऊंटों की ओर देखते हुए बोले, "हां-हां, पानी क्यों नहीं मिलेगा। तुम कहां से आ रहे हो?"

"पश्चिम से।" जगह का नाम बोलने का साहस खुशी को नहीं हुआ।

"पश्चिम की तरफ़ तो पल्टन का गोल माल है?" बूढे की आंखें उसके पाजामे की ओर हैं।

"हां, ख़ूब गोल माल है। उन्होंने मुझे पकड़ लिया था किसी तरह भागकर आया हूं।"

"पर पश्चिम के रास्ते ऊंटों के साथ निर्विघ्न तुम चले कैसे आए?"

"पल्टन वाले सभी पहाड़ पर चले गए। रास्ता इस समय ख़ूब साफ़ है।"

"हूं"..., बूढ़े ने गर्दन हिलाई, "तुम ज़रा बैठो, मैं पानी लिए आता हूं।"

खुशी बूढ़े के साथ-साथ भीतर आंगन में घुस आया और देखा कि चार ऊंट वहां बंधे हुए हैं।

"मालिक, हमारे ऊंट भी ख़रीद लीजिए न। अच्छा खासा एक झुंड ऊंट हो जाएगा।"

"तीस वर्ष पहले, एक झुंड क्यों, तीन-तीन झुंड ऊंट हमने पाल रखे थे, पर समय बदल गया है। कितने आदमी आजकल ऊंट पाल सकते हैं!" वृद्ध सज्जन ऊंटों की ओर देखते हुए कुछ क्षणों तक मौन रहे, इसके बाद बोले, "कुछ दिन पहले सोचा था कि इन्हें पश्चिम की ओर ले जाकर चरा आएंगे, पर पल्टन का हंगामा सुनकर फिर साहस नहीं हुआ। गर्मी-भर यदि इसी तरह ये बंधे रह गए तो फिर इनकी ओर देखा तक नहीं जाएगा। गर्मी अधिक पड़ने पर मुश्किल है। इस पर लाल चींटों का डर है। क्या करूंगा? आंखों के सामने ही इन्हें तकलीफ़ होगी।"

"मालिक, आप हमारे ऊंट भी ख़रीद कर एक काम करें। पश्चिम ले जाकर चरा आइए। ये सभी ऊंट यदि गर्मी-भर यहां बंधे रह जाएंगे, तो मच्छर और ज़हरीले कीड़े ही इनको ख़तम कर देंगे।" खुशी विनती चिरौरी करने लगा।

"ऊंट ख़रीदने लायक रुपए ही मेरे पास कहां हैं? ऊंट पालने का यह समय नहीं है।"

"आप मेरे ऊंट रख तो लें मालिक, जो खुशी हो दाम दें। बेच-बाच कर हल्के हो शहर जाने की इच्छा है। मुझे भी तो फिर रोज़गार-धन्धे के लिए घूमना होगा।'

बूढ़े ने खुशी के मुंह की ओर देखा। नहीं, आदमी चोर नहीं मालूम पड़ता। ऊंटों की ओर भी एक बार दृष्टि डाली। हां, पसन्द लायक़ ही हैं, पर ख़रीदने से फ़ायदा?

किताबें ख़रीदने का जिन्हें मर्ज़ है, उनके सामने कैसी भी कोई किताब आती है, वे ख़रीदने को उत्सुक हो जाते हैं। घोड़ों का मालिक घोड़ा देखकर लोभ नहीं रोक सकता। जिसके किसी जमाने में तीन झुंड ऊंट थे, उसकी भी हालत ऐसी ही होगी, इसमें सन्देह क्या? इस पर छोकरा कहता है कि सस्ते में दे देंगे। बूढ़े सज्जन अपना लोभ नहीं संभाल पाए। भूल गए कि ऊंट ख़रीदने से उन्हें कोई फ़ायदा नहीं है, "सुनो लड़के! रुपए यदि हाथ में रहते, तो ख़रीदता।" बूढ़े ने सच्ची बात ही कही।

"अच्छा, रखिए तो। आपके मन में जो आए दे दें।" खुशी की बात सुनकर बूढ़े सज्जन लज्जित हो गए। अब अस्वीकार करने से कैसा तो लगता है!

"सच्ची बात तुमसे कहता हूं। तीस वर्ष पहले ऐसे तीन ऊंट बेचने से डेढ़ सौ लियांस चांदी मिलती। अब वे दिन नहीं रहे। गोल माल और युद्ध छिड़ने के कारण इनका दाम बिल्कुल गिर गया है। तुम बल्कि और कहीं कोशिश करके देखो।"

"मैंने कहा न, आप जो उचित समझें दें।" खुशी ने यह बात तो समझ ली कि बूढ़ा सच्ची बात ही कह रहा है, पर ऊंट लेकर वह कहां जाएगा? इसके अलावा पकड़े जाने की भी आशंका है।

"सुनो, तुम्हें बीस या तीस डालर से अधिक देने की सामर्थ्य मुझ में नहीं। यह धन भी काफ़ी दिक़्क़तों के बाद जुटाना होगा।" खुशी की छाती का ख़ून जैसे बर्फ़ हो गया। बीस या तीस डालर? रिक्शा ख़रीदने के लिए कम से कम सौ डालर तो चाहिए ही, पर उपाय क्या है? जल्दी से ऊंटों को बेच देना ही होगा। वरना फिर ख़रीदार ही कहां मिलेंगे?

"मालिक, जो उचित समझे दें।"

"तुम कौन-सा काम करते हो? तुम्हारा तो यह रोज़गार नहीं है?" खुशी ने सच्ची बात ही कह दी। "ऐं! इन जन्तुओं के पीछे तो तुम ख़ुद अपनी जान देने चले थे!" बूढ़े सज्जन ने खुशी की कहानी सुन कर संतोष की थोड़ी सांस ली। चोरी के ऊंट नहीं हैं, ज़्यादा फ़र्क़ भी नहीं है, पर लड़ाई के समय ऐसी बात ध्यान देने लायक़ नहीं समझी जाती। तब सभी पुराने क़ानून-क़ायदे रफ़ा-दफ़ा हो जाते हैं।

"सुनो भई, हम तुम्हें पैंतीस डालर दे रहे हैं। दाव नहीं मार रहा हूं। यदि ऐसी बात करूं, तो मैं कुत्ते के बराबर होऊं। पर क़सम खाकर कहता हूं, एक भी डालर ज़्यादा देने की औक़ात मुझमें नहीं है। साठ वर्ष की उम्र हो गई, झूठ नहीं बोलूंगा।"

खुशी नहीं सोच पाया कि क्या जवाब दे? एक समय बिना खाए रह कर उसने पैसे जुटाए हैं। कभी एक पैसा कम उसने नहीं लिया, पर बहुत दिनों तक पल्टन के साथ रहने के बाद ऐसी मीठी बातें सुन कर वह पिघल गया। देर तक कसा-कसी करने की इच्छा नहीं हुई। हजारों डालर के स्वप्न देखने के बजाए हाथ पड़े हुए पैंतीस डालर कहीं ज़्यादा अच्छे हैं, पर एक बात कांटे की तरह मन में चुभती रही, सिर्फ़ पैंतीस

डालरों के लिए ही अपने जीवन को ख़तरे में डालकर ऊंटों को खींचते हुए वह लाया था। तब कहीं यदि रोजगार अभी न मिले! तीन तन्दुरुस्त ऊंट के दाम तो पैंतीस डालर नहीं हो सकते! कोई चारा नहीं है, यही सोच कर तो ऊंटों को बेचना पड़ा।

"बूढ़े मालिक, ऊंट सब आपके हुए। सिर्फ़ एक प्रार्थना है, मुझे एक क़मीज़ और कुछ खाने को दीजिए।" बूढ़े ने सिर हिला कर मंजूर कर लिया।

खुशी पूरा एक लोटा पानी ग़-ग़ट कर पी गया तथा पैंतीस चमकते हुए डालर और मैदे की दो रोटियां लेकर निकल आया। बूढ़े की दी हुई एक पुरानी, लम्बी, झूलती क़मीज़ उसकी देह पर थी। तेज़ क़दमों से वह चलने लगा। जल्दी शहर पहुंचना होगा।

खुशी तीन दिनों तक पीकिङ्ग के पश्चिमी हिस्से के एक छोटे होटल में अचेत होकर बिछावन पर पड़ा रहा। होटल का नाम 'समुद्र का राज्य' है। उसका सब मानो उलट-पुलट हो गया है। होठों के नीचे फफोले निकल आये हैं। तीन दिनों तक पानी छोड़कर वह कुछ भी खा-पी नहीं सका। तीन दिनों के उपवास के बाद बुख़ार छूटा। देह अब भी दुर्बल है, मंडा-मिठाई की तरह ही मुड़ी हुई। इन कई दिनों तक बिछावन पर पड़े-पड़े वह बुख़ार की बेहोशी में प्रलाप करता रहा है। इन प्रलापों में तीन ऊंटों की बातें ही अधिक थीं। इसी से जब उसकी चेतना लौटी, तो 'खुशी ऊंट' उसका नामकरण हो चुका था।

पीकिङ्ग में जब पहले-पहल आया, तब से उसका नाम 'खुशी' रहा। अब उसके साथ 'ऊंट' उपाधि जुड़ गई। नाम के लिए वह विशेष कुछ ख़याल नहीं करता, पर इतने बड़े-बड़े तीन जानवरों को वह पानी के मोल बेच आया। इस पर उसे 'ऊंट' उपाधि मिल गई। ऐसा रोज़गार नहीं करता सो ही अच्छा था।

थोड़ा स्वस्थ होते ही उसने सोचा, बाहर जाकर एक बार दीन-दुनिया का हालचाल जान ले, पर पैर इतने कमज़ोर हो गए हैं कि विश्वास नहीं होता। होटल के दरवाज़े तक पहुंचने पर ही उसकी आंखों के सामने अंधेरा छा गया, सिर घूमने लगा। धप से बैठ गया। बेवकूफ़ की तरह जड़वत बैठा रह गया। माथे पर पसीने के कण जम रहे हैं। अंधेरा फट गया है। सिर घूमना कम हो गया है। खुशी ने आंखें मल कर देखा। पेट से आवाज़ आ रही है, उसे भूख लग गई है। धीरे-धीरे उठकर एक फेरीवाले से उसने कुछ गर्म पीठे ख़रीदे। पीठों का चुक्कड़ लेकर वह फिर ज़मीन पर बैठ रहा। गर्म पीठे का झोल मुंह में पड़ते ही मन कैसा करने लगा। काफ़ी देर तक उसे मुंह में ही रखा। फिर निगल गया। और खाने की इच्छा उसे नहीं हुई, पर गरम झोल जले हुए धागों की तरह पाचक-संस्थान में जाकर अस्तव्यस्त हो गया है। पेट में मरोड़े उठ रही हैं। उसने मानो फिर नवजीवन पाया है।

कुछ और झोल खाकर वह थोड़ा आराम मालूम करने लगा। इस बार अपने चेहरे की ओर उसकी नज़र गई। शरीर की हड्डियां सूख कर निकल आई हैं। फटा हुआ पाजामा और भी गन्दा हो गया है। हाथ-पांव में भी ताक़त नहीं है, पर साफ़-सुथरा तो होना ही होगा। पीकिङ्ग की सड़क पर इस तरह भूत-सा चेहरा लेकर तो नहीं निकला जा सकता, पर 'साफ़-सुथरा' होने में पैसे खर्च होंगे। सिर सफ़ाचट मुंडाना होगा, पोशाक बदलनी होगी, नए जूते और मोज़े ख़रीदने होंगे। ये सब तो काफ़ी रुपयों के खेल हैं। जेब के पैंतीस डालरों में से वह एक पैसा नहीं छुएगा, पर नहीं छूने से ही क्या होगा? केवल इतने रुपयों से तो रिक्शा मोल नहीं लिया जा सकता। अपने लिए दुःख ही हुआ। वह मानो एक दुःस्वप्न से जाग उठा है, बुढ्ढा हो चुका है।

अन्त में पूंजी ही भुनानी पड़ी। दो डालर बीस सेन्ट खर्च हो गए। रुई के एक कुर्ते और एक पाजामे में खर्च हुआ एक डालर, कैम्बिस के एक जोड़े जूते का दाम हुआ अस्सी सेन्ट, जैसे-तैसे बुने हुए एक जोड़े मोज़े का दाम हुआ पचास सेन्ट। एक टोपी का पचीस सेन्ट। पुराने फटे हुए पाजामे की एवज में उसे दो बंडल दियासलाई मिली।

दियासलाई के बंडल बगल में दाब वह पश्चिम दरवाज़े की तरफ़ चला। कुछ दूर जाते न जाते वह थक गया। पांव भी जैसे जकड़ गए। दांतों से दांत को दबाए रखा। रिक्शा भाड़ा करने के लिए उसके पास पैसे नहीं हैं और वह यह चाहता भी नहीं है। पीकिङ्ग यदि वह पैदल नहीं पहुंच सका, तो सब गुड़ गोबर हो जाएगा। नहीं, ऐसा नहीं होगा। खुशी ने अब भी अपने साहस और शक्ति पर से विश्वास नहीं खोया है। वह चाहे जितना भी दुर्बल क्यों न हो, पीकिङ्ग वह पहुंचेगा ही।

ठोकर खाते हुए वह चलने लगा। एक समय पश्चिम दरवाज़े के पास पहुंचा। उसी तरह गाड़ी-घोड़ा और मनुष्यों की भीड़, वैसा ही हल्ला-हुड़दंग। कान बन्द हुए जा रहे हैं। धूल आकर नाक में घुसती है। कैसी सोंधी गन्ध है! खुशी के मन में आया कि रास्ते में झुककर वह एक बार मिट्टी को चूम ले। यही तो उसकी अपनी ज़मीन है, जिसे वह प्यार करता है, जो उसे भात जुटाती है। उसके मां-बाप नहीं हैं, आत्मीय-कुटुम्ब नहीं हैं, एकमात्र बन्धु है उसका यही पुराना शहर। इसने उसे सब कुछ दिया है। आज यदि उसे इस पुराने शहर के गली-कूचे में भूखों भी घूमना पड़े, तब भी इसे अपने गांव से अधिक पसन्द करेगा। यहां देखी-सुनी जानी-पहचानी बहुत-सी चीज़ें हैं, रंग और शब्दों का समारोह है। तुममें यदि बेचने की शक्ति है, तो यहां आकर रुपयों का रोज़गार करोगे ही। हज़ारों अच्छी चीज़ें यहां पड़ी हुई हैं। अच्छे-अच्छे खाने, अच्छी-से-अच्छी पोशाक। क्या चाहिए तुम्हें? यहां तक कि भीख मांगने पर मांस का झोल भी यहां मिलेगा। दो-एक टुकड़े मांस भी मिल सकते हैं, पर गांव में तो चावल के पीठे ही भोजन की पराकाष्ठा है।

'सफ़ेद पुल' के पास नदी के तीर पर वह बैठ गया। सूरज की तिरछी किरणें आकर पड़ रही हैं। मनुष्यों और गाड़ियों के झुंड पुल के ऊपर से गुज़र रहे हैं। संध्या आने ही वाली है, इसीलिए सभी उद्विग्न हो उठे हैं, पर खुशी को कोई जल्दबाजी नहीं है। चिरपरिचित दृश्य है, यह मानों उसका ही एक अंग है। यहां मरने पर भी सुख है।

बहुत देर तक वह चुपचाप बैठा रहा। इसके बाद पुल के सामने वाली एक दूकान से एक प्याला ताज़ा बीन का खट्टा झोल ख़रीदा। भिनगा, सोयाबीन, गोलमिर्च सब मिलकर एक अच्छी खुशबू पैदा कर रहे हैं। खुशी के हाथ कांप रहे हैं। गंध से मानो सांस ख़तम हो रही है। एक कतरा खाया। गर्म खाना रास्ता बनाता हुए पाचक संस्थान तक पहुंच रहा है। दोना ख़तम हो गया। पसीना निकल रहा है। आंखें आराम से बन्द होती जा रही हैं। एक प्याला खट्टा झोल उसने और ख़रीदा।

खाना समाप्त करते ही उसे लगा, मानो पुरानी शक्ति फिर मिल गई है, फिर वह नया मनुष्य है। पश्चिम की ओर सूर्य धंस गया। अब डूबता जा रहा है। नदी के जल पर लाल रंग है। अपने मुंह के दाग़ को उसने हाथ से मल दिया। कमरबन्द में रुपए हैं, सोच क्या? एक बार चारों ओर देखा। संध्या के प्रकाश में शहर झिलमिला रहा है। अपना दु:ख वह भूल गया, भूल गया अपनी अस्वस्थता। अपने हृदय के आकांक्षित शहर में वह लौट आया है, पीकिङ्ग में फिर लौट आया है।

फाटक पर मनुष्य और घोड़ा गाड़ियों की भीड़ हैं। सभी जल्दी जाने के लिए व्यस्त हैं। चीत्कार, चाबुक के सड़ाप-सड़ाप शब्द, गाली-गलौच, सभी कुछ मिलकर एक अद्‌भुत आवाज़ मानो विराट

एंप्लीफ़ायर से निकल रही है। खुशी भीड़ ठेल कर रास्ता बनाता हुआ चला। एक छोटी मछली मानो एक लहर से दूसरी लहर में कूदती जा रही है। आख़िर वह शहर के भीतर पहुंच गया। उसके सामने निऊ स्ट्रीट का मोड़ है। सीधा चला गया है चौड़ा रास्ता। दोनों तरफ लाल खपरैल-छाये बंगलों की पंक्ति है। खुशी ने एकटक देखा। दोनों आंखें गोधूलि की रंगीन आभा में लाल खपरैल की तरह ही चमक रही हैं। सिर झुका कर वह सोचने लगा।

बिछावन अभी भी मानव-मिलन नामक रिक्शा-अड्डा पर पड़ा है। वहां ही जाना ज़रूरी है। 'वेस्ट गेट रोड' होकर वह आगे बढ़ा। उसके पत्नी नहीं है, इसलिए वह रिक्शों के अड्डे पर रात गुज़ारता। रिक्शों के अड्डे से रिक्शा भाड़ा नहीं लेने पर भी मालिक ने उसे टिकने दिया था। रिक्शों के अड्डे के मालिक नवकर्त्ता लिऊ की उम्र प्रायः सत्तर तो होगी ही। एकदम ख़ुर्राट बुड्ढा है, पर बूढ़ी हड्डियों से ही करामात दिखाता है। छोटी उम्र से ही सरकारी सिपाही के पद से प्रारंभ कर जूए के अड्डों का मालिक, औरतों का व्यापार, दूसरी तिजारत सभी कुछ कर चुका है। नवकर्ता लिऊ के पास इन कामों के करने लायक बुद्धि और शक्ति का अभाव न था। चिङ्ग-वंश के पतन के पहले जो विद्रोह हुआ, उसमें वह शरीक था। कुलीन घराने की जाने कितनी लड़कियों की चोरी कर तब उसने बेचा होगा, इसका कोई हिसाब नहीं। एक बार अभियुक्तों के कठघरे में भी उसे खड़ा होना पड़ा था, पर वह ज़रा भी भयभीत नहीं हुआ, हाकिम से दया-भिक्षा नहीं मांगी। हाकिम उसकी दृढ़ता देखकर अवाक रह गए, उसे निरपराध घोषित होकर छोड़ दिया गया। तभी से नवकर्ता की प्रसिद्धि है।

जेल से बाहर आने पर उसने देखा कि प्रजातन्त्र की स्थापना हुई है, पुलिस की ताक़त और भी ज़्यादा बढ़ गई है। वह समझ गया कि पहले की मर्दानगी से कुछ काम नहीं होने का। इसी से मर्दानगी का रास्ता छोड़, रिक्शों का अड्डा वह खोल बैठा। ग़रीबों के साथ कब कैसा व्यवहार करना चाहिए, यह जानता था। कभी कड़ा होना पड़ता है, कभी सहायता करनी होती है। आदमी खटाने के कौशल से वह भलीभांति परिचित था। रिक्शावाले तो मुंह खोलकर उससे बात तक नहीं कर सकते। उनकी ओर जब वह एक दृष्टि ही डालता, तो वे भय से सिमट जाते, बेवक़ूफ़ की तरह आंखें फाड़-फाड़कर देखा करते। उन्हें लगता, नवकर्त्ता कच्चा मांस खाने वाले दुर्दान्त देव हैं। एक पैर स्वर्ग में और दूसरा नरक में रखकर वे खड़े हैं। उनकी आज्ञा टालने की हिम्मत हो सकती है भला!

इस समय वह साठ रिक्शों के मालिक हैं। टूटा-फूटा रिक्शा उनके अड्डे में एक भी नहीं है। पुराने भी नये के समान होकर झक-झक और मज़बूत हैं। टूटे रिक्शों का अंबार लगाकर रखने का अभ्यास उन्हें नहीं है, टूटने के साथ ही वे मरम्मत के लिए भेज दिए जाते हैं। यदि वे बिल्कुल जर्जर हो उठते हैं, तो उन्हें लोहे के मोल पर बेच देते हैं। इसलिए दूसरे रिक्शे के अड्डों की तुलना से उनका भाड़ा भी कहीं ज़्यादा होता है, पर वर्ष के तीन त्यौहारों के दिन वे रिक्शावालों से एक पैसा भी भाड़ा नहीं लेते। यहीं पर रिक्शों का अड्डा चलाने वाले दूसरे मालिकों से उनका भेद है। अड्डे पर रहने का भी बन्दोबस्त है। अविवाहित रिक्शावाले बिना भाड़े के वहां रह सकते हैं। पर रिक्शा-भाड़ा ठीक-ठीक चुकता नहीं करने पर वह क्रुद्ध हो उठते हैं। उसका बिछावन आदि ज़ब्त कर उसे चाय की टूटी प्याली के समान बाहर निकाल फेंकते हैं, पर मुसीबत पड़ने पर या बुख़ार लगने पर सिर्फ़ नवकर्त्ता को सूचना भर देनी है, इसके बाद जो कुछ करना है, वह करेंगे। अपने लाभ-नुकसान की ओर ज़रा भी ध्यान नहीं देंगे। हां, ऐसे ही आदमी हैं ये नवकर्त्ता।

नवकर्त्ता का चेहरा ठीक बाघ के समान है। उम्र सत्तर की हो गई, पर कमर ज़रा भी नहीं झुकी, अभी भी दस-बीस 'ली' वे पैदल चल सकते हैं। आंखें दोनों भंटे की तरह गोल हैं, मोटे होंठ हैं, दांत बड़े-बड़े हैं,

देखने से ही लगता है, दांत निकाल बाघ की तरह यह अब टूटे! खुशी की तरह ही वे लम्बे-चौड़े हैं, माथा सफ़ाचट किया हुआ है, चेहरे पर दाढ़ी-मूछ नहीं है। ऐसा मालूम होता है कि 'बाघ' की उपाधि पाकर ये काफ़ी ख़ुश हुए हैं, पर जीवन में उन्हें एक ही दुःख है, लड़का नहीं है। लड़की एक है, उसकी उम्र सैंतीस-अड़तीस होगी। जो नवकर्त्ता लिऊ को पहचानते हैं, वे उनकी लड़की बाघिनी को तो पहचानते ही हैं। हां, बाघिनी ही है। चेहरा देखने से डर लगता है। बाप के रोज़गार की देख भाल वही करती है, हिसाब रखती है, अब तक शादी नहीं हुई। कौन शादी करेगा? एकदम पुरुष की तरह ही मर्दानी औरत है। गालियां बकने में तो शायद मर्द के भी कान काटती हैं।

नवकर्त्ता लिऊ बाहर का कारोबार देखते हैं, घर के कारोबार की बाघिनी ही मालकिन है। मानव-मिलन अड्डा काफ़ी अच्छा चलता है। प्रसिद्धि भी है। रिक्शा संबंधी कोई भी बात उठने पर नवकर्त्ता और उनकी लड़की की दुहाई पड़ती है। मानो विद्वत जन प्रमाण के लिए शास्त्रों के उदाहरण उपस्थित करते हैं।

अपना रिक्शा ख़रीदने के पहले खुशी मानव-मिलन रिक्शा अड्डे से ही रिक्शा भाड़े पर लेकर खींचता था। जो कुछ भी रुपए-पैसे कमाता, नवकर्त्ता के यहां ही जमा रखता। जब रिक्शा ख़रीदने लायक रुपए उसके पास जमा हो गए, एक दिन वह उन रुपयों को मांगकर रिक्शा ख़रीद लाया।

"नवकर्त्ता, देखिए तो, कैसा रिक्शा ख़रीदा है?"

नवकर्त्ता ने सिर हिलाकर कहा, "अच्छा ही है।"

"पर मुझे आपको अपने ही यहां रहने देना होगा। माहवारी काम मिलने पर चला जाऊंगा।"

"अच्छा।" नवकर्त्ता ने गर्दन हिलाकर स्वीकृति दी।

तबसे माहवारी काम पाने पर खुशी मानव-मिलन अड्डा छोड़कर चल देता, फिर काम ख़तम हो जाने पर यहीं आकर रहता। दूसरे रिक्शावालों के लिए यह एक विचित्र मामला ही था। मानव-मिलन से रिक्शा भाड़ा नहीं लेने पर भी यहां ठहरा जा सकता है–यह बात वे सोच भी नहीं सकते थे। इसलिए कोई-कोई अंदाज़ लगाता, खुशी बूढ़े लिऊ की जाति का हो सकता है। कोई-कोई रंग चढ़ाकर कहता, बुड्ढा अपनी बेटी के लिए ही घरजमाई पकड़ रहा है। इस अंदाज़ के भीतर ईर्ष्या की आंच होने पर वे समझते, यदि बात सच्ची हो जाए, तो खुशी ही 'मानव-मिलन' का मालिक होगा। इसीलिए खुशी के सामने ये सब बातें वे नहीं कहते।

पर बात ऐसी कुछ भी नहीं थी। बूढ़े लिऊ खुशी को मानते अवश्य, पर होने वाले दामाद के हिसाब से नहीं। खुशी एक ऐसा आदमी है, जो नई पोशाक में भी अपने पुराने अभ्यास बनाए रखता है। यदि वह सेना में जाए, वहां जाकर वर्दी-पेटी का आतंक दिखाकर आदमी ठगने का प्रयास कभी नहीं करेगा। रिक्शे के अड्डे पर वह कभी चुप-चाप बैठा नहीं रहता। मज़दूरी में खट कर आने के बाद वह देह का पसीना सूखने देता है, फिर काम में जुट पड़ता है। रिक्शे को मांज-घिस कर साफ़ करता है, टायरों में हवा भरता है, वर्षा से बचाने वाला टप खोलकर धूप देता है। यह सब काम खुद करता है, किसी को कहना नहीं पड़ता। रिक्शे के अड्डे पर प्रायः बीस आदमी रहते हैं, पर कोई इन सब बातों की ओर ध्यान भी नहीं देता। भाड़ा कमाकर आने के बाद कोई गप्प करते हैं, कोई या तो सोते हैं। सिर्फ़ खुशी ही चुप होकर नहीं बैठता।

पहले तो वे सोचते, शायद खुशी नवकर्त्ता को अपना काम दिखाकर प्रसन्न करने की चेष्टा कर रहा है। नहीं तो कुत्ते की तरह इधर-उधर दौड़-धूप कर बिना फ़रमाइश के इतना खट क्यों रहा है? किन्तु कुछ दिन बीतने पर उन्हें मालूम हो गया, बात यह नहीं है। खुशी आलसी होकर बैठ नहीं सकता है, यही उसका स्वभाव

है। बूढ़े लिऊ ने मुंह से कभी उसकी प्रशंसा भी नहीं की, कभी उसकी ओर नज़र उठाकर भी नहीं देखा, पर मन ही मन वे समझते खुशी काफ़ी परिश्रमी है। इसीलिए भाड़े पर रिक्शा न लेने पर भी मानव-मिलन में उसे जगह मिल गई थी। बहुत से काम उन्होंने उसे सौंप रखे थे। यहां तक कि आंगन में भी वही झाड़ू देता।

बाघिनी भी उसे ख़ूब चाहती है। शायद बाप से कुछ अधिक ही। खुशी ध्यान देकर सभी बातें सुनता है, कभी ज़ुबान नहीं लड़ाता। दूसरे रिक्शावालों का मिज़ाज तकलीफ़ सहते-सहते तीखा हो गया है, वे उलट कर जवाब देने से नहीं चूकते। बाघिनी उनकी थोड़े ही परवाह करती है, उन्हें वह बिलकुल नहीं चाहती। इसी से जो कुछ उसे कहना होता है, खुशी के ही मार्फ़त कहती है। जब कभी माहवारी काम पाकर कहीं चला जाता, लिऊ और बाघिनी को लगता कि एक बहुत बड़ा आत्मीय खो गया। लौट आने पर उन्हें ख़ुशी ही होती।

दो बक्स दियासलाई बगल में दाब कर वह मानव-मिलन रिक्शे के अड्डे में घुस पड़ा। अभी तुरंत ही संध्या का आगमन हुआ है, लिऊ सब खाने बैठे हैं। बाघिनी ने उसे देखते ही भात खाने की काठी नीचे कर ली।

"खुशी, तुम्हें क्या कोई खूंख़्वार बाघ खींच ले गया था, या अफ़्रीक़ा की सोने की खान में मज़दूरी करने चले गये थे?" खुशी चुप रहा। नवकर्त्ता लिऊ ने नज़र उठा कर उसकी ओर एक बार देखा। खुशी बेंच के एक किनारे बैठ रहा।

"यदि अब तक भोजन नहीं किया हो, तो हम लोगों के साथ बैठकर खाओ।" बाघिनी जैसे किसी आत्मीय-जन की अभ्यर्थना कर रही हो, ऐसे ही ढंग से बोली। खुशी तब भी निरुत्तर रहा। इतने अपनेपन का परिचय पाकर वह जाने कैसा हो उठा है, बातें करना ही भूल बैठा है। बहुत दिनों से वह मानव-मिलन अड्डे पर रहता आया है। जब वह माहवारी काम करता था, बार-बार मालिक बदलता था, भाड़ा खटने के समय प्रत्येक मिनट पर नई सवारियां लेता था, उनके साथ कभी घनिष्ट संबंध स्थापित नहीं हो सका। एक मात्र बूढ़े लिऊ और बाघिनी के साथ ही उसकी थोड़ी-बहुत बातचीत हुई है। आज सब कुछ खोकर, केवल प्राण लेकर वह फिर उनके पास लौट आया है। इन्होंने उसे दूर ठेल नहीं दिया, बल्कि खाने तक के लिए आमंत्रित किया। एक बार उसके मन में हुआ कि वे जैसे उसे ठगना चाहते हैं, पर दूसरे ही क्षण टप-टप आंसू उसकी आंखों से चू पड़े।

"दो प्याले खट्टा झोल अभी खाकर आया हूं।" नवकर्त्ता अभी भी उसके चेहरे की ओर देख रहे हैं, उनकी दोनों गोल आंखों का स्पर्श वह अब भी अनुभव कर रहा है।

"इतने दिन कहां थे? रिक्शा क्या हुआ?"

"रिक्शा?" खुशी ने थूक गटका।

"बैठकर चार कौर भात तो खाओ। डरने की बात नहीं, कोई ज़हर तो नहीं है। दो प्याले खट्टे झोल तो हज़म हो गए होंगे।" बाघिनी ने उसे खींचकर टेबल पर बैठा लिया। बड़ी भाभी मानो देवर को मना कर खिलाने बैठी हो।

भात खाने के पहले खुशी ने रुपए निकाल कर कहा, "नवकर्त्ता, मेरे ये रुपए रख लीजिए, तीस डालर हैं।" खुदरे उसने जेब में रख लिये।

नवकर्त्ता ने पूछा, "कहां पाये?"

खुशी ने पलटन के हाथ अपने पकड़े जाने की कहानी सुना दी।

नवकर्त्ता ने सुनकर टिप्पणी की, "तुम बिल्कुल बेवक़ूफ़ हो! ऊंटों को शहर ही ले आते। क़साई

खाने में बेचने से सिर पीछे दस डालर से अधिक ही पाते। शीत-काल होने से सिर्फ़ रोएं का दाम ही काफ़ी निकल आता।" बेचने के समय ही खुशी समझ रहा था कि वह ठगा जा रहा है। इस समय नवकर्त्ता की बातें सुन कर मन और भी खट्टा हो गया, पर क़साईखाने में वह उन्हें नहीं बेचने जाता। वे ऊंट उसके जीवन के साथी थे, उसकी ही तरह उन्हें भी जीवित रहने का अधिकार है। चलो, बूढ़े के हाथ बेच कर अच्छा ही हुआ। वह खुश हो उठा।

बाघिनी ने इस बार टेबल पर से थाली-बर्तन समेट लिये। नवकर्त्ता चुपचाप बैठे रहे, लगा जैसे वे कुछ सोच रहे हों। कुछ क्षणों के बाद हंस कर बोले, "बेवक़ूफ़ लड़के, होटल में क्यों ठहर गये? सीधा हलूद गांव का रास्ता पकड़ यहीं चले आ सकते थे।"

"मैं पश्चिम पहाड़ के रास्ते से घूमता हुआ आ रहा हूं। सीधे रास्ते से पकड़े जाने का डर था। गांव के लोग यदि भागा हुआ सैनिक कह कर पकड़ लेते, तो गया ही था!"

नवकर्त्ता हंसे। अब तक उनके मन में यह डर था कि शायद खुशी चोरी करके रुपये न ले आया हो! और जो हो, चोर की तरफ़दारी वे नहीं कर सकते। जवानी में उन्होंने बहुत से नाजायज़ काम किए हैं, अब सब सुधार लिया है। इसलिए सावधान ही रहना पसन्द है। खुशी की कहानी में यहीं कुछ खोखलापन था, अब उसे जान लेने पर कोई आशंका नहीं रही।

"इन रुपयों से क्या करोगे? कुछ ठीक किया है?"

"नहीं।, आप जो कहेंगे।"

"और भी एक रिक्शा ख़रीदना चाहते हो?" उनके बड़े-बड़े दांत चमक उठे, मानो वे कहना चाहते हों, वाह बेटे! अपना रिक्शा ख़रीदोगे और बिना भाड़े के यहां रहोगे भी!

"इतने रुपयों से तो काम नहीं चलेगा। एक नया ही रिक्शा हम ख़रीदना चाहते हैं।" खुशी नवकर्त्ता के दांत नहीं देख सका, उसने सिर्फ़ उनके हृदय की महत्ता देखी।

"मैं कर्ज़ दे दूंगा। एक रुपया सैकड़ा सूद के हिसाब से। दूसरों से हम दो रुपए सैकड़ा लेते हैं।" खुशी ने सिर हिलाया।

"क़िस्तों पर ख़रीदने से भी सुविधा नहीं होगी?"

"नहीं, मैं क़िस्तों पर भी ख़रीदना नहीं चाहता।" खुशी बोला, "धीरे-धीरे जब ख़रीदने लायक रुपए हो जाएंगे, तब नक़द दाम देकर ही ख़रीदूंगा।"

बूढ़ा अवाक होकर खुशी की ओर देखने लगे, मानो वे कुछ अद्‌भुत चित्र के प्रतीक चिह्न देख रहे हों! इनका अर्थ नहीं समझ में आता है, यह ठीक है, पर खीज कर इन्हें फाड़ फेंकने का भी कोई उपाय नहीं। कुछ देर बाद रुपये उन्होंने उठा लिये।

"तीस डालर.......कुछ मन में मत लाना!"

"नहीं कर्त्ता", खुशी बोला, "अब सोने जाऊंगा। आपको एक बंडल दियासलाई देता जाऊं।" यह कह कर उसने एक बंडल दियासलाई टेबल के ऊपर रख दिया।

"पर नवकर्त्ता ऊंटों की बात किसी से मत कहिएगा।"

नवकर्त्ता लिऊ की ओर से तो नहीं, 'समुद्र का राज्य' होटल से ही ऊंट की कहानी बाहर फैल गई। शहर में भी यह खबर आई। इसके पहले कोई खुशी को इतना नहीं जानता था। सिर्फ़ वे

समझते कि लड़का कुछ ज़्यादा लजालू है, किसी के साथ मिलना-जुलना उसे अच्छा नहीं लगता। अब उन्होंने ही उसके विषय में अपनी धारणा बदल दी। खुशी में कोई परिवर्तन नहीं हुआ था। वह पहले की ही भांति है। किसी के साथ हेलमेल नहीं है, अपना काम करता जा रहा है। किसी-किसी ने कहा, 'खुशी ने एक गिरी हुई सोने की घड़ी पाई हैं।' किसी ने बीच में टोक कर कहा, 'नहीं जी, घड़ी नहीं, तीस डालर पाए हैं।' जो अपने को सब से पक्की ख़बर जानने वाले समझते थे उन्होंने सिर हिला कर कहा, 'नहीं जी, न घड़ी पाई और न तीस डालर। असल में पश्चिमी पहाड़ से तीस ऊंट लेकर वह लौटा है।'

अनेक अफ़वाहें उड़ीं, पर सबका स्वर एक था। खुशी सहसा बहुत से रुपयों का मालिक हो उठा है। एक आदमी चाहे वह कितने ही अद्भुत ढंग का क्यों न हो, सहसा वह काफ़ी रुपयों का मालिक बन गया है, यह सुन कर सब उसकी ख़ातिर करने लगते हैं, सम्मान दिखलाने लगते हैं, क्योंकि अपने शरीर का ख़ून पानी कर रुपया पैदा करना एक मुश्किल बात है, इसीलिए एकाएक कुछ रुपये पाने का स्वप्न सभी देखते हैं। अवश्य ही, यह सौभाग्य हजार वर्ष में भी एक बार आएगा या नहीं, सन्देह की बात है, पर स्वप्न देखकर थोड़ा खुश हो उठने में तो कोई हर्ज नहीं है। यदि किसी आदमी के भाग्य में इस तरह से रुपए पाने का सौभाग्य हो, उसे वे अपने से अलग करके ही देखते हैं।......और क्यों नहीं देखेगा? कितना भाग्यशाली वह है। खुशी के कम बोलने की आदत, उसका अद्भुत व्यवहार, उनकी आंखों में इस बार नया रंग लाया। उन लोगों ने सोचा, शायद बड़े आदमी ऐसे ही होते हैं। अब से उन्हें ही तो उसके पास जाना होगा, वह तो खुद नहीं आएगा, और यह उचित भी है।

"यार खुशी, कहां से इतने रुपए मिल गए?" प्रतिदिन वह इसी तरह की बातें रास्ते चलते सुनने लगा। पहले तो वह चुप लगा जाया करता, पर कहां तक सहा जाए? सहने की भी एक सीमा होती है। वह क्रुद्ध हो जाता। उसके गाल के घाव का चिह्न अंगारे की तरह लाल हो उठता। चिल्ला कर कहता, "रुपए मिले हैं? मर बेजन्मे बेटे! हमारा रिक्शा कहां गया?"

हां, सच तो! उसका रिक्शा कहां है? सभी अवाक् रह गए। पर दूसरे के दुर्भाग्य पर आलोचना कर उद्विग्न होने के बजाए उसके सौभाग्य की आलोचना करने में कहीं ज़्यादा मज़ा है। इस बार रिक्शे की बात भूलकर उसके भाग्य की बातें ही उन्होंने शुरू कर दीं। कुछ दिन बीते, खुशी तब भी रिक्शा खींचता जा रहा था। न तो उसने यह रोज़गार छोड़ दिया, न एक घर या एक टुकड़ा ज़मीन ख़रीदी। लोगों का उत्साह मन्द पड़ गया। समय-असमय उसकी चर्चा चलने पर कोई अब यह नहीं पूछता कि उसका नाम 'ऊंट' क्यों पड़ा, पर नाम इससे नहीं छूटा, वह क़ायम रह गया।

खुशी पहले इस सहज व्यापार को नहीं भूल सका। एक और रिक्शा ख़रीदने के लिए वह बेचैन हो उठा। सुबह से सन्ध्या तक अविराम परिश्रम के बीच केवल एक बात ही उसके मन में रहती, नया रिक्शा वह ख़रीदेगा, पर बीच-बीच में कड़वी अनुभूति उसे भयभीत बना जाती। सांस घुटती-सी लगती। ठीक तो, क्या होगा उन्नति की चेष्टा कर? हड्डी तोड़ परिश्रम करते हो, उन्नति करना चाहते हो, यह समझ कर ही क्या दुनिया तुम्हारे साथ अच्छा सलूक करेगी? यदि ऐसी ही बात होती, तो उसका रिक्शा इस तरह क्यों छीन लिया गया? वह चला गया, ख़ैर। वह एक और ख़रीदने लायक़ रुपए जुटा लेगा, पर इसकी भी उसकी ही तरह हालत नहीं होगी, यह कौन कह सकता है?

उसे लगा, मानो अतीत एक दु:स्वप्न के समान है, वह उसके भविष्य की आशाओं को समेट देता है। पहले वह उच्छृंखलता नापसन्द करता था, पर अब किसी को शराब पीते या वेश्या के यहां जाते हुए देखकर एक तरह से प्रशंसा ही कर बैठता। उन्नति की चेष्टा जब व्यर्थ है, आगे बढ़ने के रास्ते में

इतनी मुसीबतें पड़ी हैं, तब जीवन का उपभोग कर लेने में दोष क्या है? हां, वे ठीक ही कर रहे हैं। वेश्या के घर वह भले न जाए, बीच-बीच में दो-एक पेग शराब तो वह ढाल हो सकता है। इससे मन का भार हल्का ही होगा। शराब और सिगरेट के ऊपर उसकी झोंक चढ़ी। कुछ उतने पैसे का ख़र्च भी नहीं, पर काफ़ी अच्छी सांत्वना मिल जाती है। लगता है, जीवन के जटिल रास्ते से चलने पर एकाध पेग, थोड़ा-बहुत पिए बिना चल नहीं सकता। इसके अलावा अतीत की वेदना भुला देने वाली और दूसरी कोई तेज़ चीज़ नहीं है।

पर तब भी वह शराब और सिगरेट की लत डालने का साहस न कर सका। एक फालतू पैसा हाथ में आने पर वह जमा करेगा या शराब और सिगरेट में उड़ा देगा? जमा करना ही तो ठीक है, नहीं तो इस जीवन में फिर नया रिक्शा वह कभी नहीं ख़रीद सकेगा। यद्यपि यह भय है कि आज का ख़रीदा रिक्शा कल खो जा सकता है, तथापि ख़रीदना तो होगा ही। यही तो उसकी एकमात्र इच्छा है, एकमात्र आशा है, यहां तक कि इसे धर्म भी कहा जा सकता है। इस विषय में कोई सन्देह नहीं कि यदि वह अपने रिक्शे का मालिक नहीं हो सका, तब जीवित रहने से कोई फ़ायदा नहीं है। ऊंचे पद का राज-कर्मचारी, बहुत बड़ा धनी या सम्पत्ति का मालिक वह नहीं होना चाहता। वह रिक्शा खींचना चाहता है और वह रिक्शा उसका अपना होगा। यदि वह ऐसा नहीं कर पाया, तब तो मुंह दिखाना भी दुशवार हो जाएगा। सारा दिन वह यही सोचता, अपनी पूंजी गिनता रहता। उसके मन में आता, यदि एक दिन भी यह बात भूल जाए तो फिर वह मनुष्य नहीं रह जाएगा, पशुओं में शरीक होकर रास्ते में इधर-उधर दौड़ता हुआ चक्कर मारेगा। जिसके पास कोई आशा नहीं, वह भी क्या मनुष्य है?

रिक्शा चाहे कितना ही अच्छा क्यों न हो, भाड़े का ही तो है। इसे चला कर सुख नहीं पाया। रिक्शा नहीं, मानो पत्थर का एक भारी बोझ पीठ पर लादकर चल रहा है। यही बातें उसके दिमाग़ में आतीं, पर यह समझ कर वह लापरवाही करने वाला आदमी नहीं है। रिक्शे को धो-पोंछ कर बिल्कुल झकझक-चकचक किए रखता। असावधान होकर कभी रास्ते में किसी को टक्कर भी नहीं लगाता, पर सावधान होना एक बात है और फुर्ती करना दूसरी बात। भाड़े का रिक्शा खींच कर क्या मन में चुस्ती आ सकती है?

हां, खुद का अपना रिक्शा धो-पोंछ कर रखना सच्ची स्फूर्ति भी है। टेंट का बटुआ खोलकर चमकते हुए सिक्के गिनने के समान है, पर भाड़े पर लिये हुए रिक्शे में क्या यह स्फूर्ति पाई जा सकती है? हमेशा यह चुभता रहता, यह तो अपना नहीं है। एक पैसा भी ख़र्च करने की हिम्मत नहीं होती। तब तो रिक्शा ख़रीदने की आशा पीछे जो चली जाएगी। खुशी ने शराब या सिगरेट पर तो पैसे नहीं ही खर्च किए, यहां तक कि अच्छी चाय तक उसने नहीं पी। उसके ही भाई बिरादर छः बजने के बाद तेज़ कदम से चायख़ाने में पहुंच दस पैसे वाली चाय पीते। चाय के साथ सादी चीनी के दो बड़े-बड़े डले भी रहते। उसकी खुशबू का क्या पूछना? गर्मी दूर करने और फिर से शक्ति लौटा देने वाली ऐसी कोई दवा ही नहीं है। खुशी भी तेज क़दम से ही जाता। पसीना उसके कानों से बह कर टप-टप कर चू पड़ता, छाती हांफने लगती। उसकी भी अभिलाषा होती कि उनकी ही तरह चायख़ाने में घुसकर एक प्याला चाय पीए। नहीं, अभ्यास नहीं। चाय की तब ज़रूरत ही पड़ जाती हैं। दो-एक प्याला चाय पीने से दम लेने में सुविधा होती है, पर पैसे ख़र्च होने के डर से वह चायख़ाने में नहीं घुसता। एक पैसे वाली बेस्वाद चाय पीकर अपनी प्यास बुझाता।

बीच-बीच में अपने पर ही गाली-गलौच करने की इच्छा होती है। क्यों वह इस तरह अपने को वंचित कर रहा है? पर रिक्शावाले को रुपये जमा करने के सिवा और दूसरा उपाय ही क्या हैं? मन ही मन उसने

ठीक किया। पहले रिक्शा ख़रीदना होगा, इसके बाद दूसरी बातें होगीं। अपना रिक्शा होते ही सारी मेहनत सार्थक हो जाएगी। खुशी रुपये कमाने के धन्धे में घूमने लगा। जब उसके पास माहवारी काम नहीं रहता, तब वह ख़ूब खटने लगा। भोर को जो रिक्शा लेकर निकलता तो काफ़ी रात बिता कर लौटता। उसने ठीक कर लिया था, इतने रुपये यदि नहीं कमा सका तो अड्डे पर नहीं लौटेगा। इसीलिए बीच-बीच में दिन-रात उसे रिक्शा खींचना पड़ता।

पहले दूसरों की सवारी फोड़ कर वह कभी नहीं लेता था। बूढ़ा आदमी या किसी लड़के-बच्चे को देखकर उसे ममता आ जाती। उसका ऐसा लम्बा-चौड़ा चेहरा, ऐसा झकझक करता हुआ रिक्शा! थोड़ी भी इच्छा करने पर वह उनकी सवारी फोड़ सकता था, बार-बार यही बातें मन में याद आतीं, पर अब जैसे इस ओर कुछ ख़याल ही नहीं। उसे रुपए चाहिए। एक पैसे की क़ीमत भी काफ़ी है, किसी को वह वंचित कर रहा है, या नहीं कर रहा, इस तरह की बातें सोचने से काम नहीं चलेगा। उसे सवारी चाहिए, वह और कुछ भी नहीं सोचता, मानो वह एक भूखा पशु है। सवारी पाकर जब वह दौड़ता है, उसके हृदय का भारी पत्थर हट जाता है। छाती हलकी हो उठती है, रिक्शा ख़रीदने की आशा मन में शक्ति भरती है। देखते-ही-देखते उसके पहले की प्रसिद्धि नष्ट हो गई। जब कभी वह दूसरों की सवारी फोड़ लेता, वे गाली-गलौच करने लगते। खुशी जवाब नहीं देता, सिर झुका कर दौड़ता हुआ चल देता। मन-ही-मन सोचता, यदि रिक्शा ख़रीदने की बात न रहती, तो क्या मैं इतने पर उतर आता? छिः, ज़रा भी लज्जा नहीं हुई! यह कह कर मानो वह अपने साथियों से माफ़ी चाहता, पर मुंह खोल कर कभी वह उनसे ये बातें नहीं कह सकता।

उसको याद आया, पहाड़ से जब वह लौट आया था, तो वे उसे कैसी आंखों से देखते थे! अब वे उससे घृणा ही करते हैं। चायख़ाने में चाय का प्याला लेकर वह अकेला ही टेबल पर बैठता है, रिक्शे के अड्डें पर भी अकेले ही बैठे-बैठे अपने पैसे गिनता है। क्रोध से शरीर जल उठता है, पर ज़बर्दस्ती वह अपने क्रोध को दबाए रखता है। यह ठीक है कि मार-पीट से वह डरता नहीं है, पर करना भी नहीं चाहता। मार-पीट करने में वे भी पीछे नहीं रहते, पर खुशी के साथ मार-पीट करने के पहले एक बार ठंडे दिमाग़ से सोच लेना ही होगा। उनमें से किसी के शरीर में उसके समान ज़ोर नहीं है। यदि एक साथ मिलकर वे सभी उस पर टूट पड़े.......! पर यह कोई सम्मान की बात नहीं होगी। खुशी मन का क्रोध मन ही में दबा कर रिक्शा खींचने लगता। रिक्शा नहीं ख़रीदने तक यह सभी कुछ सहना ही पड़ेगा, उसके बाद वह देख लेगा। तब तो फिर रोज़गार कर भाड़ा चुकता करने का तक़ाज़ा नहीं रहेगा, सवारी फोड़कर भी नहीं लेनी होगी। उस समय देखा जाएगा।

उसका जैसा स्वास्थ्य है, उससे इतना खटना ठीक नहीं। शहर में आकर जैसे बुख़ार में वह पड़ गया था, उसका धक्का अब तक नहीं गया। ....और कैसे जाएगा? अच्छी तरह से नीरोग होने के पहले ही उसने रिक्शा खींचना शुरू कर दिया है। यह बात स्वीकार करने के लिए वह तैयार नहीं है। कि उसका शरीर कमज़ोर है, पर भयानक थकावट महसूस होती है। तब भी विश्राम वह नहीं करता। पसीना आने से ही थकावट दूर हो जाएगी। यही सोचता है। बिना खाए तो रह नहीं सकता, पर पेट भर भोजन वह नहीं करता। अभी वैसा ही चंगा है, मांस-पेशियां अब भी वैसी ही मज़बूत हैं, पर वह एकदम रोगी हो गया है। इतने बड़े लम्बे-चौड़े शरीर के लिए वैसा ही भोजन भी चाहिए, इस बात को वह भूल गया है। बाघिनी बीच-बीच में उसे फटकारती रहती है, "ऐ छोकरे! यदि ऐसे ही और कुछ दिन बीते, तो कुछ कहना नहीं पड़ेगा। मुंह से ख़ून का बेधड़क फव्वारा छूटेगा। तब मुझे दोष नहीं देना, यह कहे देती हूं।"

वह ख़ुद यह बात जानता है, पर क्या करे? हालत जैसी हो गई है उसमें आधा पेट खाने के सिवा और चारा क्या है? मिज़ाज भी तीखा हो गया है। बाघिनी की ओर देखते हुए उसने कहा था, "ख़ूब कहती हो! पैसा जमा नहीं करने से रिक्शा कहां से आएगा?"

उसके मुंह पर और कोई यदि इस तरह का जवाब देता, तो बाघिनी पूरा आधा दिन तक उसका उद्धार करती, पर शायद खुशी पर ख़ूब दयालु थी, इसलिए होंठ बिचका कर बोली, "ज़रा सब्र कर ही रिक्शा ख़रीदो न, महाराज! तुम्हारा शरीर तो लोहे का नहीं बना हैं। दो-तीन दिन खाओ-पीओ, आराम करो, यह न कर सिर्फ़ चर्खे की तरह घूमना!"

खुशी ने इस पर ध्यान ही नहीं दिया। बाघिनी ग़ुस्सा होकर बोली, "अपनी ज़िद नहीं छोड़ोगे, तो मैं क्या करूं? पर कहे देती हूं बच्चू, चित हो जाने पर मुझे दोष मत देना।"

नवकर्त्ता ने भी आपत्ति की है। यह रात-दिन रिक्शा खींचने से शरीर क्षय हो न हो, इससे उनका कुछ बनता-बिगड़ता नहीं, पर टायरों की आयु कुछ कम हो जाएगी, यह तो जानी हुई बात है। अवश्य ही, भाड़ा देने के समय, दिन-रात का ही भाड़ा चुका दिया जाता हैं और रिक्शेवाले भी इच्छानुसार रिक्शे लेकर निकल पड़ते हैं, फिर जब तक चाहें रिक्शा खींच सकते हैं। खुशी की ही तरह यदि वे दिन-रात खींचते रहे, तब तो हुआ! रिक्शे का फिर अस्तित्व भी न रहेगा। चाहे जितना ही मज़बूत क्यों न हो, चौबीस घण्टे तक खींचते रहने पर तो अवश्य ही जर्जर हो जाएगा। बूढ़े नवकर्त्ता प्रसन्न नहीं हो सके, पर कुछ कहा भी नहीं जा सकता। मुंह बन्द कर रहने के सिवा कोई चारा नहीं। केवल आंखों के कोर से असंतोष का चिह्न व्यक्त किया जा सकता है।

एक बार मन में आया, खुशी को भगा देने से ही सारा झंझट ख़तम है, पर लड़की की ओर देखकर भरोसा उन्हें मिला। ना, खुशी उनका घर-जमाई होगा, यह बात कभी मन में नहीं आई, पर लड़की इस छोकरे को ख़ूब पसन्द करती है। अपनी लड़की से वे डरते हैं। उसे किसी प्रकार की चोट पहुंचाने की उनकी इच्छा नहीं है। यही तो इकलौती लड़की है। ब्याह होने की आशा नहीं। उसका एकमात्र बन्धु ठहरा यह छोकरा। इसे क्या भगाया जा सकता है?

सच्ची बात कही जाए तो नवकर्त्ता नहीं चाहते कि लड़की की शादी हो। इतने काम की लड़की है, शादी कर देने पर तो सब गड़बड़ हो जाएगा! इसी स्वार्थ के लिए वे लड़की से डरा करते हैं। जीवन में स्वर्ग या नरक का डर किसे कहते हैं, वे नहीं जानते, पर इस बुढ़ापे में उनकी लड़की ही भय का कारण हुई। बीच-बीच में यह सोचकर सांत्वना पाते हैं कि वे जब एक आदमी से भी डरते हैं, तो यह प्रमाणित होता है कि देवता और मनुष्य के प्रति अपनी श्रद्धा को उन्होंने एकदम नहीं खोया है। जो हो, उन्होंने मन-ही-मन यह बात स्वीकार कर ली कि वे अपनी लड़की से डरते हैं और इसी डर की वजह से खुशी को भगा नहीं पाते, पर इससे यह अर्थ निकालना ठीक नहीं कि उनकी लड़की खुशी के साथ ब्याह कर बेवक़ूफ़ बने। यह बात वे चाहते हैं? नहीं, वे इसे नहीं चाहते। उनकी लड़की को ज़रूर यह मतलब नहीं है, ऐसी बात नहीं, पर खुशी उतनी दूर तक पहुंचने का साहस ही न करेगा। ज़रा सावधान रहना ही होगा। फ़िज़ूल इस समय लड़की को दुःख पहुंचाना ठीक नहीं।

पर खुशी बूढ़े का हाव-भाव नहीं समझ सका। उसके पास इतना समय ही कहां हैं? मानव-मिलन आशियाना उसे यदि छोड़ना पड़े तो लड़ाई-झगड़ा करके छोड़ेगा, यह वह सोच ही नहीं सकता। यह ज़रूर है कि माहवारी का काम मिल जाने पर वह छोड़ देगा। खुदरा सवारी खींचना अब उसे अच्छा नहीं लगता। पहली बात तो यह कि रिक्शेवाले उस पर इसीलिए बिगड़े हैं कि वह उनकी सवारी फोड़ लेता है।

दूसरी बात कितनी आमदनी होगी, इसका कोई ठिकाना नहीं। आज या तो ख़ूब ही आमदनी हुई, कल या तो सटक सीताराम! कब वह रिक्शा ख़रीद सकेगा, इसका अंदाज़ मोटे तौर पर भी मुश्किल है। इससे तो बंधी हुई रोज़ी अच्छी है। चाहे जितनी ही कम हो, महीने-महीने थोक कुछ जमा कर सकेगा, मन भी हलका रहेगा।

ठेके पर माहवारी काम उसने खोज लिया। चलो, अब खुदरा सवारी के रास्ते में चक्कर नहीं काटना होगा। इयाङ्ग परिवार में उसे काम मिला। श्रीयुत इयाङ्ग शंघाई के आदमी हैं, उनकी बड़ी बहू चियेन सिन की लड़की हैं, छोटी बहू सुचाई की। दोनों बहुओं के एक झुंड बच्चे कच्चे हैं।

पहले दिन ही काम करने जाकर मूर्च्छित होने की नौबत आ गई। ख़ूब सवेरे बड़ी बहू बाज़ार करने निकलीं। लौटने पर दौड़ना पड़ा लड़के-लड़कियों को लेकर स्कूल। एक स्कूल तो नहीं, विभिन्न प्रकार के स्कूल। कोई लोअर प्राइमरी, कोई मिडिल या कोई किंडरगार्टन स्कूल। उम्र के हिसाब से एक-एक बच्चे का एक-एक स्कूल। लड़के-लड़कियों को स्कूल पहुंचा कर श्रीयुत इयाङ्ग को उनके सरकारी दफ़्तर में छोड़ आया। इस बार लौटकर छोटी बहू को लेकर बाज़ार, या उनके हित-कुटुम्बों के घर से घुमा लाना पड़ा। इस तरह दोपहर के टिफ़िन का समय हो आया। लड़के-लड़कियों को स्कूलों से ले आकर उन्हें खिला-पिलाकर फिर पहुंचा आना पड़ा। लौटकर आने पर लगा कि अब दो मुट्ठी खाए बिना नहीं चलेगा, पर इसका भी कोई मौक़ा है। बड़ी बहू ने चिल्लाकर हुक्म दिया, 'कुएं से पानी खींच लाना होगा।' पीने का पानी घर में मंगाने का बन्दोबस्त है। कुएं से बर्तन मलने या कपड़े धोने के लिए पानी लाया जाता है। खुशी ने जब नौकरी पकड़ी थी, उस समय इस तरह की कोई शर्त नहीं थी, पर अब क्या करे? मालकिन को ख़ुश रखने के लिए कुएं से पानी भर कर चहबच्चा भर दिया। पानी भरना ख़तम कर भात की थाली लेकर बैठा ही था कि छोटी बहू ने जाने क्या ख़रीद लाने की फ़रमाइश कर दी।

बड़ी बहू और छोटी बहू में बिल्कुल नहीं बनती, पर घर-गृहस्थी के मामले में वे एकमत हैं, नौकर-चाकर को कभी बैठा कर नहीं रखना चाहिए। इसीलिए उसे खाने का समय भी वे नहीं देना चाहतीं। खुशी यह बात नहीं जानता था, इसी से सोचा, पहले दिन अचानक इतने काम आ पड़े हैं, दूसरे दिन से भरसक खाने और थोड़ा सुस्ताने का समय उसे अवश्य मिलेगा। यह सोच कर वह मौन, चुपचाप सभी फरमाइशें बजा आया। अपने पैसे ख़र्च कर कुछ पीठे ख़रीद कर खाए। नौकरी बचाए रखने के लिए कभी-कभी तो यह सब भी करना ही पड़ता है।

छोटी बहू की चीज़ें ख़रीद लाने पर बड़ी बहू ने तियेनसिनी भाषा में आंगन बुहारने का हुक्म दिया। मालिक और उनकी पत्नी जब घर से निकलते हैं, काफ़ी सजधज कर निकलते हैं, पर घर का आंगन बिल्कुल जंजालों से भरा है, इस ओर उनका ध्यान नहीं। आंगन को देखते ही उसका शरीर घिन-घिन कर रहा था। झाड़ू देने में वह लग गया। वह भूल गया कि वह एक रिक्शावाला है, मामूली नौकर नहीं। जब आंगन साफ़ हो गया, तो छोटी बहू ने घर-दरवाज़े में झाड़ू देने के लिए कहा। खुशी ने कोई आपत्ति नहीं की। वह अवाक रह गया। ऐसी तस्वीर की बीवी की तरह उनका चेहरा और घर मानो एक नरक-कुंड है। पैर रखने की इच्छा नहीं होती।

घर-दरवाज़े साफ़ हो चुके हैं। इतने में छोटी बहू ने एक साल के नन्हे लड़के को उसके कंधे पर बैठा दिया। एक साल का होने से क्या होगा? बड़ा दुःखदायी लड़का है। ऐसा कोई काम नहीं, जिसे खुशी नहीं कर सकता हो, पर आयागिरी उसने कभी नहीं की। दोनों हाथों से वह उसे पकड़े रहा, क्या पता, नन्हा यदि गिर पड़े!.......और फिर कस कर पकड़ने का भी उपाय नहीं, नन्हें को चोट आ सकती है। नन्हें को

लेकर वह आमा च्याङ्ग की गोद में देने गया। आमा च्याङ्ग घर की नौकरानी है। लम्बा-चौड़ा चेहरा, इयांगत्सिर के उत्तर में उसका घर है। आमा च्याङ्ग ने गोद में तो नहीं ही लिया बल्कि उलटे गालियां बकने लगी।

इयाङ्ग परिवार में नौकर तीन-चार दिन से ज़्यादा नहीं टिकते। मालिक और उनकी पत्नियां भी नौकर को ख़रीदा हुआ गुलाम समझती हैं। वे सोचते हैं कि यदि नौकर को नहीं खटाया जाए, तो रुपए कैसे वसूल होंगे! एक आमा च्याङ्ग ही पांच-छ: वर्षों से टिकी है। इसका कारण है, आमा च्याङ्ग सब को गालियां बक सकती है। यहां तक कि मालिक और उनकी बहुओं को भी। मालिक की ज़बान तेज़ है, तियेनसेन की बहू भी कम झगड़ालू नहीं, सुचाऊ की बहू भी आहिस्ता-आहिस्ता जला देने वाली बातें कहती है, पर ये तीनों मिल कर भी आमा च्याङ्ग से पार नहीं पा सकते। आमा च्याङ्ग जवाब में ऐसा करारा सुनाती है कि वे पस्त हो जाते हैं। योग्य प्रतिद्वन्द्वी ही उन्हें मिला है।

खुशी जिस गांव में बड़ा हुआ है, वहां गाली-गलौंच करने का रिवाज कम है। ज़रूरत पड़ने पर हाथ चलाने में भी वह अभ्यस्त है, पर आमा च्याङ्ग को मारने का साहस वह नहीं कर सका। इसके अलावा वह औरत-जात है, उसे मारा भी नहीं जा सकता। उसकी ओर उसने आग्नेय नेत्रों से देखा। आमा च्याङ्ग चुप हो गई। उसे समझते देर न लगी कि खुशी को समेटने में मुसीबत है।

इस बार बड़ी बहू ने खुशी को बुलाकर स्कूल से बच्चों को ले आने की आज्ञा दी। खुशी छोटी बहू की गोद में नन्हें को दे आया। छोटी बहू को लगा, खुशी उनकी अवज्ञा कर रहा है। उन्होंने मुंह खोलकर उस पर गालियां बरसानी शुरू कर दीं। खुशी ने छोटी बहू के लड़के को अपनी गोद में लिया है। यह बात बड़ी बहू को बिल्कुल अच्छी नहीं लगी। छोटी बहू को मुंह खोलते देख इस बार उन्होंने भी गला खंखार कर गालियां बरसानी शुरू कर दीं। खुशी पर ही गालियां बरसाती रहीं। वह सभी की गाली-गलौच का लक्ष्य-स्थल हो उठा। खुशी रिक्शा लेकर जल्दी-जल्दी बाहर निकल पड़ा। वह मानो क्रोध करना भी भूल गया है।

बच्चों को एक-एक कर के स्कूल से ले आया। आंगन में गोल माल, हल्ला-हुड़दंग का जैसे बाज़ार लगा है। तीन औरतों की चिल्लाहट, लड़के-लड़कियों का कोरस रोना, सब मिलकर मानो अभिनय ख़तम होने के बाद थियेटर-स्ट्रीट के हल्ले को भी मात करता है। इसके अलावा इस शोर-ग़ुल का कोई कारण भी नहीं है। खुशी फिर रिक्शा लेकर निकल पड़ा। इस बार सरकारी दफ़्तर से मालिक को लाने जाना होगा। सड़क पर उतर कर उसे लगा, रास्ते का हो-हल्ला, घोड़ों की अजीबोग़रीब चिल्लाहट घर के हो-हल्ले से कहीं ज़्यादा अच्छी है।

इसी तरह आधी रात तक यह आने-जाने का सिलसिला चलता ही रहा, इसके बाद सांस लेने का उसे समय मिला। तब क्लान्ति से उसका शरीर चूर-चूर हो गया था, सिर में चक्कर आने लगा था। मालिक और उनकी दोनों बहुओं का मुंह तब तक भी बन्द नहीं हुआ था, पर नींद छोड़कर और किसी के लिए भी सिर खपाने की उसे फ़ुर्सत नहीं थी। वह अपनी छोटी कोठरी में जाकर सो रहा, पर नींद तब आंखों से बिदा मांग चुकी थी।

ठीक फाटक के पास ही यह कोठरी है। बीच में काठ की एक दीवार डालकर दो भाग कर दिए गए हैं। च्याङ्ग अम्मा एक ओर सोती है और वह दूसरी ओर। घर में रोशनी नहीं है। दो फ़ुट नाप की एक छोटी खिड़की हैं। क्या भाग्य है कि इसी के भीतर से रास्ते वाली रोशनी का कुछ अंश चला आता है। सीलन से भरा हुआ, दुर्गन्धमय घर है। चारों ओर ताम्बे के पैसे की तरह मोटी धूल जम गई है। सारे कमरे को घेर लेने वाला एक जीर्ण-शीर्ण तख़्तपोश है। खुशी ने सोचा कि यहां सोने पर सिर यद्यपि तख़्तपोश के ऊपर रहेगा,

दोनों पांव दीवार पर उठाकर रखने होंगे। दीवार से दोनों पांव नीचे रखने पर अधबैठी अवस्था में सोना होगा। धनुष की तरह टेढ़ा होकर सोना भी असंभव है। इसीसे बहुत देर तक सोचने के बाद उसने तख़्तपोश को घर के भीतर आड़ा कर बिछा दिया। कमरे के एक कोने में सिर और एक कोने में पैर रखकर मज़े से सोया जा सकेगा। पांव अवश्य ही कुछ झूलते रहेंगे, पर और क्या किया जाए? इसी तरह रात काटनी होगी।

बिछावन लाकर बिछा देने के बाद वह सो रहा। पैर झुलाते हुए सोने की आदत नहीं है। नींद नहीं आई। ज़बर्दस्ती आंख बन्द कर उसने अपने को सांत्वना दी, 'सो न बच्चू! कल फिर सुबह ही उठना होगा। कितनी तकलीफें तो वह सह चुका है, यह भी उसी तरह से सह लो! मेहनत का काम, ख़राब खाना-पीना, यह सब सोचने से क्या चल सकता है? मौका भी तो लग सकता है। माचियाङ्ग खेलने के लिए शायद इनके यहां रोज़ भीड़ हो। तो क्या कुछ ऊपरी आमदनी नहीं होगी? मालिक और मालकिनें यदि कहीं भोज खाने के लिए बाहर जाए तो कुछ और भी आमदनी हो जाएगी। वह किसलिए यहां पर आया है? रुपए कमाने के ही लिए तो? रुपए यदि पाए जाएं तो सब कुछ सहना होगा।'

इसी प्रकार की बातें सोचते-सोचते मन हलका हो गया। कमरे की दुर्गन्ध भी फिर नाक में नहीं मालूम हुई। सोये-सोये ही उसने स्वप्न देखा, दुर्गन्धमय एक पिल्लू फर्र-फर्र कर उड़ रहा है। नाक में आकर दुर्गन्ध घुस रही है, पर उसे पकड़ने की तकलीफ़ को भी वह तैयार नहीं। दो-तीन दिन बीत गए। खुशी की छाती तब एकदम पस्त हो चुकी थी, आशा-आकांक्षाएं सभी बिखर गई थीं। चौथे दिन घर में कुछ महिला अतिथि आईं। च्याङ्ग अम्मा जल्दी-जल्दी ताश खेलनेवाला टेबल ले आई। लगा, जैसे छोटी-सी झील में जमा बर्फ़ पर से वसन्त की हवा आकर लग रही है।

बच्चों को नौकर के जिम्मे छोड़, मालिक की दोनों पत्नियां माचियाङ्ग खेलने बैठ गईं। च्याङ्ग अम्मा सिगरेट, चाय और गरम पकवान जुटा रही है, इससे इन नटखट बन्दरों का भार उसपर पड़ा। वह इन्हें फूटी आंखों नहीं देखना चाहता, पर घर के भीतर झांक कर देखा कि बड़ी बहू नौकरों के लिए हरेक बाज़ी में कुछ पैसे अलग रख देती है। चलो, बड़ी बहू कड़ी होने पर भी बेवक़ूफ़ नहीं। नौकर-नौकरानी को मुफ़्त में बख़्शीश देने का इतना बढ़िया सुगोग क्या वह यूं ही छोड़ देगी? नटखट बन्दरों का अत्याचार वह बख़्शीश के लोभ में चुपचाप सह गया।

खेल समाप्त हुआ। बड़ी बहू ने उसे बुलाकर अतिथियों को घर पहुंचा देने को कहा। दोनों महिलाएं जल्दी घर लौटने के लिए उतावली थीं। एक रिक्शा पर पहुंचने में देरी होगी, कह कर खुशी एक और रिक्शा बुला लाया। बड़ी बहू टेंट में खोंसे पैसे भाड़ा देने के लिए निकालने लगीं। महिलाओं ने कई बार आपत्ति की, पर बड़ी बहू इस तरह चिल्ला उठीं, मानो उसके प्राणों को लेकर ही खींचतान हो रही है, "यह क्या बहन! तुम आईं हमारे घर, और रिक्शा-भाड़ा तुम दोगी? नहीं-नहीं, यह नहीं हो सकता। लो लो, उठ पड़ो।" दस सेन्ट निकाल कर उन्होंने महिला के हाथ में ठूंस दिए। खुशी ने देखा, बड़ी बहू के हाथ कांप रहे हैं।

अतिथि महिलाओं को उनके घर पहुंचा कर लौट आने पर वह ताश के टेबल को हटा कर घर संवारने में मदद देने लगा। बड़ी बहू ने खड़े होकर सब कराया। खुशी ने घर संवारते-संवारते एक बार बड़ी बहू की ओर देखा। बड़ी बहू ने च्याङ्ग अम्मा को चाय के लिए गरम पानी लाने के बहाने बाहर भेज कर दस सेन्ट खुशी के हाथ में थमा दिए, "यह लो, इस तरह घूरकर मत देखो महराज!" खुशी का चेहरा क्रोध से लाल हो उठा। मन में आया, अभी वह बड़ी बहू के मुंह पर दस सेन्ट फेंक मारेगा।

"मेरी चार दिन की पगार दे दीजिए।"

"क्या हुआ?" बड़ी बहू ने खुशी से पूछा। इसके बाद कोई बात न कह कर उसका हिसाब चुकता कर दिया। बिछावन लेकर सदर फाटक पार करते-न-करते उसने सुना कि पीछे गाली-गलौच शुरू हो गई है।

शरत् की रात है, अभी भी गंभीर नहीं हुई। चांद की शुभ्र ज्योत्स्ना है। पेड़ के पत्ते प्रायः झर गए हैं, जो कुछ बाक़ी हैं, उनकी छाया ज़मीन पर पड़ रही है। मृदु हवा एक बार बहती है, चली जाती है और फिर लौट आती है। खुशी ने सिर उठाकर आकाश की ओर देखा। सिर के ऊपर बहुत दूर पर स्वर्ग की नदी बहती जाती है। दीर्घ उसांस छाती से निकल गई। ऐसी प्राण जुड़ाने वाली संध्या! उसकी छाती भी तो काफ़ी चौड़ी है, पर लगता है, मानो उसमें यह हवा घुस नहीं पाती। दुःख के भार से छाती पिसी जाती है। बैठकर फूट-फूट कर रोने की इच्छा हुई। ऐसा लम्बा-चौड़ा उसका चेहरा और ऐसा शान्त स्वभाव है, पर क्या हुआ? वह अपनी अवस्था को उन्नत करना चाहता था, पर लोगों ने उसके साथ कुत्ते का-सा व्यवहार किया है। वह नौकरी में भी अधिक दिन नहीं टिक सका। सिर्फ़ इयाङ्ग परिवार को कोसकर वह शान्त नहीं हो सका। उसका दु:ख ले आया निराशा और भय, वह मानो जीवन में अब और कुछ नहीं कर सकेगा। बिछावन पीठ पर लेकर वह चलने लगा, पर पैरों में जैसे शक्ति नहीं रही, अभी ही मानो गिर पड़ेगा। आठ दस 'ली', जो बिना किसी कष्ट के दौड़ सकता था, वह खुशी मानो अब नहीं रहा।

बड़ी सड़क पर जब वह पहुंचा, उस समय रात घनी हो चुकी थी। रास्ते पर दो-एक आदमी चल रहे हैं। सिर्फ़ उज्ज्वल प्रकाश की पंक्ति चुपचाप जल रही है। कहां जाएगा, नहीं जानता। एक मानव-मिलन में जा सकता है, पर वहां जाना मुश्किल है। खुशी ने छटपटाहट का अनुभव किया। वह किसी तरह एक रिक्शा ख़रीदना चाहता था इसके लिए अपने आत्मसम्मान की भावना तक को उसने बेच दिया था, पर क्या हुआ? साढ़े तीन दिन से ज़्यादा वह नौकरी में नहीं टिक सका। इस समय मानव-मिलन अड्डे पर लौट कर मुंह दिखाना ही भार हो जाएगा। सभी हंस कर कहेंगे, देखो-देखो! तीन दिन में ही खुशी की नौकरी ख़तम हो गई! पर मानव-मिलन न जाकर वह कहां जाएगा? वह और सोच नहीं सका। जल्दी-जल्दी अड्डे की ओर चलने लगा।

एक फैला हुआ आंगन है, सामने तीन बड़े-बड़े घर है, बीचवाले घर में ऑफिस है। रिक्शावाले यहां हिसाब-किताब चुकता करने या अपने पेशे के सिलसिले में कुछ कहने के लिए प्रवेश कर सकते हैं, पर बिना कारण प्रवेश करने की आज्ञा नहीं है। दोनों पास के दो घरों में एक में बुड्ढा रहता है, दूसरे में उसकी लड़की। पश्चिम ओर के घर के पास ही फाटक है, फाटक के सामने एक बिना शेड का तीव्र जलता हुआ इलेक्ट्रिक बल्व है। उसीके नीचे एक तख़्ते पर सोने के अक्षरों में खुदाई किया हुआ है 'मानव-मिलन : रिक्शा अड्डा।' इसी फाटक से होकर सभी रिक्शा लेकर आवागमन करते हैं। फाटक के भीतर घुसने से ही एक हरे रंग का दरवाज़ा देखने को मिलता है। उसे ठेल कर भीतर घुसते ही नज़र पड़ती है, रिक्शाओं की क़तारों पर क़तार। कोई पीला, कोई लाल या काले रंग का सभी अच्छे चमकते हुए हैं। बैठने वाली सीट का ढक्कन तक बर्फ़ की तरह सादा है। यहां के रिक्शावाले भी दूसरे रिक्शावालों की अपेक्षा कहीं, अधिक सज-धज में रहते हैं, इसके लिए उनके गर्व की भी सीमा नहीं। रिक्शावालों की गोष्ठी में वे अपने को अभिजात समझते हैं।

ग्यारह बज गए हैं। खुशी आकर मानव-मिलन के फाटक पर पहुंचा। रोशनी फाटक के ऊपर ठीक उसी तरह जल रही है, उसी तरह मौन और अद्भुत। भीतर संपूर्ण अंधकार है। आफ़िस या पूरब घर के दरवाज़े के छेद से किंचित् प्रकाश भी निकल नहीं पा रहा। सिर्फ़ पश्चिम के घर में एक रोशनी जल रही है। यह घर बाघिनी का है, वह अब तक नहीं सोई है। खुशी चोर की भांति पैर रखते हुए चलने लगा। क्या ठिकाना बाघिनी उसे देख ले! उसके ऊपर बाघिनी की एक अच्छी ऊंची धारणा है। अपनी व्यर्थता के पहले दर्शक के रूप में वह उसे नहीं देखना चाहता। बाघिनी की खिड़की के नीचे से चुपचाप आगे बढ़ने लगा। पर अधिक दूर वह नहीं जा सका। बाघिनी आकर दरवाज़े पर खड़ी हो गई है।

"कौन. . .खुशी ना?" इसके बाद बाघिनी जाने क्या कहने जा रही थी, पर खुशी के चेहरे पर नज़र पड़ते ही वह चुप हो गई। मुंह पर हताशा की छाप है, इस पर रिक्शा के भीतर समेटा हुआ बिछावन, ज़रूर कोई घटना हुई है। यह संसार का नियम है कि जिस बात से आप भय करेंगे, वही बात होगी। खुशी की निराशा और उसका भय जम-जम कर जैसे बर्फ़ का पहाड़ हो गया हो। एक बात भी मुंह से नहीं निकली। बाघिनी के चेहरे की ओर फैली हुई आंखों से वह देखता-भर रहा।

आज की रात जैसे बाघिनी बदल गई है। पता नहीं, यह तेज़ रोशनी की कारसाज़ी है, या उसने मुंह पर ज़्यादा पाउडर पोत लिया है, उसका रंग ज़्यादा साफ़ दिखाई पड़ता है और उसके कठोर चेहरे की शैतानी भाव-भंगिमा भी छिप गई है। हां, और शायद होंठों पर लिपस्टिक भी लगा रखी है! नहीं तो मन लुभा लेनेवाली ऐसी चटक कहां से आएगी? खुशी अवाक रह गया। दिन-पर-दिन जाने कितने दिनों से वह बाघिनी को देखता आया है, कभी वह औरत-जात की तरह नहीं लगी है, पर आज रंगे हुए चमकते दोनों होठों को देख कर थोड़ा लजा ही जाना पड़ा। पोशाक में काफ़ी बहार दिखलाई पड़ती है। हलकी, हरे रंग की चोली उसकी देह पर है, पहनावे में क्रेप सिल्क का ढीला पाजामा।

रोशनी आकर पड़ रही है हरी चोली के ऊपर, अद्भुत दृश्य पैदा कर रही है। सभी मिलकर जैसे किसी मोह की ओर इशारा है।

चोली ख़ूब पतली है, पाजामे को सादा फीता तक दिखलाई पड़ रहा है। काले क्रेप सिल्क का ढीला पाजामा रात में हवा से फूल-फूल उठता है कोई कुदेव मानो बार-बार उसे हिला रहा हो, और इस उज्ज्वल प्रकाश से वह उसे रात की अंधियारी में खींच ले जाना चाहता हो।

खुशी देर तक उसके चेहरे की ओर देखते हुए नहीं रह सका, सिर नीचा कर लिया, पर आंखें फिरा लेने से क्या होगा? हरी चोली उसके मन में तब सुरसुरी पैदा कर रही थी। कितने दिनों से तो वह बाघिनी को देखता आया है, पर इस रूप में तो कभी नहीं देखा। ऐसी साज-सज्जा, चटख लाल होंठ, सचमुच ही इस वेश में उसने बाघिनी को कभी नहीं देखा। लिऊ के पास काफ़ी रुपए पैसे हैं। केवल इच्छा करते ही बाघिनी रोज़ इस तरह का सिल्क और साटिन पहन सकती है, पर वह कभी इन सबके पास नहीं फटकी। रिक्शावालों के साथ हिसाब-किताब करते हुए ही दिन गुज़ारे हैं, साधारण कपड़े-लत्ते ही पहनती आई है। कभी-कभी रंगे कपड़े-क़मीज भी पहनती थी, पर आंखों में उतर आने लायक नहीं। खुशी को लगा जैसे यह एक नया ही आविर्भाव हैं, पर घनिष्ठता की भावना लगी है। क्या पता, वह भूल तो नहीं कर रहा है! शायद ग़लत रास्ते से ग़लत ठिकाने में वह घुस पड़ा है!

एक तो मन पहले से ही भारी हैं, इस पर यह नया आश्चर्य। इस समय वह क्या करें? सब मानो उलट-पुलट हो गया है। कुछ सोच नहीं पाता। खुशी ठिठक कर खड़ा रहा, पर यह लड़की ही घर के भीतर चली क्यों नहीं जाती? उसे सिर्फ़ कहने भर की देर है, फिर सब मामला ख़तम! दौड़कर भाग निकल सकता है।

असह्य हो उठी है परिस्थिति, अपने दुःख-दुर्दशा के ऊपर यह और एक नई अनुभूति है। इसकी श्रेणी अलग है, पर इसकी दाह सौ गुणा अधिक है। बाघिनी दो-एक कदम आकर धीमे स्वर में बोली, "काठ होकर खड़े क्यों हो? जाओ, रिक्शा रखकर जल्दी लौट आओ। कुछ बातें तुम से कहूंगी। मेरे ही घर में आना, समझे?" बाघिनी को रिक्शे का अड्डा चलाने में वह मदद करता रहा है, उसकी आज्ञाएं मानता आया है। आज भी यही करेगा, पर आज जैसे वह बाघिनी नहीं रही, बिल्कुल ही दूसरी......पूरी तरह बदल गई है। आज तो वह सोचने की बात हो गई है। खुशी खड़ा-खड़ा सोचने की चेष्टा करने लगा, पर दिमाग़ जैसे शून्य हो गया हो, कुछ भी समाना नहीं चाहता।

और क्या करे? रिक्शा ठेलकर शेड में ले आया। उन लोगों के घर में अंधेरा है। हो सकता है, सभी सो गए हों, कोई-कोई शायद अब तक नहीं लौटे हैं। जगह पर रिक्शे को रख बाहर आकर वह बाघिनी के दरवाज़े के सामने खड़ा हुआ। हृदय के भीतर मंथन हो रहा है ! "भीतर आओ! मैं दो-एक बातें कहना चाहती हूं।" बाघिनी भीतर से बोली। उसके होंठों के कोने पर छिनाल की तिरछी-सी भंगिमा हंसी थी। खुशी धीरे-धीरे घर में घुसा। टेबल पर कुछ पियर फल पड़े हैं अभी भी हरे रंग में लाल रंग का आभास नहीं लगा है। एक ओर शराब की बोतल है, उसके निकट ही तीन सादे चीनी मिट्टी के प्याले हैं। एक बड़े थाल में सोयाबीन का झोल, आधी मुर्ग़ी तथा और भी कई क़िस्म के खाने सजे हैं।

"देखो!" बाघिनी ने उसे कुर्सी पर बैठने के लिए कहा, "आज कुछ अच्छा खाने-पीने का इन्तज़ाम किया है। हड्डी-तोड़ परिश्रम करने के बाद बीच-बीच में कुछ अच्छा बुरा खाए बिना कैसे रहा जा सकता है? तब अकेले खाने में क्या मज़ा है, इसीलिए तुम्हें बुलाया।"

एक प्याले में शराब उसने ढाली। काडलियाङ्ग की शराब बनी है। सोयाबीन के झोल की गन्ध के साथ शराब की तेज़ गन्ध मिल गई है। नाक में घुस आती है। "जल्दी-जल्दी ख़तम करो। मुर्ग़ी खा लो। मैं खा चुकी हूं। मेरे लिए मत सोचो। कुछ देर पहले डोमिनो खुलकर भाग्य-परीक्षा कर रही थी, तब ही मालूम हो गया था कि तुम आ रहे हो। सुनकर ख़ूब अचरज हो रहा है न?"

"मैं तो शराब नहीं पीता।" प्याला हाथ में लेकर खुशी बोला। उसका मन चिन्ता की ऊसर मरुभूमि में खो गया है, मरु-मरीचिका में रास्ता खोज नहीं पाता।

"शराब ही यदि नहीं पीओगे तो यहां से चले जाओ! प्यार से बुला लाई, शराब दी और यह हज़रत नहीं पीएंगे! बेवक़ूफ़ ऊंट! और कितनी अक़्ल होगी? पीओ, पीओ. . .। यह एक बूंद शराब पी जाने से तुम मर नहीं जाओगे। मैं औरत हूं, फिर भी तीन-चार प्याले ख़तम कर सकती हूं। ओह, विश्वास नहीं होता? यह देखो, एक घूंटे में ही प्याला ख़तम कर देती हूं।"

खुशी के हाथ से प्याला ले आंखें मींच वह घूंट लेकर आधी पी गई। इसके बाद प्याले को खुशी के हाथ में लौटा दिया।

"लो ख़तम करो! नहीं ख़तम करोगे, तो कान पकड़ कर गले में सब डाल दूंगी।"

खुशी ने बहुत अत्याचार-अविचार सहे हैं, वे पत्थर की तरह उसकी छाती पर पड़े हैं, बातों की दाह में वह उन्हें गला नहीं पाया। आज भी इस औरत के ढंग देख कर ग़ुस्सा आ गया। ऐसी औरत को काबू में करने का कौशल वह जानता है। एक बार आंखों से कट कर देख लेने से ही इसकी चपलता छूमंतर हो जाएगी, पर वह ऐसा नहीं कर सकेगा। बाघिनी उसके साथ अच्छा ही सलूक करती आई है। सभी के साथ वह ऐसे ही ढंग से पेश आती है। यही उसका स्वभाव है। उसके साथ दुर्व्यवहार करने की इच्छा नहीं है। इससे अगर सभी बातें खोलकर कह दी जाएं, तो कैसा हो? इतने दिन मुंह खोल कर उसने कुछ कहना नहीं

चाहा है, पर आज की रात हज़ार बातें कहनी हैं। दस हज़ार बातें मन के घने पर्दे में ख़ूब पक गई हैं, बाहर आने का रास्ता उन्हें नहीं मिल रहा। उन्हें बिना बाहर किए वह कभी सुखी नहीं हो सकेगा। वे तो मन को और भी भारी बना रही हैं।

इसी तरह सोचते-सोचते मन में आया, नहीं-नहीं, बाघिनी उसके साथ मज़ाक़ नहीं कर रही है। वह उसे प्यार करती है, रक्षा करना ही चाहती है। बाघिनी के हाथ से प्याला लेकर एक घूंट में वह पी गया। धीरे-धीरे बेस्वाद शराब देह के भीतर रास्ता बनाती जा रही है। गला जल रहा है, पाचन संस्थान में उसकी तीव्रता का अनुभव हो रहा है। पेट मरोड़े दे रहा है, शरीर में जैसे धक्के लग रहे हैं।

बाघिनी हो-हो कर हंस पड़ी। खुशी ने डरते-डरते पूरब के घर की तरफ़ देखा। लिऊ वहां रहते हैं। "अजी, कोई नहीं है।" हंसी रोककर बाघिनी बोली। होंठों की छोर पर अभी भी हंसी की छाप है, "बूढ़ा अपनी बहन के जन्म-दिन के निमंत्रण में गया है, लौटने में दो-तीन दिन लगेंगे। कम दूर तो नहीं है। मेरी बुआ नान उयान में रहती है।" बातें कहते हुए ही प्याले में शराब उसने और ढाली।

उसकी बातें सुन कर खुशी जाने कैसा संकुचित हो उठा। उसे लगा, कहीं जैसे दाल में काला है! पर टेबल छोड़ उठकर जाने की इच्छा नहीं हुई। बाघिनी का मुंह उसके मुंह के इतना पास है, उज्ज्वल उसकी पोशाक है, चटख लाल दोनों होंठ हैं, सभी मिलकर उसके मन के भीतर उत्तेजना की सृष्टि कर रहे हैं। ऐसी उत्तेजना का अनुभव उसने कभी नहीं किया, पर यह लड़की बेहद कुत्सित है। अब भी यह सुन्दर नहीं मालूम पड़ती। फिर भी एक उद्दाम भाव उसे घेरे है, लगता है कि उसके शरीर के सभी अंग-प्रत्यंग आज की रात में सजीव हो उठे हैं। वह मानो बदल गई है, सचमुच बदल गई है। नहीं, वह जो थी वही है, पर उस पर कुछ रंग चढ़ गया है।

क्यों ऐसा हुआ?. . .सुलझाकर देखने का उसे साहस नहीं, बल्कि उसका यह नया रूप उसे भयभीत कर रहा है, फिर भी उठकर वह नहीं जा पाता। जाने कैसा अच्छा लग रहा है। लाल हो उठा है उसका चेहरा, एक अननुभूत उष्णता से मानो वह जल रहा हो। भ्रमित हो उठा है वह। उसने छिपी आंखों से देखा, बाघिनी ने एक घूंटे में प्याला ख़तम कर नीचे टेबल पर रख दिया। क्या पता, शायद उसका साहस भी जवाब दे रहा हो, शराब पीकर उसे फिर जगा रही हो!

कुछ देर पहले खुशी उससे अपनी दुःख-दुर्दशा की बातें कहना चाह रहा था, पर इस समय सब कुछ भूल गया है। बिना वजह ही वह बार-बार बाघिनी की ओर देख रहा है, हृदय में तूफान उठा है। बाघिनी का नया रूप जैसे स्पष्ट से स्पष्टतर होता जा रहा है। शराब के तीव्र स्वाद की ही तरह उग्र यह रूप है। उसे अभिभूत कर रहा है, उसमें ज्वाला सुलगा रहा है। मानो अब वह बाघिनी नहीं है। उसकी कामनामयी आत्मा एक उत्तप्त लोभी-समुद्र है, इसके भीतर डुबका देने के लिए वह आज्ञा दे रही है। लोभ का यह समुद्र उसकी देह की शक्ति सोख, उसके सूखे अस्थि पंजरों को तट पर फेंक कर चला जाएगा। थोड़ी भी ममता शायद नहीं दिखाए।

खुशी ने अपने को हिलाकर सजग करना चाहा। उसे सावधान होना पड़ेगा, पर कायर की तरह वह भाग नहीं खड़ा होगा, वीर की तरह ही इस लोभी-श्रोत का वह सामना करेगा। एक पर एक तीन प्याले शराब उसने ख़तम कर डाले। शराब की उग्र तरलता में सावधानी का संकल्प खो गया। बाघिनी की ओर विह्वल आंखों से देखा, वह इतना सुखी है, इतना साहसी! साहस मानो उफना पड़ा है, एक नई अभिज्ञता को वह जैसे अपनी मुट्ठी में धरना चाह रहा हो, उससे एकाकार होना चाह रहा हो। बाघिनी से वह वैसे डरता हैं, पर आज मानो भय लेशमात्र भी नहीं है। किससे भय?....यह तो एक साधारण लड़की ठहरी! बल्कि

उसके भीतर जो परिवर्तन आया है, जो साहस है, उनसे ही वह डरेगा। देखो न, कैसी बिल्ली की बच्ची की तरह यह लड़की कुंडली फैलाकर बैठी है ! उसकी देह में हाथ लगाने से बिल्ली की बच्ची की तरह ही नर्म रोओं का स्पर्श होगा। वह आनन्द से आंखें बन्द कर लेगी, शायद डर से भी।

बाघिनी में कितना आश्चर्यजनक परिवर्तन आ गया है! व्यंग्य का वह विष उसकी बातों में नहीं है, घृणा की वे रेखाएं नहीं हैं, खुशी की शक्ति के सामने जैसे वह हार मान गई है, उसकी छाती में आश्रय ढूंढ़ती है। कब बाघिनी रोशनी बुझा कर उसे समर्पित हो गई, वह नहीं जान सका। अंधेरे में बाघिनी को सिल्क की कुर्त्ती और नरम क्रेप के पाजामें की ज़रूरत ही क्या है? सभी खिसक पड़े हैं, एक बग़ल में स्तूपाकार होकर पड़े हुए हैं। आदिम मानव और मानवी, दोनों के मिलन के बीच पोशाक एकाकार होकर नहीं खड़ी है। बहुत देर हुए खुशी भूल गया है कि बाघिनी देखने में कैसी है, अंधेरे में वह उसका चेहरा नहीं देख पा रहा है, सिर्फ़ उसकी उष्ण सांसों का अनुभव कर रहा है। बाघिनी ने हाथ से बतला दिया है, जो उसे पाना है। वह अमृत-लोभ में वह उन्मुख है। खुशी आरोपित करेगा अपना पुरुषत्व, उसे जीत लेगा अपने निर्मम पौरुष द्वारा। अपनी शक्ति, अपनी उत्तेजना का कारण वह पा गया है। यही क्यों, उसके हृदय में अत्याचारी के प्रति आक्रोश की जो आग जल रही है, उसकी निवृत्ति भी मानो वहीं छिपी है।

बाहर की रात खिड़की से होकर कमरे में आ रही हैं, आकाश काला-ही-काला है। स्वर्ग की नदी की रजत धारा बहती जा रही है। पर ग्रह फिसल पड़ा, कसौटी की तरह काले आकाश की छाती में एक रेखा, उसके पुच्छ की आग फैल गई है, आकाश में वृत्त की रचना कर रही है। उसकी टकराहट से सारी पृथ्वी कांप उठी है, अंधेरा टुकड़े-टुकड़े हो रहा है। मालूम होता है, आकाश से दूसरे तारे भी एक महाविस्फोट के साथ टूटकर हेमन्त रात की शून्यता को कंपा देंगे। हज़ार-हज़ार स्फुलिंङ्ग छिटक पड़ेंगे, बुझ जाएंगे, समाप्त हो जाएंगे। इसके बाद फिर एक नया ग्रह उठेगा और आकाश को चीर देगा एक तीव्र आग्नेय ज्योति से, पर उसकी पारी भी एक दिन ख़तम हो जाएगी, रात का अंधियारा घिर आएगा; तारों को धीरे-धीरे अपनी जगह मिल जाएगी, हेमन्त की रात की हवा ठंडे पड़े हुए ग्रहों की ओर देखकर हंसेगी. . . .।

दूसरे दिन खुशी ख़ूब सवेरे ही रिक्शा लेकर निकल पड़ा। सिर तमक रहा है, गला जल रहा हैं, पहली बार शराब पीने से ऐसा ही होता है। बाहर की हवा लगते ही दूर हो जाएगा। सिर-दर्द न हुआ छूट जाएगा, पर कल की रात की बातें शायद इतनी जल्द नहीं ख़तम हों। खुशी एक तंग गली के मुंह के पास रिक्शा रोक कर बैठ गया। सचमुच इतने सस्ते में यह मामला नही ख़तम होगा। अपने सम्मुख अपने ही को अपराधी पा रहा है। इसके अलावा मुसीबत भी जो है।

बाघिनी ने क्या सोचा, यह वही जाने। कुछ ही घण्टे पहले खुशी को यह बात मालूम हो गई है कि बाघिनी अपना शील बहुत दिन पहले ही खो चुकी थी, वही उसके जीवन में पहला मर्द नहीं है। उसके ऊपर उसकी कितनी भक्ति थी! किसी दिन उसके संबंध में काना-फूसी तक उसने नहीं सुनी। सभी के साथ बाघिनी सहज भाव से ही मिलती-जुलती रही हैं। किसी ने यदि उसके साथ गाली-गलौच की भी है, तो भ्रष्ट-चरित्र की लड़की कहकर नहीं, कड़ी मालकिन कहकर ही। सचमुच उसके सम्बन्ध में किसी ने ऐसी धारणा नहीं जताई, पर कल रात क्यों ऐसा हुआ?

कल रात की सारी घटनाएं हो जाने कैसा गोलमाल वाली हैं। खुशी के मन में जाने कैसा सन्देह जम गया है कि शायद उसने गलती की है, पर लड़की तो यह जानती थी कि वह दूसरी जगह नौकरी कर रहा है। तब उसी के ही लिए बैठी थी, इस बात का क्या अर्थ हैं? मान लो, ऐसा भी तो हो सकता है, जिस-तिस मर्द के लिए वह बैठी थी, चाहे कैसा भी होने से चलता। खुशी ने हथेली पर सिर रखकर बहुत देर तक सोचा।

गांव से वह आया है। अब तक यद्यपि अपने ब्याह की बात सोचने की फ़ुर्सत उसे नहीं मिली, तथापि मन-ही-मन उसने एक कल्पना कर रखी थी। मान लो, रिक्शा ख़रीदने की हालत उसकी हो जाए, तब गांव जाकर एक सुन्दर कम उम्र कुमारी लड़की से वह ब्याह करेगा। वह लड़की उसके दुखी जीवन की साथिन होगी, कपड़े साफ़ करेगी, घर-गृहस्थी संभालेगी।

उसके हमउम्र लड़के तो हमेशा ही 'सफ़ेद-घर' (वेश्यालय) का चक्कर लगाते रहते हैं, पर खुशी कभी वहां नहीं गया। पहली बात तो यह है कि अपनी हालत वह उन्नत करना चाहता है। पैसे लेकर जो लड़कियां अपनी देह बेचती हैं, उनके पास जाकर वह पैसा उड़ाने के लिए तैयार नहीं। दूसरे उन्नीस-बीस वर्ष के जो छोकरे उनके पास जाते हैं, उनकी हालत भी उसने देखी है। पेशाब करते हुए कितनी तकलीफ! इसके अलावा एक और बात है। यदि उसे ब्याह करना होगा, कुमारी लड़की से ही करेगा। व्यभिचार यदि वह करे, तो उसके सम्मुख खड़ा कैसे होगा? इसीलिए उसका मन कभी नहीं झुका। पर अब. . .अब. . . बाघिनी मित्र के हिसाब से एक अच्छी लड़की है, पर पत्नी के हिसाब से बड़ी बेमेल है। एक तो कुत्सित, उस पर परले सिरे की झगड़ालू। किसी को रिहाई नहीं देती। जिन्होंने उसका सुन्दर रिक्शा छीन लिया, उन हरामज़ादे सैनिकों के साथ वह मित्रता का भाव रख सकता है, पर बाघिनी से ब्याह करने के लिए तैयार नहीं। गांव से वह निष्पाप आया था, आज उसकी देह में बाघिनी ने कलंक की छाप दे दी है। और भी एक बात, यदि यह घटना फैल जाए और कर्त्ता लिऊ के कानों तक पहुंच जाए? यह तो वे नहीं जानते कि उनकी लड़की बहुत दिनों से बिगड़ी हुई है। तब तो खुशी के ऊपर ही सारा बोझ पड़ेगा। तब कालिख पुती हुई हंडिया के समान ही उसकी हालत हो जाएगी। यदि ऐसा हुआ कि अपनी लड़की के विषय में सब कुछ जानकर भी वे कुछ न कहें, चुप्पी साध लें? तब क्या होगा? बाप और लड़की की सौगुनी अभिलाषा रहने पर भी वह ऐसी लड़की से शादी नहीं कर सकता, चाहे बूढ़े लिऊ के छ: रिक्शे हों या दो हज़ार हों!

इससे तो 'मानव-मिलन' छोड़कर चल देना ही अच्छा है। एक ही झटके में वह उन लोगों से संबंध विच्छेद कर सकता है। उसके पास अपनी शक्ति है, सामर्थ्य है। एक रिक्शा ख़रीदने के लिए और ब्याह करने के लिए किसी के ऊपर उसे निर्भर नहीं करना पड़ेगा। और यहीं पर तो उसके आत्मसम्मान की बात है। वह पक्का आदमी है। किसी से नहीं डरता। कोई बड़ी चिन्ता-फ़िक्र भी उसे नहीं है। वह जानता है कि काम करते रहने पर वह जीवन-संघर्ष में एक दिन विजयी होगा ही।

पर बाघिनी? खुशी चाहे उससे जितनी भी घृणा करे, वह अपने पंजे का दाग़ छोड़ ही गई है। उसके विषय में वह सोचना नहीं चाहता, फिर भी बार-बार उसीकी बातें मन में आती हैं। अपने कुत्सित चेहरे को लेकर वह निर्लज्ज नग्न रूप में दीखती है। बीच-बीच में उसके हृदय की कोमलता की बातें भी याद आती हैं।

भग्न लोहे के टुकड़ों का एक अम्बार मानो नीलाम पर चढ़ा है। टूटे, मोर्चे लगे ताम्बे और लोहों की भीड़ में दो-एक उज्ज्वल टुकड़ों का सन्धान मिला है, बिना ख़रीदे हुए। जाने की तुम्हारी इच्छा नहीं होती। इसके पहले किसी के साथ वह इतना अपनापन नहीं स्थापित कर सका था।

यद्यपि वह प्रताड़ित हुआ है, प्रलुब्ध हुआ है, तथापि एक ऐसा संपर्क स्थापित हो उठा है, जिसे सहज ही में नहीं भुलाया जा सकता। यदि तुम इस संपर्क को दूर रखना चाहते हो, तुम्हारा मन कैसे छोड़ेगा! वह हिल जाएगा, तुम्हारी प्रतिज्ञा को विचलित कर देगा, तुम्हारी दृढ़ता को बहा देगा। इस संपर्क ने तो मानो उसे जंजीरों की तरह ही जकड़ दिया है। वह सिर्फ़ अनजानापन ही नहीं है। यह जैसे कुछ और है। सब

गोलमाल कर देता है, अपने पर आदमी विश्वास खो देता है। खुशी के साथ भी ऐसा ही हुआ। वह नहीं समझ सका कि वह क्या करे? पर जैसे कोई कीड़ा मकड़े के जाल में फंस जाता है, इसी तरह वह फंस गया। अपने को मुक्त करने की चेष्टा की, पर समर्थ नहीं हुआ। वह समय बीत गया।

कई सवारियां उसे मिलीं। वह तेजी से दौड़ा जरूर, पर उस समय मन में ज्वार-भाटा था। धुंआती चिन्ता, कोई आकार नहीं, न आदि है, न अन्त है, सिर्फ़ अस्पष्ट चिन्ताएं जमती जा रही हैं। बीच-बीच में परिचित क्षीण स्वाद और गन्ध के रूप की अनुभूति होती है। कभी मिलती-जुलती, अस्त-व्यस्त भावनाएं एकाएक तरंगित हो उठती हैं। अस्पष्ट होने से क्या होगा, निष्ठुर वास्तविकता के तीखेपन के साथ वह दिखलाई पड़ती है। उसकी इच्छा हुई कि कहीं जाकर बोतल पर बोतल ख़तम कर दे। वैसी हालत में वह किसी को नहीं पहचान सकेगा। कुछ भी ख़याल नहीं कर सकेगा। हो सकता है, इससे शान्ति मिले। नहीं तो यह ज्वाला और नहीं सही जाती।

पर शराब पीने का वह साहस नहीं कर सका। ऐसी बात हो गई है, क्या इसीलिए वह इस तरह से अपना सर्वनाश करेगा। अभी रिक्शा ख़रीदना बाकी है। यद्यपि रिक्शे की चिन्ता की जगह दूसरी चिन्ता आ गई है, फिर भी वह रिक्शे की बात भूल नहीं पा रहा है। कैसा रिक्शा वह ख़रीदेगा, उसकी तस्वीर मन में है। काला मेघ जिस तरह सूर्य को ढक लेता है, उसी प्रकार यह चिन्ता उसके मानस-रिक्शा को ढक रही है। संध्या हो चली, अब अड्डे पर लौटना होगा। खुशी का मन ख़राब हो गया। अब अड्डे पर जाते हुए उसे डर लगता है। उसके साथ भेंट हो जाने पर क्या होगा? खाली रिक्शा लेकर खुशी अपने गांव के रास्ते के इधर-उधर घूमता रहा। जैसे छोटा बच्चा पहली बार स्कूल से भाग कर गांव में घूमते हुए भयभीत हो रहा हो।

अद्भुत बात यह रही, जितनी ही उसने बाघिनी से कतराने की बातें सोचीं, उतना ही उससे भेंट करने के लिए मन मचल उठा। संध्या का अंधकार गाढ़ा हो चला, अब उससे भेंट हो न हो, क्या हर्ज है? और भी एक बात खुशी को समझते देर न लगी कि उसकी भावना लगातार जल रही है, पर जले! जब वह छोटा था, उसने जाने कितने बिरनी के सोते में लाठी मारी है। डर ज़रूर होता, पर बिरनी मारते समय पहले छाती डोल उठती, जलन हो उठती, यह भी ठीक इसी प्रकार है। कोई एक उस पर हावी हो रहा है, तो वह क्या करे? एक प्रचंड शक्ति ने मानो उसे अपने में खींच कर एक गति बना रखी है, इस बार जल्दी ही कुछ करना होगा, पर वह इनके विरुद्ध वह खड़ा हो, ऐसी शक्ति उसमें नहीं। वह तिरछा घूमा। देरी करने से क्या फ़ायदा? सीधा जाकर वह बाघिनी के सामने हाज़िर होगा, उसे घसीटते हुए घर में खींच लाएगा। कोई ऐसा ज़बर्दस्त हौआ तो है नहीं। एक मामूली लड़की है। उसकी सारी देह गर्म हो उठी और वह दौड़ चला। एक भद्र सज्जन रास्ते में मिल गए। चालीस से ऊपर उनकी उम्र रही होगी। खुशी ने उन्हें देखते ही पहचान लिया, एकदम से कुछ प्रकट नहीं किया। सिर्फ़ पूछा, "मालिक रिक्शा चाहिए?"

भद्र सज्जन उसकी ओर देखते हुए हंस कर बोले "कौन खुशी हो?"

"हां, मालिक।" खुशी मुस्कराया, "मैं ही हूं।" सज्जन का नाम चाऊ था। उनके यहां उसने काफ़ी दिनों काम किया था।

वे हंस कर बोले, "यदि कहीं माहवारी काम नहीं पकड़े हो, तो हमारे ही यहां चले आओ न? इस समय जो आदमी है, वह बिल्कुल निकम्मा हैं। रिक्शा धोता-पोंछता नहीं, पर दौड़ता है तेज़ी से। देखो, आओगे तो ना?"

"क्या कहते हैं, मालिक। आप बुलाएं और मैं ना कहूं?" खुशी अपने छोटे तौलिए से मुंह पोछता हुआ बोला, "कब आऊं, मालिक?"

चाउ थोड़ा सोचकर बोले, "परसों आओ।"

"जो हुकम, मालिक, आपको पहुंचा आऊं?"

"नहीं, ज़रूरत नहीं, पड़ेगी। तुम्हें याद है न, मैं शंघाई चला गया था। लौटकर डेरा बदल दिया है। इस समय लांग नार्थ स्ट्रीट में हूं। रोज़ शाम को टहलने निकलता हूं, आज भी निकला हूं। थोड़ी दूर है, पैदल ही चला जाऊंगा। तो परसों आ रहे हो न?" चाउ ने उसे घर का नम्बर बतला दिया, "मेरा अपना ही रिक्शा चलाना, भाड़ा नहीं करना होगा।"

चाउ चले गए। खुशी को इतनी प्रसन्नता हुई, लगा जैसे उसे डैने लग गए हों और वह उड़ जाना चाहता है। इन कई दिनों की दुश्चिन्ताएं बिलकुल हट गईं। पहली वर्षा से मानो धूल और गन्दगी साफ़ हो गई है। मारवेल से बंधा साफ़ रास्ता जैसे दिखलाई पड़ा हो। श्रीयुत चाउ उसके पुराने मालिक हैं। इतने दिनों से भेंट मुलाकात नहीं हुई, पर आपस का लगाव-प्रीति अब तक बनी है। चाउ एक ढंग के आदमी हैं। इसके अलावा परिवार भी बड़ा नहीं, स्त्री और बस एक शिशु।

खुशी एक दौड़ में 'मानव-मिलन' जा पहुंचा। चारों ओर अंधेरा है। सिर्फ़ बाघिनी के घर में रोशनी जल रही है। वह ठिठक कर खड़ा हो गया। बहुत देर तक जड़वत खड़ा रहा। क्या करे? बहुत सोच-विचार कर उसने ठीक किया, हां, बाघिनी के साथ ही वह भेंट करेगा। भेंटकर अपनी माहवारी वाली नौकरी पाने की बात कहेगा, और जमा किए हुए रुपए मांग लेगा। इन दो दिनों की मजूरी वह ज़रूर ही उसे दे आएगा। इसके बाद सभी समाप्त। यह जैसे तेज़ छुरी से रस्सी के दो भाग कर देने के समान है, एक हिस्से के साथ दूसरे हिस्से का कोई संपर्क नहीं। अवश्य ही मुंह खोलकर वह भी बातें नहीं कह सकेगा, पर बाघिनी चालाक लड़की है। ख़ूब समझ जाएगी। शेड में रिक्शा रखकर वह निकल आया। बाघिनी के कमरे में अभी भी रोशनी है और खिड़की से होकर आंगन में आ रही है। अपने में साहस भर कर उसने पुकारा।

"आओ, भीतर आओ!" दरवाजा ठेल कर वह भीतर घुस पड़ा। बिछावन पर लेटी है, बाघिनी। पहनावे में सीधी-सादी पोशाक। पांव में जूते नहीं। बाघिनी उसे देखकर उठ नहीं बैठी, उसी तरह लेटी रही, "क्यों जी नन्हें बालक! और भी शहद खाने की इच्छा है क्या? कैसा लगा शहद, जरूर ही अच्छा लगा होगा?"

खुशी का चेहरा लज्जा से लाल हो उठा। काफ़ी देर तक वह कुछ भी बोलने में असमर्थ रहा। इसके बाद हकलाते हुए बोला, "नौकरी मिली है, परसों जाना होगा। उनके पास अपना रिक्शा है।"

बाघिनी बिछावन पर से उठ बैठी, "बेवक़ूफ़ लड़का कहीं का। अपनी भलाई नहीं समझना चाहता। खाने को दूंगी, पहनने के लिए अच्छे कपड़े-लत्ते दूंगी, फिर भी मन नहीं अटकता। पसीने की गंध इतनी प्यारी है। सुनो तो, बूढ़े की क्या हिम्मत जो मुझ से कुछ कहे। मैं भी क्या आजीवन विधवा बनी रहूंगी? मेरे जैसे साध-अरमान नहीं है! बूढ़ा यदि सांड की तरह अड़ कर रुकावट डालेगा, तो इससे भी क्या आता-जाता है। मेरे हाथ में जो पैसे हैं, उनसे दो आदमियों की गुज़र मज़े में हो जाएगी। दो-तीन रिक्शे ख़रीद कर भाड़े पर चलाऊंगी। अस्सी सेन्ट, या एक डालर तो रोज़ भाड़े ही में मिलेगा। सारा दिन रिक्शा खींचते-खींचते हैरान होने से क्या यह अच्छा नहीं? क्यों.....मुंह में आवाज नहीं है? क्यों, शायद मैं पसन्द नहीं हूं, यही न? नापसन्दी की कौन सी ऐसी बात है? सिर्फ़ यही कि तुम से उम्र में थोड़ी बड़ी हूं, पर ब्याह हो जाने के बाद क्या हमेशा ऐसी बूढ़ी रहूंगी। इसके अलावा तुम्हारे मग़ज में एक रत्ती भी बुद्धि-सुद्धि

नहीं है। मैं यदि तुम्हारी देख-भाल नहीं करुंगी, तो कौन करेगा, बतलाओ? क्यों जी नन्हे, बोलो, चुप्पी क्यों साध ली?

"मैं रिक्शावाला होना चाहता हूं, इसके अलावा और कुछ भी नहीं चाहता।"

"एक बूंद भी अक़्ल नहीं है तुम्हें। दिमाग़ है या एक टोकरी मैदा? थोड़ा बैटो न। तुम्हें काट तो नहीं खाऊंगी।" बाघिनी हंसी। हंसने पर दो दांत बाहर निकल पड़े, ठीक चीते के दांतों के समान ये दो दांत हैं।

खुशी धप से कुर्सी पर बैठ गया, "मेरे जमा किए हुए रुपये. . .?"

"वे तो बूढ़े के पास हैं। डरो मत, रुपये मारे नहीं जाएंगे। इस समय मांगने मत जाओ। उसका मिज़ाज तो जानते हो। जब रिक्शा ख़रीदने लायक रुपए हो जाएंगे, तब मांगना। एक ताम्बे का पैसा भी हिसाब कर लौटा देगा। इस समय मांगने पर गाली-गलौच करके बुख़ार उतारेगा, पर तुम पर बुड्ढा खूब खुश है। डरो मत। रुपये मारे नहीं जाएंगे। गंवई आदमी और क्या सोचेगा?"

खुशी सिर झुकाए बैठा रहा। जेब में हाथ देकर देखा, दो दिन का रिक्शा-भाड़ा पड़ा हुआ है। बातों के सिलसिले में दे नहीं सका। उठ कर उसने भाड़ा टेबल पर रख दिया, "यह दो दिन का भाड़ा रहा।" वह कमरा छोड़ कर चला जा रहा था जाने क्या सोच लौट कर बोला, "कल मैं रिक्शा नहीं लूंगा। कल थोड़ा सुस्ताऊंगा।"

बाघिनी उसके पास आकर खड़ी हो गई। भाड़े के रुपए खुशी की जेब में ठूंसती हुई बोली, "दो दिन के लिए रिक्शा और मुझे, दोनों को ही तुमने मुफ़्त में पाया! किसी के लिए भाड़ा नहीं देना होगा। तुम्हारी क़िस्मत पलटे मेरे नन्हें बालक!" बाघिनी ने धड़ाम से दरवाज़ा बन्द कर दिया।

खुशी चाउ-परिवार के काम में लग गया। बाघिनी के व्यापार ने उसे थोड़ा लज्जित ही किया है, पर बाघिनी ने ही तो फुसला कर यह कांड कराया, उसका क्या दोष? उसके रुपए पर उसका लोभ नहीं हैं, अतएव कुछ ऐसी बात नहीं हो गई है कि उसके चेहरे की ओर देखते ही वह लजा जाएगा, पर नवकर्ता के पास रुपये जो रह गये। अभी वह मांग सकता है ज़रूर, पर नवकर्त्ता यदि सन्देह करें....? एक काम कर सकता है, यदि वह कुछ दिनों के लिए डुबकी मार ले! पर इसमें भी मुसीबत है। आते-जाते नहीं रहने से, बाघिनी जैसी लड़की है, एक दिन क्षुब्ध होकर नवकर्त्ता को सब कुछ कह देगी। इसके बाद..... ? रुपए पाने की कोई आशा ही नहीं रहेगी। झोल में जिस तरह सोयाबीन गल जाता हैं, उसी तरह वे रुपये गल जाएंगे। बूढ़े के पास यदि और भी रुपये रखे जाएं तो कैसा हो? पर नहीं, बाघिनी है, रोज उससे भेंट हो जाएगी और यह बात वह बिलकुल नहीं चाहता। इसी तरह की बातें सोचते-सोचते खुशी घबरा उठा।

श्रीयुत चाउ को ये बातें अगर कह सुनाई जाए, तो कैसा हो? पर मुंह खोल कर कहना ही तो मुश्किल है। बाघिनी की घटना किसी से नहीं कह सकेगा। यही क्यों, मन-ही-मन जब वह उस घटना को सोचता है, तो सिहर उठता है। अन्याय वह कर बैठा है, अनुताप की अग्नि में दग्ध होता जा रहा है। उस समय तो मालूम हुआ था कि तेज़ छुरी से एक बार में ही रस्सी के दो टुकड़े कर देने से मामला ख़तम हुआ, पर रस्सी काटने के समान साधारण बात तो नहीं है। इतने सस्ते पर धोया-पोंछा नहीं जा सकता। मांस के भीतर सड़ गए घाव की तरह यह गलता रहता हैं। रिक्शा उसने खो दिया है। एक और हो सकता है, पर यहां इस

जाल में वह पड़ा था? इतने दिनों से वह उन्नति करना ही चाह रहा था, पर उसका क्या फल हुआ? यह एक निष्फल अभियान के समान है, जहां वह घूम रहा था, घूमते-घूमते वहीं पहुंच गया। हृदय पर पड़ा है भारी पत्थर का बोझ।

खुशी ने काफ़ी सोचा विचारा, एक पर एक उपाय, पर एक ही रास्ता उसे मिला। बचे-खुचे आत्म-सम्मान को तिलांजलि दे वह बाघिनी के पास ब्याह का प्रस्ताव भेजे, उसके रुपयों से दो-तीन रिक्शे ख़रीद कर जम जाए। जब जात ही देनी है, तो पेट भरने की कोशिश करनी ही होगी, पर उसके मन ने समर्थन नहीं किया। हो सकता है कि समय सब भुला दे। वह अभी उस चिन्ता को भुलाकर काम करता जाएगा, इस पर भी यदि क़िस्मत खोटी हो, तो लटक पड़ना होगा। अपने पर विश्वास भी वह खो चुका है। उसकी शक्ति, लम्बा-चौड़ा जवान चेहरा, फैली हुई छाती, ये सब किसी काम न आए। एक दिन उसकी ज़िन्दगी अपनी थी, इस समय दूसरे की मुट्ठी में जा पड़ी है। एक कुतिया उसे नचा रही है। खुशी उत्तेजित हो उठा। उसका मन कड़वा हो गया।

ऐसे परिवार में नौकरी पाना भाग्य की बात है। महीना दूसरी जगहों से ज़्यादा नहीं हैं, पर्व-त्योहार छोड़कर दस्तूरी भी नहीं मिलेगी, पर मालिक और उनकी पत्नी उसे ख़ूब ही चाहते हैं। सिर्फ़ उससे ही क्यों, सभी के साथ वे अच्छा सलूक करते हैं, आदमी समझते हैं। खुशी को रुपये चाहिए, उसके जीवन में और कोई कामना नहीं है, पर सोने के लिए एक ऐसी जगह चाहिए, जिसे घर कहा जा सके। भर पेट उसे खाना भी होगा। चाउ परिवार का मकान साफ़-सुथरा, चकमक है। यहां तक कि नौकरों तक के कमरों में धूल और गन्दगी नहीं जमने पाती। खाना भी अच्छा हैं, भर पेट खा सकेगा। स्वयं बढ़िया खाकर नौकरों को सड़ा-गला खाना वे नहीं खिलाते।

अभी तो उसे अपने लिए एक कमरा मिल गया है। खाना-पीना भी काफ़ी बढ़िया है। मालिक तो अद्‌भुत व्यक्ति है! खुशी, जिसके सामने रुपये छोड़कर और कोई चिन्ता नहीं, वह भी मालिक के व्यवहार पर मुग्ध हो गया है।

एक और बात है, खाना पीना और रहने की जगह यदि बढ़िया मिल जाए तो फिर काम की थकान मालूम नहीं पड़ती। अपनी पूंजी से काटकर क्या इतना बढ़िया खाना खा सकता है? यहां खाना तैयार रहता है, काम भी ज़्यादा नहीं, दौड़ते-दौड़ते कमर में दर्द नहीं हो जाता। पूंजी से नहीं खाना पड़ता, इसीलिए ख़ूब खा लेता है। खाएगा क्यों नहीं? खाने के ऐसे सुअवसर तो दुर्लभ हैं।

चाउ-परिवार में मचियाङ्ग खेलने का रिवाज नहीं, अतिथि भी कम ही आते हैं। इस पर ऊपरी पैसा-कौड़ी भी कम ही मिलता है, पर किसी विशेष काम में भेजे जाने पर वह दस-बीस सेन्ट पाता है। मसलन मालकिन दवाख़ाने से बच्चे के लिए कुनैन की गोली लाने को भेजती, साथ ही उसके हाथ में दस सेन्ट और देकर बोलतीं, "रिक्शे पर जाकर जल्दी ले आओ।" वे जानतीं कि रिक्शे पर बैठकर वह कभी नहीं जाएगा। यह बख़्शीश के बतौर है। इसी तरह की बख़्शीश वह बीच-बीच में पाता है। कुछ बहुत ज़्यादा तो नहीं, फिर भी मालिक और मालकिन के उदार हृदय का परिचय इन बख़्शीश से मिलता है। वह समझ सकता है, वे उसके विषय में सोचते हैं, उसे आदमी कहकर गिनती करते हैं। इससे कोई फ़ायदा नहीं हुआ हो, ऐसी बात नहीं। इतने दिनों से बन्द मन का दरवाज़ा खुल गया है, प्रकाश की लहरें आ रही हैं।

एक-दो नहीं, बहुत से मालिक उसने देखे हैं। इन मालिकों में दस में नो एक दिन देर से वेतन देने में जैसे संतोष की सांस लेते हैं। यदि एक दम देना ही नहीं पड़े, तो और भी ख़ुश हो उठते हैं, नौकर-चाकर तो उनके लिए कुत्ते-बिल्ली हैं, शायद इनसे भी निकृष्ट। पर चाउ-परिवार में ऐसी बात नहीं। इसी से उसे

अच्छा लगा। आंगन लीप-पोत कर साफ़ करना, फूल के पौधों में पानी देना या और भी छोटे-मोटे काम वह करता है, पर कोई उसे इन सब कामों को करने के लिए फ़रमाइशें नहीं करता। जब कभी वे इन सब कामों को करते हुए देखते हैं, तो प्रशंसा करते हैं, फटे-पुराने कपड़े देते, खुशी को इनके व्यवहार से मनुष्य के प्रति दया-माया का परिचय मिला।

नवकर्त्ता को देखकर उसे लगता है, दही पुराता हान राज-काल का अत्याचारी डकैत सरदार, चायख़ाने में इस तरह की उसने कितनी कहानियां सुनी हैं, बिल्कुल नन्हा बच्चा भी इन कहानियों से परिचित है। डकैत सरदार होने से क्या होगा, उसके हृदय में काफ़ी माया-ममता थी और एक आदमी के ऊपर उसकी ख़ूब भक्ति थी। वे थे ऋषि कनफ़्यूशियस। इनके सम्बन्ध में अनेक किंवदन्तियां उसने सुनी हैं, पर वे कैसे आदमी थे, यह अब तक सोच नहीं पाया है। काग़ज़ पर स्याही से अक्षर वे लिख सकते थे, इसके अलावा काफ़ी ज्ञानी-आदमी वे थे। खुशी ने अनेक घरों में नौकरी की है। कोई सेना-विभाग में काम करते, कोई क़लम घिस कर खाते। सेना विभाग के आदमियों में, नवकर्त्ता के समान भले न हो, उनके आस पास तक पहुंचने वाले आदमियों को उसने देखा है, पर कॉलेज के अध्यापक या सरकारी ऑफिस के क्लर्कों के बीच उसने अच्छे आदमी नहीं देखे। वे अक्षर दौड़ा सकते हैं ज़रूर, पर समझदार तो बिल्कुल ही नहीं। मालिक चाहे नौकरों के दुःख-दर्द थोड़ा समझने की चेष्टा भी करते हैं, पर मालकिन और उनकी लड़कियां तो बिल्कुल ही पत्थर होती हैं।

पर श्रीयुत चाउ इस दृष्टि से एक अद्‌भुत आदमी हैं। इतना लिखना-पढ़ना जानते हैं, साथ ही काफ़ी समझदार। श्रीमती चाउ का स्वभाव भी दोष-रहित है। एक भी कड़ी बात नहीं कहतीं। उसे लगा, इतने दिनों पर मानो ऋषि कनफ़्यूशियस की तरह का एक आदमी उसे मिला है। कनफ़्यूशियस देखने में कैसे थे, यह नहीं जानता, पर उनकी बातें याद आते ही श्रीयुत चाउ का चेहरा आंखों के सम्मुख नाच उठता है। खुशी को ऐसा ही लगता है, ऋषि यदि इसके लिए बुरा मानें, फिर भी हर्ज नहीं।

असल में श्रीयुत, चाउ ऋषि की कोटि तक उठने वाले आदमी नहीं। साधारण, सीधे-सादे आदमी हैं। स्कूल-मास्टरी से शुरू करके जीवन में बहुत तरह के काम उन्होंने किए हैं। अपने को सोशलिस्ट और कलाविद् मानते हैं। इन्होंने विलियम मॉरिस नामक एक अंग्रेज़ की थोड़ी-बहुत रचनाएं पढ़ी है और उन्हीं का प्रभाव उनके जीवन पर पड़ा है। यह सही है कि सरकार या शिल्प के संबंध में उन्हें गंभीर ज्ञान नहीं हैं, पर जो कुछ वह समझते हैं, उसे ही कार्य रूप में परिणत करने की चेष्टा करते हैं। वे जानते हैं कि आदमी को चमत्कृत कर देने वाली शक्ति उनमें नहीं है, ज़मीन-आकाश वे नहीं कंपा सकते, पर साम्यवाद या शिल्प के मूल-सूत्र तो अपने जीवन में परखे जा सकते हैं, यही चेष्टा उन्होंने की है। समाज-व्यवस्था में अवश्य ही कुछ परिवर्तन नहीं हुआ, पर उनका उपकार हुआ है। मन में जब जैसा आए वे नहीं बक देते, भोंडेपन से भी उन्हें घृणा है। इसीलिए छोटी से छोटी बात के प्रति वह उदासीन नहीं हैं। वे सोचते हैं कि अपने परिवार में तो परिवर्तन उन्होंने उपस्थित किया है, समाज-व्यवस्था में परिवर्तन लाना उनके वश की बात नहीं, बीच-बीच में लज्जित भी हो उठते हैं, पर उनका आत्म-प्रसाद भी कम नहीं। चारों ओर बालू का समुद्र धू-धू कर रहा है। इसी के बीच हरी पत्तियों से ढका उनका यह द्वीप है, जो इस द्वीप में आकर आश्रय लेगा, वे उसे जल-पानी देंगे, उसे बचा कर रखेंगे, पर इससे अधिक की हैसियत उनके पास नहीं है।

भाग्य से खुशी इस श्यामल द्वीप में आ लगा है। इतने दिनों तक मरुभूमि में घूमते-घूमते वह हैरान हो गया था। इस बार उसे आश्रय मिला है। यह एक परम आश्चर्य की बात उसके लिए है। श्रीयुत चाउ के समान आदमी उसने नहीं देखा। इससे उन्हें कनफ़्यूशियस मान लेते हुए उसे हिचकिचाहट नहीं हुई।

हो सकता है कि उसकी अभिज्ञता नहीं है, अन्यथा चाउ के समान आदमी भी उसे दुनिया में बिरले कैसे लगते? जब वह उन्हें रिक्शे पर ले जाता है, तब बार-बार उनकी ओर देखकर मुग्ध हो जाता है। बिल्कुल साफ़-उजली पोशाक, ज़रा भी आडंबर नहीं। सौम्य, शान्त चेहरा। ऐसे आदमी को सवारी के रूप में पाने से प्रसन्नता होती है। मन में गर्व होता है।

घर में एक कण धूल या जाला लगने नहीं पाता। ज़रा भी शोर-गुल नहीं, चारों ओर जाने कैसी एक शान्ति की छाया है। खुशी के मन में इस शान्ति की छाया पड़ती है। गांव में रहते हुए हेमन्त की सन्ध्या में बैठे-बैठे चुपचाप बूढ़ों को तम्बाकू पीते हुए उसने देखा है, उस समय वह बिल्कुल छोटा था। जाने कितने दिन ऐसी इच्छा हुई है कि उन्हीं बूढ़ों की तरह चुपचाप तम्बाकू का कश लगाए। शायद इसी के भीतर शान्ति छिपी हो! इस समय वह शहर में आ गया है ज़रूर, पर चाउ-परिवार को देखकर गांव की बातें ही बार-बार याद आती हैं। एक पाइप मिलने पर वह उसी तरह एकान्त में बैठकर चुपचाप तम्बाकू पीएगा, शान्ति पाएगा। पर शान्ति कहां? बाघिनी और लिऊ के पास उसके जमा किए हुए रुपये उसे शान्ति से नहीं रहने देंगे। उसका मन जैसे एक हरा, चमकीला पत्ता है। कुछ कीड़ों ने उसे सूक्ष्म रेशमी सूत के जाल में घेर लिया है। नहीं, यह लिऊ परिवार उसे सुख-शांति से नहीं रहने देगा। कैसा अनमना वह हो गया है। दूसरों की बात अलग, स्वयं मालिक के प्रश्नों का उत्तर वह बे सिर-पैर दे देता है। मन-ही-मन लज्जित भी होता है। चाउ-परिवार के सभी व्यक्ति रात नौ बजते ही सो रहते हैं। खुशी बैठा-बैठा आकाश-पाताल की सोचता है।

कभी-कभी मन में आता है, ब्याह कर लेने से ही तो सारा मामला ख़तम! बाघिनी की चिन्ता फिर से उस पर आक्रमण नहीं करेगी, पर रिक्शावाला का काम कर क्या वह विवाहित जीवन चला सकेगा? वह तो अपने विवाहित साथियों की हालत जानता है। बस्ती में वे रहते हैं। मर्द रिक्शा खींचते हैं और औरतें नाना प्रकार के काम करती हैं। लड़के-बच्चे धूल में खेलते हैं, लोट-पोट खाते हैं। गर्मी में कूड़ादान से तरबूज़ का ख़ाली छिलका उठाकर चबाते हैं, शीत काल में रसोई-घर में जाकर फेन-भात खाते हैं। यही तो उनका ज़ीवन है। खुशी यह जीवन नहीं चाहता, सचमुच नहीं चाहता।

अगर मान लिया जाए, उसने शादी कर ली, तब यदि नए कर्ता उसके रुपए नहीं दें? तब तो बाघिनी रुपए वसूल करा देने के लिए कोई चेष्टा नहीं करेगी। अपने हक के रुपए को वह छोड़ने को तैयार नहीं। एक बरस पहले, हेमन्त में उसने रिक्शा ख़रीदा था। एक बरस बीत गया है, आज उसके पास कुछ भी संबल नहीं, सिर्फ़ तीस डालर हैं, पर उन्हें भी वापस पाने की आशा नहीं। खुशी सोचते-सोचते जाने कैसा खिन्न हो उठा। हेमन्त-उत्सव में सिर्फ़ अब दस दिनों की देर है। शीत पड़नी शुरू हो गयी है। खुशी ने सोचकर देखा, जाड़े के कुछ कपड़े बनवाने होंगे। रुपयों की ज़रूरत होगी। जाड़े के कपड़े ख़रीदने से कुछ भी बच नहीं रहेगा, रिक्शा भी नहीं ख़रीद सकेगा। इसके अलावा इस तरह के माहवारी काम करने से ही नहीं चलने का। तब तो ज़िन्दगी यूं ही बीत जाएगी।

उस दिन थोड़ी रात बिता, श्रीयुत चाउ को लेकर 'स्वर्ग की शान्ति' के फाटक होकर खुशी घर लौट रहा था। सीधी-चौड़ी सड़क जन शून्य थी। गली-कूचों के गड्ढों से बचने के लिए ही वह इस रास्ते से आया है। हवा बह रही है, इसमें सर्दी की छाप है। रास्ते में स्निग्ध प्रकाश की पंक्तियां हैं। खुशी ने जाने कैसी एक उत्तेजना का अनुभव किया। हलका हो उठा उसका मन। वह जी-जान से दौड़ने लगा। क़मीज़ के बटन खोल दिए। ठंडी हवा आकर छाती को छेदती है, छाती सिहर-सिहर उठती है, जाने कैसे आनन्द से डोल-डोल उठता है मन! पांवों की आवाज, रिक्शा की टुन-टुन से जैसे ताल मिला रही हो। उसे लगा कि इस तरह तो वह अनन्त काल तक दौड़ सकता है। ऐसी ही सीधी सड़क से दौड़ते-दौड़ते रात की कालिमा

पार कर वह किसी अनजाने देश में चला जाएगा। वह मृत्यु का ही देश होगा, पर उससे वह नहीं डरेगा, उसके रहस्य का कुहासा तब फट जाएगा, दिखलाई पड़ेगा मृत्यु का सच्चा स्वरूप।

तेज़ी से, और भी तेज़ी से वह दौड़ने लगा। सामने रिक्शा जा रहा है, वह आवाज़ दे, रास्ता कर देने के लिए कह रहा है। कुछ क्षणों के भीतर ही खुशी 'स्वर्ग की शान्ति' फाटक पहुंच गया। पांवों में मानो उसने लोहे की स्प्रिंग लगा ली है, पांव ज़मीन पर पड़ते ही उछल-उछल पड़ते हैं। रिक्शा के चक्के ऐसी तेज़ी से घूम रहे हैं कि दिखलाई नहीं पड़ते। लगता है, सवारी के साथ रिक्शे को और रिक्शावाले को मानो कोई दैत्य शून्य में उड़ाए लिए जा रहा है। दौड़ते-दौड़ते खुशी ने सोचा, पसीने से देह भीगकर लथपथ हो जाने पर उसे रात अच्छी नींद आ सकेगी। दुश्चिन्ताएं नहीं सताएंगी। गति उसने बढ़ा दी। लांग नार्थ स्ट्रीट के पास वे आ पहुंचे। इस बार तिरछे घूमना होगा। वृक्षों के चारों ओर अन्धेरा है। खुशी रिक्शे की गति कम करने के लिए पैर बढ़ा ही रहा था कि एक दुर्घटना हो गई। उसके पैर जाने किस चीज़ के ऊपर पड़ गए। फिसल कर वह रास्ते के कंकरों के ऊपर जा गिरा। रिक्शे का पता नहीं कौन-सा भाग चरमरा कर टूटने की आवाज आई।

"क्या हुआ, क्या हुआ?" श्रीयुत चाउ चिल्ला उठे। साथ-ही-साथ वे भी छिटक कर रास्ते पर लुढ़क गए। इस बार खुशी उठकर खड़ा हुआ। श्रीयुत चाउ उठ बैठे।

"क्या हुआ, हुआ क्या?" खुशी ने पीछे मुड़कर देखा, सड़क के किनारे कुछ पत्थरों का स्तूप पड़ा हुआ है, रास्ता मरम्मत होगा, पर लाल रोशनी नहीं देकर ही यह विपत्ति खड़ी की गई है।

"मालिक ख़ूब चोट लगी है, शायद?" खुशी ने पूछा।

"नहीं, मैं पैदल ही लौटूंगा। तुम रिक्शा लेकर बाद में आना।" श्रीयुत चाउ ठीक ही हैं। जेब से कुछ गिरा तो नहीं है, यह उन्होंने देख लिया।

खुशी रिक्शे के टूटे हुए अंश पर हाथ फेरकर बोला, "कोई वैसा नुक़सान नहीं हुआ है। आप आकर बैठिए, मालिक, मैं खींच सकूंगा।" पत्थरों के भीतर से उसने रिक्शा बाहर किया, "आप आ बैठिए, मालिक।"

श्रीयुत चाउ को रिक्शे पर चढ़ने की इच्छा नहीं थी, पर उन्हें लगा मानो खुशी सुबक कर रो रहा है। उन्होंने और कोई आपत्ति नहीं की, चढ़ बैठे। इस बार वे लांग नार्थ स्ट्रीट के मोड़ पर आ गए। तेज़ बिजली की रोशनी में श्रीयुत चाउ ने देखा, उनका बायां हाथ मुरक गया है।

"खुशी, थोड़ा ठहरो।" खुशी ने मुड़कर देखा। उसका मुंह ख़ून से भीग गया है।

श्रीयुत चाउ चमक उठे, "जल्दी, जल्दी!"

खुशी को मालूम हुआ कि मालिक उसे ज़ोर-ज़ोर से चलने के लिए कह रहे हैं। वह एक ही दौड़ में मकान आ पहुंचा। रिक्शा नीचे रखकर उसने मालिक के हाथ में ख़ून लगा देखा। उसी समय वह मालकिन के पास दवाई लाने के लिए दौड़ पड़ा। श्रीयुत् चाउ ने उसे रोक कर कहा, "मेरे लिए फ़िक्र मत करो। पहले अपने दवाई लगाओ।"

खुशी को इस बार अपनी ओर देखने की फ़ुर्सत मिली। सारी देह दर्द कर रही है, घुटने और कोहनी से मांस छिटक कर निकल पड़ा है। चेहरे पर हाथ फैला कर देखा, ख़ून गिर रहा है। उसने सोचा था कि पसीना होगा। वह धप से सीढ़ी के ऊपर बैठ रहा। फैली हुई आंखों से टूटे हुए रिक्शे को देखा, काला रंग किया हुआ नया रिक्शा टूट गया है, लोहे की सफ़ेदी निकल आई है। भारी नुक़सान उसने किया है और अब बेवक़ूफ़ की तरह मुंह बाए रिक्शा की ओर देख रहा है।

"खुशी? काउ-मा बुला रही है।" चाउ-परिवार को वह नौकरानी है। खुशी जरा भी हिला-डुला नहीं। "खुशी, ओ खुशी? अरे, कहां चले गए? दैया री! कैसा आदमी है! मुंह में जबान नहीं, यहां छिपा बैठा है! मैं तो डर गई! जाओ, मालिक बुला रहे हैं, सुन आओ।"

काउ-मा की एक बुरी आदत है, ज़्यादा बोलने की, पर है बेचारी अच्छी। उम्र बत्तीस के लगभग होगी। ख़ूब बनी-ठनी रहती है। ऐसी नौकरानी संभवत: दूसरी जगह अधिक दिनों तक नहीं टिक सकती थी, पर चाउ-परिवार में साफ़-सुथरा रहनेवाले आदमी की कद्र होती है। ये लोग काउ-मा की छोटी-मोटी त्रुटियों की ओर नज़र भी नहीं देते। दो-तीन वर्षों से वह यहां काम कर रही है। चाऊ-परिवार के कहीं बाहर जाने पर वह भी साथ जाती है।

"मालिक बुला जो रहे हैं।" खुशी उठ खड़ा हुआ। काउ-मा उसके ख़ून से रंगे हुए चेहरे की ओर देखकर चीत्कार कर उठी, "अरी दैया! इसकी करतूत देखो, यहां भूत की तरह चुपचाप बैठा है! इस पर यदि दंड लगे तो हुआ। जाओ, जल्दी-जल्दी जाओ। मालिक के पास दवाई है, थोड़ी दे देंगे।"

खुशी काउ-मा के पीछे-पीछे लाइब्रेरी में जा घुसा। इसके बीच काउ-मा को जो कुछ गालियां बकनी थीं, वह बक चुकीं। लाइब्रेरी में घुसकर उसने देखा, मालकिन मालिक के हाथ में बैंडेज बांध रही हैं खुशी को देखते ही मालकिन चमक उठीं, "देखिए तो, किस बुरी तरह कट गया है।" काउ-मा मालकिन की ओर देखकर बोली। मालकिन ठंडा पानी डालते-डालते बोली, "मैं तो पहले ही जानती थी कि एक दिन ऐसा होगा। जब वह रास्ते पर दौड़ता है, तो उसे होश नहीं रहता। उस समय मरा है, या जिन्दा, यह ध्यान में नहीं आता।"

"इसको अब क्या हुआ है? इतनी तेज़ दौड़ने से क्या नतीजा होता है, देख लो! अरी दैया, अभी तक यह खड़ा ही है? जल्दी-जल्दी ख़ून धो लो, दवा लगा दूंगी।" खुशी चुप खड़ा रहा। लाइब्रेरी एकदम चकमक कर रही है। कहीं ज़रा भी धूल नहीं, सामान वग़ैरह क़ायदे से सजे हैं। अलमारी में किताबें चमक रही हैं। सिर्फ़ वही एक बेमेल है। सूखा चेहरा, धूल और कांटों भरी पोशाक, मुंह और हाथ से ख़ून टपक रहा है। सचमुच यहां वह नहीं जंचता। यहां तक कि काउ-मा भी इस बात को समझ गई हैं।

"मालिक' खुशी सिर झुकाकर आहिस्ता-आहिस्ता बोला, "मालिक, आप एक दूसरा आदमी ढूंढ़ लें। मेरे एक महीने के वेतन से रिक्शा मरम्मत कर लेंगे। रिक्शे को काफ़ी धक्का लगा है। लैंप का शीशा टूट गया है, दोनों चक्के भी बर्बाद हो गए हैं. . .।"

"ये सब बातें अभी रहने दो। पहले मुंह धोकर दवाई लगवाओ। ओह! किस तरह ख़ून टपक रहा है। इस ओर तुम्हारा ध्यान नहीं। अच्छा-अच्छा,. . .ये बातें बाद में होंगी।" श्रीयुत चाउ ने अपने हाथ की ओर देखा, उनकी पत्नी हाथ में बैंडेज बांध रही हैं।

"जाओ, जाओ मुंह धो लो। मुंह बाए खड़े क्यों हो?" काउ-मा बोली।

खुशी फिर भी चुपचाप खड़ा ही रहा, "धोने की ज़रूरत नहीं, अभी ख़ून बन्द हो जाएगा। जो रिक्शावाला मालिक को पटक दे, रिक्शा तोड़ डाले, उसका....।" खुशी सुबक कर रो उठा। शब्दों में वह इसे व्यक्त नहीं कर पा रहा, उसके हृदय का आवेग उसके शब्दों को चूर कर फेंकता है, रुदन बनकर गल-गल पड़ता है। नौकरी से इस्तीफ़ा और एक महीने का तलब खोना आत्महत्या के ही समान है पर आत्मसम्मान की रक्षा करने के लिए तो यह भी करना होगा। अपने आत्मसम्मान को खोकर वह जीवित रहना नहीं चाहता। दूसरा कोई आदमी रहता तो ख़ैर कोई बात थी, पर श्रीयुत चाउ जैसे मालिक को उसने पटक दिया है। इस अपराध का तो अन्त नहीं। मान लो वह यदि इयाङ्ग-परिवार की बड़ी बहू को कीचड़

में पटक देता। हां, तब एक काम-में-काम होता। ख़ूब लथपथ होती बेचारी! बड़ी बहू को वह फूटी आंखों से नहीं देखना चाहता था। कीचड़ में उसे सूअर की तरह लोट-पोट करते देख वह तालियां बजा कर हंसता। क्यों नहीं हंसेगा? बड़ी बहू तो उसे आदमी नहीं समझती थी। उससे नम्र होने में फ़ायदा? वहां रुपए ही सब कुछ थे, आत्मसम्मान की कोई बात ही नहीं उठती। ठीक ही होता।

पर यहां की बात बिल्कुल दूसरी तरह है। श्रीयुत चाउ की तरह मालिक हज़ार में एक भी मिलते हैं, या नहीं, इसमें सन्देह है। दूसरे मालिकों की तरह इनका बुरा सलूक नहीं होता। कभी आंखें लाल नहीं करते, एक धमकी तक नहीं देते। यहां तो आत्मसम्मान की बात उठेगी ही। रुपए बर्बाद होने में भी नुकसान नहीं, पर आत्मसम्मान तो बचाना ही होगा। क़िस्मत ही खोटी है, इसी से चाउ-परिवार में भी वह नहीं टिक सका। उसे क्या हो गया था? कंधे पर कोई कुदेव बैठा हुआ था क्या? अपनी ज़िन्दगी का न हुआ, कानी-कौड़ी मूल्य नहीं, चाहे जिस क्षण दीवार से सिर टकरा कर वह अपनी ज़िन्दगी ख़तम कर सकता है, पर दूसरे की ज़िन्दगी के सम्बन्ध में तो सावधान रहना चाहिए। मान लो आज यदि मालिक को कुछ हुआ रहता, क्या होता तब?

खुशी ने इन सब बातों को कभी नहीं सोचा था। यानी मालिक चाउ को गिरा कर, इसी तरह की अनेक भावनाओं ने उसे ग्रसित कर लिया, घेर लिया। हां-हां, सोचने की तो बात ही है। घोड़े या गधे की तरह सिर्फ़ रिक्शा खींचने से नहीं होता। उसने निश्चय किया, एक महीने की पगार तो वह छोड़ ही देगा, इसके अलावा फिर रिक्शा वह जीवन में कभी नहीं चलाएगा। दूसरों की ज़िन्दगी पीठ पर ढोने की सामर्थ्य और सावधानी उसमें नहीं है। वह रिक्शावाला होगा, यही उसके जीवन का मूलमंत्र था, एकमात्र आशा-आकांक्षा, आज उस आशा-आकांक्षा को तिलांजलि देनी पड़ी। कोई उद्देश्य नहीं रहा। अब वह जीवन-पथ पर एक अंधे की तरह टटोल-टटोल कर चलेगा। प्रकाश उससे दूर होगा और भी दूर होगा। रिक्शावाला होने की आशा आज निर्मूल हो गई। व्यर्थ हो गई है उसकी शक्ति, उसका स्वास्थ्य।

जब वह रास्ते-रास्ते घूम कर सवारी लेकर दौड़ता, उस समय पता नहीं कितना अन्याय उसने किया है, दूसरे की सवारी बहका लेने में कोई संकोच वह नहीं करता था। अपने भाई-बिरादरों से इसके लिए गालियां भी सुननी पड़ती थीं, पर उसने भौंहों पर बल तक नहीं आने दिया। अपना रिक्शा ख़रीदने के लिए सब गालियां मुंह बन्द कर सह लेता था। मन में किसी दिन जरा भी अनुताप नहीं हुआ, पर माहवारी नौकरी करते हुए ऐसी मुसीबत आ पड़ेगी, कौन जानता था? इसकी तो कोई कैफियत भी नहीं। यदि कानों-कान यह ख़बर फैल गई, तो उसके भाई-बिरादर क्या सोचेंगे? ख़तम हुआ, रिक्शावाला होने का उसका सुनाम नष्ट हो गया।

खुशी के सामने और कोई रास्ता न था। मालिक उसे कब बर्ख़ास्त करेंगे, इसके लिए बैठे रहने से भी काम नहीं चलने का। उनके बर्ख़ास्त करने के पहले ही वह चला जाएगा।

"खुशी हाथ-मुंह अब धो डालो। त्याग-पत्र की बात ही नहीं उठती। तुम्हारा तो कोई दोष नहीं हैं। उन्होंने पत्थरों का ढेर लगा रखा था और साथ ही लाल रोशनी भी नहीं दी। दोष तो उनका है। जाने दो, इन बातों पर सिर खपाने से अब कोई फ़ायदा नहीं। मुंह धोकर दवाई लगाओ।"

"हां, यही करो," काउ-मा बात कहने का सुअवसर पाकर चुप रहने वाली स्त्री नहीं। मालिक की बात का उसने समर्थन किया, "जानते हैं, मालिक, आपको गिरा दिया है, यह बात खुशी किसी तरह भी नहीं भुला पा रहा है। (इसके बाद खुशी की ओर देखकर) तुमको भी महाराज, इतनी फिक्र क्यों है? मालिक ने कह तो दिया कि तुम्हारा कोई दोष नहीं। ऐसा लम्बा-चौड़ा जवान, पर ऐसा बच्चों का सा व्यवहार!

मालकिन, आप दो-एक मीठी बातें कहिए न, बेचारे के दिल का भार उतरे!" काउ-मा की बातें मानो ग्रामोफोन के रेकॉर्ड की तरह हैं। बातों का स्रोत घूमते-घूमते चलता है, पर कहां आदि है, कहां अन्त, यह समझना मुश्किल है।

"जाओ, धो डालो।" मालकिन बोली, "ओ मां, देखने से भी डर लगता है।" खुशी के मन में गोल-माल मचा था। वह सोच नहीं पा रहा था कि क्या करें? इस बार मालकिन की बातों से उसे चेतना हुई। जल्दी-जल्दी पानी भरे बर्तन को लेकर बाहर आया और मुंह पर छींटे देने लगा। काउ-मा दरवाज़े पर खड़ी रही दवाई लेकर। मुंह धोना ख़तम होते ही काउ-मा ने उसके मुंह और गले में दवाई लगा दी।

"हाथ और पैर में भी लगाना होगा, क्या?" खुशी ने सिर हिलाया, "नहीं ज़रूरत नहीं।" दवाई की शीशी रखकर वह बोली, "कुछ देर बाद फिर दवाई लगा लेना, यह शीशी रही।......और देखो, इन सब बातों को लेकर अपना दिमाग़ मत ख़राब करो। जब मेरा स्वामी ज़िन्दा था, लड़ाई-झगड़े कर जाने कितनी जगह काम छोड़ दिया करती थी। कैसी मैं गुस्सैल थी! अवश्य ही इसका कारण भी था। मैं खटते-खटते हैरान होती और मेरा बूढ़ा स्वामी चुपचाप बैठा-बैठा ऊंघता। उससे किसी तरह का काम नहीं होता। किसे ग़ुस्सा नहीं आएगा, कहो? इसके अलावा उम्र भी उस समय कच्ची थी, कोई कुछ कहता तो बर्दाश्त नहीं कर पाती थी। मुंह पर चार बातें सुना काम से इस्तीफा दे देती। क्या कहती थी, जानते हो? 'जांगर उठा कर पैसा कमाने आई हूं, तो इसका यह मतलब नहीं कि तुम्हारी ख़रीदी बांदी हो गई। पैसों की गर्मी मत दिखाओ। तुम्हारी जैसी बूढ़ी खुर्रांट की टेंटें नहीं सुन सकती, यह कहे देती हूं!' एक के बाद एक नौकरी इसी तरह छोड़ देती थी, पर अब अच्छी हूं। स्वामी की मौत हो गई, अब उसके लिए चिन्ता नहीं करनी पड़ती। मिज़ाज भी थोड़ा ठंडा गया है। यही देखो न, इस घर में तीन वर्ष काट दिए। नौवीं सितम्बर को काम करने आई थी। ऊपरी आमदनी यहां प्रायः नहीं है, तब मालिक और उनका परिवार अच्छा है। एक बात तुम कह सकते हो। मीठी बातों से क्या पेट भरता है? नहीं भरता, यह जानती हूं, पर बात-बात में यदि फट से काम छोड़ दो, तो साल में छः महीने बेकार रहना होगा। जो रुपया आते थे, वे भी अब नहीं आएंगे। इसलिए अच्छा मालिक मिलने पर टिके रहना ही कहीं अच्छा है। महीना कम हो, ऊपरी आमदनी नहीं हो, आख़िर इससे भलाई ही होगी।"

"आज की ही बात लो न! मालिक ने कुछ नहीं कहा, बात भी यहीं ख़तम हो गई। तुम्हें छोटे भाई की तरह ही मानती हूं, इसीलिए इतना कहा। इस समय तेज़ी दिखा कर यदि काम छोड़ दो, तो इससे दूसरे का क्या बनता-बिगड़ता है? अपना ही नुकसान है। तेज़ी दिखाकर ख़ाली पेट घूमने से तो नहीं चलता। तुम्हारे जैसा मज़बूत, समर्थ लड़का, दो-चार दिन यहीं टिक न जाओ! सारे आसमान में उड़-उड़ कर मछली पकड़ने की चेष्टा में हैरान होने के बजाए तो यह कहीं अच्छा लगता है। सिर्फ़ तुम्हारे ही लिए ऐसा कह रही हूं, यह मत सोचो। दोनों आदमी मिल-जुल कर काम करेंगे, इसीलिए कहती हूं।"

थोड़ी सांस छोड़ने के बाद वह फिर बोली, "कल सुबह फिर भेंट होगी। इस समय अच्छे लड़के की तरह सो रहो। एक बिगड़ैल सांड की तरह ज़मीन पर पैर पटकने से कुछ नहीं होगा। मैं जो कहती हूं, ठीक ही कहती हूं।" खुशी बाएं हाथ के दर्द से आधी रात तक नहीं सो सका। अस्त-व्यस्त भावनाएं मन में घर कर गईं। शुरू से आख़ीर तक सारे मामले को उसने उलट-पुलट कर देखा। काउ-मा अक़लमन्द है, वह ठीक ही कहती हैं। दुनिया में और सभी मिथ्या है, रुपया ही एकमात्र सत्य है। रुपया जमाकर वह फिर एक रिक्शा ख़रीदेगा, तेज़ी दिखला कर क्या होगा? तेज़ी भंजा कर तो खाई नहीं जा सकती। सोचते-सोचते वह सो गया।

श्रीयुत चाउ ने रिक्शे की मरम्मत करवा दी। खुशी की पगार से मरम्मत का ख़र्च नहीं काटा। चाउ-पत्नी ने उसे दवा की दो गोलियां ख़ाने की दीं। टिकिए ख़ाने से ही उसका दर्द दूर हो जाएगा। खुशी ने टिकिए नहीं खाईं, ऐसे ही वह अच्छा हो गया। अब उसे ज्ञान हुआ है। नौकरी से इस्तीफ़ा देने की बात भी अब नहीं उठाता। काउ-मा की बातों से काम बना, पर बीच-बीच में उसे लगता है, ना, बिल्कुल ही अच्छा नहीं हुआ। कई सप्ताह इसी तरह कट गए। इसके बाद वह घटना मन से एकदम धुल पुछ गई। अपनी उसी अवस्था पर वह फिर लौट आया।

सिर्फ़ यही नहीं, पुरानी आशाएं-आकाक्षाएं फिर मन में सिर उठाने लगीं। अब वह एकान्त में बैठ फिर रिक्शा ख़रीदने की चिन्ताएं करता है, सारी देह में उत्तेजना आती है। कितनी बार हिसाब लगाकर देखता है, कितने दिन, कितने महीने, कितने वर्ष में वह रिक्शा ख़रीद सकता है। बड़बड़ाहट के साथ हिसाब करता है, मानो कोई रोगी प्रलाप कर रहा हो। हिसाब-किताब करना वह नहीं जानता, पर मन में गीत की स्वर-लहरी के समान ही बार-बार एक ही बात लौट आती है। छः-ए-छः छत्तीस, उसकी पूंजी से इस अंक का कोई सम्बन्ध नहीं है, यह मानो कोई जाप-मंत्र है, रुपए बढ़ाने का जाप-मंत्र। बार-बार वह यही बातें बड़-बड़ कर बकता है, छाती भर उठती है।

काउ-मा पर उसकी ख़ूब भक्ति है। अनेक मर्दों से काउ-मा ज़्यादा बुद्धि रखती है, ज़्यादा जानती-समझती है। बहकी-बहकी बातें वह नहीं कहती बात की एकदम वह तह तक जाती है। सारा समय अवश्य ही उससे परामर्श वहीं पाया जा सकता। उसे कितना काम है! एक पल की फ़ुर्सत नहीं। खिड़की-दरवाज़े या आंगन में जब कभी उससे भेंट होती है, काउ-मा दो-चार बातें कहती है। खुशी का हृदय डोल उठता है, आनन्द से नाच उठता है। उसकी बातों को सोचते-सोचते जाने कितने दिन उसने दोपहरी काट दी है। इसीसे उसे देखने पर आजकल खुशी बेवक़ूफ़ की तरह हंसकर अपनी श्रद्धा जताता है। काउ-मा भी ख़ूब खुश होती है। अधिक बातें बोलने का समय नहीं पाने पर दो-एक बातें ही कहकर खुशी का मन चंगा कर देती है।

पर रुपये-पैसे बचाने की बात पर वह काउ-मा की दलीलें नहीं सुनता। अपनी इच्छानुसार चलता है। काउ-मा की बुद्धि मन्द नहीं। विधवा होने के बाद से ही रुपए जमाकर वह उनसे तिजारत करती है। धर लो, एक डालर जमा हुआ। हाथ में न रखकर एक डालर ही किसी को उधार लगा दिया। क़र्ज़ लेने वाले आदमियों की तो कमी नहीं। नौकर-चाकर, पुलिस, छोटे-छोटे दूकानदार, ये सभी तो क़र्ज़ लेने के लिए मुंह बाए रहते हैं। सूद की दर तीन रुपए सैकड़ा तो है ही, सिर्फ़ साल के हिसाब से ही नहीं। माहवारी, हफ़्तावारी हिसाब से भी वह रुपए चलाती है। जो क़र्ज़ लेते हैं, वे एक श्रेणी के आदमी होते हैं। एक डालर पाने की भावना भी उन्हें पागल बना देती हैं। उनके दिमाग़ में जांते की तरह भावना चक्कर मारती है, कैसे एक डालर वे जुटा सकेंगे। कोई यदि उन्हें एक डालर देकर कहे कि दो सप्ताह के भीतर तुम्हें दो डालर लौटाना होगा, इससे भी वे चटपट राज़ी हो जाते हैं। रुपए के साथ जो ज़हर मिला हुआ है, उसे जानकर भी वे अनजान बनना चाहते हैं। उन्हें पता है कि कड़े सूद पर रुपए लेने का मतलब है, अपने को फ़क़ीर बनाना, फिर भी बिना लिए उपाय नहीं है। कुछ दिन तो शान्ति की सांस ली जा सकेगी। इसी तरह से उनकी ज़िन्दगी चलती है, इसके बाद फिर एक दिन सांस छोड़ने का भी कोई उपाय नहीं मिलता, पर इन सब बातों को सोचने से क्या काम चलता है। आज की मुसीबत से तो छुटकारा मिला, कल की मुसीबत की बात कल सोची जाएगी। यही उनकी रीति है, बदले जाने का कोई उपाय नहीं, उपाय खोजना भी वे नहीं चाहते।

काउ-मा को, जब उसका स्वामी ज़िन्दा था, यह दु:ख ख़ूब ही भुगतना पड़ा है। उसका स्वामी शराब के नशे में चूर होकर उसके पास से रुपए ले गया है। रुपए नहीं मिलने पर मालिक के घर के फाटक पर खड़े होकर अश्लील भाषा में गालियां देने से भी वह नहीं चूकता था। शोर-गुल मचाता था। काउ-मा को लाचार हो रुपए देकर उसका मुंह बन्द करना पड़ता। चाहे जितना भी कड़ा सूद क्यों न हो, रुपए उधार लेकर वह स्वामी के हाथ में रख देती थी। उसी अनजानेपन से रुपए खटाने की जानकारी उसने पाई है। ना, प्रतिशोध की भावना उसे नहीं है, रुपए क़र्ज़ लेने पर सूद तो देना ही होगा। एक दिन उसने दिया है, आज उसके लेने की बारी है। एक तरह से यह दया-दक्षिणा भी है। अभाव के समय आदमी को बचाना। तुम्हारे पास रुपए हैं, क़र्ज़ देना चाहते तो, दूसरी ओर क़र्ज़ लेनेवाले आदमी भी हैं। यह मानो 'तीन राज्य' किताब की चोऊ और होयांगकाई की कहानी है। मानो उसके प्राणों को बन्धु होयांग को चाबुकें मार शत्रु सेनापति ने बतला दिया, वे अब बन्धु नहीं रहे। लोग चाहे जो सोचें, इससे क्या होता-जाता है।

काउ-मा की नीति में विवेक के दांत नहीं प्रवेश कर सकते। नदी में बहा देने के लिए तो वह रुपए नहीं लगाती। किसी को मुसीबत के समय में क़र्ज़ देती है, फिर कड़े सूद पर वसूल करना भी नहीं छोड़ती। रोजी-रोज़गार में थोड़ा सावधान ही रहना पड़ता है, नहीं रहने से ही मुसीबत! चोर-जुआरी तो बाज की तरह ही झपट्टा मारने के लिए तैयार हैं। मौक़ा मिलते ही लेकर हवा हो जाएंगे। बैंक के मालिक की तरह ही क़र्ज़ देकर काफ़ी भार माथे पर लेना है। बैंक के मालिक से भी उसकी बुद्धि थोड़ी अधिक है। मूलधन चाहे कम हो या अधिक, पूंजी के व्यवसाय का एक ही रास्ता है। हम लोगों का समाज 'धन-तंत्र' वाला है। यह मानो एक विराट फन्दा है, सूक्ष्म जाल से घिरा हुआ। ऊपर से रुपये बरसते रहते हैं। जितने नीचे जाते हैं, ख़तरा उतना ही बढ़ता जाता है, पर धन-तंत्र की नीति क़ायम रहती है। यह तो वैसे रुपये नहीं हैं कि जड़ होकर पड़े रहेंगे।

सभी कहते हैं कि काउ-मा पक्की होशियार हैं वह ख़ुद भी स्वीकार करती है। दरिद्रता के हथौड़े की चोट और चक्की के पाटों में पिस-पिसकर वह काफ़ी कठोर हो उठी है। तब उसे अपनी दरिद्रता याद आती है, स्वामी का अत्याचार याद आता है, वह अपने दांत-को-दांत से दाब और भी कठोर हो उठती है, पर इससे यह अन्दाज़ नहीं करना चाहिए कि माया-ममता उसमें बिल्कुल ही नहीं है, लेकिन इस जंजाल-भरी दुनिया में जिन्दा रहने के लिए कठोर होने के सिवा और चारा क्या है?

उसने खुशी को रुपए लगाने का परामर्श दिया। यह भी कहा कि वह उसे हर तरह से मदद करने के लिए तैयार है। काउ-मा कहती, "देखो, अच्छे आदमी के लड़के! जेब में रुपए रख देने से कोई काम नहीं होता। जो थे, वे ही रह जाते हैं और खर्च हो जाने का भी डर रहता है। इसके बदले रुपए क़र्ज़ दे कर देखो, रुपए अंडे देंगे। इसमें कोई भूल नहीं है जी, कोई भूल नहीं। तब हां, कह सकते हो, झमेला लेना पड़ता है, पर अपनी आंखों को तो तुम खोए नहीं बैठे हो। कोई क़र्ज़ लेने आए तो एक बार अच्छी तरह उसे आंखों से परख लो। जिस ईगल के रोएं गिर गए हैं, तुम उसकी पूंछ हाथ की मुट्ठी में नहीं बन्द कर सकते, यह जानती हूं, पर इसी पुलिस को बात ले लो न। यदि समय मुताबिक सूद या मूल न दे तब उसके ऊपरवालों के पास जाना होगा, फिर बच्चू बिना रुपए दिए भागते कहां हैं? रुपए क़र्ज़ देते समय सोच-समझकर देना होगा। नहीं तो जिस-तिस को देने से रुपए तो डूबेंगे ही। मैं तुमसे कहती हूं, रुपए सूद पर चलाओ। कोई डर नहीं, सब ठीक कर दूंगी।"

खुशी ने श्रद्धा की आंखों से काउ-मा की ओर देखा। काउ-मा के पास अक़्ल ज़रूर है, पर रुपए बाहर निकालने के लिए मन राज़ी नहीं होता। रुपए हाथ में रखना ही ठीक है। हाथ में रखने से यह

ठीक है कि मरे हुए रुपए दुगने या तिगुने न होंगे, अंडे भी नहीं देंगे, पर खो जाने का कोई भय नहीं। अपनी जेब से उसने इन कई महीनों की कमाई बाहर निकाली। सभी रुपए हैं, नोट एक भी नहीं। हाथ से हिलाने में भी अच्छा लगता है। टन-टन मीठी आवाज, जाने कैसा अच्छा लगता है, फिर डर भी होता है। देखो न, झिलमिल कर रहे हैं। नहीं, काउ-मा की बुद्धि पर भरोसा कर वह अपने रुपए हाथ से नहीं जाने देगा। समय होने पर जब वह रिक्शा ख़रीद लेगा, उस समय हाथ से नहीं जाने देगा। काउ-मा की बुद्धि उसके ही पास रहे। खुशी के पास अपनी बुद्धि भी है। क़र्ज़ में वह रुपए नहीं लगाएगा, लगा सकता भी नहीं।

एक समय फ़ेंग-परिवार में वह काम करता था। उस समय देखा था, घर के मालिक से लेकर नौकर आया तक सभी पोस्ट-आफ़िस की किताब में रुपए जमा करते हैं। फ़ेंग-मालकिन ने एक दिन उससे भी यह बात कही थी, "एक डालर देकर ही पास-बुक खोला जा सकता है। तुम भी एक क्यों नहीं खोल लेते? कहावत है न कि धूप के दिन यदि वर्षा की बात न सोचो तो मुश्किल में पड़ोगे। तब हाय-हाय करने पर भी दिन नहीं लौटेंगे। अभी तुम्हारी उम्र कम है, इस समय यदि दो-चार रुपए नहीं जमा करोगे तो कब करोगे? साल में तीन सौ साठ दिन होते हैं। ये तीन सौ साठ दिन तो एक ही तरह नहीं बीत सकते। इसमें रुपए मारे जाने की कोई भी आशंका नहीं। इसके अलावा कुछ सूद भी पाओगे। ज़रूरत पड़ने पर कुछ निकाल भी सकते हो। इससे और कोई दूसरी सुविधा नहीं हो सकती। जाओ, जाकर एक फ़ार्म ले आओ, मैं तुम्हारी ओर से ख़ाने में जो भरना होगा भर दूंगी। तुम्हारी भलाई के लिए ही कहती हूं।"

खुशी जानता था, फ़ेंग-गृहिणी उसकी भलाई के लिए ही कह रही हैं। उसने रसोइए उयाङ्ग और नन्हा-बच्चा चिनमा की पास-बुक भी देखी थी। इस पर कई रोज़ वह सोचता रहा। एक दिन फ़ेंग-परिवार की बड़ी लड़की ने पास-बुक में दस डालर जमा करने के लिए उसे पोस्ट-आफ़िस भेजा। रास्ते में जाते हुए उसने उस पास-बुक की उलट-पुलट कर देखा। कुछ अक्षर, लाल स्याही से उसके ऊपर मोहर मारी हुई, यही तो पास-बुक है। पोस्ट-आफिस की खिड़की से इसे और रुपए आगे बढ़ा देने पर उन लोगों ने जाने क्या उसमें लिखा और फिर लाल स्याही की सील मार दी। यह यदि जुआ-चोरी नहीं, तो जुआ-चोरी और किसे कहते हैं? ताज़े फूल की तरह एक मुट्ठी रुपये खिड़की के भीतर फेंककर उसके बदले तुम्हें क्या मिला? पांच अक्षर लिखी हुई, एक लाल सील, बस लेन-देन का सभी मामला ख़तम।

खुशी ऐसे जुआ-चोरों के पास नहीं फटकना चाहता। फ़ेंग-परिवार और पोस्ट-आफ़िस के बीच मानो कोई षड्यन्त्र है। दोनों ने मिलकर आदमी ठगने का अच्छा रोज़गार खोल रखा है। पर चारों ओर उसने पोस्ट-आफिस देखे हैं। मालूम होता है कि रोज़गार काफ़ी फल-फूल उठा है। फ़ेंग-परिवार के लोगों का निश्चय ही इसमें कोई स्वार्थ है, नहीं तो रुपये जमा करने के लिए इतना मनोबल क्यों? यदि पोस्ट- आफ़िस जुआ-चोरों का अड्डा नहीं भी है, तो इससे क्या? हाथ के रुपये दूसरे के हाथ सौंप देने से वह निश्चिन्त होकर नहीं बैठ सकता। रुपये के बदले कुछ अक्षर और लाल सील देखकर उसका मन अस्थिर हो उठेगा, रात को नींद नहीं आएगी।

बैंक के सम्बन्ध में उसकी कोई धारणा नहीं। सवारी पाने के लोभ से वह वहां प्राय: ही जाया करता है, पर रास्ते की पुलिस बहुत हुज्जत करती है। किसी तरह रिक्शा रखने नहीं देगी। कुछ घूस देकर बीच-बीच में रिक्शा रखता है। सवारी भी मिलती है। बैंक के भीतर क्या होता है, वह नहीं जानता। रुपये-पैसे का लेन-देन अवश्य होता होगा। इतना बड़ा मकान, इतने आदमी तो यूं ही नहीं होंगे, पर लोग वहां क्यों रुपए

रखने जाते हैं, वह नहीं समझ पाता। यदि दूसरे आदमी रुपये पचा लें? इसके अलावा बैंक में रखने लायक रुपये उसके पास कभी नहीं होंगे, वह इसीलिए सिर नहीं खपाता।

शहर की बहुत-सी बातें वह नहीं समझ पाता। चायख़ाने में अपने दोस्तों से काफ़ी अजीबोग़रीब बातें वह सुनता है। वे चिल्ला कर टेबल पर हाथ पटकते हैं और तर्क में डूब जाते हैं, पर उनके तर्क में शरीक होना तो दूर की बात, वह तर्क की बातों का सिर पैर तक नहीं समझ पाता। लगता है, जैसे शहर में आकर वह बिलकुल बेवूकूफ़ बन गया है। तर्क वे करते हैं, झगड़े भी बीच-बीच में हो जाते हैं, असली बात दब जाती है, कोई साफ़-साफ़ नहीं समझा सकता। उसे ये सब अच्छे नहीं लगते। क्या होगा इन कूड़ा-कर्कट की बातें सुनकर? तब एक बात उसकी समझ में आई है, यदि डकैती करनी हो, तो बैंक इसके लिए उपर्युक्त जगह है। समझने ही से क्या फ़ायदा? वह तो डकैती करने नहीं जा रहा। इसकी अपेक्षा रुपये अपने पास रखकर उन्हें बीच-बीच में हिला-डुला कर देखने से ही आराम है। वह यही करेगा।

काउ-सा जानती है कि खुशी एक रिक्शा ख़रीदना चाहता है। इसीलिए उसने एक दिन प्रस्ताव किया, "खुशी, मैं जानती हूं, तुम रुपये सूद पर चलाना नहीं चाहते, पर इससे जल्दी रिक्शा ख़रीदने में एक रास्ता मिलता। मैं यदि मर्द होती और रिक्शा चलाना पड़ता, तो अपना ही रिक्शा चलाती। किसी से कानी कौड़ी की सहायता भी नहीं लेती। आज़ाद ढंग से मेहनत कर रोज़गार करती, गाना गाती, जिले के हाकिम से भी ज़्यादा सुखी रहती। कोई यदि कहता, पुलिस में भर्ती हो जाओ न, इतने आराम की नौकरी और नहीं है। तब भी नहीं जाती। ऐसी एकरस नौकरी क्या दूसरी भी है? शीत नहीं, गर्मी नहीं, बीच रास्ते में खड़े रहो, महीना भी ख़ूब कम, इस पर भी ऊपर वालों की लाल-पीली आंखें। यहां तक कि तुम्हारी इच्छा हुई मूंछ रखें, ऊपर वालों को यह बात पसन्द नहीं आई, आनन-फ़ानन बर्खास्त करे देंगे। इससे अपना जांगर चलाकर रिक्शा खींचना कहीं ज़्यादा अच्छा है।"

"इसीलिए कहती थी, सुनो, यदि ख़ुद अपना रिक्शा ख़रीदना चाहते हो, तो एक काम करो। एक सभा करो, उस सभा में दस आदमी से बीस आदमी तक रहेंगे, हरेक आदमी महीने में दो डालर देगा। पहले महीने में जो चन्दा उठेगा, वह तुम लेना, इस प्रकार तुम्हारे पास चालीस डालर हो जाएंगे। इसी तरह से शीघ्र ही रिक्शा ख़रीदने का बन्दोबस्त तुम कर लोगे। चमत्कारी ढंग का फन्दा है, है न? रिक्शा ख़रीद कर सभा को तब एक लाटरी-सभा बना देना होगा। एक पैसा सूद नहीं देना। देखो, सभा तैयार करोगे न? मैं भी कुछ चन्दा दूंगी। क्यों, चुप हो गए?

प्रस्ताव ख़ुशी को बुरा नहीं लगा, बल्कि उसका हृदय आशा से थिरक उठा। इसी तरह चन्दा करके यदि तीस या चालीस डालर हो जाए, इसके अलावा नवकर्ता के पास उसके जमा किए हुए तीस डालर तो हैं ही, उसने भी इधर कुछ जमा किया है, तो सब मिलकर अस्सी डालर से ज़्यादा ही होगा। अवश्य, इतने से बिल्कुल दस भाग वाला नया रिक्शा नहीं ख़रीदा जा सकता, पर आठ भाग का नया रिक्शा तो ख़रीदा ही जा सकेगा। एक और सुविधा उसे मिलेगी, नवकर्ता के पास से अपने गए हुए रुपए वह वसूल सकेगा। आठ भाग वाला नया रिक्शा निश्चय ही ज़्यादा ख़राब नहीं होगा। ख़राब होने से ही क्या! हाथ में कुछ रुपए आने पर बदलते कितनी देर होगी?

पर बीस आदमी वह कहां पाएगा? मान लो, इनका भी जुगाड़ कर लिया गया, इसके बाद क्या होगा? वह तो उनके चन्दे के रुपए से रिक्शा ख़रीद बैठा, इसके उपरान्त आज के बाद कल जब उनसे लिए रुपयों की ज़रूरत पड़ेगी तब? नहीं तो आंखों में शर्म-हया की ख़ातिर ही उन्हें चन्दा देना होगा। तब जमा किए

हुए रुपये सभी उड़ जाएंगे। नहीं, ऐसा काम वह नहीं करेगा। वह हान-वंश का है, किसी की मदद की उसे ज़रूरत नहीं। यदि उसके भाग्य में होगा, वह अपनी ही कमाई के पैसे से रिक्शा ख़रीदेगा। किसी की सहायता वह नहीं चाहता। काउ-मा भी समझ गई, यह लड़का सहज में ढलने वाला नहीं। मज़ाक कर उसे चिढ़ा देने की उसकी इच्छा हुई, पर खुशी के आत्म-विश्वास को देखकर वह दंग रह गई। यह लड़का छल-प्रपंच नहीं करेगा। जो करेगा, सहज-सरल उपाय से ही करेगा। उसके साथ सिर खपाने से कोई फ़ायदा नहीं। काउ-मा ने पिंड छोड़ दिया।

"ज़िन्दगी में तुम्हारे जैसा आदमी मैंने नहीं देखा, बबुआ!" वह बोली, "रिक्शा ख़रीदने के बदले एक झुंड सूअर पाल लो न! टेढ़े रास्ते चलने का ठेका ये नहीं रखते, सीधा गों-गों कर चले जाते हैं। और फिर लौट भी आते हैं। तुम्हें तो बबुआ, सूअर ही पालना चाहिए!"

खुशी ने कोई उत्तर नहीं दिया। काउ-मा के चले जाने पर उसने काफ़ी सोचकर देखा। नहीं, काउ-मा की बातें वह नहीं सुनेगा, उसका अपना रास्ता ही ठीक है। हाथ की मुट्ठी में मज़बूती से रुपया रखे रहने के समान दूसरा सम्मानित काम नहीं है। वह यही कर रहा है, भविष्य में भी करेगा। खुशी उल्लसित हो उठा। आब-ओ-हवा इसी बीच बदलने लगी है। शीत प्रारंभ हो गई है। फेरी वाले आवाज़ दिए जा रहे हैं, 'नकल दाना चाहिए.....टटके नकल दाना!' बीच-बीच में सुनाई पड़ता है, 'चीनी मिट्टी के बर्तन चाहिए!'

खुशी ने बर्तन वाले को पुकार कर ठीक एक कुम्हड़े की तरह दीखने वाला एक लोटा ख़रीद डाला। लोटे के ऊपर ढक्कन दिया हुआ है। यही उसकी पहली बोहनी है। फेरीवाला उसे रुपये का खुदरा नहीं दे सका। लोटा देखने में ख़ूबसूरत है। घना हरा रंग है, ठीक जैसे एक कच्चा कुम्हड़ा हो।

"रेज़गारी के लिए मत सोचो। कुछ और ख़रीदता हूं।"

एक और छोटा, हरे रंग का लोटा ख़रीद कर वह घर के भीतर आया।

"अजी, ओ मेरे नन्हे मालिक! सो पड़े हो क्या? तुम्हारे लिए कैसा खिलौना लाया हूं, देखो!" काउ-गृहिणी और काउ-मा बच्चे को नहला रही थीं, उन्होंने आंखें उठा कर देखा, खुशी एक हरे रंग का लोटा लिये खड़ा है।

"दैयारी! देखो न, यह खिलौना ले आया है!" दोनों हंसी। श्रीयुत कार और उनकी पत्नी ने इस बात को लेकर कोई छींटे नहीं कसे। उपहार के हिसाब से अद्भुत होने पर भी खुशी की इस प्रेम-भेंट के दान को फेंक कर वे उसको अपमानित करना नहीं चाहते। दोनों ने ही मृदु मुस्कान के साथ उसे धन्यवाद दिया।

पर काउ-मा चुप रहने वाली औरत नहीं ठहरी। वह हंस उठी, "अरी दैया! देखती हूं, खुशी के पास बुद्धि भी है! मैंने तो समझा था, ऐसा गदराया जवान, इसके दिमाग़ में एक बूंद बुद्धि नहीं!"

नन्हा खिलौना पाकर बहुत ही खुश हुआ। लोटे में पानी भर वह खिल-खिलाकर हंस उठा। छोटा लोटा, पर मुंह कितना बड़ा है!

सभी हंस उठे, खुशी थोड़ा लज्जित होकर बाहर चला आया। सचमुच ही उसका मन आनन्द से भर उठा है। घर के सभी लोग उसकी ओर देखकर मुस्कराए हैं, यह क्या कम प्रसन्नता की बात है? ऐसा व्यवहार तो वे सिर्फ़ अपने स्वजन-संगी के साथ किया करते हैं। पहले उसे ऐसी अद्भुत अभिज्ञता कभी नहीं हुई। घर में आकर वह मन-ही-मन मुस्करा उठा। थैली खोलकर रुपये निकाल उसने उस कुम्हड़े की तरह दीखनेवाले बर्तन के भीतर एक-एक कर रुपए डाल दिए। टन.....टन शब्द हुए। बड़बड़ा कर वह बोला,

"इससे अच्छी जगह और कहां मिलेगी? इसी में एक-एक कर डालर टन-टन पड़ते रहेंगे, बर्तन भर जाएगा, इसके बाद जिस दिन पूरे रुपए जमा हो जाएंगे, उस दिन इस बर्तन को दीवार की ओर फेंक कर फोड़ देगा। झनझना कर टूट जाएगा।"

उसने ठीक किया, अब किसी से वह सहायता नहीं चाहेगा। किससे भी चाहे? नवकर्त्ता लिऊ के समान विश्वासी तो दूसरा नहीं है, पर उन पर उसकी विरक्ति समय-समय फूट उठती है। उसके इतने रुपए तो उनके पास जमा कब से हैं! रुपये दूसरे हाथ में पड़ने से ही गए। यह मानो एक सुन्दर अंगूठी के समान है, अपनी ही अंगुली में पहनने से अच्छी लगती है। इस बार वह दृढ़ हुआ, छाती आत्म-प्रसाद से फूल उठी।

शीत भी पड़ने लगी है। दिन ठंडे हो रहे हैं। खुशी का इस तरफ ध्यान ही नहीं। मन को उसने मज़बूत कर लिया है। शंकाएं अब उसे व्याकुल नहीं बना जाती। इसीलिए अंधियारे, उमसीले दिन भी उसके सामने उज्ज्वल हो उठे हैं। ठंडक आस्तीन के भीतर घुसकर शरीर में कंपकपी नहीं भर जाती। उसकी आंखों के सामने पंखुरियां फैल रही हैं, उज्ज्वल, चमकते हुए साफ़ दिन हैं, दिन-पर-दिन। बर्फ़ पड़ रही है। सब कुछ जैसे जमता जा रहा है। मिट्टी के काले रंग की जगह पीले रंग का आभास मिल रहा है, ठंडी हवा उड़कर मिट्टी को सुखा जाती है। सुबह तो जब ट्रक चलता हैं, धूल ज़रूर उड़ती है, पर इसके साथ बर्फ़ के सूक्ष्म कण भी मिले रहते हैं। सुबह हवा से मेघ फट जाते हैं, उड़ जाते हैं, तब दिखलाई पडता है, नीला आसमान। खुशी सूर्य उगने के पहले रिक्शा लेकर बाहर निकल पड़ता है। हवा उसके मुंह पर अपनी ठंडी सांसें फेंकती हुई चली जाती है, कंपा जाती है उसकी देह। लगता है, जैसे एक बार फुहारें पड़ गई हों, पर खुशी को अच्छा ही लगता है, हवा के स्वर से अपने गले का स्वर मिला कर गाने की इच्छा होती है। कभी-कभी चाबुक की तरह लगने वाला हठात हवा का झोंका मुंह पर पड़ता है, सांस जैसे बन्द होने को आती है, पर वह पीछे नहीं हटता। सिर नीचा कर, दांत-पर-दांत बैठा रिक्शा लेकर वह आगे बढ़ जाता है। लगता है, जैसे कोई बड़ी मछली स्रोत के विरुद्ध तैरती हुई चल रही है। हवा के साथ ही साथ उसके प्रतिरोध करने की शक्ति भी बढ़ जाती है। खुशी मानो हवा के साथ युद्ध करने में लगा है। यह ऐसा-वैसा युद्ध नहीं, जीवन-युद्ध!

प्रचंड हवा जब बहने लगती है, उसका दम घुटने लगता है। बहुत देर तक वह मुंह बन्द किए रहता है। सारे शरीर में झकोरे, किस ओर फेंक देंगे, कौन जाने? वर्षा में जैसे एक विशाल ह्वेल मछली को उसने बिद्ध किया है, ढाल जैसे संभाल नहीं पाता, पर वह ठीक संभाल लेता है, हवा के साथ युद्ध करते-करते ही वह रास्ते पर चलता है। वह मानो किसी रूप कथा का भंयकर राक्षस है, रास्ते की बाधाएं कुचलता हुआ चला जाएगा।

पसीना भी झर रहा है। पसीने से मानो सारा शरीर नहा उठता है। रिक्शा रखकर जब वह सुस्ताता है, घन-घन नि:स्वास निकलती रहती है। चेहरे के कोने पर रास्ते की सुर्खी के कण जमा हो उठे हैं, उन्हें वह पोंछ लेता है। छाती फुला कर बार-बार सीधे अंगड़ाइयां लेकर वह थक़ावट दूर करता है। देखने से मालूम होता है कि उसका जोड़ मिलना दुर्लभ है और उसका भी यही विश्वास है। वह सिर्फ़ देखता है, हवा के बवंडर से कूड़ा-कर्कट और कंकड़-पत्थर खाता वह चल रहा है। खुशी सिर झुका लेता है। हवा पेड़-पौधों को धनुष के समान झुका देती है, दूकानों पर चिपके लाल शालू के विज्ञापनों को चिथड़े-चिथड़े कर जाती है। दीवार पर टंगे हुए विज्ञापनों को भी नहीं छोड़ती, उड़ा ले जाती है। हवा की कैसी भयंकर

गति है! यहां तक कि सूर्य तक को भी मेघों से ढक लेती है। घायल पशु की तरह गों-गों कर दौड़ती है। स्वर्ग और धरती कंपा जाती है। इसके बाद दिग्‌दिगन्त में फैल जाती है। मानो एक निठुर दैत्य सब कुछ नेस्तनाबूद कर देना चाह रहा हो। शाखा-टहनियां टूट कर छिटक पड़ती हैं, तने खसक पड़ते हैं, टेलीफ़ोन के तार टूक-टूक हो पड़ते हैं।

खुशी को डर नहीं है। वह सिर्फ़ एकाग्र होकर देखता रहता है, एक दिलचस्प दृश्य का आनन्द पाता है। हवा के साथ ही वह युद्ध करता आया है, अब उसे डर ही क्या है! वह तो विजयी वीर है। अनुकूल हवा पाने पर तो उसकी प्रसन्नता का ठिकाना नहीं। रिक्शा लेकर दौड़ना नहीं पड़ता, दोनों मूठ पकड़े रहने से ही हुआ। दोस्त की तरह हवा ही उसे खींच ले जाएगी।

वह अंधा नहीं है, उसकी आंखें दोनों खुली हुई हैं। बूढ़े रिक्शावालों को उसने देखा है। हवा में उनके कपड़े-लत्ते फट कर चिथड़े-चिथड़े हो जाते हैं। शीत में वे ठक-ठक कर कांपते रहते हैं, आंखों से पानी गिरता है। किसी सवारी को देखते ही उनके बीच झगड़ा उठ खड़ा होता है, कैसा भयंकर झगड़ा! एक कहता है, पहले मैंने बुलाया है। दूसरा कहता है, नहीं, पहले हमने पुकारा है। एक फैसले के हंगामे के बाद सवारी को रिक्शे पर बैठाकर ही सांस छोड़ते हैं। इसके बाद केवल दौड़-दौड़! पसीना झर-झर बहता है। आंधी वाली हवा उठने से ही मुसीबत! फिर पैर नहीं बढ़ते, किसी तरह अपने को समेटे रहते हैं। सामने से यदि ऐसी हवा आए, तब तो कुछ ख़ैर है, पीछे से आने पर कोई उपाय नहीं। तब वार संभालना कठिन हो जाता है। तब भी चेष्टा में त्रुटि नहीं करते, अधमरे होकर सवारी पहुंचा देते हैं, पर इसके बदले मिलता ही क्या है? तांबे के कुछ पैसे! जीवन-शक्ति जो नष्ट कर रहे हैं, यह ख़याल नहीं होता।

ऐसे दिनों में भाड़ा खटने की हालत जैसी हो जाती है, वह कहने की बात नहीं। धूल मिली हवा मुंह पर लगती है, पसीने के साथ मिलकर सारे चेहरे पर बिखर पड़ती है। लगता है, जैसे किसी ने कीचड़ मल दी हो। इस कीचड़ भरी आकृति के बीच दो छोटी आंखें और चेहरा कैसा विचित्र लगता है! शीत के दिन काफ़ी छोटे होते हैं। रास्ते में आदमी वग़ैरह भी उतने नहीं रहते। सवारी की आशा में दिन-भर बैठने के बाद शायद दो-एक मिल जाते है, किसी दिन वह भी नहीं। इसके बाद संध्या समय काफ़ी जीवन-शक्ति क्षय कर वे घर लौटते हैं। पेट भरने लायक़ एक शाम के खाने तक का शायद रोज़गार नहीं हुआ, पर घर में बहुत से पेट भूख से चूं-चूं करते रहते हैं। बूढ़ा जब हुआ है, तो एक बूढ़ी स्त्री, कुछ लड़के-लड़कियां ज़रूर ही होंगी, इसके अलावा बाप-मां, भाई-बहन वग़ैरह भी रह सकते हैं। सचमुच ही, यह शीत का समय इन बूढ़ों के लिए घोर कष्टकर है। भूत के समान ही खटना होता है, थोड़ी सांस लेने की भी फ़ुर्सत नहीं। शैतान भी इतनी मेहनत कर सकता है, या नहीं, सन्देह की बात है, सिर्फ़ रास्ते के कुत्ते-बिल्ली की तरह मरने पर ही उनकी हाड़ जुटती है, शान्ति आती है। हां, खुशी ने उन्हें देखा तो है, पर उनकी दुर्दशा को लेकर वह कभी अपना सिर नहीं खपाता। उसे इतना समय ही कहां हैं? तगड़ा जवान, देह भी काफ़ी मजबूत हैं, शीत से वह नहीं डरता। इस पर रात में सोने के लिए आशियाना ठीक है, पहनने के कपड़े-लत्ते भी साफ़-सुथरे हैं। उनके साथ उसका काफ़ी अन्तर है। यद्यपि एक ही धंधा करता है, पर वह मेहनत कर सकता है, वे नहीं कर सकते। वह उनकी तरह दुर्दशाग्रस्त होना भी नहीं चाहता। भविष्य की बात उसने सोच ली है। बूढ़े होने पर वह फिर जर्जर रिक्शा नहीं खींचेगा। भूख और शीत से भी वह तकलीफ़ें नहीं झेलेगा। अभी वह जिस तरह खट रहा है, भविष्य में जीतेगा ही।

जो हवा-गाड़ी चलाते हैं, उनके साथ उसकी समता है। अवश्य ही वे उसे रिक्शावाला कहकर व्यंग

करते हैं। सोचते हैं, रिक्शावालों के साथ बातें करने से शायद उनकी जात चली जाए। वह जैसे बूढ़े रिक्शावालों पर करुणा करता है, वे भी उसे वैसी ही आंखों से देखते हैं, पर ऐसा क्यों होता है? एक ही नरक में तो वे सभी सड़ रहे हैं। सिर्फ़ यही कि कोई कुछ अधिक, कोई कुछ कम। वे कभी इकट्ठे होने की बात नहीं सोचते, अपने-अपने रास्ते चलते है। आशा में अन्धे होकर सोचते हैं, इसी तरह शायद अपनी-अपनी हालत वह बढ़ा लेंगे। जीवन युद्ध में एकाकी ही वे कूद पड़ते हैं, क्षत-विक्षत होते हैं, अंधेरे में टटोलते हुए घूमते हैं, पर संघ-बद्ध होकर खड़ा होना नहीं जानते। खुशी भी इन्हीं का सगोत्र हैं वह किसी की बात नहीं सोचता। किसी की ओर आंखें उठा कर भी नहीं देखता। सिर्फ़ अपने रुपये और भविष्य की भावना लेकर ही, मशगूल है। क्या होगा सोचकर? वे चूल्हे में जाएं! वह ज़िन्दा रहेगा, अच्छी तरह ज़िन्दा रहेगा!

वर्ष ख़तम होने को आया। बिल्कुल सूखा दिन, उज्ज्वल दिन। अंधड़-तूफ़ान वाली हवा नहीं। दूकान-दूकान में नये साल की तस्वीर, रंगीन काग़ज़ की लालटेनें, सफ़ेद-लाल मोमबत्ती, लड़कियों के केश में पहनने के लिए रेशम के फूल, देवदूत की मूर्तियां थोक-थोक सजी हुई। देवदूत की छोटी-छोटी मूर्तियां बिकने का यही त्यौहार है। सभी ख़रीद कर ताक़ में रख देते हैं, उनके मुंह में शहद डालते हैं। वर्ष भर में पृथ्वी पर जितने अनाचार अविचार हुए हैं, यह बात यदि देवदूत भगवान से कह दें, तब तो सर्वनाश है। इसीलिए मुंह में शहद डालकर रखते है। कहना चाह कर भी देवदूत सभी बातें नहीं कह सकेगा। बहुत पुराने समय से यही रीति चली आ रही है।

नए जीवन का सिलसिला बैठ गया है, पर थोड़ी-बहुत अशान्ति भी हृदय के कोने में जमा हो रही है। नया साल आया, आमोद-प्रमोद में तो कुछ ख़र्च होगा ही, पर ख़र्च करेगा कहां से? खुशी को इन सब बातों की परवाह नहीं। बल्कि मन आह्लाद से भर गया। काउ-परिवार से मोटी बख़्शीश वह पाएगा ही। निश्चय ही वे अपने अनेक बन्धु-बान्धव को उपहार भेजेंगे और उसे ही उन उपहारों को दे आना होगा। हर बार उसे तीस सेन्ट नहीं, तो बीस सेन्ट ही यदि मिले, फिर भी आमदनी बुरी न होगी। इसके अलावा कितने आदमी तो मालिक से भेंट करने आएंगे, उन्हें घर पहुंचा कर भी वह कुछ बख़्शीश पाएगा। सब मिलाकर अच्छी आमदनी हो जाएगी। सभी आमदनी वह चीनी मिट्टी के उस लोटे में रख देगा। इसके बाद काफ़ी रात तक वह सोये-सोये उस लोटे की ओर देखता रहेगा। पैसे रखने की तिकड़म उसने अच्छी सोची है। पोस्ट-ऑफिस की किताब, सूद पर रुपये चलाना, यह सब जुआ-चोरी छोड़ और कुछ नहीं है। उससे यह लोटा ही अच्छा है। अपने कछुआ-पेट में वह पैसे निगल ज़रूर लेगा, पर डकार नहीं देगा। इसी तरह निगलते-निगलते जब पेट फूलकर ढोल हो जाएगा, तब निकाल लेने से ही हुआ! अभी खाए, चाहे जितनी खुशी खाए न!

नये वर्ष के उत्सव का दिन निकट आ गया। चारों ओर सरगर्मी है। नये साल में क्या करना होगा, सभी इसी की विवेचना कर रहे हैं, पुराने खाते ठीक कर रहे हैं। अब भी चौबीस घण्टे के दिन-रात होते हैं, पर वर्ष के और दिनों की तरह बेकार के कामों में यूं नहीं उड़ जाते। अपने ख़याल सिर्फ़ प्रसन्नता में उड़ा देने से ही नहीं चलता। इस पुराने वर्ष का हिसाब-किताब करना होगा, तभी तो नये वर्प का आनन्द लूट कर उपभोग किया जा सकेगा। फांकी देने से नहीं चलेगा। समय की भी मानो चेतना लौट आई है, उद्दीपक हो उठा है, सभी को बलात खींचे लिए जा रहा है। खुशी काम करने वालों के दल का हैं आनन्द से जैसे वह फटा पड़ता हो। सड़क पर लोगों की भीड़, फेरीवालों की आवाज़-पुकार, नया वर्ष आया इसलिए। उत्सव का अच्छा खाना वह खाएगा, नई पोशाक़ पहनेगा, इस आनन्द में नन्हे बच्चे की तरह वह नाच उठा।

उसने ठीक किया, आठ सेन्ट या एक डालर ख़र्च कर नवकर्ता लिऊ के लिए एक उपहार ख़रीद लेगा। 'नगण्य यह उपहार है, पर प्रेम से शराबोर है। हां, कोई एक चीज़ ख़रीदनी होगी। इतने दिनों तक नवकर्त्ता के साथ मुलाक़ात नहीं की, इससे लज्जा हो रही है। उपहार ले जाने से लज्जा भी थोड़ी कम होगी, इसके अलावा बुढ्‌ढे वे पास जमा किए गए रुपयों का भी कोई हीला-हवाला निकल आएगा, यह सोचकर चीनी मिट्टी के उस लोटे को अपने कान के पास उसने हिलाया। झन-झन आवाज़ हो रही है। इसके पेट में और भी तीस डालर पड़ने से कहीं ज़्यादा मीठी आवाज़ निकलेगी। बस, एक बार रुपये वापस मिलने से ही हुआ! फिर दुश्चिन्ताओं से मन हल्का हो जाएगा। रोज़ ही वह इसी तरह हिला-डुला कर लोटे को देखता है। उस दिन संध्या को वह अपने कमरे में सोया-सोया लोटा हिला रहा था। इसी समय आकर काउ-मा ने खबर दी, "खुशी, एक छोकरी तुम्हें ढूंढ़ रही है। फाटक के सामने खड़ी है।" खुशी जल्दी-जल्दी घर से बाहर निकल आया। काउ-मा धीरे-धीरे बोली, "कैसी घिनौनी लड़की है, एक बड़ी काली पैगोडा! दैयारी! देखते ही डर लगता है!"

खुशी का चेहरा लाल हो उठा, मानो चेहरे में आग लग गई हो। वह समझ गया कि कौन मिलने आई है। अब कोई चारा नहीं। इतनी आशाएं, इतनी आकांक्षाएं सभी मानो बह गईं।

खुशी आंगन पार करता हुआ चला। उसके चलने की शक्ति भी जैसे ख़तम हो गई हो। सिर घूम रहा है। किसी तरह वह फाटक के पास आकर खड़ा हुआ। बाघिनी यहीं से दिखलाई पड़ रही है। रास्ते की रोशनी के नीचे खड़ी है। चेहरे पर शायद काफ़ी पाउडर पोत लिया है। रोशनी पड़ने से वह रंग जाने कैसा धूसर लग रहा है, मानो सड़े हुए, सूख कर काले हो गए पत्तों पर सादे बर्फ़ की परत हो। खुशी को जाने कैसा डर लगा। आंखें उठा कर बाघिनी के मुंह की ओर देख नहीं सका।

बाघिनी का अभिप्राय भी समझा जा सकता है। आंखों में खुशी को देखने का आनन्द झलक उठा है। होंठों पर हंसी, नवकर्त्ता की छाप जैसी। शायद यह अवज्ञा इसलिए हो कि उसकी तरह संभ्रान्त लड़की खुशी से भेंट करने आई है। आंखों के दोनों तारे प्रज्वलित हैं। चेहरे पर पाउडर की तह बर्फ़ की बुकनी-सी लगती है। जाने कैसी मादकता से वह घिरी हुई है! पर शैतानी भरा चेहरा, होंठों पर दृढ़ता, पता नहीं किस बवंडर को अपने साथ लाकर उसे तहस-नहस करने आई है।

खुशी को देखते ही उसके होंठों के भीतर से मुस्कराहट की झलक निकल आई। थोड़ी सांस खींच कर मज़ाक़ करती हुई बोली, "तुम भी अजीब आदमी निकले! मांस का ढेर कुत्ते की ओर फेंक दिया, पर कुत्ता भाग गया, लौट कर नहीं आया!" वैसा ही उत्तेजित, कर्कश उसका स्वर था। रिक्शावालों से भाड़ा वसूल करते समय जिस स्वर में वह उनसे झगड़ती है, वही स्वर खुशी इस समय सुन रहा है। बात कह कर बाघिनी चुप रह गई। मुंह की हंसी निष्प्रभ हो गई है, अपने को उसने सस्ता बना दिया, संभवत: इसकी लज्जा भी हो रही है। बाघिनी अपने होंठ काट कर चुप रह गई।

"दुहाई तुम्हारी! इतना चिल्लाओ मत!" शायद खुशी ने अपनी सारी शक्ति बटोर कर कहा। धीरे ही उसने कहा, पर काफ़ी सुनाई पड़ा।

"हां, डरा जो तुमने दिया!" बाघिनी हंसी। इसके बाद धीरे स्वर में बोली, "अब तो कतराने की चेष्टा करोगे ही। यहां शायद किसी और को फंसा रखा है। मैं पहले ही जानती थी, तुम कोई खिलौना नहीं हो। ऐसा बेवक़ूफ़ों-सा चेहरा लेकर चाहे और किसी की आंखों में धूल झोंको, मेरी आंखों में तुम नहीं झोंक

सकोगे बच्चू!" उसका गला धीरे-धीरे चढ़ने लगा।

"देखो, चिल्लाओ मत!" खुशी को डर हुआ, काउ-मा शायद दरवाज़े की ओट होकर उनकी बातें सुन रही हैं, "चिल्लाओ मत, चलो चलते-चलते कुछ बातें होंगी।"

"ओफ्फो ! मैं तो डर से मर गई! मुझे इतना डर नहीं है। मैं ज़ोर से ही बात करती हूं, वैसी छुई-मुई की बातें मुझे नहीं आतीं।" बाघिनी उसके साथ-साथ चलने लगी। वे बड़ी सड़क को छोड़ कर गली में घुस गए। गली से सटकर ही पार्क की लाल दीवार है। खुशी ने एक बार चारों ओर देख कर पूछा, "किसलिए आई हो?"

"किसलिए आई हो? ओफ्फोः ! सुहाग से बिल्कुल ही जुड़ा दिया तुमने! ज़रूर कोई कारण है, नहीं तो तुम्हारे जैसे आदमी के पास धरना देने क्यों आती?" तभी उसने देखा कि बाघिनी पेट पर हाथ फेर रही है। पोशाक के भीतर से धनुष के समान तिरछा हो गया है पेट। आंख नीची कर जाने क्या बाघिनी सोचती रही, उसके बाद धीरे-धीरे बोली, "खुशी, बहुत ज़रूरी बात के लिए तुमसे भेंट करने आई हूं।" ऐसी मीठी खुशी की पुकार उसने कभी नहीं सुनी थी। उसका क्रोध गल कर पानी हो गया। उसने बाघिनी की ओर नजर उठा कर देखा। बाघिनी के पास देह की वैसी कोई सुन्दरता नहीं, जिससे वह उसे प्यार कर सके, पर कानों में अभी भी वही मीठी पुकार गूंज रही है। ऐसी पुकार मानो उसने कहीं और सुनी हो। यह जैसे एक ऐसा बन्धन है, तोड़ देने की इच्छा करने पर भी नहीं तोड़ा जा सकता, मन नहीं मानता। खुशी ने पूछा। उसका स्वर अभी भी धीमा है, पर भावावेग उष्ण है।

"क्या बात है? कहो!"

"खुशी!" बाघिनी उससे सटकर खड़ी हो गई, "खुशी, मेरा...."

"क्या हुआ है तुम्हें?"

"यह देखो!" बाघिनी ने पेट पर हाथ रखकर दिखाया, "अब तुम्हीं कहो, मैं क्या करूं?" खुशी के सिर पर उसने हाथ फेरा। एक अस्फुट आवाज़ उसके मुंह से निकल गई वह सभी कुछ समझ रहा है। उसकी चेतना में हज़ार-हज़ार अस्त-व्यस्त भावनाएं उड़-उड़ कर आ रही है। इतनी द्रुत उनकी गति है, वे इतनी विश्रृंखल हैं कि हृदय के प्रचंड आलोड़न से वह जाने कैसा हो पड़ा है। मानो एक राशि शुभ्र शून्यता, नहीं, इससे अधिक कुछ नहीं। किसी रंगमंच के पर्दे की तरह, चित्र हठात समाप्त होकर शून्यता फूट उठी हैं सड़क जनहीन है, ऊपर आकाश में चांद धूसर मेघों से ढका है, सूखे पत्ते उड़ाती हुई ज़ोरों की हवा बह रही हैं। बिल्ली के रोने की आवाज़ आ रही है, अशुभ रोदन।

खुशी का मन बिल्कुल ही सूना है। उसके चारों ओर प्रकृति मानो स्तब्ध हो गई है। सिर झुकाकर चिबुक पकड़े वह बहुत देर तक बैठा रहा। ज़मीन मानो हिल रही है। वह कुछ भी सोच नहीं पा रहा, सोचना नहीं चाहता। इसी एक मुहूर्त के ऊपर ही निर्भर करता है उसका जीवन। इसके पीछे मात्र शून्यता व्याप्त रही है। हाथ-पैर ठंडे हुए जा रहे हैं।

"यहां बैठे रहने से क्या होगा, उठो!" बाघिनी को शायद ठंडक लग रही हैं, वह चलते रहना चाहती है। खुशी उठ खड़ा हुआ। बाघिनी के स्वर का व्यंग्य उससे सहा नहीं जाता। दोनों उत्तर की और चलने लगे। वह क्या बोले, समझ नहीं पाया। सारी देह में कंपकंपी समा गई हैं।

"तुम कोई व्यवस्था नहीं करोगे, खुशी?" बाघिनी ने खुशी के चेहरे की ओर देखा। उसके स्वर में प्रीति की धारा झर रही है। खुशी चुप रहा, कुछ बोल नहीं सका। "सत्ताइस तारीख आ रही है, उस दिन बूढ़े का जन्म-दिवस है। तुम ज़रूर-ज़रूर आना लेकिन...."

"उस समय तो पूरा लगा रहूंगा, नया साल आ रहा है न?" खुशी का सभी कुछ गोलमाल हो जाने पर भी वह वस्तुत: ठीक है। अपने काम की बात वह नहीं भूल सका।

"हां, क्यों आओगे, आदर के साथ निमंत्रण दिया इसीलिए? बिना गाली-गलौच के तुमसे कोई काम नहीं कराया जा सकता।" बाघिनी का स्वर फिर कर्कश हो उठा। रात की निस्तब्धता टूक-टूक हो गई। खुशी को लगा, जैसे यह स्वर नहीं, किसी पागल का प्रलाप है।

"समझते हो, मैं डर गई हूं, जब जैसा कहोगे, मुंह बन्द कर सह लूंगी? मुझे वैसी लड़की मत समझो बच्चू! मेरी बातें नहीं मानने पर क्या होगा, सोच देखो। तुम क्या सोचते हो कि इस घर में टिक सकोगे? तीन-दिन तीन रात तक गाली-गलौच कर भूत भगा दूंगी। नहीं-नहीं, मैं तर्क-वितर्क नहीं करूंगी। किसके दोष से यह नौबत पहुंची है, इसे भी उलट-पुलट कर नहीं देखूं!"

"बिना चिल्लाये बात नहीं कर सकती?" खुशी थोड़ी दूर हट कर बोला।

"ओफ्फो! उस पर धमकी देते हैं! मेरी चिल्लाहट तो आज अच्छी नहीं लगेगी, पर उस दिन तो ये सब बातें ध्यान में नहीं थीं। उस समय क्या मुफ़्त में पाए थे? आज मैं चिल्लाकर बातें करती हूं।' मेरी देह की गंध आज असह्य होगी ही! इसके मानी पेट का कांटा सिर्फ़ मैं ही ढोए फिरूंगी? तुम्हारे शरीर में खरोंच भी नहीं आएगी? क्या रतौंधी हो गई है? एक बार नज़र भी उठाकर देखो।"

"अच्छा, तुम्हें जो कुछ बकना हो बक लो।" खुशी अब तक बाघिनी की बातें सुन तो रहा था, पर उत्तेजना का अनुभव उसने नहीं किया था। इस बार वह उत्तेजित हो उठा। रोम-रोम जल उठा, शरीर में ज्वाला सुलग गई। सिर घूमने लगा।

"मामला यहीं ख़तम नहीं होगा। घुमा-फिरा कर बातें करने से क्या फ़ायदा?" बाघिनी हंसी। चीते जैसे उसके दांत बाहर निकल आए, "शायद तुम मेरी बातों का विश्वास नहीं कर रहे? मैं तुम्हें ख़ूब ही प्यार करती हूं। और इसके अलावा तुम्हारी भलाई के लिए ही तो कह रही हूं, बच्चू! सांड की तरह केवल गर्दन फुलाने से कुछ नहीं होने का, यह कहे देती हूं।"

"देखो....!" खुशी ने कहना चाहा, "मेरे गाल पर थप्पड़ जमा कर उसके बाद बार-बार हाथ फेरने से कोई फ़ायदा नहीं," पर पूरी बात जबान पर नहीं ला सका। पीकिङ्ग की प्रचलित चलताऊ भाषा वह थोड़ी-बहुत जानता है, पर बोलने के अवसर पर जाने क्यों सब गोल-माल हो जाता हैं। दूसरा यदि बकता है, तो वह समझ लेता है, पर कभी अपना मुंह खोलकर नहीं कह सकता।

क्या कहना चाहते हो, कहो!" बाघिनी मोड़ पर खड़ी हो गई।

"नहीं-नहीं...मैं कुछ नहीं कहना चाहता, तुम्हीं कहो।"

"देखो, मेरे दिमाग़ में एक तिकड़म आई है।" बाघिनी उसके पास आकर मुंह के पास अपना मुंह ले जाकर बोली, "तुम साधारण प्रथा के अनुसार घटक भेजकर मेरे पिता के पास प्रस्ताव भेजो। बूढ़ा बिल्कुल राज़ी नहीं होगा। वह अनेक रिक्शों का मालिक है और तुम एक मामूली रिक्शावाला हो। वह इतने नीचे उतर कर तुम्हें दामाद बनाने को राज़ी नहीं होगा। मेरं बात अवश्य ही दूसरी हैं, मैं इन बातों की परवाह नहीं करती। तुम्हें प्यार करती हूं, यही तो काफ़ी है। तुम क्या करते हो, क्या नहीं करते, इससे मुझे क्या दरकार?"

"पर बुढ्ढा काफ़ी छंटा हुआ है। सैंकड़ों क़लाबाजियों में उस्ताद हैं। पहले देखती थी, जब भी कोई मेरे ब्याह की बात उठाता था, बुढ्ढा उसे भगा देता था। उसे काफ़ी डर है, मुझे ब्याह देने से ही कुछ रिक्शे उसके हाथ से बेहाथ हो जाएंगे। तुम्हारी अपेक्षा बड़े-बड़े आदमियों के पैग़ाम आए, पर सभी टूटते गए। जैसी मेरी क़िस्मत! कुमारी बुढ़िया ही रह गई। इसलिए इस बार ठीक किया, अपने लिए एक स्वामी जुगाड़

कर लूंगी। तुम ही मुझे पसन्द हो। इसके अलावा तुम्हीं ने तो मेरा सर्वनाश किया है। इस समय तो मुझे छोड़ कर भाग नहीं सकते।..... पर यही कहकर तुम्हारा हाथ पकड़ मैं अपने बाप के घर नहीं जा रही। बुड्ढा आजकल सठिया गया है। यदि किसी तरह से इस मामले की गंध उसे लगे, तो क्या पता वह किसी छोकरी से ब्याह न कर बैठे! तब तो यह कुल, वह कुल, दोनों गए। सत्तर वर्ष की उम्र होने से क्या होगा, अभी भी काफ़ी मज़बूत है। शादी करने पर अभी भी दो-तीन लड़के-लड़कियां वह पैदा कर सकता है, यह मैं क़सम खाकर कह सकती हूं।"

"चलो, चलते-चलते बातें होंगी।" खुशी ने देखा कि बीट का पहरेदार आस-पास चहलकदमी कर रहा है।

"नहीं, यही बातें करूंगी। कौन रोकने वाला है, देखूं?" इस बार पहरेवाले की ओर उसकी नज़र गई, "क्या हुआ है? तुम तो अभी रिक्शा नहीं चला रहे हो, जो उससे डर जाओ? बिना किसी वजह के वह आकर हम लोगों को नहीं काट खाएगा। जो कह रही थी, सुनो! बेकार समय बर्बाद करने से कोई फ़ायदा नहीं।"

"अब मैं अपनी तिकड़म तुम्हें बताऊं। बुड्ढे का जन्म-दिवस सत्ताईस तारीख़ को है। उस दिन तुम ज़रूर-ज़रूर आना। नए साल के दिन भी जाकर एक बार भेंट कर आओ। तुम पर बुड्ढा यूं ही मेहरबान है, और भी ख़ुश हो जाएगा। मैं भी रहूंगी। सुयोग पाकर बुड्ढे को कुछ प्याले शराब पिला दूंगी। बुड्ढा शराब पीने पर बिल्कुल गलकर पानी हो जाता है। तब तुम बातें उठाना कि तुम्हारा बाप ज़िन्दा नहीं है, वही तुम्हारा धर्म-बाप है।"

"इसके बाद कुछ दिन बीतने पर मैं मामले को आहिस्ता-आहिस्ता रखूंगा। बुड्ढा खोद-खोद कर सभी बातें पूछेगा। मैं कहानी के उस जनरल चाउ के पास बन्दी हुए सेनापति की तरह बहाना करूंगी। पहले तो इस तरह चुप रहूंगी मानो लाज से कोई बात नहीं कह पाती। तब बुड्ढा जरूर चिड़चिड़ा उठेगा। तब चियाउ का नाम लूंगी। कुछ दिन हुए, वह मर गया है। उसके आत्मीय-कुटुम्बी भी नहीं, बुड्ढा उन्हें पकड़ेगा कहां से?"

बुड्ढा सोच कर कोई कूल-किनारा नहीं पाएगा। ठीक ऐसे ही समय हवा का रुख़ तुम्हारी ओर कर दूंगी, जिससे तुम मुझसे ब्याह कर सको। इसका रास्ता भी तब कुछ तैयार हो गया होगा। बुड्ढे को तुमने धर्म-बाप कहकर पुकारा है, तुम्हें दामाद बनाने में दोष ही क्या हैं? इसी तरह यह गन्दा मामला साफ़ होगा। क्यों, तिकड़म पसन्द आई न?" खुशी ने कोई बात नहीं कही, चुप रह गया। बाघिनी अपनी बात ख़तम कर उत्तर की ओर चलने लगी। सिर झुकाकर वह चल रही है। मन-ही-मन अपने अभिनय की ख़ुद ही तारीफ़ कर रही है। खुशी उसके पीछे है।

हठात हवा धूसर मेघों के समूह को फाड़ गई। चांदनी सड़क पर छलक पड़ी। निस्तब्ध नगरी। चारों और निर्जन, कहीं एक चूं शब्द भी नहीं। अंधकार में सिर उठाए खड़े हैं प्राचीर, पैगोडा की चोटियां दिखलाई पड़ रही हैं, मानो ज्योत्स्ना में वे किसी स्वर्गीय वाणी की प्रतिध्वनि की झंकार सुनने के लिए फैलाए उन्मुख हैं। दीवार के ऊपर से हवा बह गई, निस्तब्ध नगरी के कोने-कोने में उसी की चेतना फैली। कौन जाने, यह हवा क्या कह रही है? हो सकता है किसी पुराने ज़माने की रूप-कथा ही फुस-फुस कर बोल गई। बाघिनी पश्चिम की ओर चल रही है, उसका अनुसरण कर रहा है खुशी। मर्मर सेतु निर्जन है, पथिकों की पगध्वनि की आवाज़ नहीं उठ रही। रात्रि के प्रकाश-तिमिर में सेतु के दोनों किनारे बर्फ़ के विस्तार में ज्योत्स्ना से झिलमिला उठे हैं। पथिक को जैसे कह रहे हों, 'अरे भाई, तुम एकाकी हो, एकाकी!' खुशी सिहर उठा। आगे बढ़ने का अब साहस नहीं होता।

रिक्शा लेकर जब वह पुल के ऊपर से चलता, तो पांव फिसलने के डर से दोनों किनारे देखता हुआ नहीं चलता, पर आज चारों ओर उसने आंखें उठा कर देखा। दोनों तरफ बर्फ़ जमी पड़ी है। चांद की रोशनी आकर पड़ रही है। सुन्दर दिखलाई पड़ता है, पर भय से छाती कांप उठती है। ठंडी बर्फ़, वृक्षों की छायाएं डोल-डोल जाती हैं, विषण्ण शुभ्रता लेकर खड़ा है पैगोडा, सब जैसे एकाकी। खुशी को डर लगने लगा। संभवत: वे अभी ही चिल्ला उठेंगे, पागलों की तरह उस पर टूट पड़ेंगे। यहां तक सफ़ेद-पुल तक अपरिचित लगता है, नितान्त अवास्तविक। रास्ते की रोशनी कैसी करुण लगती है। अब वह एक डग भी नहीं सरकेगी, चारों ओर देखेगा भी नहीं। बाघिनी के साथ जाने की उसकी इच्छा नहीं है, पर वह क्या करे? खुशी सोचते-सोचते सिहर उठा। पुल के ऊपर से वह कूद पड़ना चाहता है, बर्फ़ के भीतर सिर छिपा कर पड़े रहना चाहता है, एक बड़ी मरी हुई मछली की तरह बर्फ़ में जम जाना चाहता है।

हठात वह घूमकर खड़ा होते हुए बोला, "कल भेंट होगी। इसके बाद ज़ोर से चलने लगा।

"खुशी सत्ताईस को आ रहे हो, न?" बाघिनी ने बात फेंक मारी। इसके बाद पैगोडा की ओर देखते हुए एक दीर्घ उसांस फेंक पश्चिम की तरफ़ चलने लगी। खुशी ने एक बार भी मुड़ कर नहीं देखा। उसके आस-पास मानो कोई शैतान चल रहा हो। हठात एक दीवार से उसका सिर टकरा गया। वह काट की तरह जड़वत खड़ा रह गया।

"खुशी! खुशी! इस ओर आओ!" बाघिनी का स्वर फिर सुनाई पड़ा। कुछ डग वह आगे बढ़ आया, बाघिनी भी लौट आई।

"एक चीज़ देने के ही लिए लौट आई।" बाघिनी उससे सटकर खड़ी हो गई, "तुम्हारे उन्हीं रुपयों में कुछ मिलाकर पूरे तीस डालर कर दिए हैं। यह लो। अब तुम्हीं सोचकर देखो, मैं अच्छी हूं या बुरी? सच कहती हूं। हमेशा तुम्हें ही याद करती हूं। तुम्हारे लिए मेरी चाह का अन्त नहीं। जाने दो, मुंह से कहकर और क्या होगा? पर समय आने पर इस उपकार को भूल मत जाना। यह लो, अब खो देने पर मुझे दोष मत देना।" खुशी नोटों को लेकर फैली-फैली आंखों से देखता भर रहा। बोलना कदाचित वह भूल गया।

"ख़ैर, सताईस को तो फिर भेंट होगी ही। भेंट नहीं होने पर भी मैं तुम्हें इतने सस्ते नहीं छोड़ूंगी।" बाघिनी हंसी, "पर तुम तो बच्चू नफ़े में रहे। अच्छी तरह सोच कर देखो, समझ सकोगे।" बाघिनी ने चलना शुरू किया। नोटों का बंडल लेकर खुशी जड़ की तरह खड़ा रहा। बाघिनी अब नहीं दिखलाई पड़ती, पुल की ओट में पड़ गई है। धूसर मेघ चांद को ढक रहा है। रास्ते की बत्तियों का प्रकाश उज्ज्वलतरं हो उठा है। पुल और भी सफ़ेद, और भी शून्य दिखलाई पड़ता है। वह जल्दी-जल्दी चलने लगा। घर के फाटक के पास आने पर मालूम हुआ। वह सफ़ेद-पुल अब भी उसके कन्धों पर चढ़ा हुआ है, आंखें मोड़ने से ही उसे देखा जा सकता है।

अपने घर में जाकर उसने नोटों को गिनकर देखा। तीन-तीन बार गिना, सिर का पसीना नोटों पर चू पड़ा, नोटों का बंडल चटचटा हो गया, पर फिर भी गिनने में भूल होने लगी। गिनना ख़तम करने के बाद चीनी मिट्टी के घड़े में उन नोटों को रख दिया। चिन्ता उसने नहीं की। जब रुपए हैं, तो रास्ता कोई मिलेगा ही। उसका संचय सभी समस्याओं का समाधान कर देगा। सोचकर क्या होगा? सफ़ेद पैगोडा, मर्मर सेतु, बाघिनी, उसका फूला हुआ पेट, ये सब कुछ नहीं, स्वप्न हैं। स्वप्न टूट जाने पर उसके चीनी-मिट्टी के बैंक का सैंतीस डालर सत्य होकर रहेगा।

घड़े को उसने छिपा दिया। अब सोने की ज़रूरत है। मुसीबत चाहे जितनी बड़ी हो, नींद ठीक मौक़े से

आएगी। आज वह सो रहेगा, इन बातों को लेकर आलोचना करने का समय बहुत पड़ा है।

खुशी बिछावन पर लेट रहा। आंखों में नींद नहीं आई। मन मानो दुलाई का खोंता हो गया हो, भावनाएं आ-जा रही हैं, पर मन में हूल अवश्य पैदा कर जाती हैं। नहीं, सोचना वह नहीं चाहता, और सोचने को भी कुछ वैसा नहीं है। बाघिनी सारे रास्ते बन्द कर खड़ी है, उसके चंगुल से भागना मुश्किल है। सबसे अच्छा हो, यदि वह इस शहर को छोड़ कर ही भाग जाए पर खुशी शहर नहीं छोड़ सकेगा। कोई यदि कहे, शहर में रहने के लिए तुम्हें रात-दिन सफ़ेद पैगोडा का पहरा देना होगा, वह इसमें भी राज़ी है, शहर छोड़कर एक डग आगे नहीं जाएगा। गांव तो वह जाएगा ही नहीं। दूसरे शहर में जाएगा? पीकिङ्ग की तरह कोई दूसरा शहर भी है? वह पीकिङ्ग में ही आजीवन रहेगा, यहां ही वह मरेगा। जब छोड़ने के ही लिए मन तैयार नहीं, तो यह सब सोचकर क्या होगा? बाघिनी ने जब जाने को कहा है, तो जाना ही होगा। उसके कहे अनुसार नहीं चलने से वह इस मामले को लेकर तूफ़ान खड़ा कर देगी। पीकिङ्ग में रहने से बाघिनी उसे ढूंढ़ ही निकालेगी। उसके चंगुल से बचने की बात ही नहीं उठती। उसे रंज करने पर शायद वह नवकर्त्ता से सभी बातें कह दे। उसके हाथ में गुंडों का दल भी है, जो किसी समय में खुशी का रफ़ा-दफ़ा वे कर देंगे।

खुशी ने सारे मामले को उलट-पुलट कर देखा, वह फन्दे में फंस गया है। हाथ-पांव मानो लोहे की बेड़ी से बंधे हैं, बाघिनी के जाल में जकड़ गया है, छोटी मछली की तरह छेद से निकल भागेगा, यह उपाय भी नहीं है।

बाघिनी ने उसके विरुद्ध जाल फैलाया ज़रूर है। सोचने से ही सिर चकराने लगता है। लगता है, हज़ार मन भारी पत्थर उसके कन्धे पर चिपके हुए हैं और वे उसे पल-पल में पीस मारना चाहते हों। प्रतिरोध का कोई उपाया नहीं। तो रिक्शावालों का भाग्य और कितना अच्छा होगा? रिक्शा खींचते-खींचते ही जान देनी होगी, और कुछ करने का उपाय नहीं। यहां तक कि एक लड़की उसे ठग गई। अब उसी को लेकर कुछ सोच नहीं पाता। नवकर्त्ता दस गंडा रिक्शे के मालिक है और उसकी लड़की तो अव्वल दर्जे की धोखेबाज है। जुआ चोरी का कैसा जाल फैलाया है! खुशी के पास से सब कुछ छीन कर वह तभी ख़ुश होगी। नहीं, सोचने से भी कोई फ़ायदा नहीं। अच्छा, यदि उसके कहे। अनुसार ही वह काम करे? नषकर्ता के पास जाकर उसे 'धर्म-बाप' कह कर पुकारे, इसके बाद उस भूतनी से ब्याह कर ले, तब कैसा हो! और इसको छोड़ कर दूसरा उपाय भी नहीं है। बाघिनी उसे सस्ते नहीं छोड़ेगी। ब्याह करने से भी सर्वनाश है, नहीं करने से भी सर्वनाश है।

वह मानो आपका एक कुत्ता है, मार खाने का ही जिसे अभ्यास है। आस-पास के लड़के-लड़कियां भी उस पर बेवजह लाठी-छड़ी चला देते हैं। यही क़िस्मत है, सोचकर और क्या होगा? वह नष्ट हो जाएगा, टुकड़े-टुकड़े हो जाएगा, यदि उसकी क़िस्मत में है, तब भागने की चेष्टा करने से कोई फ़ायदा नहीं। जो क़िस्मत में लिखा है, वही हो। वह सो नहीं सका। कम्बल फेंककर उठ बैठा। इस समय शराब चाहिए। गटगट कर एक बोतल शराब पीकर वह इस सोच को भगा देगा। वह नशे में होगा। तब शायद सभी सोच-विचार, रीति-नीति वह तिलांजलि दे डालेगा। हां हां.. वह शराबी होगा, बेहोश होकर पड़ा रहेग़ा। सत्ताईस तारीख? नहीं-नहीं, किसी के पैर पर अपना माथा नहीं टेकेगा, किसी को 'धर्म-बाप' भी नहीं कह सकेगा, इसके लिए सत्ताईस क्या अठाइस तारीख़ ही क्यों न आए। देखता हूं, उससे कैसे बाप कहलवाता है। क़मीज़ डाल, हाथ में चाय का प्याला लेकर वह निकल पड़ा।

हवा और भी ज़ोरों से बह रही है। आकाश में एक क़तरा मेघ नहीं। सभी हवा में उड़ गए हैं। चांद

आकाश में एक ओर पीला पड़ गया है, मृत व्यक्ति की दृष्टि की तरह। गाढ़ी ठंड है। अभी तुरंत ही गर्म बिछावन से वह उठ बैठा है, ठंडक मानो क़मीज़ छेदकर शरीर में घुस रही है, बार-बार नि:श्वास ले रहा है। रास्ते में एक भी आदमी नहीं चल रहा, एक ओर कुछ रिक्शे खड़े हैं। रिक्शेवाले तेजी से चलकर शरीर गर्म कर रहे हैं। हाथों से कान को ढक रखा है। एक दौर में खुशी दक्षिण ओर की दूकान में घुस गया। खिड़की दरवाज़े बन्द हैं। एक छोटी खिड़की होकर ही ख़रीद-बिक्री चल रही है। खुशी ने कुछ बादाम और शराब ख़रीदी। इसके बाद प्याला लेकर पांव दाबते हुए अपने घर में आकर वह बिछावन पर गिर पड़ा। शराब का प्याला टेबल के ऊपर रखा हुआ है। कड़वी गन्ध से घर भर गया है। पीने की इच्छा नहीं होती।

बहुत देर तक वह चुपचाप सोए रहा। शराब का प्याला टेबल पर ही है। हाथ बढ़ा कर एक घूंट में ही ख़तम कर देने से हुआ। नहीं, वह अपना सर्वनाश नहीं कर सकेगा। फंस गया, तो क्या हुआ? शराब वह नहीं छुएगा, ऐसी प्रतिज्ञा उसने की थी। उस प्रतिज्ञा को तोड़ने की उसकी हिम्मत नहीं। मामला काफ़ी पेचीदा है, पर क्या इसमें इतना छोटा छेद भी उसे नहीं मिल सकता, जिससे वह बाहर निकल आए? और फिर बाहर नहीं निकल पाने पर भी, शराब पीकर वह अपना और भी सर्वनाश करना नहीं चाहता। एक खाई से बचने जाकर, फिर दूसरी खाई में पड़ना वह नहीं चाहता। देखा ही क्यों न जाए, ऊंट किस करवट बैठता है?

रोशनी बुझा कम्बल ओढ़ कर वह पड़ा रहा। उसने सोचा, इसी तरह कुछ देर रहने से शायद नींद आ जाए, पर नींद नहीं आई। कम्बल फेंक कर उठ बैठा। चांद की रोशनी काग़ज़ की शर्सी पर फीकी होकर पड़ रही है, शीघ्र ही भोर होगी। नाक के नथुने ठंडे होते जा रहे हैं, शराब की गन्ध उठ रही है। नशीली गन्ध। हठात दृढ़ हाथ से प्याले को उठा कर एक ही घूंट में उसने ख़तम कर दिया।

लड़ाई में झींगुर अपने फूले-फूले पांवों के अंगूठों के सहारे किसी तरह उचक-उचक कर चलता था, खुशी की हालत भी ठीक वैसी ही हुई। जीवन का और कोई भी अर्थ वह नहीं ढूंढ़ पाया। इस समय दिन पर दिन किसी तरह काट देना है। जीवन का लक्ष्य वह खो बैठा है। छलांग मार कर चलने वाले पथ में बाधा उपस्थित है। वह मानो उसी पैर खोने वाले झींगुर के समान है, उसी की तरह असहाय है। एक दिन साहस था, शक्ति थी, आज कुछ भी बाकी नहीं।

सत्ताईस तारीख़ आने में अभी दस दिन की देर है, पर इसी बीच उस दिन की चिन्ता उसे अभिभूत कर रही है, और कुछ वह सोच नहीं सकता, बड़बड़ा कर सिर्फ़ इसी नाम का उच्चारण करता है, सत्ताईस तारीख़ का ही स्वप्न देखता है। किसी तरह यदि वह इस सर्वनाशी दिन को पार कर दे, तो उसे उद्धार मिलेगा, जीवन का रास्ता सहज सरल हो उठेगा, पर क्या उद्धार होगा? वह तो जानता हैं, उद्धार पाने का कोई उपाय उसके पास नहीं। अच्छा, यदि यहां से वह दूर खिसक जाए? जो कुछ रुपए हाथ में हैं, उन्हें लेकर वह खिसक सकता है, तियेन्तसिन जा सकता है? वहां जाकर रिक्शा खींचने का पेशा छोड़ दूसरा कोई काम करेगा। क़िस्मत यदि अच्छी रही तो फल-फूल सकता है। मान लो, यदि बाघिनी ने वहां भी धावा बोला? दूर, इतनी दूर वह नहीं जा सकेगी। खुशी का विश्वास है, ट्रेन से दूर के रास्ते ही जाना होता है, बाघिनी उतनी दूर जाने का साहस ही नहीं करेगी।

यह अच्छा फन्दा सोचा है। कोई उपाय नहीं रहने पर वह तियेन्तसिन ही भागेगा, पर पीकिङ्ग में ही

रहने की उसकी इच्छा है। क्या किसी तरह यहां नहीं रहा जा सकता? काफ़ी उसने सोचा, सोचते-सोचते सिर गर्म हो उठा। सत्ताईस तारीख़ आगे आ रही है। किसी तरह यदि वह इससे किनारा कर सके, तो जान बचे। यदि यह संभव न हो, तो सत्ताईस तारीख़ का जल्दी-जल्दी बीत जाना ही अच्छा है। जो होने को रहेगा, होगा। इस दम घुटनेवाली स्थिति से तो बचेगा। तारीख ख़तम होने पर यह लौट तो नहीं आ सकती। पर कैसे वह इस तारीख़ से किनारा करे? दो उपाय उसके माथे में हैं। पहला, बुड्ढे के जन्म-दिवस के निमंत्रण में यदि वह न जाए! एक और भी उपाय है। जैसे-जैसे उसने समझा है, बाघिनी के कहे मुताबिक काम करे। दोनों उपाय बिल्कुल एक दूसरे के विपरीत हैं, पर नतीजा शायद एक ही होगा। यदि वह निमंत्रण स्वीकार करके नहीं गया, तो मामले का झूठ-सही कोई भी फैसला नहीं होगा, और जाने पर तो क्या पूछना! बाघिनी उसे छोड़ेगी नहीं, दंड देगी ही।

उसे याद है, जब पहले-पहल रिक्शा चलाना उसने शुरू किया था, तो दूसरे रिक्शावालों की वह नक़ल करता। गली-कूचे देखते ही वह रिक्शा लेकर भीतर घुस जाता। सोचता, इससे रास्ता शायद आसान हो जाए। एक बार मुश्किल में भी पड़ा था। गली के गोरखधंधे में पड़कर हैरान हो गया था। यह एक मज़े की बात रही। जितना ही वह दौड़ता, देखता कि बार-बार एक ही जगह में वह आ पड़ता है। ऐसे ही एक गोरखधंधे में वह पड़ा है। जिस ओर वह दौड़े, एक ही जगह उसे लौट आना होगा। और कोई समाधान नहीं पाने पर मामले की अच्छाई की ओर भी उसने सोच देखा है। मान लो, बाघिनी से ब्याह कर यदि वह मामले को ख़तम कर दे? और करेगा भी क्यों नहीं? पर जितनी बार मामले को इस रूप में उसने देखा, सब जैसे गोलमाल होता हुआ लगा। दम बन्द होने को आया है। लड़की का स्वभाव, उसकी आंखें, उसकी धरन-धारण, ऊंह! बिल्कुल पसन्द नहीं होती। चेहरे की बात चूल्हे में जाए, उसके स्वभाव को लेकर भी उससे ब्याह नहीं किया जा सकता।

उसके ऐसा लड़का, कितनी आशाएं-आकांक्षाएं उसकी रहीं–इसके अलावा ऐसे भी काफ़ी शान्त शिष्ट स्वभाव का वह ठहरा, वही क्या नीलाम पर ख़रीदी हुई वस्तु की तरह अनेक हाथों में घूमी एक लडकी से ब्याह करेगा! तब तो आंखें उठाकर वह किसी से बात तक नहीं कर सकेगा। यहां तक कि मरने के बाद मां-बाप की आत्मा के सम्मुख भी मुंह दिखाना मुश्किल होगा। कौन जानता है, उसके पेट की सन्तान को? हो सकता है कि खुशी की न हो! यह ज़रूर हैं, कुछ रिक्शे वह दहेज के रूप में पा सकता है, पर इसका भी क्या ठिकाना? नवकर्त्ता को तो वह पहचानता है। हो सकता है, लड़की को वे एक छदाम की चीज न दे।.....और दहेज पाने से ही क्या? ऐसी एक मर्दानी औरत को लेकर उसके दिन कैसे कटेंगे, बाघिनी के साथ मिल-जुलकर घर चलाना क्या आसान बात है? उसके हुक्म से दौड़ते-दौड़ते तो बेचारे के प्राण निकल जाएंगे। बाघिनी का दिल बड़ा छोटा है, इसके अलावा जीभ की भी ख़ूब तर्रार है। घर-गृहस्थी चलाने के लिए ऐसी बहू लेकर कुछ नहीं हो सकता। उससे शादी करने पर दो दिन में ही त्राहि-त्राहि करनी पड़ेगी।

अपने ऊपर उसे घृणा आई। छि-छि! यह कैसा कांड वह कर बैठा? गालों पर अपने ही थप्पड़ जमाने की इच्छा होती है। साथ ही उसका क्या दोष? सारा मामला बाघिनी का षड्यंत्र था। वह जाल फैलाकर खुशी के लिए ही बैठी थी। उसे लगा कि उसके सीधे होने के कारण ही इतना बवंडर मचा है। सीधे आदमी ही तो पग-पग पर ऐसे ही ठगे जाते हैं।

सबसे ख़राब लग रहा है। ऐसी एक आफ़त है और मुंह खोलकर किसी से कहने का भी उपाय नहीं। कहने से भी तो मन का भार कुछ कम होता है, पर कौन है उसका? बाप, मां, बड़ा भाई, छोटा भाई, यहां

तक कि एक दोस्त तक उसका नहीं हैं, जिससे वह सभी बातें खोलकर कह सके, सलाह मांग सके। यह ठीक है कि इतने दिनों तक उसे सलाह की ज़रूरत कभी नहीं पड़ी। तगड़ा चेहरा लेकर, हान का वंशधर, वह सिर ऊंचा करके ही चला है, किसी चीज़ की परवाह नहीं की। कोई बन्धन उसे नहीं था, कोई उद्वेग नहीं था। वह मानो किसी रूप-कथा का एक दैत्य था, स्वर्ग में उसका सिर छूता, पैर मिट्टी पर रहते, पर आज अपने रोम-रोम से यह बात वह महसूस कर रहा है, कोई एकाकी नहीं रह सकता, सभी के साथ मिल-जुलकर ही रहना उचित है।

उसके भाई बिरादर रिक्शावाले भी बिल्कुल ही उपेक्षनीय नहीं। उनमें भी ऐसी कुछ चीज़ पाई जाती है, जिससे उन्हें प्यार किया जा सकता है, मित्र कहकर पास खींचा जा सकता है। मान लो, यदि वह पहले, अपने ही समान नवयुवक दो-एक रिक्शेवालों के साथ दोस्ती करता, तो आज उसे डर से इतना सिमट नहीं जाना पड़ता। ऐसी दो बाघिनियों को वह देख लेता। उसके दोस्त ही उसे उपाय बतला देते, यहां तक कि ज़रूरत पड़ने पर सहायता करने में भी पैर नहीं हटाते, पर शुरू से वह अकेला है। इस समय आफ़त के समय दोस्त जुगाड़ करना भी सहज बात नहीं। खुशी को जाने कैसा डर लगा। इस तरह एकाकी जीवन बिताने से तो भय होगा ही। अकेला आदमी क्या कर सकता है? उसे तो कोई भी ठग सकता है, उस पर हुक्म चला सकता है। बाघिनी तो अकेला पाकर यही कर गई।

अपने ऊपर भी उसका अब विश्वास नहीं। शीत के दिन में मालिक के निमंत्रण खाने या नाटक देखने के लिए जाने पर वह रास्ते में उनका इन्तज़ार करता। तब खुशी कारबाइड बत्ती के नीचे पानी रखने वाला पात्र खोल अपनी क़मीज़ के भीतर छिपा रखता। क्या पता शीत में यदि पानी जमकर बर्फ़ हो जाए, तो फिर बत्ती नहीं जलेगी। जल का पात्र अपनी क़मीज़ के ऊपर रखते ही देह में कंपकंपी उठने लगती, पर कुछ क्षणों के बाद जल का पात्र जब शरीर की गर्मी से गर्म हो उठता, तब वह सोचता, जर्जर पुराना रिक्शा जो खींचते हैं, उनके पास तो कारबाइड बत्ती नहीं है।

पर अब वह समझ सका है कि वह कितना थोथा गर्व है! वह समझ रहा है, एक कारबाइड के लैंप का जो मूल्य वह लगाता, उतना ही मूल्य उसकी चौड़ी छाती का नहीं है। पहले रिक्शा चलाने को ही उसने जीवन का एकमात्र आदर्श मान रखा था। एक दिन रोज़गार जमा लेने पर वह निश्चिन्त होकर बैठ सकेगा, यही उसकी आशा थी। खुशी ने सिर हिलाया। उसकी यह आशा टूट गई है। उसके कंधे पर बाघिनी बैठी हैं। टीन की एक बत्ती की जो क़ीमत है, वह क़ीमत भी उसकी नहीं।

बाघिनी के चले जाने के तीन दिन बाद की बात है। श्रीयुत चाउ दोस्तों के साथ सिनेमा देखने गए हैं। खुशी रिक्शा रख एक कारखाने में बैठकर उनके लिए इन्तज़ार करने लगा। कारबाइड का पात्र उसके पास था। भयंकर शीत पड़ रही है, कारखाने के सभी खिड़की-दरवाज़े बन्द हैं। भीतर कोयले का धुआं, पसीने की गंध और सस्ती सिगरेट के धुएं का चक्कर उठ रहा है, शर्सी में बर्फ़ जम उठी है, फूल की तरह सफ़ेद बर्फ़।

चायख़ाने में जिन्होंने भीड़ कर रखी है, उनमें से अधिकांश माहवारी काम के रिक्शावाले हैं। कोई-कोई कुर्सी लेकर दीवार से उठंगकर बैठा है। किसी के हाथ में शराब से भरा प्याला है, धीरे-धीरे घूंट लेते हैं, होंठ चाटते हैं, घन-घन निःश्वास फेंकते हैं। शीत भगाने की जैसे यह एक अमोघ औषधि हो। एक आदमी के सामने केक का एक बड़ा टुकड़ा पड़ा हुआ है, तोड़-तोड़ कर मुंह में रखता है। बीच-बीच में गले में अटक जाता है। कोई एक अपनी बातें सुना रहा है, और सभी कान फैलाकर सुन रहे हैं। एक ओर से अब तक उसके पैरों को जरा भी ठहरने का मौका नहीं मिला। पसीना जाने कितनी बेर बहकर सूख गया, इसका हिसाब नहीं। जो केवल गप-शप कर रहे थे, वे भी पीछे मुड़कर देखते हैं, चुप रह गए हैं। अपने दुःख की

बात याद आती है। इस बार सभी अपने-अपने दुःख की बातें बोलने लगे। पंछियों के नीड़ जैसे उजड़ गए, एक दूसरे को दुःख की बातें सुना रहे हैं।

जो आदमी केक खा रहा था, वह केक मुंह में ठूंसकर इन्हीं लोगों में आ मिला। ललाट की शिरा रेखाएं स्पष्ट हो उठी हैं, केक का टुकड़ा निगलते-निगलते बातें कह रहा है, "एक भोर से जो दौड़ना शुरू किया, तो दौड़ता ही रह गया हूं। एक बाल्टी पानी खींचने या हंडिया-भर भात पकाने का समय भी नहीं मिला। बेटे बेजन्मे का हुक्म!....इस फाटक से उस फाटक तक दौड़ते-दौड़ते हैरान हो गया हूं, साथी! बिल्कुल जम गया, भैया!"

श्रोताओं की ओर देखकर उसने सिर हिलाया और इसके बाद केक की एक और डली मुंह में ठूंस ली। इसबार बात का रुख़ आवहवा की तरह मुड़ा, पर वह भी दुःख-दुर्दशा की बातों को ही केन्द्र बनाकर। खुशी दुःख की अनुभूति से परिचित होकर बैठा रहा, सिर्फ़ कान सजग रहे। इनलोगों की भाषा अलग है, स्वर अलग है, दुःख-दुर्दशा की कहानी भी इसलिए वैसी ही है, पर भाग्य की इस असमानता के विरुद्ध वे क्षुब्ध हो उठे हैं, इस बुरे विचार के लिए वे अभिशाप दे रहे हैं।

सूखी तपी हुई मिट्टी जिस तरह वर्षा की धारा को सोख लेती है, उसी तरह खुशी की छाती के घाव को इन बातों ने सोख लिया। उसकी अपनी छाती में भी ऐसी ही ज्वाला सुलग उठी है, उसे बाहर कर देने का रास्ता वह ढूंढ़ नहीं पाता। सिर्फ़ दूसरों के सुख-दुःख की कहानियां आकर उसकी छाती की जलन को और भी बढ़ा जाती हैं। ये सभी पीड़ित हैं, विपन्न हैं, वह भी उनमें से एक है। इनके लिए आज उसके हृदय में सहानुभूति जगी है। अपने को उसने आज पहचाना है, अपनी जात को भी आज पहचाना है। उनकी कहानियां सुन-सुन कर उसकी आंखें छलछला उठी हैं। बीच-बीच में उत्तेजना के कारण भौंहें सिकुड़ गई हैं। हंसी की बातों में भी उसके होंठों के भीतर से हंसी फूट निकली है, इस समय वह इन्हीं लोगों में से एक है। दुख-दुर्दशा ने एक सूत्र में उन्हें बांध दिया है। खुशी ने कुछ नहीं कहा, पर उसे लगा, हां, उनमें से ही वह एक है, उन्हीं का एक आदमी है।

पहले वह सोचता, नहीं, इनके साथ मिलने से कोई फ़ायदा नहीं। वे सिर्फ़ गाली-गलौच्च और दिन-रात अपने दुःखों की फ़हरिस्त देना जानते हैं, ये क्या कभी अपने दिन लौटा सकेंगे? घृणा के मारे वह उनके पास से दूर हट गया है, पर आज वैसे दिन नहीं है। आज उसे लगा, उन्होंने एक स्वर में उसकी अपनी ही बातें कही हैं, ये बातें उनकी भी हैं, सत्ता उनकी एक हो गई हैं। वे सिश्रित सत्ते से अत्याचार, अविचार के विरुद्ध कटिबद्ध होकर खड़े हैं। हठात तीखी हवा से दरवाज़ा खुल गया, ठंडी हवा के झकोरे आने लगे। सभी उत्तेजित होकर चीत्कार कर उठे, 'कौन-कौन? किसने दरवाजा खोला?' आंगन से एक आदमी आता हुआ दिखलाई पड़ा। देर करके ही घर में घुसने की उसकी इच्छा है। चायख़ाने का एक आदमी चिल्ला उठा, "जल्दी जल्दी घुस न पड़ो बूढ़े! घर की गर्मी जो ख़तम हुई।"

वह आदमी इस बार घर में घुसा। वह भी रिक्शावाला है। पचास वर्ष से ऊपर की उम्र है। देह में मोटिया कुर्त्ता, टूटे-फूटे बेंत के बक्स की तरह वह हो गया है। कोहनियां दोनों निकल आई हैं। चेहरा देखने पर मालूम होता है कि बहुत दिनों से स्नान नहीं किया। शरीर का रंग है, सिर्फ़ दोनों कान वृक्ष पर पके हुए सेब की तरह चटख लाल हो गए हैं। सिर पर छोटी टोपी। उसके चारों ओर पके हुए बाल लटक रहे हैं। दाढ़ी में बर्फ़ के कण हैं। घर में घुसते ही एक बेंच के ऊपर चुपचाप बैठा रहा। और बोला, "एक प्याला चाय लाओ!" यह चायखाना माहवारी रिक्शावालों का अड्डा है। यहां खुदरे रिक्शावाले बिना किसी विशेष कारण के नहीं आते। इसीलिए सभी ने बिना कुछ शक किए आंखें उठाकर देखा।

कोई और मौक़ा होने पर दो एक बदज़ात छोकरे कुछ आवाज़ कसते। उनकी समझ-बूझ कुछ वैसी नहीं हैं न! पर आज की रात वे भी चुप रह गए। चाय आने में देर हो रही है। बूढ़ा इसी बीच झपकियां ले रहा है क्या। सिर झुकते-झुकते बेंच के ऊपर मुंह उतर आया, बूढ़ा बेंच से जमीन पर ढुलक पड़ा। सभी उठकर खड़े हो गये।

"क्या हुआ? क्या हुआ?' चारों ओर शोर-गुल। सभी बूढ़े के पास दौड़ आए।

"भीड़ मत जमाओ, जो जहां थे, वहीं जाकर बैठो।" चायख़ाने के मालिक ने भीड़ हटाकर खुद ही बूढ़े को उठाकर बैठा दिया। चिल्लाकर वे बोले, "जल्दी, चीनी मिलाकर थोड़ा पानी ले आओ!" इसके बाद उसकी छाती पर कान रखकर जाने क्या उन्होंने सुना। 'ना, ठीक ही है!'

सभी चुपचाप खड़े रह गए। घर धुएं से भर गया है, इसी के भीतर से बूढ़े को देखा जा सकता है, वह स्तूप की तरह पड़ा है, टोपी एक कोने में लुढ़क पड़ी है, पके हुए बाल छितरा गए हैं। सभी ने एकटक देखा, उनके मन में एक ही चिन्ता है? 'हम लोगों की भी तो यही दशा होगी! जब बाल पकने शुरू होंगे, जीवन में इसी तरह अपने को लुटा देना होगा। कुछ पैसों के लिए एक दिन सवारी लेकर दौड़ते-दौड़ते पांव फिसलकर रिक्शा और प्राण दोनों से ही हाथ धोना होगा। यही तो ज़िन्दगी का मूल्य है!'

चीनी मिला हुआ पानी मुंह में पड़ते ही बूढ़े ने दो-तीन बार उसांसे फेंकीं। गले में घरघराहट की आवाज हुई। बूढ़े ने हाथ उठाया, "क्या हुआ है मेरे हाथ को?" मानो किसी ने अलकतरे का पुचाड़ा फेर दिया हो।

"बूढे, थोड़ा और पानी पीओ।" चायख़ाने के मालिक उसके कान के पास अपना मुंह ले जाकर बोले। बूढ़े ने आंखें खोलीं। उठ बैठने की वह चेष्टा कर रहा है।

"पहले यह पानी पी लो, इतनी जल्दी क्या है?" मालिक बोले।

सभी इस बार उसके पास दौड़ आए। बूढ़े ने बर्तन लेकर धीरे-धीरे घूंट लेना शुरू किया। पीना ख़तम कर आंखें उठाकर देखा और बोला, "तुम लोगों को काफ़ी तकलीफ़ दी।" बात में भद्रता फूट उठी है, उष्ण अनुभूति....।

ऐसी बातें भी क्या इस टेढ़े, दाढ़ी वाले चेहरे के मुंह से भी निकल सकती हैं, यह किसने सोचा था! वह फिर उठ बैठने की कोशिश करने लगा। तीन-चार आदमी उसकी सहायता के लिए दौड़ आए। बूढ़ा हंस कर बोला, "मैं खुद ही उठ सकूंगा। ऐसा कुछ तो हुआ नहीं। भूख लगी थी, ठंड से जकड़ गया था। इसी से सिर में चक्कर आया और गिर पड़ा। यह तो कोई वैसी बात नहीं!"

उसके चेहरे में सात तह मैल जमी है ज़रूर, पर उसकी हंसी और उसका व्यवहार कितना चमत्कारपूर्ण है! सभी को लगा, इस मैले मुंह के नीचे ही विशुद्ध मनुष्य छिपा है। इस उष्ण अनुभूति की लहरें आकर लगती हैं, उसके भीतर संक्रमित हो रही हैं। सभी मानो गल गए। जो अधेड़ आदमी शराब पी रहा था, उसने अपनी लाल आंखें उठाकर देखा। आंखें डबडबा आई हैं, "ओ जी, मुझे और दो बोतल दिए जाओ।" शराब आने के पहले ही उन्होंने उठाकर बूढ़े को कुर्सी पर बिठा दिया। अधेड़ आदमी थोड़ा नशे में हो गया है ज़रूर, पर इससे अपनी भद्रता नहीं खो दी है। बूढ़े के सम्मुख बोतल रखकर उसने अनुरोध किया।

"आओ, बूढ़े बाबा! तुम्हारे पास बैठकर थोड़ी शराब पी जाए। चालीस वर्ष तो उम्र हुई, अब अपनी ही आंखों में स्वयं धूल झोंककर भूले रहने की इच्छा नहीं होती। जानता तो हूं, यह माहवारी काम भी क्या हमेशा रहेगा? एक वर्ष बीतता है और पांवों की ताक़त कम होती जाती है। तीन चार साल में मेरी भी

तुम्हारी ही तरह हालत होगी। कितनी उम्र हुई? साठ?"

"नहीं कम। पचपन।" एक घूंटे में शराब पीकर बूढ़ा बोला, "कितनी ठंडक पड़ती है, भाई। कोई सवारी नहीं मिली। पेट में एक दाना नहीं गया। हाथ में जो पैसे थे, उनसे शराब ख़रीद कर पी ली है। गर्म नहीं रहने से दौड़ कैसे सकूंगा? यहां जब पहुंचा, तो और सहने की ताक़त नहीं रह गई थी, भाई। जाने क्यों, घर को गर्म देखकर अपना लोभ नहीं संभाल सका। आकर तुम लोगों का सारा मज़ा किरकिरा कर दिया न!"

बूढ़े की सफ़ेद दाढ़ी, कादो भरा चेहरा, फटी पोशाक और टोपी, सभी जैसे एक नये रूप से उनके सम्मुख उपस्थित हुए। ये तो अनादर के योग्य नहीं, ये तो चोटी का सम्मान पाने योग्य हैं। उसके चेहरे से मानो ज्योति फूट पड़ रही है। तुम मानो एक भग्न दीवार के भीतर में एक अनादृत विग्रह के सम्मुख खड़े हो, जो टूट-फूट गया है अवश्य, पर भगवान बुद्ध की वह महिमा अब भी तुम्हारे मन में श्रद्धा भरती है, सिर झुकाने को बाध्य करती है। सभी उसकी ओर देखते रहे। लगा कि उसके चले जाने पर वे दुखी हो जाएंगे। खुशी भी चुपचाप है। कोई भी बात उसने नहीं की। बूढ़े को ख़ूब भूख लगी है, सुनकर वह बाहर दौड़ता हुआ गया और वापस लौट आया। उसके हाथ में एक काफ़ी बड़ा बंधा कोबी का पत्ता है, उसमें आठ-नौ टुकड़े पकाए हुए मांस के हैं। बूढ़े के सामने लाकर वह बोला, खा लो, बूढ़े बाबा, खा लो!" फिर अपनी जगह पर जाकर बैठ गया। सिर झुकाकर वह बैठा रहा। दुर्बलता से मानो वह भग्न हो पड़ा है।

बूढ़ा खुश होकर चिल्ला उठा और बोला, "हम सभी आपस में भाई-भाई हैं। रिक्शा खींचने में कितनी मेहनत पड़ती है, वे क्या समझे? इसी से दो-एक पैसे फेंक वे सोचते हैं, ख़ूब दिया है!" बूढ़ा उठकर खड़ा हो गया।

"बिना खाए उठ गए? खा लो!" सभी चिल्ला उठे।

"टट्टू को बुलाने जा रहा हूं। मेरा पोता है। रिक्शे की रखवाली कर रहा है।"

"मैं बुला लाता हूं। तुम बैठो न।" अधेड़ रिक्शावाला बोला, "डरने की बात नहीं, रिक्शा चोरी नहीं जाएगा, रास्ते के उस ब़गल पुलिस-चौकी है। यहां से चोरी करेगा, ऐसी किसकी छाती मज़बूत हुई है, बाबा!"

दरवाज़े को थोड़ा खोल मुंह निकालकर अधेड़ रिक्शावाले ने पुकारा, "टट्टू अजी ओ टट्टू ! तुम्हारा दादा तुम्हें बुला रहा है, रिक्शा लेकर यहीं चले आओ।"

बूढ़ा बंधा कोबी हाथ में लेकर चुपचाप बैठा थ। पोते के घर में घुसते ही उसके सामने रख दिया, "टट्टू , खा लो तो बबुआ!"

टट्टू की उम्र बारह-तेरह साल की होगी। मुंह सूखकर फीका हो गया है। फटे-पुराने कपड़े पहने है। नाक शीत में लाल हो उठी है, रेंठ जम गई है, नाक में बह-बहकर होठों पर गिर रही है। बूढ़े के पास आकर दो टुकड़े मांस उसने पत्ते से निकालकर मुंह में रख लिए। ऐसा भाव चेहरे पर हैं, मानो अभी कोई झपट्टा मार ले भागेगा।

"धीरे-धीरे खाओ!" बूढ़ा पोते को चिपकाता हुआ बोला। अपने मुंह में भी उसने एक डाल लिया, "मैं सिर्फ़ दो टुकड़े खाऊंगा और बाक़ी सब तू खा जा। खाना-पीना ख़तम होने पर रिक्शा लेकर घर लौटेंगे। आज अब और नहीं निकलूंगा। कल यदि ठंडक कम पड़े, तो जल्दी-जल्दी निकल पड़ेंगे, हां न टट्टू यही अच्छा होगा।"

टट्टू ने स्वीकृति सूचक सिर हिलाया। आंखें उसकी मांस पर अटकी थीं। नाक सुड़क कर बोला, "नहीं

दादा, तुम तीन खाओ, बाक़ी मैं खा जाऊंगा। इसके बाद तुम रिक्शे पर बैठे रहना, मैं खींचता-खींचता तुम्हें घर ले जाऊंगा।"

"नहीं रे इसकी ज़रूरत नहीं।" बूढ़ा मुस्कराया, "हम दोनों ही पैदल घर जाएंगे। इस ठंड में क्या रिक्शे पर चढ़ना अच्छा लगेगा? चलने से शरीर गर्म रहेगा।"

बूढ़ा अपना हिस्सा खाकर शराब को भी एक घूंटे में पी गया। टट्टू अब भी चबा रहा है। बूढ़ा एक फटा हुआ कपड़े का टुकड़ा निकाल मुंह पोंछकर सभी की ओर देखता हुआ बोला, "लड़का जो लड़ाई पर गया, तो अब तक नहीं लौटा।"

"दादा, फिर तुम...।" टट्टू ग्रास निगलते हुए चिल्ला उठा। उसके गाल फूले हुए पीठे की तरह फूल उठे।

"इनसे न कहूंगा तो किनसे कहूंगा रे, छोकरे?" बूढ़ा बोला, "ये सब हमारे भाई-बिरादर हैं न?" इस बार बूढ़ा धीमे गले से बोला, "पोते के मन में यह बात ख़ूब लगती है, पूरा अभिमान है इसे। बहू भी चली गई, इस बूढ़े और एक नन्हें बच्चे को छोड़कर। और क्या करूं? किसी तरह रिक्शा खींचकर दिन गुज़ार रहा हूं। रिक्शा भी ख़तम ही है। एक आराम है, भाड़ा गिनना नहीं होता। कभी ज़्यादा, कभी कम आमदनी होती है। और क्या करें? लटर-पटर चल रहा है।"

टट्टू का खाना प्राय: ख़तम हो चुका। वह बोला, "दादा, कुछ देर और रिक्शा चलाना पड़ेगा। घर में कोयला नहीं है। कल भोर में ही तो कोयला चाहिए। हाथ में एक कानी कौड़ी भी नहीं। तुम्हारा ही तो दोष है। उस सवारी को क्यों नहीं लिया?"

"अरे, कोयले के लिए तू फ़िकर मत कर। किसी तरह चला ही लूंगा।"

"चला लोगे? कैसे चला लोगे?"

"तुझे नहीं सोचना होगा। तू खा ले।" बूढ़ा इस बार उठकर बोला, "भाई लोग, अब हम चलते हैं।" यह कहकर पोते का हाथ पकड़ा। टट्टू का खाना ख़तम नहीं हुआ था। एक टुकड़ा मांस तब भी पत्ते पर पड़ा था। जल्दी-जल्दी उस टुकड़े को मुंह में डालकर वह उठ खड़ा हुआ। कोई-कोई उनके संग बाहर आए। खुशी भी बाहर आया। वह रिक्शे को एक बार देखना चाहता है।

ऐसा टूटा-फूटा रिक्शा उसने जीवन में कभी नहीं देखा। रंग उड़ गया है, मूठ के लोहे दिखाई पड़ रहे हैं। एक पुरानी बत्ती है। रिक्शे के ऊपर का कपड़ा छेदों से भरा हुआ है। वर्षा होने से पानी गिरकर सवारी को भिगो दे। टट्टू ने दियासलाई की एक काठी से बत्ती जलाई। बूढ़ा दोनों मूठ उठाकर उन लोगों की ओर देखता हुआ बोला, "कल फिर भेंट होगी।"

खुशी दरवाज़े पर खड़ा रहा, वे चले जा रहे हैं। बूढ़ा जाने क्या बकता हुआ चल रहा है। काली रात, घनी अंधियारी, रास्ते के दोनों ओर की बत्तियों से रोशनी छिटकी पड़ती है। खुशी की छाती एक अव्यक्त व्यथा से कांप गई। अपने ही लिए वह इतने दिन तक सोचता आया है, दूसरों की बात उसने नहीं सोची, पर आज बिना सोचे नहीं रह सका।

वह छोटा लड़का, जिसका टट्टू नाम है, मानो उसका बचपन हो, उसका अतीत जीवन। और भविष्य उसने देख पाया है उस बूढ़े में। हां, उसीका भविष्य! बिना किसी नितान्त प्रयोजन के उसने एक धेला भी नहीं खर्च किया। आज उसे यह क्या हो गया? कुछ अच्छी रक़म ख़र्च करके उनके लिए दौड़कर वह मांस ले आया। क्यों ऐसा हुआ? कहां, इसके लिए तो उसे रत्ती भर भी दुःख नहीं हो रहा! बल्कि आनन्द ही हो रहा है। खुशी ने खड़े-खड़े देखा, वे दूर, और भी दूर चले जा रहे है, इस बार ओझल हो गए। वह

चायख़ाने के भीतर लौट आया। सभी ने इस बार हल्ला मचा रखा है। वे गाली-गलौच कर रहे हैं, पर उसे यह सब अच्छा नहीं लगता। क़ीमत चुकाकर वह बाहर आया। सिनेमा-घर के पास रिक्शा लेकर मालिक की प्रतीक्षा में बैठा रहा।

रात सचमुच ही ठंडी है। अंधड़वाली हवा धूल उड़ाती बह रही है, मानो पृथ्वी के ऊपर एक सैनिकों के दल का अभियान शुरू हुआ हो। आकाश के बड़े तारे ही दिखाई पड़ते हैं, वे भी मानो शीत में कांप-कांप उठते हैं, हवा में बर्फ़ के कण झर रहे हैं। रास्ता बर्फ़ से भर गया है, बीच-बीच में रुकावट हो गई है। मिट्टी का रंग भी सफ़ेद हो गया है। सिनेमा-घर के सामने बैठा वह ठक-ठक कर कांपने लगा, पर कारख़ाने में लौट जाने की उसे इच्छा नहीं। वह आज की घटना को एकान्त में बैठकर सोचना चाहता है। उसके जीवन की एकमात्र आशा बूढ़ा और उसके पोते द्वारा क्षार-क्षार हो चुकी है। बूढ़ा स्वयं अपने रिक्शे का मालिक है। खुशी का स्वप्न है, अपना रिक्शा स्वयं ही चलाएगा। आज भी वह स्वप्न सपना ही है। बिना खाए, बिना खर्च किये वह रुपए जमा कर रहा है। वह सोचता, रिक्शा ख़रीदने से ही ज़िन्दगी का टेढ़ा रास्ता सीधा हो जाएगा। दुनिया को वह हस्तामलकवत् पाएगा, पर बुड्ढा आज उसके स्वप्न तोड़ गया।

इसी रिक्शा ख़रीदने की आशा में ही तो वह बाघिनी से ब्याह नहीं करना चाहता? वह खुद अपने रिक्शे का मालिक होगा, उसके बाद रुपए जमा करके गांव की एक लड़की से ब्याह करेगा, यही न उसकी इच्छा है? पर टट्टू की ओर देखो। कौन कह सकता है उसके लड़के की हालत भी इस टट्टू की तरह ही न होगी? नहीं-नहीं, उसको जो कुछ आशा थी, जो कुछ भरोसा था सब व्यर्थ हुए। अब कुछ भी बाकी नहीं रहा।

बाघिनी का दावा ही मान लेने में हर्ज क्या है? क्यों वह उसे लौटा देगा? एक दूषित वृत के भीतर वह पड़ा है, यह वृत संकुचित होकर उसे पीस डालेगा। छुटकारा उसका नहीं है, तब क्यों नहीं वह बाघिनी से ब्याह कर लेगा? बाघिनी और गांव की एक पवित्र, सरला, कुमारी, उसके सामने इन दोनों में कोई भेद नहीं, बल्कि दो-तीन रिक्शे वह दहेज़ के रूप में पाएगा, वह उन्हें क्यों छोड़ने लगा? जीवन में जब सभी भरोसे ही ख़तम हों तब जो कुछ मिल रहा हो, ले लेना ही ठीक है। किसी से घृणा करने का कोई अर्थ नहीं। उसने ठीक किया, बाघिनी के हाथों ही वह अपने को सौंप देगी।

खुशी हठात् बदल गया। आशा-आकांक्षा नहीं रही, काम भी वह मन से नहीं करता। क्या काम करेगा? हमेशा ही उसकी आंखों के सामने उस बूढ़े और टट्टू की आकृतियां नाच जाती हैं। उन्होंने जैसे उसकी आश-उम्मीद छीन ली है। उसने निश्चय किया, मौज की खोज में वह अब रहेगा। चाहे जितना मज़ा आज वह लूट सके, लूटेगा। कल के लिए चिन्ता न करेगा। क्या होगा सारा दिन दांत-पर-दांत रखकर खटने से, क़िस्मत की बात सोचकर ही क्या फ़ायदा? ग़रीब का भाग्य बादाम के छिलके के समान है, दोनों ओर धार है। बिना खाए-पिए मरते-मरते यदि किसी तरह बचपन गुज़ार दिया तो यही काफ़ी है। दस हजार में एक ही से ऐसा संभव है, पर इससे भी रिहाई नहीं, फिर बुढ़ापा जो आ रहा है। यह धक्का संभालना ही कठिन हैं। सिर्फ़ इनके बीच का समय ही थोड़ा अच्छा हैं। उम्र भी तब कम रहती हैं, भूख-प्यास भी उतनी नहीं सताती। किसी तरह तब आदमी की तरह रहा जा सकता हैं, थोड़ा बहुत गर्व भी नहीं होता, ऐसी बात नहीं, पर जीवन के इस समय का, जब स्वास्थ्य और मन दोनों ताजे रहते हैं, जो सद्व्यवहार नहीं करते, उन्हें मूर्ख छोड़कर और क्या कहा जा सकता है। यह तो ऐसा ही है कि घूमते-घूमते तुम एक

गांव में पहुंच गए हो, वहां तुम्हें एक सराय मिली है। गांव छोड़कर चल देने के बाद फिर यह नहीं मिलेगा। सामने धू-धू करता हुआ रेगिस्तान है। व्याकुल होते हुए ही इस रास्ते से चलना होगा। खुशी ने सोचकर देखा, यही समय है! ठीक वह जीवन की सराय में आ पहुंचा है। इस समय यदि वह कुछ मज़ा न लूट ले, तो सारी ज़िन्दगी ऐसे ही कट जाएगी। बाघिनी की बात उसे याद आई। धत ! ये बातें वह नहीं सोचेगा। प्रति पल वह बचना चाहता है। कल की चिन्ता वह नहीं करेगा। चूल्हे में जाए बाघिनी।

चीनी मिट्टी के लोटे की ओर देखते ही उसकी चिन्ता-धारा फिर बदल जाती। केवल मज़े की ही बात सोचने से क्या चलेगा? रिक्शा ख़रीदने के लिए और कितने रुपये कम हैं! अपने इतने दिनों के परिश्रम को वह एक पल में चकनाचूर नहीं करेगा। जान देकर लोटे में जमा किए गए रुपये निकालकर वह मज़ा नहीं लूट सकता। रुपए जमा करना क्या कोई हंसी-खेल है? नहीं, अब उसे संयमी होकर चलना होगा, पर बाघिनी? कोई उपाय ढूंढ़ नहीं पाया। इधर सत्ताईस आगे आ रही है।

पुनः निराशा आकर उसे धर दबोचती, सत्ताइस.....सत्ताईस तारीख़ आगे आ रही है। चीनी मिट्टी के लोटे को छाती से लगाकर वह बुदबुदाता, "उन्हें जो मन में आए, करें। मेरे कुछ रुपए तो पक्के हैं! इन्हें तो कोई छीन नहीं ले रहा। रुपये जब हैं, तो डर किसका? कुछ ऐसा-वैसा हुआ, तो भाग जाएगा। रुपए हैं, डर मुझे किस बात का?"

उत्सव का दिन निकट आ रहा है। रास्ते में भीड़ है। चूल्हे के देवता की पूजा के लिए दूकानदारों ने नाना प्रकार की मिठाइयां, मंडा सजा रखी हैं। फेरीवाले आवाज लगाते हैं, 'मिठाई चाहिए? मंडा चाहिए?' खुशी इसी नए वर्ष के आने की आशा में उत्सुक था, पर अब उसका उत्साह बिल्कुल बुझ गया है। दिन गुजरते हैं और रास्ते में भीड़ बढ़ती है, साथ ही सत्ताईस तारीख़ की याद आती है। सत्ताईस तारीख़ को क्या होगा, कौन जाने? रास्ते की भीड़ की ओर अब वह देखता रहता, चेहरे के क्षत-चिह्न में ज्वाला सुलग उठती है।

आजकल रास्ते में काफ़ी भीड़ है, इसलिए काफ़ी सावधानी से रिक्शा खींचना होता है। इस पर बर्फ़ पड़ने से रास्ते में फिसलाहट हो गई। मन की भावना और पथ चलने की सतर्कता, दोनों में शायद द्वन्द्व मच गया है। अब वह जूझ नहीं सकता। अब शक्ति भी नहीं रही। रास्ते की दृष्टि उठाकर देखने से सारी भावनाएं अस्त-व्यस्त हो जाती हैं, चिन्तन-क्रम में रास्ते की बात मन में नहीं रहती। हठात् । ठोकर खाकर चमक टूटती है। ऐसी ही उसकी हालत है। ऐसे ही ढंग से दिन बीत चले।

चूल्हे के देवता की पूजा के दिन दोपहर के बाद से पुरवा आंधी चलने लगी। आकाश में दिखलाई पड़ा काले मेघों का जमघट। काग़ज़ की लालटेने टांगने का दिन जितना ही नजदीक आता गया, आंधी का ज़ोर उतना ही कम होता गया। आसमान से बर्फ़ झरना शुरू हुआ। दूकानदार मिठाई, मंडा सजाकर बैठे थे। अब वे आफ़त में पड़े। आब-हो-हवा की मर्जी बदल गई हैं। गर्म मिठाई-मंडा गल जांएगी, कड़ी हो जाएंगी, इसलिए उन्होंने सफ़ेद बुकनी फैला दी। ज़्यादा बर्फ़ नहीं गिर रही, पर रास्ते सफ़ेद हो उठे हैं। संध्या सात बजे घर-घर, दूकान-दूकान में उत्सव शुरू हो गया। धूपबत्ती जल उठी, प्रकाश जला, अन्धकार टुकड़े-टुकड़े हो गया। बर्फ़ तब भी झर-झर कर पड़ रही है। वातावरण रहस्यमय हो उठा है। इस क्षणिक उत्सव की मानो यह एक कालातीत गंभीर पट-भूमिका हो।

रास्ते में रिक्शा, सेडानचेयर, मोटर और मनुष्यों की भीड़ लगी है। सभी बदहवास दौड़ रहे हैं। उत्सव शुरू होने के पहले घर लौटेंगे। रास्ता भीगकर कीचड़ भरा हो गया है, व्यस्त होने से क्या होगा? वे आगे नहीं बढ़ पा रहे। छोटे-मोटे दूकानदार मिठाई-मंडा बेचने के लिए व्यस्त हो उठे हैं। आज ही बिक्री होनी

चाहिए। कल उत्सव ख़तम होने पर कौन ख़रीदेगा? सभी बर्बाद जाएगा। उन्होंने आवाजें लगानी शुरू कर दी हैं, सांस लेने की भी फ़ुर्सत नहीं मिलती, पर मज़े की बात यह है कि उनकी पुकार-चिल्लाहट से कोई बुरा नहीं मानता, वरन् उन्हें अच्छा ही लग रहा है।

नौ बजे खुशी मालिक को लेकर घर के रास्ते से चल रहा था। राह-बाज़ार की भीड़ काटते हुए वे इस बार चिर-शान्ति स्ट्रीट में आ गए। शहर के इसी हिस्से में आदमियों का चलना-फिरना कम है, घोड़े-गाड़ी की भी भीड़ नहीं। पिच के रास्ते पर बर्फ़ की पतली तह जम गई है, चांद की रोशनी आकर उस पर पड़ती है। आंखें जाने कैसी झिलमिला जाती हैं। बीच-बीच में कोई मोटर गुज़र जाती है। हेड लाइट रात की छाती पर प्रकाश फेंकती हुई जाती है। प्रकाश में बर्फ़ के कण पीले दिखलाई पड़ते हैं। लगता है, सुनहले बालू-कण किसी ने फैला रखे हैं।

नये फाटक के पास चौड़ा रास्ता बर्फ़ से ढक गया है। धू-धू कर रहे हैं सफ़ेद रास्ते। चारों ओर जाने कैसा एक घनत्व है, एक गाढ़ी प्रशान्ति है। ऐसे रास्ते पर चलने से ही मन में प्रसन्नता भर आती है। अपने आपको आज़ाद जैसा लगता है। चिर-शान्ति की छत, नए चीन के फाटक एवं बाहर की दीवारों ने मानो शोक की सफ़ेद टोपी पहन रखी है। रास्ते की बत्तियां घना प्रकाश फेंककर देख रही हैं, पुरानी नगरी की महिमा बतला रही हों।

ऐसे समय, ऐसी जगह आने पर पीकिङ्ग के हृदय का कंपन अनुभव होगा। यह मानो दिन के प्रकाशवाला पीकिङ्ग नहीं। एक अजीब नगरी, जन-मानव जहां नहीं है, सिर्फ़ विराट भवनों की पंक्तियां चली गई हैं। ऊपर जगा हुआ है अनन्त आकाश। वट-वृक्ष चुपचाप बर्फ़ से नहाकर चुप हैं। सचमुच जैसे यह कोई दूसरी पीकिङ्ग हो। खुशी इसी निर्जन नगरी के भीतर होकर जा रहा है। उसके चारों ओर सौन्दर्य का इतना समारोह है, पर वह आंखें उठाकर नहीं देख रहा। सफ़ेद सड़क देखकर उसके मन में सिर्फ़ यही ख्याल आता है, कब इस रास्ते को ख़तम कर वह घर पहुंचेगा। पांव उसने तेजी से बढ़ा दिए। पर दौड़ वह नहीं सका। दृष्टि धुंधली हो आई, बर्फ़ पर बार-बार पांव फिसलने लगे। देखते-ही-देखते उसके कन्धे और कुर्ते पर बर्फ़ जम गई। ख़ुशी के लिए यह सब कुछ नहीं, पर ठंडक हड्डी को छेद रही है, कंपकपी शुरू हो गई है।

इस ओर रास्ते के अलग-अलग कुछ वैसी दूकानें नहीं हैं। दूर से पटाखे छोड़े जाने की आवाज सुनाई पड़ रही है। बीच-बीच में आकाश के अंधकार में प्रकाश के ज्योतिर्मान हवाई-फूल झड़ पड़ते हैं। इन हाऊई को लोग जाने क्या कहते हैं? ओह, याद आया, पांच शैतान शेष विकारों के विरुद्ध राह रोककर खड़े हैं। आसमान फिर अंधियारा हो आया, घना अंधियारा! देखते ही शरीर में आतंक छा जाता है। पटाखे से खुशी की छाती अज्ञात आशंका से दहल उठी। उसने सोचा, जल्दी-जल्दी घर लौट जाए, पर पैर जो चलना नहीं चाहते। कैसी मुसीबत है।

एक और मामले के कारण वह जाने कैसा घबरा गया है। बहुत देर से पीछे-पीछे एक साइकिल आ रही है। अब तक केवल सन्देह था, चिर-शान्ति-स्ट्रीट में आकर यह धारणा दृढ़ हो गई। हां, यह आदमी उसका ही पीछा कर रहा है। साइकिल के पहिए में बर्फ़ लिपटी जाती है। अस्पष्ट आवाज कान में आकर बजती है। खुशी ने कान लगाकर सुना रिक्शावालों की तरह ही वह साइकिल के ऊपर जी-जान ख़फ़ा रहता है। मोटर के ऊपर भी कम क्रुद्ध नहीं होता, पर मोटर में एक गुण है, दूर से भोंपू बजाने से हट जाने का समय मिलता है, पर साइकिल का मामला ही बेढब है। हिलती-डुलती चलती. हैं, एक बार पूरब जाती है, तो दूसरी बार पच्छिम। कब हड़-हड़ाकर देह पर गिर पड़ेगी, क्या ठिकाना!

साइकिल के साथ यदि एक बार रिक्शे का धक्का लग जाए, तब महा आफत! लोग साइकिलवाले में कोई दोष ढूंढ नहीं पाएंगे, कहेंगे, इन बेटे रिक्शावालों की ही बदमाशी है। पुलिस भी ऐसी ही हो गई है। वह भी दर्जनों नुक्ताचीनी करेंगे। वे जानते हैं, रिक्शावालों को डरा-धमका कर दो चार पैसे वसूल किए जा सकते हैं। खुशी ने एक बार चारों ओर आंखें फैलाकर देखा, कोई नहीं है। उसकी इच्छा हुई साइकिलवाले को एक धक्का मारकर गिरा दे, पर साहस नहीं हुआ। रिक्शेवालों की जात ही ऐसी है। अत्याचार-अपमान सहते-सहते उनका साहस ही ख़तम हो जाता है।

इस बार के दक्षिण समुद्र के फाटक के पास आ पहुंचे। सड़क यहां चौड़ी हो गई है। साइकिल अब भी पीछे-पीछे आ रही हैं। खुशी बिल्कुल क्षुब्ध हो उठा। रिक्शा रोककर क़मीज़ पर की बर्फ़ उसने झाड़नी शुरू कर दी। साइकिलवाला पास से गुजरने के समय पीछे मुड़कर एक बार देख गया। खुशी जान-बूझकर थोड़ी देर तक बैठा रहा। अब साइकिलवाला दूर चला गया है। खुशी ने जमीन पर थूक फेंक कर पुन दोनों मूठ उठा लिए। श्रीयुत चाउ मानव समाज के एक हितैषी व्यक्ति हैं। रिक्शे में पर्दानशीन होकर जाना वह नहीं पसन्द करते। बिना काफ़ी वर्षा हुए पर्दा गिराने को भी वह नहीं कहते। उन्हें पता है कि पर्दा गिरा देने से रिक्शावालों को रिक्शा खींचने में काफ़ी तकलीफ होती है। यहां तक कि ऊपर के ढक्कन तक को उठवा कर वे चलते हैं। इसके अलावा बर्फ़ गिरते देखना उन्हें अच्छा ही लगता है। रात की छाती पर फूल की तरह बर्फ़ का झरना है, सौन्दर्य! वह चुन-चुनकर उपभोग करना चाहते हैं, खोना वे नहीं चाहते।

श्रीयुत चाउ ने भी साइकिलवाले को देखा है। खुशी की बातें सुनकर धीरे-धीरे वे बोले, "बहुत देर से साइकिल हम लोगों के पीछे-पीछे आ रही है। घर के सामने मत रुकना, कुछ आगे जाकर श्रीयुत चो के घर के पास रुकना । घबरा मत जाना।"

खुशी सचमुच घबरा गया। साइकिल उसे पसन्द नहीं, और इस पर मालिक की बात सुनकर उसे डर लगा, मामला क्या है? मालिक घर लौटने का साहस नहीं कर रहे हैं। साइकिलवाला कौन है? इसके भीतर अवश्य ही कुछ भीतरी रहस्य है! खुशी ने चलना शुरू किया। कुछ दूर आगे जाने पर भी साइकिलवाला दिखलाई पड़ा। वह जैसे उनकी ही प्रतीक्षा में खड़ा था। खुशी के रिक्शा लेकर आगे बढ़ने पर उसने पीछे-पीछे चलना शुरू किया।

खुशी ने पास काटकर जाते-जाते एक बार उसकी ओर नज़र उठा कर देखा। हूं! इस शख़्स को वह पहचान सका है। जासूस ही है। चायख़ाने में प्राय: जासूसों को वह देखता आया है। बात न करने पर भी, उनका रंग-ढंग, उनकी पोशाक, हाव-भाव आदि देखकर वह इन्हें पहचान सकता है। ये सभी नीली अचकन और टोपी पहले रहते हैं। इनकी टोपी आंखों तक झुकी रहती है। लाग साउथ स्ट्रीट के मोड़ पर आकर खुशी ने जल्दी-जल्दी दौड़ना शुरू किया। निर्जन रास्ते पर घुल जैसे प्रकाश की पंक्तियां मटमैली रोशनी फेंक रही है, पीछे साइकिल की टन-टन आवाज। उसके जीवन में पहले ऐसी घटना कभी नहीं घटी। पसीने से उसका शरीर भीग उठा। पार्क के पास आकर उसने पीछे मुड़कर देखा, जासूस ठीक पीछे आ रहा है।

घर का फाटक छोड़कर वह आगे बढ़ चला। श्रीयुत चाउ चुपचाप रिक्शे पर बैठे है। मुंह से एक शब्द भी उन्होंने नहीं निकाला। उत्तर की ओर वह चला। साइकिल भी पीछे-पीछे आई। श्रीयुत चो के घर जाने के लिए गली में घुसने की कोई जरूरत नहीं थी। गली के पिछले हिस्से में आकर खुशी को मालूम हुआ, गलती से वह गली में घुस आया। दिमाग़ में उसके कुछ नहीं रहा। अपने ऊपर क्रोध ही आया। 'सुदृश्य' पहाड़ के निकट आते ही, साइकिल मोड़ से घूमकर दूसरी ओर चली गई खुशी ने

हाथ की हथेली से ललाट का पसीना पोंछ डाला। बर्फ़ अब वैसी नहीं पड़ रही, बीच-बीच में फूलों की तरह टिप-टिपकर थोड़ी-बहुत गिरती है। खुशी ने आंखें उठाकर देखा। मन आनन्द से भर गया।

गर्दन मोड़कर उसने पूछा, "कहां चलूं, मालिक?"

"चो के घर की तरफ चलो। रास्ते में यदि कोई मेरे सम्बन्ध में कुछ बात पूछे, तो ऐसा बताना, कि तुम मुझे जैसे पहचानते ही नहीं।"

"जो हुकम!" मामला खुशी को बड़ा बेढब लग रहा है, पर मालिक से तो कुछ ज़्यादा नहीं पूछा जा सकता।

चो के घर के पास वे पहुंचे। श्रीयुत चाउ ने उसे रिक्शा साथ लाने का एवं फाटक के भीतर घुसकर फाटक बन्द कर देने का हुक्म दिया। चाउ अच्छे शान्त हैं, पर मुंह कैसा तो फ़क और पीला नजर आता है। इस बार वे रिक्शा से उतरकर घर में भीतर चले गए। खुशी रिक्शा रखकर उसके पायदान पर ही बैठ रहा। श्रीयुत चाउ फिर निकल आए, साथ में श्रीयुत चो भी हैं। खुशी श्रीयुत चो को पहचानता है, उसके मालिक के घनिष्ट मित्र हैं।

"खुशी?" श्रीयुत चाउ ने व्यस्त मुद्रा में कहा, "तुम झटपट एक टैक्सी लेकर घर जाओ। अपनी मालकिन से जाकर कहो, मैं यहां हूं। वे भी तुरंत यहीं चले आए, पर जिस टैक्सी पर जाना, उसे छोड़ देना। क्या कहा, समझ रहे हो न? उनसे कहना, जरूरी चीज़ों को छोड़ और कुछ भी साथ लाने की ज़रूरत नहीं। सिर्फ़ लाइब्रेरी में जो फोटो टंगा है, उसे लेती आए। क्यों याद रहेगा न? मैं उन्हें फोन किए देता हूं, तुमसे भी कहा। क्या पता डर से घबराकर वे सभी बातें भूल जाए। उनके भूलने पर तुम याद दिला देना।"

"मैं भी तो जाकर उन्हें ला सकता हूं।" श्रीयुत चो बोले।

"ज़रूरी नहीं। यह आदमी जासूस ही तो है, इसका क्या ठिकाना? पर सावधान आदमी को तो ख़तरे का डर नहीं!"

"भाई, तुम मेरे लिए एक टैक्सी बुला दो।" श्रीयुत चो गाड़ी लाने चले गए। श्रीयुत चाउ ने खुशी से फिर सारी बातें कहीं कि कहीं यह भूल न जाए।

"टैक्सी के यहां आने पर मैं ही उसका भाड़ा चुकता कर दूंगा। जल्दी-जल्दी माल-असबाब लेकर मालकिन से यहां चले आने के लिए कहना। ज़रूरी चीज़ें छोड़कर यदि और चीज़ें वहां पड़ी रहें, तो कोई हर्ज नहीं। सिर्फ़ नन्हें की सभी चीज़ें लेती आए। हां, लाइब्रेरी घर का फ़ोटो...... समझे? मालकिन सभी चीज़ों का जब बांधना-समेटना ख़तम हो, तो काउ-मा फोन कर एक टैक्सी बुला यहां चली आए। उनके चले आने पर तुम फाटक में ताला लगाकर लाइब्रेरी में सो रहना। फ़ोन कर सकते हो?"

"फोन करना नहीं जानता मालिक, पर फोन आने पर पकड़ सकता हूं।" खुशी फ़ोन करना पसन्द नहीं करता, कैसा तो गोल माल हो जाता है, पर मालिक को उत्तेजित होते देख उसने यह बात कही।

"अच्छा, इतने से भी चल सकता है।" चाउ बोले। ख़ूब जल्दी-जल्दी वे बोल गए, यदि कुछ हो, बाहर यदि कुछ गोल माल हो , फाटक मत खोलना। हम लोग भाग गए हैं, यह जानते ही वे तुम को नहीं छोड़ेंगे। यदि ऐसा समझो, तब रोशनी बुझाकर भीतर का आंगन पारकर चले जाओ। पहुंचने पर दीवार देखने को मिलेगी। दीवार के उस पार उयाङ्ग-परिवार रहता है। दीवार फांदकर चले जाना। तुम उनके नौकर-चाकरों को पहचानते हो? कुछ देर वहीं छिप रहना। मेरे या अपने माल-असबाब के लिए मत सोचना। तुम्हारी चीज़ें खो जाने पर मैं ख़रीद दूंगा। यह लो, पांच डालर अभी रखो।"

"मैं अब मालकिन को फ़ोन करने जा रहा हूं। तुम भी जाकर सभी बातें खोलकर कहना। साइकिलवाला जासूस हो भी सकता है, नहीं भी हो सकता। देखो, घबरा मत जाना।"

टैक्सी आई। खुशी जाकर टैक्सी में बैठ गया। सिर जैसे उसका घूम रहा हो, शरीर ठंडा हो गया है। बर्फ़ पड़ रही है। बाहर सभी कुछ धुंधला हो गया है। वह सीधा होकर गाड़ी के भीतर बैठ रहा। उसका सिर प्रायः गाड़ी के ढक्कन से छू रहा है। मामले को उसने एक बार सोच फिर देखने की कोशिश की, पर नहीं सोच सका। रेडियेटर के ढक्कन पर अंकित लाल तीर के ऊपर उसकी आंखें बार-बार पड़ती हैं, सब कुछ अजीबोग़रीब होता जा रहा है। ऐसी ख़ूबसूरत गाड़ी! कितनी तेजी से दौड़ रही है! खुशी अवाक् होकर देखता रहा। गाड़ी अब घर में दरवाज़े के सामने लगी। खुशी निकल आया। उत्साह उसका बुझ चुका है। दरवाज़े की घंटी वह दाबने ही जा रहा था कि एक घटना हो गई। जाने किधर से एक आदमी ने दौड़कर उसका हाथ जकड़ लिया। लगा, जैसे दीवार फोड़कर ही यह बाहर आया है। खुशी ने सोचा ख़तम हो गई। इस आदमी को भी वह पहचान रहा है। यह वही साइकिलवाला जासूस है।

"खुशी, मुझे तुम नहीं पहचान रहे?" जासूस उसका हाथ पकड़ता हुआ बोला। खुशी ने सूखा घूंट निगला। क्या कहे, यह सोच नहीं पाया।

"क्यों ? पहचान नहीं रहे? पच्छिम पहाड़ की तरफ हम लोग तो तुम्हें पकड़ ले गए थे। मैं लेफ्टिनेन्ट सान हूं। क्यों, अब पहचाना?"

'लेफ्टिनेन्ट सान!' खुशी कुछ समझ नहीं पाया। पश्चिम पहाड़ की तरफ़ जब पल्टनवाले उसे पकड़ ले गए थे, तो उनके हाथों बहुत कष्ट सहने पड़े थे। यह बात सिर्फ़ याद है। लेफ्टिनेन्ट या कैप्टन को लेकर उसने कभी सिर नहीं खपाया।

"ओह! तुम मुझे शायद नहीं पहचान रहे? पर मैंने तुमको ठीक-ठीक पहचान लिया है। तुम्हारे चेहरे का दाग़ एक बार भी देखने पर क्या भूला जा सकता है? तुम्हारी बग़ल से होकर जब साइकिल लेकर निकला, तभी मुझे लगा कि यह ज़रूर खुशी ही है। बार-बार तुम्हें घूरकर देखा, खुशी ही तो! ऐसा बड़ा दाग़!"

"आपको कोई जरूरत है?" खुशी घंटी दबाने लगा।

"ज़रूर है ख़ूब ज़रूरत है। चलो न, भीतर चलकर बैठा जाए।" लेफ्टिनेन्ट जासूस सान ने इस बार घंटी दबाई।

"मैं बहुत थका हूं।" खुशी के ललाट पर पसीना निकल आया। मन में घृणा से कांटे की तरह कुछ चुभ रहा है। सोचता है, किसी तरह क्या इस आदमी को भगाया नहीं जा सकता? उसे घर के भीतर क्या वह ले जा सकता है?

"घबराओ मत, तुम्हारे भले के लिए ही आया हूं।" जासूस के चेहरे से धूर्तता की हंसी फूट पड़ी। काउ-मा के दरवाज़ा खोलते ही वह घर के भीतर घुस पड़ा।

"धन्यवाद! अनेक धन्यवाद!" खुशी को काउ-मा के साथ बातें करने का मौक़ा भी उसने नहीं दिया।

"कहां रहते हो तुम?" खुशी ने घर दिखला दिया। दोनों इस बार घर में आकर बैठे।

"वाह! क्या साफ़-सुथरा घर है! तो यहां मज़े में ही हो?"

"क्या काम है, कहिए न? मैंने कह तो दिया कि मैं जरा बझा हूं।" खुशी बोला।

'मुझे तो बहुत ज़रूरी काम है, खुशी।' सान मुस्कराया। मुस्कराहट की ओट में मानों क्रूरता छिपी हैं। 'सभी बातें खोलकर ही कहता हूं। तुम्हारा यह मालिक सरकार के ख़िलाफ काम करने वालों में है। पकड़े जाने पर सरकार उसे गोली मार देगी और वह पकड़ा जाएगा ही। मैं इसी बात से तुम्हें आगाह करने आया

हूं। जो भी हो, हो तो जान-पहचान के आदमी। चाहे तुम इसे मानो या न मानो। छावनी में तुम मेरी ख़िदमत करते थे। यह बात मैं भूला नहीं हूं। इसके अलावा तुम और हम निचले तबक़े के आदमी हैं। इसीलिए ये सब बातें तुम्हें बताने आया। हम लोग कुछ ही घण्टे के भीतर पुलिस के साथ पहुंच रहे हैं। इसके पहले ही यदि तुम नहीं भागोगे, तो फिर कोई उपाय नहीं रह जाएगा। पुलिस के चंगुल में एक बार फंसने पर फिर उससे निकलना मुश्किल है। इसके अलावा हम-तुम रिक्शा चला कर खानेवाले आदमी ठहरे, मालिक के लिए हम क्यों आफ़त मोल लेने जाएं? क्यों जी खुशी, मैंने क्या गलत कहा?"

"पर फिर तो किसी दिन मालिक को मुंह नहीं दिख सकूंगा।" खुशी के मुंह से निकला।

"किसे मुंह नहीं दिखा सकते?" जासूस हो-हो कर हंस उठा, "ऐसी प्रभुभक्ति तो कहीं नहीं देखी, महाराज। अरे भाई, वे यदि खुद ही आफ़त मोल लेते हैं, तो हम लोग क्या कर सकते हैं? फिर मुंह दिखाना भार क्यों होगा, यह समझ नहीं पाता। आफ़त से वे खुद ही निबट लें। उनके लिए हम लोग क्यों सजा पाएं? अच्छा यही देखो, प्रभु भक्ति दिखलाते हुए तुम्हें तीन महीने हो गए, पर क्या हुआ? क्या हुआ? मज़े में आज़ाद बन के पंछी की तरह उड़ते थे, इस समय क़ैद में हो। यह कितनी तकलीफ़ की बात है, इसे तुम अभी नहीं समझ सकते।.... इसके अलावा और एक बात है। मालिकों के चले जाने पर उनका कुछ वैसा बनता-बिगड़ता नहीं। उनके पास रुपयों की क्या कमी। घूस देने पर जेल में क्या नहीं पाया जाता? पर तुम्हारा-हमारा कोई सहारा नहीं। एक कानी कौड़ी भी नहीं। हम लोगों के लिए ही तो मुश्किल है। हो सकता है कि पेशाब की बाल्टी ढुलाते-ढुलाते दम तोड़ दें। इसके अलावा चाउ ऊपर वालों को रुपए-पैसे घूस देकर बाहर आ सकता है, पर हमें-तुम्हें जेल में ही सड़ना होगा। जेल से जब बाहर निकलोगे, तो देखोगे, पीठ झुक गई है, कमर टूटी है। तब ज़रा भी खटने की ताक़त नहीं रह जाएगी। खुशी, हम-तुम क्यों यह तकलीफ़ झेलने लगें? हम लोगों ने तो किसी का कुछ बिगाड़ा नहीं, सरकार के खिलाफ़ भी कभी कोई बात नहीं कही, तब हम लोगों को ही क्यों फांसी की टिटकी पर वे चढ़ा देंगे? इससे और क्या अन्याय होगा? मामले को तुम्हीं सोचकर देखो न। तुम तो मालिक की चिन्ता में सूखकर कांटा हुए जा रहे हो, पर हम लोगों के लिए, जो रिक्शा चलाकर जीते है, दुनिया में कोई भी तो नहीं सिर खपाता। तब हमीं लोग क्यों फ़िकर करें, कहो?"

खुशी डर गया। पलटनवाले जब उसे पकड़ कर ले गए थे, तो जाने कितनी तकलीफें उसे सहनी पड़ी थी। जेल वह कभी नहीं गया, पर जेल के सम्बन्ध में उन्हीं तकलीफों से उसने एक अन्दाज बना लिया है, "तो क्या मालिक को इस आफ़त में छोड़कर चला जाऊं?"

"क्यों नहीं जाओगे? तुम्हारी आफ़त में क्या मालिक तुम्हें बचाने आएगा?"

खुशी निरुत्तर हो गया। आंखें फाड़-फाड़ कर वह कुछ क्षणों तक सोचता रहा इसके बाद बोला, "ठीक ही कह रहे हैं। मैं चला ही जाऊंगा।"

"तो क्या ऐसे ही बेदाग़ निकल जाओगे?' खुशी घबरा गया। "खुशी, तुम बिल्कुल गधे हो! मैं जासूस हूं। इतने सस्ते क्या तुम्हें छोड़ दूंगा?"

"आप...." खुशी क्या बोले, समझ नहीं पाया।

"इस तरह बेवक़ूफ़ी का नाटक मत करो!" जासूस सान ने तीखी आंखों से देखा, "इतने दिनों तक नौकरी की है, ज़रूर कुछ जमा किया होगा दोस्त, जाओ, जमा किए हुए रुपए ले आओ। इसके बाद चाहे चूल्हे में जाओ, मुझे कोई मतलब नहीं। तुम महीने में जितना पैदा करते हो, मैं उसका आधा भी नहीं करता। मुझे एक पूरा परिवार चलाना पड़ता है। अच्छे कपड़े-लत्ते पहनने पड़ते हैं, पर पगार से नहीं पूरा

पड़ता। इसीलिए पगार छोड़कर बीच-बीच में इसी तरह की कुछ आमदनी करता हूं। क्या करूं दूसरा चारा नहीं। तुम मेरे दोस्त हो, इसीलिए इतनी बातें कहीं। तुम्हें छोड़ देने से मुझे फ़ायदा? दोस्त समझकर ही तुम्हें सावधान करने आया, पर जानते ही हो, दोस्त होने पर भी रोज़गार की बात भूली नहीं जा सकती। परिवार के बारे में भी सोचना पड़ता है। बिना कुछ आमदनी के लोग क्या पुरवा हवा पीकर ज़िन्दा रहेंगे? जाने दो, बहुत बक गया। अब काम की बात हो जाए।"

"कितने चाहिए आपको?" खुशी बिछावन के ऊपर बैठा रहा।

"जो है, सभी निकालो, कोई बंधा-धरा दाम नहीं है।"

"इसके बदले तो मैं जेल ही जाऊंगा।"

"मेरी बात मत भूलो दोस्त, बाद में पछताने पर कोई फ़ायदा नहीं होगा, यह कहे देता हूं।"

जासूस सान ने उसकी क़मीज़ की जेब में हाथ घुसा दिया, "सुनो खुशी, मैं तुम्हें अभी गिरफ्तार कर सकता हूं। भागने की कोशिश करने पर गोली भी मार दे सकता हूं, यह बात मत भूलो।"

क्रोध में कुछ क्षणों तक खुशी के मुंह से कुछ भी नहीं निकल सका, इसके बाद चिल्लाकर बोला, "दोस्त कहकर ही इस तरह रुपए वसूल रहे हो? क्यों, मेरे मालिक से तो नहीं पार पा सके?"

"तुम्हारा मालिक बड़ा आसामी है। उसे पकड़ने पर सरकार से इनाम पाऊंगा। छोड़ तो नहीं सकता, पर तुम्हें मैं अपनी मरज़ी से ही छोड़ सकता हूं। इसके अलावा तुम्हें गोली मारकर मैं अपने हाथ को गन्दा नहीं करना चाहता। रुपए ले आओ। इसके बाद तुम्हारी जहां इच्छा हो, चले जाना। रुपए नहीं लाने पर क्या नतीजा होगा, यह समझ ही रहे हो। बिल्कुल गोली मार दूंगा। क्यों जी, इतना तगड़ा तुम्हारा चेहरा है! घबरा क्यों रहे हो? तुम्हारे रुपए तो मैं अकेले हज़म नहीं कर रहा। कुछ और लोगों को हिस्सा देना होगा। मेरे हिस्से में कितने पैसे पड़ेंगे! और कोई दूसरा होने पर इतने सस्ते नहीं छूटता। क्यों, क्या है, निकालो?"

खुशी उठ खड़ा हुआ। उसके हाथ की मुट्ठियां बन्द हैं, सिर गर्म हो गया है। "ख़बरदार!" जासूस बोला, "ख़बरदार! हाथ उठाया कि मौत के मुंह में गए। बाहर हमारे आदमी पहरा दे रहे हैं। जाओ, जल्दी से रुपया ले आओ। मैं तुम्हें बचाना चाहता हूं। अपनी भलाई समझना सीखो, दोस्त।"

"मैंने किसी का क्या बिगाड़ा है जो मेरी हालत ऐसी हो रही है?" खुशी सुबकते-सुबकते बिछावन पर बैठा रहा।

"तुमने कुछ नहीं किया, पर इस धरती पर जन्म लेना ही महापाप है। मुझे तो लगता है, आदमी जितने दिन मां के पेट में रहता है, उतने ही दिन वह सुखी रहता है। हम निचले तबके के आदमी तो नीचे ही पड़े हुए हैं, दोस्त। हमें इन बातों में माथा-पच्ची नहीं करनी चाहिए।" जासूस सान ने सिर हिलाया, "क्या करोगे सोचकर? जो रुपए हों, ले आओ। मैं लेकर चलूं।"

खुशी कुछ क्षणों तक सोचता रहा, पर उसे कोई कूल-किनारा नहीं मिला। इस बार बिछावन के भीतर से उसने चीनी मिट्टी का लोटा निकाला। उसके हाथ थर-थर कांप रहे हैं।

"देखें, देखें..." जासूस सान ने हंसकर लोटा छीन दीवार पर दे मारा। झनझन कर नए रुपए बिखर पड़े। खुशी की छाती दुःख से फट गई। "बस, इतने ही रुपए हैं।"

खुशी मौन रहा। उसकी थरथराहट अब तक नहीं गई थी। "अच्छा, ख़ैर, मैं बात-बात में आदमी का ख़ून करना पसन्द नहीं करता। इसके अलावा तुम तो दोस्त ठहरे, पर इन कुछ ही रुपयों के बदले तुम्हें छोड़ना पड़ रहा है, सचमुच अफ़सोस रह गया। ठीक कहता हूं खुशी, तुम नफ़े में रहे।"

खुशी तब भी मौन रहा। उसके हाथ-पैर कांप रहे हैं। वह बिछावन का कम्बल उठाने बढ़ा।

"खबरदार! छूना मत, कहे देता हूं।"

"ठंड लग रही है......" खुशी ने उसकी ओर देखा। आंखों से चिनगारियां बरस सो रही थीं।

"बिछावन छूना मत, कहे देता हूं। जाओ, यहां से टल जाओ!" खुशी ने थूक घोंटा। क्रोध उसने पचा लिया। दांतों से दांत अभी भी दाबे है, पर क्या करेगा, चारा नहीं! दरवाज़ा खोलकर वह घर से बाहर हो गया।

रास्ते बर्फ़ के कार्पेट से जैसे ढंके हुए हैं। एक इंच मोटी बर्फ़ गिर रही है। खुशी सिर झुकाकर चलने लगा। चारों ओर सादा-ही-सादा हो गया है, सिर्फ़ बर्फ़ के ऊपर उसके काले पैरों के दाग़ पड़ रहे हैं।

खुशी कहीं बैठकर सारे मामले को मन-ही-मन उलट-पुलटकर देखना चाहता था। जाने कैसे भूल-भुलैया में वह आ फंसा है, आदि-अन्त नहीं पा रहा! सोचते-सोचते यदि वह रो पड़े, तो हर्ज क्या है? रोने से हृदय का भार बहुत कुछ हल्का होगा। सभी जैसे उसके विरुद्ध षड्यन्त्र कर रहे हैं। उसके चारों ओर एक-पर-एक घटना हो रही है। उसे सोचने तक की फ़ुर्सत नहीं मिलती। नहीं-नहीं...वह सोच देखेगा। खुशी ने चारों ओर देखा। बैठने की भी जगह नहीं। जहां तक आंखें जाती हैं, सिर्फ़ बर्फ़ ही बर्फ़ है। चायख़ाने के दरवाज़े बन्द हैं और खुले होने पर भी वह वहां नहीं जाएगा। एकान्त में बैठकर वह सोचना चाहता है। हो-हल्ले के भीतर जाने की उसे इच्छा नहीं होती। आंखों के कोनों में आंसू की बूंदें जम गई हैं, कब झर पड़ेंगी, कौन जाने? लोगों के सामने आंसू बहाने से भला वे ही क्या समझेंगे?

खुशी बैठने की जगह नहीं पा सका। निश्चय किया कि रास्ते चलते-चलते ही वह सोचेगा, पर कहां जाए? चांदी की तरह सफ़ेद पृथ्वी बिछी है, अनन्त हिम-विस्तार! इसकी छाती पर बैठने की जगह तो है ही नहीं, यहां तक कि जाने की जगह भी शायद न मिले। कहीं कोई नहीं, दो-चार छोटी चिड़ियां भूख की ज्वाला में उड़ रही हैं। खुशी को लगा कि इन छोटी चिड़ियों की तरह ही वह निरुपाय है। इस बर्फ़ से ढंकी हुई पृथ्वी पर इसी तरह उसको चक्कर मारना होगा, आश्रयं वह नहीं पाएगा। हवा भी शायद उसी के दुःख में दीर्घ निःश्वास फेंक रही है, गों-गों कर उठी है।

सच तो, वह कहां जाएगा? यही एक समस्या अभी है। इस समस्या का समाधान नहीं कर, फालतू बातें सोचने से तो नहीं चलेगा। छोटे-मोटे किसी होटल में घुस जाए? ना, मर जाने पर भी वह वहां नहीं जाएगा। कितनी गन्दी जगह है! मोटी धूल जमी है, चारों ओर से सड़ांध की गंध आ रही है। बैठते ही उसके साफ़-सुथरे कपड़े गन्दे हो जाएंगे। इसके अलावा क्या बैठने की भी सुविधा है? खटमल-पिस्सुओं की तो भरमार रहती है कुर्सियों और बेंचों में। एक बात हो सकती है, यदि वह किसी बड़े होटल में जाए? पर टेंट जो खाली है। सिर्फ़ पांच डालर का एक नोट है। यही मात्र तो उसका संबल है। एक हमाम में वह अवश्य घुस सकता है, पर ये तो आधी रात होते ही दरवाज़ा बन्द कर देते हैं। रात काटने की सुविधा वहां नहीं होगी। खुशी सोचते-सोचते थक गया, पर रात काटने का आशियाना ढूंढ नहीं पाया।

हताश हो उठा खुशी। इतने दिन उसने पीकिङ्ग शहर में गुज़ार दिए, पर सिर छिपाने लायक़ जगह उसके लिए नहीं! पूंजी के नाम पर ये पहने हुए कपड़े और पांच डालर की एक नोट, यहां तक कि अपना बिछावन तक उसने खो दिया है। ख़ैर, आज की रात किसी-तरह उसने काट ली, कल क्या होगा? फिर

रिक्शा खींचेगा? फिर रिक्शा? इतने दिनों तक रिक्शा खींचने का यही तो नतीजा मिला, सिर छिपाने लायक़ जगह नहीं। जो कुछ रुपए जमा क़िए थे, वे भी गए।

अच्छा, दूसरा रोजग़ार करने से कैसा रहेगा? फेरीवाले का रोज़गार वह पकड़ सकता है, पर पूंजी के नाम पर तो पांच डालर ही हैं। इतने से क्या होगा? कंधे पर लटकने वाली टोकरी तक तो ख़रीदनी होगी। फिर इसमें रोजगार ही क्या होगा? पेट भी नहीं भरेगा। सहायता-सहारा नहीं रहने पर भी एक रिक्शावाला तीस या चालीस सेन्ट तक दिन में रोज़गार कर सकता है, पर फेरीवाला बनने पर तो यह संभव नहीं। रुपया जितना भी कम हो, पर कुछ मूल-धन तो चाहिए ही। इसके अलावा रोज़गार का भी कुछ ठीक नहीं। फेरी करने का मूल-धन खोकर यदि फिर हाथ से रिक्शे की मूठ पकड़नी पड़े, तो इससे और शर्म की बात क्या है? रुपए तो गए ही। भाई-बिरादरों के सामने इज़्ज़त भी नहीं रहेगी। नहीं, फेरीवाला बनकर वह अपने बचे-खुचे सहारे को नहीं खोना चाहता।

अच्छा, किसी के घर नौकर हो जाए, तो कैसा हो? पर यह काम उसने कभी नहीं किया। कपड़े वह धो नहीं सकेगा। इसके अलावा रसोई पकाना तो वह जानता ही नहीं। ना, किसी काम के लायक़ वह नहीं है। वह एक ऐसी चीज़ के समान है, जो व्यर्थ ही जन्म लेती है, किसी के काम नहीं आती।

कब वह मध्य-सागर के पास आ पहुंचा, इसका ख़याल ही उसे नहीं रहा। पुल पर वह चढ़ गया। दोनों ओर शून्य भांय-भांय कर रहा है। जहां तक आंखें जाती हैं, सर्वत्र बर्फ़ झर रही है। इतनी देर तक वह रास्ता चल रहा था। बर्फ़ पड़ रही या नहीं पड़ रही, इस बात की ओर ध्यान न था। अब ध्यान गया। सिर पर उसने हाथ रखा। ऊन की टोपी भीग कर चिपचिपी हो गई है। क़मीज़ के ऊपर बर्फ़ जम गई है। आस-पास कोई नहीं है, बीट का पुलिसवाला भी भाग गया है। रास्ते की बिजली-बत्तियों पर ब्रर्फ़ झर रही है। रोशनी कांप-कांप उठती है। खुशी ने एक बार अच्छी तरह चारों ओर नजर उठा कर देखा। उसका हृदय जाने कैसा सूना-सूना हो गया है। बहुत देर तक वह पुल के ऊपर खड़ा रहा। चारों ओर मृत्यु का सन्नाटा है। चूं शब्द भी नहीं, जीवन का कोई लक्षण ही नहीं। सिर्फ़ बर्फ़ झर रही है, यहां-वहां बिखर पड़ती है, ढक लेती है। सफ़ेद क़ब्र तैयार हो रही है। कुछ ही क्षणों के बाद यह पृथ्वी इसी क़ब्र में पैर फैलाकर सो रहेगी। उसकी नाड़ी का स्पन्दन रुक जाएगा। खुशी को इस नीरवता के भीतर विवेक का स्वर सुनाई पड़ा। अपने विषय में वह नहीं सोचेगा। चाउ-परिवार का क्या हुआ, पहले इस बात की खोज करनी होगी? मालकिन और काउ-मा वहां पड़ी हैं। एक भी मर्द वहां नहीं है। मालिक के ऊपर वह बुरा विचार नहीं करेगा। कितने अच्छे हैं उसके मालकि! इस समय भी वह जों बेसहारा नहीं हुआ, यह मालिक की ही तो बदौलत है। वह और कुछ सोच नहीं सका। लौट चला। दरवाज़े पर पैरों की कुछ छाप पड़ी। बर्फ़ से भरी हुई सड़क पर मोटर के पहिए के दाग हैं। तब क्या मालकिन और काउ-मा चली गईं? आंगन के दरवाज़े के पास वह आ खड़ा हुआ। दरवाज़े पर धक्का देने का साहस नहीं होता। क्या ठिकाना, जासूस बेटा फिर आकर पकड़ ले! चारों ओर उसने आंखें दौड़ाकर देखा, नहीं, कोई नहीं। छाती डोल उठी। दरवाज़े पर धक्का मारकर ही वह देखेगा, इसके बाद जो भाग्य में है, होगा। उसके तो घर-द्वार नहीं हैं। गिरफ़्तार होने से ही क्या आ-जा सकता है! धीरे-धीरे उसने दरवाज़े पर धक्का मारा। दरवाज़ा खुल गया। पांव दाबकर दीवार से सटता हुआ वह चलने लगा। उसके घर में रोशनी अब भी जल रही है। उसका घर! उसे दहाड़े मारकर रोने की इच्छा हुई। झुककर वह खिड़की के सामने जा खड़ा हुआ। कान खड़े रहे। कोई ख़ास रहा है। खन खन् आवाज़ आ रही है। काउ-मा ही इस तरह खांसती हैं। दरवाज़ा ठेलकर वह भीतर घुस गया।

"कौन......कौन! दैयारी! तुम हो! डरा दिया तुमने!" काउ-मा छाती पर हाथ रखते हुए बिछावन पर बैठ गई, "क्या हुआ है तुम्हें खुशी?"

खुशी जवाब नहीं दे सका, चुप रह गया। जैसे कितने ही वर्षों के बाद काउ-मा से भेंट हो रही है! छाती का स्पन्दन भी रुक गया है।

"क्या हुआ है तुम्हें?" काउ-मा का स्वर रुंआसा है, "तुम्हारे आने के पहले ही मालिक ने फ़ोन किया था कि हम फौरन चो के घर चले जाएं। उन्होंने यह भी बतलाया था कि तुम फ़ौरन ही पहुंच रहे हो। तुम तो आए भी थे, मैंने तो खुद दरवाज़ा खोला था। तुम्हारे साथ पता नहीं कौन एक आदमी साथ था, इसीलिए कुछ बोली नहीं। मालकिन के कमरे में जाकर सभी कुछ बांध-बूंधकर रख दिया, पर तुम्हारा तो पता ही नहीं था।.....इधर नन्हा सो गया था। उसे गर्म कपड़ों में जकड़कर गोद में लेना पड़ा। इसके बाद लाइब्रेरी में जाकर फ़ोटो उठा लाई। तब भी तुम नहीं आए। क्या कर रहे थे तब? सब चीज़ें तो किसी तरह समेट लीं, इसके बाद तुम्हारी खोज करने निकली। दैयारी! तुम्हारा पता ही नहीं। मालकिन तो गुस्से में आग हो गई। एक तो स्वामी का फ़ोन आया, इस पर तुम्हारा पता नहीं। वे थरथर कर कांपने लगी। क्या और करतीं? खुद ही गाड़ी ले आईं, पर घर तो तीन राज्यवाली उपकथा के समान बिल्कुल खाली छोड़कर नहीं जा सकती थी। इसीलिए मालकिन से बोली कि आप चली जाएं। मैं घर की रखवाली करूंगी। खुशी के आने पर मैं रवाना होऊंगी। उसके नहीं आने तक मुझे यहीं रहना होगा। क्या हुआ था तुम्हें? बोलो, चुप क्यों रह गए?"

खुशी मौन रहा। क्या कहे, सोच नहीं पाया। "दो-एक बातें मुंह से निकालो न, बबुआ! गूंगे होने से तो नहीं चलेगा। क्या हुआ था तुम्हें?"

"अब तुम चली जाओ।" खुशी के मुंह से कुछ शब्द निकले।

"तुम शायद घर-द्वार देखोगे!" काउ-मा को रंज हुआ।

"मालिक के साथ भेंट होने पर कहना, जासूस ने मुझे पकड़ लिया था....पर....पर पकड़े नहीं रखा....।"

"बात करने का यह कौन-सा ढंग हैं?" काउ-मा हंस उठी।

"सुनो!" खुशी रंज के साथ बोला, "मालिक को यहां से फौरन ही चले जाने के लिए कहना। जासूस बच्चू ने बतलाया, जल्द ही वे उन्हें पकड़ेंगे। चो का घर भी ख़ूब निरापद नहीं हैं। भाग जाने के लिए कहना। जाओ, मैं दीवार फांद उयाङ्ग के घर जाकर आज की रात काट दूंगा। कल फिर काम ढूंढना होगा। मालिक से कहना कि वे मुझे माफ कर दें।"

"तुम्हारी बातें सुनकर तो ओर-छोर कुछ भी नहीं पा रही हूं, महाराज।" काउ-मा ने दीर्घ निःश्वास फेंकी, "अच्छा, मैं जाती हूं। मालकिन हमारी जिस ढंग की हैं, क्या पता गाड़ी ने जाते-जाते शायद नन्हे के शरीर को अच्छी तरह कपड़ों से न ढक रखा हो, ठंड शायद लग गई हो। जाऊं, देखें नन्हा कैसा है! अच्छा, मैं जाकर कहूंगी कि खुशी मालिक को फ़ौरन ही यहां से हट जाने के लिए। कह रहा है और वह आज दीवार फांद कर उयाङ्ग के घर आज रात गुज़ारेगा, कल काम ढूंढने निकलेगा।.....क्यों, यही बातें कहूं न?" खुशी ने स्वीकृति में गर्दन हिलाई।

काउ-मा चली गई। खुशी फाटक में ताला लगाकर अपने कमरे में आया। घड़े के टुकड़े चारों ओर बिखरे पड़े हैं। एक टुकड़ा उसने उठा लिया, फिर जाने क्या सोचकर फेंक दिया। उसका बिछावन ठीक ही है। चादर तक पर ज़रा भी शिकन नहीं आई। मामला क्या है? तब क्या सान जासूस नहीं है? नहीं-नहीं, यह संभव नहीं हो सकता। बिना आफ़त आए ही क्या मालिक घर-द्वार छोड़कर इस तरह भाग जाएंगे?

खुशी घटना को ठीक समझ नहीं पा रहा है। हां, बड़ा गोल-माल है, ठीक समझ में नहीं आता। बिछावन के एक बगल में वह बैठा रहा। किस चीज़ का शब्द हुआ? वह बिछावन से उछल खड़ा हुआ। ज़्यादा देर तक वह वहां नहीं रह सकता, क्या ठिकाना जासूस यदि फिर लौट आए? उसके मन में सिर्फ़ भावनाओं का बवंडर है। घर छोड़कर भागने से वह मालिक को फिर मुंह नहीं दिखा सकेगा, पर काउ-मा तो ख़बर कर देगी? ना, फिर भी फिकर तो है ही।

ज़िन्दगी में उसने कभी किसी को धोखा नहीं दिया, किसी से नाजायज़ फ़ायदा नहीं उठाया, स्वयं ही वह ठगा गया है। यही देखो न, अपना अन्तिम सहारा भी खो बैठा। अब इस सूने घर में बैठ कर क्या करेगा? बड़बड़ा कर बकते-बकते उसने बिछावन बांध लिया। बिछावन के गट्ठर को कंधे पर लेकर उसने रोशनी गुल कर दी और दीवार के पास जा खड़ा हुआ। गट्ठर रखकर वह दीवार पर चढ़ गया और धीरे-धीरे पुकारा, "चेङ्ग.....ओ जी चेङ्ग....बड़े, सो गए क्या जी?"

चेङ्ग उयाङ्ग-परिवार में माहवारी रिक्शा खींचता है। कोई सुगबुगाया नहीं। खुशी ने तय किया क़िस्मत में जो हो, वह कूद तो पड़ेगा ही। पहले बिछावन के गट्ठर को लेकर उस तरफ़ फेंक दिया। बर्फ़ के ऊपर धप्प से गट्ठर गिर पड़ा। खुशी के हृदय की धड़कन बढ़ गई। इस बार वह स्वयं तड़प गया। बिछावन कंधे पर लेकर वह बड़े चेङ्ग की खोज़ में चला। वह जानता है कि चेङ्ग किस ओर रहता है। घर के सारे लोग बेखबर सो पड़े हैं। खुशी ने हठात सोचा, चोरी करना तो यहां बड़ा आसान है, पर उसका यह मतलब नहीं हैं। इस बार ज़ोर-ज़ोर से क़दम बढ़ाकर वह चेंग के घर के पास जा खड़ा हुआ। गला खंखारते ही भीतर से सुगबुगाहट हुई।

"कौन?.....कौन है?"

"मैं हूं, खुशी। दरवाज़ा खोलो।" खुशी ने स्वाभाविक स्वर में ही कहा। चेंग की आवाज़ सुनकर उसकी छाती हल्की हो आई। चेंग उसका दोस्त है, इससे अपने दुःख में वह सांत्वना पाएगा। बड़ा चेंग रोशनी जला, एक फटा कोट पहन बाहर आया और दरवाज़ा खोल दिया।

"अरे! इस आधी रात को कहां से आए?"

बिछावन के गट्ठर को घर के एक कोने में रखकर खुशी उसी पर बैठ गया। उसके मुंह में आवाज़ नहीं थी। बड़े चेंग की आयु तीस, या इससे कुछ ज़्यादा होगी। सारे गाल चेचक के छोटे-छोटे दाग़ों से भर गए हैं। खुशी के साथ उसकी दोस्ती नहीं, भेंट होने पर दो बातें कर लेता है, बस इतना ही भर! बीच-बीच में उसके मालिक और श्रीयुत चाउ एक साथ बाज़ार करने निकलते हैं। उनके बाज़ार में घुस जाने पर वे चायख़ाने में जाते हैं और दो-एक प्याली चाय साथ पीते हैं, थोड़ा सुस्ता भी लेते हैं। बड़े चेंग के ऊपर खुशी की कोई वैसी श्रद्धा नहीं। यह आदमी तेज़ी से दौड़ सकता है ज़रूर, पर जाने कैसे ढंग से मूठ पकड़कर! लगता है, जैसे शरीर में एक बूंद ताक़त नहीं हो, पर इसका यह अर्थ नहीं कि चेंग ख़राब आदमी है। ऐसे सुस्त ढीले-ढाले आदमी को अपना दोस्त कहते हुए कैसा तो लगता है।

पर आज की रात चेंग उसे ख़ूब ही अच्छा लगा। खुशी चुप होकर बैठा रहा। उसका हृदय कृतज्ञता से उछल रहा है। कुछ क्षण पहले वह मध्य-सागर के पुल पर खड़ा था, एकाकी अवस्था में, बर्फ़ पड़ रही थी। इस समय उसने आश्रय पाया है, परिचित चेहरा देखने को मिला है। बड़ा चेंग कंबल के भीतर घुसकर अंगुली से फटे कोट को दिखाता हुआ बोला, "लो, कोट की जेब से सिगरेट निकाल लो।" यूं खुशी सिगरेट नहीं पीता, पर आज वह अस्वीकार नहीं कर सका। एक सिगरेट लेकर होंठों के बीच दाब ली। "क्या हुआ है?" बड़े चेंग ने पूछा, "नौकरी छोड़ दी है क्या?"

"नहीं।" खुशी बिछावन के गट्ठर पर ही बैठे हुए बोला, "भारी मुसीबत है। मालिक वग़ैरह सभी भाग गए। अकेले घर का पहरा हमेशा नहीं दे सकता, इसलिए तुम्हारे पास चला आया हूं।"

"कैसी मुसीबत पड़ी?" बड़ा चेंग पूछने लगा।

"ठीक नहीं समझ सकता, पर मुसीबत भारी है, इतना ही कह सकता हूं। काउ-मा भी चली गई है।"

"घर खाली पड़ा है?"

"हां, दरवाज़े पर ताला लटकाकर चला आया हूं।"

"हूं ह!" बड़ा चेंग कुछ क्षणों तक सोचकर बोला, "अच्छा, यदि मामला हम अपने मालिक से कहें, तो कैसा हो?" बड़े चेंग ने उठकर फटे हुए कोट को पहन लिया।

"कल कहना। आज रात मैं सभी बातें ठीक से नहीं समझ पाऊंगा।" खुशी को डर लगा कि उयाङ्ग-मालिक शायद खोद-खोदकर उससे सभी बातें पूछेंगे, पर वह किसी प्रश्न का भी ठीक जवाब नहीं दे सकेगा। वह क्या जवाब देगा? सिर में केवल गोल-माल भर गया है।

सिर्फ़ एक बात वह जानता है, मालिक, उनकी पत्नी, नन्हा, काउ-मा सभी भाग गये हैं। सिर्फ़ वही एक यहां पड़ा हुआ है। सभी ने उपाय ढूंढ निकाला है, चाहे यह किसी प्रकार का हो, वे यहां से हट भी गए हैं, पर उसका कोई उपाय नहीं, इसीलिए वह भाग नहीं सका। रिक्शावाले को कौन उपाय बतलाने वाला है? रिक्शेवालों की ऐसी ही क़िस्मत है। हड्डी-तोड़ मेहनत करके जो पाता है, उससे दिन नहीं बीतता। समाज के बिल्कुल निचले तबक़े का आदमी है वह। भाग्य के थपेड़े, क़ानून के चाबुक, अनवरत उस पर पड़ रहे हैं, पर मुंह बन्द कर सह जाने के सिवा और कोई चारा नहीं।

सिगरेट उसने ख़तम कर ली, पर तब भी भावनाएं नहीं रुकीं। घर छोड़कर उसने अच्छा किया, या बुरा, यह नहीं समझ पाया। वह जैसे एक मुर्गी का बच्चा है, रसोइया उसे कसकर दाबे हुए है, और एक बार निःश्वास फेंकने से ही हुआ! मरने-जीने की चिन्ता कौन इस समय करे? बड़े चेंग के साथ सलाह-मशवरा करने की उसे बड़ी इच्छा हुई, पर सलाह क्या करे? अच्छी तरह तो वह बातें ही नहीं कह पा रहा हैं। सचमुच कुछ कहने जाकर वह गोल-माल में पड़ जाता है। जीवन में उसने बहुत दुःख सहे, पर मुंह खोलकर कभी किसी से कुछ नहीं कह सका। वह जैसे एक गूंगा है। रिक्शा उसने ख़रीदा, इसके बाद एक दिन रिक्शा भी खो दिया। रुपए जमा किए, वे भी चले गये। इसी तरह से उसका जीवन चल रहा है। उसकी मेहनत बर्बाद होती रही है उसके आख़िरी सहारे को किसी-न-किसी ने ठग लिया है। किसी के ऊपर वह ग़ुस्सा नहीं कर सका। कुत्ता देखकर भी उसने रास्ता छोड़ दिया है और इस सबका नतीजा यह हुआ। अब तो किसी तरह की आस-उम्मीद नहीं।

गड़े मुर्दे उखाड़ने से क्या होगा? कल की ही बातें वह सोचेगा। कल क्या करेगा? चाउ-घर में तो लौट जाने की कोई बात ही नहीं उठती, फिर कहां वह जाए? "सोचा है, आज रात तुम्हारे यहां ही काट दूंगा, क्या कहते हो?" जैसे गली-कूचे की कोई कुतिया बच्चे देने के लिए कोई कोना पो गई हो! इसी कोने में बैठकर वह कुछ देर आराम कर सुस्ता लेगा, पर यह ख़याल रखना होगा कि दूसरे को तकलीफ़ न हो।

"कैसी ठंड पड़ रही है। बाहर का वातावरण तो बर्फ़ से ढक गया है। ऐसी रात में कहां जाओगे? मेज़ पर सो सकोगे न? नहीं सो सकते, तो इसी बिछावन पर चले आओ, किसी तरह दो व्यक्तियों के लिए जगह बना ली जाएगी।"

खुशी ने बिछावन पर सोना नहीं चाहा। मेज़ पर ही वह सो लेगा। बड़ा चेंग सो गया। खुशी की आंखों में नींद नहीं आई। बार-बार उसने करवटें बदलीं, पर नींद का पता ही नहीं। ठंडी हवा घर में आकर घुस रही है। बिछावन ठंडे लोहे की चादर हो गई है। देह रखी नहीं जाती। किसी तरह दोनों घुटने मोड़कर वह उसी में सो रहा। दरवाज़े के छेद से सुई की तरह हवा आकर शरीर छेदती है। खुशी ने ज़बर्दस्ती आंखें बन्द कर लीं, पर सो नहीं सका। चेंग की सांसों की आवाज़ें आ रही हैं। गहरी नींद में सो गया है चेंग। खुशी को ईर्ष्या हुई। उसे ठेलकर जगा दूं तो कैसा रहे? पर क्या यह उचित होगा? खुशी ने फिर सोने की चेष्टा की। ठंडी हवा गले में घुस रही है, बेदम करनेवाली खांसी आ रही है, पर खांसने की भी गुंजाइश नहीं। खांसी की आवाज़ से शायद चेंग की नींद टूट जाए।

वह सो नहीं सका। सोचने लगा कि उठकर एक बार मालिक का घर देख आए या नहीं, यही वह सोचने लगा। नौकरी तो उसने छोड़ दी है। घर में भी अभी कोई नहीं है। इस समय जाकर दो-चार चीज़ें गायब कर दी जाएं, तो कैसा रहे? खटकर जो थोड़े-बहुत रुपए उसने जमा किए थे, वे तो चले गए। मालिक के चलते ही तो यह हुआ। अब यदि वह उसके घर की दो-चार चीज़ें गाय़ब कर दे, तो हर्ज क्या है? चाउ-परिवार में काम करते हुए ही तो उसका सब कुछ गया, अब चाउ के घर की चीज़ें लेकर अपने नुकसान को भरना ही उचित है। इससे बढ़िया उपाय भी नहीं है। इसी तरह की बातें सोचते-सोचते वह उत्तेजित हो उठा। हां, वह अभी ही जाएगा। उसकी इतनी मेहनत की कमाई जासूस हड़पकर ले गया, कोई हर्ज नहीं। रुपए उसके आसानी से लौट आएंगे। हां...हां......अब वह देर नहीं करेगा।

खुशी बिछावन पर उठ बैठा, पर कुछ देर बाद फिर लेट गया। बड़ा चेंग यदि जागा हुआ हो और इस बात को देख ले? क्या ठिकाना, नींद का बहाना कर वह खर्राटें भर रहा हो! छाती की धुकधुकी बढ़ चली है। ना, चोर वह नहीं बनेगा। कुछ क्षण पहले ही तो वह सोच रहा था कि मालिक को क्या मुंह दिखाएगा? उनकी सलाह के अनुसार काम वह नहीं कर सका। ख़ैर, इसका तो बचाव है और मालिक से भेंट होने पर सभी बातें वह खोलकर कह सकेगा, पर चोरी करने पर तो संभव नहीं। नहीं-नहीं.....यह असंभव है। पैसे के अभाव में वह भले ही मर जाए, पर चोरी वह नहीं कर सकेगा। पर दूसरा कोई यदि मकान ख़ाली पाकर चोरी कर ले? सान कुछ नहीं ले गया, इसका ही क्या ठिकाना? तब तो उसके सिर ही सभी दोष आएंगे। खुशी फिर उठ बैठा। दूर एक कुत्ता भौंक रहा है। वह फिर सोने लगा। जा नहीं सकेगा। दूसरा कोई चोरी कर लेगा, यही सोचकर क्या वह भी उनके दल में मिल जाए? इससे क्या विवेक मन को नहीं डसेगा? शर्म से मुंह दिखाना ही भार होगा। दुनिया में ग़रीब होना ही एक महापाप है, इस पर यदि चोरी का कलंक लगा तो बंटाधार।

एक और बात है। काउ-मा जानती है कि मैं उयाङ्ग-घर में गया हूं। चोरी करे, चाहे न करे, पर चोरी होने पर दोष उसके माथे ही आएगा। खुद चोरी करने की बात चूल्हे में जाए। उसे डर लगा कि रात में कुछ चोरी न हो जाए। तब पीली नदी में बार-बार कूद पड़ने से भी कलंक नहीं धुलेगा। अब तक जाड़ा लग रहा था, सोचते-ही-सोचते जैसे शरीर में बुखार चढ़ आया है। हाथ में भी पसीना छूट रहा हैं सच, तो अब वह क्या करे? मालिक के घर जाकर पहरा दे क्या? यह साहस तो उसमें नहीं। अपनी आख़िरी पूंजी देकर वह किसी तरह बचा हुआ है, फिर फन्दे में दुबारा पड़ना नहीं चाहता। पर यदि कुछ चोरी हो जाए, क्यों होगा तब?

कोई रास्ता वह सोच नहीं सका। फिर उठ बैठा। हृदय पर जैसे पत्थर रखा हुआ हो। आंखें बन्द हो रही हैं फिर भी नींद नहीं आती। लम्बी रात है, पर खुशी की आंखों में नींद नहीं आ रही। जाने कितनी बार

वह अपने विचार बदलता रहा, इसका ठिकाना नहीं। सहसा जैसे उसने प्रकाशा पाया। धक्का मारकर बड़े चेंग को उसने जगा दिया, "बड़े चेंग, अजी ओ बड़े चेंग! उठो, उठो....!"

"क्या हुआ?" बड़े चेंग ने बिना आंखें खोले ही पूछा, "पेशाब करोगे क्या? खाट के नीचे डब्बा रखा है।"

"उठो....., उठो! रोशनी जलाओ!"

"क्यों, कोई चोर आया है क्या?" बड़ा चेंग हड़बड़ा कर उठ बैठा।

"नींद टूट गई है न? अब हमारी बातें सुनो।" बड़े चेंग ने जम्हाई ली। "बड़े चेंग, एक बार अच्छी तरह देख लो। मेरे पास जो कुछ है देख लिया न?"

"हां, देख लिया, पर बात क्या है?" चेंग ने फिर जम्हाई ली।

"अच्छी तरह देख लो। सोते-सोते देखने से काम नहीं चलेगा। यही हमारा माल-असबाब है। मालिक का एक तिनका तक मेरे पास नहीं। नहीं है न?"

"सो तो देख ही रहा हूं। हम मालिक का नमक खाते हैं, उनकी चीजें क्यों छूने लगे? चोरी करना हमारा धन्धा नहीं। जब तक निभेगी, काम करेंगे, जिस दिन नहीं पटेगी, इस्तीफ़ा देकर चले जाएंगे। इसके लिए चोरी क्यों करने लगे? इसीलिए जगा दिया था क्या?"

"अच्छी तरह से देख लिया न?"

बड़ा चेंग मुस्कराया, "ज़रूर। अच्छी तरह ही देख लिया है। तुम्हें क्या जाड़ा नहीं लग रहा है?"

"नहीं-नहीं, मैं अच्छी तरह हूं।"

प्रातःकाल कुछ जल्दी ही हुआ। साल ख़तम हो रहा है। सभी जोड़ा मुर्ग़ियां ख़रीद रहे हैं, खिला-पिलाकर इन्हें कुछ मोटा बना लेना होगा न! चारों ओर मुर्ग़ियां बोल रही हैं। प्रथम तुषार अपने साथ ऐश्वर्य-समृद्धि लेकर आया है। फिर भी सारी रात वह सो नहीं सका। भोर के समय उसने आंखें बन्द कीं। नींद नहीं आई। तन्द्रा में डोलने लगा। नदी की लहरों के समान ही यह तुम्हें एक बार ऊपर ले जाती है, फिर नीचे ढकेल देती है। नींद है, पर नींद जैसा चैन नहीं। इसी तरह बहुत देर तक वह पड़ा रहा। शरीर बर्फ़ हो गया। बाहर मुर्ग़ी की बांग सुनाई पड़ रही है। असह्य लग रही है उसकी आवाज़। खुशी को बेदम करने वाली खांसी हुई, पर बड़ा चेंग यदि खांसी की आवाज़ से जाग जाए? मुंह में अच्छी तरह उसने कम्बल का एक कोना ठूंस लिया। अभी भी धूप नहीं निकली है। रास्ते पर गाड़ी के चक्कों की आवाज़ है। फेरीवालों की आवाज़ शुरू नहीं हुई है।

खुशी उठ बैठा। सारा शरीर जैसे बर्फ़ हो गया है। कुछ देर तक चुपचाप बैठा रहा, इसके बाद दरवाज़े को थोड़ा खोल, उसने एक बार बाहर की ओर देखा। कुछ वैसी बर्फ़ नहीं पड़ी। शायद आधी रात में ही बन्द हो गई हो। आसमान साफ़ होता आ रहा है। भोर के कुहासे में अब भी राह-घाट अच्छी तरह पहचाने नहीं जा रहे। वे कुहासे में ढके हैं। उसके अपने बड़े-बड़े पैरों की छाप दरवाज़े के बाहर पड़ी है। बर्फ़ के पड़ने से वह छाप धुंधली हो गई है, पर बिल्कुल मिटी नहीं। अब भी साफ़ दिखलाई पड़ रही है। खुशी घर के भीतर से एक झाड़ू लाकर बर्फ़ साफ़ करने लगा। एक काम भी करना हो गया, इसके अलावा उसके पैरों की छाप भी मिट जाएगी, पर झाड़ू से साफ़ करना कोई उतना आसान काम नहीं। झाड़ू भी छोटा है, इसके अलावा ज़मीन पर बिल्कुल झुक जाना पड़ता है। जो हो, किसी तरह से ऊपर की सतह उसने साफ़

कर डाली, नीचे पतली चादर की तरह एक और तह जमी हुई है, ज़मीन से मिलकर एक हो गई है। तब भी वह कलान्त नहीं हुआ, दो पल सुस्ताकर कुछ क्षणों के भीतर ही आंगन के दो ऊइल वृक्षों के पौधों के नीचे उसने बर्फ़ का ढेर लगा दिया। पसीना छूट रहा है। शरीर भी अच्छा ताज़ा मालूम देता है। खुशी ने इस बार संतोष की सांस ली।

घर में जाकर झाड़ू यथास्थान रखकर उसने बिछावन समेट लिया। चेंग की नींद अब टूट चुकी थी। उसने अंगड़ाई लेते हुए पूछा, "ख़ूब देर हो गई न?" थका हुआ स्वर है। आंखें पोंछ कर क़मीज़ की जेब से सिगरेट उसने निकाली। दो-एक बार थोड़ी तकलीफ़ से कश खींच धुआं छोड़ा। अब वह बिल्कुल जाग गया है।

"खुशी, अभी मत जाओ। गर्म पानी लाकर थोड़ी चाय पी ली जाए। कल रात इतनी बड़ी मुसीबत का धक्का तुम पर से गुज़र गया, ज़रूर तुम नहीं सो पाए होंगे।"

"मैं ही गर्म पानी लिए आता हूं.....।" कहते-कहते खुशी रुक गया। रात का डर अभी भी नहीं गया है, फिर वह उसे अभिभूत कर रहा है, सब कुछ उलट-पुलटा हो गया है।

"नहीं-नहीं, मैं ही जाता हूं। तुम मेरे घर आए हो, तुम क्यों जाओगे?" बड़ा चेंग उठ कर क़मीज़ गले में डाल, निकल गया।

"अरे, आंगन इसी बीच तुमने साफ़ कर डाला! सचमुच तुम बड़े अच्छे आदमी हो। बिना तुम्हें कुछ खिलाए अफ़सोस रह जाएगा। जाऊं, कुछ ले आऊं।" कुछ मिनटों के बाद ही बड़ा चेंग कई केक, बिस्किट और दो प्याला कांजी ले आया।

"चाय बनने में थोड़ी देर होगी। आओ, इसके पहले थोड़ा गला भिगो लें। ख़तम होने पर दो-एक दोने और आ जाएंगे। पैसे नहीं रहने पर भी उधार ले आऊंगा। हम कमर तोड़ मेहनत करते हैं, अच्छा-बुरा खाना यदि हम न खाएं तो काम कैसे चले? किसके बल पर खटेंगे, बताओ? आओ, शुरू करें!"

कुहासा फट गया है, धूप निकल आई है। घर के भीतर रोशनी आ रही है। प्याले को मुंह के पास लाकर चुस्की मारकर वे खा रहे हैं। कैसी चपड़-चपड़ आवाज़ आ रही है, मीठी-मीठी आवाज़। सुनने में बहुत अच्छी लगती है। किसी के मुंह में बात नहीं। केवल केक और बिस्किट कुतर रहे हैं। क्या करोगे अब?" बड़े चेंग ने दांतों के बीच से केक के टुकड़े को निकालते हुए पूछा।

"मैं चला जाऊंगा।" खुशी ने अपने समेटे हुए बिछावन की ओर देखा।

"अच्छा, क्या हुआ था यह तो बतलाओ? मुझे तो कैसा अजीब-अजीब-सा लग रहा है।" बड़े चेंग ने एक सिगरेट खुशी की ओर बढ़ा दी। उसने सिगरेट थाम ली। वह लज्जित हुआ। बड़े चेंग से सभी बात न कहकर उसने अन्याय किया है। घटना जैसे-जैसे हुई थी, कह सुनाई। राई-रत्ती बाकी नहीं रखी।

बड़े चेंग ने होंठ चाटते-चाटते सभी बातें सुनीं। जैसे वह आंखों से परख रहा है कि कहानी के ताने-बाने कैसे हैं? "मुझे तो यही जंचता है कि चाउ-मालिक को ही तुम्हें खोज निकालना उचित है। इस तरह नौकरी से इस्तीफ़ा देना ठीक नहीं। इसके अलावा इतने रुपए भी क्या तुम यूं ही जाने दोगे? तुमने तो कहा, चाउ-मालिक ने तुम्हें आफ़त देखते ही खिसक जाने की सलाह दी थी। गाड़ी से उतरते ही तो जासूस ने पकड़ लिया। तुम्हारा इसमें दोष क्या है? तुम तो बेभरोसा नहीं हो, मामला यहां तक पहुंच गया कि तुम्हारे सामने सिवा भागने के और कोई चारा ही न था। चाउ-मालिक के सामने मुंह नहीं दिखा सकोगे, बहुत शर्म लग रही है, इन सब बातों का मैं कोई अर्थ ही नहीं समझता। मेरी सलाह यदि मानो, चाउ-मालिक को ढूंढ़ निकालो, उनसे सभी बातें खोलकर कहो। वे कभी तुम्हें भला-बुरा नहीं कहेंगे, इसके बजाय वे तुम्हारे

रुपए भी दे सकते हैं। अभी ही चले जाओ, बिछावन वग़ैरह यहीं रहने दो। दिन तो आजकल जल्दी-जल्दी निकल जाता है, सूरज ही आठ बजे निकलता है। जाओ, जल्दी जाओ, देरी मत करो।"

खुशी के शरीर में अब मानो प्राण लौटे, पर मन अब भी आगा-पीछा कर रहा है कि जाने मालिक क्या कहेंगे? पर बड़ा चेंग बुद्धिमान है, ठीक ही सलाह उसने दी है। जासूस ने पकड़ रखा था, पिस्तौल बाहर निकालकर डराया भी था। तो खुशी क्या करता?

"जाओ, देरी मत करो!" बड़े चेंग ने फिर कहा, "कल रात तुम्हारा दिमाग़ ठिकाने न था। सिर-पैर क्या बक गए, समझ नहीं पाया। बात है भी, इतनी बड़ी मुसीबत में कितनों के सिर-पैर ठीक रहते हैं? पर मैंने जो रास्ता बतलाया, वही ठीक है। तुमसे उम्र में कुछ बड़ा ही हूं, इसके अलावा ज़िन्दगी में बहुत ऊंचा-नीचा देखा है। मेरी बात मानने पर तुम्हारी भलाई ही होगी। धूप निकल आई है, तुम फौरन ही निकल पड़ो।"

सूर्य निकला है, शहर में प्रकाश फैल गया है। आसमान नीला है, नीचे सफ़ेद बर्फ़ बिछी है, आसमान की ज्योति और बर्फ़ की ज्योति मिलकर एकाकार हो गई है। दिखलाई नहीं पड़ती, आंखें झिलमिला देती हैं। खुशी घर के बाहर निकलने जाएगा, इसी समय किसी ने फाटक में धक्का दिया।

बड़ा चेंग यह देखने गया कि कौन आया है। फाटक से ही वह चिल्ला कर बोला, "खुशी.....! खुशी! देखो, तुम्हारी खोज में कौन तो आया है।" चो के घर से छोटा उयाङ्ग आया है। ठंड के कारण उसकी नाक से पानी गिर रहा है। बीच-बीच में जूतों से बर्फ़ झर पड़ती है। खुशी को देखकर बड़ा चेंग बोला, "चलो, उसे लेकर भीतर बैठा जाए।" तीनों आदमी घर के भीतर चले आए।

छोटा उयाङ्ग हाथ रगड़ता हुआ बोला, "मैं घर देखने चला आया। भीतर नहीं जा सका, फाटक पर ताला लगा है। उफ़, कैसी ठंड पड़ रही हैं भई! चाउ-मालिक और मालकिन दोनों आज भोर में ही रवाना हो गए। तियेनसिन या शंघाई कहां जाएंगे, ठीक नहीं कह सकता। मुझे घर की देख-भाल करते रहने के लिए कह गए हैं। उफ़! कैसी ठंड है भई!"

खुशी को लगा कि वह फूट-फूटकर रो पड़ेगा। बड़े चेंग के कहे मुताबिक़ वह मालिक से भेंट करने जा रहा था, पर मालिक तो चले गए, अब क्या होगा? बहुत देर तक वह बेवक़ूफ़ ही तरह खड़ा रहा। इसके बाद पूछा, "मालिक मेरे बारे में कुछ कह नहीं गए?"

"नहीं तो, भोर होने के पहले ही उठ पड़े। तब क्या बातें करने की फ़ुर्सत थी? ट्रेन सात बजकर चालीस मिनट पर छूटती है।.....घर में कैसे घुसेंगे भाई?"

"दीवार फांदकर चले जाओ।' खुशी ने बिछावन उठाना शुरू किया।

"कहां जा रहे हो?" बड़े चेंग ने पूछा।

"मानव मिलन ही जा रहा हूं, और जा भी कह सकता हूं?" बार-बार उसे निराशा हो रही है। दूसरा कोई भी उपाय नहीं है। सभी रास्ते उसके लिए बन्द हैं। इस समय बर्फ़ से ढकी हुई पृथ्वी को पार कर वह बाघिनी के पास जा रहा है, उसी काली पैगोडा के पास उसे लौट जाना होगा। आत्मसम्मान, आस-उम्मीद सब फूंककर, खाली होकर ही वह आज चल रहा है। कुत्ते जैसी क़िस्मत है उसकी।

बड़ा चेंग उसके पास आकर बोला, "तुमने मालिक का एक तिनका तक नहीं छुआ, यह बात उयाङ्ग से कहने में कोई फ़ायदा नहीं। तुम्हारा भाग पलटे भाई, यदि कभी इस रास्ते आओ, भेंट करते जाना। कहीं अच्छे काम की ख़बर पाने पर तुम्हें बतलाऊंगा। तुम्हारे चले जाने के बाद छोटे उयाङ्ग को लेकर जरा उस घर में जाऊंगा। उस घर में कोयला होगा?"

"कोयला और जलाने की लकड़ी आंगन वाली कोठरी में भरी है।" खुशी ने बिछावन के गट्ठर को

कंधे पर रख लिया। रास्ते की बर्फ़ अब उतनी सफ़ेद नहीं दिखलाई पड़ती। गाड़ी के चक्के और घोड़ों के खुर से वह काली हो गई है। बीच-बीच में सफ़ेद रंग फट उठता है। खुशी ने पीछे मुड़कर भी नहीं देखा, बिछावन कंधे पर लेकर वह बढ़ता चला। बिना कहीं ठहरे 'मानव-मिलन' पहुंचा। फाटक के पास आकर वह रुका नहीं, एक बार रुकने से संभवतः भीतर जाने का साहस ही खो बैठे। वह सीधा घुस पड़ा। चेहरा उसका जल रहा था।

उसने तय किया कि बाघिनी से भेंट होते ही वह कहेगा, "मैं आ गया हूं। अब तुम्हारी जो मरज़ी हो करो। तुम जो ठीक समझोगी वह होगा। मेरा अब कोई उपाय नहीं है।"

पर बाघिनी के साथ भेंट होते ही उसकी सभी बातें मानो छू-मन्तर हो गई। वह कुछ भी न कह सका, मौन रह गया। बाघिनी तुरंत ही नींद से उठी है, बाल बिखरे हैं, आंखें फूली-फूली हैं, मुंह पर दो-एक फुन्सियां निकल आई हैं। "तुम आ गए ! आख़िर तुम आ ही गये?" उसके स्वर में उष्णता है, आंखों में हंसी है।

"मुझे एक रिक्शा भाड़े पर देना होगा।" खुशी सिर झुका कर जूते पर लगी हुई बर्फ़ की ओर देखते हुए बोला।

"जाओ, बुड्ढे से कहो जाकर।" बाघिनी ने उतरे गले से कहा। पूरब का घर उसने दिखला दिया।

नवकर्त्ता लिऊ घर में बैठकर चाय पी रहे हैं। सामने अंगीठी धधक रही है। खुशी के घर में घुसते ही उन्होंने थोड़ी विरक्ति और मज़ाक के मिले-जुले स्वर में कहा, "क्यों जी, तुम्हारा तो पता ही नहीं रहता? रोजगार-धन्धा कैसा चल रहा है? रिक्शा ख़रीद लिया क्या?"

खुशी ने अस्वीकृति में सिर हिलाया, "नवकर्त्ता, मुझे एक रिक्शा भाड़े पर आपको देना होगा।"

"यह क्या? माहवारी काम क्या ख़तम हो गया? देखता हूं, कहीं जमकर टिकने की नौबत नहीं आई। काम पकड़ते हो और मोमबत्ती की तरह फूंक मारकर छोड़ आते हो? जाओ, देख-दाखकर एक रिक्शा चुन लो।" नवकर्त्ता लिऊ ने प्याले का आखरी घूंट लेते हुए कहा, "आओ, पहले एक प्याली चाय पी लो।"

खुशी ने एक ही घूंट में चाय ख़तम कर दी। गर्म चाय है। अंगीठी का ताप सारे घर में फैल रहा है। आंच शरीर में लग रही है। जाने कैसी नींद उसे घेर रही है। प्याली रखकर वह जा ही रहा था कि नवकर्त्ता ने उसे टोका, "ठहरो! इतनी जल्दी भागे क्यों जा रहे हो? तुम ऐन मौक़े पर आए हो। सत्ताईस तारीख़ को हमारा जन्म-दिन है। मैंने बहुत लोगों को निमंत्रित किया है। मेहराब बांधी जाएगी। तुमको इन कई दिनों तक खटना होगा। इसीसे कह रहा था कि क्या हुआ, ये कई दिन यदि तुम रिक्शा ने खींच सको। उनके ऊपर तो....।" आंगन की ओर हाथ दिखाते हुए उन्होंने कहा, "निर्भर नहीं किया जा सकता। मैं इन बदज़ातों को बुलाना भी नहीं चाहता। ये काम तो करेंगे नहीं, उलटे सब बिगाड़ देंगे। एक तुम्हारे ऊपर ही निर्भर किया जा सकता है, इसीलिए तुमसे ही कह रहा हूं। देखा तो है, कोई काम पड़ने पर तुम ही आगे बढ़ते हो। मुंह खोलकर एक बार भी कहना नहीं पड़ता। पहले जाकर बरामदे की बर्फ़ तुम साफ़ कर दो। दोपहर को हमारे यहां ही खाना, समझे?"

"जैसा हुकम!" खुशी ने पहले ही सोच रखा था, बाप-बेटी जो कहेंगे, वह वही करेगा। वह सिर्फ़ हुक्म तामील करेगा। इसके बाद क़िस्मत में जो लिखा है, होगा।

बाघिनी ऐसे समय घर में आकर बोली, "बोली थी न बाबा? खुशी ही तो केवल एक ऐसा आदमी है, जिसके ऊपर काम का भार सौंपकर तुम निश्चिन्त हो सकते हो। इसके समान आदमी यहां और कोई नहीं है।"

नवकर्त्ता मुस्कराए। खुशी सिर झुकाए खड़ा रहा। "आओ, सुनो!" बाघिनी ने उसे बाहर ले जाकर कहा, "मैं पैसे देती हूं। बढ़िया देखकर एक झाड़ू ख़रीद लाओ, पर बांस की कमाची वाला होना चाहिए, नहीं तो बर्फ़ साफ़ करने में दिक़्क़त होगी। जल्दी से ख़रीद साफ़-सुथरा कर दो। मेहराब बांधने वाले आदमी अब आ ही चले।"

खुशी को अपने घर में साथ लाकर बाघिनी ने पैसे गिन दिए, "थोड़ा चलता पुर्ज़ा बनो! बेवकूफ़ की तरह आंखें फाड़-फाड़ कर मत देखा करो। बुड्ढे को खुश करो, इससे हम लोगों का मामला भी सुलझ जाएगा।"

खुशी चुप ही रहा। ग़ुस्सा होना जैसे वह भूल गया है। किसी तरह की चिन्ता वह नहीं करता। किसी तरह दिन गुज़ार देने से ही हुआ! खाना मिलने पर खा लेगा, काम मिलने पर काम करेगा। हाथ-पैर अब भी मज़बूत हैं। काम करते-करते ही दिन ख़तम हो जाएगा। आंख बंधे हुए ख़च्चरों को उसने कोल्हू में घूमते देखा है, घूम रहा है तो घूम हो रहा है, थकने पर भी चारा नहीं। ठीक ऐसे ही आंखें बंधे हुए ख़च्चर की तरह ही वह काम करता जाएगा। काम का आनन्द तो चला गया है, क्या करे न करे, यह सोचकर क्या होगा? पर मन कहां क़ाबू मानता है? बोलने की उसे अब इच्छा नहीं होती, सोचना भी वह नहीं चाहता, यहां तक कि क्रोधित भी वह नहीं हो सकता, फिर भी छाती के भीतर जाने क्या सुलगती रहती है, लगता है कि मन के भीतर बहुत कुछ अटका हुआ है, बाहर निकलने का रास्ता नहीं पा रहा। वह मानो तंग गले वाली एक बोतल है, बीच में काग अंटकी हुई है। काम के वक़्त उसे कुछ याद नहीं रहता, पर विश्राम के समय फिर दबी हुई भावनाओं के स्रोत को धक्का लगता है। रूई के समान नरम यह धारा है.....कोई स्वाद नहीं, गन्ध नहीं, पर सांस घोट देती है, लगता है गले में कहीं एक स्पंज गड़ा हुआ हो।

काम करते हुए वह थक जाता है। तभी तो उसे नींद आएगी, निरुद्ध भावनाओं का स्रोत उसका दम नहीं बन्द कर देगा। रात में वह स्वप्नों का हुक्म मानने वाला होगा, दिन में हाथ-पैर का शासन मानेगा। यही उसने किया। उसको देखने पर मालूम होता है, जैसे वह एक मरा हुआ आदमी हो, सिर्फ़ भूत की तरह खट सकता है। आंगन बुहार कर बर्फ़ का स्तूप खड़ा कर दिया, सौदा-सुलभ ख़रीदने बाज़ार दौड़ा, किरासीन वाले पैट्रोमेक्स की फ़रमाइश कर आया, रिक्शा मांज-धोकर साफ़ किया, टेबल-चेयर ठीक किए, इसके बाद जाकर कहीं छुट्टी मिली। नवकर्त्ता के दिए हुए खाने को खाकर सो रहा, फिर भोर में उठा, फिर काम। भूत की तरह वह खटता गया। मुंह पर कोई शिकन नहीं, मन में कोई भावना नहीं सिर्फ़ बीच-बीच में स्पंज की तरह उछल उठता वह निरुद्ध स्रोत। उसके उत्साह के स्रोत में भाटा आता। मेहराब बांधना शुरू हो गया है। बांस के मचान को कारीगर ने ऊपर उठा दिया, इसके ऊपर छावनी पड़ेगी। सारे बरामदे को घेर कर ही मेहराब टंगेगा। चारों ओर घेर दिया जाएगा, जिससे छावनी गर्म रहे। छावनी के भीतर लकड़ी का पार्टीशन रहेगा, दीवार में तस्वीरें सजाई जाएंगी। दरवाज़े पर कई रंग के कपड़े लटकाए जाएंगे। मुर्ग़ियों के झुंड को बरामदे से हटा लिया जाएगा। नवकर्ता के उनहत्तरवें वर्ष का जन्म-दिवस है, सत्तर वर्ष होने में सिर्फ़ एक वर्ष की देर हैं। उन्होंने काफ़ी धूम-धाम से ही सारा आयोजन किया है। मेहराब बंधने की धूम-धाम ही बतला रही है। कि हां, कोई देखने लायक़ चीज़ होगी।

शीत के दिन छोटे होते हैं। इसी कारण बांस के पाए इत्यादि टांग कर, कई रंगों में कपड़े पर लिखे गए अक्षरों को अटका कर कारीगर चला गया। कल फिर आकर तस्वीरें टांगेगा, बाक़ी काम ख़तम करेगा। नवकर्ता लिऊ क्रोधित हो उठे, मुंह उनका लाल हो गया, "साले ने दिनभर बैठे-बैठे सिर्फ़ यही काम किया

है!" खुशी को बुलाकर उन्होंने आज्ञा दी, "वह बच्चू तो काम में बहकाकर चल दिया। जाओ, इस बार देख आओ कि बत्तियों का क्या इन्तज़ाम हुआ? और रसोइए को भी चेतावनी देना, ताकि वह बहकाने की कोशिश न करे।" नवकर्त्ता जानते हैं कि वे बहकाएंगे नहीं, फिर भी वे निश्चिन्त नहीं हो पाते।

खुशी के ख़बर देकर लौटते ही उन्होंने फिर उसे मेचियाङ्ग खेलने वाला हाथी दांत का टेबल लाने भेज दिया। दो-तीन टेबलें लानी होंगी। एक दिन तो जुए का खेल होगा। यह भी यदि भरपूर नहीं खेला गया, तो मन के अरमान यूं ही रह जाएंगे। खुशी पड़ोसियों के यहां से टेबलें लेकर लौट आया। इस बार उन्होंने उसे ग्रामोफ़ोन लाने के लिए भेजा। जन्म दिवस का उत्सव है, थोड़ा-बहुत यदि शोर-गुल नहीं हुआ, तो जमेगा कैसे? खुशी को पल भर भी सुस्ताने की फ़ुर्सत नहीं मिली। रात ग्यारह बजे तक उसे ऐसी ही फ़रमाइशें बजा लानी पड़ीं। वह रिक्शा खींचता है, इस तरह की भाग-दौड़ का उसे अभ्यास नहीं। आख़री बार लौट कर उसे लगा कि उसके पैर जैसे उठ नहीं पा रहे हैं।

"सावधान छोकरे!" बूढ़ा बोला, "देखता हूं, तुमसे काम चल जाएगा। मेरे यदि तुम जैसा एक बेटा रहता तो निश्चिन्त होकर आंखें मूंद सकता। जाओ, आराम कर लो, कल फिर खटना होगा।' बाघिनी एक बग़ल खड़ी थी। खुशी की ओर देखकर उसने आंख मारी।

दूसरे दिन सुबह ही कारीगर काम करने आया। चित्र अंकित कपड़ा दीवार पर टांगा गया। तीन राज्य वाली रूपकथा की लड़ाई के चित्र। ए-लिऊ-पि के साथ लू-पूर की कैसी भयंकर लड़ाई! इसके बाद चाउ-ऊन पराजित लिऊ-पि के लड़के को बचाते हैं। लिऊ-पि का शिविर जल कर राख हो गया। उन्होंने किसी तरह जान बचाई। और भी बहुत-सी कहानियों की तस्वीरें वहां देखी गई। कितने बड़े-बड़े बांकुरे ढाल-तलवार और फर्से लेकर घोड़े की पीठ पर हुचकते हुए जा रहे हैं। नवकर्त्ता ने घूम-घूमकर सब देखा। देखकर ऐसा प्रतीत हुआ कि वे खुश ही हुए हैं।

कारीगरी के बाद ही माल-असबाब की दूकान से सामान ले आया। छावनी के भीतर आठ टेबलें पास-पास बिछी हुई। कुर्सियों में गद्दी लगी है। उत्सव-घर के बीच में ही दीर्घायु प्रदान करने वाले देवता की वेदी तैयार की गई है। सिर पर झाड़-फ़ानूस झूल रहे हैं। टेबल के ऊपर लाल ग़लीचा बिछा है। लाल ग़लीचे को देखकर बूढ़े को याद आया.....सेब तो आए ही नहीं। उन्होंने फौरन खुशी को सेब लाने भेजा। बाघिनी ने बूढ़े की आंख बचाकर खुशी के हाथ में दो डालर इसलिए थमा दिए कि बूढ़े को केक ख़रीदकर वह उपहार में दे। उसके सेब लेकर लौटते ही उन सेबों को टेबल पर सजा दिया गया। सेबों के पीछे उसके दिए हुए उपहार को बाघिनी ने चुतराई से रख दिया।

"बाबा देखो...देखो...., तुम्हारे लिए खुशी कैसा उपहार लाया है! दैयारी! इसकी पसन्द इतनी अच्छी है, यह तो नहीं जानती थी!" बाघिनी ने नवकर्त्ता को बुलाकर खुशी का उपहार दिखलाया। वह खुशी की ओर देखकर मुस्कुराए।

बूढ़े के जन्म-दिवस उत्सव की सभी तैयारियां हो गई हैं। सिर्फ़ एक ही चीज़ अब तक नहीं पहुंची हैं। लम्बी टेबल पर अगरदान रखा हुआ है। इसी की पीठ कर 'दीघार्यु होओ' ये शब्द बड़े-बड़े अक्षरों में लिखे रहेंगे। रिवाज यह है कि जिसका जन्म-दिवस हो वह खुद इन अक्षरों को लिखाने का बन्दोबस्त नहीं करेगा, उसका कोई मित्र इन अक्षरों से युक्त यह कपड़ा उपहार में देगा। नवकर्त्ता ने एक मित्र से कह भी दिया है, पर अब तक उसका पता नहीं। वह नवकर्त्ता क्रोध में जल उठे।

"दोस्त के ब्याह में, जन्म-दिवस में, यहां तक कि किसी के मरने पर भी मुझे ही ठेल दिया जाता है, आज मेरा जन्म-दिन है न, इसीलिए बेजन्मे बेटे सभी लापता हैं।"

"कल तो छब्बीस है, टेबल तो पहले नहीं सजायी जाएगी। इतनी जल्दबाज़ी क्या है?" बाघिनी ने उन्हें शान्त करने के लिए कहा।

"मैं सब कुछ तैयार रखना चाहता हूं। धीरे-धीरे चीज़ें जुगाड़ करने की मेरी आदत नहीं। खुशी, कारबाइड और रोशनी आज ही जलानी होगी। यदि गोधूलि के पहले चार बजे तक वे नहीं लेकर आए तो हरामज़ादों की कैसी ख़बर लेता हूं, देखना! उन सालों को टुकड़े-टुकड़े कर दूंगा।"

"खुशी, तुम एक बार और जाकर उन्हें सावधान कर आओ।" बाघिनी ने बाप को सुनाकर अनुरोध किया। आज कल बाप को देखते ही कोई-न-कोई फरमाइश वह खुशी से कर ही देती है। खुशी कोई हीला-हवाला नहीं करता। मुंह बन्द करके खटता रहता है। यह सिर्फ़ मुंह की बात ही नहीं है बाबा।" बाघिनी बोली, "खुशी की तरह एक लड़का होने से तुम्हें कितना अच्छा लगता! हमारी ऐसी क़िस्मत, लड़की होकर पैदा हुई। खुशी के समान लड़के को बेटा बनाया जा सकता है। यही देखो न, कितने दिनों से उसे दम लेने की फ़ुर्सत नहीं मिली, पर आलस नहीं आया। खटता ही जा रहा है।"

नवकर्त्ता ने कोई जवाब नहीं दिया। कुछ क्षणों तक जाने क्या सोचते रहे, इसके बाद चिल्ला उठे, "ओ जी! गाने वाली मशीन आई है न? ले आओ, ज़रा गाना सुनें।"

पुराना, टूटा हुआ एक ग्रामोफ़ोन, रिकार्ड खराब हो गए हैं, यहां तक कि पिन तक में मोरचा लग गया है। पता नहीं, बूढ़ा ऐसी चीज़ कहां से उधार ले आया हैं? चाबी भरकर ग्रामोफोन चला दिया गया। आवाज़ निकल तो रही है। बिल्ली की पूंछ मरोड़ देने से जैसी आवाज़ निकलती है, ठीक वैसी ही चिल्लाहट। चमार के जूते सीने वाली सुई की तरह ही हृदय में जाकर चुभती है, पर नवकर्त्ता को यह ख़याल नहीं, आवाज़ निकलनी चाहिए, चाहे वह कितनी ही ख़राब क्यों न हो।

दोपहर के बाद ही सभी कुछ सजाया जा चुका। सब तैयार है, कल रसोइया आकर खाना तैयार करेगा। नवकर्त्ता खुद घूम-घूमकर जांच-पड़ताल कर रहे हैं। हां-हां, सब ठीक ही है।

शाम के वक़्त वे कोयले की दूकान पर गये। दूकान के मैनेजर कैंग से बोले कि इस उत्सव का हिसाब-किताब उन्हें ही रखना होगा, देबता की यही इच्छा है। कैंग हिसाब-किताब में होशियार आदमी है। शानसि प्रदेश में उनका घर है। कैंग नवकर्त्ता के अनुरोध से राज़ी हो गए। खुशी को भेजकर दो जिल्द बंधी हुई बड़ी कापियां और कुछ पीला काग़ज़ उन्होंने मंगवाया। पीले काग़ज़ पर उन्होंने बड़े-बड़े अक्षरों में लिखा, 'दीर्घायु होओ।' इसके बाद प्रत्येक अक्षर अलग कर उन्हें दीवार पर यहां-वहां अटका दिया। इस बार नवकर्त्ता ने दो और अतिथियों को बुलाकर एक हाथ में चियाङ्ग खेलने का प्रस्ताव किया। कैंग राज़ी नहीं हुए। वे जानते थे कि बूढ़ा जुए में पूरा उस्ताद हैं।

नवकर्त्ता ग़ुस्सा हो गए। इस बार कुछ रिक्शावालों को बुलाकर बोले, "आओ न, एक हाथ खेल लिया जाए? क्या डर हैं?" सभी को खेलने की इच्छा है, पर नवकर्त्ता के साथ नहीं। कौन नहीं जानता कि नवकर्त्ता एक समय जुए के अड्डे का मालिक रह चुका है?

"तुम सब बिल्कुल गए-बीते आदमी हो। तुम लोग अभी तक ज़िन्दा हो, यही अचरज है! तुम्हारी उम्र में जेब खाली रहने पर भी उधार मांगकर खेलने बैठ गया हूं। पहले हार जाओगे, तभी तो हारने की बात कहोगे, या पहले से ही हार जाने की बात सोच बैठे हो? आओ, बैठ रहो।"

"क्या पैसों से खेल होगा?" किसी ने पूछा।

"रखे रहो, टेंट में बांधकर रखे रहो, काम आएगा।" लिऊ को इन जैसे आदमियों के साथ खेलने में भी घृणा है। बूढ़ा चुस्की मारता हुआ खलवाट पर हाथ फेरकर बोला, "सुनो, तुम सभी से कह दो, कल

मेरे बन्धु-बान्धव, आत्मीय-स्वजन आ रहे हैं। कल चार बजने के पहले ही वे ज़रूर वापस आ जाएं।

"अतिथि आदि लोगों से कल घर भर जाएगा। ऐसे में रिक्शा निकालने या शेड में रखने से गोल-माल मचेगा ही। कल का रिक्शा भाड़ा माफ़ कर दिया। भोर से चार बजे तक चाहे जितना जी चाहे चलाओ, एक पैसा भी नहीं देना होगा। सिर्फ़ मेरी ओर से तुम सब देवता को प्रणाम कर प्रार्थना करना, जिससे मेरी धन-दौलत और भी बढ़े, सिर्फ़ मैं इतना ही चाहता हूं और कुछ नहीं। उम्मीद करता हूं, इतना तुम लोग ज़रूर करोगे। कल बीच परसों हमारा जन्म-दिन है। उस दिन कोई रिक्शा लेकर बाहर नहीं जा सकेगा। आठ बजे मैं सब को भोज दूंगा। छ: क़िस्म के खाने पकाए जा रहे हैं, शराब भी रहेगी ही। पर तुम लोग जैसे-तैसे कपड़े पहनकर पत्तल पर बैठ जाओगे, यह बात नहीं होगी। तुम्हें धुले हुए, फ़िट-फ़ाट के कपड़े में आना होगा। जो मैले कपड़े पहनकर आएंगे उन्हें लाठी मारकर निकाल दूंगा। तुम लोगों का खाना-पीना ख़तम हो जाने पर मेरे आत्मीय-स्वजन खाने बैठेंगे। इनके लिए अलग खाने की तैयारी हो रही है। तीन क़िस्म के तो केवल मांस रहेंगे, छ: क़िस्म की तरकारियां, इनके अलावा मिठाई-मंडा रहेगी ही। मैं पहले ही चेताए देता हूं, उनके खाने के समय टुकुर-टुकुर कर मत देखना। उनके खाने में नज़र न लगाना।

"जो मुझे चाहते हैं, वे जन्म-दिन के उपहार-हिसाब से दस तांबे के पैसे देंगे। तुम लोग सोच सकते हो, दस तांबे के पैसे क्या नवकर्त्ता के हाथ में दिए जा सकते हैं? क्यों नहीं दिए जा सकते? मुझे प्यार से जो दोगे, मैं वही लूंगा। जो दस पैसे भी नहीं दे सकते, वे यदि तीन बार मेरे सामने माथा टेक कर प्रणाम करेंगे, तो इतने से भी चल जाएगा। सिर्फ़ शाम के वक़्त यदि किसी को खाने की इच्छा हो आकर खा सकते हो। भोज के बाद जो कुछ बाक़ी बचेगा, वह सब तो तुम्हीं लोगों के लिए है। पर शाम के पहले लौटकर मेरे अतिथियों को तंग मत करना, क्यों, सुन रहे हो न?"

"कल कोई-कोई रात को रिक्शे लेकर निकलेंगे, इनके लिए क्या इन्तज़ाम हुआ है, नवकर्ता?" एक अधेड़ आदमी ने पूछा।

"जो रात को निकलेंगे, उन्हें ग्यारह बजने तक ही लौट आना होगा। परसों यहां उत्सव है, मैं हंगामा पसन्द नहीं कर सकूंगा, यह पहले ही कहे देता हूं, बच्चू!"

सभी चुप रह गए। क्या कहेंगे वे? वे जैसे एक ऊंचे मचान पर चढ़ बैठे हैं, सीढ़ी नहीं है, जो खटखट उतर जाएंगे। सभी स्थिर खड़े रह गए, जैसे एक झुंड 'ममी' को सजाकर रखा गया हो! नवकर्त्ता की बातों से सभी क्षुब्ध हो उठे, सभी अपनी हालत की असमानता समझ रहे हैं, पर सुविधाएं भी वे पा रहे हैं। एक दिन का रिक्शा-भाड़ा उन्हें माफ़ कर दिया गया है, इसके अलावा बिना पैसे का भोज भी खाने को मिलेगा। अवश्य ही, केवल नाम है बिना पैसे का भोज, नवकर्त्ता उपहार के हिसाब से ठीक भोज का दाम वसूल लेंगे। बातें करने का ढंग देखो न नवकर्त्ता का? वे लोग जैसे आदमी ही नहीं हैं। जन्म-दिन में वे अपने आत्मीय-कुटुम्बियों के पास उन्हें फटकने नहीं देंगे। चूहे की तरह उन्हें बिल में घुसकर रहना होगा।

इसके अलावा नया साल आ रहा है, सवारियां भी ख़ूब मिलती हैं। इन दिनों एक दिन भी रिक्शा लेकर नहीं निकलने से भारी नुकसान है। इसपर नवकर्त्ता ने फरमान दिया, उनके जन्म दिन में कोई रिक्शा लेकर बाहर नहीं जा सकेगा। उसका यह कैसा अन्याय है? मन-ही-मन रिक्शावाले खिसिया गए, नवकर्त्ता को गन्दी गालियां दीं, पर मुंह खोलकर एक भी शब्द वे नहीं कह सके। खुशी भी इन्हीं के बीच खड़ा था। बाघिनी के आकर क़मीज़ खींचने के साथ ही वह बाहर निकल आया।

सभी ने चुपचाप आंखें उठाकर खुशी की ओर देखा। उनकी आंखों से चिनगारियां निकल रही हैं। नवकर्त्ता के प्रति इकट्ठा हुआ रोष जैसे बाहर निकलने का रास्ता पा गया है। इन दो दिनों से उन्होंने

लक्ष्य कर देखा है, खुशी भूत की तरह नवकर्त्ता का हुक्म बजा रहा है, एक पल के लिए भी आपत्ति नहीं की, पर क्यों? नौकर का ख़िताब पाने के लिए ही क्या वह इतना खट रहा है? खुशी के ऊपर उन्हें क्रोध आया। खुशी ने इतना उलट-पुलट कर नहीं देखा था। वह लिऊ-परिवार के इस बड़े उत्सव में भूत की तरह जो खट रहा है, सो सिर्फ़ अपने लिए। मन उसका दुश्चिन्ताओं से भारी हो गया है। खटते रहने से दुश्चिन्ताएं कम-से-कम नहीं सताएंगीं, यही सोचकर वह खट रहा है। शाम को जब वह सुस्ताता है, तब भी किसी के साथ बातें नहीं करता। क्या बातें करे? बोलने लायक उसके पास बातें ही क्या हैं? दूसरे रिक्शावाले सोचते हैं, नवकर्त्ता की फरमाइशें बजा खुशी का दिमाग़ चढ़ गया है, पर वे तो उसके मन की खबर नहीं रखते।

बाघिनी के साथ उसका इतना हेल-मेल भी उन्हें अच्छा नहीं लगता, वरन, मन कैसा तीता हो गया है। नवकर्त्ता ने तो फ़रमान जारी कर दिया कि अपने मन के मुताबिक वे अड्डे में आ-जा नहीं सकते, पर खुशी कितनी मौज में है! रिक्शा लेकर भी बाहर नहीं निकलना होगा, इसके अलावा बढ़िया खाएगा-पीएगा भी। सिर्फ़ उसके ही लिए ऐसी व्यवस्था क्यों हुई? वह भी तो उनमें से ही एक है। देखो न, बाघिनी आकर बुला ले गई! दरवाज़े की ओट से बाहर जाने के रास्ते की ओर उन्होंने देखा, किरासिन की रोशनी के नीचे खड़े होकर खुशी और बाघिनी बातें कर रहे हैं। गर्दनें उठाकर एक बार उन लोगों ने उन्हें देखा, फिर सभी बाहर निकल आए।

लिऊ परिवार का उत्सव ख़ूब धूम-धाम के साथ ही सपन्न हुआ। नवकर्त्ता खुश हुए। जाने कितने लोग आकर उनके पैरों पर अपना माथा टेक गए। उन्हें अभिनन्दन दिया, इसके अलावा बन्धु-बान्धवों ने नाना प्रकार के उपहार भेंट दिए। खुश होने की बात भी है। इतने दिनों से जो सब आत्मीय-कुटुम्बी उन्हें फूटी आंखों भी नहीं देखते थे, वे भी आकर उपहार दे गए, अभिनन्दन कर गए। नवकर्त्ता गर्व से फूल उठे। हां, तो अब वे भी इस बात को स्वीकार करने के लिए बाध्य हुए हैं। कि नवकर्त्ता बिल्कुल बदल गए हैं। फ़रवाली नई क़मीज़ उन्हें फब भी ख़ूब रही थी। सभी ने आंखें गड़ाकर देखा, तारीफ़ भी मन-ही-मन की। एक दिन इन सबों की हालत उनसे कहीं ज़्यादा अच्छी थी, पर आज? भाग्य-चक्र इन बीस-तीस वर्षों के बीच अनवरत घूमता रहा है। जीवन का गंदला श्रोत बह गया है। अब वे भाग्य-चक्र के नीचे एकबारगी आ लगे हैं। किसी-किसी को एक शाम भी पेट भर भोजन नहीं जुंट पाता। इनकी ओर नवकर्त्ता ने आंखें उठाकर देखा। उनकी दृष्टि गई गेहराब और दीर्घायु के देवता की देवी की ओर, धूप-दीप जल रहे हैं। हरेक टेबल पर खाना सजा हुआ है, शराब के प्याले चमक रहे हैं। उस ओर दीवालों पर लड़ाई की तस्वीरें हैं। लोगों का शोर-गुल है। नवकर्त्ता को लगा कि वे इनसे बहुत ऊपर उठ गए हैं, बदल गए हैं। मेचियाड्ग खेलने के लिए झकझक टेबलें जब लाकर रखी गईं, तब भी यही बात बार-बार उनके मन में आती रही।

इस आमोद-प्रमोद के भीतर एक और बात की उन्हें तीव्र अनुभूति हुई, उनका अपना एकाकीपन! अवाक रह गए कि कैसे इतने दिनों वे इस एकाकीपन को ढोते रहे! इतने दिन उन्होंने अकेले ही काट दिए। हितैषी-मित्र के नाम पर कोई नहीं है। जिनको उन्होंने निमंत्रित किया है, इनमें से अधिकांश ही उन दूकानों के मैनेजर या कर्मचारियों का दल हैं, जिनके यहां से वे सौदा ख़रीदते हैं। दूर के रिश्तेदार कुछ आत्मीय भी आये हैं, इनके साथ ख़ून का थोड़ा सम्बन्ध है, बस इतना ही। इनके अलावा पुराने दिन के

कुछ साथी भी हैं। फटेहाल, शोहदों का दल इस समय बस निरर्थक चक्कर लगाता है, संसार में इनकी कीमत ही क्या है? पर इन लोगों के बीच दो-एक लड़कियां भी आएगी, यह बात नवकर्त्ता ने सपने में भी नहीं सोची थी। लड़कियों के आते ही बाघिनी ने उनका स्वागत किया, आदर-सत्कार किया, खाने-पीने में किसी बात की भी त्रुटि नहीं होने दी। नवकर्त्ता का मन जाने क्यों सूना हो गया। उनके घर में लड़की के नाम पर सिर्फ़ एक बाघिनी है। यह तो लड़की की तरह मालूम ही नहीं पड़ती। दिन पर दिन कैसी सांडिनी की तरह बढ़ती जा रही है। बाघिनी यदि लड़का रहती, अब तक अपना संसार बसा लिया होता, एक झुंड लड़के-बच्चे भी उसके हो जाते। नवकर्त्ता के दिन स्त्री के न रहने पर भी पोते-पोतियों को लेकर कट जाते। इतना सूना-सूना नहीं मालूम देता। सच तो, उन्हें किसी बात की कमी नहीं थी। एक बेटा होने से ही उनके सारे अभाव दूर हो जाते। यह जो इतनी मेहनत से वे कमाकर सभी कुछ रखे जा रहे हैं, किसके लिए? आंखें मूंद लेने पर कौन यह सब देखेगा? सन्तान के नाम पर तो यही एक लड़की है। नहीं, मालूम पड़ता है, सभी व्यर्थ गया।

भोर से उनका मिज़ाज काफ़ी खुश था। जाने कितने आदमी आए, उनके पैरों पर माथा टेक गये। दीर्घायु होने की कामना की, इन सब बातों से गर्व ही हुआ था। हां, आख़िर में भाग्य-देवता 'समुद्र के कच्छप' से उन्होंने अपना सम्मान वसूल कर लिया। इतने दिनों की साधना जैसे सार्थक ही हुई। वे मानो रूप-कथा के वीर हैं—सभी ने उनके पास अर्घ्य उत्सर्ग किया, सभी उसके पैरों पर लोट पड़े।

पर दोपहर के बाद ही गर्व की जो हवा उन्हें फुलाकर तुम्बा बना गई थी, हठात फुस से निकल गई। नवकर्त्ता जाने कैसे चुप-से रह गए। निमंत्रित स्त्रियां आईं, उनके साथ फूल की तरह बच्चे-बच्चियों का दल आया। सचमुच ही इन्हें देखकर आनन्द भी होता हैं, ईर्ष्या भी होती है। नवकर्त्ता इनकी ओर देखते रह गए। एक और समस्या दिखलाई पड़ी। उन्हें गोद में उठाकर प्यार करने की इच्छा हुई, पर लोग क्या सोचेंगे, यह सोच उनकी हिम्मत नहीं हुई, पर दबी हुई इच्छा ने दूसरी ओर से प्रतिशोध लिया। उनका मिज़ाज गर्म हो उठा, पर मिज़ाज किस पर दिखाएंगे? जिन्हें निमंत्रित कर बुलाया है, क्या इन पर मिज़ाज दिखाया जा सकता हैं? नवकर्त्ता सिर्फ़ यही कामना करने लगे कि जल्दी-जल्दी दिन ख़तम हो जाए, नहीं तो यह बेचैनी और नहीं सही जाती। खुशी की भी इधर वैसी ही बेचैन हालत है।

रिक्शावालों का भोज आठ बजे के कुछ बाद शुरू हुआ। एक दिन का भाड़ा रियायत में मिला है, इस पर बिना पैसे का भोज, और क्या चाहिए? पर कोई खुशी से भोज में नहीं आया। इसका कारण हैं, बूढ़े के लिए सभी को उपहार लाना पड़ा है। वे मज़दूर हैं, खट कर खाते हैं, रिक्शे के अड्डे के मालिक नवकर्त्ता की फटकार मुंह बन्द कर सह लेते हैं। आज नवकर्त्ता निमन्त्रित अतिथि होने पर भी रिहाई नहीं है। अपने सिर का पसीना पैरों पर गिराकर पाने वाली मजूरी से नवकर्त्ता के लिए उपहार ख़रीदना होगा। खाने के बाद अड्डा छोड़कर चला जाना होगा। क्या ठिकाना, सम्मानित अतिथिगण उन्हें देखकर कदाचित विरक्त हो जाएं! इधर रिक्शा लेकर निकलना भी मना है। नग साल आ रहा है। यही समय तो उन लोगों के लिए कमाने के दिन हैं। एक दिन में आज कल जो आमदनी होगी, दूसरे समय एक सप्ताह में भी वैसी आमदनी नहीं होगी।

खुशी की बात अवश्य दूसरी है। खा-पीकर चले जाने वालों के दल में वह नहीं हैं। फिर भी भाई-बिरादरों के साथ वह खाने बैठेगा, यही निश्चय किया। जल्दी से खाना-पीना ख़तम कर लेने से काम करने में सहूलियत होगी, साथ ही इससे उनकी भी समझ में यह बात आ जाएगी कि वह भी उनमें से एक है।

वह भीड़ के बीच बैठने गया, ऐसे समय कोई बोल उठा, "तुम तो बड़े आदमी ठहरे। हम लोगों के साथ एक टेबल पर कैसे बैठोगे?"

खुशी बेवक़ूफ़ की तरह हंस दिया, इस बात का आशय वह नहीं समझ सका। कई दिन मौन रहते-रहते उसका मन जैसे निष्क्रिय हो उठा है। खाना आ गया। मांस या साग-सब्ज़ियों के विविध व्यंजन उन्हें नहीं मिले, पर शराब उन्होंने भर-पेट पी। नवकर्त्ता ने इस मद में कृपणता नहीं दिखलाई। दीर्घायु कामना करने के लिए शराब तो चाहिए ही। इसी से इस चीज़ का भरपूर आयोजन कर रखा था। व्यंजन नहीं हैं, न सही, शराब तो है। सभी ने शराब ढालनी शुरू कर दी। कोई प्याले-पर-प्याला ग़टककर गुम रह गया, किसी ने हल्ला मचाना शुरू कर दिया। बूढ़े लिऊ उन्हें रोकने की चेष्टा में असफल होकर चले गए। खुशी शराब नहीं पीता, पर दल में आने पर दो-तीन प्याले उसे भी गटकना पड़ा। क्या पता न पीने से मन में जाने वे क्या सोच बैठें? कुछ देर तक शराब पीना चलता रहा। आंखें अब लाल हो आईं। जीभ भी जैसे काबू में नहीं है।

जाने कौन बोल उठा, "अबे ओ बच्चू खुशी! ऊंह, क्या मज़े की नौकरी ढूंढ निकाली है, यार। दोनों जून भरपेट खाना, साथ ही मालिक और उसकी लड़की की फरमाइशें बजाना। मैं कहता हूं बच्चू, अब तुम्हें रिक्शा नहीं खींचना होगा।" खुशी चुप रह गया। 'मानव-मिलन' लौट आने के बाद से जाने वह कैसा हो गया है! कोई यदि कुछ कहता है, तो जवाब नहीं देता, यही क्यों, अपना ग़ुस्सा तक दबा देता है। इस समय देवता ही पर एकमात्र भरोसा है। वे जो कराएंगे, वह उन्हीं कामों को करेगा।

फिर एक आदमी ने चुटकी ली, "ख़ुशी का रास्ता ही अलग है, दोस्त। हम लोग रिक्शा चलाकर पैसे पैदा करते हैं, पर खुशी रिक्शा चलाता है दूसरे मतलब से। क्या तकदीर है यार! रुपये के रुपये, मज़े का मज़ा।" सभी हो-हो कर हंस उठे। खुशी ने समझा कि ये सभी मज़ाक़ कर रहे हैं, पर जो दुःख वह सह रहा है, उसके सामने इस मज़ाक़ की कीमत ही क्या है? कोई हल्की-फुल्की बातें तो हैं नहीं। ख़ुशी मुंह बन्द किए रहा, उत्तर नहीं दिया।

इस बार उन्होंने ख़ुशी को आकर घेर लिया। आस-पास के टेबलों पर के आदमी भी इसमें शरीक हो गए। किसी ने ताना मारकर कहा, "खुशी कल से तो तुम ही हम लोगों के मालिक बनोगे। तब अपने भाई-बिरादर की बात भूल मत जाना।"

खुशी तब भी चुप था। दूसरे टेबल से एक और बोल उठा, "मान लिया कि कल तुम मालिक ही हो जाओगे, तो क्या इसलिए मुंह से कुछ शब्द भी नहीं निकाल सकते?"

खुशी का मुंह लाल हो उठा। वह धीरे-धीरे बोला, "क्या अंट-संट बक रहे हो तुम लोग? मैं मालिक कैसे हो जाऊंगा।"

"क्यों नहीं होगे, ज़रा सुनूं? तुमने क्या गूलर का फूल नहीं देखा है? बस आनन-फ़ानन रिक्शावाला अब रिक्शावाला नहीं रहा।" खुशी सिर-पैर कुछ भी नहीं समझ सका। गूलर का फूल?.......तब इतनी बात उसे साफ़ समझ में आ गई, बाघिनी के साथ उसका नाम जोड़कर वे मज़ाक़ कर रहे हैं। मुंह उसका बदरंग हो गया। मन में जीवन की कड़वी-मीठी स्मृतियां नाच गईं। वे जैसे उसकी छाती पर बैठी हैं। अब उससे और सहा नहीं जाता। उद्दाम लहरों की तरह उसके हृदय में हिलोरें आ रही हैं, किसी भी क्षण में शायद ये लहरें उसे आत्मसात कर लेंगी। ठीक ऐसे ही समय एक रिक्शावाले ने खुशी को संबोधित कर कहा, "खुशी भाई, कहावत है न 'गूंगा आदमी ही अच्छे-अच्छे मांस खाता है!' तुम्हारे भाग्य में मांस जुटा, हम लोग तो केवल टापते रह गए, हिस्सा नहीं मिला। क्यों, ठीक कहा न?"

खुशी एक छलांग में उठ खड़ा हुआ। उसका चेहरा उत्तेजना के कारण लाल हो उठा। घूंसा तानकर

वह चिल्लाया, "आओ, ज़रा बाहर आकर एक बार फिर बोल कर देखो! आओ, निकल आओ बाहर!" सभी घबरा गए। किसी के मुंह में आवाज़ नहीं। समय काटने के लिए हंसी-मज़ाक़ वे कर रहे थे। मार-पीट करने का उत्साह उनमें नहीं था।

सभी चुप थे। जंगल में एक झुंड चिड़ियां चहचहा रही थीं, हठात ईगल पक्षी आ गया। स्तब्ध हो गया चिड़ियों का दल। खुशी अकेले खड़ा है, सबसे ज़्यादा जवान। छाती में क्रोध की आग का धुआं उठ रहा है। आत्मविश्वास से वह उद्दीप्त हो उठा है। सभी यदि उस पर एक साथ टूट भी पड़े, तो भी उससे पार न पाएंगे। वह फिर बोल उठा, शब्द नहीं मानो हथौड़े की चोट हो, "आओ, कौन आएगा, चले आओ! किसमें इतनी मर्दानगी है, देखें तो सही?"

मामला आसान नहीं है, यह सभी ने समझ लिया। वे एक साथ चिल्ला उठे, "हुआ-हुआ, अब रहने दो। हम लोग तुमसे मज़ाक़ कर रहे थे।"

नवकर्त्ता शोर-गुल सुनकर दौड़े आए। आते ही बोले, "खुशी, बैठ जाओ!" इसके बाद दल की ओर देखकर बोले, "सीधी-सादी गऊ पाकर ख़ूब मज़ाक़ कर रहे थे, क्यों? देखो, फिर यदि शोर-गुल सुनने में आया, तो सभी को लाठी मार कर निकाल दूंगा। मुंह नीचा कर जल्दी-जल्दी खा लो।" खुशी टेबल छोड़कर उठ गया। सभी ने बूढ़े की ओर देखकर चुपचाप से भात निकाल लिया। खाना-पीना चला। बूढ़े के चले जाने पर फिर हंसी-मज़ाक़ का दौर-दौरा शुरू हो गया।

खुशी बहुत देर तक फाटक के सामने खड़ा रहा, फिर कोई यदि निकलने के समय मज़ाक़ करे तो उसके ऊपर टूट पड़ेगा। इसके बाद जो होना होगा, हो। वह परवाह नहीं करता। वे जन्मे कहीं के। पर कोई अकेले नहीं निकला, दो-दो, तीन-तीन होकर निकले। खुशी की ओर एक बार उन्होंने आंखें उठाकर भी नहीं देखा। खुशी को लड़ाई करना भी नहीं था। फिर भी उसे लगा, छाती थोड़ी हल्की हो गई है, क्रोध का उबाल उसने कुछ बाहर निकाल दिया हैं, पर तब भी क्या ख़ाक शान्ति मन में हैं? इतने लोगों को चिढ़ा देना क्या अच्छा हुआ? दोस्त के नाम पर कोई नहीं है। इसीलिए सैकड़ों दुःख-दुर्दशा में पड़ने पर भी किसी के सामने मुंह खोलकर वह कुछ नहीं कह सका है। उस पर आज इतने आदमियों को चिढ़ा दिया। क्या होगा, कौन जाने?

खुशी के मन में बेचैनी थी। बहुत थोड़ा ही उसने खाया था, पर भोजन-स्थल में जैसे वह अटका हुआ है, पेट में मरोड़े हो रही हैं। फाटक से वह भीतर चला आया। दुश्चिन्ताओं से क्या फ़ायदा? यही देखो न, उसके भाई-बिरादर दिन में कई बार झगड़ते हैं, मार-पीट करते हैं, पर फिर तुरंत हंसी-मज़ाक़ में मश़गूल हो जाते हैं–सब भूल जाते हैं। मुंह लटका लेने से क्या फ़ायदा? इससे तो कोई लाभ नहीं।

खुशी ने इसी तरह की बातें सोचते-सोचते यह तय किया कि वह नए रास्ते पर चलेगा। बिल्कुल ही नया आदमी होगा। जिसे देखेगा, उसी के साथ दोस्ती क़ायम कर लेगा। जिसके पास से जितनी कुछ सुविधा मिलेगी, वह वसूल कर लेगा। दूसरे के सिर चाय-सिगरेट पीएगा, रुपए उधार लेकर चुकता नहीं करेगा, पुलिस की आंखों में धूल झोंकेगा। पकड़े जाने पर दो-तीन दिन हाजत में रह आएगा।

हां, यही वह करेगा। यही तो रिक्शावालों का वास्तविक जीवन हैं और इसी में वे सुखी हैं। वही क्यों दूसरे रास्ते पर चलकर दुःख उठाए? निरीह, भोली-भाली, गाय बने रहना, क़ानून से बचकर चलना, ऊंची नज़र, इन सब चीज़ों का कोई मूल्य ही नहीं है। इससे कहीं अच्छा इन निकम्मे आदमियों के दल में मिल जाना है। इनके बीच भलमनसाहत नहीं है, किसी की परवाह न करने का नशा है, बहादुरी है। खुशी ने तय किया कि इन्हीं लोगों के दल में वह पिल पड़ेगा। स्वर्ग-नरक वह किसी से नहीं डरेगा, किसी के सामने वह सिर नहीं झुकाएगा। वह पक्का आदमी निकलेगा, पक्का गुंडा!

उसे जाने कैसा पश्चात्ताप होने लगा। मार-पीट होने से वह एक हाथ दिखला देता, हुं....... वह किसी से कम नहीं है। जाने दो, आगे के लिए रहा। जब उसने यह निश्चय कर लिया है कि किसी के सम्मुख सिर नहीं झुकायेगा। तब तो मार-पीट आज छोड़ कल होगी ही। नवकर्त्ता की आंखों में धूल डालना कठिन हैं। सभी बातें देख-सुनकर उन्होंने मामले को सीधा कर दिया। उन्होंने चौकन्नी आंखों से नज़र रखी है कि इन दिनों बाघिनी कहां उठती है, कहां बैठती है। खुशी लौट आया है, क्या इसीलिए वह इतनी चौकस हो गई है? सारा समय खुशी की ओर ही यह लड़की देखती रहती है? मामला क्या है? बूढ़ा मुंह से तो कुछ नहीं बोला, पर भीतर-ही-भीतर काफ़ी जल-भुन गया। उनके बेटा नहीं है। आनन-फ़ानन बच्चे पैदा कर देना भी बूते के बाहर है। इस पर लड़की यदि किसी के साथ भाग जाए तो.......। इतने दिनों तक पसीना बहाकर जो कुछ किया सब व्यर्थ हो जाएगा।

खुशी काफ़ी अच्छा लड़का है, पर बेटे या दामाद के लायक बिल्कुल नहीं। बेटा रिक्शावाला! शरीर से कैसी दुर्गन्ध निकलती है। नवकर्त्ता आजीवन युद्ध करते रहे हैं। कितनी बार जेलख़ाने जाने तक की नौबत आई है, तभी तो इतनी धन-संपत्ति के मालिक वे हुए हैं। इस धन-दौलत में क्या तो भाग बटाएगा यह छोकरा, गंवई भूत! नहीं-नहीं, इतना सस्ता नहीं, इतना सस्ता यह नहीं है। यदि इसी मतलब से बेटा यहां आया हो, तो इसका भरपूर मज़ा चखेगा। किसी ऐसे-वैसे से पल्ला नहीं पड़ा है, वे नवकर्त्ता हैं। दोपहर के बाद तीन-चार बजे बूढ़े लिऊ के जन्म-दिन में अभिनन्दन जताने के लिए कई निमंत्रित अतिथिगण आए, पर तब बूढ़े का मिज़ाज ही बिगड़ चुका था। उनके चेहरे की स्तुति, उनकी श्रीवृद्धि की कामना उन लोगों ने की। ऐसी खोखली बातें सुनकर वे उत्तप्त हो उठे।

अब संध्या हो आई। मेहराब के इधर-उधर काग़ज़ की लालटेनें जल उठीं। एक-एककर अतिथिगण विदा हुए। टोले-मोहल्ले के लोग और आत्मीय दोस्त वग़ैरह मचियाङ्ग खेलने बैठ गए। विराट मंडप प्रायः खाली हो गया, टेबल पर कपड़े उठा लिए गए हैं। गैसबत्ती की धुंधली नीली रोशनी आकर जाने कैसे एक प्रेतपुरी का वातावरण उपस्थित कर रही है। नवकर्त्ता देखते रहे। उन्हें लगा कि दीर्घायु के इस उत्सव और शोक के अनुष्ठान में कोई फ़र्क़ नहीं। सिर्फ़ अक्षर बदल देने होंगे और कई क़िस्म के इन रंगीन कपड़ों को निकाल फेंकना होगा। उनकी जगह पर सफ़ेद कपड़े से चारों ओर घेर देना होगा। बस, इतने से ही दीर्घायु-उत्सव का वातावरण शोक-दिवस बन जाएगा। उन्हें कोई पुत्र या नाती नहीं है, जो शोक की पोशाक पहनकर शव के पास घुटने टेककर बैठे। तब भी ऐसे कितने पड़ोसी या पुराने दोस्त बैठकर मेचियाङ्ग खेलते रहेंगे और सारी रात बैठकर शव पर पहरा देंगे। नवकर्त्ता उत्तेजित हो उठे। इन्हें फ़ौरन ही भगा दिया जाए, तो कैसा होगा? उनके पास अभी भी जो सामान्य जीवन-शक्ति बची है, वह उन्हें घबरा देने के लिए यथेष्ट है। दो-एक कदम नवकर्त्ता आगे बढ़ आए, इसके बाद पीछे लौट गए। नहीं, बन्धु-बान्धवों के साथ ऐसी अभद्रता वे नहीं कर सकेंगे।

उनका क्रोध इस बार दूसरी ओर मुड़ा। लड़की की ओर तीखी आंखों से उन्होंने देखा। देखने से भी शरीर में आग लग जाती है। खुशी भी मंडप के भीतर बैठा हुआ है। उजड्ड छोकरा, मुंह ठीक कुत्ते की तरह लगता है। गैस बत्ती की नीली रोशनी कटे हुए दाग़ पर पड़कर वीभत्स दीखती है। नवकर्त्ता ने मुंह घुमा लिया। युगल जोड़ी की ओर देखने से ही पित्त जल जाता है।

यूं तो बाघिनी को अपनी पोशाक की ओर ख़्याल नहीं रहता, अदब-क़ायदे के पास भी वह नहीं फटकती, यह मानो कौये का संगीत हो, छन्द नहीं, ताल नहीं, पर आज उसने कायापलट कर रखी है। श्रृंगार की पोशाक पहनकर अतिथियों का कैसा सत्कार कर रही है! शायद यह चाहती हो कि सभी उसकी प्रशंसा

करें। इसके अलावा खुशी को भी दिखला देना चाहती है कि गृहिणीपन में वह कितनी उस्ताद है! पहले तो यह आदर-सत्कार का काम उसे अच्छा लग रहा था, पर भेड़ियाधसान की तरह अतिथि आ रहे हैं, तो आ ही रहे हैं, कहां तक संभाला जाए? वह विरक्त हो उठी। इस तरह की नपी-तुली हंसी और नपी-तुली बातें उसे क्यों अच्छी लगने लगीं? उसे लगा कि चिल्लाकर किसी से नहीं भिड़ जाने पर उसका दम बन्द हो जाएगा। बेचैन हो उठी बाघिनी, पर तब भी उसकी रंगीन भौं ज़रा भी नहीं सिमटी, पाउडर-पुता चेहरा स्वरूप को क़ायम किए रहा।

सात बजे के बाद नवकर्त्ता ऊंघने लगे। इतनी बूढ़ी उम्र, इतना परिश्रम कैसे सहेगी? पर तब भी नवकर्त्ता सोने नहीं गए मेचियाङ्ग-टेबल पर बैठे रहे। कई बाज़ी खेल हुए। नवकर्त्ता ने इस बार प्रस्ताव किया, 'नौ' ताश का खेल हो। पर कोई भी दूसरा खेल खेलने को राजी नहीं हुआ। और क्या करते, खेल देखने ही बैठ गए! कहां तक चुपचाप बैठा जाए? आंखें झपक रही हैं, जम्हाई आ रही है। प्याले पर प्याला शराब पीकर किसी तरह उन्होंने आंखें खोले रखने की चेष्टा की। शराब का थोड़ा नशा होते ही उन्हें लगा कि आज वे बुरी तरह ठगे गए हैं। मेहराब वाले से लेकर रसोइए तक सभी ने उन्हें ठगा है। यही नहीं, अपनी गांठ की गिरह खोलकर उन्होंने भोज दिया और उनका अपना पेट ही अच्छी तरह नहीं भरा। यही सब बातें वे अनर्गल बक गए, सभी जुआ-चोर हैं, सभी उनको धता बताकर चंपत हो गए हैं। ऐसे ही समय श्रीयुत फेंग हिसाब-पत्र लेकर मंडप में घुसे। किसने कौन-सी चीज़ उपहार दी है, इसी का हिसाब। दीर्घायु कामना के स्तोत्र लिखे हुए पच्चीस मान-पत्र, तीन बड़े-बड़े दीर्घायु केक, एक कुप्पा शराब, कई मोमबत्तियां और बीस डालर, भर दिन का यही उपहार है। मज़ा यह कि अतिथिगणों का तांता ही बंधता रहा है।

नवकर्त्ता क्षुब्ध हो उठे। यदि यह मालूम रहता कि बस इतने ही उपहार आएंगे, तो इतनी धूम-धाम से उन्हें निमंत्रित करने की क्या ज़रूरत थी! दो एक क़िस्म के खाने, साग-सब्ज़ी से ही तो चल जाता। ठूंस-ठूंस कर खा लेने के बाद सालों ने यही कुछ उपहार दिया है! बूढ़े को सीधा पाकर उन लोगों ने ख़ूब छकाया। अब कभी वे ऐसी बेवक़ूफ़ी नहीं करेंगे। रुपए जंगल में झरते तो नहीं कि उनके पेट में ठूंस दिए जाएं। यही क्यों, बन्धु-बान्धव, हित-मित्र भी बिना पैसे के भोज खाकर ठेंगा दिखा गए। उनहत्तर वर्ष तक अपनी बुद्धिमानी का परिचय देकर उन्होंने यह क्या किया? बेजन्मा, कछुए के अंडे, उनकी आंखों में धूल डालकर निकल गए! वे सोचते-सोचते पागल हो उठे। उन्हें लगा कि दिन में इतना ख़ुश मिज़ाज रहना ही उनका ग़लत था। इतना आदर-सत्कार न करने से भी बनता। तब शायद निमंत्रित लोग इस तरह की फांकी देकर नहीं चले जाते। छि:-छि: कैसी बेवक़ूफ़ी हो गई? नवकर्त्ता जबान को संभालने में असमर्थ हो गए। गन्दी गालियां बकने लगे।

अब भी सभी अतिथिगण गए नहीं हैं, वे क्या सोचेंगे? बाघिनी बाप को रोकने दौड़ी आई, पर अतिथियों को यह बात ध्यान न थी, वे मेचियाङ्ग खेल में डूबे हुए हैं। गालियां सुनकर अनसुनी कर देते हैं। बाघिनी सब देख-सुनकर चुप रह गई। हो सकता है कि बूढ़ा रोकने पर और भी क्रोधित होकर एक कांड न खड़ा कर दे। इससे अच्छा है कि बकबक करता रहे। सभी के चुप रहने पर वह ख़ुद ही ठंडा हो जाएगा। बेचारी बाघिनी! वह क्या जानती है कि आज रुकनेवाला नहीं है। असली बात तक पहुंचने के लिए भी इतनी देर तक अंट-संट बकता रहा। इस बार नवकर्त्ता बाघिनी पर टूट पड़े। बाघिनी ने तय किया कि वह गाली-गलौच पी नहीं जाएगी। बूढ़े के जन्म-दिन पर वह ही क्या कम खटी है? इस पर उलटा उसी को गाली-गलौच! नहीं-नहीं, वह हज़म नहीं करेगी। उनहत्तर वर्ष की उम्र हुई, पर बूढ़े की चाल देखो न! वह और चुप न रह सकी, हठात घूमकर खड़ी होती हुई बोली, "तुम्हीं ने तो जन्म-दिन का उत्सव धूम-धड़ाके से मनाया। अब मुझसे क्या कहने आए हो?"

बाधा पाकर बूढ़ा और भी उग्र हो उठा, "तुझे नहीं कहूंगा, तो किससे कहूंगा? तू तो सोचती है कि बूढ़ा आंखों का सिर खाए बैठा है, कुछ भी नहीं देख सकेगा। नहीं, मैं सब देख रहा हूं।"

"क्या देखा है, कहो न? सारा दिन खटती-खटती हैरान हो गई, और अब मेरे ही ऊपर रोब दिखाने चले हैं। बोलो न, क्या देखा है?" बाघिनी क्रोध में आग हो गई।

"ओफ़्फ़ो बोलो न, क्या देखा है? वाह री भोली लड़की! आंखें दोनों फाड़-फाड़कर किस तरफ देखती रहती हो, यह नहीं जानती?.....आंखें फाड़-फाड़कर!......क्या देखा है, बोलो न?"

"क्या नहीं देखा, यही बोल न? वह जो......," नवकर्त्ता लिऊ मंडप की ओर उंगली से इशारा करते हुए बोले। खुशी पीछे मुड़कर झाड़ू दे रहा है।

बाघिनी कांप उठी। बूढ़े की आंखें इतनी सजग हैं, इसकी कल्पना उसे न थी।......"देखती हूं तो...... तो क्या कहना चाहते हो?"

"इतनी गर्मी मत दिखाओ। अभी सिर पर हंडिया पटक दूंगा। भोली लड़की, जैसे कुछ भी नहीं जानती!" बूढ़ा इस बार उठ खड़ा हुआ, "उसे यदि चाहती है, तो मुझे नहीं पाएगी, मुझको यदि पाना चाहती है, तो उसके पास फटकना नहीं होगा, समझी! मेरी बातें भई साफ़ होती हैं। मैं तेरा बाप हूं। हम अपने मामले में किसी को नाक घुसेड़ने नहीं देते।"

बाघिनी को काठ मार गया। उसके इतने बड़े तिकड़म को बीच में ही आते न आते बुढ्ढे ने ख़तम कर दिया। अब वह क्या करेगी? लाल हो उठा उसका चेहरा, पाउडर के सादे स्तर को भेद कर बैंगनी रंग फूट उठा। कारबाइड के नीले प्रकाश में बाघिनी सूअर के टुकड़े-टुकड़े तले गए मांस की तरह दीखने लगी। ठीक उसी तरह अनेक रंगों का समारोह, ठीक उसी तरह कुत्सित। बाघिनी खटते-खटते थक गई थी, हठात वह जल उठी। सिर में जाने कैसा गोल-माल लग रहा है। कोई उपाय वह ढूंढ नहीं पाई। चूहे की तरह वह बिल में भी नहीं लौट जाना चाहती थी। इसी गोल-माल के भीतर उसे कोई उपाय ढूंढ निकालना होगा। कभी किसी पुरुष के सामने उसने सिर नहीं झुकाया, आज भी वह नहीं झुकाएगी। बूढे ने जब बात ढूंढ निकाली, तो कुछ रफ़ा-दफ़ा हो जाना चाहिए।

"अच्छा, अच्छा.......," बाघिनी बोली, "आज ही बातें साफ़ क्यों न हो जाएं? मान लिया तुमने ठीक ही अन्दाज़ लगाया है, पर अब क्या करना चाहते हो, कहो? सुनूं, सुनकर कान जुड़ाऊं, पर एक बात कहे देती हूं, केंचुल निकालते हुए सांप तुम ही बाहर कर रहे हो। इसके बाद मेरे मत्थे दोष न देना।"

जो लोग मेचियाङ्ग खेल रहे थे, उन्होंने भी बाप-बेटी का झगड़ा सुना, पर दूसरे के झगड़े में कान देने से फ़ायदा। उन लोगों ने टेबल पर हाथ पटककर और चिल्लाकर उस झगड़े को डुबा दिया। बाप-बेटी की आवाज़ के ऊपर वह चिल्लाहट गूंज गई।

खुशी कान खड़े करके सभी सुन रहा था, पर क्या करता? सिर झुका कर झाड़ने लगा। दांत-पर-दांत बैठा, अस्फुट स्वर में बोला, "सब बेजन्मे हैं!"

"तू तो मुझे ग़ुस्सा दिलाने की कोशिश करेगी ही!" बुड्ढे ने हुंकारी भरी, उनकी आंखों से जैसे चिनगारियां बरस रही हों, "सोच रखा है कि इस तरह ग़ुस्सा दिलाने से दम घुटकर मैं मर जाऊंगा। इसके बाद मेरे रुपयों को लेकर एक बेटे के साथ तूने मौज उड़ायी। नहीं-नहीं, यह नहीं होगा। बूढ़े की हड्डी अभी भी मज़बूत हैं। अभी भी वह बहुत साल ज़िन्दा रहेगा।"

"अंट-संट मत बको, कहे देती हूं। मैं क्या कह रही थी? हां, तुम अब क्या करना चाहते हो?" बाघिनी चिल्लाकर बोली। उसकी छाती अभी भी भीतर-ही-भीतर कांप रही है, पर मुंह की ताक़त जैसे बढ़ गई हैं।

"क्या करना चाहता हूं? सौ बार तुझसे नहीं कहा? उसे चाहने पर मुझे नहीं पाएगी, मुझे चाहने पर उसके पास फटकना नहीं होगा। अपने रुपए-पैसे, इज़्ज़त-आबरू मैं एक रिक्शावाले के हाथ नहीं सौंप सकता, किसी तरह नहीं सौंप सकता।"

खुशी झाड़ू फेंककर सीधा खड़ा हो गया। इसके बाद नवकर्त्ता लिऊ की ओर देखकर बोला, "किसकी बात आप कह रहे हैं?"

नवकर्त्ता पागल की तरह हो-होकर हंस उठे, "हा-हा-हा-हा, ठीक रास्ते पर आए हो! किसकी बात कह रहा था?.....तुम लोगों की युगल-जोड़ी की हरकतें ही कह रहा था। अच्छा समझकर रहने दिया, और बेटा मेरे ही घर सेंध मारना चाहता है। जाओ, दूर हो जाओ! फिर कभी अपना काला मुंह न दिखाना। बेजन्मा बेटा कहीं का!"

बुड्ढे का गला धीरे-धीरे चढ़ गया। इसी बीच तमाशा देखने के लिए कई रिक्शावाले दौड़ आए, पर मेचियाङ्ग खेलने वालों की भौं पर बल तक नहीं। नवकर्त्ता शायद अब किसी रिक्शावाले पर अपना ग़ुस्सा उतार रहे हैं, यह सोचकर वे सिर झुका एकाग्रचित्त से खेल में जुट गए।

खुशी मुंह खोलकर कुछ भी न कह सका। उसने बहुत कुछ कहने का सोचा था, पर बूढ़े के सामने आते ही सब छू-मन्तर हो गया, एक बात भी मुंह से नहीं निकली। वह बेवक़ूफ़ की तरह मुंह बाए खड़ा रहा।

"जाओ, यहां से दूर हो जाओ! भागो! मेरे ही साथ चालाकी खेलने आया था छोकरा! तेरे पैदा होने के पहले से ही मैं यह सब हज़म किए बैठा हूं, जानता है!" बुड्ढा ग़ुस्सा हुआ ज़रूर, पर कैसी तो यह खोखली चिल्लाहट लगी। असल में खुशी के ऊपर उनका ग़ुस्सा नहीं। छोकरा तो निरीह भला आदमी है। बाघिनी ही सब चलित्तर वाली है।

"अच्छा, मैं चला जाता हूं।" खुशी और कुछ बोल नहीं सका। चुपचाप बात मानकर हट जाने के सिवा और क्या उपाय है? बाप और बेटी की नोंक-झोंक में तो उसका खड़ा होना भी दुश्वार हो जाएगा। रिक्शावाले नवकर्त्ता की चिल्लाहट सुनकर दौड़े आए। यह देखकर उन्हें काफ़ी ख़ुशी हुई कि वे खुशी को गालियां दे रहे हैं। सुबह वाली बात वे अब तक नहीं भूल पाए थे, पर जब उन्होंने सुना कि नवकर्त्ता उसे 'मानव-मिलन' से ही भगा दे रहे हैं, तब उन लोगों ने खुशी का पक्ष लिया। छोकरे ने भूत की तरह खटकर इनका बेड़ा पार लगाया और अब ये उसकी किश्ती ही डुबाने के फेर में हैं। खुशी की अब ज़रूरत तो नहीं रही। अब तो मुंह मोड़कर न पहचान सकना आसान बात है। कई आदमी खुशी के निकट दौड़ आए, "क्या हुआ है रे, खुशी?"

खुशी ने कोई जवाब नहीं दिया, सिर्फ़ सिर हिला दिया।

"जाओ मत, थोड़ा ठहरो!" बाघिनी को यह बात साफ़ मालूम हो गई कि उसका फन्दा ख़ाली गया। अब यदि खुशी भी हाथ से निकल जाए, तो कोई उपाय नहीं रहेगा। मुर्ग़ी के बच्चे भयभीत होकर भाग गए हैं, तो क्रोध में अंडे फोड़कर फेंक देना कोई बुद्धिमानी नहीं है। हम सभी तो एक ही धागे में बंधे हुए जीव हैं। एक के बाद दूसरे को छोड़ देने पर क्या हिलने-डुलने की भी ताक़त रहेगी?

"ज़रा ठहरो, बुड्ढे से ज़रा छः-पांच फैसला कर लूं!"

बाघिनी ने मुंह फिराकर, बुड्ढे की ओर छुरी की धार की तरह बात फेंक मारी, "तब साफ़ ही कह दूं, मेरे पेट में खुशी का गर्भ है। इसे तो मैं छोड़ नहीं सकती। वह जहां जाएगा मुझे भी वहीं जाना होगा। अब क्या करोगे, बोलो?"

बाघिनी ने अपना आख़री तीर फेंका। नवकर्त्ता अचकचा-से गए। बात यहां तक पहुंच चुकी है, इस

बात की कल्पना उन्हें स्वप्न में भी न थी, पर इतने आदमियों के बीच चुप रहने से तो काम नहीं चलेगा। वे चिल्ला उठे, "अरी ओ कलमुंही! क्या लाज-शर्म सभी धोकर पी गई, जो इस तरह की बातें सबके सामने कह रही है? तेरे कारण इस बुढ़ापे में मेरा सिर नीचा हो गया।" बुड्ढा अपने गाल पर थप्पड़ मारने लगा, "कलमुंही.....हरजाई बेटी!"

खिलाड़ियों ने अब खेलना बन्द कर दिया। मामला बड़ा संगीन हो उठा है। उन लोगों ने उनके चेहरे की ओर देखा। कोई-कोई उठ खड़े हुए, कोई-कोई चकित आंखें फैलाए खड़े रह गए। सभी बातें खुलासा कहकर बाघिनी ने दीर्घ उसांसें फेंकी, "मैं तो अब कलमुंही होऊंगी ही। ज़्यादा मत बको, नहीं तो दो टूक सुनाऊंगी।.....नाश का घर तो तुम्हीं हो। लड़के के सयाना होते ही उसका ब्याह कर बहू घर में लाई जाती है, लड़की के सयानी होने पर अच्छा घर-वर देखकर उसकी शादी कर दी जाती है, यही तो जानती हूं, पर बुड्ढे उनहत्तर बरस तुम्हारी उम्र हुई, अब तक कुछ नहीं सीखा। यही देखो न, यहां इतने सारे आदमी इकट्ठे हैं!" बाघिनी हाथ से इशारा करते हुए बोली, "इन लोगों के सामने ही मामला साफ़ हो जाए। तुम्हारे जन्म-दिन के उत्सव वाली मेहराब तो अभी बंधी ही है, यहीं एक और उत्सव कर दो, अच्छे ढंग से मामला सुलझ जाए। क्यों, मैंने ठीक सलाह नहीं दी क्या?"

"क्या?.....मैं उत्सव करूंगा?" नवकर्त्ता लिऊ का चेहरा सफ़ेद हो गया। सभ्य-भव्य 'मानव-मिलन' के मालिक की खाल खिसक रही है, नवकर्त्ता मानो पुराने दिनों के डकैत सरदार के रूप में रूपान्तरित हो उठे हैं, "उत्सव करूंगा न, तुम्हारा सिर करूंगा! इसके पहले ही मेहराब में आग नहीं लगा दूंगा!"

"अच्छी बात है, आग ही लगा दो।" बाघिनी के ओठ कांप उठे, "बिछावन वग़ैरह समेटकर मैं घर छोड़कर चली, पर मैं जानना चाहती हूं कि तुम मुझे कितने रुपए दोगे?"

"रुपए हमारे हैं। जिसे मन आएगा दान-ख़ैरात कर दूंगा। तुझे एक पैसा भी नहीं दूंगा।"

"तुम्हारे रुपए! इतने दिनों तक जो खटी, तुम्हारी मदद करती रही, ये सब कुछ ही नहीं। रहो अपने रुपए लेकर। पांच रंडी रखकर उड़ा देने पर भी में कुछ बोलने नहीं आऊंगी। तब धरम-ईमान तो है?" बाघिनी ने खुशी के चेहरे की ओर देखा, "और तुम भी मुंह में दही जमाकर चुप क्यों हो जी?......कुछ बोलो?" खुशी मौन ही खड़ा रह गया।

चुप रहने के सिवा खुशी के पास और कोई उपाय नहीं हैं। बुड्ढे को तो वह दो धौल जगा नहीं सकता है। औरत-ज़ात पर भी हाथ उठाने की उसकी आदत नहीं। शरीर में ताक़त ज़रूर है, पर ताक़त दिखाने की कोई सुविधा उसे नहीं मिली। झगड़ा करवा देने वाले बदमाश की तरह यदि वह बाप-बेटी में झगड़ा करवाकर कुछ वसूलने की तिकड़म करे, तो कोई हर्ज नहीं। यह बात नहीं है कि खुशी ने यह बात नहीं सोची, पर यहीं तक। साहस आगे नहीं हुआ। बाघिनी के पंजे से निकल जाए तो जान में जान आए। इतने सारे लोगों के बीच बाघिनी जिस आत्मत्याग का अभिनय कर गई, उससे अब निकल पड़ना भी मुश्किल है! बल्कि उसके लिए आगे बढ़ना ही अच्छा है। खुशी चुप खड़ा रहा। जब तक यह बवंडर शान्त न हो जाए, तब तक उसे खड़ा ही रहना होगा। यही तो सचमुच हान वंशधर के लायक़ काम होगा।

बाप-बेटी के मुंह के बोल अब ख़तम होने को हैं, अब वे लोग एक दूसरे की ओर तीखी आंखों से देख

रहे हैं। सचमुच वे बोलने लायक़ कोई बात ही नहीं पा रहे हैं। शायद खुशी के कुछ बोलने पर वे इस तरह चुप्पी नहीं लगा लेते। खुशी भी मुंह बन्द किए है, एक भी बात उसके मुंह से नहीं निकलती। रिक्शावालों की हालत भी वैसी ही है। वे किसकी तरफ़दारी करें, यह सोच ही नहीं पा रहे हैं। मेचियाङ्ग के खिलाड़ी भी चुप लगाए हैं। वे समझ तो रहे हैं कि इस परिस्थिति में उन्हें कुछ कहना चाहिए, पर क्या बोला जाए? मामले को अच्छी तरह उन्होंने समझा ही नहीं। बाहर ऊपरी-ऊपरी दो एक मन्तव्य या झगड़ा रोकने की चेष्टा करने के सिवा उनके पास भी कोई उपाय नहीं। इसमें आफत भी हैं। हो सकता है कि बाप-बेटी का सारा ग़ुस्सा उनपर ही उतर जाए। इससे तो चुप रहना ही अच्छा है। इसके बाद मौक़ा पाकर एक-एक खिसका दिया जाए।

बाघिनी ने यह हंगामा देखकर कोयला दूकान के श्रीयुत फ़ेंग को पकड़ा, "आपकी दूकान में जगह होगी? खुशी कुछ रोज़ आपकी ही दूकान में रहेगा। डरने की बात नहीं, ज़्यादा दिन में आपके यहां उसे नहीं फेंक रखूंगी। शादी की तैयारियां इधर जल्दी ही कर रही हूं। खुशी तुम इनके यहां जाओ। कल मैं तुमसे भेंट करूंगी। बाप के घर से यदि मुझको विदा लेकर ही जाना पड़ा, तो फूल से सजी हुई गाड़ी पर ही जाऊंगी। आपकी हिफ़ाज़त में मैंने खुशी को छोड़ा, देखेंगे ताकि मैं उसे सही-सही फिरता पाऊं।"

श्रीयुत फ़ेंग ने कई बार थूक घोंटा। इस छोकरी ने उस पर यह कैसा भार सौंपा! खुशी ने ज़्यादा देर न कर विदा मांगी। जाने के समय सिर्फ़ बोल गया, "डरने की बात नहीं, भागना चाह कर भी मैं नहीं भाग सकूंगा।"

श्रीयुत फ़ेंग और कुछ अतिथिगणों ने इस बार नवकर्त्ता से घर में जाने का अनुरोध किया, पर नवकर्त्ता ने उनकी बातों पर कान न देकर कहा, "आप लोग तुरंत न जाएं। कई कुप्पे शराब मंगवा रहा हूं। बैठिए, बहुत बातें कहनी हैं।"

शराब आयी। नवकर्त्ता ने जमकर बैठते हुए कहा, "सुनिए, अब मेरी बातें ज़रा ग़ौर से सुनिए। मेरी लड़की की करतूतें तो आप लोगों ने आंखों से देख लीं न? आज से वह हमारी लड़की नहीं रही। हम लोगों के बीच का सारा सम्बन्ध आज ख़तम हुआ। आज से वह अपने रास्ते चलेगी, और में भी सोच लूंगा, एक दाई-लौंडी बेटी थी, उसे घर से निकाल दिया। इतने दिनों तक आप लोगों के बीच मैं जो सिर ऊंचा उठाकर चलता था, आज वही सिर नीचा हो गया। बीस बरस पहले ऐसी बात होने पर पगले घोड़ों के बीच इन दोनों को बांधकर फेंक देता, इसके बाद देखता कि क्या होता है? पर अब बूढ़ा हो गया हूं। शरीर में वैसी ताक़त नहीं रही। इसीलिए बिना कुछ कहे उन्हें छोड़ दिया। वह यदि मुझसे रुपए-पैसे की आशा कर बैठे, तो कह देंगे, एक कानी कौड़ी भी नहीं मिलेगी! देखता हूं, कैसे घर-संसार चलाती है? तब समझ सकेगी, उसका बुड्ढा बाप अच्छा है, या वह लफ़ंगा छोकरा? बैठिए.....उठिए मत। एक दौर और चले न!" सभी उठकर जाने के लिए व्यस्त हो उठे। दूसरे के घर की अंदरूनी बातों में कौन अपना दिमाग़ ख़राब करने जाए! पल्ला छुड़ाने के लिए दो-चार बार, 'हां-हूं कहकर वे उठ खड़े हुए। खुशी कोयले की दूकान में ही गया।

बाघिनी भी चुप होकर बैठी नहीं रही। वह ब्याह के आयोजन में लग गई। माउ-परिवार के मकान में दो कमरे किराए पर लिए। कोठरियां नहीं, मानो कबूतरख़ाने हों। उत्तर की ओर एक बहुत वड़ा आंगन है। इस आंगन को सभी भाड़ेदार इस्तेमाल करते हैं। कबूतरख़ाने की दोनों दीवारों पर और मेज़ पर सफ़ेद काग़ज़ बिछा दिया गया। बाघिनी ने इसके बाद श्रीयुत फ़ेंग से थोड़े बहुत कुछ मन्त्र लिख देने का अनुरोध किया। फ़ेंग ने कुछ मन्त्र काग़ज़ पर लिख दिए। बाघिनी ने आटे से छांट उन्हें लटका दिया। घर सजाया-

संवारा गया। अब बाघिनी गाड़ी-भाड़ा करने दौड़ी। ऐसी-वैसी गाड़ी होने से नहीं चलेगा, उसके सारे जिस्म पर उज्ज्वल तारे अंकित रहेंगे। इसके अलावा सोलेट बाजा भी साथ-साथ बजेगा। सिर्फ़ सोने की लालटेन ही एक भाड़े पर नहीं ले सकी। इसमें बहुत ख़र्च है। काफ़ी मोल-तोल के बाद भाड़ा ठीक हुआ। इस बार बाघिनी ने अपने बक्स से लाल साटन का काम जिस पर किया गया था, वह पोशाक निकाली। साल के पहले पांच दिन तो सुई पकड़ना मना है, इसलिए नए साल के छठे दिन के उत्सव के लिए उसने पहले से ही पोशाक तैयार करवा रखी थी। पंचांग के अनुसार यही दिन साल में सबसे शुभ हैं, इसलिए अपनी शादी के लिए इसी दिन को मुक़र्रर किया।

सब ठीक कर उसने खुशी को बुलाकर कहा, "जीवन में एक ही बार ऐसा दिन आता है। जाओ पूरा जामा-जोड़ा ख़रीद लाओ।"

खुशी मुसीबत में पड़ा। उसके हाथ में पूंजी के नाम पर तो मात्र पांच डालर हैं। बाघिनी बरस पड़ी, "यह क्या जी? उसी दिन तो करारे तीस डालर गिन दिए थे। वे रुपए क्या हुए?"

खुशी ने चाउ-परिवार की सभी घटनाएं उसे सुना दीं। बाघिनी आंखें मिचमिचाती हुई उसकी ओर देखने लगी। शायद इन सारी बातों पर उसे विश्वास नहीं हुआ। "और क्या होगा? तुम्हारे साथ झगड़ा करने को मेरे पास समय नहीं। तुम्हारे विवेक ने जो कहा, वही तुमने किया है। लो, ये पन्द्रह डालर लो। शादी के दिन यदि नई पोशाक नहीं देखने को मिली, तब मज़ा चखा दूंगी, यह कहे देती हूं।"

नए साल के छठे दिन लाल साटन की पोशाक पहनकर फूल से सजी हुई गाड़ी पर बाघिनी चढ़ बैठी। बाप के साथ एक बात भी उसने नहीं की। आत्मीय-स्वजन कोई उसे विदा देने नहीं आया, उसके साथ कोई नहीं गया। और कौन साथ जाता? उसके तो कोई भाई नहीं है। घंटा बज उठा, ढोल की आवाज़ से घर गूंज उठा। बाघिनी की गाड़ी चलने लगीं। शान्ति दरवाज़ा पार करती हुई गाड़ी चली। दोनों तरफ़ दूकानें, सड़क पर नई पोशाक पहने हुए लोग शोर-गुल कर रहे हैं। सभी ने गाड़ी की ओर आंखें उठाकर देखा। अतीत की स्मृतियां सभी के मन में गुनगुना उठीं। कोई-कोई बहुत आकांक्षित इस दिन के बारे में ही कल्पना करने लगे।

'स्वर्ग-सेतु' के पास वाली दूकान से खुशी ने नया जोड़ा-जामा ख़रीद कर पहन लिया। मुंह को रगड़-रगड़कर लाल बना दिया, माथे पर तीस सेन्ट दाम वाली मख़मल की छोटी टोपी पहनी। अच्छा ख़ासा दूल्हा बन गया। पर मन में वैसा उत्साह नहीं पा रहा। सभी मानो सूना-सूना और अपरिचित-सा लगता है। कोयले की दूकान से अब वह नए घर में आया है। कबूतरख़ाने की तरह ये कोठरियां हैं, पर बर्फ़ की तरह सफ़ेद काग़ज़ से ढकी दीवार। कितनी इसकी सामर्थ्य है! वह ठीक नहीं समझ पा रहा कि कैसे वह इस घर में आ गया। इसके पहले जो कुछ घटनाएं हुई हैं, वे तो अकथनीय हैं। कोयले की दूकान के स्तूप की तरह ही काली वह कहानी है। इस समय उस काले जीवन से निकल कर उसे इस घर में स्थान मिला है। दीवार का सफ़ेद काग़ज़ आंखें झुलसा देता है, लाल अक्षर आंखों को चुभ रहे हैं सचमुच किस नए जीवन के किनारे वह पहुंचा है? नहीं-नहीं, नया जीवन यह नहीं है। यह एक भयंकर षड्यन्त्र है! उसे लेकर मज़ाक़ किया जा रहा है, लोगों के सामने उसे खिलौना बनाकर नचाया जा रहा है। इसी कारण धुआंती हुई निराशा की अनुभूति से वह दग्ध है, उसी के सफ़ेद चकमक से उसकी आंखें झिलमिला जाती हैं।

बाप के यहां से ही चेयर, टेबल और तख़्तपोश, घर में बाघिनी ले आई है। सिर्फ़ स्टोव और रसोई-घर के टेबल नए हैं। दीवार के एक कोने में मुर्ग़ी के नाना रंग वाले परों का झाड़न टंगा है। खुशी पुराने चेयर टेबलों को देखकर खुश ही हुआ, पर नई चीज़ें वह बर्दाश्त नहीं कर सका। पुरानी चीज़ों में मानो अतीत के

परिचित दिनों का स्पर्श है। नई चीज़ें भविष्य की अनिश्चितता और डर ले आई हैं। ज़िन्दगी में वह दूसरों की बातों के अनुसार ही चला है। वह भी मानो इन नई और पुरानी चीज़ों की ही तरह है। अद्भुत-अद्भुत है वह! पुराने दिनों के साथ उसका सम्बन्ध है, और फिर नये से भी वह कतरा नहीं पा रहा। सचमुच वह कैसा विचित्र आदमी है! अपने को ही पहचान नहीं पा रहा है, अपने अस्तित्व पर उसका विश्वास नहीं। खुशी यह समझ नहीं पाता कि वह रोए या हंसे? छोटे कमरे में उसने चहलक़दमी की। मानो वह एक बहुत बड़ा ख़रगोश है, एक जालीदार बांस की टोकरी में पकड़ लिया गया है, बाहर की ओर एक बार आंखें उठाकर देखता है। फिर टोकरी के भीतर आंखें लौट आती हैं। एक दिन अपने पैरों के बल पर वह कितनी तेजी से दौड़ सकता था, आज वह शक्ति, अब नहीं, आज वह बन्दी हैं, निकल नहीं पा रहा, किसी तरह निकल नहीं सकेगा।

बाघिनी भी आकर पहुंच गई है। लाल जाकिट उसके पहनावे में है। चेहरे पर पाउडर और लिपस्टिक। अपनी आंखों में पानी भर कर वह खुशी के साथ-साथ लौटी है। उसकी ओर आंखें ठहर ही नहीं पातीं। वह भी जाने कैसी बदल गई हैं। नए एवं पुराने परिचय और अपरिचय का अद्भुत समावेश बाघिनी के भीतर दिखलाई दे रहा है। वह जैसे एक छोटी लड़की हो, साथ ही कोई परिपूर्ण नारी। एक ओर वह पुरुषत्व की संभावना से पूर्ण है, मानो एक ओर मानवी है, दूसरी ओर बर्बर हिंस्र पशु। लाल जाकिट पहने हुए वाघिनी पशु बनकर उसके ऊपर टूट कर मानो उसे बन्दी बना लिया है। अब टुकड़े-टुकड़े करके स्वाद ले-लेकर खाएगी। वह एक निरीह मूर्ख है। सभी उस पर इसी तरह के अत्याचार कर सकते हैं, पर यह पशु मानो और भी बर्बर हैं, और भी निष्ठुर हैं वह उस पर आठों पहर पहरा देती हैं, एक पल के लिए भी आंखों से ओझल नहीं होने देगी, तीखेपन कर ताकेगी, उसकी खिल्ली उड़ाएगी, ज़रूरत पड़ने पर पास में खींच लेगी। इसके बाद पूरी ताक़त से उसे दोनों बाहुओं में जकड़ लेगी, पांव से दोनों पांव बांध देगी, होंठों पर होंठ रखकर उसे गूंगा बना देगी।

नहीं, इसके चंगुल से छुटकारा नहीं। खुशी अपनी मख़मल की टोपी निकाल कर उसके ऊपर टांके गए लाल बटन की ओर बेवक़ूफ़ की तरह देखने लगा। आंखें धुंधली हो रही हैं। लग रहा है कि दीवार में लाल बटन असंख्य तादाद में लुढ़कते-लुढ़कते चल रहे हैं इस बार एक लाल बटन ने सारी दीवार को ढक लिया, दीवार लाल हो गई है और उसके भीतर से एक चेहरा हंस रहा है। कितनी अश्लील हैं उसकी हंसी! कौन.....यह कौन है? खुशी ने पहचान लिया, वह और कोई नहीं, बाघिनी ही है। रात हो चली, ब्याह की प्रथम रात। खुशी अव समझ सका, बाघिनी गर्भवती नहीं हैं। जादूगरनी की तरह सभी बातें बाघिनी ने उसे खोलकर कह सुनाईं, "तुमको इस तरह नहीं छकाने से क्या तुम्हारा ऊंचा सिर कभी झुकता? पेट के नीचे तकिया बांधकर मैंने तुम्हें कैसा ठग लिया? हा-हा-हा-हा......।" हंसते-हंसते बाघिनी की आंखों से पानी निकल आया, "भोंदू! उस बात को लेकर अब सोचने से क्या होगा? फिर कोई ऐसी लज्जा की बात मैंने नहीं की, बल्कि देवताओं को तुम इसके लिए धन्यवाद दो कि मेरी जैसी लड़की, ऐसे बाप के साथ झगड़कर तुम्हारी तरह के आदमी के साथ घर करने आई हैं।"

दूसरे दिन ख़ूब सुबह ही खुशी निकल पड़ा। कई दिनों की छुट्टी के बाद प्राय: सभी दूकानें आज खुल गई हैं। भरे हुए मकानों के सदर फाटक बन्द हैं। नए साल का शुभाशीर्वाद लिखा लाल काग़ज़ अभी भी दरवाज़े पर सटा हुआ है, सिर्फ़ पीले काग़ज़ की जंजीरें हवा से चिथड़े होकर चारों ओर बिखर गई हैं। राह-घाट शान्त हैं, तेज हवा बह रही है। दो-चार रिक्शावाले इसी बीच रिक्शा लेकर निकल पड़े हैं। नए साल की उत्तेजना अभी भी ख़तम नहीं हुई। प्रायः सभी के पैरों में नए जूते हैं, रिक्शे के पीछे

लाल काग़ज़ सटे हुए हैं, नया साल जिससे अच्छी तरह बीते इसीलिए भाग्य-देवता को प्रसन्न करने के लिए लाल काग़ज़ चिपका दिया गया है। खुशी ने उनकी ओर देखा। ईर्ष्या हुई उसे। नये साल का स्पर्श इन्होंने पाया है, तभी तो ऐसे फुर्तीले वे हैं। उसने तो वर्ष की छाया तक नहीं पाई, वरन उसके ये कुछ दिन मानो एक सड़े हुए कुम्हड़े के भीतर गज-गज कर रह गए। आज, अभी ही छुटकारा पाकर जैसे उसकी जान में जान आई है। वे लोग किस शान से अपनी इच्छानुसार रिक्शा खींचते हुए चले जा रहे हैं! और वह? कोई काम नहीं है उसे, सदर सड़क होकर उद्देश्यहीन चल रहा है। वह मानो रास्ते के पास वाली दूकान की ओर काठ की घिरनी की तरह हवा में डोलता-डोलता जा रहा है। कोई काम नहीं, कोई उद्देश्य नहीं।

मन में भी तो ख़ाक़ शान्ति नहीं है। उसने ठीक किया कि कल बाघिनी के साथ वह सलाह करेगा। बाघिनी उसकी स्त्री बाघिनी। उसकी स्त्री उसे पोस रही है, उसी के अन्न पर वह जी रहा है। इतना चंगा है वह, इतनी शक्ति है उसकी, पर कुछ काम नहीं आई। उसके जीने की कोई सार्थकता है? है तो, लाल पोशाक पहने, चीते की तरह दांत, उसी ना-पुरुष ना-पशु लड़की को पोसना होगा। यही लड़की तो उसका ख़ून चूसकर पी गई, उसका पुरुषत्व गटक गई। वह तो अब कोई आदमी नहीं रहा, व्यर्थ जंजाल की तरह हो गया। अपनी सत्ता खोकर बैठा है। इस समय वह बाघिनी का शिकार है, बाघिनी अपने तीखे दांत चुभो देगी, उसके दांतों के बीच एक चूहे की तरह वह लटक रहा है। यही उसकी क़िस्मत है। नहीं वह उससे सलाह नहीं करेगा। अपना उपाय अपने आप ही ढूंढ़ निकालेगा, इसके बाद विना विदा लिए वह बाघिनी के पास से खिसक जाएगा। ऊंह! उसके सामने मुंह नहीं दिखा सकेगा। यह बात चूल्हे में जाए। ऐसी लड़की के लिए विवेक का प्रश्न नहीं उठेगा। यह कोई लड़की तो है नहीं, डाइन है। एक तकिया लेकर क्या मजे में सस्ते हाथ कसरत दिखा गई! वह बेवक़ूफ है, तभी न उसके फन्दे में पड़ा।

हृदय के किसी कोने में उसकी आत्मा बेचैन हो उठी। क्षत-विक्षत हो गई उसकी नुची हुई छाती। उसकी इच्छा हुई, नई पोशाक वह टुकड़े-टुकड़े कर फेंक दे और कहीं स्नान कर शुद्ध हो ले। जिस तरह शरीर उसका अशुद्ध हो गया है, उसी तरह उसका मन भी अशुद्ध है। सारी देह में मानो पचा-गला कुछ लिपटा हुआ है, देह से उबकाई आ रही है, मन बेचैन हो उठा है। नहीं, अब वह और बाघिनी का मुंह नहीं देखना चाहता। पर जाएगा कहां? उसका कोई उद्देश्य ही नहीं है। जब रिक्शा खींचता था, तो सवारी के निर्देश के अनुसार ही चलता था। आज कोई निर्देश नहीं हैं, चाहे जहां वह जा सकता हैं, पर कहां जाएगा? मन में कैसा तो गोल-माल शुरू हो गया है। दक्षिण की ओर मुंह कर के वह चलने लगा। कूचकाउय्याज़ फाटक वह पार कर आया। सीधा रास्ता है। गली-कूचे में घुस पड़ने की उसकी इच्छा नहीं। चलते-चलते वह एक हम्माम के सामने आ खड़ा हुआ। निश्चय किया कि इसी के भीतर वह घुस पड़ेगा।

कपड़े खोलकर उसने एक बार अपनी नग्न देह की ओर देखा। कैसी तो लज्जा हो रही है ! इस बार वह हौज़ में उतर पड़ा। गर्म जल ही धारा देह पर पड़ रही है, सारा शरीर कैसा तो शिथिल हो गया है। आंखें बन्द कर वह लेट रहा, सारे शरीर में मादक पीड़ा है, शिथिल हो उठे हैं अंग-प्रत्यंग। मैल पिघलकर गिर रहा है। साबुन मलते उसे डर लगा। मन सूना हो गया है। ललाट पर मुक्ते की भांति पसीने की बड़ी-बड़ी बूंदें दिखलाई दे रही हैं। निःश्वासें इस बार घनी हो उठीं, इतनी घनी मानो निःश्वास ख़तम हो जाएंगे, दम अटक जाएगा। वह और नहीं सह सका। किसी तरह हौज़ से उठ खड़ा हुआ। सद्यःजात शिशु की तरह सारी देह लाल हो उठी है, इस प्रकार वह नग्न है। बाहर निकला नहीं जा सकता। जल्दी-जल्दी उसने अपने को

एक तौलिए में लपेट लिया। बूंदें तर-तर मेज़, बिछावन के तकिये पर पड़ रही हैं। अद्भुत शब्द! वी-डा वाई-डा! उसे लगा, अभी भी पूर्ण रूप से वह शुद्ध नहीं हो सका है, अभी भी उसके मन की अपवित्रता नहीं मिटी। वह अब क्या मिटेगी? अनन्त......अनन्त काल तक यह अपवित्रता रहेगी ही। नवकर्त्ता के पास बाहर दस पंच के पास तो वह अपराधी ही रह गया। लड़की फुसलाकर बाहर भगा ले गया, इससे बड़ा अपराध और क्या हो सकता है?

पसीना सूखते-न सूखते कपड़े पहन कर वह जल्दी-जल्दी बाहर निकल गया। क्या पता, यदि कोई यह जान जाए कि वह इस तरह का कलंक भरा जीवन बिता रहा है! बाहर रास्ते की ठंडी हवा से उसका मन शान्त हुआ। मन हल्का मालूम हो रहा है, अपने को आज़ाद जैसा पा रहा है, रास्ते में भीड़ है, आकाश उज्ज्वल है। आकाश से प्रकाश चू कर सभी के मुंह पर जैसे आनन्द का रंग बिखेर गया हो, पर उसे लगा कि अभी भी प्रकाश का स्पन्दन उसके मन में नहीं हुआ। कहां जाएगा, क्या करेगा? वह नहीं समझ पाता। दक्खिन की ओर चलते-चलते पूरब की ओर उसने मोड़ लिया, फिर दक्खिन की ओर लौट कर 'स्वर्ग सेतु' पार कर गया। नौ बज रहा है। नए साल के उत्सव के बाद आज पहले-पहल दूकानें खुली हैं। कर्मचारी दो कौर खाना खाकर जल्दी-जल्दी काम पर आ गए हैं। दूकानें खुल रही है। कुछ ही दूरी पर सर्कस का एक तम्बू है। लोगों की भीड़ वहां जमा हो गई है। भीड़ के बीच में कुछ आदमी घण्टा, शंख और ढोल पीट रहे हैं। खुशी एक बार भीड़ के भीतर जा खड़ा हुआ, जाने क्या सोचकर फिर लौट आया। तमाशा देखने लायक़ उसकी हालत नहीं। यही क्यों, हंसना तक जैसे वह भूल गया है।

सर्कस का जोकर मुंह बना कर लोगों को हंसा रहा है। एक आदमी तिब्बती भालू का नाच दिखा रहा है। दूसरी ओर जादूगर इन्द्रजाल दिखाने बैठ गया है। एक दल गाना गा रहा है। कोई पुरानी पोथी खोल कर कहानियां सुना रहा है। एक किनारे कुछ आदमी लड़ाई के नाच दिखा रहे हैं। बिल्कुल हो-हल्ले का मामला है। इन सब चीज़ों को देखना खुशी पसन्द करता है। कितनी बार दिल खोलकर वह हंसा। इसी 'स्वर्ग सेतु' के लिए कितनी ही बार वह भागने-भागने होकर भी पीकिङ्ग से नहीं जा सका है। इस तरह के मज़े शायद दुनिया में और कहीं नहीं मिलेंगे। पर आज जाने सभी कुछ फीका क्यों हो गया हैं? अच्छा नहीं लग रहा। भीड़ से वह आहिस्ता-आहिस्ता निकल पड़ा। 'कहीं' एकान्त में जाकर वह दो घड़ी बैठना चाहता है, पर ऐसा हो-हल्ला, आमोद-प्रमोद छोड़ कर जाने का मन भी नहीं करता। फिर लौट आया। 'स्वर्ग सेतु' वह नहीं छोड़ सकेगा, इस पीकिङ्ग को नहीं छोड़ सकेगा।

इन सब को छोड़कर कहां जाएगा? रास्ते बन्द हो गए हैं। उसी के पास उसे लौट जाना होगा, उसी के पास। सलाह लेनी होगी। इस तरह का निकम्मा जीवन बिताने से तो नहीं चलेगा। बहुत से अन्याय उसने सहे हैं। किसी दिन मुंह खोलकर किसी से कुछ नहीं कह सका। तो आज ही क्यों चिल्लाकर वह बोलने लगा? अतीत में अनेक भूलें उसने की हैं। आज भी उन्हीं भूलों की भूलभुलैया में चक्कर मारेगा। पीकिङ्ग छोड़कर उसका जाना संभव नहीं है, वह जा नहीं सकेगा।

खुशी उठ पड़ा। हल्ला-हुड़दंग, ढोल की आवाज कानों से आकर टकराती है, आंखों के सम्मुख गाड़ी-घोड़ा, लोगों की भीड़ समुद्र के ज्वार-भाटे की तरह आती और जाती हैं। इनका कहीं विराम नहीं है, कहीं अन्त नहीं है। खुशी ने एकटक उन्हें देखा, सहसा उसके मन में उन दो छोटी कोठरियों की याद आ गई। कबूतरख़ाने की तरह दो कोठरियां, दीवार पर बर्फ़ की सफ़ेद काग़ज़ की छाप। लाल आशीर्वचन टकटकी लगाए हैं। देखते ही देखते बाहर का हो-हल्ला, जनता की भीड़ उसकी आंखों की ओट हो

गई। दो छोटी कोठरियां.....एक रात उसने वहां गुज़ारी है, पर इतनी परिचित, इतनी घनिष्ठ हैं वे! इस लाल जाकिट पहनी हुई औरत को दूर रखा नहीं जा सकता, मन के एक कोने में वह घर किए बैठी है। वह जिस 'स्वर्ग-सेतु' पर खड़ा है, उसका क्या है यहां? इस आमोद-प्रमोद की भीड़ में उसकी सत्ता खो गई है। उन दो कोठरियों में उसका सब कुछ है। वह लौट ही जाएगा। लौट कर कहेगा, "जिम्मेदारी लेने आया हूं। आगे बढ़कर मेरी राह कौन रोक सकता है?' इन्हीं छोटी कोठरियों में तो उसके आगामी कल की संभावना छिपी बैठी है। लज्जा, भय ये सब तो कुछ भी नहीं, उसे बचने के लिए वहीं लौट कर उपाय ढूंढ़ निकालना होगा।

एक दौड़ में वह घर लौट आया। घर में जब घुसा तो ग्यारह बज चुके थे। बाघिनी दिन का खाना बना कर बैठी है। नाना प्रकार के व्यंजन उसने तैयार कर रखे हैं, मांस देकर बंधाकोबी की तरकारी, डूमर की तरकारी और जाने क्या क्या! सभी टेबल पर सजाए हुए हैं। सिर्फ़ बंधाकोबी की तरकारी चूल्हे पर रखी हुई है। ख़ुशबू से घर भर गया है। लाल क़मीज़ खोलकर उसने सूती क़मीज़ पहन रखी है, नीचे पाजामा भी सूती है। सिर्फ़ अभी केशों में गुंथे हुए हैं मखमल के लाल फूल, भीतर का सुनहला काग़ज़ चमक रहा है। मुंह पर भी हंसी-ख़ुशी है। मन के लायक़ आदमी मिला है, ख़ुशी नहीं होगी?

खुशी ने एक बार उसकी ओर आंखें उठाकर देखा। नई वधू की तरह वह बिल्कुल नहीं लगती। थोड़ी भी लाज- शर्म नहीं है। लगता है, जैसे उसकी शादी हुए एक युग बीत गया हो। बिल्कुल पक्की घरेतन। ख़ूब चटपटी और चालाक। नई वधू की तरह न लगने पर भी ख़ुशी को वह कुछ नई ही मालूम हुई। बाघिनी के ऐसे रूप को उसने कभी नहीं देखा, खुशी के लिए उसने रसोई तैयार की है, घर दरवाज़े साफ़ किए हैं, जाने कैसी चमक-दमक आ गई है। ऐसी तो पहले कभी नहीं रही। बाघिनी के स्वभाव को लेकर सिर खपाने से कोई फ़ायदा नहीं। बाघिनी ने उसे घर दिया है, सुख-सुविधा दी हैं, यही काफ़ी है।

"कहां गए थे?" बंधाकोबी की तरकारी परोसते-परोसते बाघिनी ने पूछा।

"हम्माम की ओर।" क़मीज़ उतारकर उसने उत्तर दिया।

"जब कहीं जाओ, मुझसे कहकर जाओ। इस तरह हाथ-पैर फेंक कर निकल मत जाया करो। में तो इसी सोच में मरी कि शायद ग़ुस्सा होकर निकल गए हो।" खुशी ने जवाब नहीं दिया। "बहरे हो या गूंगे? और नहीं तो 'हां-हूं' करके ही कुछ जवाब दो। तब समझूं कि बात कान तक पहुंची है। जवाब कैसे दिया जाता है, यह भी क्या सिखाना पड़ेगा?"

"हुंह!" खुशी ने मुंह से अस्फुट शब्द निकाला। इससे ज़्यादा वह और क्या कर सकता है? वह जानता है कि उसने एक तगड़ी कुतिया से शादी की है। ऐसी ही तगड़ी कुतिया होने से क्या होगा, रसोई अच्छी पकाना जानती है, घर-दरवाज़े साफ़ करती है। गाली-गलौच देती ज़रूर है, पर मदद भी कम नहीं करती। जो हो, उसकी क़िस्मत के दोष से सब उलटा हो जाता है। यही देखो न, मांस उसने पकाया है। गर्म मांस मुंह में देते हुए जीभ जल गई। खुशी ने किसी तरह गर्दन झुकाकर उसे निगल लिया। चबा ज़रूर रहा है, पर चीते की वह भूख जाने कहां लोप हो गई। यह किसी तरह निगले जा रहा है, कोई ज़ायक़ा नहीं। मामूली खाना खाकर भी उन दिनों कैसा तर-तर पसीना चूता! मालूम होता था कि हां, कुछ खाया है।

खाना ख़तम कर वह बिछावन पर हाथ के सहारे लेट रहा, आंखें छत की ओर लगी रहीं। "आओ न! बर्तन-बासन धोना होगा न। मैं किसी की बांदी तो हूं नहीं कि अकेले इतने बर्तन मल दूंगी।" बाहर के घर से वाघिनी का स्वर सुनाई पड़ा।

अनिच्छा होते हुए भी खुशी उठकर बर्तन मलने बैठ गया। मेहनत से वह कभी नहीं भागता, पर आज किसी तरह मुंह बन्द कर उसने काम ख़तम किया। मानव-मिलन में घर-गृहस्थी के काम में उसने बाघिनी की काफ़ी मदद की है, पर आज उसे देखने से ही जी जल जाता है। शायद जीवन में इतनी घृणा उसने कभी किसी से नहीं की। वह ख़ुद नहीं समझ पाता, बाघिनी के प्रति इतनी वितृष्णा क्यों है? इस काम को करते-करते बार-बार उसे यही ख़याल आया कि उसके भाग्य में ही दुःख बदा है। ऐसा जला कपाल लेकर ज़िन्दा रहने से क्या फ़ायदा?

बर्तनों को माजकर बाघिनी ने सांस छोड़ी। इसके बाद फिक से हंस पड़ी– "क्यों जी?"

"क्या?" खुशी ने चूल्हे के पास हाथ सेंकते-सेंकते पूछा। हाथ उसका ठंडा नहीं हुआ था, फिर भी सेंकने लगा। सिर्फ़ ये ही दो कोठरियां तो हैं, ज़रा निश्चिन्त होकर घड़ी भर बैठे, इसकी भी सुविधा नहीं।

"मुझे बाहर घुमा लाओ न जी। कितनी मज़े वाली जगहें तो हैं! चलो न, 'सफ़ेद मेघों के मठ' की ओर घूम आएं। नहीं-नहीं, आज देर हो गई है। इसके बदले चलो न रास्ते में थोड़ा टहल आएं?"

नई बहू के सभी आनन्द बाघिनी पाना चाहती है। अधेड़ उम्र में उसकी शादी हुई है, पर इससे क्या साध-अरमान भी नहीं रहेंगे, ऐसा नहीं कहा जा सकता। इतने दिनों तक बाप के घर उसने अच्छा खाया है, अच्छा पहना है, रुपए-पैसों का भी अभाव नहीं हुआ। अभाव था, तो सिर्फ़ ऐसे ही एक मन लायक़ आदमी का। मन लायक़ आदमी उसे मिल गया है, इतने वर्षों तक के अकाल का शोध वह नहीं लेगी, तो कौन लेगी? खुशी को लेकर राह-घाट, मन्दिर, हाट-बाज़ार इत्यादि में वह घूमेगी और लोगों को दिखा देगी कि वह किसी की परवाह नहीं करती, मन लायक़ आदमी उसने भी जुटा लिया है। पर खुशी जाने को राज़ी नहीं हुआ। बूढ़ी बहू को पीछे बांधकर सारी दुनिया घूमते फिरना! उससे पार नहीं लगेगा। इसके अलावा जैसे कांड के बाद ब्याह हुआ, फिर बहू को किस मुंह से साथ लेकर वह बाहर घूमेगा? रास्ते के लोग क्या कहेंगे? ऐसी बहू को घर में बन्द रखना ही ठीक है। बाहर निकलने पर ही तो रिक्शावालों से भेंट होगी। अब तक बाघिनी और खुशी का क़िस्सा आधे शहर में फैल गया होगा। उनके निकलते ही लोग पीछे टिटकारी भरना शुरू करेंगे। खुशी यह टिटकारी किसी भी हालत में नहीं सह सकेगा।

"सुनो, एक सलाह हैं!" खुशी चूल्हे पर हाथ सेंकते हुए बोला।

"कैसी सलाह?" बाघिनी आकर उसके निकट खड़ी हुई।

खुशी ने अपने दोनों हाथ घुटने पर रखे। आग की हल्की लपट उठ रही है। काफ़ी देर तक वह उनकी ओर देखता रहा। मानो किसी ने एक खूंटा गाड़ रखा हो, कुछ भी गति नहीं दीखती।

काफ़ी क्षणों के बाद उसने मुंह उठाकर कहा, "मैं अब काहिल की तरह बैठा रहना नहीं चाहता।"

"तुम्हारी जो क़िस्मत हैं, वही होगी। बैल की तरह खट-खट कर हैरान होने के सिवा और क्या करोगे?" बाघिनी थोड़ा मुस्कराई, "जानती हूं, जानती हूं, एक दिन यदि रिक्शा न खींचो तो तुम्हारी देह दुखती है, क्यों, सच कहा न? बुड्ढे की ओर देखो। सारी ज़िन्दगी आराम से काटकर बुढ़ापे में एक रिक्शे का अड्डा खोल बैठा है। ज़िन्दगी में उसने कभी रिक्शा नहीं खींचा, कभी देह की मेहनत बेचकर धन्धा नहीं किया। दिमाग़ खर्च कर रोज़गार किया है। सारी ज़िन्दगी रिक्शा चला कर भी तुम क्या बूढ़े की तरह अड्डे का मालिक बन सकोगे? मुंह, यह क्यों देखने लगे! मैं कहती हूं, आओ, ये कुछ दिन हंसी-मौज में

उड़ाएं, इसके बाद काम की बात सोची जाएगी। दो-चार रोज़ में ही तो रोज़गार भागा नहीं जाता। इतनी जल्दी क्या है, बच्चू! मैं क्या कुछ नहीं समझती? ये दो दिन मैं झगड़ा-फ़साद करना नहीं चाहती, इसीलिए तुम मुझे ग़ुस्सा दिलाने की फ़िक्र कर रहे हो?"

"मैं सलाह करना चाहता हूं।" खुशी भी नाछोड़ बन्दा हो गया है। उसने यह समझ लिया है कि भागने का कोई रास्ता नहीं, इसलिए आनन-फ़ानन कोई काम हाथ में लेना चाहता है। इस प्रकार छोटे बच्चे की तरह पालने में झूलते हुए वह कितने दिन काटेगा?

"अच्छा तो, क्या कहना चाहते हो, कहो न?" एक टूल लेकर चूल्हे के पास बाघिनी आ बैठी।

"कितने रुपए तुम्हारे पास हैं?" खुशी ने पूछा।

"जो सोचती थी, वही हुआ। जानती थी कि आज नहीं, तो कल तुम यह बात पूछोगे ही। तुमने मुझसे शादी नहीं की, मेरे रुपयों से शादी की हैं, क्यों ठीक कहा न?"

खुशी को लगा मानो एक बवंडर ने उसे मिट्टी पर उठा फेंका है। उसकी सांस बन्द होने को आई। उसे जैसे काठ मार गया हो। बुड्ढा लिऊ और 'मानव-मिलन' के रिक्शावालों ने भी यही सोच रखा है कि रुपए के लिए ही उसने बाघिनी से साठ-गांठ जोड़ रखी है। बाघिनी ने भी आज यही बात उसे सुना दी। उसका दोष क्या है? उसने अपना रिक्शा खो दिया, जो पूंजी थी वह भी गई। अब फिर वही कलंक? यह तो ठीक उसी तरह है कि खाना पाचन-स्थल में न जाकर मेरुदंड में जाकर जमा हो गया है, अब हटाया भी नहीं जा सकता। अपने ऊपर ख़ुशी को घृणा हो गई। यह औरत अब भी मुंह विचकाकर बातें कर रही है। उसका गला वह क्यों नहीं टीप देता? उसकी जीभ खींचकर टुकड़े-टुकड़े क्यों नहीं कर देता? इसी तरह उसे मार भी तो सकता है। खुशी ने अपने गले में हाथ दिया। उनमें से कोई बच रहने के लायक़ नहीं है। उनका मर जाना ही अच्छा है। वह भी क्या आदमी है? उसको भी मर जाना चाहिए। दोनों को जीने का कोई अधिकार नहीं है। खुशी उठ खड़ा हुआ। कुछ क्षणों तक बाहर घूम आएगा। इस समय घर लौट आना ही उचित नहीं हुआ।

खुशी का मुंह और आंखों की आकृति देखकर बाघिनी घबड़ा गई। इस बार वह नरम स्वर में बोली, "जानना ही जब चाहते हो, तो सुनो, बताती हूं। पांच सौ डालर जमा कर रखे थे। ब्याह की गाड़ी, तीन महीने का घर भाड़ा, दीवार में काग़ज़ अटकाना, पोशाक और बर्तन-बासन ख़रीदने में प्रायः एक सौ डालर निकल गए। इसके अलावा तुम्हें भी तो कुछ रुपए दिए है। खर्च-वर्च काटकर इस समय मेरे हाथ में प्रायः चार सौ डालर हैं। तुम्हें डरने की ज़रूरत नहीं। मैं ठीक इतने से ही चला लूंगी। आओ न, दो-चार दिन थोड़ा बहुत हंस खेलकर काटा जाए। काफ़ी दिनों तक जवानी में कुंआरी रहते-रहते अरमान घुट गए, अब थोड़ा-बहुत मज़ा नहीं लूटने से कैसे चलेगा? रुपए-पैसे की तंगी होने पर न होगा फिर बुड्ढे के सामने हाथ फैलाऊंगी। उस रात न जाने मेरे सिर कैसा भूत सवार था, जिससे झगड़ बैठी! नहीं तो आज क्या सब छोड़-छाड़ कर ऐसे छूछे हाथ चली आती? अब ग़ुस्सा ठंडा हुआ है, अब तो समझ रही हूं कि बाप क्या चीज़ हैं। बुड्ढे का भी मुझे छोड़कर और कौन हैं? एक बेटा भी नहीं है। इसके अलावा बुड्ढा तुम्हें चाहता ख़ूब है। इस समय यदि हम दोनों उसके पास जाकर नर्म होकर माफ़ी मांग लें, तो बूढ़ा पसीज जाएगा। माफ़ी चाहने में ही क्या दोष हैं, तुम्हीं, बतलाओ? बुड्ढे के पास रुपया है। हम लोग उसके हक़दार हैं, हम ही तो वह सब पाएंगे। अब और किन्तु-विन्तु नहीं जी। गधे की तरह भाड़ा खट-खट कर ज़िन्दगी चलाने के बजाए यह कहीं अच्छा है।"

"दो-तीन रोज़ के बाद तुम एक बार जाकर ही देखो न। दुरदुराकर तुम्हें भगा देगा। पहली बार

तुम्हें यदि भगा भी दे, तो फिर जाना। बुड्ढा तब नरम पड़ेगा ही, अपना विचार भी बदल देगा। इसके बाद मैं ख़ुद एक बार भेंट करके बुड्ढे का मन गला दूंगी। इस समय पैर पीछे करने से नहीं चलेगा। सब गुड़-गोबर हो जाएगा। समाज में हम लोगों को अकेले रहना होगा। क्यों, मेरी बातें दिमाग़ में उतरीं?"

खुशी ने इन सब बातों की चिन्ता कभी नहीं की। बाघिनी जिस दिन चाउ-घर में जाकर हाज़िर हुई थी, उसी दिन उसने तय कर रखा था कि बाघिनी के पैसों से वह रिक्शा ख़रीदेगा। यद्यपि पत्नी के पैसों से ख़रीदना कोई सम्मान की बात नहीं है, पर और कोई चारा भी तो नहीं, वह क्या करे? बाघिनी के दिमाग़ में एक दूसरा ही फन्दा चल रहा है, यह उसने सोचा तक न था। इस बार उसकी बक-झक में यह फन्दा निकल कर जाहिर हो गया। पर खुशी तो इस धातु का आदमी नहीं है। सीधा रास्ता ही वह चलता है, टेढ़े रास्ते के पास भी नहीं फटकता। मामला यहां तक पहुंच गया है। यह उसने नहीं समझा था। उसके अपने जमा किए हुए रुपए चोरी चले गए, पर किसी से मुंह खोल कर कह नहीं सका। अब कोई यदि रुपये देना चाहे तो बाध्य होकर ही उसे लेना पड़ेगा, दूसरा उपाय नहीं है, पर मनुष्य कहकर वह अपना परिचय फिर नहीं दे सकेगा। कहां है उसकी चौड़ी छाती और शक्ति का गर्व? दूसरे का नौकर होकर ही उसे रहना होगा। वह अपनी स्त्री के हाथ का खिलौना होगा, बूढ़े ससुर का ख़रीदा ग़ुलाम। पर कोई चारा नहीं है, कोई उपाय नहीं है। आदमी की यही क़िस्मत है। चाहे जितना भी गर्व करो, मनुष्य कुछ भी नहीं है। एक चिड़िया के समान है। आहार की खोज में शिकारी के फन्दे में फंस सकता है, किसी का अन्न खाने पर उसी का पोसा हुआ मानकर पिंजड़े में रहना होगा। उसी के हुक्म के मुताबिक सीटी बजाएगा, गाना गाएगा, इसके बाद संभवतः मालिक एक दिन प्रसन्नचित्त से दूसरे के हाथ बेच देगा।

नवकर्त्ता लिऊ के पास जाने की उसकी तनिक भी इच्छा नहीं है। क्यों वह जाएगा? बाघिनी के साथ उसका रक्त-मांस का सम्बन्ध है, पर नवकर्त्ता के साथ तो कोई सम्बन्ध नहीं है। इस लड़की के चलते उसे बहुत कष्ट सहने पड़े हैं, अब उसी के लिए उसके बाप के पास वह भीख मांगने नहीं जाएगा, नहीं जा सकेगा।

"मैं काहिल होकर बैठा नहीं रह सकता।" सिर्फ़ यही एक बात खुशी बोला। वह बेकार में झगड़ा करना नहीं चाहता। जिसका जैसा भाग्य हैं, वैसी ही बात तो होगी। क़िस्मत में तो है खट-खट कर जान देना, तो मैं क्या करूं? बाघिनी ने खुशी की स्वाधीन इच्छा के ऊपर एक कुल्हाड़ी की चोट दी, "काहिल होकर बैठने को कौन कहता है? जाओ न, कोई रोज़गार करो।"

"मैं यह रोज़गार वग़ैरह नहीं जानता। अधिक रुपयों की मुझे जरूरत नहीं है। मैं रिक्शा खींचना जानता हूं, रिक्शा ही खीचूंगा।' खुशी क्रुद्ध हो उठा। मालूम हुआ कि माथे की नसें फट जाएंगी और वह अभी ही बेहोश हो जाएगा।

"मैं भी तुमसे कहे देती हूं, रिक्शा खींचने तुम्हें नहीं दूंगी। पसीने की दुर्गन्ध लेकर रोज़ जो हमारे साथ बिछावन पर सोओगे, यह नहीं होगा। तुम्हारे लिए जिस तरह रास्ता है, मेरे लिए भी है। देखती हूं, किसकी जीत होती है? भारी मुराद है! ब्याह तो तुमने किया और गांठ के पैसे मुझे खर्च करने पड़े। क्यों एक पैसा भी टेंट से नहीं निकला? ज़रा समझ-बूझ कर बातें किया करो, कह दिया है। देखती हूं, इस घर में किसी हुकूमत चलती है, तुम्हारी कि मेरी?" बाघिनी की बातें सुनकर खुशी भौंचक रह गया।

प्रथम चन्द्रमास के पन्द्रह दिन बीत गए हैं। खुशी अब भी निठल्ला घूम रहा है। किसी काम में नहीं लगा। बैठे-बैठे वह जैसे हांफ उठा हो।

पर बाघिनी मज़े में ही है। आगामी उत्सव के लिए अनेक प्रकार के व्यंजन बना रही है। चावल के पीठे, मांस की अनेक प्रकार की चीज़ें और जाने क्या-क्या! विशेष कर खुशी के लिए ही वह तैयार कर रही है। दिन के समय रसोई आदि से छुट्टी पाकर प्रायः ही बाघिनी खुशी को लेकर बौद्ध मन्दिर को देखने निकलती है, रात के समय दूकानों का प्रकाश देखते-देखते सड़क घूमती है। खुशी को किसी विषय में अपनी राय ज़ाहिर करने नहीं देती। तब यह बात जरूर है कि खुशी के खाने-पीने की ओर उसकी काफ़ी नज़र है, रोज़ ही दो-एक नये व्यंजन या पीठे वह बनाती हैं।

घर का आंगन सभी किराएदार इस्तेमाल में लाते हैं। ये किरायेदार सात-आठ घर होंगे। इनमें से अधिकांश एक कोठरी लेकर रहने वाले हैं। एक-एक घर में सात-आठ आदमी, बूढ़े, जवान, औरतें, बच्चे, कच्चे सभी किसी तरह सिर घुसाए रहते हैं। इनमें कोई रिक्शा खींचता है, कोई फेरीवाला नौकर है। किसी को दो घड़ी सुस्ताने की फ़ुर्सत नहीं, अपने-अपने काम को लेकर ही व्यस्त हैं। बच्चे वग़ैरह भी भोर होते न होते हंडिया लेकर कांजी लाने लंगरख़ाने दौड़ते हैं। सिर्फ़ जो बिल्कुल बच्चे हैं, वे ही आंगन में बैठ कर चीखते हैं, खेलते हैं और मार-पीट करते हैं।

आंगन में सभी किराएदार चूल्हे की राख, कूड़ा-कर्कट, गन्दा पानी फेंकते हैं, पर साफ़ करने का कोई नाम नहीं लेता। गन्दा पानी बीच में जम कर बर्फ़ हो जाता है। लड़के-बच्चे शाम को कोयला-अभियान से लौटकर इसी तरह खेलते हैं। कोई धक्का मार कर किसी को बर्फ़ के ऊपर गिरा देता है। और बाक़ी सब हो-हो कर तालियां बजाकर हंस उठते हैं। सारा मकान उनकी हंसी से हिल उठता है। बाशिन्दों के बीच बूढ़ों और लड़कियों को काफ़ी तकलीफ है। बूढ़ों के पेट में अन्न नहीं; शरीर पर कपड़े भी नहीं जुटते; सारा दिन ईंटें सजाकर बिछावन बना उसी पर करवटें बदलते हैं। पता नहीं, कितनी रात बिता कर लड़के-छोकरे लौटेंगे, तब शायद कुछ जुटे। तब भी ऐसा कुछ पेट भर खाना नहीं, फेन के साथ चार चावल! यह भी हर दिन नहीं जुटता। बीच-बीच में वे खाली हाथ ही लौट आते हैं। उस दिन एक तुमुल कांड मच जाता है। मिज़ाज तो तीता रहता है, आने के साथ ही मौका मिलने पर वे गले की हिमाक़त दिखाने लगते हैं। बेचारे बूढ़े और क्या करें? ख़ाली पेट करवटें लेते हैं। और आंसू बहाते हैं। आंखों के आंसू मुंह पर झरते हैं।

लड़कियों की दुर्दशा का भी अन्त नहीं। बूढ़ों और बच्चों को एक ओर संभालना पड़ता है, दूसरी ओर छोकरों का भी मन रखकर चलना पड़ता है। उनका मन रख कर नहीं चलने से क्या बनेगा? रोजगार तो वे ही करते हैं। उनकी मेहनत का अन्त नहीं। यही क्यों, पैर भारी रहने पर भी दो घड़ी छुट्टी मिले, ऐसी बात नहीं। खाना तो महा रद्दी! सबको खिला-पिला कर उनके भाग्य में किसी दिन थोड़ी कांजी या एकाध रोटी का टुकड़ा बच रहता है, किसी दिन यह भी नहीं। सिर्फ़ खटने से ही चैन नहीं, घर-संसार चलाने के लिए सारी सोच-फिक्र उन्हें ही करनी पड़ती है। सौभाग्यवश जिस दिन लड़के-बूढ़े सभी भर पेट खाकर सो रहते हैं, वे मुंह बन्द कर केरोसिन की डिबिया के पास बैठ कपड़ों में साबुन लगाती हैं, पीठे तैयार करती हैं। कभी या तो सुई-तागा लेकर सिलाई अथवा रफ़ू करने बैठ जाती हैं। कमरे सब छोटे हैं, दीवारें किसी तरह खड़ी है। बाहर की तेज हवा एक ओर से घुस कर दूसरी ओर से निकल जाती हैं। घर के भीतर सभी जाड़े में थर-थर कांपती रहती हैं।

क्यों नहीं कांपेंगी? गर्म कपड़े-लत्ते का तो ठिकाना ही नहीं। किसी प्रकार फटे कपड़े में सारी देह छिपाकर बैठी रहती हैं। पेट में भी कुछ वैसा गर्म खाना नहीं पड़ता, मामूली जौ तो खाती हैं। इसके ऊपर सात-आठ महीने की गर्भवती। गर्भ लेकर भी लड़के-बूढ़ों की देखभाल करनी पड़ती है। इसीलिए यहां की सारी लड़कियां हड्डी-हड्डी दशा वाली रोगिणी हैं। तीस की उम्र पार करते न करते उनके केश झर जाते हैं। पर तब भी क्या वे चैन पाती हैं? इसी तरह दिन-पर-दिन रोग भोगते-भोगते एक दिन मर जाती हैं। तब शव दफ़नाने के लिए पुरुष लोग चन्दा मांग लेते हैं।

सयानी होती हुई लड़कियों की भी वैसी ही हालत है। सोलह-सत्रह में पड़ी हैं, पहनावे में एक अच्छा पाजामा भी नहीं। किसी तरह फटे हुए चीथड़ों से अपनी लाज बचाती हैं।

घर के बाहर वे कदाचित ही कभी निकलती हैं, अंधेरी सेल-सी कोठरियां मानो उनका जेलखाना हो। वहीं बैठकर वे घर के काम-काज में मां की सहायता करती हैं, मर्दों के कपड़े रफ़ू कर देती हैं। यही क्यों पाखाना जाते वक़्त भी चारों ओर चौकन्नी आंखों से देख लेती हैं। फटे कपड़े पहने किसके सामने पड़ जाएंगी, कौन जाने! इसके बाद चोर की तरह पांव दबा-दबा कर वे पाखाने में जा घुसती हैं। शीत आने पर तो सूर्य का मुंह तक नहीं देख पाती। इनके बीच जो देखने में कुरूपा हैं, उनके लिए भविष्य नाम की कोई चीज़ नहीं है। अपनी माताओं की तरह साल-साल बच्चे देंगी, रोग भोगेंगी, इसके बाद एक दिन मर जायेंगी। जो देखने में अच्छी हैं अवश्य उनकी बात दूसरी है। पर इनका भाग्य भी कोई ख़ूब अच्छा नहीं है। उनके बाप-मां उन्हें किसी के हाथ बेच देने की घात में बैठे हैं। इसके बाद चाहे वे जहां कहीं भी क्यों न रहें, बाप-मां उनकी खोज-ख़बर नहीं लेंगे।

इस तरह के घर की बशिन्दा होकर बाघिनी ख़ूब ही खुश हुई है। खुश क्यों नहीं होगी? इस घर में अकेले वही सिर्फ़ भर पेट खाना खाती है। अच्छे कपड़े-लत्ते पहनती है। उसे कोई सोच-फ़िक्र नहीं है। जब-तब वह रास्तों का चक्कर लगा आती है, मन में आते ही बौद्ध-मन्दिर या और जहां कहीं जी चाहे जाती है। चलने के समय जैसे दिमाग़ भरकर ही चलती है, किसी तरफ़ मानो ध्यान नहीं। वह जानती है कि अपने बूते ही उसकी हालत अच्छी है, नहीं तो स्वामी की तो राई-रत्ती औकात नहीं, वह तो इन लोगों के ही समान है। इसीलिए वह इन ग़रीब लोगों से मुंह नहीं लगाती।

इन घरों की तरफ जो फेरीवाले आते हैं, वे सस्ती चीज़ें बेचते हैं। सूखा हुआ बंधाकोबी, पाठों के पैर, सोयाबीन का पतला झोल, घोड़े या गधे का मांस, यही सब चीज़ें वे ले आते हैं। इस तरह की चीज़ों के ख़रीदार ऐसी ग़रीब बस्तियों में से ही निकल आते हैं। बाघिनी के यहां चले आने के बाद ऊंचे दर के फेरीवालों ने भी आना-जाना शुरू कर दिया है। वे लोग आते ही आवाजें लगाते हैं, "चाहिए? भेड़े का माथा चाहिए? सूखी मछली चाहिए, बिस्कुट चाहिए?" बाघिनी फेरीवालों की आवाज सुनते ही दौड़ी आती है। हाथ में झोली रहती है। ख़रीदकर लौटने के वक़्त काफ़ी दिमाग़ दिखाकर ही चलती है। हड्डी-हड्डी वाले जीर्ण, लोहे के तार की तरह सूखे लड़के-बच्चे अंगूठा चूसते हुए बाघिनी की ओर भयभीत आंखों से देखा करते हैं, मानो दूसरी दुनिया का कोई प्राणी आकर उन लोगों के बीच बस गया हो। बाघिनी उन्हें देखकर भी अनदेखी कर देती हैं। वह यहां ख़ैरात करने तो नहीं आई कि इनकी दुःख दुर्दशा से द्रवित हो इन नंगे, अस्थिपंजर से कीट-पतङ्गों को भर पेट ठुंसाएगी।

पर खुशी को बाघिनी का यह व्यवहार अच्छा नहीं लगता। वह ग़रीब है। दरिद्रता क्या चीज है, जानता है। ये सब चुपड़ी क़ीमती चीज़ खाने में उसे बड़ा बुरा लगता है, केवल रुपए पानी में जा रहे हैं। दूसरी बात, बाघिनी से बार-बार वह रिक्शा ख़रीद देने के लिए कहता है, पर बाघिनी सुनकर भी अनसुनी

कर जाती है। सिर्फ़ रक़म-रक़म के मांस, साग-सब्जी और भात खिला-कर उसे गुलथूल बना रही है। वह मानो एक पोसी हुई गाय हो, ज़्यादा दूध पाने के लिए और खिला-खिलाकर उसे मोटा बनाया जा रहा हो। आज क्या वह पहले का-सा मर्द रह गया है? इस समय बाघिनी के हाथ में बिल्कुल ही भड़ुआ बन गया है। इसके पहले खुशी ने जीव-जन्तुओं के भीतर इस तरह की बहुत-सी घटनाएं देखी हैं। एक रुग्ण कुतिया एकाएक गर्म होकर जवान कुत्ते के साथ प्रेम करने लग जाती है।

बाघिनी भी ठीक ऐसी ही कुतिया है, चुनकर खुशी को पकड़ा है। उसे वह निगलकर खाएगी, चूस कर खाएगी। यह बात याद आते ही खुशी को अपने जीवन के ऊपर घृणा हो जाती हैं। छिः,-छिः!, वह कर क्या रहा है? मेहनत करके खाने के लिए तो शरीर को ताज़ा रखना होगा, यही तो एकमात्र उसकी पूंजी है। यदि वह इसी तरह खाकर और सोकर अपनी जीवन-शक्ति घुला-घुलाकर इस कुतिया को खुश करता रहा तो कितने दिन चलेगा? बुढ़ापे में कुछ हड्डी-पसलियों को छोड़कर कुछ भी ढूंढे पहीं मिलेगा। वह कर भी तो ऐसा रहा है। उसकी डीलडौल वैसी ही है, उसी तरह का लम्बा-चौड़ा जवान है, पर तेज नामक कोई चीज अब नहीं नही। नहीं, ज़्यादा दिन इस तरह नहीं चल सकता। खुशी की छाती सिहर-सिहर कर कांप उठी। उसने तय किया, चाहे प्राण क्यों न चले जाएं वह रिक्शा ही खींचेगा। दिन भर रिक्शा खींचते-खींचते थक कर घर लौटने पर वह नींद में बेसुध हो जाएगा। फिर इन सब बातों को लेकर माथा-पच्ची नहीं करनी होगी। बाघिनी के दिए गए छप्पन प्रकार के व्यंजन भी वह नहीं खाएगा, उसकी रात भर की शारीरिक भूख भी वह नहीं मिटाएगा। ठीक वह यही करेगा। बाघिनी की जीभ की परवाह वह नहीं करता। यदि उसने रिक्शा ख़रीदने दिया तो अच्छा ही है, नहीं तो भाड़े का रिक्शा लेकर खींचेगा। बाघिनी को इस बात की गंध भी वह लगने नहीं देगा, वरना जानते ही बखेड़ा जरूर खड़ा कर देगी।

प्रथम चन्द्रमास के सत्रहवीं तारीख से रिक्शा भाड़े पर लेकर उसने खींचना शुरू कर दिया। कुछ ही देर तक रिक्शा खींचने के बाद वह हांफ उठा। लगा कि पैर अब नहीं उठते, कमर में जैसे लकवा मार गया हो, पैर की नस-नस फट रही है। अपनी इस तकलीफ का कारण उसने समझ लिया, पर मन को यह कहकर उसने सांत्वना दी, 'बीस दिन तक निठल्ला होकर बैठ जाने से ही पांवों की ऐसी हालत हो गई हैं। कुछ मर्तबा और सवारी लेकर दौड़ने से ही यह दर्द दूर हो जाएगा।'

खुशी को फिर एक सवारी मिली। कुछ भद्र व्यक्तियों ने चार रिक्शों को भाड़े पर ठीक किया है। इनके बीच उसका रिक्शा भी है। सभी ने रिक्शे के मूठ को थाम लिया । दल में जो रिक्शावाला सबसे बड़ा था, उसे आग चलने को उन्होंने कहा। इस आदमी की उम्र चालीस के लगभग होगी। ख़ासा लम्बा चेहरा है। वह किंचित मुस्कराया। वह जानता है कि ये तीन छोकरे उसे हरा देंगे। फिर भी उम्र के लिहाज से पीछे-पीछे दौड़ने को वह राज़ी नहीं। वही आगे दौड़ा, पीछे-पीछे तीनों रिक्शे चले। एक मील के तिहाई भाग तक जब वे दौड़ पाए थे, तब छोकरों में एक चिल्ला उठा, "ओ बाबा! क्या पांय-पांय चल रहे हो! तुम क्या अपनी करामात दिखला रहे हो, भैय्या? मान लिया कि तुम हम लोगों में सिरताज हो!"

सचमुच यह व्यक्ति ज़ोर से दौड़ सकता हैं। खुशी जैसे तगड़े जवान को भी उसके साथ ताल मिलाकर चलने में कष्ट हो रहा है। पर दौड़ने का ढंग देखो न, इसीलिए कमर झुक गई। वह दौड़ रहा हैं, ऐसा लगता ही नहीं, मानो सामने की भीड़ ठेलता हुआ बढ़ रहा है। उसका पिछला हिस्सा डोल रहा है, पांव पत्थरों पर से जेसे फिसलकर चल रहे हों, सारा शरीर आगे को झुक गया है। यह ठीक है कि इस तरह जल्दी-जल्दी चला जा सकता है, पर इसमें ताक़त भी ख़ूब खर्च होती है। इस व्यक्ति ने समझ लिया, लगा कि सारा शरीर उसका घूम गया। बेचारे की हालत देखकर छोकरों को जाने कैसी दया आ गई। ओ हो! रिक्शा और सवारी

रहे, या जाए, इस ओर आंखें उठाकर भी वह नहीं देखता। उसकी एकमात्र चिन्ता है, वह आगे रहेगा, आगे उसे दौड़ना होगा। ऐसे आदमी को देखकर किसे दया नहीं आएगी? निश्चित स्थान पर पहुंचकर वह रुका। सारा शरीर पसीने से तर-बतर है। ललाट, नाक, मुंह से होकर पसीने की बड़ी-बड़ी बूंदें गिर रही हैं। रिक्शे के दोनों मूठ रखकर वह सीधा खड़ा हुआ। पैसे लेते वक़्त उन लोगों ने देखा कि उसका हाथ कांप रहा है, हाथ की मुट्ठी में कुछ पैसे धर रखने तक की जैसी ताक़त न हो।

वे लोग अब रिक्शे रखकर गप्प में मशगूल हो गए। सवारी मिलने पर फिर लेकर लौटेंगे, यही उनका मतलब है। खुशी भी और लोगों की तरह पसीना पोंछते-पोंछते हंसी-मज़ाक में शरीक हो गया। सिर्फ़ उस चंगे आदमी के शरीर से पसीना गिरना बन्द नहीं हुआ है। इस पर उसने खांसना भी शुरू कर दिया। सूखी हुई खांसी, खन-खन आवाज कर उठती है। मुंह से ढेला-ढेला थूक-कफ फेंक रहा है। कुछ देर खांसने के बाद थोड़ा स्वस्थ हो बोला, "अरे मेरा तो अब अन्त ही समझो । मेरे पैर और पीठ में थोड़ी भी ताक़त नहीं रही चाहे जितनी भी कोशिश क्यों न करूं, अब पहले-सा नहीं दौड़ सकता। भारी तकलीफ़ होती है। भाई।"

"ये कुछ ही डग तो आया हूं, भाई तुम लोगों को कुछ भी नहीं हुआ मानो टहलते हुए ही आए, क्यों, है न?" कोई बीस साल का एक छोकरा बोल उठा, "सच पूछो बाबा तो हम तीनों जवानों को कुछ भी नहीं हुआ। हम लोग मज़बूत लाठी हैं, जल्दी क्या झुक जाएंगे?" छोकरे ने फिर पूछा, "अच्छा बाबा, तुम इतना सामने झुककर रिक्शा क्यों खींचते हो?"

एक और छोकरा बोला, "नहीं-नहीं, तुम्हारे साथ मज़ाक नहीं करता। हमें तो लगता है कि उम्र के तकाज़े के कारण तुम ऐसे हो गए हो।"

उस आदमी ने हंसकर सिर हिलाया, "अरे, मेरी उम्र वैसी क्या हो गई है? सिर्फ़ उम्र का दोष नहीं है, भैय्या। एक पते की बात कहूं, हम लोगों के इस लाइन में जो आते हैं, उन्हें ब्याह नहीं करना चाहिए। यह बिल्कुल सच्ची बात है भाई, बिल्कुल सच्ची।" चंगे आदमी ने रुककर एक बार सभी की ओर देखा। सभी कान खड़ा किए सुन रहे हैं। इस बार दबे गले से बोला, "एक बार ब्याह कर लेने पर दिन-रात में तुम्हारी ताक़त कुछ ज़्यादा खर्च होगी ही इसके बाद एक दिन ऐसा आएगा कि तुम बिल्कुल खोखले हो जाओगे। मेरे इस शरीर की ओर ही देखो न, क्या रह गया है इसमें? दौड़ते हुए तकलीफ़ होती है। इसके बाद खों-खों वाली खांसी तो लगी ही हुई है। अधिक रोना रोकर क्या होगा, इसीलिए कहता हूं कि इस लाइन में आकर कोई ब्याह मत करो। गौरैया पंछी तक जोड़ा बांधते हैं, पर हम लोग यदि जोड़ा बांधे तो हमारा रफ़ा-दफ़ा हो जाता हैं।

"हां, एक और बात है। ब्याह करने पर साल में एक बच्चा होगा ही। यही देखो न, मेरे पांच हुए हैं। सभी खाने के लिए मुंह बाए रहते हैं। पर इनके मुंह में क्या ठूंसू? रिक्शे का भाड़ा चढ़ा है, इधर धान चावल के बाजार में भी आग लगी है। किस ओर सम्हालूं, कहो? ओफ़! शादी करके कितनी बड़ी बेवक़ूफ़ी कर बैठा हूं! इससे तो अकेले ही जीवन काट देना कहीं बेहतर था। शरीर थोड़ा-बहुत जब गर्म हो उठता तो 'सफ़ेद-घर' में जाकर प्यास बुझा आने से ही चलता। वहां पैसे फेंकने पर सभी तरह की सुख-सुविधाएं पाई जा सकती हैं। हां, इसके बाद यदि सारी देह में पारा फूट जाए तो क्या करोगे। यह तो क़िस्मत की बात है। अकेले आदमी को मरने का ही क्या डर हे? आंखें बन्द कीं, किस्सा ख़तम। पर शादी करने पर तो यह बात नहीं रहेगी। तब निश्चिन्त होकर आंखें भी तुम मूंद नहीं सकोगे। क्यों साथी, ठीक नहीं कहा?" खुशी की ओर उसने देखा।

खुशी ने सिर्फ़ सिर हिलाया, मुंह से कुछ कहा नहीं। इस बार एक सवारी मिली। छोकरा जल्दी-जल्दी आगे बढ़कर दाम वग़ैरह तय करके चंगे आदमी से बोला, "अजी ओ, बड़े भाई! सवारी लेकर चले जाओ। तुम्हारे घर में बच्चे हैं, तुम्हें ही तो ज़्यादा ज़रूरत है।"

चंगा आदमी मुस्कराया,"अच्छा भाई, तुम्हारी ही बात रही, पर दूसरा मौका होने पर मैं यह सवारी नहीं लेता। ख़ैर, घर जाकर बच्चों के मुंह में कुछ दे सकूंगा। अच्छा भाइयो, फिर भेंट होगी।"

चंगा आदमी ओझल हो गया। छोकरा मन-ही-मन बड़ाबड़ाकर बोला, "बेजन्मा. . . बेजन्मा! ज़िन्दगी भर खटते-खटते मरो और एक औरत के साथ घर-संसार बसाने की भी सुविधा नहीं। दूसरे कितना मज़ा लूटते हैं! बेजन्मा...... बेजन्मा बच्चू! एक-एक आदमी चार-चार, पांच-पांच औरतों को लेकर मज़ा लूटता है।"

"दूसरे क्या करते हैं, इसे लेकर इतनी माथा-पच्ची क्यों?" दूसरा आदमी बोल उठा, "हम लोग जिस लाइन में हैं, इसमें सारी ज़िन्दगी यूं ही पड़े रहना होगा। चंगा भाई ने हम लोगों से ठीक ही कहा है। अच्छा, तुम्हीं बताओ, तुम किसलिए शादी करना चाहते हो? शादी करके बहू को गहने या खिलौने की तरह कहीं छिपाकर तो नहीं रख सकते? यहीं पर मुसीबत खड़ी होगी। दिन-भर हम लोग खाते ही क्या हैं, फेनवाला भात और कभी सूखे बिस्कुट? इससे कितनी ताक़त आती है? दोनों ओर से यदि उसके ऊपर खींचा-तानी मची तो कितने दिन और कमर सीधी करके रह सकोगे? नहीं जी, चंगे आदमी ने ठीक ही कहा है। रिक्शावालों के लिए यह शादी-वादी सब फ़िजूल है।"

खुशी ने रिक्शे के दोनों मूठ उठाते हुए कहा, "मैं दक्खिन की ओर चला। इस तरफ और सवारी नहीं मिलेगी। कब तक आख़िर इस तरह बैठे रहें?"

"अच्छा, फिर मुलाकात होगी।" दोनों छोकरे बोले।

खुशी उनकी बातें नहीं सुन पाया, अनभना होकर चलने लगा। उसकी कमर अभी भी दर्द कर रही है। उसने तय किया कि आज वह और सवारी नहीं लेगा। पर कहां जाए? घर लौटने का साहस नहीं हो रहा। वहां ख़ूख़्वार कुतिया जो बैठी हुई है। वह मानो रूपकथा की सुनी गयी एक राक्षसी के समान अकेले आदमियों के घर घुसकर ख़ून चूस लेती है। यौवन का कूप एक ही घूंट में सोख लेती है। इसके बाद उन अभागों की दशा! वे पागल हो जाते हैं, प्रलाप करने लगते हैं।

आजकल दिन काफ़ी बड़ा हो रहा है। शहर के इस ओर से उस ओर तक उसने कई बार चहल-कदमी की, पर अभी सवा पांच ही बजे हैं। एक दूकान से उसने मांस की कचौरी और एक दोना कांजी ख़रीद कर खाया। इसके बाद घर का रास्ता लिया। घर जाते ही तो सिर पर बाघ का झपटा लगेगा, पर इसके लिए कोई विशेष चिन्ता नहीं बाघिनी के साथ लड़ाई-झगड़ा वह नहीं करेगा। उस पर ग़ुस्सा नहीं होगा। जाते ही बिछावन पर पैर फैला कर लेट जाएगा, सो पड़ेगा। इसके बाद फिर भोर में ही काम पर निकल पड़ेगा। बाघिनी की जो खुशी हो करे, वह अपना नियम नहीं तोड़ेगा।

घर आकर उसने देखा, बाहर के घर में बाघिनी बैठी है। उसने एक बार उसकी ओर नज़र उठा कर देखा। फूला हुआ मुंह जैसे फौरन ही धारा निकल पड़ेगी! खुशी ने उसके मुंह की ओर बिना देखे दो-एक बातें करने की चेष्टा की, पर नहीं कह सका। कैसे कह सकेगा! बहानेबाजी में गुरु घंटाल वह नहीं हो पाया है। बिना चूं शब्द किये वह अपने कमरे में घुस पड़ा। बाघिनी भी चुपचाप है। कमरे तो नहीं हैं, मानो पहाड़ की गोपन कन्दरा में एक अति पुरानी गुफ़ा हो। बाहर आंगन से खांसी की आवाज़, बच्चे-बच्चियों का रोना स्पष्ट उमड़ता आ रहा है, पर लगता है, बहुत दूर से आवाज़ आ रही हो और पहाड़ के शिखर से भी ऊंची उठ रही हो।

पहले कौन मुंह खोलेगा, यही समस्या है। दोनों ने अपने-अपने बिछावन पर शरीर फैला दिए, मुंह अब तक बन्द है, लगता हैं एक जोड़ा कछुआ गोल-मटोल हो कर बैठा हैं। रात की पहली नींद टूटते ही बाघिनी ही पहले बोली। उसके स्वर में विद्रूप और क्रोध मिला है, "कहो भी न! किस चूल्हे में भर दिन रहे?"

"रिक्शा खींच रहा था।" खुशी मानो अर्धजाग्रत अवस्था में बोला। बोल नहीं पा रहा, गले में जाने क्या चीज अटक रही है।

"पसीने से बिना तर-बतर हुए नहीं रहा जाता? इस तरह के कामवालों की नज़र और कितनी ऊंची होगी? पका-सका कर रखी, और आपको पता ही नहीं। रास्ते में घोड़े की तरह दौड़-दौड़ कर तुमने कौन-सा युद्ध जीत लिया महराज? देखो मुझे ग़ुस्सा मत दिलाओ। मेरा ग़ुस्सा ऊंचा उठा हुआ हथौड़ा है, पड़ने भर की देर है। मैं तो ऐसे ही बाप की बेटी हूं। दुनिया में ऐसा कोई काम नहीं जो मैं नहीं कर सकती। कल यदि फिर आज की तरह निकल भागे, तो आकर देखोगे कि गले में रस्सी बांध कर झूल रहीं हूं। हां जो कह रही हूं वही करूंगी।"

"तो क्या इसीलिए हम निकम्मे होकर बैठ रहें?"

"बूढ़े के पास क्यों नहीं गए?"

"वहां मैं नहीं जाऊंगा।"

"ओफ्फो! नहीं जाएंगे! एक पैसे की औकात नहीं, पर दिमाग़ तो देखो !"

खुशी क्रोध में जल उठा। "मैं रिक्शा खींचूंगा। अपना रिक्शा ख़रीदूंगा। यही मेरी इच्छा हैं। कोइ यदि इसमें बाधा पहुंचाएगा, तो किसी ओर निकल जाऊंगा, फिर लौटूंगा भी नहीं।"

"ओह...... ओह...... ओह......" बाघिनी के नथुने टेढ़े हो गए। उसका गर्व खुशी के ऊपर उसकी घृणा स्वर में झर पड़ी। फिर मन में डर भी हुआ। खुशी बेवक़ूफ़ है तो क्या, बड़ा जिद्दी भी है। ऐसे आदमी मजाक में कुछ नहीं कहते। मुट्ठी में भी इन्हें नहीं रखा जा सकता। इस कसौटी पर सचमुच ही खुशी एक नमूना है। स्वभाव अच्छा है। उड़न-छू नहीं हैं, इसके अलावा तगड़ा जवान है। उसका भी तो तीन पन बीत कर चौथा पन आया है। इस उम्र में खुशी की तरह एक और आदमी वह जुटा नहीं सकेगी। खुशी जैसे आदमी को वश में रखने की दवा है, पहले गर्म, फिर पल भर में ठंडा हो जाना। बाघिनी गर्म हो उठी थी। इस बार वह तुला की भांति नर्म हो जाएगी।

"मैं तो जानती हूं कि तुम कितने आशावान हो, अपने पैरों पर खड़ा होना चाहते हो, बड़ा होना चाहते हो, पर मैं क्यों झुंझला जाती हूं, यह तो तुम समझते ही नहीं। मेरी सोच-फिक्र तो तुम्हारे ही लिए है। तुम यदि बुड्ढे के पास नहीं जाना चाहते, मैं ही कुछ देर के लिए चली जाऊंगी। हज़ार होने पर भी मैं उसकी बेटी हूं, दो-चार गालियां भी मैं सह सकती हूं।"

"बूढ़े के यहां यदि हम लौट जाएं, तब भी रिक्शा ही खींचेंगे।" खुशी ने समझौता करना चाहा। बाघिनी अनेक क्षणों तक कुछ भी बोल नहीं सकी । खुशी इतना चालाक है, यह बात उसने कभी नहीं सोची थी। चाहे जितने सरलता से बोला हो, यह साफ़ समझ में आ जाती है कि बाघिनी की चतुराई उसने भांप ली है। ना, बिल्कुल ही बेवक़ूफ़ या गधा नहीं है। बाघिनी थोड़ा खुश ही हो उठी। उसे ऐसे जवान मर्द को काबू में रखने के लिए सतर्कता से लगाम थाम रखने की बुद्धि खर्च करनी होगी। कब बिगड़े ख़च्चर की तरह वह दुलती झाड़ने लगे, क्या ठिकाना! ज़्यादा कड़ा होने से भी नहीं चलेगा। हाथ से छूट जाने पर फिर ऐसा जवान मर्द जुटाना कठिन ही होगा। इस तरह मुट्ठी में बन्द कर रखने से तो नहीं चलेगा, बीच-बीच में मुट्ठी खोल देनी होगी, सोहाग दिखलाना होगा, तभी तो मर्द पास रहेगा।

"अच्छी बात, रिक्शा ही जब खींचना चाहते हो तो मैं बाधा क्यों देने लगी। पर प्रतिज्ञा करनी होगी, माहवारी काम नहीं ले सकोगे, शाम को ठीक घर लौट आओगे। तुम ही सोच देखो न जी, दिन भर घर में बैठे रहने के बाद शाम को भी यदि तुमसे भेंट न हो, तब तो पगली हो जाऊंगी। सिर्फ़ यही कहो कि शाम को तुम घर लौट आओगे, बोलो, बोलो न?"

चंगे आदमी की बात खुशी को याद आई। खुशी ने खिड़की से बाहर की ओर देखा, अन्धकार जमता जा रहा है, कितने रिक्शावाले रास्ते पर चल-फिर रहे हैं। ये सब अपनी शक्ति बेच कर खाते हैं। मज़बूत उनकी देह है, पीठ झुक नहीं गयी है, वे मानो उड़कर चल रहे हैं। रात में वे लोग मांस पिंड चखकर शक्ति ख़र्च नहीं करते। खुशी भी एक दिन इन्हीं के समान होगा, पर आज बाघिनी को खिझाना ठीक नहीं। सिर्फ़ रिक्शा खींचने का अवसर पाने से ही सन्तुष्ट है।

चाहे मुंह से जितना भी बोले, बाघिनी को भी नवकर्त्ता के पास जाने की हिम्मत नहीं हुई। जब एक घर में रहते थे, तब बाप-बेटी में आठों पहर चख-चख लगी ही रहती थी, इस समय तो मामला और भी बेढब हो गया है। ऐसे एक कुहासे की सृष्टि हुई है, जिसे दो बातों को फूंक से उड़ाया नहीं जा सकता। इसके अलावा बाघिनी अब लिऊ-परिवार की कोई नहीं है। जो लड़की बाप के घर से विदा लेकर एक बार स्वामी का घर बसाने चली गई, वह तो परायी हो ही गई। बाप के साथ उसका वह सम्बन्ध अब और क्या रहेगा? आनन-फ़ानन बाप के घर जाकर हाज़िर होने का साहस उसे नहीं हुआ। मामलेबाज लोग जिस तरह मामले के सभी काग़ज़-पत्तर बिना जुगाड़ किए हाकिम के इजलाश के पास जा नहीं खड़े होते, उसकी हालत भी ठीक वैसी ही हुई।

मान लो, मुंह फेर कर बुड्ढा यदि उसे दुरदुरा दे? बेटी के रूप में स्वीकार ही न करे? नहीं, इसकी कोई संभावना नहीं है, पर बुरे परिणाम को ही तो पहले धर लेना चाहिए। बाघिनी तब क्या करेगी? झगड़ा वह कर सकती है, पर इससे तो बुड्ढे की मज़बूत मुट्ठी से एक पैसा भी नहीं निकलेगा, केवल चीख-चिल्लाहट मचेगी। कोई यदि उसकी ओर से वकालत करने निकल आए! पर इससे भी कोई विशेष सुविधा होगी, ऐसी बात नहीं। बूढ़ा जिद्दी है, किसी की बात नहीं सुनेगा। उसे घर वापस आना होगा। बाप के घर में उसके लिए जगह नहीं होगी।

खुशी को निकले काफ़ी देर हुई। बाघिनी घर के भीतर चहल-कदमी करने लगी। तीन-चार बार टीन के बक्से से उसने कपड़े-लत्ते निकाले। सज-धज कर वह बाप के घर जाएगी ही। पर फिर समेट कर बक्से में रख दिए जाने की उसकी ख़ूब इच्छा है, साथ ही भय भी है। यह सांप-छछून्दर की गति है। आराम-चैन से रहने के लिए बाप के घर लौटने के सिवा कोई चारा नहीं, फिर आत्म-सम्मान की ओर से देखने पर वह वापस नहीं जा सकती। इस समय वह क्या करे? एक बार बाघिनी को लगा कि शायद बूढ़े का ग़ुस्सा इतने दिनों में लोप हो चुका हो। इस समय यदि खुशी को साथ लेकर 'मानव-मिलन' में जाकर हाज़िर हो, बुड्ढा उन्हें आदर से ही ग्रहण करेगा। हज़ार होने पर भी अपनी बेटी ही तो है। कितने दिन और ग़ुस्सा रखा जा सकता है? तब कैसी अच्छी बात हो! खुशी का हिल्ला लग जाएगा और वह बुड्ढे की ख़ुशामद कर के रोज़गार अपने हाथ में ले सकती हैं।

भावनाओं के स्रोत को यहीं एक धक्का लगा। यह मानो एक बिजली की कौंध हो, सारे मन पर शीतल प्रकाश की बाढ़ आ गई हो। उसकी छाती कांप उठी। बूढ़ा यदि आख़ीर में किसी तरह राज़ी न हुआ, तब क्या होगा? उसका तो मुंह नहीं रहा। क्या सिर्फ़ यही? सिर नीचा कर के जीवन-भर एक रिक्शावाले की बहू बनकर रहना होगा। एक रिक्शावाले की औरत, छि! तब इस मकान के बाशिन्दों के सामने दिमाग़

दिखलाना नहीं चलेगा, तब तो वह उनके ही बराबर हो जाएगी। बाघिनी की आंखों के सामने अंधेरा छा गया, उसका मन स्याही पुते हुए एनामिल के बर्तन की तरह हो गया है। ओह! किस बुरी घड़ी में उसने खुशी के साथ शादी की। छोकरे के पास चाहे जितनी शक्ति-सामर्थ्य क्यों न हो, बाप यदि उसकी ओर फिर कर नहीं देखता, तब तो आजीवन उसे रिक्शा ही खींचना पड़ेगा और वह होगी उस रिक्शावाले की औरत?

बाघिनी सिहर उठी। नहीं-नहीं.....रिक्शावाले की औरत होकर वह इस अंधेरी कोठरी में अपना जीवन नहीं बिता सकेगी। इसके बजाए खुशी से संबंध तोड़ लिया जाए तो कैसा हो? और यह ऐसी कठिन बात क्या है? छुरी से एक रस्सी को काट कर दो भाग कर देने के समान ही यह आसान है। इसके बाद वह अकेली ही बाप के घर लौट जाएगी। खुशी के लिए वह सब कुछ खोना नहीं चाहती। बाघिनी फिर सोचने लगी, भावनाओं की गुत्थियां खुल-खुल कर आ रही हैं। नहीं, खुशी को छोड़ना उसके लिए असंभव बात है। खुशी के साथ में कई दिन काट कर जिस सुख को पाई है, उसे शब्दों में वह व्यक्त नहीं कर सकती। बाघिनी बिछावन पर बैठ पड़ी। सूनी उसकी दृष्टि है। स्पर्श की स्मृतियां मन में भीड़ जमा रही हैं। गोधूलि की तरह ही धुंधली स्मृतियां हैं। ब्याह के बाद जो स्वादहीन सुख मिला, उसीका मन्थन चल रहा है। यह सुख तो ढूंढे नहीं मिलता। मानो एक कल्पना हो, एक सुगन्ध हो, जिसका नाम नहीं। जिसका वर्णन नहीं किया जा सकता। इतने दिनों तक उसकी देह मानो एक गुच्छा अधखिली कली थी। सूर्य-बीज का सुहाग पाकर उसमें से पंखुरियां निकल आई हों।

नहीं, खुशी को वह छोड़ नहीं सकती। जब उसकी मर्ज़ी ही हो गई है, तो रिक्शा ही खींचे। यही क्यों, खुशी यदि रास्ते-रास्ते भीख भी मांगता फिरे, तब भी वह उसके साथ रहेगी। असुविधाओं के बीच में ही राह ढूंढनी होगी, दूसरा उपाय क्या है? देखो न, इस मकान में रहने वाली औरतों को ही देख लो! ये यदि दुःख-दारिद्रय मुंह बन्द कर सह सकती हैं, तो वह ही क्यों न सकेगी? हां, वह भी सकेगी। इस पर भी यदि किसी दिन खुशी उसे छोड़ कर चल दे, तो भी वह बाप के घर के पास नहीं फटकेगी। बाप भी समझे, बाघिनी का तेज भी कोई ऐसा-वैसा नहीं।

इधर खुशी की हालत भी बाघिनी की ही तरह है। मानव-मिलन छोड़ आने के बाद से ही वह पश्चिम 'शान्ति-दरवाज़ा' की सड़क की ओर कभी नहीं फटका। रिक्शा लेकर वह इन दिनों शहर के पूरब की ओर जाता है। मानव मिलन के रिक्शावाले काम पाकर जल्दी इस ओर नहीं निकलते, इसीलिए उसने यही हिस्सा चुन लिया है। भेंट होने पर सवाल पर सवाल पूछ कर वे उसे विरक्त कर देंगे, सवाल न पूछने पर भी खुशी उन्हें देख कर लज्जित होगा। क्या दरकार है इन सब हंगामों से। इसके बजाय पूरब का हिस्सा ही अच्छा है। पूरब में ही वह सवारियां ढोएगा।

परन्तु आज रिक्शा रखकर वह घूमते-घूमते 'मानव-मिलन' आ ही पहुंचा। फाटक के सामने से गुजरते समय ठिठक खड़ा हुआ। बाघिनी की बातें वह भूला नहीं था। उसकी इच्छा हुई, एक बार भीतर जाकर बाघिनी की बातों की परख कर लेने में क्या हर्ज है। टोपी आंखों तक झुकाकर वह रास्ते की उस ओर से निकल गया। उसके मन में केवल यही एक डर था, कोई उसे पहचान न ले। दूर से उसे रिक्शा-शेड की रोशनी दिखाई पड़ी। उसका मन भर उठा, पुराने दिनों की स्मृतियां उमड़ आईं। पहले दिन की बात उसे याद आई। गांव का लड़का जिस दिन 'मानव-मिलन' में आकर आशियाना बनाता है, उसके बाद आया बाघिनी का प्रलोभन, बूढ़े के जन्म-दिन की स्मृति भी आंखों के सम्मुख नाच गई। ये मानो स्मृतियां नहीं हैं, वरन् हज़ार-हज़ार चित्र जैसे किसी ने दीवार पर टांग रखे हैं, कोई उसकी दृष्टि से अछूता नहीं है, सभी कुछ वह देख रहा है। इस चित्र प्रदर्शनी में बहुत पुराने दिन के चित्र भी हैं। वे पश्चिम पहाड़, ऊंटों की पंक्ति,

चाउ-घर, जासूस, सभी कुछ वह देख पा रहा है। ये चित्र थोड़े भी धुंधले नहीं हुए हैं, वरन इतने सजीव देखकर आतंकित होना पड़ता है। सजीव....सजीव चित्रों की प्रदर्शनी! खुशी का सिर घूम गया। यथार्थ मानो उससे दूर होता जा रहा है, उसके स्थान पर स्वप्न आ बैठा है। अनिश्चितता ने वास्तविकता के रास्ते को रोक रखा है। वह किंकर्तव्यविमूढ़ हो गया। स्मृतियां साकार हो उठीं हैं। वे दीर्घ उसांसे उसके मुंह पर फेंक रही हैं, उसे घेर रही हैं। इनके हाथ से उसका छुटकारा नहीं।

खुशी अपनी भावनाओं की अस्तव्यस्तता में उलझ गया। अपनी बात उसे याद आई। एक प्रश्न उठा, वही इतना अत्याचार जीवन में क्यों सहेगा? उत्तर वह ढूंढ नहीं पाया। उसे लगा मानो वह बहुत देर से खड़ा है। समय का स्रोत जैसे उसके चारों ओर अटककर कसमस कर रहा है, बहने का रास्ता उसे नहीं मिल रहा। उसकी अपनी उम्र का हिसाब ही जैसे उलझ गया है। वह समझ रहा है कि मानव-मिलन में जब वह आया था, उससे अधिक.....कहीं अधिक उम्र उसकी बढ़ गई है। उस समय मन में आशा थी, आकांक्षा थी, उद्यम था, अब केवल भय है। यही तो चित्र पर चित्र उसकी आंखों के सम्मुख नाच उठते हैं, पर उसके लिए कौन-सी आशा लेकर ये आये हैं? नहीं-नहीं, आशा तो नहीं ही.....निराशा.......मात्र निराशा!

'मानव-मिलन' दिखलाई पड़ रहा है। बिजली बत्ती का प्रकाश फैल रहा है, कितनी तेज़ रोशनी! एक बत्ती का शेड तक नहीं, जिससे आंखें चौंधिया देनेवाली रोशनी से कुछ बचाव हो। वह खुली आंखों से देखता रह गया। सहसा उसकी छाती कांप उठी। साइन-बोर्ड पर सुनहरी लिखावट जाने कैसी बदल गई है। वह अक्षर नहीं पहचानता, पढ़ना भी नहीं जानता, पर नए चार अक्षरों में से प्रथम में वह भलीभांति परिचित है। मानो दो लाठियों के सिरे परस्पर झुककर एक दूसरे से मिल गये हों टोक त्रिभुज नहीं हुआ, पर एक ओर थोड़ा और झुक जाने से ही हुआ। इस अक्षर का अर्थ है 'मानव', पर इसका चेहरा बिल्कुल बदल गया है। 'मानव-मिलन' नाम है, पलट गया है। खुशी कोई कारण ढूंढ नहीं पाया। उसने फिर पूरब और पश्चिम के घरों की ओर देखा। इन दो घरों की स्मृतियां जीवन में वह कभी भूल नहीं सकता, पर मामला क्या है? दोनों घर बन्द हैं रोशनी तक नहीं।

काफ़ी देर तक खड़ा रहते-रहते वह विरक्त हो उठा। सिर झुकाकर इस बार रास्ता चलने लगा। तब भी उसके मस्तिष्क के भीतर भावना चक्कर मार रही है, मामला क्या है? 'मानव-मिलन' ने लाल बत्ती जला ली है क्या? पर यह भी कैसे संभव है? उसने निश्चय किया कि भाई-बिरादर के पास जाकर वह धैर्य से सभी बातें जान लेगा, बिना कुछ जाने बाघिनी से कहना ठीक नहीं होगा।

घर लौटकर उसने देखा, बाघिनी बैठी हुई तरबूजे के फांक चबा रही है। और क्या करती? अकेले में किसी तरह समय तो काटना होगा।

"फिर देर करके लौटे!" बाघिनी बरस पड़ी, "तुम यदि इसी तरह की हरकतें करोगे तो मेरे साथ निभ नहीं सकता, यह कहे देती हूं जी। घर से निकलने पर दिन बिताकर ही लौटोगे? इस तरफ हमारी मौत है। घर की रखवाली करनी पड़ती है। चारों ओर चोर-भिखारियों को दल हैं। कब कौन-सी चीज़ उठाकर ले जाए, क्या ठिकाना? थोड़ा हिल-डुल भी नहीं सकती, किसी के साथ दो घड़ी बातें करूं इसका भी क्या उपाय है? मैं कहे देती हूं जी, यह सब मैं नहीं सहूंगी। मैं कोई काठ की पुतली नहीं, यह सब नहीं सह सकती।" खुशी ने चूं तक नहीं किया।

"चुप क्यों लगा गए? मुंह से एकाध बात तो निकालो, ताकि सुनकर कृतार्थ होऊं। तुम क्या मुझे ग़ुस्सा दिलाना चाहते हो? मुंह में जुबान नहीं, बातें नहीं कर सकते? क्या-क्या हुआ है तुम्हें?" लोहे की बन्दूक से जिस तरह अविराम गोलियों की वृष्टि होती रहती है, उसी प्रकार एक के बाद एक बाघिनी के

मुंह से तीखी बातें निकलती रहीं।

खुशी नहीं समझ पाया कि वह क्या बोले? उसने ही कहना जारी रखा, "आओ, एक काम किया जाए।" गुस्से में ज़्यादा बोल नहीं सकी, हठात् रुक गई। पर इस प्रचंड गुस्से के भीतर से भी यह बात थोड़ी ज़ाहिर हो गई कि खुशी को छोड़कर बाघिनी का अब और कोई सहारा नहीं। चाहे जैसे भी हो, खुशी को उसे जकड़े रहना होगा। बाघिनी आंसुओं में डूब नहीं गई, जबर्दस्ती मुंह पर हंसी भी वह नहीं लाई। उसका चेहरा देखकर लगा कि आग-धुआं उठा है, ज़रूर, पर धधक उठने का रास्ता नहीं।

"दो रिक्शे ख़रीदकर भाड़ा लगाना कैसा होगा? तुम्हें अब बैल की तरह खटना नहीं होगा, रिक्शे के भाड़े से ही हम दोनों आदमियों का ख़र्च चल जाएगा। क्यों, यह पसन्द है न?"

"दो रिक्शे भाड़े पर चलाने से वैसा क्या रोज़गार होगा। बहुत ज़ोर मारा तो तीस या पैंतीस सेंट इनसे क्या खर्च चलेगा? इसके बजाए एक को तुम भाड़े पर दो, और एक को मैं खुद खींचू, इससे हम लोगों का ख़र्च मज़े में चल जाएगा।" खुशी ने धीरे-धीरे, पर स्वभाविक स्वर में कही। रिक्शा ख़रीदने की बात सुनकर वह सब कुछ भूल गया, मन आनन्द से भर उठा है।

"ओहो! तब तो तुम्हें ही मौज है। घर और देर से लौटोगे।"

"नहीं-नहीं, देर से क्यों लौटूंगा?" रिक्शा ख़रीदने की बात सुनकर खुशी के दिमाग़ में बहुत सी तिकड़में आई, "मान लो, एक रिक्शे को हम लोगों ने भाड़े पर लगा दिया, और दूसरा रिक्शा लेकर मैं भोर को ही निकल जाऊंगा। तीन बजते-बजते लौट आऊंगा। उसके बाद उसे भी भाड़े पर दे दूंगा। किसी दिन भोर में ही भाड़े पर उठाकर रात के समय खुद खीचूंगा। तुम्हें कैसा लगा, क्या यह अच्छी बात नहीं?"

बाघिनी ने सिर हिलाया, "ठहरो, जरा सोच देखूं। कोई बात यदि दिमाग़ में नहीं आए, तो तुम्हारी ही बुद्धि के अनुसार चलूंगी।"

खुशी को ख़ूब ही आनन्द हुआ। यह बात यदि अमल में लाई जाए तो वह फिर अपना रिक्शा खुद ही खींच सकेगा। अवश्य, औरत के रुपए से ख़रीदा हुआ रिक्शा अपना नहीं है, यह बात वह अच्छी तरह जानता है। पर कुछ-कुछ रुपये जमा करके अपना रिक्शा ख़रीदते कितने दिन लगेंगे? उसे लगा कि बाघिनी की भी क़ीमत है। सहसा खुशी बाघिनी की ओर देख कर हंस उठा, सहज, स्वाभाविक हंसी, थोड़ी भी कृत्रिमता नहीं। सभी दु:ख दारिद्रय मानो कलम की एक नोक में ख़तम हो गए, पुरानी दुनिया के हृदय में नया जीवन जगा है। पुरानी पोशाक छोड़कर नई पोशाक पहनने के समान ही अत्यन्त सहज और सुन्दर यह परिवर्तन है।

खुशी ने 'मानव-मिलन' के बारे में बहुत लोगों से पूछ-ताछ कर जानकारी हासिल की। हरेक आदमी अपने-अपने ढंग से बोला, पर उनकी सभी बातों को जोड़-जाड़ कर उसने असली सूत्र निकाल लिया। नवकर्त्ता लिऊ ने अनेक रिक्शों को बेच दिया है, और बाक़ी को एक दूसरे अड्डे के मालिक कीह हिफाज़त में रख छोड़ा है। खुशी को यह समझते देर न लगी कि इस बुढ़ापे में किसी मदद करने वाले आदमी के अभाव में उन्होंने यह काम किया है, पर बुड्डा गया कहां? खुशी काफ़ी चेष्टा करके भी खोज नहीं पाया।

बुड्ढा लापता हो गया है, यह खबर सुनकर खुशी सोच नहीं पाया कि उसे खुश होना चाहिए या नाखुश? खुश होने का कारण तो है ही। बाघिनी की चालाकी अब नहीं चलेगी। इतने दिनों तक बाप के पैसे के दिमाग़ से उसने खुशी के रिक्शा खींचने में बाधा पहुंचाई है। अब हुआ तो! बुड्ढा बिना एक पैसा दिए ही खिसक गया! कहां रहा अब बाघिनी का दिमाग़, नाना प्रकार के ख़याली पुलाव! अब वह निर्विघ्न रिक्शा खींचकर अपनी रोज़ी चला सकेगा, कोई बाधा नहीं देगा। अफ़सोस भी हुआ। नवकर्त्ता के इतने सारे रुपए सब हवा हो गए। बाघिनी के हाथ एक कानी कौड़ी भी नहीं लगी।

जाने भी दो, जो बीत गया उसके लिए दिमाग़ खपा कर क्या होगा? इतने रुपये हाथ से निकल जाने पर शायद थोड़ा अफ़सोस हो सकता है, पर मन में कोई वैसी चोट नहीं आई। जब तक उसके पास ताक़त है, अपनी रोटी-रोज़गार कमाकर खाएगा ही। बिना किसी प्रकार की भूमिका बांधे उसने बाघिनी को सभी बातें सुनाईं।

बाघिनी यह संवाद पाकर बिल्कुल ही टूट गई। उसे समझते देर न लगी, कि अब कोई आशा नहीं रही। भविष्य अंधकारमय हो गया है। अब रिक्शावाले की बहू बनकर सारी ज़िन्दगी काटने के सिवा और कोई चारा नहीं। इसी गत में उसे अपनी ज़िन्दगी काटनी होगी। उसने सोचा था, हो सकता है कि बुड्ढा बाप उस पर नाराज़ होकर दूसरा ब्याह कर बैठे, पर सब बेच-बाच का बुड्डा अन्त में फ़रार हो जाएगा, इस बात को उसने कल्पना तक न की थी। बाघिनी ने यह ठीक कर रखा था कि बुड्डे ने यदि किसी छोकरी से ब्याह कर लिया, तो वह क्या करेगी! पहले उस छोकरी पर हमला बोल कर उसके सात पुश्तों का उद्धार कर देगी, सम्पति को लेकर गाली-गलौच करेगी। ज़रूरत पड़ने पर सौतेली मां को खुश कर उस बाप के विरुद्ध भिड़ा देगी। हाय! हाय! सब चकनाचूर हो गया!

स्वप्न में जिस बात की उसने आशंका न की थी, वही हुई। इस बात की क्या कभी कल्पना भी थी कि धूर्त बुड्ढा इतना निष्ठुर हो सब बेच-बाच कर नकद रुपये ले निकल भागेगा। यह सही है कि बुड्ढे के साथ उसने काफ़ी झगड़ा-तकरार किया हैं, पर तब इस विषय में निश्चिन्त थी कि जब समय आएगा तो बुड्ढे को खुश कर लेने में भी वह त्रुटि नहीं करेगी। ऐसी मीठी बातें बोलेगी कि बुड्ढे का मन पसीजे बिना नहीं रहेगा। 'मानव-मिलन' उसे छोड़कर कोई दूसरा चला नहीं सकता, यही तो उसका अटल विश्वास था, पर बुड्ढे के पेट में ऐसी बात थी, यह तो नहीं मालूम था। आख़री वक़्त में 'मानव-मिलन' जैसे चालु व्यवसाय को तहस-नहस करके वह चला गया? बाघिनी का सिर घूम गया। वह गुम होकर बैठी रह गई।

बाहर वसन्त के आगमन की तैयारियां शुरू हो गई हैं। वृक्षों की डाल-डाल में कोंपल फूटने की प्रतीक्षा में उन्मुख हैं, आंगन में बसन्त की नई लाल कोंपलों के समारोह का पता नहीं। फिर भी वसन्त के आगमन का सन्देश यहां भी आकर पहुंचा है। चेचक के दाग की तरह आंगन के गड्ढों में इतने दिनों से जमी हुई बर्फ़ पिघलने लगी है। आंगन के कूड़ा-कर्कट की गन्ध उड़ती हवा में बह रही है। मुर्ग़ी के झरे हुए पर, लहसुन के छिलके, फटे क़ाग़ज़ के टुकड़े उड़ उड़ कर दीवार पर आकर गिर रहे हैं, बवंडर उठ जाता है। घर के बाशिन्दों के लिए बारहों मास दुर्भाग्य के दिन हैं। तब भी बुड्ढे घर से बाहर आकर आंगन में धूप सेवन कर रहे हैं, बच्चे-बच्चियों के मुंह पर मैले लेप के भीतर स्वाभाविक रंग झांक उठा है। औरतों ने बच्चों को आंगन में लाकर छोड़ दिया है। वे चिल्ला रहे हैं, लोट-पोट कर रहे हैं। कोई कोई एक टुकड़ा क़ाग़ज़ घूरे से उठाकर पतंग बनाने की फ़िक्र में हैं। वे दौड़ा-दौड़ी कर रहे हैं। अब शीत का वह डर तो नहीं रहा कि ठंडक लगते ही हाथ फट जाएगा, पर बसन्त इनके लिए अपने साथ मुसीबतें भी लेता आया है। लंगरख़ाने के चूल्हे की आग बुझ गई है। दाताओं ने हाथ समेट लिए हैं। अब थोड़ी सी कांजी के लिए

बच्चों की भीड़ वहां नहीं देखी जाती। दाताओं ने ग़रीब दुवियों को सूर्य का प्रकाश और वसन्त की हवा पर जीने के लिए छोड़कर छुट्टी पा ली है।

अब भी खेतों के गड्ढों में प्रथम निकली हुई घास की हरियाली छाई है, अनाज नहीं निकले हैं। चावल और जौ का दाम तेज़ी से बढ़ रहा है। दिन भी काफ़ी लम्बे हो रहे हैं। शीत के दिनों में बूढ़े जिस तरह जल्दी जल्दी बिछावन पर सोने चले जाते थे, अब वैसा नहीं करते। इस समय अच्छे खाने-पीने का ख़याली पुलाव पकाते हुए ख़ाली पेट को बहकाया नहीं जा सकता। आंतें कुलबुला जाती हैं, बिछावन की तरफ़ जाना ही कठिन हो जाता है। वसन्त आया है, वृक्ष की डाल-डाल में, विलासियों के मन में, पर सर्वहारा लोगों के बीच यह क्या लेकर आया? और क्या लाएगा, लाया है। चरम दु:ख और दुर्दशा मात्र। जुएं तक सयानी हो उठी है। बिछावन या कपड़े वग़ैरह के भीतर अब वे आसानी से नहीं पाई जातीं। बूढ़ों की पोशाक में छिपकर जैसे अड्डा उन्होंने जमा रखा है। बूढ़ों के आंगन में धूप-सेवन करने पर वे भी थोड़ी बहुत धूप जो खा ही लेती हैं।

बाघिनी ने आंगन की ओर देखा। बर्फ़ गल गई है, कूड़े-कर्कट की सड़ी गन्ध आ रही है। बूढ़ों की दीर्घ उसांसें और बच्चे-बच्चियों की चिल्लाहट एक साथ मिल गई है। शीत के दिनों में ठंडक से बचने के लिए सभी अपने-अपने घर में हाथ पैर समेट कर बैठे थे, कूड़ा-कर्कट बर्फ़ के नीचे दबे थे। इस समय फिर बाहर निकल आए हैं, कूड़े-कर्कट की दुर्गन्ध हवा में फैल रही है। यहां तक कि ईंट की दीवारों तक से झर-झर कर धूल झड़ पड़ती है। लगता है कि ज़ोर से वृष्टि होते ही यह धंस पड़ेगी। इतनी दुर्दशा है फिर भी वसन्त आया ही है। सारे आंगन में फूल फूट पड़े हैं, हरे पत्ते निकल रहे हैं ये फूल दरिद्रता के झरे हुए फूल हैं, उनके हरे पत्तों में कूड़े-कर्कट का विषाक्त घना हरा रंग है। शीत से भी निर्मम, निष्ठुर यह वसन्त है, ग़रीबों का वसन्त! और ऐसे ही समय बाघिनी के पास बाप के लापता होने की ख़बर मिली। अब और क्या उपाय है? सारी ज़िन्दगी उसे इसी गर्त में काट देनी होगी। धीरे-धीरे उसके हाथ के कुछ रुपए निकल जाएंगे और वह रह जाएगी रिक्शावाले की बहू।

खुशी को घर पर ही छोड़ दक्खिन पार्क की ओर अपनी फूफी के यहां बघिनी जा हाज़िर हुई। फूफी बोली, "बूढ़, लिऊ महीने की बारह तारीख़ को आए थे। आकर बोले कि तियन्तसिन या शंघाई जा रहे हैं। जीवन में पीकिङ्ग के फाटक के बाहर जाने का भी कभी अवसर नहीं मिला। जव सुयोग मिला है, तो एक बार घूम ही आना चाहिए। अभी भी उनके पास शक्ति सामर्थ्य हैं, बिल्कुल ही पंगु वृद्ध नहीं हो गए हैं। मज़े में कुछ दिन गुजारने की ही इच्छा है। इस ओर बेटी ने तो उनके मुंह पर क़ालिख पोत दी। अब यहां से राज़ी-खुशी खिसक जाना ही अच्छा है।" फूफी इससे अधिक कुछ और न कह सकीं, पर साथ ही यह भी बोलीं कि बुड्ढा नहीं भी जा सकता है, इसी शहर के किसी गली-कूचे में उसने कहीं आशियाना बना लिया है, पर शहर में गली-कूचे भी तो कम नहीं। इस समय कौन उसे ढूंढ निकालेगा?

बाघिनी घर लौटते ही बिछावन पर गिरकर फूट-फूटकर रोने लगी। रोते-रोते उसकी दोनों आंखें फूलकर लाल हो उठीं। इसके बाद आंखों के आंसू पोंछ खुशी को बुलाकर बोली, "तुम ही जीते! जो जी में आए, करो। ग़लती कर बैठी, अब पछताने से कुछ नहीं होने वाला। मैं तुम्हें एक सौ डालर दे रही हूं। जाओ, रिक्शा ख़रीद लो।"

बाघिनी ने पहले यह निश्चय किया था कि दो रिक्शे ख़रीदकर एक भाड़े पर चलाएगी, और दूसरा खुशी खींचेगा। अब उसने अपना विचार बदल दिया। अब वह एक ही रिक्शा ख़रीदेगी, बाकी रुपए हाथ

में रखेगी। हाथ में जब तक दो पैसे हैं, तभी तक कुछ बल हैं। वह इसी बात को लेकर काफ़ी उधेड़-बुन करती रही। मान लो, आदमी का मन ही तो है। दो रिक्शा ख़रीद देने पर, कहीं यदि इसके बाद खुशी उसे छोड़कर चल दे, तब क्या होगा? पहले से सावधान रहना ही चाहिए। बुड्ढा ही जब अपनी बूढ़ी उंगली दिखाकर चला गया, तब फिर मर्दों पर विश्वास नहीं। कल क्या होगा, कौन जाने? आज ही चाहे जितना मज़ा लूट सको, लूट लो, पर इसके लिए रुपये चाहिए। वे ही रुपये हाथ से निकाल वह भिखारिन बनना नहीं चाहती। यह जो पांच रक़म की चीज़ वह खाना पसन्द करती, हैं–ख़रीदने के लिए रुपये नहीं रहने से कैसे चलेगा? सुख के नाम पर तो और कुछ नहीं, थोड़ा बढ़िया खाना, यह भी रुपये के अभाव में नहीं हो सकेगा।

पर इतनी समझ-बूझकर चलने से भी कुछ रुपये आख़िर कब तक चलेंगे? एक दिन ख़तम होंगे ही। तब तो और पांच रिक्शावालों की औरतों की तरह ही उसे ज़िन्दगी काटनी होगी। इसके अलावा क्या चारा है? ख़ैर, उस समय की बात तब देखी जाएगी। आज तो वह खुशी के सामने पैसे के लिए हाथ फैलाने नहीं जा रही। बल्कि खुशी ही रोजगार-धन्धे के लिए उसके रुपयों से रिक्शा ख़रीद रहा है। बाघिनी का मन थोड़ा हलका हो गया, पर वह समझ गई कि भविष्य अंधकारमय है। हो न अंधकारमय, आज तो उसे सिर झुकाना नहीं पड़ेगा, यही काफ़ी है। वह जैसे एक पथिक है, सूर्यास्त के समय राह चल रही हैं, दूर रात घनी होती आ रही है, पर इस मटमैले प्रकाश में शक्ति भर वह आगे बढ़ रही है, आसन्न रात की बात उसे सोचने की फ़ुर्सत नहीं।

खुशी ने तर्क-वितर्क नहीं किया। एक रिक्शा वह पा रहा है, यही तो काफ़ी है। चाहे जैसे हो, वह रोज़ साठ-सत्तर सेन्ट कमा लेगा और इनसे दो आदमियों की परवरिश मज़े में चल जाएगी। तर्क तो उसने किया ही नहीं, बल्कि खुश हुआ। रिक्शा ख़रीदने के लिए ही इतने दिनों से वह दुःख-दुर्दशा सहता आया है? इस बार वह फिर एक ख़रीद लेगा, उसे तो कोई शिकायत नहीं है, पर एक बात, रिक्शा खींचकर दो आदमियों का भोजन चल जाएगा, यह ठीक है, पर जमा कुछ नहीं होगा। रिक्शे की आयु भी अखंड नहीं है। कुछ दिनों के बाद ही टायर फट जाएंगे, चक्के जर्जर हो जाएंगे, तब तो बदलने की भी गुंजाइश नहीं रहेगी। सोचने का क्या कोई कूल-किनारा है? रिक्शा ख़रीद रहा है, यही तो यथेष्ट है, सोचकर क्या होगा? उतनी दूर की बात पर अभी ही सिर खपाकर वह आज का आनन्द मिट्टी नहीं करना चाहता।

इसी घर का बाशिन्दा मंझला ज़ोरमन्त है। ऐसे ही समय उसने ठीक किया कि वह रिक्शा बेच देगा। गत वर्ष ग्रीष्म-काल में अपनी उन्नीस साल की लड़की 'छोटी लक्ष्मी' को उसने एक लड़ाई के कर्मचारी के हाथ बेचकर दो सौ डालर पाए थे, पर छोटी लक्ष्मी के चले जाने के बाद ज़ोरमन्त ने नवाबी करनी शुरू कर दी। जितनी चीज़ें बंधक रखी हुई थीं, उन्हें छुड़ा लाया, नए कपड़े-लत्ते ख़रीदे, सारे परिवार की दशा तब बदल गई।

ज़ोरमन्त की स्त्री घर के सभी बाशिन्दों में सबसे अधिक कुरूप है। जबड़े की हड्डी निकली हुई है, सिर के केश झड़े हुए हैं, दांत निकले हैं, सारे मुंह पर ब्रण छाए हैं। उसकी ओर देखते हुए भी घिन मालूम होती है। लड़की के लिए हमेशा रोती रहती है, इसलिए उसकी दोनों आंखें और भी लाल और फूली रहती हैं, पर इसके यह मानी नहीं कि साज़-पोशाक में उसकी अरुचि है। लड़की बेच कर पाए गए रुपयों से नई पोशाक ख़रीद कर पहनते उसे हिचकिचाहट नहीं हुई। ज़ोरमन्त का मिज़ाज लड़की बेचने के बाद से जाने कैसा तीखा हो गया है, इस समय मौक़ा पाते ही शराब की दूकान में घुस कुल्हड़ पर कुल्हड़ ख़तम कर देता है और जिस-तिस के साथ गाली-गलौच शुरू कर देता है।

नई पोशाक पहनने से क्या होगा? उसकी स्त्री के मन में सुख नहीं है। एक तो लड़की के लिए उसे दुःख है, इसके ऊपर स्वामी की मार-पीट की मात्रा भी बढ़ गई है।

जोरमन्त की उम्र चालीस से ऊपर होगी। इसी कारण लड़की बेच कर उसने ठीक किया कि रिक्शा न खींच कर वह कोई दूसरा काम करेगा। दो बेंत की टोकरियां बहंगी के दोनों ओर झुला कन्धे पर लेकर वह निकल पड़ा। टोकरियों के भीतर हर प्रकार की चीज़। तरबूजा, नाना प्रकार के फल, बादाम, सिगरेट और जाने कितनी चीज़ें! दो महीने तक यह कारोबार चला, इसके बाद मोटे तौर पर उसने हिसाब लगा कर देखा तो नुक़सान का पल्ला ही भारी नज़र आया। रिक्शा खींचते ही जिसकी ज़िन्दगी गुज़री, दूसरे धन्धे में तो वह इसी तरह का धक्का खाएगा ही। रिक्शावाले रास्ते-रास्ते सवारियों की खोज में घूमते हैं। सवारी मिली तो ठीक है, नहीं मिली तो हैरान होकर घर वापस लौट आते हैं। दूसरे रोज़गार में यह बात नहीं। एकाध पैसे की चीज़ भी बेचते-बेचते फेरीवालों को पसीना आ जाता है। इसके अलावा ख़रीदार को ठगने की विद्या में भी पारंगत होना चाहिए। ज़ोरमन्त में यह हिमाकत न थी। रिक्शावाले चीज़ें उधार ख़रीदते हैं, यह जानकर ही उसने अपने परिचितों के हाथ उधार लगाया, पर एक बार उधार लगा देने पर वसूल करना कितना कष्टकर है, यह बात बेचारा नहीं जानता था।

यह व्यवसाय उसका अधिक दिनों तक नहीं चला। अच्छा ख़रीदार एक भी नहीं मिला। जो मिले उन्होंने सभी चीज़ें उधार लेकर ज़ोरमन्त के व्यवसाय को दो दिनों में दिवाला बुलवा दिया। रुपये-पैसे ख़तम कर इस बार वह शराब में डूब गया। नशे में होकर पुलिस के साथ फ़साद करता, घर आकर औरत पर अपना ग़ुस्सा उतारता। इसी तरह बीत चला ज़ोरमन्त का जीवन।

बीच-बीच में चेतना नहीं लौटती, ऐसी बात नहीं। पश्चात्ताप चेहरे पर दिखलाई पड़ता। पर यह कितने क्षणों तक? फिर लड़की के शोक में पागल होकर बोतल पर बोतल शराब ग़टक कर नशे में डूब जाता, पत्नी को पीटता। उसे स्वयं ही ऐसा लगता कि वह अब मनुष्य नहीं रह गया है, पशु बन गया है। नींद में ही उसे एक मात्र शान्ति मिलती।

ज़ोरमन्त ने व्यवसाय छोड़ कर निश्चय किया कि वह फिर रिक्शा खींचेगा, रुपये-पैसों का तहस-नहस कर देने से तो काम नहीं चलेगा। वह एक रिक्शा ख़रीद बैठा। नशे की हालत में अंट-संट बकता, भद्रता की उसे कुछ परवाह न थी, पर चेतना होते ही उसके भीतर अभिजात्य-बोध सजग हो उठता। आडंबर दिखलाने से भी वह नहीं चूकता। ग़रीबों की यह रीति है। अवसर मिलते ही कुछ आडंबर दिखाना वे पसन्द करते हैं। ज़ोरमन्त ने बिल्कुल नया रिक्शा ख़रीदा, कपड़े-लत्ते भी उसके धुले धुलाए रहे, रिक्शावालों के पहले नम्बर में वह उठ गया। छोटे-मोटे चाय-घर में घुसते उसे हिचक होने लगी, बाबू भैय्या छोड़ वह सवारी ही नहीं लेता। ऐसी उसकी हालत थी!

गली के मोड़ पर धपधप पोशाक पहने खड़ा-खड़ा वह नए रिक्शे के ऊपर धूप का खेल देखता और गप्प-सप्प करते-करते दिन बिता देता। रोजगार की चेष्टा ही नहीं करता। कुछ मिनटों के बाद नीले रंग की झाड़न से रिक्शा झाड़ता, कभी नए जूते की ऐड़ी ठोक, रिक्शे के चक्कों के ऊपर दोनों पैर फैला कर दिन यूं ही फूंक देता। बीच-बीच में किसी को पकड़ कर तर्क भी करने बैठ जाता। इसी के भीतर किसी दिन शायद कभी 'बाबूसवारी' भी मिल जाती, पर ऐसे नए रिक्शे और टीप-टाप वाली पोशाक के मान रखने की सामर्थ्य उसमें नहीं थी, वह दौड़ नहीं सकता। जाने कैसा सिमट पड़ता ज़ोरमन्त। साथ ही साथ लड़की की बात याद आती, वह भट्टी खाने की ओर छटता। इसी भांति लड़की बेच कर पाए गए रुपयों को उसने ख़तम कर दिया। रह गया सिर्फ़ रिक्शा।

शीत के प्रारंभ में एक दिन नशे में झूमता वह घर लौटा। उसे इस हालत में देखकर तो दोनों लड़के भय से कांपने लगे वे भागने के लिए रास्ता खोज हो रहे थे कि ज़ोरमन्त उनके ऊपर टूट पड़ा और जूते से मारते-मारते बेदम कर दिया। पत्नी जाने क्या कुछ कहने आई थी, उसे जमीन पर चित ढकेल दिया और लाठी से पीटते-पीटते बेहोश कर डाला। दोनों लड़कों की ऐसी क्या उम्र होगी? बड़ा तेरहवें और छोटा ग्यारहवें में पड़ा है, पर अब वे और ज़्यादा सह नहीं सके। कोयला तोड़ने का हथौड़ा और लाठी लेकर दोनों ही बाप के साथ युद्ध करने उतर पड़े। तीनों में धमा-चौकड़ी मची। आस-पास के पड़ोसियों ने काफ़ी मेहनत से उन्हें छुड़ाया। ज़ोरमन्त जाकर बिछावन पर सो रहा, बच्चे मां से लिपट कर रोने लगे।

ज़ोरमन्त की पत्नी यह धक्का नहीं संभाल सकी, चन्द्रमास की तीन तारीख़ को वह मर गई। लड़की बेच कर पाए गए रुपयों से ख़रीदी नीली पोशाक पहन कर बिछावन पर सोए-सोए उसकी सांस ख़तम हो गई। स्त्री के मरने पर उसके बाप की तरफ़ से ज़ोरमन्त के नाम मुकदमें की बात भी उठी थी, पर दोस्तों ने बीच-बचाव करके मामला शान्त किया। बाप के घर के लोग इस शर्त पर राज़ी हुए कि ज़ोरमन्त अपनी स्त्री की क़ब्र देने की रस्म अच्छी तरह अदा करेगा। उन्हें पन्द्रह डालर बतौर हर्जाना देगा। ज़ोरमन्त राजी हो गया।

हाथ में जो रुपए थे, वे उड़ गए। अब क्या करता? रिक्शा उसने आठ डालर में बंधक रख दिया। नए साल के त्यौहार के बाद रिक्शे को एकदम बेच देना चाहा। इसके अलावा उपाय नहीं। रिक्शा छुड़ाने के रुपए ही वह कहां से लाता? बीच-बीच में नशे की झोंक में वह सोचता, दो लड़कों में से एक को अगर बेच दिया जाए, तो कैसा हो? उसने कोशिश भी की थी, पर कोई ख़रीदने को तैयार नहीं हुआ। एक बार 'छोटी लक्ष्मी' के स्वामी के पास जाकर भी उसने हाथ फैलाया, पर उसने यह कहकर उसे दुरदुरा दिया कि वह उसे पहचानता ही नहीं।

खुशी यह इतिहास जानता था, इसलिए ज़ोरमन्त का रिक्शा ख़रीदने की उसकी इच्छा न थी। कितने रिक्शे तो पड़े हैं, यही ख़रीदना होगा, यह कोई ज़रूरी नहीं। बेटी बेच कर ख़रीदा हुआ रिक्शा अशुभ होगा। नहीं-नहीं, यह रिक्शा वह नहीं ख़रीद सकेगा।

पर बाघिनी ने इन सब चिन्ताओं को पास फटकने नहीं दिया। उसने सोच देखा, अस्सी डालर से कुछ ज़्यादा देने से ही यह रिक्शा मिल जाएगा, यह एक अच्छा दाव है। दाव वह किसी तरह नहीं छोड़ेगी। ज़ोरमन्त ने अभी उसी दिन तो यह रिक्शा ख़रीदा है। अभी भी, छः महीने नहीं हुए, चक्कों का रंग अभी भी नहीं उड़ा है। इसके अलावा ऐसे-वैसे मामूली कारख़ाने का बना नहीं है। पश्चिम टोले के विख्यात कारख़ाने 'धार्मिक कम्पनी' का बना हुआ है। नहीं नहीं, यह दाव वह नहीं छोड़ सकती। पुराना रिक्शा ख़रीदने में भी पचास-साठ डालर से कम ख़र्च नहीं लगेगा, इसके अलावा नए साल के त्यौहार के बाद सभी के हाथ तंग जा रहे है। दाम ज़्यादा चाहने से ही कौन देगा? और ज़ोरमन्त तो काफ़ी मोल-तोल के बाद रिक्शा नहीं बेच रहा। उसे इस समय रुपयों की सख्त ज़रूरत है। बाघिनी ने खुद ही दाम वग़ैरह ठीक करने रिक्शा ख़रीद लिया।

खुशी और क्या करता? रिक्शा कब आकर पहुंचेगा, इसी आशा में बैठा रहा। मुंह खोल कर उसने कुछ नहीं कहा। कहने के लिए भी क्या था? रुपये तो उसके नहीं हैं कि वह बोलेगा। रिक्शा पहुंचते ही उसने जांच-पड़ताल कर ली। अच्छा मज़बूत ही है। तब भी मन जाने कैसा हिचकिचा रहा है। रिक्शे का रंग उसे पसन्द नहीं, पीतल के बदले चारों ओर सफ़ेद एनामेल का काम किया है। काला और सफ़ेद मिलकर जाने कैसा अद्भुत लग रहा है! ज़ोरमन्त के पास पसन्द नामक कोई चीज न थी। ऐसा अशुभ रंग कोई पसन्द

करता है? यह मानो क्रब में जाने के लिए तैयार है। खुशी की इच्छा हुई कि कम से कम ढक्कन बदल कर चांद की ज्योत्स्ना का रंग चढ़वा ले। इससे कम-से-कम यह मन सिहरने वाला भाव कुछ कम हो जाएगा, पर बाघिनी से कहने का साहस नहीं हुआ। फ़ौरन अंटसंट बकना शुरू कर देगी।

रिक्शा लेकर खुशी निकल पड़ा। सभी उसके रिक्शे की ओर देखते रह गए। कोई-कोई चिल्ला उठे, "क्योंजी, यह काली रांड तुम्हारे ही पल्ले आख़िर पड़ी?" रिक्शे का काला रंग देखकर लोगों ने यही नाम रख दिया। खुशी चुप रह गया। मन में लगाम उसने खींच ली, पर मन लगाम मानता ही कहां है? रिक्शा एक भोर से आधी रात तक उसके साथ रहता, सभी समय वह तटस्थ जैसा रहता। अभी शायद रिक्शा उलट कर एक मुसीबत न खड़ी कर दे! कभी वह ज़ोरमन्त की दुःख-दुर्दशा के बारे में सोचता। रिक्शा उसे बिना भाड़े के आजीवन खींचना ही होगा, दूसरा चारा नहीं।

वह अकारण ही अस्थिर हो उठा। अनवरत मात्र टिक् टिक् टिक् आवाज, पर रिक्शा लेकर कभी हंगामा न मचा। कुछ सप्ताह बीतते ही गर्मी पड़ने लगी। इस बार खुशी ने अपनी कमीज उतार कर सूती क़मीज़ और पजामा पहन लिया। बसन्त पीकिङ्ग में ज़्यादा दिन नहीं टिक सकता। अब गर्मी पड़ने लगी है, दिन लम्बा होने लगा है। शहरी लोग गर्मी से हांफ उठे। कार्य-व्यस्तता नहीं, मामूली खटने से ही थकान आ जाती है। नींद आने लगती है। आजकल खुशी भोर होते ही निकलता है, चार बजने तक सवारियों की खोज में चक्कर लगाता है, इसके बाद और इच्छा नहीं करता। पर सूर्य तब भी सिर के ऊपर ही रहते। घर लौटते भी अच्छा नहीं लगता, कहीं पर रिक्शा रख कर बैठे-बैठे जम्हाई लेता।

सचमुच ही, जाने कैसा वह निरुत्साह हो गया है। बाघिनी भी जाने कैसी संकुचित हो गई। शीत-काल में आग के पास बैठे हाथ-पैर सेंकती है, बाहर आंधी वाली हवा की तीव्र आवाज़ सुनते-सुनते उसके दिन किसी तरह कट रहे हैं। घर में बैठे-बैठे मन उकता जाने पर भी निकलने का उपाय नहीं। सिर्फ़ वह सोचता रहा है, यह मौसम जरा ख़तम तो हो ले, इसके बाद घर में बन्द होकर कौन सड़ेगा?

अब शीत का मौसम खत्म हो गया हैं, घर में बैठ कर आग पर हाथ सेंकते हुए भी अब समय काटा नहीं जा सकता। आंगन से सड़ी हुई गंध आ रही है, नए तृण की हरियाली भी नहीं जिससे आंखें जुड़ाई जाएं। एक बाहर निकल सकती है, पर पड़ोसी लोग कब क्या चुरा ले जाएं, क्या ठिकाना! यहां तक कि दो-एक सौदा लाने जाकर भी वह जल्दी-जल्दी वापस लौट आती है। वह मानो एक भ्रमर हो, घर के भीतर उसे बन्द कर दिया गया हो। बाहर के सूर्य-प्रकाश को देखकर वह आनन्द से नाच उठी है, पर उड़ जाने का कोई रास्ता नहीं। घर की और दूसरी औरतों के साथ वह दो घड़ी बात-चीत कर सके, इसका भी चारा नहीं। वे सभी मुहल्ले के कलंकों को लेकर अड्डा जमाती हैं, बाघिनी के स्वभाव को यह बात नहीं रुचती। अब तक वह पहाड़ी चिड़ियों के गीत की तरह अपना जीवन बिताती आई है, स्वर नहीं, छन्द नहीं, पर मुक्ति के आनन्द से यह उद्भासित है। इसलिए और चाहे वह जो करे, इतना नीचे अब तक नहीं उतर पाई। उन लोगों की इसे नीचता के मूल में है दुःखमय जीवन, वे वजह-बेवजह ज़ार-बेज़ार आंसू बहाती हैं, पर बाघिनी का जीवन उनसे भिन्न रहा है। बाघिनी अपनी जीवन-धारा के साथ अपना सामंजस्य स्थापित नहीं कर सकी है। उसकी आंखों में आंसू नहीं, अपने मन का भार हल्का करने के लिए वह गाली-गलौच बकती है। उनके साथ उसका मेल होना असंभव हैं, वे लोग अपनी ही तरह रहें, वह अपनी ही तरह रहेगी, उसने यही निश्चय किया।

चार महीने बाद इसी घर में उसकी एक सखी जुट गई। यह सखी थी 'छोटी लक्ष्मी'। वह अपने स्वामी के संसार से तहश-नहश होकर लौट आई। उसका 'आदमी' एक लड़ाई वाला कर्मचारी है। वह जहां जाता

है, वहीं दुनिया बसा लेता है। सुख-स्वच्छन्दता से रहने की यह एक सहज व्यवस्था है। एक सौ, या दो सौ डालर देकर एक कम उम्र की कुमारी, एक बड़ा तख़्तपोश, दो कुर्सियां, यही तो दुनिया हो गई। कुछ दिन कितने मज़े में कट जाते हैं।

इसके बाद जब बदली का हुक्म आता है, तब ब्याही स्त्री और सामान वग़ैरह का हंगामा नहीं ढोना पड़ता। वर्दी पहनकर निकल पड़ने से ही मामला ख़तम। लड़की और असबाब वग़ैरह पड़े रहें न, हर्ज क्या है? इससे नुक़सान तो है ही नहीं, बल्कि काफ़ी नफ़ा है। दो या ढाई साल में एक सौ या दो सौ डालर तो मात्र खर्च हैं! कपड़े धोना, कमीज रफ़ू करना, रसोई एवं घर के और छोटे-मोटे काम यह लड़की ही करेगी। एक नौकर रखने पर आठ-दस डालर तो महीना देना ही पड़ता, इसके अलावा उसका खाना-पीना है, जलपान है। यह नौकर की नौकर, बहू की बहू। एक बिछावन पर सोना चल सकता है, रोग का भी डर नहीं। इसके बाद लड़की यदि काफ़ी अच्छी लग रही हो, तो एकाध डालर खर्च कर सस्ती काली छींट की एक पोशाक बनवा दो। अच्छी नहीं लगने पर कपड़े-लत्ते देने का सवाल ही नहीं उठता। फटे-पुराने पहने रहे।

छोटी लक्ष्मी का स्वामी बदली होकर चला गया। छोटी लक्ष्मी ने तख़्तपोश और दोनों कुर्सियों की ओर नज़र उठाकर भी नहीं देखा। वह बड़ी आफत में पड़ी। उसका 'आदमी' दो महीने का भाड़ा बाकी रखकर भाग गया है। और क्या करती? कुर्सियां तख़्तपोश बेंच किसी तरह भाड़ा चुका काली छींट की पोशाक पहने और एक जोड़ा चांदी की गिलट वाली इयर-रिंग लेकर घर लौट आई।

रिक्शा बेच देने पर ज़ोरमन्त के हाथ में बीस डालर से कुछ अधिक रहे। अधेड़ उम्र का आदमी, औरत मर गई है, सांत्वना देने वाला भी कोई नहीं है। उसने शराब की मात्रा और बढ़ा दी, अब तो शराब ही उसकी एकमात्र सांत्वना है। हाथ के रुपये भी मानो शत्रुता कर रहे हों। उसने तय किया कि हाथ के रुपयों को उड़ा-फूंक कर वह निश्चिन्त हो जाएगा। बीच-बीच में दोनों लड़कों की याद नहीं आती, ऐसी बात नहीं। तब वह सोचता, फिर, रिक्शा खींचकर वह दोनों लड़कों को किसी तरह बड़ा कर देगा। इससे भविष्य की थोड़ी आशा तो रही। इस तरह का पश्चात्ताप आते ही वह दौड़कर भरपूर खाना ख़रीद लाता और बच्चों के हाथ में रख देता। वे लड़के भी मुंह में ठूंसते जाते, और ज़ोरमन्त उनकी ओर देखते हुए मन ही मन बड़बड़ाता, 'हाय-हाय! मां से वंचित ये दोनों बच्चे! कैसी खोटी इनकी क़िस्मत हैं! बाप तुम्हीं लोगों के लिए सारा दिन खट-खट कर मरता हैं। मैं चाहे दो दाना मुंह में न डालूं, पर तुम्हें भर पेट खिलाऊंगा ही, जा! खा ले। सिर्फ़ चेताए देता हूं। बड़े होने पर बूढ़े बाप को न भूल जाना! इस तरह की मानसिक अवस्था में बहुत रुपये लड़कों के खाने और खिलौने आदि में ही खर्च हो गए। एक दिन बीस डालर की पूंजी ख़तम हो गई।

रुपये ख़तम हो गए, इधर शराब का नशा भी चढ़ बैठा है। ज़ोरमन्त क्रुद्ध हो उठा। लड़के खाये न खाये, यह देखने की उसे फ़ुर्सत अब नहीं। वह शराब की खोज में निकल पड़ा। इधर लड़के अच्छी मुसीबत में पड़े। क्या करना चाहिए, यह वे समझ ही न पाये। एक उपाय है, ब्याह की बारात या शव की अर्थी के साथ जाने पर दो-एक पैसे मिल सकते हैं, मैला-गाड़ी के साथ घूमने से भी दो एक पैसे या अख़बार के फटे-पुराने क़ाग़ज़ कुछ मिल सकते हैं। उन लोगों ने यही रास्ता पकड़ा। बीच-बीच में उनके भाग्य से कुछ अच्छा खाना भी मिल जाता, कभी जौ खाकर ही रहना पड़ता। जौ भी जिस दिन नहीं जुटती, उस दिन एक पैसे का चिनिया बादाम खाकर वे सारा दिन बिता देते। भूख नहीं मिटने पर भी कुछ देर तक तो चबाया जा सकता है।

छोटी लक्ष्मी के लौट आने पर उनके मन में आशा का संचार हुआ। इस बार उन्होंने एक ऐसे व्यक्ति

को पाया जिस पर थोड़ा भरोसा किया जा सकता है। बहन को देखकर उन लोगों ने कोई बात नहीं की, सिर्फ़ दोनों लड़के उसके दोनों हाथ पकड़ देखते रह गए। आंखों से आंसुओं की वर्षा होने लगी। मां मर गई है, इस समय दीदी ही तो उनकी मां है।

लड़की के लौट आने पर ज़ोरमन्त ने हां, हूं कुछ भी नहीं कहा। एक और पेट बढ़ गया। पर दोनों लड़कों को खुश होते देख उसे लगा कि घर में औरत जात नहीं रहने से क्या घर शोभता है। रसोई-बसोई बनाएगी, कपड़े धोएगी, तभी तो घर की श्री लौटेगी। इसलिए आपत्ति उसने कुछ नहीं की। चले, जितने दिन चले।

छोटी लक्ष्मी जवान हो गई है। पहले देखने में कैसी तो रोगी और पतली थी, दो बरस तक लड़ाई वाले आदमी के साथ रहकर अच्छी-खासी तन्दुरुस्त हो गई है। थोड़ी लम्बी भी हो गई है। मुंह अच्छा भरा पूरा लगता है, आंखें दोनों बड़ी-बड़ी, कोई वैसी सुन्दरी नहीं हैं, पर जाने कैसी एक श्री हैं। ऊपर के ओठ कुछ दबे हुए हैं, इसी से ग़ुस्सा होने या हंसने पर सफ़ेद मोती के से दांत चमक उठते हैं। लड़ाई वाले आदमी ने इन्हीं दांतों की शोभा देखकर उसे पसन्द किया था। पसन्द करने की बात भी है। चमकते हुए दांत बाहर निकलने पर लगता है मानो नन्ही प्यारी बच्ची हो।

ग़रीब घरों की सुन्दर लड़कियों के मुंह पर ऐसी ही श्री दिखलाई पड़ती है। यह मानो जंगल के फूल या घास के समान ही स्वाभाविक सौन्दर्य हो? थोड़ी सावधानी से तोड़ने पर गुलदस्ते बनाकर बाज़ार में आसानी से बिक सकते हैं।

पड़ोसिनों की ओर से बाघिनी अब तक मुंह फिराए थी, छोटी लक्ष्मी को देखकर उसे लगा, हां, इसके साथ सखी-भाव किया जा सकता है। छोटी लक्ष्मी के पास रूप है, इसके ऊपर उसने काली छींट की बूटेदार पोशाक पहन रखी है। इसके अलावा इतने दिनों तक लड़ाई वाले कर्मचारी के साथ घर बसा आई, काफ़ी मज़ा लूट कर ही आई होगी! उसके साथ दोस्ती करने से उसकी इज़्ज़त में बट्टा नहीं लगेगा। ऐसी लड़कियां तुरत ही किसी से दोस्ती नहीं कर लेतीं, और दोस्ती करके अंतरंग होते भी उन्हें देर नहीं लगती। छोटी लक्ष्मी और बाघिनी देखते ही देखते घनिष्ट हो उठीं।

रक़म-रक़म की चीज़ें खाना बाघिनी पसन्द करती है। जब भी तरबूज़े की फांक या ऐसी ही खाने की कोई चीज ख़रीदने पर छोटी लक्ष्मी को बुलाकर खिलाती है। खाते-खाते वे हंसती हैं, बातें करती हैं। दांत बाहर निकाल कर छोटी लक्ष्मी बाघिनी को ऐसे-ऐसे किस्से सुनाती है, जिन्हें बाघिनी ने कभी नहीं सुने। लड़ाई वाले आदमी के साथ वह सुखपूर्वक गृहस्थी नहीं चला पाई, पर जब उसका मिज़ाज अच्छा रहता, तब वह छोटी लक्ष्मी को लेकर होटलों में खिलाता, थियेटर दिखाता। यही सब किस्से वह कहती और बाघिनी सुन-सुनकर अवाक रह जाती।

अपने जीवन की दुःख भरी बातें भी उसने धीरे-धीरे कह सुनाई। उसके आदमी का अत्याचार, अवैध उपाय से यौन-लालसा परितृप्ति की कहानी। बाघिनी उत्तेजित हो उठी। छोटी लक्ष्मी यह सब कहना नहीं चाहती थी, पर सखी के अनुरोध से उसे कहना पड़ता।

छोटी लक्ष्मी देखने में तो अच्छी है ही, इसके अलावा जीवन में अनेक अभिज्ञता का आस्वाद उसने पाया है, बाघिनी उसे प्यार कर बैठी, फिर उससे ईर्ष्या भी हुई। इन कई दिनों से छोटी लक्ष्मी की अभिज्ञता की कहानी सुनकर वह अपनी बात सोचती रही है। उसका चेहरा, उम्र, स्वामी, सभी तरफ से विधाता ने उसे मार रखा है। कामना के वसन्त की ख़बर उसने कभी नहीं पाई, उसका भविष्य अंधकारमय है और वर्तमान में ही आनन्द कहां है? खुशी की वह कामना अब बुझ गई है, अब वह पत्थर की तरह ही भारी

और असमर्थ है। खुशी के ऊपर जितना ग़ुस्सा बढ़ता गया, बाघिनी उतना ही छोटी लक्ष्मी को जकड़ती गई। भले ही यह ग़रीब हो, सुख का मुंह इसने देखा है, जीवन का आस्वाद इसने पाया है। आज यदि छोटी लक्ष्मी मर भी जाए, शिकायत क़रने लायक कोई बात उसे नहीं होगी। जीवन का सुख चूस-चूस कर उसने उपभोग किया है और क्या चाहिए?

बाघिनी ने अपनी सखी के इसी पहलू को देखा, उसका अभाव नहीं समझ पाई। उसकी दरिद्रता ध्यान में नहीं लाई! छोटी लक्ष्मी स्वामी के घर से कुछ भी लेकर नहीं आई थी, इस पर दोनों भाइयों का भरण-पोषण उसके ही कन्धे पड़ा। अब वह कहां से रुपये पाएगी, किस तरह वह अपने नादान दोनों भाइयों का भरण-पोषण करेगी, यह बात बाघिनी ने सोच कर नहीं देखी।

ज़ोरमन्त ने नशे की झोंक में रास्ता बतला दिया 'दोनों भाइयों के लिए यदि इतना दर्द है, तो एक काम करो न! इससे कुछ रुपये भी पैदा होंगे, तुम्हारे दोनों भाई भी दो मुट्ठी खाना पाकर जिन्दा रहेंगे। यह तो करोगी नहीं, और मुझे ही खटना होगा। सुबह से शाम तक घोड़े की तरह आदमी ढो-ढोकर मैं रुपये ले आऊंगा और महरानी अपनी दोनों लाड़ले भाइयों के मुंह में ठूंसेगी। इधर मैं क्या खाली पेट खटूंगा? यदि लम्बी तानकर मर जाऊं, तब तो ख़ूब ही मज़ा देखेगी, क्यों? क्यों री भाई की सुहागिन, तेरा तो तैयार माल है! बेचना चाहते ही ख़रीदार टूट पड़ेंगे। यही करो न? जा न, अपने को भाड़े पर चला!" छोटी लक्ष्मी ने एकबार अपने बाप और चूहों की तरह अपने भाइयों की ओर देखा। भूखे रहते-रहते इनका चेहरा कैसा हो गया है! छोटी लक्ष्मी रो पड़ी, पर रोने से तो बाप का ग़ुस्सा कम नहीं होगा, भाइयों के पेट भी नहीं भरेंगे। उनकी कुछ मदद कर सके, ऐसा कोई काम करना होगा। भाइयों के मुंह का भात जुटाने के लिए वह अपनी देह बेचेगी, अपने नारीत्व का आंगन खोल देगी। पैसे देने वाले आदमी वहां भीड़ लगा देंगे। कुछ पैसे के लिए पुरुषों की लालसा उसे बिद्ध करेगी, क्षत-विक्षत करेगी।

छोटे भाई को उसने पास खींचकर छाती से लगा लिया। छोटे भाई के सिर के बाल उसकी आंखों के पानी से भीगे जा रहे हैं, पर इसकी उसे सुध नहीं। उसके दोनों होंठ मानो सिर्फ़ यही कहना चाह रहे हों, "दीदी, दीदी....! भूख लगी है! दीदी!" दीदी मानो मांस का एक लोंदा हो, दोनों भाई उस मांस को खाने के लिए लोलुप हो उठे है।

बाघिनी उसके इस नये रोजगार में मदद करने बढ़ आई। यहां तक कि रोज़गार फैलाने के लिए पोशाक-वोशाक, लिपस्टिक, पाउडर जो सब लगते हैं, उन सभी चीज़ों को अपने रुपये खर्च कर उसने ख़रीद देना चाहा। बाद में रोज़गार होने पर वह रुपए चुकता दे सकती है। अपना कमरा भी उसने छोड़ देना चाहा। छोटी लक्ष्मी का घर बड़ा गन्दा है, बाघिनी का घर इस हिसाब से बल्कि काफ़ी सज़ा-सजाया था। थोड़ा खुला-फैला भी है। खुशी तो दिन के समय नहीं लौटता, इससे किसी तरह की असुविधा भी नहीं है। अपनी सखी के लिए थोड़ा उपकार कर जैसे बाघिनी धन्य मानेगी। ऐसा ही उसका भाव है। इसके अलावा घर में क़ाग़ज़ का पार्टीशन है, उंगली पानी में भिगोकर क़ाग़ज़ पर रखते ही छोटी लक्ष्मी के घर का तमाशा देखने को मिलेगा और देखकर वह बहुत कुछ ऐसी चीज़ें सीख सकेगी, जो वह हमेशा से कामना करती आई है, पर जिनसे वंचित रही।

बाघिनी ने यह काम बिल्कुल धर्मार्थ ही किया, ऐसी बात नहीं। वह एक शर्त पर अपना कमरा देने को राज़ी हुई। छोटी लक्ष्मी फी बार घर-भाड़ा स्वरूप उसे बीस सेन्ट देगी। दोस्ती है, तो क्या, व्यवसाय व्यवसाय ही है, यहां कोई मुरव्वत नहीं चल सकती। घर-दरवाज़े सजाने में कुछ पैसे ख़र्च लगेंगे ही घर बुहारना, कूड़ा-कर्कट फेंकना आदि कामों का दाम नहीं है? बीस सेन्ट कोई वैसी रक़म नहीं। सखी होने के

ही नाते न इतने सस्ते बाघिनी राजी है। छोटी लक्ष्मी दांत निकाल कर हंसते हुए राज़ी हो गई। मन के कोने में रुलाहट छलक पड़ी। रात में खुशी के लौट आने पर बाघिनी ने उससे कुछ नहीं कहा, पर उसकी नींद में ख़लल डालकर बिछावन का भाड़ा वसूल करने में बाघिनी नहीं चूकी। बाप को उसने देश से भगाया है, जिस सखी से वह घृणा और ईर्ष्या करती है, उसका सर्वनाश अभी ही करके आई है, खुशी को ही क्यों छोड़ती? परिपूर्ण लालसा के साथ खुशी के ऊपर बाघिनी जा गिरी।

साल के छ: महीने बीत गए हैं। दिन के वक़्त अब आंगन में लड़को का शोरगुल नहीं सुनाई पड़ता। वे भोर में ही उठकर टूटी टोकरी कंधे पर रख निकल पड़ते हैं। रास्ते में जो कुछ पाते हैं चुनकर टोकरी में डाल लेते हैं। नौ बजने के समय कड़ी धूप में पीठ का चमड़ा तप जाने पर वे घर लौटते हैं और जो पाते हैं वही खा लेते हैं। खाना-पीना ख़तम कर अपेक्षाकृत कुछ बड़े लड़के पैसे लेकर निकल जाते हैं, बर्फ़ की मशीन से बर्फ़ ख़रीदकर रास्ते-रास्ते बेचते हैं।

पैसे नहीं रहने पर दल बांधकर वे नदी में नहाने जाते हैं। लौटती बार रास्ते में रेलवे स्टेशन से कोयला चुराकर ले आते हैं। कोई-कोई रंग-बिरंग के कीड़े-मकोड़े पकड़ लाते हैं, बड़े लोगों के लड़के-लड़कियों के हाथ बेचने के लिए। छोटे लड़के उतनी दूर नहीं जा सकते, वे फाटक पार कर पास के ही किसी वृक्ष की छाया में जाकर खेलने लगते हैं। जाने कितनी तरह के खेल, कोई दौड़ कर तितलियां पकड़ता है, कोई मिट्टी खोदता है और कोई मिट्टी का घर बनाने बैठ जाता है।

बच्चों और मर्दों के बाहर निकल जाने पर औरतें कमर तक नंगी होकर बैठी रहती हैं। बाहर निकलने का साहस उन्हें नहीं होता। नंगी देह के लिए नहीं, आंगन तवा सा गर्म हो उठा है, इसीलिए बाहर निकल नहीं सकती। ख़ाली पांव आंगन में पैर रखते ही फोड़े पड़ जाएंगे, यही भय है।

सूरज के डूबने पर बच्चे और मर्द एक-एक कर घर लौटते हैं। हवा बहने लगती है मीठी हवा। बन्द घर के भीतर नहीं पहुंचती। वहां सड़ी गर्मी में बैठकर औरतें भात पकाती हैं। जब तक खाना नहीं पक जाता सभी आंगन में बैठकर चौकड़ी जमाते हैं। चारों ओर मछुआ बाज़ार का हल्ला शुरू हो जाता है। सभी दोपहर की गर्मी से घबरा कर झुंझलाए हैं, इस पर भूख भी लगी है। आंख-मुंह से जलन निकल रही है। मिज़ाज तीता नहीं होगा, तो क्या होगा?

एक भी बेलौस बात मुंह से निकल पड़ने पर एक तुमुल कांड मच जाता है कोई बच्चों को, कोई अपनी औरतों को पकड़ कर बेतहाशा पीटना शुरू कर देते हैं। यदि मार नहीं बजी, तो गाली-गलौच तो है ही। हो-हल्ला, मार-पीट के भीतर रात का खाना समाप्त होता है। बच्चों में से कई आंगन में सो रहते हैं, कोई रास्ते में खेलने निकल जाते हैं। पेट में भात पड़ने से बड़ों का मिज़ाज भी अब शान्त है। वे ग़ोल बांध कर बैठ सुख-दुख की कहानियां कहते हैं। जिनके चावल ख़तम हो चुके हैं, उन्हें खाना नहीं जुटता। इतनी रात गए चीज़ें वग़ैरह बंधक रखकर या बेचकर चावल लाएंगे, इसकी भी आशा नहीं। इन सब परिवारों के पुरुष आंगन में अड्डा नहीं जमाते, वे आते ही बन्द घर की सड़ी गर्मी में बिछावन पर लेट पड़ते हैं, गुस्से में अधीर होकर गालियां बकना शुरू करते हैं। औरतें ऐसी हालत में और क्या कर सकती हैं? किसी तरह आंखों में आंसू दाब बाहर निकलकर रुपये क़र्ज़ ले एक दोना कांजी ले आती हैं। सारा परिवार इसी कांजी को खाकर रात किसी तरह बिता देता है।

बाघिनी छोटी-लक्ष्मी की जीवन-धारा इनसे बिल्कुल दूसरी तरह की है। बाघिनी इस बार सचमुच गर्भवती है। खुशी भोर होते ही निकल पड़ता है। आठ नौ बजे के पहले बाघिनी की नींद नहीं टूटती।

गर्भवती स्त्री को हिल-डोल ज़्यादा नहीं करना चाहिए, यह गलत धारणा बहुत दिनों से चली। आ रही है। बाघिनी भी इसी विश्वास को पकड़े बैठी है। इसके अलावा इससे अपनी रईसी चाल दिखलाने में भी सुविधा है। घर के सभी बाशिन्दे भोर में उठने को मजबूर हैं, पर वह मजबूरी को पास नहीं फटकने देती। जब तक मन होगा वह सोती रहेगी, जब इच्छा होगी, वह उठेगी, कोई बाधा नहीं दे सकता। बाघिनी देर से ही उठती है, बिछावन पर लेटे-लेटे कुछ देर तक अपना आलस्य छोड़ती हैं, इसके बाद उसका दिन शुरू होता है। शाम को वेला में एक बेंच लेकर वह बाहर बैठ कर हवा खाती है। सभी बाशिन्दे जब सो जाते हैं, वह आकर घर में घुसती हैं। उनके साथ कुछ देर के लिए भी बक-झक कर अपने को वह छोटा बनाना नहीं चाहती।

छोटी-लक्ष्मी भी देर करके ही उठती है, पर उसका देरी से उठने का कारण बिल्कुल दूसरा है। इस घर के मर्द लोग शरीफ़ नहीं, उसे देखते ही वे कनखी मारेंगे, अश्लील मज़ाक़ कर बैठेंगे, इसीसे जब तक वे काम पर बाहर नहीं निकल जाते, वह उठने का साहस नहीं करती। दिन में बाघिनी के साथ गप-शप में कुछ समय बीतता है, इसके अलावा उसे रास्ते में भी कुछ देर तक घूमना पड़ता है। क्या करेगी बेचारी! उसके व्यवसाय का एकमात्र विज्ञापन है, उसकी देह। देह दिखाते हुए न घूमने से ख़रीदार कहां से जुटेंगे? शाम के बाद सभी के सो जाने पर वह ख़रीदार लेकर घर में घुसती है।

मकान के बाशिन्दों में खुशी और ज़ोरमन्त ही ज़्यादा रात बिता कर घर लौटते हैं। आंगन में घुसते खुशी को डर लगने लगता है, घर में जाने से तो होता ही है, बाशिन्दों के बातें करने का रंग-ढंग उसे अच्छा नहीं लगता। इसीलिए यदि किसी दिन पहले ही घर लौटना पड़ता है, तो आंगन में एक एकान्त जगह ढूंढ कर बैठ रहता है। घर में घुसने की याद आते ही उसे लगता है कि वह खूंख़्वार कुतिया जैसे उस पर टूट पड़कर काट खाएगी। उसकी जीवन-शक्ति चूस लेगी। एक तो बन्द घर, उस पर बाघिनी बैठी है। इसलिए फ़ौरन घुस जाना कोई बुद्धिमानी की बात नहीं। पहले तो मज़बूर होकर ही जल्दी-जल्दी लौट अपने को बाघिनी के हाथ सौंपना पड़ता था, नहीं तो उसके मुंह की चोट संभालना कठिन हो जाता। पर आजकल छोटी लक्ष्मी को पाकर बाघिनी ने रास तोड़ी ढीली कर दी है। खुशी आजकल काफ़ी रात बिताकर ही लौटता है। बाघिनी कुछ भी नहीं कहती।

और ज़ोरमन्त, आजकल प्राय: ही वह घर नहीं लौटता। उसकी लड़की ने जिस ढंग की वेश्यावृत्ति अपनाई है, इस बात को वह जानता है। इसीलिए बाशिन्दों के सामने अपना मुंह दिखाना उसे भार हो गया है। इधर लड़की से भी यह धन्धा छोड़ देने को कह सके, इसका उपाय नहीं। लड़की और दोनों बच्चों का खिलाने की सामर्थ्य तो उसमें है नहीं, अतः घर नहीं लौटने पर जैसे वह त्राण पाता है। आंखों से तो लड़की को यह धन्धा करते नहीं देखता, इसलिए उसका मन क्यों खराब होगा? कभी-कभी लड़की के ऊपर उसे घृणा हो आती है। लडंकी न हो यदि वह लड़का होकर जन्म लेती, तो यह दुखड़ा क्यों रोना पड़ता? यह लड़की क्यों उसकी पत्नी की कोख में आई! कभी-कभी दु:ख होता, आह बेचारी! भाइयों के लिए अपने शरीर को बेच रही है।

पर घृणा या दु:ख करने से ही क्या फ़ायदा? वह कर तो कुछ नहीं सकता। अत: पैसे ख़तम होते ही लाज-शर्म पीकर वह लड़की के सामने हाथ फैला देता। उस समय उसे लगता, लड़की धन्धा करके काफ़ी रुपए कमा रही है। वह बाप है, शास्त्र-मत से उन रुपयों पर उसका ही अधिकार है। इसके अलावा लड़की ने उसके मुंह में कालिख पोत दी है। सभी उससे घृणा नहीं करते? बाप होकर वह क्या उसे माफ़ कर सकता है? ज़ोरमन्त रुपये चाहता और गालियां बकता, सभी को वह जना देना चाहता कि लड़की की वेश्यावृत्ति के लिए वह जिम्मेदार नहीं है। छोटी लक्ष्मी ही बिगड़ी लड़की है, इज़्ज़त-आबरू नामक कोई चीज़ उसके पास नहीं।

बाप जब इस तरह की गालियां बकता, छोटी लक्ष्मी चुप किए रहती एक नि:श्वास तक नहीं छोड़ती। बाघिनी सखी का पक्ष लेकर मोर्चे पर आती, गालियां सुनाती, कभी चले जाने का अनुरोध करती। पर ज़ोरमन्त ख़ाली हाथ लौटने को राजी नहीं होता, कुछ पैसे उसके हाथ में थमा देने से वह शान्त होता। जो मिलता उसी से शराब ख़रीद कर गटकता। नशा छूट जाने पर गुस्से में आकर कहीं वह नदी में कूद न पड़े, इसी डर से वे पैसे देती।

महीने की पन्द्रह तारीख़। गर्मी ख़ूब पड़ रही है। सूर्य उठ। न उठते ज़मीन तप उठती है। धूलों के मेल कुहासे की तरह चारों ओर फैले हैं, सांस मानो घुटा दे रहे हों। थोड़ी भी हवा नहीं। खुशी ने आंगन में निकल कर धूल भरे आसमान की ओर देखा, इसके बाद तय किया कि ढलती दोपहर के चार बजे तक वह रिक्शा लेकर निकलेगा। यदि वैसा रोजगार नहीं हुआ, तो भर रात वह रिक्शा खींचेगा। दिन की अपेक्षा रात अवश्य ही ठंडी रहेगी। बाघिनी ने ज़ोर दे उसे उसी समय भेजना चाहा। खुशी के घर पर रहने से ही मुश्किल है। छोटी लक्ष्मी के ग्राहक ले आने पर क्या होगा?

"घर ही क्या बाहर से ठंडा है? दोपहर में तो किसी दिन नहीं रहते, बाप रे! लगता है, जैसे दीवार तक को कोई तल रहा हो!"

खुशी ने कुछ नहीं कहा। एक ग्लास ठंडा पानी पीकर वह निकल पड़ा।

ऊइल वृक्ष तक झुक पड़े हैं। पत्तों के ऊपर धूल जम रही है, पत्तियां ऐंठ गई हैं। डालियों में जैसे हिल उठने तक की हिमाकत नहीं। वे ज़मीन पर झुकी पड़ी हैं। रास्ते में एक बूंद पानी नहीं। सूखे तप्त रास्ते धू-धू कर रहे हैं, एक सफ़ेद ज्योति मानो झलक रही है। गली कूचे में धूल के बवंडर उठ रहे हैं, गोलाकार कुंडली पैदा करती हुई धूल उठ रही है, आकाश के धूसर रंग से मिलकर एक बड़ी जाज़म तैयार कर रही है। नीचे होकर जो जा रहे हैं, उनके मुंह झुलस रहे हैं, जले जा रहे हैं। चारों और लपटें। कोई भी चीज़ छूने पर उंगलियां जल उठती हैं, दम घुटने को आता है। सारा शहर मानो एक जलता हुआ ईंटों का भट्ठा हो। लोगों को सांस लेते और छोड़ते कष्ट हो रहा है। कुत्ते गर्मी के कारण बौखला उठे हैं, उनकी लाल जीभ बाहर हो पड़ी है। राहघाट में सन्नाटा है। फेरी वालों की पुकारें नहीं सुनाई पड़तीं, रास्ते की पिच गली जा रही है। यहां तक कि दूकानों में अटकाए पीतल के साइनबोर्ड तक गर्मी से पिघलते नज़र आते हैं।

निस्तब्ध सड़क भांय-भांय कर रही हैं, बीच-बीच में इस निस्तब्धता के बीच, ताम्बे और लोहे। की दूकानों की टुन-टान आवाजें बाहर निकल आती हैं, मन में जाने कैसी एक उमस उठती है। यह जानते हुए भी कि बिना रिक्शा खींचे खाना नहीं जुटेगा, रिक्शा वाले सवारी लेना नहीं चाहते। कोई कोई दरवाज़े पर रिक्शा रख उसकी छावनीं उठा कर बैठे ऊंघ रहे हैं। कोई चायख़ाने में जाकर चाय के घूंट निगल रहे हैं। बहुत से रिक्शावाले हाल-चाल देखने के लिए बिना रिक्शे के ही घूमने निकले हैं जिनके भाग्य में दो-एक सवारियां जुट गई हैं, उनकी बेचैनी का अन्त नहीं। ज़ोर से दौड़ना असंभव है, वे आहिस्ता-आहिस्ता ही जा रहे हैं। रास्ते में जहां कहीं कुआं देखते हैं, रिक्शा रोक कर पानी पीने दौड़ते हैं, पानी ही मानो उनकी मुक्ति का एकमात्र सहारा है। रास्ते में कुआं न मिलने पर घोड़े या ख़च्चरों के लिए बनाए गए यह बच्चे के पानी को चुल्लूओं से पीकर प्यास बुझा रहे हैं। कोई-कोई सूरज की मार खाकर लोट पड़ा है, हैजे, के प्रथम लक्षण दिखलाई पड़ते हैं। सिर झुका कर दिग्भ्रमित हो वे दौड़ रहे हैं।

खुशी भी भयभीत हो गया है। रिक्शा लेकर कुछ ही डग आगे जाने पर उसे लगा कि गर्म हवा ने एकाएक उसे चारों ओर से मानो घेर लिया है। हाथ की हथेली तक पसीने में भीग गई है, पर ऐसी अवस्था

में सवारी मिलने से क्या वह नहीं लेगा। जरूर लेगा। दौड़ने से थोड़ी हवा तो मिलेगी। खुशी को सवारी मिली। दौड़ते-दौड़ते उसने समझ लिया कि ऐसी आब-ओ-हवा में काम करना मुश्किल है। दौड़ने पर दम बन्द होने को आता है, गला सूख जाता है। सिर्फ़ पानी पीने की इच्छा होती है। रिक्शा रोककर कुछ देर आराम कर ले, इसकी भी सुविधा नहीं। कड़ी धूप है। पीठ का चमड़ा तक जला जा रहा है। किसी तरह हांफते-हांफते, सवारी को पहुंचा दिया। पाजामा और क़मीज़ पसीने में भीगकर शरीर से जैसे सट गए। ताड़ के पत्ते का पंखा निकाल कर बहुत देर तक वह हवा लेता रहा, पर इससे क्या आराम पहुंचता है? ठंडी नहीं, गर्म हवा! इसी बीच कितनी बेर उसने पानी पिया इसका हिसाब नहीं। अब वह पास वाले चायख़ाने में दौड़ा। दो प्याले गर्म चाय पीने पर शायद थकावट कुछ मिटे। गर्म चाय में चुस्की मारते ही सारे शरीर में पसीना निकल आया। उसे लगा कि शरीर के भीतर एक बहुत बड़ा गड्ढा हो गया है और उसी गड्ढे से पसीना उफन कर आ रहा है। खुशी को डर लगा। अब और दौड़ने का साहस उसे नहीं।

चायख़ाने में काफ़ी समय बीत गया। मिज़ाज तीता हो गया है। अब वह और क्या करेगा? बाहर जाने का उसे साहस नहीं। धूप और भी चढ़ रही है, निकलना मुश्किल है। इसीसे क्या हाथ-पैर समेट कर वह बैठा रहेगा? नहीं, पहले-पहल यही तो वह रिक्शा नहीं खींच रहा और न पहले-पहल ही ऐसी गर्मी आयी है। अनेक गर्मियां वह बिता चुका है। आज के दिन को बुद्ध की तरह वह बिल्कुल गंवा नहीं देगा। बिल्कुल बेकार नहीं होने देगा। बाहर जाने के लिए वह उठने लगा। पैर नहीं चलते, शरीर में जाने कैसी बेचैनी है। इतना पसीना निकला, फिर भी शरीर थोड़ा हल्का नहीं मालूम पड़ता। कुछ देर तक वह और बैठा रहा, पर कब तक बैठा रहेगा? यहां तो बैठे-बैठे सिर्फ़ पसीना चू रहा है, इसकी अपेक्षा बाहर जाकर काम खोजना कहीं अच्छा है। एक बार वह कोशिश करके देखे न!

बाहर निकलने पर उसे अपनी भूल मालूम हुई। आकाश का धूसर आवरण लोप हो गया है, गाढ़ा, नीला रंग दिखलाई पड़ता है। दम अटकाने वाला भाव अब नहीं। सूर्य और भी प्रखर हो उठा हैं, किसी को ताकने की हिम्मत नहीं, सिर्फ़ आंखें झुलसा देने वाली ज्योति के कण हवा में घर की छतों पर, दीवार और पांवों के नीचे की जमीन पर बिखरे पड़े हैं। सब कुछ सफ़ेद है, बिल्कुल ही सफ़ेद इसी के भीतर मानो अग्नि अपनी लप-लप जीभ बाहर किए है। सारा आसमान मानो कोई आतशी कांच हो। तुम जहां खड़े हो, उसी ओर उसका लक्ष्य है। गर्मी गल-गल कर पिघल रही है, लगता है, जैसे अभी ही तुम्हारे आस-पास की सभी चीज़ों में आग लग जाएगी। इस सफ़ेद प्रकाश में आंखें नहीं उठायी जा सकतीं। चाहे जैसा भी कोई रंग हो, वह आंखों को चोट पहुंचाता है, प्रत्येक शब्द मानो चीत्कार में बदल जाता है, प्रत्येक नि:श्वास में जली हुई मिट्टी की गन्ध नाक में घुसती है।

रास्ते जब शून्य हैं, सड़कें मानो और भी चौड़ी हो गई हैं। रास्ते नहीं, वरन् परित्यक्त आंखें झलसा देने वाले प्रकाश का कोई एक वद्ध-जाल हो। ठंडी हवा आकर उसकी उज्ज्वल स्तब्धता में आलोड़न नहीं करती। देखने से सचमुच डर लगता है। खुशी नहीं सोच पाया कि क्या करें? गर्दन झुका रिक्शा खींचते हुए वह चला। उसका मन उत्ताप के कुहासे में खो गया है, शरीर से पसीना निकल रहा है। चलते-चलते उसके पैर गर्म हो उठे, पसीने से भीग गए। मोजा तक भीगकर एकाकार हो गया, लगा जैसे कीचड़ से लिपटकर ही वह चल रहा हो। यह एक अद्भुत अनुभूति है। उसने निश्चय किया कि अब और पानी वह नहीं पिएगा। कुएं के पास आकर उसकी प्रतिज्ञा टूट गई। अनिच्छा रहते हुए भी कई चुल्लू पानी वह पी गया। नहीं, प्यास उसे नहीं लगी, पानी से केवल गला भिगो ले रहा है। इसके अलावा पानी गले के भीतर जाने पर जाने कैसे ठंडी सिहरन शरीर में उठ रही है। एक मुहर्त्त ही, पर कितना मधुर है यह मुहूर्त! कुछ देर तक

बीच-बीच में सुस्ताते हुए वह रास्ता चलने लगा। सवारी लेने लायक़ सामर्थ्य भी उसकी अब नहीं है। दोपहर की वेला ढल गई है, अब भी भूख नहीं लगती। खाने का समय हो गया है। उसने कुछ खाने को तय किया, पर खाना देखते ही मन जाने कैसा मिचला गया। नहीं-नहीं....कुओं से पानी पीते-पीते पेट भर गया है, पेट के भीतर से पानी की गड़गड़ाहट की आवाज़ निकल रही हैं, गधे या घोड़े के पेट से इस तरह की आवाज़ें उसने बहुत बार सुनी हैं।

ग्रीष्म के साथ शीत-ऋतु की तुलना करने पर खुशी पहले क़सम खाकर कह सकता, शीत-काल से ही वह ज़्यादा डरता है, पर ग्रीष्म के ऐसे भयंकर रूप से वह कब परिचित था! इसी शहर में उसने कई ग्रीष्म काटे हैं, पर इतनी गर्मी कभी नहीं पड़ी। सचमुच ही क्या इस बार ज़्यादा गर्मी पड़ रही है, या उसके ही शरीर में अब वह ताक़त नहीं रही? यह विचार आते ही उसके मन का कुहासा फट गया, शरीर जैसे हिम हो गया। ठीक ही तो! उसके शरीर में अब वह ताक़त नहीं रही। वह डर गया, पर वह कर क्या सकता था? बाघिनी उसकी रही-सही शक्ति को चूसे जा रही है। रात-पर-रात इसी तरह बीत रही हैं। भोर में थकावट लगती है, लगता है, जैसे हाथ-पैर हिला-डुला नहीं सकता। साथ ही बाघिनी को वह भगा भी नहीं सकता। अधिक दिन नहीं, ज़ोरमन्त या उसी चंगे आदमी की तरह की उसकी दशा हो जाएगी। टट्टू घोड़े के दादा की तरह ही उसकी क़िस्मत में भी दुःख भोगना बदा है। खुशी बिल्कुल ही ख़तम हो चुका है, निःशेष हो चुका है।

ठीक दोपहर के बाद उसे फिर एक सवारी मिली। ग्रीष्म के दिनों में इसी वेला सबसे अधिक गर्मी पड़ती हैं, पर उसने निश्चय किया कि वह सवारी लेगा। गर्मी ज़्यादा पड़ रही है, तो क्या? यदि सवारी को पहुंचा देकर वह ख़ूब क्लान्त न हो पड़ा, तो समझेगा कि शरीर अभी भी बिल्कुल ख़राब नहीं हुआ। यदि ऐसा नहीं हुआ, तो अपने तई ही वह छोटा हो जाएगा। सवारी लेते हुए ही यदि रिक्शावाला भयभीत होने लगे, तो इससे उसका मर जाना कहीं बेहतर नहीं है?

सवारी लेकर कुछ दूर तक आगे जाने पर हटात ठंडी हवा का एक झोंका शरीर से टकरा गया। प्रबल हवा के बवंडर में यह मानो दरवाज़ा खोलते ही तीर की तरह चुभने वाली हवा हो! उसे अपनी इन्द्रियों पर विश्वास नहीं हुआ। ऊइल वृक्षों की ओर उसकी आंखें अटकी रहीं। हां-हां.....डालियां जैसे हिल रही हों! इस बार दल के दल लोग आस-पास की दूकानों और घरों से निकल पड़े, उनके हाथ में ताड़ के पंखे हैं। सभी एक सिरे से चिल्लाकर कह रहे हैं, 'ठंडी हवा बह रही है। ओफ! अब कहीं जान में जान आई!' क्या आनन्द है। सभी मानो धेई-धेई कर नाचना शुरू कर देंगे। ऊइल वृक्षों की पत्तियां मानो स्वर्ग के दूत हों, स्वर्ग की वाणी ले आई हों। ऊइल वृक्षों की डालियां हिल रही हैं। 'दुहाई स्वर्ग के बूढ़े बाबा गण! और भी हवा दो, हम लोगों के प्राण जुड़ाएं', सभी ने चिल्लाकर यही कामना की। गर्मी अब भी कम नहीं हुई हैं, पर मन थोड़ा स्थिर हुआ है। ठंडी हवा के एक झोंके ने आकर मन में आशा की तरंगें ला दी हैं। सूर्य का तेज भी थोड़ा कम गया है। इस बार हवा और भी ज़ोरों से बही। ऊइल के वृक्ष भर दिन चुप्पी साधे थे, अब मानो शुभ-संवाद सुनकर गर्व से नाच उठे हों। प्रबल बालू के बवंडर से मानो आकाश भर गया, सूर्य डूब गया। बवंडर ख़तम होने के बाद देखा गया, आकाश के उत्तर कोण में काले मेघ जमा हो रहे हैं। खुशी के शरीर का पसीना सूख गया है। उत्तर की ओर देखकर उसने रिक्शे का पर्दा गिरा दिया। ग्रीष्म की वर्षा कब आकर बरस जाएगी यह समझना ही कठिन है। तैयार होने की फ़ुर्सत भी नहीं देती।

पर्दा गिराते न गिराते एक बार फिर आंधी वाली हवा बह गई। काले मेघ तरंगित होकर सारे आसमान में बिखर गए हैं। मिट्टी से तपन उठकर ठंडी हवा के साथ मिल गई है। चारों ओर धूल की गन्ध

है। आकाश के दक्षिण कोण में अभी भी मेघ नहीं है, ग्रीष्म का दीप्त आकाश हंस रहा है, पर उत्तर की ओर काली स्याही के समान ही मेघों का जमघट है। यह प्रकृति का कोई परिहास है, भय से सभी के सिर जैसे ख़राब हो गये हो। रिक्शेवाले सभी जल्दी-जल्दी पर्दे गिरा रहे हैं, दूकानदार साइन-बोर्ड खोल रहे हैं, फेरीवाले रास्ते पर से चीज़ें हटा रहे हैं। पथिक-गण ज़ोर से क़दम बढ़ाकर चल रहे हैं। घर लौटने की उन्हें कैसी व्यग्रता है। एक बार फिर आंधी वाली हवा बह गई। धूलों के बीच फटे क़ाग़ज़ के टुकड़े घूमते हुए उठ गए। रास्ते बिल्कुल साफ़ हैं, सिर्फ़ ऊइल वृक्षों की गलियां आंधी के गीतों के छन्द-छन्द में पैंडल की तरह नाच रही है।

आकाश काला ही काला है, उसकी छाया मिट्टी पर पड़ रही है। दीप्त ग्रीष्म की ढलती दोपहर अब निस्तब्ध रात की अंधियारी में डूब गई है। हवा के साथ-साथ इस बार वर्षा की बड़ी-बड़ी बूंदें टपकने लगीं। जैसे किसी को ढूंढ रही हों, इधर-उधर चारों ओर दौड़ रही हैं। दूर उत्तर आकाश में काले मेघों को फाड़ती-काटती विद्युत की लाल आभा काटे हुए मांस की रक्त-धारा के समान ही चमक उठी। हवा का ज़ोर अब कमती पर है, पर अभी भी मुंह पर चाबुक की तरह पड़ने से चमक उठना पड़ता है। सभी कुछ को ज़ोरों से वह बहाए लिए जा रही है, पीछे छोड़े जा रही है, अनिश्चयता और आशंका। ऊइल वृक्ष भी तटस्थ खड़े हैं, कब क्या होगा, क्या ठिकाना! सिर के ऊपर बिजली एक बार फिर कड़की। रुपहली ज्योति की तीखी हंसी के साथ वर्षा उतर पड़ी। बड़ी-बड़ी बूंदें धूल के ऊपर पड़ने लगीं। खुशी तर-बतर हो ठक-ठककर ठंड से कांपने लगा।

हवा का प्रकोप अब पहले से भी भयानक हो उठा। ऊइल वृक्षों की डालियां तोड़, धूलों की धूर्णि उठा कर वर्षा उतर आई। हवा, धूल, वर्षा सभी मिलकर एक असीम शक्तिशाली राक्षस के रूप में परिणत हो उठे हैं। उसने आकाश ढक लिया है, पृथ्वी को वह निगलना चाहता है। पेड़-पौधे, मिट्टी, मेघ, जल सभी एकाकार हो गए हैं, दिशा बतलाने वाले यन्त्र की सुई विकल है, चारों ओर से सिर्फ़ दीर्घ ग़ों-ग़ों आवाज़ें उठ रही हैं। हवा कम होते ही वर्षा का प्रकोप और ज़्यादा हो गया, रह-रहकर आसमान फाड़ती हुई वर्षा आ रही है, ज़मीन पर जैसे पानी पटा रही हो। अंधियारी इतनी है कि आसमान और ज़मीन को पहचानना मुश्किल है। बीच-बीच में सिर्फ़ बिजली चमक रही है। आंखों के सम्मुख मुहूर्त के लिए उमड़ पड़ी है असीम जल राशि।

खुशी के कपड़े-लत्ते पहले ही भीग चुके थे शरीर का कोई हिस्सा सूखा नहीं है। टोपी के नीचे बाल तक भीग गए है। पांवों के नीचे वर्षा के पानी से नदी उमड़ आई है। चलने में तकलीफ़ होती है। ऊपर से सिर पीठ एवं मुंह पर वर्षा का पानी झर रहा हैं। सिर या आंखें उठाना, सांस लेना और छोड़ना तक मुश्किल हो गया है। खुशी पानी के भीतर चुप खड़ा रह गया। रास्ता तक भूल बैठा है, सामने या पीछे जाए, यह भी सोच नहीं पाया। ठंडा पानी पड़ रहा है, हड्डी में पोशाक को छेदती हुई तीर की नोक की तरह ठंडक घुस रही है। कानों में वर्षा का झमझम शब्द बज रहा है। शरीर के भीतर ज्वाला भभक रही है। खुशी ने रिक्शे को रोकना चाहा, पर कहां रोकेगा? दौड़ने पर पांवों को नीचे पानी से रुकावट मिलती है, आगे नहीं बढ़ पाता। उपाय क्या है? किसी तरह सिर झुका रिक्शा ठेलता हुआ वह आगे बढ़ा। वह मानो अधमरा मनुष्य है, किसी तरह हांफते-हांफते चल रहा हो। सवारी की हालत भी ऐसी ही है। कोई सुगबुगाहट नहीं, खुशी के हाथों अपने को सौंप कर वह एक मरे हुए आदमी की तरह बैठा हुआ है।

इस बार वर्षा कम हो गई। खुशी सीधा खड़ा होते हुए बोला, "मालिक, चलिए कहीं चलकर अपने को बचाएं। पानी बन्द होने पर निकल पड़ेंगे।"

"नहीं-नहीं....जल्दी चलो! इस वर्षा-तूफान में कहीं रुक नहीं सकोगे!" सवारी ज़ोरों से पैर पटकती हुई चिल्ला उठी।

खुशी की इच्छा हुई, रिक्शा रखकर वह कहीं दौड़कर आश्रय ले, पर अपनी बिल्कुल भीगी हुई पोशाक को देखकर वह लाचार हो गया। अभी भी पानी चू रहा है। कहीं जाकर सिमट-सिकुड़ कर खड़े होने भर की देर है। ठंड लग कर बुखार जरूर आएगा। दांत से दांत दाब वह फिर दौड़ने लगा। कुछ दूर जाते न जाते आकाश काला हो उठा, फिर चारों ओर अंधेरा उमड़ आया और बारिश होने लगी। खुशी तब भी नहीं रुका। वर्षा-तूफ़ान को तुच्छ मानता हुआ वह दौड़ा।

सवारी को उसके ठिकाना पर पहुंचा देते ही वह उतर पड़ा और पहले जो भाड़ा तय हुआ था वही उसने उसके हाथ में रख दिया। एक पैसा भी बख़्शीश नहीं दी। खुशी ने कुछ नहीं कहा, हाथ में जो पैसे मिले उन्हें ही रख लिया। कितनी मुसीबतें तो उस पर से गुज़रती रही हैं, मामूली दो-चार पैसों के लिए वह झगड़ा करना नहीं चाहता। इसी झगड़े के घर से बचने के लिए ही तो वह बेदम रहा है। वर्षा कम होने पर थी, पर फिर बड़ी-बड़ी बूंदों का टपकना शुरू हो गया। इस बार खुशी रिक्शा ठेलता हुआ जल्दी-जल्दी घर लौटने लगा। कहीं एक पल के लिए नहीं रुका। आग के पास बैठकर हाथ-पांव उसने सेक लिए। सारी देह पत्ते की तरह कांप रही है। बाघिनी इस बार अदरख से बनी हुई एक प्याली चाय ले आई। जीर्ण बूढ़े की भांति कांपते-कांपते प्याली हाथ में लेकर वह एक सांस में पी गया और बिछावन पर लेट रहा। अब उसकी चेतना जाती रही। चारों ओर कैसी घटना घट रही है, वह नहीं जानता। सिर्फ़ कानों में बारिश की झमझम आवाज आ रही है। यह जैसे एक निद्राहीन नींद हो, नींद से सारी देह अवश हो गई है और साथ ही मानो वेदना का एक अस्पष्ट इंगित कहीं छिपा है।

चार बजने के समय काले मेघों का दल श्रान्त हो पड़ा। विद्युत की भी जैसे अब वह शक्ति नहीं रही। आकाश में चमकने वाली एक सामान्य आभा दिखाकर वह खो जाती है। कुछ क्षणों के भीतर ही छितराए मेघों के बीच-बीच में सुनहला इंगित दिखलाई पड़ा। बाज इत्यादि की चीख भी कम हो चली। पूरब के आकाश में सतरंगिनी इन्द्रधनुष दिखलाई पड़ा। धनुष का एक छोर मेघों के भीतर है, दूसरा नीले आकाश में उठा हुआ है। कुछ क्षणों के बाद इन्द्रधनुष अन्तर्हित हो गया। साथ ही साथ काले मेघों का चिह्न भी नहीं रहा। इस बार नीलापन दिखलाई पड़ा, नीला आकाश अन्धकार के गह्वर से इसने मानो उज्ज्वलता और सौन्दर्य की महिमा लेकर अभी-अभी ही जन्म-ग्रहण किया हो।

दो-एक रंग-बिरंगे कीड़े उड़कर आंगन में आ बैठे हैं। बच्चे खाली पैर उनके पीछे दौड़ रहे हैं, शोर-गुल मचा रहे हैं। पर बाशिन्दों का इस ओर ध्यान नहीं। वर्षा रुक गई है, यही तो काफ़ी है। कौन रंग-बिरंगे कीड़े, इन्द्रधनुष या नई पृथ्वी की बातों में अपना सिर खपाए! अब तक वर्षा-तूफ़ान में वे यह नहीं देख पाये थे कि उनका कितना सर्वनाश हुआ है। अब नुक़सान भली-भांति देखा जा सकता है। इन्द्रधनुष और विचित्र रंग के कीड़ों की ओर देख समय कटाने से अब नहीं चलेगा। छोटी लक्ष्मी के घर की पीछेवाली दीवार धंस गई है। वह और उसके दोनों भाई दीवार के गढ़ों को भरने की कोशिश कर रहे हैं। आंगन की दीवार भी जगह-जगह टूट गई है। टूटी ईंट और मिट्टी आंगन में बिखरी पड़ी है, पर कोई उस ओर ध्यान नहीं देता। सभी अपने-अपने घर लेकर ही व्यस्त हैं। कितने घरों का ओसारा बिल्कुल नीचे झुका है, बाहर का पानी आकर भर जाता है। इस समय भी कई घर पानी में डूबे हैं। सभी परिवार टूटे-फूटे बर्तनों से पानी उलीच रहे हैं। किसी-किसी के घर की छत चू रही है और पानी उससे झरझर आ रहा है। बिछावन वग़ैरह सभी भीग गए हैं। परिवार के सभी लोग सामान वग़ैरह खींच-खांच कर बाहर ला रहे हैं, कोई आग

के किनारे सेंक दे रहे हैं। वर्षा-तूफान आने पर वे जल्दी से घर में घुस पड़ते हैं, पर घर भी वैसे मज़बूत नहीं, किसी समय माथे पर गिर कर जीवित अवस्था में ही क़ब्र दे सकते हैं। वर्षा-तूफ़ान ख़तम होते ही वे अपना हानि-लाभ का हिसाब करने बैठ जाते है। इस मकान के बाशिन्दों का यही हाल है। वर्षा होने पर चावल का दाम कुछ गिरता जरूर है, पर इससे उनको कोई विशेष लाभ नहीं होता। तब उनका इतना नुकसान हो गया रहता है कि दो-एक पैसे चावल में बचाकर उनकी क्षतिपूर्ति कर देना कोई हंसी-ठट्ठा नहीं। महीने-महीने नियमित रूप से उन्हें घर-भाड़ा चुकाना जरूर पड़ता है, पर घर की मरम्मत के लिए मकान मालिक कभी कोई आदमी नहीं भेजता। जब घर-द्वार सभी गिर कर रहने के लायक नहीं रह जाते तो मकान-मालिक की नींद टूटती है। तब मिस्त्री आता है, कुछ कादो और टूटी-फूटी ईंटों से किसी तरह दीवार मरम्मत की बेगारी टाल जाता है। यह भी कोई मरम्मत हुई? कुछ दिनों तक किसी तरह दीवार को खड़ा रखने का एक ढंग ही तो है? और इसलिए उसे गिरते भी देर नहीं लगती। पर उधर मकान-मालिक की दृष्टि भाड़ा वसूलने की और चौकस रहती है। किसी के जिम्मे एक पैसा भी भाड़ा बाकी नहीं रह सकता। यदि कोई भाड़ा नहीं दे सका, तब उसका बक्स, बिछावन वग़ैरह सभी जब्त कर मकान-मालिक उसे घर से बाहर निकाल देता है। पर चाहे छत गिर जाए या दीवार गिरकर तुम्हें चूर कर दे, इस ओर मकान-मालिक का ध्यान नहीं। जैसी रकम वे किराये में देते हैं, उससे मकानों की देख-भाल नहीं की जा सकती। दीवार में गढे निकल आने से क्या किरायादारों का जीवन संकट में है। इससे क्या होने-जाने का? यह तो उनका ही दोष है, वे ग़रीब जो हैं। उनके लिए वर्षा-तूफ़ान के बीच सबसे बड़े सर्वनाश की बात है बीमारी। यहां के बूढ़ों से लेकर वयस्क एवं लड़के-लड़कियां तक जीवित रहने के लिए प्रतिदिन, प्रति-पल युद्ध करते हैं। उनकी शक्ति क्षय हो रही है। उसकी देह से पसीना निकल रहा है, रोम-छिद्रों से पसीना आ रहा है, पर तब भी वे ज़िन्दगी की गाड़ी को किसी तरह खींचे लिए जा रहे हैं, पर वर्षा-तूफ़ान आने पर उन्हें कोई चारा नहीं रह जाता। वर्षा के साथ वे युद्ध में नहीं ठहर सकते। वर्षा के बाद ही अनेक प्रकार के रोग दिखलाई पड़ते हैं। यदि स्वयं उन्हें बुखार में दो-चार दिन तक भुगतना पड़ता है तो उतनी परवाह नहीं करते, पर यदि लड़के-लड़कियों में से किसी को सहसा ज्वर आ जाता है, तो वे आफ़त में पड़ते हैं। रुपए पास में तो हैं नहीं कि डॉक्टर बुलाएंगे, दवाई ख़रीद लाएंगे। वर्षा अच्छी चीज़ है। हरे नन्हें पत्तों पर वर्षा का पानी पड़ते ही वे फनफना उठते हैं। परजो खेती-बाड़ी करते हैं, उन्हीं के लिए यह लाभदायक है। शहर के गली-कूचे में दरिद्रता के घोंसले में जो जीवन बिताते हैं, उनके लिए यह वर्षा रोग और मृत्यु लेकर आती है। वर्षा की धारा उनके लड़के-लड़कियों के ऊपर मृत्यु रूपी विष डालकर चली जाती है। सिर्फ़ लड़के-लड़कियां ही क्यों? वयस्क लोगों को भी रिहाई नहीं मिलती, बल्कि मौत और भी भयानक रूप से उनके पास आती है।

फिर भी कविगण स्वप्न देखते हैं वर्षा का आगमन होते ही, कमल को मुक्त पंखुड़ियां फैलाते देख आनन्द में अभिभूत होकर वे कविताएं लिखते हैं, इन्द्रधनुष के वर्ण-वैचित्र्य पर मुग्ध हो जाते हैं, पर ग़रीब लोग? वे स्वप्न देखने की फ़ुर्सत नहीं पाते। वर्षा के रुकते ही वे बीमार पड़ते हैं, सारे परिवार को उपवास करना पड़ता है। जितनी देर वर्षा होती है, उतनी ही उनकी लड़कियों से वेश्या-घर की संख्या बढ़ती है। लड़के चोरियां करते हैं, जेलें भर उठती हैं। वर्षा धनी और ग़रीब दोनों के ऊपर पड़ती है। वर्षा से अत्याचारी और अत्याचार सहने वाला कोई बच नहीं सकता पर वहां भी इससे एक हीन श्रेणी-वैषम्य दिखलाई पड़ता है, कारण जिस पृथ्वी पर यह पड़ती है, वह तो अन्याय और विषमता से पूर्ण है। वर्षा में भीग कर खुशी बीमार पड़ गया। वह क्या अकेले पड़ा?

दो दिन, दो रात खुशी अचेतनावस्था में रहा। बाघिनी तो भय से विभ्रान्त हो गई। दया-देवी के मन्दिर में जाकर उसने धरना दे दिया। एक गोल बक्स में बांस के कुछ छोटे-छोटे टुकड़ों को हिलाकर उसने जमीन पर फेंका। यदि एक-एक कर वे टुकड़े जमीन पर पड़ें, तब वह समझेगी कि इस आफ़त से खुशी छुटकारा पाएगा। इसके बाद धूप-बत्ती की गली राख लेकर दो-तीन क़िस्म की जड़ी-बूटी के रस में मिलाकर उसे पीने को दिया। इस तरह की नीली दवा खाने के बाद खुशी ने आंखें उठाकर एक बार देखा और फिर करवट बदल कर सो रहा। इस बार उसके गले से घरघराहट की आवाज निकलने लगी।

बाघिनी ने अब डॉक्टर बुलाया। डॉक्टर ने आकर खुशी की देह में दो बार सुई चुभा दी, इसके बाद पीने के लिए एक खुराक दवा दी। रोगी की चेतना लौटी। आंखें उठाकर उसने पूछा, "अभी भी वर्षा हो रही है क्या?"

बाघिनी जब एक खुराक दवा पिलाने लगी तो खुशी ने आपत्ति की। व्यर्थ रुपये दवा में खर्च करने से क्या फ़ायदा? अपने ऊपर उसे घृणा भी आई। छिः-छिः, मामूली वर्षा ने उसे बिछावन पर पटक दिया, यही उसका शरीर है। अब क्या तो सोए-सोए ये सब कड़वी दवाएं निगलनी होंगी? और दवा पीने की जरूरत नहीं, इस बात को प्रणामित करने के लिए उसने उठ जाना चाहा। अभी ही वह उठ पड़ेगा, कमीज को किसी तरह बदन में डाल कर निकल पड़ेगा, पर बिछावन पर उठते-उठते यह कैसा विभ्राट हो गया! सिर भयंकर रूप से भारी लग रहा है। एक विराट पत्थर मानो माथे पर चढ़ बैठा है। अभी ही शायद पीस देगा। उसकी गर्दन जाने कैसी खोखली हो गई है। सिर का बोझ संभालने में असमर्थ होकर मानो यह अभी ही टूट जाएगी। आंखों के सम्मुख सुनहरी तारों की फुलझड़ी नाच उठी। आपत्ति करने से कोई फ़ायदा नहीं। नाक-मुंह सिकोड़ कर किसी तरह उसने दवा निगल ली।

दस दिनों तक बिछावन पर खुशी पड़ा रहा। जितने दिन बीतने लगे, खुशी उतना ही उद्विग्न होता गया। तकिए को छाती से दाब चुपचाप जाने कितने आंसू उसने बहाए। बाहर जाकर रोज़ी-रोज़गार करने का उपाय नहीं। बाघिनी ही अपने जमा किए रुपयों को निकाल-निकाल कर खर्च चला रही है। यह रुपये भी कितने हैं? इनके ख़तम होने पर क्या होगा? एक मात्र रिक्शे को छोड़कर दूसरा कोई संबल नहीं रहेगा। इसके बाद बाघिनी की जैसी चटोर जीभ और उड़ाकू स्वभाव है, वह किस तरह घर का ख़र्च निबाहेगा? इस पर गर्भवती भी है। अच्छी चीज़ों पर उसका लोभ होना इस समय स्वाभाविक है, बाघिनी तो यही बात उस दिन कह रही थी। खुशी बेचैन हो उठा, पर बुखार इससे बढ़ा ही, कम नहीं हुआ। कई दिन भय में बीत गए। इस समय खुशी नीरोग होने के रास्ते पर है। बाघिनी से एक दिन उसने पूछा, "रिक्शा क्या हुआ?"

"डरो मत, रिक्शे को भाड़े पर लगा दिया है।"

"किससे?"

"संझले दिंग से।"

ओह! खुशी को जाने कैसी एक बेचैनी हुई। उसने जो आशंका कर रखी थी, ठीक वही बात हुई! संझले दिंग को रिक्शा भाड़े पर बाघिनी ने दे दिया है। बुखार के बीच में ही यह बात सोचकर वह बेचैन हो उठा। संझला दिंग क्या रिक्शे से कोई ममता रखेगा? हो सकता है किसी चीज़ से धक्का लगाकर चकनाचूर न कर दे। यदि चकनाचूर न भी करे, रिक्शे की आयु तो कम हो ही जाएगी, पर उपाय क्या है? वह खुद तो चला नहीं सकता, रिक्शे को ख़ाली रखकर ही क्या फ़ायदा ? भाड़े पर लगा देना ही ठीक हुआ है।

मन ही मन वह हिसाब लगाने लगा। यदि वह स्वयं ही रिक्शा खींचता तो रोज़ चाहे जैसे हो, पचास-साठ सेन्ट का रोजगार करता ही। दो व्यक्तियों का घर-भाड़ा, कोयला, चावल, जलावन की लकड़ी, लैंप तेल, चाय इन सब चीज़ों का बन्दोबस्त इतने रोज़गार में कठिन है। नई पोशाक ख़रीदने की बात तो दूर रहे, एक पैसा भी इस आमदनी से नहीं बचाया जा सकता। इस पर वह आज कई दिनों से पड़ा हुआ है। इस समय तो पचास-साठ सेन्ट के बदले रिक्शा-भाड़ा के रूप में दस सेन्ट से ज़्यादा नहीं पाया जा सकेगा। यही इस समय उनकी आमदनी है, पर इतने से कैसे चलेगा? बाकी चालीस या पचास सेन्ट कहां से आएंगे? इन सब चीज़ों के बीच दवाओं का दाम तो उसने जोड़ा ही नहीं।

यदि वह बिल्कुल नीरोग नहीं हो? हां-हां यही हो, ज़ोरमन्त को उसकी नशेबाज़ी के लिए दोष नहीं दिया जा सकता, अपने ग़रीब भाई बिरादरों को बेवक़ूफ़ी और बुरे स्वभाव के लिए भी भला-बुरा नहीं कहा जा सकता। इनका दोष क्या है? रिक्शेवालों की यही क़िस्मत है। रास्ता बिल्कुल ही बन्द है, किसी ओर बढ़ने का उपाय नहीं। चाहे तुम कितने भी परिश्रमी क्यों न हो, तुम्हारी दृष्टि चाहे कितनी ही ऊंची क्यों न हो, शादी करने पर, या एक बार बीमार पड़ने पर तुम ख़तम हुए। यह जैसे चलते-चलते ठोकर खाकर बे-लाईन पर चक्कर खाकर गिर जाने के समान है। ओह! पहला रिक्शा और जमा किये हुए रुपयों की उसे याद आई। किसी को उसने अपने जीवन में दगा नहीं दिया, किसी का अनिष्ट नहीं किया, यहां तक कि उस समय उसका ब्याह भी नहीं हुआ था। रोग-शोक तो उसे नहीं ही थे, पर उसके जमा किए हुए रुपये और नया रिक्शा क्यों चले गएं? कौन जवाब देगा? तभी तो बार-बार उसके मन में आ रहा है कि जीवन में तुम चाहे कितने ही अच्छे या बुरे क्यों न हो, रिक्शेवालों की क़िस्मत ही एक अलग चीज़ है। जिस रास्ते से वे जा रहे है, वह मौत का रास्ता है, वहां से किसी को छुटकारा नहीं। चाहे जब कभी हो, मौत ठीक आकर धरना देगी, चाहे वह जिस रास्ते आए। चिन्ता निराशा ले आई। हुंह! बेजन्मों का गिरोह! उठ नहीं सकने पर ऐसे ही पड़े-पड़े बिछावन पर समय काटना होगा, और चारा क्या है? उठ सकने पर ही कौन-सी ऐसी सुविधा मिल जाएगी। एक ही तो उनका रास्ता है, एक ही जगह जाकर ख़तम होगा। इसकी अपेक्षा चिन्ता फिक्र को गोली मारकर वह निश्चित सोता रहेगा, पर कहां तक सोया जा सकता है? चिन्ता असह्य हो उठी। बिछावन पर उठ बैठने की उसने चेष्टा की। पुनः अपनी रोज़ी कमाने वह निकलेगा। रास्ता बन्द है, मौत मुंह फैलाए है, पर आदमी के मन पर तो ताला नहीं जकड़ा है। वह जाग्रत है, जीवित है जितने दिनों तक कफन से लिपट कर सो नहीं रहता, उतने दिन तक तो आशा-आकांक्षाओं का अन्त नहीं है।

खुशी ने एक बार फिर उठ बैठने की कोशिश की, पर असफल रहा, और क्या करता, इस बार बाधिनी की ओर देख कर बोला, "मैंने तो पहले ही कहा था कि रिक्शा बड़ा अशुभ है।"

"अच्छे होने की बात सोचो न जी। यह क्या रिक्शे का चर्खा ले बैठे। तुम पर क्या रिक्शे का भूत सवार हो गया है?"

खुशी चुप और लजाया-सा रहा। हां, रिक्शे का भूत ही उस पर सवार है। जिस दिन से उसने पहले-पहल रिक्शा खींचना शुरू किया है, उसी दिन से रिक्शा ही उसका ध्यान-ज्ञान, आशा-आकांक्षा हो गया है। बुखार थोड़ा कम होते ही खुशी ने दर्पण में आना मुख देखा। यह क्या! जिसकी छाया पड़ रही है, उसे तो वह नहीं पहचान रहा। दाढ़ी से सारा चेहरा भर गया है, उसके कपाल में बूढ़ों की भांति सिकुड़ने पड़ गयी हैं, आंखों नहीं, मानों दो गर्त हों, यहां तक कि मुंह के उस दाग़ तक में सिकुड़ने पड़ गई हैं। दर्पण रखकर खुशी खड़ा हो गया। ओफ! कितना छोटा घर है! असह्य गर्मी लग रही है। बाहर एक बार निकल

जाना ही बेहतर है, पर आंगन में उतरने तक का उसे साहस नहीं हुआ। पांव जाने कैसे लड़खड़ा रहे हैं, हाड़ नामक कोई चीज़ जैसे नहीं रही। इसके अलावा ऐसी हालत में उसे देखकर लोग उसे अव्वल नम्बर का रिक्शावाला मानते हैं। उसकी जानकारी ख़ूब है। खुशी और इस क्षीणकाय दुर्बल व्यक्ति में काफ़ी अन्तर है, वे एक व्यक्ति हो ही नहीं सकते। खुशी बाहर नहीं जा सका, इधर घर में बैठे-बैठे भी हांफ उठा। अपने ऊपर विरक्ति आ गई। एक साथ ही ख़ूब खाना खाकर पहले वाली ताक़त क्यों नहीं लौटायी जा सकती? तब तो फौरन ही वह रिक्शा लेकर निकल जा सकता है, पर यह नहीं हो सकता। बीमारी अपने शिकार को बिछावन पर ही पटके रखने के लिए आती है, और ख़ूब सहज में भागने के भी लक्षण नहीं दिखाई देते।

धीरे-धीरे खुशी अच्छा होने लगा। ताक़त भरपूर लौटते न लौटते उसने रिक्शा खींचना शुरू कर दिया। ताक़त के लौट आने में अभी काफ़ी देर होगी, इतने दिनों तक चुप बैठा भी नहीं जा सकता। अब वह तेज़ी से नहीं दौड़ता, कोई उसे अब पहचान तो नहीं सकेगा कि वह ज़ोर से दौड़े। टोपी को आंखों तक वह झुका लेता है। 'खुशी' नाम से अपने को परिचय देने की उसे इच्छा नहीं होती। खुशी नाम का अर्थ ही जैसे ज़ोर से दौड़ता है, पर इस समय तो वह तेजी से दौड़ नहीं सकता। अब तो धीरे-धीरे पांव फेंकते हुए किसी प्रकार घसीटते हुए चलता है। अब उस नाम से परिचय देने में क्या लाभ? सभी ईर्ष्या की आंखों से तो उसे देखेंगे नहीं, वरन घृणा ही करेंगे।

एक तो शरीर अभी भला-चंगा नहीं, उस पर खुशी ने इतने दिनों की क्षतिपूर्ति के लिए दो एक सवारियां ज़्यादा लेनी शुरू कर दी, पर इतना धक्का वह कैसे संभाल पाता? फिर बीमार हुआ, साथ ही पेचिश नहीं रुकी। जब पेचिश से वह नीरोग हुआ, तब उसके चलने की शक्ति जाती रही। दो पांव आगे बढ़ने पर दो बार सुस्ताना पड़ता है, ऐसी हालत हो गई। रिक्शा खींचने की तो बात ही नहीं उठती। इसलिए उसे और एक महीना आराम करना पड़ा, इधर बाघिनी की पूंजी खत्म होने को है।

अष्टमी चांद की पन्द्रहवीं तारीख को रिक्शा लेकर वह फिर रास्ते में निकला। मन ही मन उसने कसम खाई, यदि फिर खाट पकड़नी पड़ी तो वह डूब मरेगा। उसकी बीमारी के समय छोटी लक्ष्मी बहुत बार उसे देखने को आई है। खुशी की जीभ में बाघिनी-सी धार नहीं, वरन् गूंगा बनकर ही वह हमेशा से रहता आया है। यूं छोटी लक्ष्मी के साथ कभी उसने बातें नहीं की हैं, पर बीमारी में दो-चार बातें अवश्य कीं। छाती के भीतर जो घुटन उमड़ रही थी, दो बातें कर लेने पर कुछ हल्की मालूम हुई पर बाघिनी इससे खुश तो हुई ही नहीं, बल्कि बुरा मान गई। खुशी जब घर पर नहीं रहता तो छोटी लक्ष्मी उसके प्राणों की साथिन है, पर खुशी के घर लौटते ही छोटी लक्ष्मी को वह अपना शत्रु समझती है। बिगड़ी आवारा लड़की! कब कैसे सर्वनाश कर बैठें, कौन जाने? उसे तो इज्जत-आबरू का डर नहीं। देह पर ढुलक छिनालपन करने लगे। छोटी लक्ष्मी को बाघिनी ने धर दबाया। उसके उधार वाले रुपये वापस देने होंगे। यह भी कह दिया कि रात के अपने ग्राहकों को वह कोठरी में नहीं बुला सकती।

छोटी लक्ष्मी आकाश से गिरी। इतने दिनों तक ग्राहक बैठाने की जो एक कोठरी थी, वह भी गई। उसका अपना घर तो टूटी-फुटी एक गन्दी कोठरी भर है, उस पर भी दीवार के धंसने पर जैसी हालत हो गई, वह कहने योग्य नहीं। किसी तरह चटाई से घेर कर काम चलाया जा रहा है। वहां कोई भी अच्छा ख़रीदार आना नहीं चाहेगा। एक बात हो सकती है, यदि वह चालान वाली कंपनी में नाम लिखा ले, पर कंपनी उसके जैसे माल का रोज़गार नहीं करेगी। उनकी नज़र काफ़ी ऊंची रहती है। उनका कारोबार चलता है स्कूल की छात्राओं और बड़े घर की लड़कियों से। उनकी कीमत भी कहीं ऊंची है। फ़ालतू चीज़ों से वे अपनी गोदाम क्यों भरने लगे? उसका अब कोई चारा नहीं। इस बार उसे एकदम वेश्या-गृह

में जाकर भर्ती होना होगा। उसके पास तो और कोई पूंजी नहीं, देह बेचकर ही तो वह खा सकती है पर वहां स्वाधीनता नामक कोई चीज़ नहीं रह जाएगी। नहीं रहने पर भी क्या फ़िक्र से छुट्टी पा सकती है, पर मरना तो आसान बात है, मरना वह नहीं चाहती। वरन् जीवित रहकर वह सभी दुःख कष्ट झेलेगी। इतना साहस उसे है। उन्हीं दुःख-कष्टों के बीच अपने दोनों भाइयों को वह यदि आदमी बना सकी तो निश्चिंत होगी। जब वे कमाने योग्य हो जाएंगे। तब उसका मर जाना ही अच्छा होगा। सभी के सामने उन्हें सिर नीचा करके नहीं रहना होगा और वह भी इस झमेले से छुट्टी पाएगी। पर अभी क्या उपाय है? अभी उसे और भी सस्ती क़ीमत पर बिकना होगा। उसके इस टूटे-फूटे, धंसे हुए घर में जो आएंगे, निश्चय ही वे ज़्यादा पैसा देना नहीं चाहेंगे। और क्या करना है? कम पैसे देने पर भी हाथ फैलाकर उसे ले लेना होगा। तब भी छोटे भाइयों के पेट में दो मुट्ठी अन्न तो पड़ेगा। इसके अलावा पोशाक और पाउडर-लिपस्टिक में उसे अब पैसे नहीं ख़र्च करने होंगे। उसके ग्राहक जिस स्तर के होंगे वे पोशाक़ और पाउडर-लिपस्टिक की रुचिवाले नहीं होंगे। दो-चार पैसे फेंक एक लड़की के शरीर से खेलने में ऐसे आदमियों को स्वर्ग का सुख मिलता है। जैसा दान, वैसी दक्षिणा! वह बूढ़ी नहीं हो गई, यही तो उनके लिए काफ़ी है।

बाघिनी का शरीर अच्छा नहीं जा रहा। सन्तान दिन पर दिन बढ़ रही है। अब हिलने-डोलने की भी उसे इच्छा नहीं होती। यहां तक कि कुछ ख़रीद कर खाने की इच्छा होने पर भी बाहर जाने में उसे आलस्य लगता है। खुशी आज कल काम में निकल जाता है, भर दिन फिर नहीं लौटता। छोटी लक्ष्मी भी अब नहीं आती। बाघिनी को लगता है, वह मानो एक ख़ाली मकान में ज़ंजीर से बंधी हुई एक कुतिया के समान पड़ी है। सभी ने मानो उसके विरुद्ध षडयन्त्र कर रखा है, उसे अकेली छोड़ वे भाग गए हैं। खुशी का तो दिन-भर पता नहीं। छोटी लक्ष्मी ने भी उसे जलाने के लिए ही ऐसा सस्ता रोज़गार खोल रखा है। बाघिनी डाह में जल उठी। नहीं, उसे इस तरह निश्चिन्त हो सस्ता रोज़गार वह नहीं करने देगी। वह उसको जब्त करेगी। इस बार बाघिनी सामने के घर में धरना देकर बैठ गई वह टोह में रहने लगी कि कब छोटी लक्ष्मी के ख़रीदार आवें। ख़रीदार के आकर घुसते ही गाली-गलौच शुरू हो गई, ख़रीदार और छोटी लक्ष्मी दोनों शर्म से गड़ गए। इसी तरह दिन पर दिन बीतने लगे। छोटी लक्ष्मी के ग्राहकों की संख्या कम होती गई। गालियां सुनने कौन आएगा। पुरानी सखी की रोटी मार कर बाघिनी अब खुश हो उठी।

छोटी लक्ष्मी समझ गई कि इस प्रकार यदि गाली-गलौच चलती रहे तो सब ख़तम हुआ। रोज़गार से दो मुट्ठी अन्न का जुगाड़ तो होगा नहीं, बल्कि आंगन के और दूसरे बाशिन्दे भी बाघिनी के स्वर में स्वर मिलाना शुरू कर देंगे। हो सकता है कि घर से निकाल ही दें। छोटी लक्ष्मी डर गई, रंज होने का भी साहस नहीं हुआ। ऐसी हालत में जब मनुष्य होता है, तो आंखों से आंसू बहाने या ग़ुस्सा करने के पहले वह वास्तविकता को तोल लेता है। उच्छ्वास दिखलाने का उन्हें अवसर नहीं। छोटी लक्ष्मी अपने दोनों भाईयों को लेकर बाघिनी के पैरों तले पड़ गई, मुंह से कुछ नहीं कहा। उसका चेहरा देखकर यह विदित हुआ कि इस अपमान के सह लेने के बाद भी यदि बाघिनी का मन वह नहीं पिघला सकी, तब मर जाएगी, पर बाघिनी तो किसी के मरने-जीने का ठेका लिए नहीं बैठी है।

अपमान को मुंह बन्द कर सह जाना ही मनुष्य के जीवन का सबसे बड़ा त्याग है। इसी से तीव्र प्रतिरोध-शक्ति उत्पन्न होती है। मामला सहसा, ऐसा हो जाएगा, यह बाघिनी सोच भी नहीं सकी थी। उसे काठ मार गया! मुंह से कोई बात नहीं निकली। यह बात जाने कैसी खटक रही है, पर इस फूले हुए पेट को लेकर लड़ाई करना भी एक कठिन प्रश्न है। जब वह 'युद्ध देहि' कहकर आगे नहीं बढ़ सकी तो सबसे

अच्छा रास्ता है कि इस रंग-मंच से वह हट जाए। बाघिनी ने भी ठीक यही किया। अरे! छोटी लक्ष्मी के साथ वह तो थोड़ा मज़ाक कर रही थी। कितनी बेवक़ूफ़ लड़की है, दैया री! मज़ाक को सच मान लेगी, यह तो वह स्वप्न में भी नहीं सोचती थी। छोटी लक्ष्मी की आंखें नहीं हैं, तभी तो वह इस तरह की बातें सोचती है। इस तरह दोनों के बीच जो गतिरोध पैदा हो गया था, उसके हटते ही फिर दोनों सखी बन गईं। बाघिनी ने फिर छोटी लक्ष्मी को पुरानी रीति से सहायता करनी शुरू कर दी।

अगस्त के बीच से खुशी ने फिर रिक्शा खींचना शुरू कर दिया, पर अब वह ख़ूब सावधान होकर ही चलता है। दो-दो बार बीमार पड़कर वह इतना समझ गया है कि उसका शरीर लोहे का बना नहीं है। अब भी रुपये जमा करने की उसकी आकांक्षा कम नहीं हुई, पर लगातार धक्का खाते-खाते उसने इतना सीख लिया कि अकेले आदमी की शक्ति-सामर्थ्य कितनी नगण्य है! जीवन में एक ऐसा समय आता है जब मनुष्य अपनी शक्ति जाहिर करता चलता है, पर इन सब बड़प्पन का शेष कहां है, यह उसे मालूम है। मुंह से ख़ून गिरता है थूक-खखार के साथ ख़ून निकलता है। यही तो आदमी का शक्ति गर्व है! खुशी की पेचिश अच्छी हो गई है, पर बीच-बीच में अब भी पेट में जाने कैसी मरोड़ उठती है। मसलन अभी ही वह दौड़कर चलना चाह रहा है कि इतने में पेट के भीतर मरोड़ उठ गई। धीरे-धीरे चलने के सिवा तब कोई चारा नहीं। कभी या तो एकदम ही रुक जाना पड़ता है। सिर नीचा कर लेता है। पेट को धर दबाकर किसी तरह दर्द सहता है। जब वह अकेले सवारी खींचता रहता है। तब तो न हुआ किसी तरह संभाल लिया। पर एक दल के साथ चलने में ही आफ़त हैं। सभी सवारियां लेकर दौड़ रहे हैं, उनके बीच उसके हठात् रुक जाने से कैसे चलेगा? सभी अवाक् होकर पूछते हैं, क्यों जी साथी, रुक क्यों गये?' उसके बाद उसकी असमर्थता पर हंस उठते हैं। अभी उसने बीस की उम्र ही पार की है, अभी ही वह हंसी मज़ाक का पात्र बन गया है। इस पर तीस-चालीस की उम्र तो पड़ी ही है, तब क्या होगा? खुशी जब इन सब बातों को सोचता है, तो अपने ही ऊपर उसे खीझ आने लगती है।

उसकी अभिलाषा हुई कि माहवारी नौकरी पकड़ ले। काम-भी हल्का और पैसे भी कम नहीं आते, पर अब केवल चाहने से ही माहवारी काम नहीं पकड़ा जा सकता। बाघिनी तो उसे छोड़ती नहीं। ब्याह कर लेने के बाद क्या स्वाधीनता रह जाती है? इस पर बाघिनी जैसी औरत! वह तो उसे हाथ की मुट्ठी में दबाए है। उसकी आज्ञा मानने के सिवा उसके लिए कोई चारा नहीं। इसी प्रकार चार-पांच महीने गुजर गए। हेमन्त के समाप्त होने के बाद शीत-ऋतु आई। इस बीच खुशी कभी ख़ूब खटता रहा है और कभी बैठ कर उसका ही धक्का संभालता रहा है। सिर झुकाकर वह अपने इस दासत्व को मुंह बन्द कर सहता रहा। इस समय उसका सिर नीचे ही रहता है। किसी की परवाह न करके मनमौजी काम करने वाला खुशी, अब वह खुशी नहीं है। अभी भी और दूसरे रिक्शावालों से वह ज़्यादा रुपए ही कमाता है। पेट में ज़्यादा दर्द होने पर ही वह सवारी नहीं लेता। एक बार जो सवारी उसके रिक्शे पर चढ़ेगा, वह घूम-फिर कर उसी के पास आएगा। इसका यही कारण है कि इतने दिनों तक रिक्शे चलाने के बावजूद वह अपने भाई बिरादरों की तरह बुरी हरकतों के पास नहीं फटका। जिन्हें भाड़ा के बारे में पूरी जानकारी नहीं रहती उनसे एक पैसा भी ज़्यादा वह नहीं लेता। कुछ दूर जाकर वह सवारी को गाड़ी से उतार भी नहीं देता। इसके अलावा अच्छी सवारी के लिये घन्टा-घन्टा बैठा भी नहीं रहता। इसीलिए दिन भर के रोजगार में कोई उन्नीस-बीस की तफात नहीं होती। दिन उसके बीत जाते हैं। पर मन कुछ खोया-खोया सा नहीं रहता, यह बात नहीं। रुपयों की आमदनी कुछ वैसी नहीं हो रही, खर्च-खर्च करने के बाद कुछ नहीं बचता। बाएं हाथ से आता है और दाएं हाथ से निकल जाता है। कुछ रुपये जमा करे, यह सोचने का साहस ही नहीं होता। वह अवश्य ही

जमा करना जानता पर बाघिनी केवल उड़ाना जानती है। नए वर्ष में उसे संतान होगी, भ्रूण काफ़ी बढ़ रहा है। यह ऊपर देखने से ही समझा जा सकता है। हां, थोड़ा ज़्यादा बड़ा ही लगता है। बाघिनी भी पेट को थोड़ा ऊंचा करके ही दिखाती है, इससे क्या तो मर्यादा बनती है। लेटी-लेटी भर दिन अपने पेट के ऊपर हाथ फेरती रहती है। बिछावन से एक बार उतरना तक नहीं चाहती। रसोई-वसोई, घर-गृहस्थी का भार उसने छोटी लक्ष्मी के हाथों सौंप दिया है। इसके बदले वह जो खाती है। उसे भी खिलाती है। इस तरह ख़र्च काफ़ी बढ़ गया है।

दो जून खाना ही सिर्फ़ नहीं, बाघिनी का मुंह तो हमेशा चलता रहता है। पेट जितना बढ़ रहा है, यह-वह खाने की इच्छा भी उतनी ही बढ़ गई है। सिर्फ़ अपने से ही वह उन चीज़ों को नहीं ख़रीदती, खुशी से भी तरह-तरह की फरमाइशें करती है। चाहे वह जितना पैदा करे, बाघिनी दोनों हाथों से उड़ा देगी ही। उसकी आमदनी की घटती-बढ़ती के साथ ही बाघिनी की फरमाइशें भी घटती-बढ़ती हैं। खुशी कुछ कह भी नहीं सकता। जब वह बीमार पड़ा था तब बाघिनी ने ही अपनी पूंजी भंजा-भंजा कर उसे खिलाया था, अब उसकी बारी है। यथाशक्ति वह उसके लिए ख़र्च करेगा, और नहीं करने पर निस्तार कहां है? बाघिनी तर्क पेश करेगी, कहेगी, "गर्भवती हुई है। नौ महीने तो यह दुःख झेलना ही होगा।" यह बात भी तो झूठ नहीं।

नये साल के उत्सव के समय बाघिनी ने रुपये उड़ाने की अनेक तरकीबें निकाल लीं। अपने वह हिल-डोल नहीं सकती तो क्या हुआ, छोटी लक्ष्मी पर ही यह-वह चीज़ें ख़रीदने के लिए चौबीस घण्टों हुक्म चलाने लगी। अपने ऊपर बाघिनी को घृणा नहीं हुई, यह बात नहीं। वह हिल-डोल कर बैठ तक नहीं सकती, यह कैसी बात है! फट से निकल जाने की तो देर है, पर अपने ऊपर थोड़ी माया अधिक थी, इसलिए उसका निकलना नहीं हो सका, पर घर में बैठे रहना भी तो एक झुंझलाने वाली बात है। इसीलिए फरमाइशें करके उसने अनेक प्रकार की चीज़ें मंगवानी शुरू कीं। इन चीज़ों को लेकर दिन तब भी किसी तरह कट जायेंगे। खुशी को उसने साफ़ समझा दिया कि अपने आराम के लिए वह यह सब चीज़ें नहीं मंगवा रही। खुशी को सुखी करने के लिए ही ख़रीद रही है। इसको लेकर बात उठने पर वह कह बैठी।

"साल भर तक तो कोल्हू के बैल की तरह खटते रहे, नए साल में थोड़ा मुंह मीठा करने का हौसला तुम्हें नहीं होता? बीमारी से उठने में तुम्हें कितने दिन बीते हैं, तुम्हारे देह में पहले की ताक़त तो नहीं लौटी, थोड़ा अच्छा खाए-पीए बिना कैसे चलेगा ? और साल भर के दिन में मैं तुम्हें इस तरह सूखे मरने नहीं दूंगी। बिना खाए-पीए तुम्हारा चेहरा कैसा हो गया है, जी ? लगता है, जैसे अन्न से तुम्हें कभी भेंट ही नहीं होती।"

इसका उत्तर खुशी क्या दे, सोच नहीं पाया। उसके साथ झगड़ा करने की इच्छा रहने पर भी इसे इतनी सामर्थ्य नहीं है। अनेक प्रकार के मिठाई-पकवान बना बाघिनी ही ज़्यादा खाती है। इसके अलावा थोड़ा भी हिल-डोल नहीं करती। बीच-बीच में भर पेट खा बिछावन पर पड़कर कहती है, "ओह पेट का कांटा किस तरह बढ़ रहा है, देखो न!"

नए साल का उत्सव समाप्त होने पर उसने फिर खुशी को रात में बाहर निकलने नहीं दिया। कब दर्द उठ खड़ा हो, कौन जानता है! अपनी उम्र की बात सोच कर उसे थोड़ा भय ही हुआ। खुशी को अपनी सही उम्र उसने कभी नहीं बताई, पर खुद तो जानती ही है। अब उम्र छिपाने के लिए पहले की भांति बीच-बीच में वह खुशी से नहीं कहती, 'तुमसे थोड़ी ही तो बड़ी हूं, जी।'

एक न एक बात लेकर आठों पहर बाघिनी की जीभ चलती ही रहती। खुशी के लिए आफ़त है, मानो कैसा गोल-माल हो गया है। संतान होने पर क्या तो वंश की रक्षा होती है, पर वंश की रक्षा की उसे ज़रूरत ही क्या है? तब यह बात यह नहीं कि गर्व नहीं होता। बेटा होगा, 'बाप' कहकर पुकारेगा। यह क्या कम सुख की बात है।, जिसकी छाती लोहे की बनी है, ऐसे आदमी भी दो घड़ी इस बात पर सोचेंगे। जितनी ही चिन्ता करेगा, उतना ही उनका मन नर्म होगा। इतने दिनों तक गर्व करने लायक कोई चीज़ खुशी के पास नहीं थी। एक लम्बा जवान चेहरा, मोटे-मोटे हाथ-पांव गर्व करने की बात ही क्या है, पर इस बात की जब उसने अनुभूति की तो गर्व से छाती फूल उठी। लड़के-बच्चे, इन दो शब्दों में जाने क्या जादू है? इतने दिनों तक उसे कुछ भी नहीं था। किसी ने उसको कुछ लगाया ही नहीं, पर सन्तान होने पर तो यह बात नहीं रहेगी। जीवन इतना सूना नहीं लगेगा। खुशी ने अब बाघिनी की सेवा में मन लगाया। भले ही बाघिनी को वह फूटी आंखों नहीं देखना चाहता, पर वह उसकी सन्तान की मां है। अब वह अकेली नहीं है। उसे थोड़ा सुख-आराम से रखने पर सन्तान को भी सुख-आराम मिलेगा। चाहे वह खुद कितनी ही खराब क्यों न हो, पर सन्तान पैदा करने का सोलहों आना श्रेय बाघिनी को ही है।

पर श्रेय चाहे जितना हो, उसके झगड़ालू स्वभाव को वह बिल्कुल नापसन्द करता है। मिनट-मिनट में उसका रूप बदलता है। भूत और शैतान का भय उसका बढ़ गया है। घर में इन सब हंगामों को बर्दाशत करने के बाद फिर रोज़गार-धन्धे के लिए निकलना पड़ता है। वह जितने रुपये कमा लाता है, उसमें से एक पैसा भी नहीं बचता। बाघिनी इस ओर भी रुकावट डालती है। उसके हुक्म से रात में जल्दी घर वापस आना तो पड़ता ही है, रात में काफ़ी देर तक वह उसे सोने भी नहीं देती। सारा दिन मानो एक तन्द्रिल स्वप्न में ही कट जाता है। चारों तरफ मानो कैसा एक अजीब उलझाव पैदा हो गया हैं, किसी काम में मन नहीं लगता। कभी बिना वजह ही वह खुश हो उठता है, और कभी विरक्त हो उठता है। निराशा मन पर छा जाती है। उसके मन के भीतर जैसे कोई बवंडर उठता रहा हो। पहले वह गंवई गांव का एक बेवक़ूफ़ लड़का था, सोच-फ़िक्र के पास नहीं फटकता। अब रात-दिन सिर्फ़ सोचना ही पड़ता है। सोचते-सोचते वह ऐसा अनमना हो गया है कि उत्तर-दक्खिन, पूरब-पच्छिम का ज्ञान तक भूल बैठा है। अभी उसी दिन तो एक दुर्घटना हो गई! सवारी लेकर वह ठिकाने से बहुत आगे निकल गया था।

नये साल की दीपावली के समय बाघिनी ने उसे एक धाई बुला देने को कहा, उसे दर्द उठ रहा है। धाई आकर देखसुन लेने के बाद बोली कि अभी समय नहीं हुआ। प्रसव-वेदना के क्या उपसर्ग हैं, इस बात के सम्बन्ध में भी उसने बाघिनी को कुछ बातें बतलाई। बाघिनी दो-तीन दिनों तक चुप रही, उसके बाद फिर चिल्लाने लगी। फिर धाई बुलाई गई। तब भी समय नहीं हुआ था। बाघिनी रो-चीख कर कहने लगी कि उसका मरण ही अच्छा है, अब उससे यह दर्द और नहीं सहा जाता। खुशी क्या करे, यह समझ नहीं पाया। बाघिनी के कहे मुताबिक ही वह काम के लिए बाहर न जाकर घर पर ही रहने लगा। कब कैसी ज़रूरत आ पड़े कौन जाने?

इस तरह का रोना और चीख़ना महीने भर मचा रहा। अब खुशी ने बाघिनी का चेहरा देखते ही समझ लिया कि समय पहुंच गया है। बाघिनी जैसे मनुष्य लगती ही नहीं। धाई ने आकर खुशी को एकान्त में बतला दिया कि प्रसव होने में काफ़ी पीड़ा होगी। एक तो बाघिनी की उम्र ज़्यादा हो गई है, इस पर थोड़ा चलने-फिरने से भी जी चुराती आई। सिर्फ़ लेटी-लेटी अनेक प्रकार की चीज़ें उड़ाती रही है। इसी कारण गर्भ की सन्तान भी काफ़ी बड़ी हो गई है। अतएव प्रसव ख़ूब आसानी से होगा, यह नहीं मालूम होता।

इसके अलावा एक डॉक्टर बुलाकर सन्तान को ठीक जगह पर करवा लेना चाहिए था। धाई वह विद्या नहीं जानती, पर वह इतना भर कह सकती है, सन्तान-प्रसव तिरछा होगा।

जिस मकान के वे बाशिन्दे हैं, वहां जच्चा और बच्चा की मृत्यु एक अत्यन्त साधारण घटना है, पर बाघिनी का मामला थोड़ा पेचीदा ही है। और दूसरी औरतें सन्तान-प्रसव करने के दिन तक काम-काज करती हैं, टहलती-घूमती हैं। वे आधा पेट खाती हैं, इसलिए उनके गर्भ के भ्रूण भी बड़े नहीं हो उठते, इसीलिए सन्तान-प्रसव में भी उन्हें कष्ट नहीं होता। उनकी आफ़त आती है सन्तान प्रसव के बाद पर बाघिनी का मामला बिल्कुल उलटा है। उसकी सुख-सुविधाएं ही उसका दुर्भाग्य बन गईं। खुशी, छोटी लक्ष्मी और धाई ये तीनों तीन दिन-तीन रात तक बिछावन के पास जगे रह गए। बौद्ध-धर्म के सभी देवताओं को बाघिनी ने आह्वान किया, आरज़ू-मिन्नतें की, पर व्यर्थ हुई। अन्त में उसका स्वर टूट गया, अब चिल्लाने का भी रास्ता नहीं रह गया। सिर्फ़ अस्फुट आवाज़ वह निकालती रही। धाई ने जवाब दिया कि सचमुच ही किसी के करने से कुछ नहीं होने का। बाघिनी ने इस बार स्वयं 'मंझली बूढ़ी दादी' चेन को बुला देने के लिए कहा। यदि वह 'अमर सांप' से प्रार्थना करें, तो शायद बाघिनी बच सकती है। पांच डालर की सलामी पाए बिना दादी कहीं नहीं जातीं। बाघिनी की आख़िरी पूंजी सात या आठ डालर को खुशी ने ढूंढ निकाला।

"लो खुशी, जितनी जल्दी ला सको उन्हें लेते आओ। इस समय रुपया हो असल चीज नहीं है। अच्छी हो जाने पर तुम्हें कितना प्यार करूंगी। जाओ जी, जल्दी जाओ!"

संध्या समय बूढ़ी दादी एक 'बच्चा' के साथ हाज़िर हुई । इस 'बच्चा' के न रहने पर अमर सांप को जगाया नहीं जा सकता, जिसका मन निष्पाप है। वही एक मात्र तो उसे जगा सकता है, पर जो 'बच्चा' आया, उसकी उम्र प्रायः चालीस साल की होगी।

बूढ़ी दादी की उम्र भी प्राय: चालीस पार कर गई है। नीले सिल्क की उनकी कुर्ती है, उनके जूड़े में एक बड़ा लाल पत्थर गुंथा है, हाथों में चूड़ियां भरी हैं, उंगलियों में उन्होंने कई अंगूठियां पहन रखी हैं। जादूगरनी की तरह उनकी आंखें जल रही हैं। आते ही हाथ धोकर उन्होंने कई धूपबत्तियां जलाई। इसके बाद टेबल के पास बैठ उन जलती हुई धूपबत्तियों की ज्वलन्त अग्नि की ओर वे बेवक़ूफ़ की तरह देखती रहीं। कुछ ही क्षणों के बाद उनकी सारी देह में झनझनी आ गई, लगा कि उन्हें धनुषटंकार हो गया है। सिर झुका कर वे आंखें बन्द किए रहीं। कुछ देर बाद उनका हिलना बन्द हुआ। अब से बिल्कुल ही नहीं हिलतीं। बाघिनी भी कोई आवाज़ नहीं कर रही। सारे घर में निस्तब्धता है। सुई गिरने की आवाज भी मालूम हो सकती है।

धीरे-धीरे बूढ़ी दादी ने मानो सिर उठा सभी के चेहरे की ओर देख अपनी गर्दन हिलायी। 'बच्चा' लड़का ने खुशी की कमीज का छोर पकड़ उसे प्रणाम करने के लिए इशारा किया। देवताओं में खुशी विश्वास करता है या नहीं, यह वह खुद नहीं जानता, पर एक बार सिर टेकने में दोष क्या है? भौंचक होकर उसने मेज पर अपना माथा झुकाया। सिर उठाते ही उसने डाइन की दो चमकीली आंखें देखीं। धूपबत्तियों की शिराएं तब भी जल रही थी। खुशी को आशा हुई, बाघिनी मृत्यु के मुख से लौट आ सकती है। वह बेवकूफ़ की तरह देखता रहा, उसके हाथों में पसीना निकल आया।

चढ़े गले से भयंकर आवाज़ निकाल कर इस बार अमर सर्पराज बोले, 'कवच' 'कवच' "मन्त्र पढ़ कर कवच बांध दो। इसी कवच से जल्दी प्रसव हो जाएगा।"

बूढ़ी दादी के मुंह से ही ये बातें निकलीं। 'बच्चा लड़का' ने फौरन ही सिल्क के समान एक चिकना काग़ज़ निकाला। बूढ़ी दादी ने धूपबत्ती की राख उंगलियों में उठा ली, इसके बाद उसे थूक से भिगोकर

काग़ज़ पर लिखना शुरू कर दिया। कवच पर लिखना ख़तम होते ही सर्पराज ने फिर मुंह विकृत कर कहना शुरू किया, अवश्य ही सर्पराज की जुबानी बूढ़ी दादी ही बोलीं। उनकी बातों का सारांश यह था कि पिछले जन्म में बाघिनी इस होने वाले सद्यजात शिशु की क़र्ज़दार थी, क़र्ज़ उसने नहीं चुकाया था। सूद और मूल के साथ यह शिशु अब वही क़र्ज़ वसूल रहा है। खुशी सिर ठोंकने लगा। वह कुछ भी समझ नहीं पा रहा है, पर उसे ख़ूब डर लग रहा है।

बूढ़ी दादी ने एक लम्बी जम्हाई लेकर फिर आंखें बन्द कर लीं। कुछ क्षण बीत गए। जब उन्होंने आंखें खोलकर ऊपर उठाई तो लगा कि वह मानो अभी ही स्वप्न देख कर उठी हो। 'बच्चा लड़का' ने उनको सर्पराज का आदेश कह सुनाया। वे खुश होकर बोलीं, 'ओहो! देखती हूं कि देवता का मिज़ाज आज अच्छा है, आदेश दे गए।' उन्होंने खुशी को समझा कर बतलाया कि किस तरह कवच बांधना होगा। एक गोली भी उन्होंने बाघिनी को खाने के लिए दी।

ख़ूब उत्साह के साथ बूढ़ी दादी बैठी रहीं, कवच से क्या फल होता है, देखा जाए। इस बीच अपने खाने के इन्तज़ाम के लिए कहने से भी नहीं चूकी। खुशी ने छोटी लक्ष्मी को जाकर कहा। मांस की पूरियां, वीन का झोल एवं और भी क़िस्म-क़िस्म की चीज़ें वह ख़रीद लाई। छोटी लक्ष्मी शराब लाना बिल्कुल भूल गई थी। बूढ़ी दादी खाने बैठी, तो गुस्से में बड़बड़ाने लगी। बाघिनी कवच बांधकर, गोली खाकर भी तनिक शान्त नहीं हुई। दर्द के मारे करवटें लेती रही छटपटाती रही। एक घन्टे के बाद भी हालत ऐसी ही रही। इस बार बूढ़ी दादी ने एक और उपाय बतलाया। उन्होंने खुशी को बुलाकर एक और धूपबत्ती उसके सामने जला देने के लिए कहा। तब खुशी इस बुढ्ढी की ओझाई-टोनाई पर से अपना विश्वास खो चुका था, पर पांच-सात डालर जब गिन दिये हैं, तो सस्ते नहीं छोड़ा जा सकता। चाहे जितनी भी झाड़-फूंक, ओझाई-टोनाई करती रहें। हो सकता है कि कोई लग भी जाए। यही सोचकर खुशी ने उनकी बातों के अनुसार ही काम करना तय किया।

एक धूपबत्ती जला कर वह उसके सम्मुख झुका रहा। पीठ दुख रही है, पर चारा-क्या है। किस देवता को वह प्रणाम कर रहा है, यह नहीं जानता। सिर्फ़ यही जानता है कि काम में सफलता पाने के लिए हृदय में भक्ति रहनी चाहिए। धूपबत्ती से सिरे पर जलती शिखा नाच रही है, उसी के भीतर वह छः मुंहवाले किसी देवता की छाया देख रहा है, उसने ऐसा ही मान किया। झूठ-मूठ प्रार्थना भी की, धूपबत्ती जलते-जलते ख़तम होने को आई। राख झर रही है। सिर उसका झूल पड़ा, हाथ मेज़ पर है। नींद आ रही है। दो-तीन दिनों तक वह नहीं सोया। ऊंघते-ऊंघते सिर और झुकते ही वह चमक उठा। धूपबत्ती की ओर देखा, वह कब की बुझ चुकी थी। उठकर खड़ा होने का समय हुआ है या नहीं, यह बात भी पूंछा नहीं जा सका। वह धीरे-धीरे उठ खड़ा हुआ। पैर उसके मानो शिथिल हो गए है। बूढ़ी दादी और उसका 'बच्चा' तब तक चंपत हो चुके थे। खुशी उनके ऊपर क्रुद्ध होने का समय भी नहीं पा सका। बाघिनी के पास वह दौड़ा हुआ गया। वह समझ गया हालत चरमावस्था तक पहुंच चुकी है। आख़िरी सांस गले में आकर अटकी है, अभी ही निकल जाएगी और साथ ही साथ ज़िन्दगी ख़तम होगी। बाघिनी मुंह से दो शब्द निकलने में भी असमर्थ हो गई है। धाई ने बाघिनी को अस्पताल में ले जाने की सलाह दी। मामला उसकी पहुंच से बाहर हो गया है। खुशी की छाती जैसे टुकड़े-टुकड़े हो गई। वह फूट-फूट कर रोने लगा। छोटी लक्ष्मी की आंखों में भी आंसू आ गए, पर रोने से तो नहीं चलेगा, बहुत काम करना है। खुशी से उसने कहा, "बड़े भैया, तुम मत रोओ।"

खुशी के जवाब देने के पहले वह आंसू पोंछती दौड़कर निकल गई। एक घन्टा बाद दौड़ती-दौड़ती वह लौट आई। इतनी ज़ोर से वह दौड़ती आई है कि मुंह से बात तक नहीं निकलती। टेबल पकड़े वह कुछ

देर तक दम लेती रही। उसके बाद बोली, "डॉक्टर को बुलाने के लिए पहले ही दस डालर देना पड़ेगा। सिर्फ़ रोगी को एक बार देखने की यह फीस होगी। होने वाले शिशु की जांच-पड़ताल करने के लिए और भी बीस डालर देना पड़ेगा। यदि प्रसव कराने में कष्ट हो तो अस्पताल में भेजना होगा। इसका खर्च और भी दस-बीस डालर होगा। बड़े भैया, अब क्या करोगे?"

क्या करेगा, यह खुशी सोच ही नहीं सका। इतनी रात को इतने रुपये कहां से आएंगे? इस समय चुप होकर बैठे रहने के सिवा कोई चारा नहीं जो मरने के लिए आए हैं, वे मरेंगे ही। उनकी अपनी बेवक़ूफ़ी और इस ज़ालिम समाज-व्यवस्था ने उन्हें ऐसी दुनिया में रख छोड़ा है। अब लौटने का रास्ता भी नहीं। आधी रात को एक मृत सन्तान का प्रसव कर बाघिनी ने आख़िरी सांस छोड़ी।

खुशी ने रिक्शा बेच दिया। बिक्री के रुपये पर हाथ में नहीं रख सका। ऊंगलियों के छेद से मानो वे निकल गए। बिना खर्च किए चारा न था। बाघिनी का शरीर गाड़ी पर क़ब्रखाने तक ले जाना होगा। क़ब्र के सम्मुख टांगा जाने वाले मौत सर्टिफिकेट के लिए भी काफ़ी रुपयों की ज़रूरत पड़ेगी।

खुशी गूंगे की तरह ही देखता रहा। सभी शोर-गुल कर रहे हैं, मुर्दे को ले जाने की जल्दबाजी दिखा रहे हैं, पर उसका जैसे किसी को ख्याल ही नहीं। सिर्फ़ रुपये ख़र्च करने के समय ही उसकी पुकार होती है, इसके अलावा कोई भर-मुंह बात तक नहीं करता। उसकी आंखें भयंकर रूप से लाल हो उठी हैं, आंखों के कोने में पीलापन उभर आया है। कानों से भी वह कुछ नहीं सुन पा रहा। जाने कैसे एक भौंचक आदमी की तरह उसने अपने को घटनाओं में छोड़ दिया है। वे क्या कर रहे हैं, वह भी इन लोगों के बीच किसलिए आया है, इन सब बातों के सम्बन्ध में वह कोई धारणा ही नहीं बना सका।

बाघिनी की अर्थी लेकर अब वे रवाना हुए। शहर की दीवार के बाहर क़ब्रगाह है, वहीं वे जाएंगे। ख़ुशी भी उनके साथ-साथ चला। अब मानो कुछ साफ़ होता जा रहा है, अभी भी बिल्कुल समझ में नहीं आ रहा। अर्थी के साथ-साथ खुशी और छोटी लक्ष्मी के दोनों भाइयों को छोड़ और कोई नहीं है। उनके हाथ में ख़ैरात के रुपयों का एक ठोंगा है, जो क़ाग़ज़ का बना हुआ है। रास्ते में वे पैसे लुटाते जा रहे हैं। शैतान को वे घूस दे रहे हैं। क्या ठिकाना शैतान यदि आत्मा के पथ का बाधक बन जाए?

ख़ुशी से देखा, अर्थी ढोने वालों ने अर्थी क़ब्र के भीतर रखी। वह रोया नहीं। उसके हृदय में आग धुआं रही हैं, उसी के उत्ताप से आंखों का पानी सूख गया है। रोना चाहकर भी वह नहीं रो सकेगा। बेवक़ूफ़ की तरह वह आंखें फाड़े देखता रहा, यह ठीक नहीं समझ पाया कि वे क्या कर रहे हैं। जब वाहकों का मुखिया आकर खड़ा हुआ, तब उसने समझा कि काम ख़तम हो गया है। अब घर लौटना होगा। छोटी लक्ष्मी ने इसी बीच घर-दरवाज़े साफ़-सुथरा कर रखा है। लौटते ही आकर वह बिछावन पर गिर पड़ा। वह बहुत थक गया है, हिलने-डुलने की ताक़त भी नहीं रह गई है, पर आंखें बन्द करना ही कठिन है। दोनों आंखें इस कदर जल रही हैं कि उन्हें बन्द करना मुश्किल है। छत का पानी चू कर क़ाग़ज़ पर एक बड़ा निशान बना गया है, उसी निशान की ओर आंखें गड़ा कर वह देखता रहा। अन्त में सो नहीं सकने पर वह उठ बैठा। क्या करेगा समझ ही नहीं पाया। इसके बाद उठकर एक सिगरेट ख़रीद लाया और बिछावन के एक कोने में बैठकर उसने फूंकना शुरू कर दिया। घर के चारों ओर देखा तक नहीं, पर सिगरेट पीते भी अच्छा नहीं लगा। बिना कश खींचे वह सिगरेट के उठते हुए नीले धुएं की ओर देखता रहा। धुआं

कुंडली मार कर उठ रहा है, सूतों की तरह नीला धुआं मिलता जा रहा है। अपने पीछे एक मीठी गन्ध छोड़े जा रहा है।

सहसा उसकी आंखों में आंसू आ गए। पहले गोल दानों के रूप में, फिर तो आंसुओं की बाढ़ ही आ गई। बाघिनी और मृत सन्तान के लिए ही वह नहीं रो रहा, सभी कुछ के लिए रो रहा है। शहर में आए इसे कम दिन नहीं हुए, पर इतने दिनों में उसने किया क्या? उसकी इतनी मेहनत अन्त में उसे इस हालत तक पहुंचा गई। उसका दुःख इतना गहरा है कि फूटकर रोने की आवाज़ तक नहीं हुई। उसका रिक्शा, हां, रिक्शा ही एकमात्र उसके मुंह का कौर है। यह कौर उसने पाया, पर भोग नहीं सका। खो दिया। उसके बाद एक और, वह भी खो जाने के ही समान है। उसे बेच दिया है। तीन-तीन बार वह ऊपर की सतह तक उठा है, तीनों बार धक्का मार कर उसे फेंक दिया गया है। उसने जो चाहा था, नहीं पाया। हाथों से पकड़ने के लिए बढ़ा है, और केवल शून्यता ही हाथ आई है। उसकी आशा-आकांक्षा ने भूत की तरह ही उसे ठगा है। मज़ा यह कि इसी मृगतृष्णा के लिए ही उसने जीवन में बहुत अन्याय सहा है, कठिन श्रम किया है। नहीं, उसका कुछ भी नहीं है; और कुछ भी नहीं बचा है, यहां तक बूढ़ी अर्धांगिनी तक उसे छोड़कर चली गई। बाघिनी झगड़ालू थीं, बहुत ही ओछे दिलवाली थी, पर उसके अलावा संभालने वाला और कौन है? घर की चारों ओर नजर घुमाकर देखो न, चीज़ें पड़ी हुई हैं, ये सभी तो उसकी हैं। अब वह कहां है? शहर की दीवार के बाहर कब्र में उसे गाड़ आए। खुशी को दुःख हुआ। बाघिनी जाने को थी, गई, पर उसकी सन्तान भी पेट से मरी हुई पैदा हुई। उसने जितनी चिन्ता की, बात उसे उतनी ही भयंकर लगने लगी। रंज की आग में आंखों के आंसू सूख गए। उसने सिगरेट का कश खींचा। सिगरेट पीते भी अच्छा नहीं लगता, पर एक के एक बाद सुलगाता ही गया। सिगरेटों के ख़तम हो जाने पर सिर में हाथ फेरते हुये वह कुछ देर तक बैठा रहा। उसका गला, उसका हृदय सूख गया है, तीखेपन से सिकुड़ गया है। सारी देह में जलन है। यदि वह पागलों की तरह चिल्ला सकता, हृदय क सारा ख़ून थू-थू कर बाहर फेंक सकता। तभी शायद यह ज्वाला कम हो सकती, उसे कुछ शान्ति मिलती।

कब से छोटी लक्ष्मी आकर बाहर के टेबल के सामने खड़ी हो, उसकी ओर बड़ी-बड़ी आंखों से देख रही है, इसकी आहट भी उसे मालूम नहीं हुई। सहसा सिर उठाने पर उसे देखा, फिर आंखों के आंसू दर-दर गालों पर चूने लगे। उस समय उसकी ऐसी ही अवस्था थी। एक कुत्ता देखकर भी वह चिल्लाकर रो दे सकता था। अन्याय और दुःख सहते-सहते उसका हृदय विलाप से भर गया था। अपने ही समान एक भुक्तभोगी पाकर मानो वह विलाप हज़ार धाराओं में बरस पड़ा। उससे सभी बातें कहकर कुछ सहानुभूति पाने के लिए उसका मन व्यग्र हो उठा, पर वह कुछ भी न कह सका।

छोटी लक्ष्मी आकर उसके पास खड़ी हुई। "बड़े भैया!" वह बोली, "मैंने इन्तज़ाम ठीक कर रखा है।" खुशी ने सिर हिलाया, पर धन्यवाद नहीं जता सका। जो दुःख सह रहे हैं, उनके लिए साधारण भद्रता की कोई ज़रूरत नहीं।

"अब क्या करोगे, बड़े भैया?"

"ऐं?"....... वह इस तरह चमक उठा, मानो कुछ भी समझ नहीं पा रहा हो, पर छोटी लक्ष्मी की बातें जब उसकी चेतना से टकराईं, तब उसने सिर्फ़ सिर हिला दिया। कोई उपाय सोचने तक की शक्ति मानो उसमें नहीं है।

छोटी लक्ष्मी उसके निकट थोड़ा और खिसक आई। उसका मुंह लाल हो उठा, सफ़ेद दांत निकल पड़े, पर मुंह से कोई बात नहीं निकली। जिस ढंग से वह पैसे कमा रही है। उसकी लज्जा काटना ही उसके

लिए दुश्वार हो उठा है, पर मन की ओर से वह पवित्र ही है। "मुझे लगता है. . . .।" इतने ही शब्द उसके मुंह से निकल सके। मन में बहुत सी बातें आयी थी, पर शर्म में मुंह के लाल हो उठते ही वे मानो लापता हो गई। अब लाख कोशिश करने पर भी वह उस भावना को नहीं पकड़ सकती।

मनुष्य एक दूसरे को यदि अपने मन के सत्य से परिचित कराना चाहते हैं, तो इसके भीतर बातें करने का समय कहां है? प्रारंभ में तो बातें ख़ूब ही कम होती हैं। इसकी अपेक्षा लड़कियां अपनी आकृति से लज्जा-लालसा कहीं ज़्यादा प्रकट कर सकती हैं। यहां तक कि खुशी के समान कोरा आदमी भी यह बात समझ सका। उसकी आंखों में छोटी लक्ष्मी सुन्दर लड़कियों में एक उत्तम लड़की जंची, उसके अंग-अंग से सौन्दर्य टपक रहा है। यदि उसकी सारी देह घाव से भर जाय, मांस गल-गलकर गिरने लगे, खुशी तब भी मन ही मन उसे सुन्दरी ही सोचेगा। वह सुन्दरी है, उम्र भी कच्ची है। इसके अलावा खट भी सकती है, खर्च भी कम करती है। यदि फिर ब्याह करना पड़े, तो इस जैसी लड़की से ही वह ब्याह करेगा। अवश्य ही अभी उसने कुछ ठीक नहीं किया है, और ठीक करने का यह अवसर भी नहीं है। तब लड़की की ऐसी इच्छा नहीं है, यह बात नहीं अपनी हालत के बोझ से ऐसी हो गई है कि ब्याह कर के ही नया जीवन पा सकती है। खुशी भी इससे इनकार नहीं करेगा। इन्कार करने लायक़ कोई वजह भी नहीं है। इतनी अच्छी लड़की, और उसने कितनी मदद भी की है। खुशी गर्दन हिलाकर स्वीकृति ही जताएगा। उसकी इच्छा हुई कि उससे लिपट उसकी छाती में अपना सिर रखकर वह रोए। तब शायद जीवन में उसने जितने पाप किए हैं, आंखों के पानी से वह धो सकेगा। इसके बाद सीधा रास्ता रहेगा। यह रास्ता कितना ही ऊबड़खाबड़ क्यों न हो, दोनों मिलकर उस रास्ते पर चलने में भयभीत नहीं होंगे। उसे लगा कि मर्द जिन-जिन चीज़ों की कामना करते हैं, उन सभी चीज़ों को वह उसके भीतर पाएगा, शान्ति और सांत्वना, किसी चीज़ की कमी नहीं होगी। ऐसे वह बहुत कम बोलता है।, पर उसे देखते ही बातें करने की इच्छा बढ़ जाती है। वह यदि मन देकर सुने। कोई बात विफल नहीं जाएगी। उसका गर्दन हिलाना, उसकी हंसी, दोनों पक्ष के लिए ये ही तो यथेष्ट हैं। इसके अलावा उसे पीने पर सचमुच ही संसार का मर्म समझ सकेगा।

ठीक ऐसे ही समय खुशी की चिन्तन-धारा में बाधा देता हुआ छोटी लक्ष्मी का छोटा भाई दौड़ता हुआ आकर बोला, "दीदी! दीदी. . . .। बाबूजी आए हैं।" छोटी लक्ष्मी का चेहरा स्याह पड़ गया। उसके दरवाज़ा खोलते ही ज़ोरमन्त घर में घुस आया।

"खुशी के घर में बैठकर क्या कर रही थी?" बुड्ढा कड़े स्वर में बोला। उसकी आंखें भयंकर लाल हैं, "अपने को बेच-बेचकर क्या साध नहीं मिटी? इस पर भी जवानी की भूख मिटाने खुशी के पास आती है? हरजाई कहीं की!" अपना नाम सुनकर खुशी जल्दी से बाहर आकर छोटी लक्ष्मी के पीछे खड़ा हो गया।

"क्यों जी खुशी?" ज़ोरमन्त छाती फुलाता हुआ सीधा खड़ा होने की चेष्टा करने लगा, पर उसके पैर लड़खड़ा रहे थे, "क्यों जी, तुम भी क्या अपने को आदमी समझते हो? मुफ्त में ख़ूब ही मज़ा लूट रहे हो, क्यों? क्या समझा है, कहो तो?" इस नशेबाज शराबी के साथ झगड़ा करने की उसे तनिक भी इच्छा नहीं थी, पर ग़ुस्सा रोकना भी कठिन हो गया। वह तो अपने ही दुःख में पागल हो रहा था, अब यह चोट पाते ही बिल्कुल आग हो उठा। वह आगे बढ़ गया। रोने से फूली हुई उसकी आंखों से शराबी की लाल आंखें टकराई। लगा कि इन चारों की टकराहट से अभी ही आग निकल पड़ेगी। खुशी ने बुड्ढे का टेंटुआ पकड़ धक्का मारते हुए उसे दूर फेंक दिया।

ज़ोरमन्त आंगन में जा छिटका। आत्म-सम्मान-बोध उसका उफना रहा था। वह खुशी को गालियां

देने आया था, पर अब उसे लेशमात्र भी उत्साह नहीं रहा। उसका नशा भी टूट गया है, संज्ञा भी लौट आई है। खुशी के ऊपर फिर आक्रमण करने की उसकी इच्छा नहीं हुई, ऐसी बात नहीं, पर खुशी उससे कहीं ज़्यादा जवान है, यह सोचकर साहस नहीं हुआ। अब दुर-दुराए हुए कुत्ते की तरह भाग खड़ा होना भी कठिन है। इस अपमान की सीमा नहीं होगी, पर बैठा ही कब तक रहा जाए? ज़ोरमन्त दुविधा में पड़ गया। कोई रास्ता नहीं पाने पर अन्त में उसने मुंह से फुलझड़ियां निकाली, "अपने लड़के-बच्चों को यदि मैं दो-चार बातें सुनाऊं, तो तुम्हें क्या? तूने मुझे मारा? बेजन्मा बेटा कहीं का! अच्छा, इस मार को यदि बदला नहीं लिया, तो कहना!"

खुशी ने जवाब नहीं दिया। वह चुप होकर खड़ा रहा। कब हज़रत फिर लड़ने चले आएं, क्या ठिकाना! पहले से तैयार रहना ही ठीक है।

छोटी लक्ष्मी यह नहीं सोच पाई कि वह क्या करे? बाप को शान्त करने की चेष्टा करना बेकार है। इधर फिर खुशी उसे धक्का मारकर गिराए, यह भी खड़ी-खड़ी वह नहीं देख सकती। काफ़ी सोचकर उसने एक उपाय निकाला। पगली की तरह कुर्ती के इस पॉकेट, उस पॉकेट से ढूंढ कर उसने कुछ पैसे निकाले और उन्हें छोटे भाई के हाथ में दिया। यूं बच्चे कभी बाप के पास नहीं फटकते, पर बाप को ऐसी असहाय हालत में देखकर उसे थोड़ा साहस हुआ।

"जाओ, ये कुछ पैसे लेकर यहां से चले जाओ!" ज़ोरमन्त हाथ में पैसे लेकर लड़खड़ाते हुए उठ खड़ा हुआ। उसकी आंखें तब भी जल रही थीं। बड़-बड़ा कर बोला, "एक लौंडी के पेट से इन नन्हें शैतानों को पैदा कर देवताओं के सामने मैंने कितना बड़ा कसूर किया है! बेजन्मा बेटे! एक दिन छुरी से सूअर की तरह इनका गला काट दूं। तभी शान्ति मिलेगी!" आंगन पार कर बाहर जाते-जाते खुशी की ओर देखते हुये चिल्ला कर बोला, "अच्छा रे मर्द! बदला बाकी रहा। घर के बाहर एक दिन निपट लूंगा।" ज़ोरमन्त के चले जाते ही छोटी लक्ष्मी और खुशी घर में आकर घुसे।

"क्या करूं, समझ नहीं पाती।" वह मन ही मन बोली। इस छोटी-सी बात से ही उसकी निराशा छलक पड़ी, साथ ही उसे यह आशा भी हुई थी कि खुशी उससे ब्याह करेगा। खुशी के लिए भी लाभदायक रहेगा। सूनी ज़िन्दगी उसे नहीं बितानी होगी।

छोटी लक्ष्मी के मुंह से यह बात न कहने पर भी खुशी ने भांप लिया, पर छोटी लक्ष्मी तो अकेली नहीं, उसके इस रुग्ण, दुबलाए शरीर के पीछे और भी अनेक काली छायाएं वह देख पा रहा है। छोटी लक्ष्मी उसे अच्छी लगती है, पर उसके साथ उसके दोनों छोटे भाई और शराबी बाप का भार वह अपने कन्धे नहीं ले सकता। इस समय इन बातों की चिन्ता भी वह नहीं करेगा। बाघिनी अब जीवित नहीं। बंधन टूट गए हैं, अब जो चाहे वह कर सकता है। इतनी जल्दी बंधन में बंधने के लिए भी वह तैयार नहीं। इसके अतिरिक्त बाघिनी एक दृष्टि से काफ़ी मददगार थी, रुपये-पैसे के मामले में उसने उसकी काफ़ी मदद की है। छोटी लक्ष्मी क्या उसके माथे बैठ केवल खाया करेगी? नहीं, यह बात नहीं, पर उसकी सारी दुनिया तो उसके ही कन्धे पर आ जाएगी! बाप बेटों में तो एक पैसा कमाने की हिमाक़त नहीं। प्यार-वार की बात छोड़ो। कोई समस्या आने पर ग़रीब डालर और सेन्ट के दर से ही उसे तौलते हैं। उनका प्यार कुछ रुपये रहने न रहने पर ही निर्भर करता है। क्या करें, दूसरा रास्ता नहीं। धनी लोगों ने चूस-चूस कर उन्हें इस हालत तक पहुंचा दिया है। उनकी ज़िन्दगी, उनके संसार के स्वप्न वे तोड़ते रहते हैं। प्यास प्रश्रय नहीं पाता, गन्दगी में ही डूब जाता है। प्यार या कामना के लिए फूल यदि देखना चाहते हो, तो धनी लोगों के घर के वातावरण में जाकर देखो। डालर और सेन्ट के वातावरण में कामना का कमल कैसी पंखुड़ियां फैलाए हैं।

उसने अपना बिस्तर वग़ैरह समेटना शुरू किया। 'तुम क्या चले जा रहे हो?" छोटी लक्ष्मी के दोनों होंठ राख की तरह सफ़ेद हो उठे हैं।

"हां, चला ही जा रहा हूं।" खुशी का मन भारी है, किसी तरह वह नहीं पिघलेगा। इस अन्याय और बुराई वाली दुनिया में जो ग़रीब थोड़ी बहुत आज़ादी बचा रखना चाहते हों, उन्हें निष्ठुर ही होना होगा। उपाय क्या है? मन के थोड़ा पिघलते ही फिर गुलामी की बेड़ियां पांवों में आ जाएंगी।

छोटी लक्ष्मी ने एक बार उसके चेहरे की ओर देखा, इसके बाद वह सिर झुका घर से बाहर हो गई। खुशी को वह घृणा नहीं करती, उसके ऊपर क्रुद्ध भी वह नहीं हुई, पर उसकी आख़िरी आशा की लौ भभक कर बुझ गई।

बाधिनी को उसकी अच्छी पोशाक, गहने वग़ैरह के साथ ही कब्र में रखा गया था। घर में इस समय केवल फटे-पुराने कपड़ों की ढेर लगी है। दो एक काठ के बर्तन, चीनी मिट्टी की थाल, करछुल, सरसी[1] तथा घर-संसार की छोटी बड़ी कई क़िस्म की चीज़ें बिखरी पड़ी हैं। कपड़े-लत्तों के ढेर । दो एक बढ़िया कमीज वग़ैरह चुनकर खुशी ने एक किनारे रख लिया। इसके बाद एक नीलाम वाले को बुलाकर ढेर किये हुए कपड़े-लत्ते, बर्तन वग़ैहर सभी एक साथ ही बेच दिया। मोल-तोल उसने नहीं किया। नीलाम वाले ने पहली बार जो कहा उसे ही मंजूर कर लिया। कीमत भी कुछ अधिक नहीं, दस डालर से थोड़ा ही ज़्यादा। फौरन ही यहां से चले जाने का उसने नियचय कर रखा है, इन सब चीज़ों से किसी तरह पिंड छूटे तो जान बचे। एक के बाद एक आदमी बुलाकर मोल-तोल करने की उसे फ़ुर्सत नहीं। नीलाम वाला समान वग़ैरह लेकर चला गया। घर में अब खुशी का समेटा हुआ बिछावन और चुनकर रखी गई कुछ क़मीज़ों को छोड़ कर कुछ भी नहीं है। खुशी बिछावन पर उठंग रहा, तकिए तक को उसने बेच दिया है। घर बिल्कुल ही सूना है, कैसा हल्का नज़र आता है। इतने दिनों से परिस्थितियों के रस्सी रूपी बन्धन ने उसे बांध रखा था, अब वह बन्धन तोड़कर निकल आया है। अब लम्बे डग मारकर वह जिधर चाहे जा सकता है। पंछी को मानो पंख निकल आए हों। ऊंचे, और भी ऊंचे वह उड़ेगा, नीले आसमान में उड़ जाएगा।

अनेक प्रकार की विचार-तरंगें उसके मन में उठने लगीं। टेबल तो नीलाम वाला ले गया है, पर उसके पाये के दाग अब भी उभरे दिखलाई पड़ रहे हैं। मैदे के समान पतली धूल जमी है, इन दागों को देखकर चौक की मीनार याद आ जाती हैं। धूल देखकर उसे लगा कि इसके भीतर उस दिन भी वह जीवित थी, स्वप्न की तरह वह चली गई वह अच्छी थी या बुरी थी, इस बात को लेकर सिर खपाने की जरूरत नहीं, पर उसकी स्मृति तो मन में रहेगी ही। उसकी स्मृति, इस संसार की रगृति बिल्कुल ही धो-पोंछ देने में किस अवलम्ब के सहारे वह जीवित रहेगा? उठकर बैठते हुए उसने एक सिगरेट निकाली। सिगरेट के साथ ही साथ दस सेन्ट जेब से निकल पड़े। उसने जेब में हाथ डालकर देखा, शायद और कुछ निकल आए। इन कई दिनों तक उसने पैसों का हिसाब नहीं रखा। रखने की फ़ुर्सत ही नहीं मिली। जेब से उसने सभी रुपए-पैसे बाहर निकाल लिए। रूपा के कुछ डालर, दस सेन्ट के कई नोट, और कुछ पैसे। उसने गिनना शुरू किया। बीस डालर भी नहीं होंगे। इनके अलावा सभी चीज़ें बेच-बांचकर दस डालर से कुछ ज़्यादा उसने पाए हैं, सब मिलाकर तीस डालर से ऊपर हैं। यही उसकी पूंजी है।

बिछावन के एक किनारे रुपये रखकर वह उनकी ओर देखने लगा। रोए या हंसे, वह समझ नहीं पाया।

1. चूल्हे से गर्म पतीली अदि उठानेवाला उपकरण।

घर सूना है, सामान वग़ैरह नहीं है, कोई अपना-पराया भी नहीं है. . . . सिर्फ़ ये ही कुछ रुपये हाथ में हैं। उसके जीवन का सम्बल ये ही कुछ रुपये हैं, ज़हर मिले हुए रुपये। अब वह क्या करे? उसकी छाती से एक दीर्घ नि:श्वास निकल गई। हां, एक ही रास्ता सिर्फ़ खुला है। रुपयों को उसने जेब के हवाले किया, पोशाक वग़ैरह और बिछावन का गट्‌ठर लेकर वह छोटी लक्ष्मी के घर आया।

"इन पोशाकों को तुम पहनना। बिछावन के इस गट्‌ठर को दो-चार दिनों के लिए तुम्हारे यहां रखे जाता है। किसी अड्‌डे की खोज पाते ही आकर ले जाऊंगा।"

छोटी लक्ष्मी के चेहरे की ओर देखने का भी उसे साहस नहीं हुआ। एक सांस में वह कह गया। छोटी लक्ष्मी मुंह से अस्फुट आवाज़ निकालकर राजी हो गई, पर कुछ बोली नहीं।

खुशी एक अड्‌डे में अपना इन्तज़ाम कर गट्‌ठर लेने आया। छोटी लक्ष्मी उसे गट्‌ठर सौंपते हुए रो पड़ी। काफ़ी देर तक खुशी. यह समझ नहीं पाया कि वह क्या कहे? इसके बाद अत्यन्त कष्ट से उसने एक बात कही, "कुछ दिनों तक सब्र करो, मैं ज़रा जगह बना लूं, तब तुम्हें लेने आऊंगा, ज़रूर ही लेने आऊंगा।"

छोटी लक्ष्मी ने सिर हिलाया, मुंह से कुछ कहा नहीं। एक दिन विश्राम कर खुशी पहले की भांति रिक्शा खींचने लगा। सवारी पाने के लिए पहले जितना उतावला हो उठता था, अब वैसा नहीं होता, पर बैठा रहना भी वह नापसन्द करता। इसी तरह दिन गुजर गए, महीना ख़तम होने को आया। उत्साह उसे नहीं है, पर काम में विरक्ति भी नहीं होती, यह जैसे एक अजीब मामला हो; उसका मन अब स्थिर है, शान्त चेहरा थोड़ा भर गया है, पर पहले की भांति नहीं। रंग भी पहले की तरह लाली लिये नहीं है, जाने कैसा फीका पड़ गया है, पर वह सूख नहीं गया है। उसकी आंखें दोनों उज्ज्वल हैं, पर भाववेग या सहानुभूति की छाया उनमें नहीं है। सर्वदा अटूट उत्साह प्रकट होता है, पर किसी ओर ताकने की उसकी इच्छा नहीं होती। वह मानो एक वृक्ष हो, आंधी से बचकर अब शान्त भाव से उसकी डालियां मानो सूर्य की ओर उन्मुख हो उठी हो, हिलते-डोलते भय खाती हैं। पहले भी अड्‌डा जमाना उसे नापसन्द था, अब तो प्राय: मुंह तक वह नहीं खोलता। फिर आजकल के दिनों में गर्मी की आभा दिखलाई पड़ने लगी है। ऊइल वृक्षों में हरी कच्ची पत्तियां भर गई है। जब काम नहीं रहता तो रिक्शा रख धूप में बैठा-बैठा ऊंघता है। दोनों होंठ हिल उठते हैं जाने क्या बड़बड़ा उठता है, इसके बाद हठात् सजग होकर मुंह सूर्य की ओर उठा लेता है, ज्योति आकर उसके मुंह पर पड़ती है, फिर वह ऊंघना शुरू कर देता है। इसी तरह उसका जीवन बीतता जा रहा है। किसी के साथ बिना ज़रूरत बातें नहीं करता।

हां, सिगरेट पीने की आदत उसने बढ़ा ली है। जब कभी रिक्शा रखकर वह सुस्ताता है, उसके हाथ अनायास ही पांव पोस के नीचे बढ़ जाते हैं। वहीं वह अपने सिगरेट-बक्स को छिपाए रखता है। सिगरेट बाहर निकाल कर सुलगाता है, धुआं छोड़ता है, खुशबू नाक में घुसती है, धुएं को चक्र चक्कर मार कर ऊपर उठता है। खुशी टकटकी बांध कर देखता है, गर्दन हिलाता है। मानो सिगरेट के धुएं की यह ऊधर्व गति उसके पास कोई विशेष वाणी ले आती हो, उसे पथ-निर्देश कर जाती हो।

विश्राम के बाद पुनः वह रिक्शे के दोनों मूठ उठा लेता है। अभी भी वह अधिकांश रिक्शावालों की अपेक्षा कहीं ज़्यादा ज़ोर से दौड़ सकता है, पर प्राणपन से इस दौड़ने का कोई अर्थ नहीं। मोड़ लेते या ऊपर नीचे करने पर इन दिनों वह अधिक मात्रा में सावधान हो जाता है। दूसरे रिक्शावाले यदि उसके साथ बाजी लगाना चाहते हैं, तो विरक्त होने पर भी वह उनकी परवाह नहीं करता। सिर झुकाए पहले की भांति दौड़ता रहता है। रिक्शा खींचने के रोज़गार पर वह झुंझला उठा है। इस सम्बन्ध में मोह नामक कोई चीज़ उसके पास नहीं। इससे मान कमाने की उसे तनिक भी इच्छा नहीं है।

अड्डे में उसने बहुत से दोस्त पैदा कर लिए हैं। बातें करना वह नहीं चाहता। कर भी नहीं सकता, पर बेवक़ूफ़ कौआ होने पर भी वह अपने ही दल के साथ उड़ना चाहता है। पहले की तरह चुप्पा होकर वह बैठा नहीं रह सकता। चुप्पा होकर बैठने पर उसका एकाकीपन और भी असह्य हो उठेगा। इसीलिए अपने साथियों के बीच बैठ वह उनके किस्से-कहानियां सुनता है। जेब से सिगरेट निकाल कर बढ़ाता है, बक्स में संभवत: एक ही सिगरेट हो, सभी लेने के लिए हाथ बढाए हैं, वह अप्रस्तुत हो कहता है, "जाऊं, ख़रीद लाऊं।"

सभी जब जुआ खेलने बैठते हैं, तब वह वहां से उठ नहीं जाता। पहले वह ऐसा ही करता था। पर अब बैठकर वह उनके खेल देखता है, कभी दो-एक दांव खेलता है। हार या जीत हुई, यह ग्राह्य नहीं करता। वह उनके ही दल का एक है, यही बात बतला देता है। वे चाहे जो भी करें, वह उन्हें घृणा नहीं कर सकता। वह जानता तो है कि भर दिन हड्डी तोड़ मेहनत के बाद थोड़ा-बहुत मजा नहीं लेने से कैसे चलेगा? और नहीं तो कुछ क्षणों के लिए ही सही, इन दुश्चिन्ताओं से तो छुट्टी मिलेगी।

उनके शराब पीने पर वह भी शराब पीता है, पर ज़्यादा नहीं। अड्डे के सभी, लोगों के लिए एक चुक्कड़ शराब और मांस के लिए वह रुपये निकाल देता है, पर पहले इन्हीं सारी बातों से वह घृणा करता था। अब कितना मजा आता है! खुशी के मन में यह छा जाता है। उसका अपना रास्ता बन्द हो गया है। अब इसे स्वीकार किए बिना नहीं चलता कि उसके भाई-बिरादर ठीक ही काम कर रहे हैं। उसने अपने को केवल वंचित ही किया है, पर इसका क्या परिणाम हुआ? जब इसके साथियों में से किसी के परिवार में ब्याह होता है, या कोई मृत्यु होती है, वह अपना चन्दा देने में तनिक देर नहीं करता, पहले इन सब सामाजिक मामलों में वह कभी अपना सिर नहीं खपाता था। अब वह समझ सका है कि समाज में रहने के लिए इस तरह की थोड़ी सहायता करनी ही होगी। सिर्फ़ रुपये देकर ही वह छुट्टी नहीं ले लेता, खुद जाकर सहयोग देता है। यह एक सामाजिक दायित्व है। मनुष्य के साथ मनुष्य का बन्धन इससे मज़बूत होता है। इन सब सामाजिक मामलों में या तो लाग हंसते है या रोते हैं। अकारण कोई हल्ला-हुड़दंग नहीं करता, तभी तो ऐसे अवसर उसे पसन्द हैं।

तीस डालर में अभी तक उसने हाथ नहीं लगाया है। एक सफ़ेद कपड़े का टुकड़ा जुगाड़ कर स्वयं ही सुई-धागे से उसने एक थैली तैयार की है और उसके भीतर रुपये रखकर उसके मुंह पर सिलाई कर दी। इसके बाद उस थैली को छिपा कर एक कोने में रख दिया है। रुपयों को खर्च करना वह नहीं चाहता और साथ ही पूंजी बढ़ाने का भी उसे लोभ नहीं है। नया रिक्शा ख़रीदने की बात उसके मन में अब उठती भी नहीं। कब कैसा दुर्भाग्य आ पड़े, कौन जानता है! इसीलिए रुपयों को छिपा रखा है दुर्भाग्य के लिए तैयार होकर बैठा है। रोग, हठात् कोई दुर्घटना, इसी तरह और भी कुछ, किसी क्षण में घट सकता है। तैयार होकर तो रहना ही होगा। आदमी तो लोहे का बना नहीं हैं अब यह बात वह समझ सका है।

इसी तरह उसके दिन बीत चले। शरत् के प्रारंभ में ही उसने एक काम पाया। पहले जितने भी माहवारी काम उसने किये हैं, उन सबसे यह माहवारी का काम कहीं अच्छा है। मेहनत ख़ूब ही कम है। मेहनत यदि कम नहीं रहती तो यह काम वह कभी नहीं पकड़ता। अब अच्छा-बुरा समझना वह सीख गया है, चुनना सीख लिया है। अब माहवारी काम के लिए वह उतना उत्सुक नहीं है। काम मन के लायक़ नहीं मिलने पर सदर सड़क पर खड़ा होकर रिक्शा खींचना कहीं बेहतर है। वह जानता है कि उसके स्वास्थ्य का मूल्य कहीं ज़्यादा है। एक आदमी के ज़्यादा खटने से ऐसा क्या लाभ है, अपने को मौत के मुंह में डालने के सिवा कोई उपकार नहीं होता। वह भी तो पहले ऐसा ही खटता था, पर अब ठोकर खाकर सीख गया है।

उसने समझ लिया है कि थोड़ा चालाक-चतुर हुए बिना नहीं चलने का। जीवन कोई सैकड़ों की संख्या में तो है। नहीं, है केवल एक।

इस बार उसे जहां काम मिला, वह मुहल्ला मिलन-मन्दिर के निकट है। मालिक का नाम चिया है। पचास के ऊपर उनकी उम्र है। पत्नी और कुल मिलाकर उनके लड़के-लड़कियों की संख्या बारह है। आदमी ख़ूब विद्वान है, अदब-कायदा से भरपूर। कुछ दिन हुए, दूसरी शादी की है। अभी भी पहली पत्नी और लड़के-लड़कियों को उन्होंने यह बात नहीं बतलाई है। एकान्त मुहल्ले में आकर दूसरी पत्नी को लेकर छोटा-मोटा घर-संसार उन्होंने कायम कर लिया है। उनके अलावा घर में एक धाई है और खुशी रिक्शावाला के रूप में आया है।

खुशी का काम ख़ूब पसन्द आया। मकान में एक आंगन है, छः कोठरियां हैं। चिया परिवार के स्वामी-स्त्री ने तीन कोठरियों में दख़ल जमा रखी है। एक रसोई-घर है, और दो कमरे नौकर-चाकर के रहने के लिए छोड़ दिए गए हैं। आंगन छोटा है, दक्खिन की दीवार से सट कर एक खजूर का वृक्ष खड़ा है, कुछ अधपके फल लटके हुए हैं। आंगन के एक छोर से दूसरे छोर तक उसने मिनट भर में झाड़ू से साफ़ कर दिया। कितना सहज काम है। फूल के पौधे या छंटी हुई घास नहीं है कि पानी पटाना पड़ेगा। उसकी सिर्फ़ यही इच्छा हुई कि खजूर के पेड़ की थोड़ी देखभाल करे, इसकी तिरछी-टेढ़ी टहनियों को सीधा कर दे, पर शायद वृक्ष की बनावट ही ऐसी है। यह सोच कर उसने कुछ नहीं किया। और दूसरे काम भी अत्यन्त साधारण हैं। श्रीयुत् चिया ऑफिस में काम करने निकल जाते हैं। शाम को कहीं लौटते हैं। खुशी उन्हें ऑफिस पहुंचा देता है और फिर ले आता है। इसके बाद उसे और कहीं निकलना नहीं पड़ता। मालूम ऐसा होता है कि उसके मालिक पुलिस की नजर बचा कर यहां एकान्त में छिपे हुए हैं! मालिक दोपहर में बाहर ही बाहर घूमते हैं, पर ठीक चार बजे घर लौट आते हैं। खुशी तब उन्हें लेने ऑफिस दौड़ता है। ऑफिस से मालिक को घर ले आने के बाद उसे एक तरह से छुट्टी हो जाती है। मालकिन भी अधिकतर पूरब चौक की तरफ बाज़ार करने निकलती है, कभी मध्य पहाड़ के पार्क की ओर टहलने जाती है। बाजार या पार्क में पहुंचा कर खुशी काफ़ी देर तक विश्राम करता है। इस तरह के काम तो खुशी के लिए खेल हैं।

पर मालिक बड़े कंजूस हैं, पैसे को दांत से पकड़ते हैं। एक पैसा भी इधर-उधर होने की गुंजाइश नहीं। और पता नहीं किस क़िस्म के आदमी हैं। ऑफिस जाने या लौटने के समय रास्ते की तरफ एक बार भी आंखें उठाकर नहीं देखते। गर्दन झुकाकर बैठे ही हैं! उनके लिए सारा रास्ता मानो शून्य हो! मानो दूकान-दौरी, लोग वग़ैरह कुछ भी नहीं हों।

पर मालकिन बिल्कुल भिन्न प्रकृति की है, हाथ भी खुलता हुआ है, दो-तीन दिन बीच देकर समान वग़ैरह ख़रीदने निकल जाती हैं। ढेर की ढेर चीज़ें ख़रीद लाती हैं। जो चीज़ें इन्हें पसन्द नहीं आती, नौकरों को दे डालती हैं। जब नई चीज़ें ख़रीदने निकलती हैं तो पुरानी चीज़ें नौकर-चाकर के बीच लुटाना नहीं भूलतीं। मालिक के पास नई चीज़ें ख़रीदने के लिए रुपये वसूलते समय वे साफ़ इनकार कर जाती है कि यह सब चीज़ें घर में हैं। मालिक की क़िस्मत ही ऐसी है। वे मेहनत करके कमाते हैं, ऊपर वालों का सलाम ठोकते हैं, उनकी इंस कमाई के रुपये उनकी उप-पत्नी इस तरह नौ-छौ कर देती है! उप-पत्नी को थोड़ी रियायत और कमाये हुए रुपये तो देने ही होंगे, नहीं तो वह क्यों सुनने लगी! इसके अतिरिक्त और कुछ काम उसे नहीं रहता। लोगों से यह बात सुनी जाती है कि इनकी पहली पत्नी और लड़के-लड़कियां सभी पाउतिंग में रहते है। ऐसा भी होता है कि पांच-पांच छः-छः महीने तक मालिक उन्हें एक पैसा भी नहीं भेजते।

खुशी को मालिक अच्छे नहीं लगे। पीठ हमेशा ही कुबड़ी रहती है, सिर भी झुका हुआ है छाती की ओर, गर्दन तक दिखलाई नहीं पड़ती। सारी दुनिया के सामने मानो चोर बने हुए हैं मुंह कभी नहीं उठाते, बातें भी नहीं करते, रुपये-पैसे खर्च करते हुए झुंझलाते हैं। हंसते हुए भी इन्हें कभी नहीं देखा गया। रिक्शे पर जाकर जब बैठते हैं तो लगता है कि कोई रोगी अन्दर बैठा हुआ है। यदि कभी दो बातें मुंह से निकलीं भी तो सिर्फ़ गालियां ही गालियां, ऐसे आदमी के ऊपर उसका मन ख़राब नहीं होगा, तो किसके ऊपर होगा? खुशी ऐसे आदमी को पसन्द नहीं करता। पर काम कम है? जब तक वह महीने-महीने तलब पाता जायगा, यह सब क्यों सोचने लगा। इसके अलावा मालकिन के हाथ खुले हैं, नौकर-चाकर के साथ उनका व्यवहार भी अच्छा है। बीच-बीच में बढ़िया खाने को भी देती हैं, कुछ बख्शिश भी मिलती है। यही तो काफ़ी है। तब हां, मालिक जरा दूसरे मिज़ाज हैं। इससे क्या होने का? रिक्शा जब वह खींचता रहेगा, तब यही सोच लेगा कि न हुआ वह एक दया-माया शून्य बन्दर को खींचे लिये जा रहा है।

और मालिकन? यह औरत उदार दिल की है। बीच-बीच में दो-चार पैसे बख्शिश भी देती है, पर इससे खुशी को वह बिल्कुल अच्छी लगती हो, यह बात नहीं। छोटी लक्ष्मी से देखने में अच्छी है, और हमेशा देह में गन्ध लगाती रहती है। इससे छोटी लक्ष्मी के साथ तुलना नहीं हो सकती। नाक-नक्शा इतना सुन्दर, चेहरा भी इतना ख़ूबसूरत, पर फिर भी जाने क्यों बाघिनी की गन्ध आती है। खुशी इस बात को लेकर काफ़ी सिर खपाता रहा है, पर ठीक समझ नहीं पाया। शायद उसके शरीर में ऐसा कुछ है, जो बार-बार बाघिनी का स्मरण ही मन को करा देता है। नहीं, साज-पोशाक नहीं, चेहरा भी नहीं चलने की भंगी में ही जाने कैसा छिनालपन का भाव फूट पड़ता है। खुशी ठीक समझा कर नहीं कह सकता, पर यही बात बार-बार उसके मन में आती है। वह जानता है, यह स्त्री और बाघिनी एक ही धातु की औरतें हैं, एक ही नस्ल की चीज़ें हैं। मालकिन की उम्र कुछ अधिक नहीं, खींच-खांचकर बाईस या तेईस होगी, पर भाव-भंगिमा देखने से लगता है कि पुरानी उस्तादिन हैं। नई ब्याही बहू के समान वह बिल्कुल नहीं जंचतीं । वह कितनी लजीली होगी, बाप का घर छोड़कर आई है यह सोचकर पग-पग पर घबड़ा जाएगी। पर यह औरत ऐसी बिल्कुल नहीं है। यह मानो बाघिनी की तरह ही है। किसी दिन यह कभी शर्मीली दुल्हन रही होगी, इस देखकर अनुमान नहीं किया जा सकता। सिर के बालों को क्या नजाकत से संवारती है! पांवों में ख़ूब ऊंचा जूता पहने है, तंग कमीज के भीतर से शरीर की प्रत्येक रेखा स्पष्ट हो उठी है।

चाहे जितना भी साज-सिंगार क्यों न करे, खुशी को समझते देर न लगी कि यह लड़की ब्याही बहू के समान तो बिल्कुल ही नहीं है। पर गंवई-गांव से यह लड़की नहीं आई है। खुशी यह समझ नहीं सका कि यह लड़की चाहती क्या है? पर सावधान हो गया। वह समझ गया कि इससे डरकर ही चलना होगा, जैसे पहले-पहल वह बाघिनी से डरकर चलता था, पर बाघिनी के पास ऐसी जवानी नहीं थी, ऐसा चमकदार चेहरा भी नहीं था। खुशी और भी घबड़ा गया। यह लड़की मानो अपने शरीर में सब आफ़त- मुसीबत और जहर छिपाए है, लड़कियां शायद इसी तरह रहती हैं। उसके चेहरे की ओर देखते हुए भी खुशी को डर लगने लगा।

कुछ सप्ताह काम करने के बाद उसका यह डर और भी बढ़ गया। मालिक का रंग-ढंग देखकर उसे और भी भय मालूम हुआ। खुशी ने मालिक को पैसे खर्च करते ख़ूब कम ही देखा है, पर एक चीज वह रोज़ घर लौटते समय दवा-खाने से ख़रीद लाया करते हैं। यह किस क़िस्म की दवा है, यह खुशी नहीं जानता, पर दवा के आते ही तीन-चार दिन स्वामी स्त्री ख़ूब मौज से काटते हैं। खुशी ने इस बात को

लक्ष्य किया। जो मालिक एक बड़ी जम्हाई या निस्वास तक नहीं ले सकते थे, वे एक अच्छे छोकरे की भांति नज़र आते हैं। तीन–चार दिनों के बाद फिर जैसे के तैसे। उसी तरह पीठ कुबड़ी है, माथा झूल रहा है। यह रास्ते से एक जिन्दा मछली ख़रीद लाने के समान है! मछली को पहले कलसी में छोड़ दिया गया, ख़ूब उत्साह से वह मछली तैरती हुई घूमने लगी; देह पर पानी छिटका दिया, इसके बाद एकाएक चुप्पी मार गई। जब चिया को मरी मछली के समान वह रिक्शे पर बैठा हुआ देखता, तो उसे लगता कि मालिक आज फिर दवा खाने जाएंगे। बढ़े चिया के ऊपर थोड़ी भी माया-ममता उसे नहीं होती, पर दवाख़ाने से दवाई लाने जाते समय के इस सूखे बन्दर पर उसे थोड़ी दया आती ही है! ओह बेचारा! दवा खाकर ताक़त ढूंढता है! मालिक दवा की पुड़िया लेकर दौड़कर अपने कमरे में घुसते हैं। फिर दो-तीन दिनों तक मौज चलती है। मालकिन को देखने पर बार-बार बाघिनी ही तब याद आती है। मरे हुए व्यक्ति का वह निरादर करना नहीं चाहता, पर बूढ़े एवं अपनी ओर देखने पर अनायास ही उसके मन में बाघिनी की आकृति उभर आती है, घृणा से शरीर में काटें चुभने लगते हैं। उसका शरीर जो अब तक धक्का नहीं संभाल पाया है, इसका एक मात्र कारण तो बाघिनी ही है। उसने ठीक किया यह नौकरी वह छोड़ देगा, किन्तु फिर ख्याल आया, इसके लिए नौकरी छोड़ना तो पागलपन है। उसके अपने काम के साथ इसका कोई सम्बन्ध नहीं। स्वयं ही बड़बड़ा कर उसने प्रश्न किया, "क्यों, मैं दूसरों के मामलों में अपना सिर खपाऊं?"

बाजार में चन्द्रमल्लिका के फूल बिकने आये हैं, मालकिन चार गमले ख़रीद लाई। इयाङ्ग-मा, घर की नौकरानी द्वारा एक गमला टूट जाने पर उन्होंने गाली-गलौच शुरू कर दी। इयाङ्ग-मा गंवई-गांव से आई है; फूल और घास के इतने आदर से वह परिचित नहीं थी, पर दूसरे की चीज़ ही उसने तोड़ी है, चाहे वह दासी हो या न हो, यही सोचकर चूं शब्द तक करने का साहस उसने नहीं किया, पर मालकिन की जीभ तब भी नहीं रुकी, उसे गंवारिन, भूतनी, असभ्य इसी तरह की गालियां देने लगी। इयांग-मां अब अपना गुस्सा नहीं संभाल सकी, मुंह तोड़ जवाब दे बैठी। गंवई-गांव की औरत के मुंह खुलने पर किस क़िस्म के अबोल-तबोल निकलते हैं, इसका हिसाब नहीं। गंवई भाषा के जितने बोल थे, उसने सभी मालकिन पर दे मारे। मालकिन और भी गुस्सा होकर उसे गालियां बकने लगीं और उसके बिछावन वग़ैरह फेंक-फांककर उसे चले जाने का हुक्म दे दिया।

खुशी शुरू से आख़िर तक चुप लगाए रहा, झगड़ा मिटाने की कोई चेष्टा उसने नहीं की। उसके मुंह से बात तक तो नहीं निकलती। वह भला झगड़ा कैसे थमाएगा? इसका झगड़ा दो औरतों के बीच हो रहा है, यहां रोकने में भी मुसीबत है। इसके अलावा इयाङ्ग-मा जब बोल चुकी है कि मालकिन के हज़ार छैले-यार हैं, वे उसके शरीर को चाटते हैं, मुहब्बत करते हैं, तब क्या कोई उम्मीद है? नौकरी से बर्ख़ास्त तो वह होगी ही। मामला देखकर यही तो समझा जा सकता है। इयाङ्ग-मा की नौकरी ख़तम होते ही उसकी भी नौकरी ख़तम हो जाएगी। मालकिन की गोपन खबरें जान लेने वाले नौकर को वह कैसे रखें? इयांग-मा के चले जाने के बाद खुशी हमेशा प्रस्तुत रहा, कब उसको जवाब मिल जाए, क्या ठिकाना। किसी नई नौकरानी के आते ही उसे बिछावन-पत्र समेटना होगा। पर इसके लिए उसे चिन्ता नहीं। उसने न जाने कितनी नौकरियां कीं, कितनी छोड़ी, तब अब दुश्चिंता कैसी? उसकी जानकारी ने इन सब विषयों से उसे उदासीन होना सिखलाया है। एक साधारण बात से मन खराब करने से कैसे चलेगा?

पर वह जो आशंका कर रहा था। वह नहीं घटी। इयांग-मा के चले जाने पर मालकिन सहसा खुशी के ऊपर ख़ूब ही सदय हो उठी। नौकरानी तो आजकल नहीं है, आजकल वे खुद खाना पकाती है। खुशी से साग-सब्जी मंगवा लेती है। बाज़ार का काम ख़तम होते ही वे खुशी को बतलाती है कि तरकारी कैसे काटी या धोई जाती है। खुशी जब तरकारी काटता रहता है, वे मांस या भात पकाती है। करछुल से हंडिया के भीतर मांस चलाती-चलाती वे खुशी से जाने कितनी तरह की बातें करती है। साज़ पोशाक की भी कैसी बहार है? रसोई पकाने तो आई है, पर बैंगनी रंग के सिल्क की कुरती पहन रखी है? हल्के रंग का पाजामा पहन रखा है, यहां तक कि पांवों तक में सर्टिन का लाल काम किया चप्पल है, चलने से जाने कैसी एक मीठी आवाज निकलती है। खुशी बेंच के ऊपर बैठे-बैठे अपने मोटे अनभ्यस्त हाथों से तरकारी के छिलके निकालता रहता है, एक बार आंखें उठाकर देखने तक का उसे साहस नहीं होता। उसकी देह की सुगन्ध नाक में आकर लगती है, बीच-बीच में आंखें बचाकर देखने में लिए मन तड़प उठता है। भ्रमर जिस तरह मधुर गन्ध पाकर फूल के पास उड़ जाता है, उसकी दोनों आंखें भी ठीक उसी तरह मालकिन की ओर चली जाती हैं।

साथ ही खुशी औरतों को जानता है, वे कितनी खतरनाक होती है, यह भी वह जानता है, पुरुष को वे क्या दे सकी है, इस विषय में उसका अनुभव सचेत है। औरतों की ओर से भय पैदा करने के लिए एक बाघिनी ही काफ़ी है। फिर औरत के न होने पर मर्द का नहीं चलता, यह बात भी बाघिनी उसे सिखा गई हैं। यह औरत तो बाघिनी से हजार गुणी अधिक कामिनी है। खुशी ने एकबार आंखें बचाकर देखा। यदि सचमुच ही बाघिनी के समान ही इसका स्वभाव चरित्र हो फिर भी बाघिनी की अपेक्षा यह काफ़ी ऊंची क़िस्म की औरत है। बाघिनी इसके सामने ठहर ही नहीं सकती।

दो वर्ष पहले खुशी मालकिन की तरफ देखने की भी हिम्मत नहीं कर सकता था। पर आज वह देख सकता था। दुनिया के बंधन वह तोड़ चुका है। औरत के फन्दे में वह पड़ चुका ही है, मांस का जो स्वाद उसने पाया है, वह तो भूलने की चीज नहीं। दूसरे वह अब रिक्शावालों के दल में पक्का बन चुका है, ठीक उन्हीं की तरह उसने अपने जीवन के से ढंग बना लिए हैं। दूसरे रिक्शावाले जो उचित समझकर करते हैं, वह भी ऐसा ही करता है। इतने दिनों तक अपने को संयमी बना कर वह बेवक़ूफ़ ही रहा, उसका नतीजा तो हाथों हाथ मिला। रिक्शावालों को यह अपने से काफ़ी हीन समझता था, पर अब वह अपनी भूल समझ गया है। इसीलिए उसने तय किया है कि और दूसरे रिक्शावालों की तरह वह पक्का रिक्शावाला ही रहेगा। उनकी हूबहू नकल चाहे न कर सके, पर उनकी भीड़ में तो रहना ही होगा। इसके अलावा सभी रास्ते बन्द है।

जो ग़रीब हैं, खटकर खाते हैं, वे इस बात को स्वीकार करेंगे ही कि मुफ़्त में कोई चीज़ पाने पर वह छोड़ नहीं सकते, क्योंकि इस तरह का सुयोग इनके भाग्य में कदाचित ही जुटता है। खुशी ही ऐसा सस्ता माल क्यों छोड़ने लगा? इस औरत की ओर वह देखता है तो इससे क्या? यह भी तो और दूसरी औरतों के ही समान है, यदि उसे कुछ ऐसी-वैसी बात करने की इच्छा हो, तो वह रोक कैसे सकता है, अवश्य ही, वह विश्वास नहीं करता कि उसकी मालकिन इतना नीचे उतर सकती है मान लो कि वह अगर इतना नीचे उतर जाए? यदि उसकी ओर से कुछ प्रोत्साहन न मिला तो खुशी अपने से कुछ करने नहीं जा रहा, पर कहीं वह हठात अपनी इच्छा उससे प्रकट कर दे तो खुशी भी बैठा नहीं रहेगा। ठीक राज़ी हो जाएगा। क्यों, इसी बीच दो-एक इशारे उसने नहीं किए? यदि यह बात नहीं है तो इयांग-मा को जवाब क्यों दे दिया? खुशी को ही रसोई-घर में बुलाकर चौका-चूल्हा में सहायता करने के लिए क्यों कहा? खाना पकाने तो आई है, फिर देह में इतनी गन्ध पोतने की क्या ज़रूरत थी?

खुशी इन सब बातों से किसी नतीजे पर नहीं पहुंचा। उसे इस तरह की कोई आशा भी नहीं है, पर मन में एक सन्देह जगा ही रह गया। वह मानो निद्रावस्था में एक सुन्दर झूठा स्वप्न देख रहा हो। वह जान रहा है कि यह स्वप्न है, फिर सोते-सोते यही स्वप्न देखना चाहता है। आशा नहीं है, फिर भी आशा होती है। उसका यह स्वप्न नहीं टूटेगा। उसके भीतर उष्ण जीवन सजग हो उठा है, उससे बलात् यह स्वीकार करा ले रहा है कि वह एक अपदार्थ है, पर वह क्या करे? इस असमर्थता में वह आनन्द पा रहा है, हो सकता है कि इसके बाद कोई भीषण आफ़त आए, पर परवाह कौन करता है?

कामना की इस अस्फुट फुसफुसाहट ने उसका साहस बढ़ा दिया, छाती में आग जल उठी। क्यों, इसमें अपने को सस्ता करने की कौन सी बात है।? कोई किसी के सामने नीचा नहीं होगा। देह की कामना तो सभी मनुष्यों के पास है।

फिर दूसरे ही क्षण उसके मन में भय पैदा हुआ, साथ ही साथ बुद्धि भी हुई। अब कामना की आग बुझने-बुझने को हो गई, उसे लगा कि एक दौड़ में वह यहां से भाग जाएगा। यहां रहने से ही आफ़त है, मुसीबत है। इस रास्ते चलकर वह अपने को बेवकूफ़ बनाना नहीं चाहता।

एक बार वह गर्म हो उठता, दूसरे ही चरण भय से सिकुड़ जाता। उसे मानो मलेरिया हुआ हो, एक बार कंपा कर बुख़ार आता है, फिर चला जाता है, ऐसी ही उसकी हालत है। बाघिनी ने उसे मुसीबत में डाल दिया था, उससे भी अधिक सांघातिक, उससे भी अधिक बड़ी यह मुसीबत है। तब वह कुछ नहीं जानता था। एक छोटी मधुमक्खी के समान पहले-पहल साहस कर सीधा मकड़ी के जाल में आ फंसा था, पर अब उसने समझना सीखा है, सावधान होना वह जान गया है, साथ ही साहस के साथ आगे बढ़ कर फन्दे में पैर भी डाल सकता है। यह मानो एक अजीब मामला है। फिसल कर गिर जाने की भी उसकी इच्छा हो रही है, वह डूबना चाह रहा है साथ ही गिरने के भय से भी वह बेचैन है। और एक व्यक्ति की दूसरी औरत, बिना नाम दर्ज कराने वाली इस वेश्या को छोड़ देते हुए भी मन हिचकता है। खासा चेहरा है। उसे पास खींचकर दबा लेना ही मानो सब कुछ है, और सब फ़िज़ूल है। वह खुद ही जानता है कि अपने इस विचित्र मन के सामने उसे जवाबदेह होना होगा, पर फिर भी इस सूखे हुए कछुए की तरह बूढ़े चिया को देखकर उसका मन तीता हो जाता है, यदि इसको कुछ हो जाए, तभी शायद शान्ति मिले। हो जाए न इसे, कुछ हो जाए न! उसके समान मालिक पाने वाला व्यक्ति चाहे मन में जो भी सोचकर खुश हो ले, उसे पाप नहीं लग सकता। खुशी भी इस तरह के मालिक की परवाह नहीं करता। खुशी उत्तेजित हो उठा।

पर मालकिन की ओर से कुछ भी सुगबुगाहट नहीं मिली। उसने उसकी ओर देखा है या नहीं देखा है, इस सम्बन्ध में अपनी जानकारी का कोई भी लक्षण उन्होंने नहीं दिखलाया। वह अकेली बैठ कर रसोईघर में खाती रही और खाना ख़तम कर खुशी को पुकार कर बोली, "जाओ, खा लो, खा-पीकर बर्तन ऐसे ही मत छोड़ देना। शाम के समय जब मालिक को लाने जाओगे तब कुछ साग-सब्जी भी ख़रीदते आना। इससे तुम्हें कल सुबह ही नहीं दौड़ना होगा। कल रविवार है। मालिक भी दिन घर पर ही रहेंगे। मैं दाई की खोज में कुछ देर के लिए निकलूंगी। तुम्हारी कोई जानी-सुनी है क्या?' कुछ रुक कर बोली, "दाई का मिलना भी आजकल मुश्किल है! जल्दी, खा लो। सब ठंडा जो हो जाएगा!"

मालकिन हुक्म के स्वर में ही ये बातें बोलीं, पर काफ़ी स्वाभविक लगी। बैंगनी रंग के सिल्क की कुरती खुशी की आंखों के सामने एक नूतन रूप लेकर ही सहसा दिखलाई पड़ी। यह रूप उग्र नहीं, शान्त ही हैं? उच्छृंखल नहीं, पवित्र है। जाने कैसी एक निराशा उसके मन पर छा गई, इसके बाद अपने ऊपर ही

घृणा आई। वह अपनी उन्नति के लिए चेष्टा तो कर नहीं रहा, बल्कि दिन-दिन बदमाश होता जा रहा है। किसी तरह दो कौर भात और कुछ तरकारी खाकर वह उठ खड़ा हुआ। इसके बाद थाली बर्तन धोकर अपने घर में आ बैठा। ऐसा हतोत्साह वह जीवन में कभी नहीं हुआ था! एक पर एक सिगरेट सुलगा कर फूंकने लगा।

अपराह्न! मालिक को ले आने का समय हो जाते ही फिर उस सूखे बन्दर के ऊपर बड़ा ग़ुस्सा आया। इसका कारण क्या है, वह खुद ही नहीं समझ सका। उसने मन ही मन एक तरह तय कर लिया कि उस बूढ़े बन्दर को लेकर आज अपनी पूरी ताक़त से दौड़ेगा, इसके बाद रिक्शे की मूठ दोनों छोड़ देगा, साथ ही साथ बुड्ढा रास्ते पर लुढ़क पड़ेगा। अधमरा तो हो ही जाएगा, बहुत दिन पहले की बात है। तब यह एक बडे आदमी के घर नौकरी करता था। मालिक की तीसरी उप-पत्नी के साथ उनके बड़े लड़के को जाने कैसा लगाव-बुझाव था। लड़का बाप को मारने का षड्यन्त्र कर ही रहा था कि बाप को यह बात मालूम हो गई। खुशी इस मामले में बड़े लड़के को दोषी मानता था, मन ही मन उसे कितनी गालियां भी दी थीं, पर अब उसका मन बड़े लड़के को दोषी नहीं ठहराता। उसने सोचा, बुड्ढे का मरना ही उचित था। ख़ून-ख़राबी की कोई इच्छा खुशी को नहीं है, उसे सिर्फ़ यही लगा कि बूढ़ा चिया आदमी बुरा है, पर बुरा होने से ही उसे पटका तो नहीं जा सकता! उस सूखे बन्दर को रिक्शा पर चढ़ा कर उसने बार-बार झटके दिए, पर इस बूढ़े बन्दर को जैसे कुछ भी ध्यान नहीं। खुशी का मन अनुशोचना से भर उठा। इसके पहले मालिकों के साथ उसने कभी ऐसा सलूक नहीं किया। अपने को वह सहज ही क्षमा नहीं कर सका। उसका पश्चात्ताप इन सारे मामलों पर वितृष्ण पैदा कर गया। वह इस तरह व्यर्थ अपने मन की शान्ति क्यों नष्ट कर रहा है? वह रिक्शावाला है, हड्डी तोड़ परिश्रम करेगा, फालतू बातों में अपना सिर खपाने से फ़ायदा?

उसका मन फिर शान्त हो उठा। अपने मन से उसने वह बात निकाल फेंकी। यह मानो कोई नाटक हो जिसकी कोई परिणति नहीं। क्या होगा इन सब बातों से सिर खपा कर? यदि बीच-बीच में ये बातें फिर मन में आएंगी तो वह हंसेगा, यह तो हंसी की ही बात है।

दूसरे दिन मालकिन धाई की खोज में निकलीं। कुछ देर के बाद एक धाई लाकर हाज़िर हुई। आज यह देखेंगी कि काम-काज कैसा करती है, कल से उसकी बहाली होगी। खुशी को जो थोड़ी बहुत आश-उम्मीद थी वह भी ख़तम हो गई, पर बात वह इतनी जल्द भुला नहीं पाया।

सोमवार की दोपहर को खाने-पीने के बाद उन्होंने धाई को भगा दिया एक तो काम-काज कुछ भी नहीं जानती, इसपर कितनी गन्दी है! इसे क्या रखा जा सकता है? धाई को विदा करने के कुछ ही देर बाद उन्होंने खुशी को बुला कर भुनी बादाम ख़रीद लाने को कहा। खुशी गरम भुना बादाम ख़रीद ले आया और घर के दरवाज़े पर खड़ा हो गया।

"अन्दर ले आओ।" भीतर से मालकिन बोलीं।

खुशी मालकिन के घर में घुस पड़ा। वे दर्पण के सम्मुख खड़ी होकर गालों पर पाउडर लगा रही थीं। पहनावे में घुटने तक बैंगनी रंग की गाऊन है, हल्के हरे रंग का पाजामा दिखलाई पड़ रहा है। दर्पण के भीतर ही खुशी को प्रवेश करते देख वह मुड़ कर खड़ी हो गईं। उनके चेहरे पर हंसी है। इस हंसी भरे चेहरे पर हठात् खुशी को बाघिनी के मुंह की छाया देखने को मिली। काफ़ी कच्ची उम्र है, और इतनी सुन्दर है यह बाघिनी। वह जड़वत् खड़ा रह गया। उसकी आशा, भय सभी जैसे उड़ गए हों। वह असह्य गर्मी मानो उसकी सारी देह को तरेर रही हो! बीच-बीच में वह फूल-फूल उठता है, बीच-बीच में सिकुड़ जाता। जब वह घुसना चाहता है, भयभीत होकर ही घुसता है, शरीर में हैं, जब बाहर निकलता है, तब बिल्कुल सिकुड़

कर छोटा हो जाता है। उसकी अपनी कोई हस्ती नहीं है, अनेक दिनों का अभ्यास नहीं, तब भी जूझता ही जा रहा है। एक किसान मानो एक मज़ेदार कुआं पाकर बाल्टी गिराता है। और उठाता है, गिराता है और उठाता है। यह पद्धति भी पुरानी है, आदिकाल का कृषक भी इसे जानता है। दूसरे दिन शाम को खुशी अपने बिछावन वग़ैरह लेकर रिक्शे अड्डे पर चला आया। पहले यह घटना होने पर वह किसी से नहीं कहता, पर अब वैसे दिन नहीं रहे। शर्म पीकर हंसते-हंसते उसने सभी से कह सुनाया। यह जैसे काफ़ी मज़ेदार बात हो। पेशाब करते उसे भयंकर कष्ट हो रहा है, जलन हो रही है।

दवा बतलाने का उत्साह सभी ने दिखलाया। किस डॉक्टर के यहां जाना होगा, यह सलाह भी उसने पाई। किसी ने भी किंचित् लज्जा का अनुभव नहीं किया और सभी ने सहानुभूति दिखलाई। किसी-किसी ने काफ़ी नमक-मिर्च लगाकर अपने रोग होने की कहानी सुनाई। इन रसभरी कहानियों को सुनाते हुए उनका मन लोलुप हो उठा। प्रायः सभी छोकरे रुपये देकर यह रोग ख़रीद लाये हैं, जो थोड़ा वयस्क है, वे मालिक की उपपत्नियों से यह रोग पाते रहे हैं। तब उनकी कहानियां खुशी की कहानी से कुछ भिन्न हैं। जिन्हें यह सुयोग नहीं मिला, उन्होंने अपने मालिक और उनकी उप पत्नियों की अनेक कहानियां कह सुनाई। खुशी के इस मामूली रोग से मानो सभी के मन के द्वार खुल गए।

खुशी को अब और लज्जा नहीं रही। रोग लेकर उसने नखश दिखलाया, यह ठीक है, पर शान्त हो गया। यह जैसे सर्दी लग गई है, और क्या! दो दिन के बाद ही अच्छा हो जाएगा। दर्द होते ही थोड़ा बहुत पश्चात्ताप नहीं हुआ, ऐसी बात नहीं। पर दर्द के दूर होते ही अनुभूति के आनन्द से उसका मन भर उठा। नहीं, इसे लेकर वह किसी हालत में उत्तेजित नहीं होगा। जीवन की कितनी कीमत ही है। यह तो वह अच्छी तरह जानता है। इतनी सोच-फ़िक्र करने से फ़ायदा ही क्या है?

डॉक्टर की फीस और ताजी दवाओं में उसके प्राय: दस डालर निकल गए। अपने को नीरोग मान कर उसने फिर दवा नहीं कराई, पर रोग का बीज रह ही गया। मेघों से भरे दिन में या ऋतु परिवर्तन के समय उसकी जांघों और हड्डियों में दर्द उठ जाता। फिर कई दिनों तक वह दवाएं इस्तेमाल करता, या कभी नहीं भी करता। उसे ऐसा ही लगता कि मामला जैसे कुछ नहीं है। जीवन ही जब तीता हो गया है, तो शरीर पर ध्यान देकर क्या होगा? एक मक्खी तक इस तरह का मज़ा मिलने पर नहीं छोड़ती, उसके समान ऐसा जवान मर्द, थोड़ा-बहुत आनंद उठाने के बाद दु:खी क्यों होगा?

रोग एक तरह से अच्छा हुआ ज़रूर, पर खुशी की देह तोड़कर। वह वैसा ही है, पर साहस और उत्साह मानो बुझ गये हैं, कन्धे भी जाने कैसे झुक गए हैं। होठों के बीच हमेशा एक सिगरेट लगी रहती है। कभी-कभी वह अधजली सिगरेट को कान में खोंस लेता है। वहीं रखने की अच्छी जगह है, ऐसी बात नहीं, पर वहां खोंसे रहने से उसका साहस जैसे कुछ बढ़ जाता है। अब भी बक-बक करना वह पसन्द नहीं करता। जब मुंह खोलता है, तो अश्लील भाषा ही इस्तेमाल करता है। अब भी इसमें वह आदत नहीं पड़ी, बिल्कुल मुंहफट हो गालियों की वर्षा नहीं कर सकता, पर काम चलाने लायक़ उसने सीख लिया है। इतने दिनों तक मानो सभी कामों में मन रोकता रहा, अब सारे बन्धन वह तोड़ चुका है। उसकी चाल-ढाल भी अब बदल गई है। वह शान्त-शिष्ट खुशी अब नहीं रहा, चेहरे पर तीखेपन की छाप आ गई है।

पर रिक्शावालों की जात के साथ तुलना करने पर अब भी उसे बिल्कुल गया-बीता नहीं कहा जा सकता। बीच-बीच में जब वह अकेला रहता है, तब अपने को सुधारने की इच्छा प्रबल हो उठती है। इस तरह एक-एक कदम नीचे पतन की ओर जाना वह नहीं चाहता। मान लिया कि आशा-आकांक्षा

का कोई मूल्य नहीं है, पर अपने को इस तरह सर्वनाश के पथ पर ठेल देना ही कोई बुद्धिमानी की बात नहीं। ऐसे समय फिर एक नया रिक्शा ख़रीदने की इच्छा से वह अभिभूत हो जाता है। तीस डालर की पूंजी में से उसके दस डालर रोग में ख़र्च हो चुके हैं, यहीं पर वह अपने ही हाथों छला गया है, पर अब भी बीस डालर तो हैं। इन्हीं बीस डालरों से वह शुरू करेगा, उसके बाद ठीक इन्तज़ाम हो जाएगा। दूसरों की तरह वह नहीं है। खोखली आवाज करना उसने नहीं सीखा। इस तरह की चिन्ताओं से जब वह अभिभूत हो जाता, तब सिगरेट का बक्स फेंक देने की इच्छा होती। प्रतिज्ञा करता, अब कभी वह शराब नहीं छुएगा, रुपये जमा करना शुरू करेगा। रुपये जमाने की चिन्ता से उसका मन हटकर रिक्शा ख़रीदने की बात पर आता। रिक्शे की बात याद आने पर छोटी लक्ष्मी की याद आती। कल्पना में भी उसकी आकृति सामने आ जाने पर वह शर्म से गड़ जाता। वह जो वहां से चला आया, फिर कभी लौटकर नहीं गया। कैसे जाएगा? अपनी उन्नति की चेष्टा तो उसने की नहीं बल्कि एक बुरे रोग से अपना शरीर नष्ट कर बैठा।

पर दोस्तों के बीच रहने से ये चिन्ताएं उसे अभिभूत नहीं कर पातीं। वह उनके साथ बैठकर सिगरेटें फूंकता, मौका मिलने पर दो-एक कुल्हड़ शराब भी पी लेता। छोटी लक्ष्मी को बिल्कुल ही भूल जाता। यह सही है कि उनकी मंडली में जाकर उन्हें मजा पाने का उपाय नहीं बतलाना पड़ता, पर वे जो कहते हैं वह उनका समर्थन करता जाता है। रोज़ चौदह-पन्द्रह घन्टे वह खटता है, इसके अलावा जीवन में बहुत अन्याय उसने सहे हैं, ग्लानि उसे कुंठित कर जाती है। भाई-बिरादरों के साथ गप करने बैठ जाता है, उनके साथ थोड़ा-बहुत मजा लूटने से नहीं चूकता। सभी कुछ भूले रहने के लिए यही तो एक मात्र रास्ता है। उसके जीवन की आशा-आकांक्षा के बीच यह मौज मानो एक बहुत बड़ी दीवार है, सब कुछ ढंक देती है। वह सुखी होना चाहता है, मजा लूटना चाहता है, इसके बाद नींद आकर सब कुछ ढंक देगी! आसमान तब मेघों से भले भर जाए, पृथ्वी पर भले ही अंधेरा छा जाए, इससे हर्ज ही क्या है? कौन यह नहीं चाहता, कहो? जीवन में तो आशा की एक बूंद नहीं है, जीवन नहीं, मानो यह मात्र निराशा हो!

सिर्फ़ अफ़ीम का विष, शराब और औरत ही कुछ क्षणों के लिए रोग के किटाणुओं को सोई अवस्था में रख सकते हैं, विष से विष दूर होता है। एक दिन प्रात:काल विप के ये कण उसके हृदय तक पहुंच जाएंगे, इसके बाद सब समाप्त! कौन इन बातों का नहीं जानता! पर इनसे सुखी जीवन की सच्ची प्रसन्नता वहां कहां पाएगा।

खुशी उपने ऊपर क्रुद्ध हो उठा। किसी भी भांति वह अपने को लगाम नहीं दे पा रहा। जीवन में वह कभी किसी चीज से नहीं डरा, पर अब वह परिश्रम के काम से कंतराना चाहता है। अपनी सुख सुविधा की ओर ही उसका विशेष ध्यान है। वर्षा या तूफ़ान आने पर अब वह रिक्शा बाहर नहीं निकालता। शरीर में थोड़ा भी दर्द होते ही वह तीन-चार दिन तक बिछावन पर पड़ा रह जाता। अपने ऊपर की ममता ने उसे स्वार्थी बना दिया है। बन्धु-बान्धव को एक भी पैसा क़र्ज देना वह नहीं चाहता। साधारण पूंजी लेकर बैठा रहता है। यह पूंजी वह अपनी दुर्दशा के समय भंजायगा, इसके पहले नहीं। सिगरेट और शराब बांटे जा सकते हैं पर रुपये क्या प्राणों से निकाल कर दिए जा सकते हैं?

उसकी हालत और सभी लोगों से भी खराब है। विश्राम करते-करते वह काहिल हो गया। अब थोड़ा भी काम करने पर वह हांफ उठता है, जाने कैसा नीरस-सा लगता है। इस नीरसता को हटाने के लिये ही प्राय: शराब, औरत या अनेक प्रकार के व्यंजनों की उसे जरूरत महसूस होती है। जब कभी उसके मन में यह बात आती है कि इस तरह रात-दिन बिता देना अच्छा नहीं, तब उसका मन वही पुराना बंधा उत्तर

देता, 'अनेक आशाओं के साथ तो हमने शुरू किया था, क्या हुआ हमारा?' मानो किसी ने उसके उत्तर को कुदाल से काट काटकर खोद दिया हो। कोई उसके इस प्रश्न का जवाब नहीं दे सकता, प्रतिवाद नहीं कर सका। ऐसा कौन है जो सीधे खुशी को नरक में जाने से रोक सकता है? ऐसा कौन है यहां?

जब पीकिङ्ग में पहले-पहल आया था, तब खुशी की एकमात्र यही आशा थी कि वह रिक्शा खींचेगा, पर अब रिक्शा खींचने से भी उसकी वितृष्णा हो गई। इन दो चक्कों की गाड़ी लेकर दोड़ा-दौड़ी करने के बजाए वह रुपए पैदा करने का कोई और सीधा रास्ता खोजने लगा। आनन-फानन ही पुराना धन्धा छोड़ते न बना, पर जब कभी किसी दूसरे उपाय से कुछ पैसे कमा पाता, तब वह रिक्शा में हाथ नहीं लगाता।

इसी प्रकार दिन बीतने लगे। उसका शरीर काहिल हो गया, पर कान खुले रहे। अफ़वाह सुनते ही अब वह निकल पड़ता है, चाहे वह ब्याह का अथवा मुर्दे ढोने का या इसी तरह का कोई भी जुलूस क्यों ने हो। बीस सेन्ट, यह भी बुरा क्या है! कभी-कभी तीस सेन्ट भी पाता है। इन कुछ पैसों के लिए या कभी इनसे कम पैसों के लिए हाथ में भर दिन झंडा लेकर वह भीड़ के साथ तिरछे-सीधे चलता।

झंडे में क्या लिखा हुआ है, इतने लोग चल क्यों रहे हैं, इन सब बातों को कभी उसने नहीं सोचा। रिक्शा खींचने के काम से यह काम कहीं अच्छा है, इतना भर वह जानता है। ख़ूब पैसे नहीं मिलते, यह ठीक है पर उतनी ताक़त भी खर्च नहीं होती। भीड़ के साथ एक सिल्क का झंडा पकड़े सिर्फ़ बढ़ते जाना होगा। सिगरेट का टुकड़ा होठों के बीच लगा रहेगा। चूं करने की ज़रूरत नहीं। सिर्फ़ आगे बढ़ने से ही हुआ। कितना सीधा काम है! कभी-कभी जरूरत पड़ने पर चिल्लाना भी पड़ता है। पर खुशी नहीं चिल्लाता, सिर्फ़ मुंह बा देकर ऐसा दिखलाता है मानो वह ज़ोर से चिल्ला रहा है, पर असल में वह आवाज़ तक नहीं निकालता। चिल्ला कर गला बर्बाद करना वह नहीं चाहता।

यह सब नहीं, सिर्फ़ यही सब नहीं, किसी काम में उसका उत्साह वैसा नहीं है, परिश्रम करना भी वह नहीं चाहता। एक दिन भरपूर परिश्रम उसने किया था, उसका क्या फल मिला? झंडा लेकर जुलूस के साथ जाता है। चिल्लाने के जैसा बहाना करता है, पर कभी यह जानना नहीं चाहता कि इस जुलूस का उद्देश्य क्या है? यहां तक कि जुलूस के भीतर किसी प्रकार का हंगामा होते ही वही सबसे पहले खिसक जाता है। अभी वह काफ़ी तेज दौड़ सकता है। अपना जीवन वह इसी तरह नष्ट कर रहा है, पर किसी के लिए बिन्दु मात्र भी स्वार्थ, त्याग करने को वह राजी नहीं। जो सिर्फ़ अपने ही लिए परिश्रम करते हैं, वे जीवन को ध्वंस के पथ तक ले जाना भी भली-भांति जानते हैं। व्यक्ति-स्वातन्त्रय का यह एक ज़बरदस्त विद्रूप है।

शरत्काल प्रायः शेष हो चुका है। खुशी उस दिन भोर में रिक्शा लेकर निकल पड़ा। और क्या करता? जुलूस-बलूस भी आजकल वैसे नहीं निकलते। वह धीरे-धीरे शहर के पश्चिम की ओर चला। रास्ते में लड़की ने उसे पुकारा। लड़की की उम्र बीस वर्ष से अधिक नहीं होगी। उसने उसे 'चिगंहुआ विश्वविद्यालय पहुंचा देने को कहा। सीधा-साधा नीले रंग का गाऊन उसके पहनावे में है। खुशी को व छात्रा के समान ही लगी। इनकी सवारी ले जाने में कोई विशेष फ़ायदा नहीं, पैसे अधिक नहीं मिलते! कोई कहीं जाना चाहे, तो उसे गाड़ी पर बैठा कर ले जाना ही होगा, यह कोई ज़रूरी नहीं। इसके अलावा

वह जगह भी मनहूस है! अपना पहला रिक्शा तो उसने वहीं खोया। वह आसानी से राज़ी नहीं हुआ। मोल-तोल करना शुरू कर दिया। असल में उतनी दूर जाने की उसकी इच्छा ही न हुई। इतना काहिल वह हो गया है! पर लड़की भी नाछोड़ बन्दा ठहरी! उसके मुंह की ओर देख, उसे पहचान पाकर लड़की बोली, "मैं जानती हूं चिंगहुआ कितनी दूर है। मुझे यह बतलाना नहीं होगा! कितना चाहते हो, कहो? जो भाड़ा चाहोगे, वही मिलेगा।"

इतने सहज भाव से लड़की यह बात बोली कि खुशी राज़ी हुए बिना नहीं रह सका। टॉवर पार कर पश्चिम फाटक के पास पहुंचते ही गाड़ियों की भीड़ दिखलाई पड़ी। गांवों से सवारियां लेकर रिक्शे आ रहे हैं। किसान शहर में आ रहे हैं, बंधे कोबी से भरी हुई गाड़ियां आ रही हैं। ठेला-गाड़ियां भी असंख्य हैं! बड़े लोगों की दो-एक चेयर-गाड़ी भी दिखलाई पड़ रही है। कुली लोग परेशान दीखते हैं। भीड़ के भीतर सवारी लेकर खुशी के घुसते ने घुसते धूल की आंधी उठाती एक मोटर भोंपू बजाती-बजाती आ धमकी। मोटर और उसके भोंपू से खुशी को काफ़ी घृणा है। उसने निश्चय किया कि मोटर चाहे जितना भोंपू क्यों न बजाए और ड्राइवर चाहे जितनी ही गालियां क्यों न बके, वह टस से मस नहीं होगा। इसके बाद जो होगा, देखा जाएगा!

गाड़ी थोड़ा आहिस्ता चल रही है, पर भोंपू ठीक बज रहा है। भीड़ में भीतर से रास्ता बनाती हुई गाड़ी आ रही हैं। सवार लड़की ने चिल्लाकर उसे सावधान हो जाने को कहा, पर खुशी उसकी चिल्लाहट पर ध्यान न देकर चुप खड़ा रह गया। हाथ से मूठ तक फिसल पड़े। आंखों में प्रतिशोध की आग जल उठी, इस यन्त्र-दानव के मटमैले कांच की ओर उसने नजर घुमा कर देखा। यह यन्त्र उस पर हुक्म चला रहा है, ज़रा देखो न! दौड़ कर भागो, नहीं तो दब मरोगे! वह भागेगा तो हर्गिज नहीं, दब ही जाएगा। उसे हटते न देखकर गाड़ी पास के ही कूड़ा-कर्कट के जंगल पर जाकर खड़ी हो गई। रिक्शा और ठेला गाड़ी की भीड़ भी रुक गई कोई जख्मी नहीं हुआ, पर ऐसी चिल्लाहट मची मानो कोई ट्रेन-दुर्घटना हो गई हो!

गाड़ी का चालक क्रोध में गाड़ी से कूद पड़ा। उसके आत्म-सम्मान को ही सिर्फ़ धक्का नहीं लगा। उसके रईस मालिक एक पारिवारिक उत्सव में जा रहे थे, बीच में यह फसाद होने से नाहक देर हो गई! आत्म-सम्मान बचाने के लिए ही वह खुशी के पास आकर गन्दी गालियां बकने लगा। आजकल मार-पीट की विद्या खुशी सीख चुका है। इसके आलावा देह की ताक़त भी है। उसकी इच्छा हुई कि सारी शक्ति के साथ वह अपने इस प्रतिद्वन्द्वी पर टूट पड़े, तभी उसके सम्मान की रक्षा हो सकती है। खुशी उत्तेजित हो उठा। सूर्य का प्रकाश मुहूर्त के लिए जैसे और भी उज्ज्वल मालूम पड़ा।

पहले स्वप्न में भी लड़ने के लिए तैयार रहने की बात उसके मन में नहीं आती थी, पर अब आदत हो गई है। यह भी तो फुर्ती दिखलाने का एक रास्ता है, मार-पीट की बात मन में आने से भी हंसी आती है।

मोटर का चालक उसके सामने खड़ा है, गालियां बक रहा है। उसके पहनावे में विदेशी पोशाक है, पचास-साठ डालर इसकी कीमत होगी। बातों के बीच में ही खुशी ने उसकी क़मीज़ की बांह धर दबाई। रोगी, बिल्कुल ही रोगी है, यह बड़े आदमी का कुत्ता! हाथ में जैसे मांस ही नहीं हड्डियां ही हड्डियां है! इतने ज़ोर से उसने पकड़ रखा है कि भले आदमी को तकलीफ़ हो रही है, उसकी चौड़ी हथेली काले पसीने का दाग़ उसके कीमती पोशाक पर लगा रही है, यह दाग़ किसी तरह नहीं मिटने का। खुशी जानता है, ये सब साहबी पोशाक पहने हुए बाबू लोग पोशाक गन्दी होने के डर से कितना उछल पड़ते हैं। उनकी इस

तरह तड़क-भड़क की रोबीली पोशाक के नीचे वाले डरपोक मन की ख़बर भी खुशी रखता है इसलिए जो बाबू भैया उसका वाजिब भाड़ा दिए बिना ही जाना चाहते हैं, उन पर वह यही कौशल लगाता है। उनकी पोशाकें ही केवल ख़राब नहीं होतीं, बल्कि खुशी की शक्ति से परिचय पाकर वे घबड़ाकर भाड़ा चुका देते है। उनकी क़मीज़ पर उसकी हथेली की छाप तो उपहारस्वरूप है, पर इस उपहार को देकर दाता खुशी ख़ूब ही खुश हो उठता है।

और एक चीज उसने सीखी है। तीखेपन से देखना वह जानता है। यही देखिए न, मोटर चालक के ऊपर वह किस तरह घूर रहा है मानो इस बेजन्मा बेटे को फौरन भस्म कर देगा। गोलमाल देखकर एक पुलिस हाजिर हुआ। उसका काम है मोटरों के यातायात का रास्ता साफ़ करना। खुशी उसे देखकर भयभीत नहीं हुआ। ऐसे अवसर पर मुंह खोलना पड़ता है, लात घूंसे की यहां ज़रूरत नहीं। पुलिस को जी भर गालियां सुना देना चाहिए। इसके बाद यदि दो-तीन सप्तोह जेल खटना पड़े तो हर्ज क्या है। मन की मुराद मिटा इतने सस्ते गालियां देने का आनन्द जो प्राप्त हो गया। पर पुलिस या खुशी, किसी के कुछ कहने के पहले ही लड़की रिक्शे से उछल पड़ी।

"मैंने देखा, मोटर चालक का ही दोष है! इतनी जल्दी वह गाड़ी हंफाए लिए आ रहा था कि हम लोग हकचका गए। बेचारे रिक्शावाले का कोई दोष नहीं।"

लड़की की बातों पर पुलिस ने ध्यान नहीं दिया। कुछ ही क्षण पहले उसने निश्चय कर लिया था कि रिक्शावाले को पकड़कर दो-चार धौल जमाएगा, लाठी बरसाएगा। एक ओर प्रकांड गाड़ी का मालिक और दूसरी ओर रिक्शावाला छोकरा–यहां कोई द्विधा नहीं। उसका कर्तव्य ऐसी हालत में साफ़ है। रिक्शावाला असहाय है, पैसेवाला भी वह नहीं है, उस ओर गाड़ी का मालिक है, बड़ा आदमी है, अनेक बड़े-बड़े उसके हित-मित्र होंगे, यहां तक कि सरकार भी उसके हुक्म से उठेगी, बैठेगी।

छात्रों की बात अलग ठहरी। उनके पास रुपये हो भी सकते हैं, नहीं भी हो सकते, पर कोई न कोई उनके प्रतिपालक है ही, स्कूल-कालेज में पढ़ने के लिए तो पैसे चाहिए। चाहे तुम उन्हें जितनी भी घृणा क्यों न करो, वे बड़े खतरनाक व्यक्ति हैं। भाषण देते हैं और जुलूस लेकर चलते हैं। संभव है कि तुम्हारे यहां भात की हांडी इस गाड़ी के मालिक की दया से ही चढ़ती हो पर छात्रों के विरुद्ध जाना भी मुश्किल है। इस तरह की परिस्थिति पैदा कर देंगे कि तुम्हारी नौकरी जा सकती है।

लड़की बार-बार एक ही बात बोली, "हां, हां, गाड़ी का ही दोष है। तुम क्या सोचते हो कि रिक्शेवाले ने जान-बूझकर गाड़ी से धक्का लगाया है?" वह पुलिस या मोटर चालक किसी से हार मानने के लिए तैयार नहीं खुशी आवाक रह गया। उसने चालक की क़मीज़ की बांह छोड़ दी और चुप खड़ा रहा। सच तो, लड़की हिमाक़तवाली है।

"चलो,-चलो, बहुत काम पड़ा है, यहां खड़े रहने से नहीं चलेगा। उन्हें यहां खड़ा होकर झगड़ा करने दो न! तुम चले आओ।"

लड़की ने रिक्शे पर बैठते हुए फिर पुकारा। खुशी ने दोनों मूठ उठाते हुए एक बार उनकी ओर देखा। उसके मुंह पर अब भी अवहेलना का भाव छाया है। इस बार मोटर चालक दाग़ लगे हुए पानी पोशाक की ओर देख गालियां बकने लगा, पर पुलिस का सिपाही निरुपाय था। वह अब तक यह नहीं ठीक कर पाया कि इस छात्रा की या गाड़ी के मालिक की - इन दोनों में किसकी हैसियत ऊंची है ! किसको पकड़कर एक आफत मोल ले। गाड़ी के भीतर से एक आवाज़ सुनकर उसकी चेतना लौटी। तब तक रिक्शा पश्चिम फाटक की भीड़ में मिल चुका था।

खुशी आजकल तेजी से नहीं दौड़ता। उसने यह तय कर रक्खा है कि बिना अधिक पैसे पाए तेजी से नहीं दौड़ेगा। ऐसी ही धीमी चाल से चलेगा। इसलिए कोई सवारी यदि तेज़ी से दौड़ने के लिए कहता है, तो वह ज़मीन पर पांव पटककर खड़ा हो जाता है और ठिठक कर पूछता है, "ज़ोर से चलने के लिए कह रहे हैं, न मालिक? भाड़े से कितना ज़्यादा देंगे?" हृदय का ख़ून पानी हुआ जा रहा है, इतनी भद्रता दिखलाने से नहीं चलेगा। कोई खुश होकर उसे कुछ बख़्शिश दे जाएगा, यह विश्वास ही नहीं होता। भाड़ा ज़्यादा नहीं पाने पर बेशी ताक़त खर्च करने से कोई फ़ायदा नहीं।

इस लड़की को देखकर ज़्यादा भाड़ा पाने की बात मन में नहीं उठती। इसकी मानो छोटी लक्ष्मी की भांति ही भक्ति करने की इच्छा होती है, उसे वह अपने पांवों का ज़ोर दिखा देगा। भाड़ा लेकर जो मोल-तोल किया, इसके लिए उसे लज्जा होने लगी। छिः छिः लड़की के साथ ऐसा सलूक करना अच्छा नहीं हुआ! अपनी भाव-भंगिमा से मानो वह बतला दे रहा है कि इसके लिए वह शर्मिन्दा है। खुशी इसी तरह की विचार-धारा में खो पश्चिम फाटक पार कर उत्तर-पश्चिम की सीधी सड़क पर दौड़ने लगा। इन कई महीनों के बीच वह इतनी तेजी से नहीं दौड़ा था।

कुछ क्षणों के बाद लड़की ने मुंह खोला। पुलिस के साथ लड़की की बातचीत सुनकर खुशी चमक उठा था। इस बार और भी अवाक् होना पड़ा, "चाहे जितना भी भाड़ा मिले, इतनी तेज़ी से मत दौड़ो भाई। तुम लोग कोई पशु तो हो नहीं!" अनिच्छा रहते भी खुशी वे वेग कम कर दिया। "कुछ बातें तुमसे पूछना चाहती हूं।" लड़की बोली, "पर इसके पहले यह तो बतलाओ कि तुम्हारा नाम क्या है?"

खुशी ने गर्दन घुमाकर देखा, उसके मुह पर प्रसन्नता की छाप है उसने अपना नाम बतला दिया। "राजबन्दियों की मुक्ति के लिए जो जुलूस निकला था, तुम उसमें थे न? तुम्हें झंडा पकड़े हुए उस भीड़ के साथ देख चुकी हूं। वहां क्यों गए थे भाई? अपनी मेहनत बेचकर दो-चार सेन्ट कमाने गए थे क्या?" खुशी लज्जा से लाल हो उठा। कैसा जलूस था, वह नहीं जानता, पर लड़की ने उसे देखा होगा। अपने सामने ही मूर्ख लग रहा है। जीवन में इस तरह कोई उसे लज्जित नहीं कर सका था। पैसे कमाने के लिए ही तो यह लज्जा उसे उठानी पड़ी। अपने नाम के अक्षर तक वह नहीं पहचानता, फिर कैसे बतला सकता कि झंडे में क्या लिखा था।

"लिखना-पढ़ना नहीं जानता, यह ठीक है, पर मुझे भी तो भूख लगती है।" एक-एक शब्द का उसने धीरे-धीरे स्पष्ट उच्चारण किया। उसके दौड़ने की गति भी कम हो गई है, और अब वह प्रायः चल ही रहा है।

"समझी.....समझी!" लड़की ने बीच में ही टोका। उसके स्वर में सहानुभूति फूट उठी है। भाड़ा लेकर मोल-तोल करते हुए खुशी को भी इस सहानुभूति का अन्दाज़ मिला था।

"नहीं-नहीं, तुमने कोई गलती नहीं की। तुम जानते हो, या नहीं जानते, इससे कुछ नहीं होने-जाने वाला, तुम भी हम लोगों की सहायता कर रहे हो, यही क्या कम है। मैं सिर्फ़ यह कह रही थी कि यदि तुम उस जुलूस का कारण नहीं समझ सके तो मैं तुमको समझा देती हूं।"

लड़की ने तब राजबन्दियों की कहानी सुनानी शुरू की। छात्र-छात्राएं क्यों आज उनकी मुक्ति के लिए सचेष्ट हैं, यह बात भी बतलाई। उसे कहानी सुनाते हुए वह और भी कई क़िस्म की बातें कह गई। खुशी कुछ तो थोड़ा समझ सका, कुछ बिल्कुल ही नहीं समझा, पर उसे लगा कि जो दुःख दुर्दशा इतने दिनों तक भाषाहीन होकर पेट में सड़ रही थीं, आज जैसे इस लड़की के मुंह से उसने भाषा पाई है। इतने दिनों से वह यही सोचता आया कि उसकी दुःख-दुर्दशा मानो केवल उसकी ही है, पर आज ऐसा नहीं मालूम पड़ा। उसके मन का जैसे कोई कोई नया द्वार ही खुल पड़ा हो।

एक बात उसे साफ़ मालूम हो गई, लड़की अत्यन्त भली है, स्वार्थ पर जरा भी नहीं। वह उसकी कोई बुराई करना नहीं चाहती। विश्वविद्यालय पहुंचने पर उसके बाज़िब भाड़े से कहीं ज़्यादा भाड़ा उसने उसके हाथ पर रख दिया। खुशी लेने को राजी नहीं हुआ पर लड़की उससे बोली, "हम लोग दोनों ही ग़रीब हैं, पर मेरी अपेक्षा तुम्हें रुपयों की ज़्यादा ज़रूरत है। लो रुपये लो!"

पश्चिम शहर के एक चायख़ाने में बैठ कर खुशी ने इस सारे घटना पर बार-बार सोचा, कोई कूल-किनारा उसे नहीं मिला। अन्त में उसने यही सोचा कि अब और वह नहीं सोचेगा। लड़की जो बातें कह गई, वे बिल्कुल सच्ची हैं, पर वे क्या कभी कार्य रूप में परिणत होंगी? कार्यरूप में परिणत होने से भी उसे क्या फ़ायदा? उतने रुपये आएंगे कहां से? लड़की की बातें औसतन अच्छी हैं, पर रुपये, उतने रुपये नहीं हैं। रुपये देकर अच्छे-बुरे खाने, शराब सभी कुछ ख़रीद सकते हो, मन में आते ही 'सफ़ेद घर' भी जा सकते हो, रुपयों की जितनी कीमत है, लड़की की बातों की उतनी कीमत नहीं!

अनुभूति जीवन को उर्वर बना जाती है, संभवत: यह बात खुशी अब तक नहीं समझ पाया। जिन अनुभूतियों से होकर तुम गुजरे, वे ही अनुभूतियां तुम्हारा व्यक्तित्व खड़ा कर देंगी। चाम की मरुभूमि में कभी कमेलिया के पेड़ों में फूल नहीं खिलते। खुशी जीवन के छोटे खेतों में घुसकर पहचान सका, इस समय वह अपने भाई-बिरादरों से अच्छा भी नहीं है, साथ ही बुरा भी नहीं है। वह उनमें से ही एक है, उनकी ही तरह रिक्शा खींचते-खींचते उसे इस धन्धे पर घृणा हो आती है। इस समय मन भी उसका विशेष हल्का हो गया है। बन्धु-बान्धव भी काफ़ी जुट गए हैं। अब वह एकाकी नहीं। सभी कौए तो काले हैं। केवल उसके ही पंख सफ़ेद होने से क्या होगा? वह चाहता भी नहीं।

अब पहले की अपेक्षा वह और भी दृढ़ हो गया है। पुलिस-वुलिस की परवाह नहीं करता, पुलिसवाले भी खुशी को गंवार समझते, पर उन्हें पास फटकने का साहस नहीं होता। ग़रीब तो इसी तरह के गंवार होंगे ही। वे खटते-खटते अपना जीवन क्षय कर देते हैं, पर उनके खटने का कोई अर्थ ही नहीं निकलता। जीवन में वे प्रतारित होते हैं, उनकी ज़िन्दगी में शून्यता आती है। यही शून्यता उन्हें नीरस, वीभत्स बना जाती है। चलित समाज-व्यवस्था के ऊपर वे इसी तरह प्रतिशोध लेते हैं।

शहर में शीत ऋतु पुन: आई। मरुभूमि से बालू का तूफ़ान दौड़ता हुआ पहुंचा, तुषार पड़ा। रोज रात को दस आदमी फुटपाथ पर मरने लगे। इन्हें झोपड़ी तक नहीं। इतने दिनों तक रास्ते-रास्ते ही आशियाना बनाते आए, इस बार शीत में साफ़ हो गए। रात में आंधी की आवाज़ सुनते ही खुशी कम्बल लपेट लेता है। जब तक इस भंयकरं चीते का चीत्कार, शैतान का रोना नहीं रुकता तब तक वह कम्बल में सिर घुसाकर पड़ा रहता है। उसके बाद अनिच्छा रहते भी उठ पड़ता है। रिक्शा लेकर बाहर निकले या नहीं निकले, यही सोचते-सोचते समय निकल जाता है। रिक्शे के मूठ पकड़ने की बात से ही मन कांप उठता हैं। ओफ! कितनी ठंडक हो गई है, कौन जाने! इसके अलावा हवा भी ख़राब है। हवा की तीखी आवाज़ सुनते ही शरीर जाने कैसा हो उठता है।

इतनी प्रबल जो हवा है, उसकी भी सूर्य अस्त होने के समय गति मन्द हो जाती है। डूबते हुए सूर्य से वह डर जाती है शायद बीच-बीच में सूर्यास्त के बाद हवा बिल्कुल चुप हो जाती है। गोधूलि की आभा तब बिखर पड़ती है, पश्चिम दिशा की ओर गुलाबी रंग दिखलाई पड़ता है। खुशी ऐसी ही एक संध्या को रिक्शा लेकर रास्ते पर निकल पड़ा। उद्देश्यहीन होकर इस रास्ते, उस रास्ते घूमते रहा। शरीर में उसके ताक़त नहीं, मन में भी उत्साह नहीं। मुंह में चिपटी हो गई सिगरेट का एक टुकड़ा दाबकर घूमने लगा। आसमान में मेघ जमा हो रहे हैं, काले हो उठे हैं, उसने ठीक किया कि जल्दी-जल्दी दो-चार सवारियां

खींचकर वह आशियाने में लौट जाएगा।

रोशनी भी उसने नहीं जलाई, इतना आलसी हो गया है। रास्ते में एक-एक कर पांच पुलिस वालों ने जब इस बात से उसे आगाह किया, तब जाकर कहीं उसने रोशनी जलाई।

नहवत दरवाज़े के पास उसे एक सवारी मिली, पर दौड़ने की उसे इच्छा नहीं हुई। एक तरह से पैर घसीटते हुए ही वह चला। उसे समझते देर नहीं लगी कि सवारी उसे निखट्टू घोड़ा ही समझ रही है। उससे क्या? पहले की तरह वह ज़ोर से दौड़ने के लिए क्या एक पैसा भी बेशी देगा? रिक्शा खींचने का अवश्य ही वह ढंग नहीं; पैर घसीटते-घसीटते यह एक तरह का चलना ही है। सिर से पसीना चूने लगा, पर उसने जरा भी ध्यान नहीं दिया, धीरे-धीरे आया। आज खुशी लम्बी और ढीली पोशाक पहनकर ही रिक्शा चला रहा था, पोशाक खोलकर उसने कुर्ता नहीं बदला था। ऐसी गन्दी पोशाक पर औरों ने तो ध्यान नहीं दिया, पर कुत्ते ने ललकारा। कुत्ते के सामने उसे अपनी पोशाक की विचित्रता महसूस हुई। दोनों मूठ नीचे रखकर उसने झाड़न से कुत्ते को धमका भगाया। कुत्ते की छाया फिर देखने को नहीं मिली। खुशी कुछ क्षणों तक चुप खड़ा रहा। क्या ठिकाना, कुत्ता फिर न लौट आए! पर कुत्ता नहीं लौटा। खुशी अस्फुट स्वर में बड़ाबड़ाकर बोला, "बेजन्मा बेटा! सोचता था, जैसे डर से हम सहम गये हों!"

सवारी विरक्त होकर बोली, "तुम किस तरह के रिक्शावाले हो जी? क्या अंट-संट बक रहे रहो?"

खुशी की छाती में सहसा एक धक्का लगा। स्वर जैसे ख़ूब ही पहचाना हुआ है. . .है न? गली बिल्कुल अंधेरी है। रिक्शे की रोशनी अवश्य ही तीव्र है, पर उससे केवल नीचे का रास्ता ही देखा जा सकता है। यही तो...... सवारी को अच्छी तरह वह नहीं देख पा रहा। उसके सिर पर रोएं की टोपी है, कोट और गले से लिपटी ऊनी मफ़लर के बीच उसका चेहरा धुंधला दिखलाई पड़ रहा है। हरामजादे ने मुंह इस तरह ढक रखा है कि हवा जाने की भी गुंजाइश नहीं। आंखें कैसी मिचमिचा रही हैं, जरा देखो न! गले की आवाज़ भी जैसे कुछ दबी हो। यह आदमी कौन है? खुशी इसी उधेड़बुन में सोच रहा था कि सवारी स्वयं ही बोल उठी, "अरे! खुशी हो क्या?"

खुशी ने पहचान लिया, यह सवार व्यक्ति नवकर्त्ता को छोड़कर और कोई नहीं हो सकता, नवकर्त्ता लिऊ। खुशी की सारी देह मानो सड़े हुए झोल से पुत गई।

"मेरी लड़की कहां है?"

"मर गई।" खुशी गूंगे की भांति खड़ा रह गया। ये दो शब्द उसके मुंह से निकले, या दूसरे के मुंह से, वह नहीं समझ सका।

"क्या बोले? मर गई?"

"हां, मर ही गई!"

"तुम्हारे जैसे लफ़ंगे के हाथ में पड़कर मर नहीं जाती, तो क्या ज़िन्दा रहती?"

इन कुछ क्षणों तक जैसे सब कुछ शून्य हो गया था। अब मानो उसने अपने को खोज पाया। उतर जाओ, मेरे रिक्शे से! फौरन उतर जाओ! तुम जैसे बुड्ढे को मैं मारना नहीं चाहता। उतर जाओ!"

नवकर्त्ता दोनों मूठ पकड़ते हुए कांपते-कांपते उतर गए। "कहां पर उसे दफ़न किया?"

"इसकी तुम्हें ज़रूरत?" खुशी रिक्शा के दोनों मूठ उठाकर रवाना हो गया। कुछ दूर जाकर उसने पीछे मुड़कर देखा, बुड्ढा तब भी जड़वत खड़ा हैं। अंधेरे में एक छाया की भांति वह दिखलाई पड़ रहा है।

खुशी रास्ता भूल बैठा। रिक्शे के दोनों मूठ पकड़, सिर ऊंचा उठा कर वह चलने लगा। उसकी आंखें चौंधिया गई हैं, अंधेरा मानो दूर हटता जा रहा है। किस ओर, कहां वह चल रहा है, नहीं जानता, परवाह भी नहीं करता। उसका मन प्रसन्न है; शरीर भी जैसे हल्का प्रतीत हो रहा है। बाघिनी से ब्याह करने के बाद भाग्य के थपेड़े खाकर वह पस्त हो गया था, आज जैसे एक पल में वह सभी पस्ती ग़ायब हो गई। नवकर्त्ता के कन्धों के ऊपर मानो उसने किसी जादू- मन्तर से अपने दुर्भाग्य का बोझ डाल कर छुट्टी पा ली हो। ठंडक भी वैसी नहीं लग रही, सवारी लेने की भी उसकी इच्छा नहीं है। वह चल रहा है तो चल ही रहा है। उसे लगा कि इसी तरह चलते-चलते वह अपने उन्हीं पुराने दिनों में पहुंच जाएगा, पुराने खुशी को ढूंढ पाएगा। वह खुशी परिश्रम करता है, ऊंची उसकी तमन्नाएं हैं, मन भी उसका पवित्र है।

तंग गली के भीतर की उसी काली छाया की बात मन में आ रही है। बूढ़ा ठिठक कर खड़ा है। बूढ़े को उसने जब्त किया है, नवकर्त्ता को हरा दिया है और क्या चाहिए? इस समय सबको वह पराजित कर देगा। यद्यपि बूढ़े को एक घूंसा या लाटी मारने का सुयोग उसे नहीं मिला, पर बुढ्ढा ख़ूब ही जब्त हुआ है। संसार में उसके एक मात्र स्वजन के मरने की ख़बर उसने सुना दी, पर खुशी को यह ख़बर सुनाते तनिक भी हिचकिचाहट नहीं हुई। यही तो जबर्दस्त बदला है! बेजन्मा बुड्ढा यदि इस धक्के से मर न जाए तो मरने के समान हो ही जाएगा! नवकर्त्ता के पास सब कुछ है, खुशी के पास कुछ भी नहीं; पर खुशी रिक्शा खींचकर अभी भी अपना जीवन बिता सकता है, मन में फुर्ती का भी अभाव नहीं होगा। नवकर्त्ता का क्या होगा? बेचारा अपनी लड़की की क़ब्र तक ढूंढ नहीं पाएगा। क्या मज़ेदार बात है। बुड्ढे, तुम्हारे पास रुपये हैं, मिज़ाज भी क़ाफ़ी चढ़ा है। स्वर्ग-धरती कंपा जाते हो, पर क्या हुआ? रास्ते के एक भिखारी से हार गए!

जितना ही वह सोचने लगा, उतनी ही उसकी फुर्ती बढ़ गई। उसकी इच्छा हुई, गला फाड़कर वह चिल्ला उठे, गाना गाकर सारी दुनिया को सुना दे, खुशी जीवित हो उठा है, पुनः जीवित हो उठा है। खुशी विजयी हुआ है। खुशी ने जय-लाभ किया है। रात की ठंडी हवा चेहरे पर चाबुक की तरह पड़ने लगी। फिर उसने ठंडक महसूस नहीं की, बल्कि उसे आनन्द ही आया। रास्ते की बत्तियों की दृष्टि जिसे बर्फ़ के कणों ने धुंधली बना दिया है, उसके मन में सुगबुगाहट पैदा कर गई। चारों ओर प्रकाश है, उसके रास्ते में प्रकाश की छटा बिखरी है, इसी प्रकाश का इंगित पकड़ वह अपने भविष्य के पथ पर बढ़ता जाएगा।

एक घण्टा हुआ उसने एक सिगरेट पी थी। अब और वह नहीं पीएगा। अब से वह शराब भी नहीं पीएगा, सिगरेट भी नहीं पीएगा। नया अध्याय ही उसने शुरू किया, वह फिर परिश्रम करेगा, अपने को सुधारेगा। आज नवकर्त्ता को पराजित करने की चेष्टा करेगा। नवकर्त्ता ने उसे जो श्राप दिया, वह आज वरदान सिद्ध हुआ। उसने फिर अपना रास्ता ढूंढ़ लिया है। नवकर्त्ताओं ने जिन व्यक्तियों के हौंसले तोड़ दिए हैं, वे ही तो इस रास्ते आते हैं, वे ही तो अधिकार छीन लेने का दावा करते हैं।

जितना ग़ुस्सा था, सब जैसे एक सांस में उसने ख़तम कर दिया। बाप और बेटी का प्रभाव इतने दिनों तक भूत की तरह उस पर चढ़ बैठा था, आज दूर हो गया। अब जैसे जान में जान आई। अपने हाथ-पांव की ओर उसने देखा। अब भी वह छोकरा ही है, हमेशा वह ऐसा हो रहेगा बाघिनी, नवकर्त्ता दुनिया से ख़तम हो जायें, खुशी बिल्कुल खुशी ही रहेगा। उसी तरह का हंसमुख, वैसा ही आशावान, वैसा ही जिन्दादिल। बुरे आदमियों के भाग्य बुरे होंगे, वे मर जाएंगे; जिन सैनिकों ने उसका रिक्शा छीन लिया था

वे, इयाङ्ग, वह औरत जो नौकर-चाकर को भूखों रखती थी, बाघिनी नवकर्ता, उसके रुपये ठग लेने वाला जासूसी बेटा सान और चिया–घर की वह बदचलन औरत, सभी मर कर नरक में जाएंगे। सिर्फ़ बच रहेगा खुशी, हमेशा बच रहेगा।

"क्यों रे बेटा खुशी! अब से ख़ूब खटना!" उसने अपने को एक कड़ी धमकी दी। स्वयं ही फिर इसका उत्तर दिया, "क्यों नहीं खटूंगा, कहो? मेरे पास शक्ति है, मन है, इनके अलावा मेरी उम्र भी कम है।" खुशी के मन का बोझ तो अब नहीं रहा। अब वह स्वाधीन है, इसी प्रकार उसने अपने मन को शान्त किया। अब कौन उसके रास्ते में आकर खड़ा होगा? उसका धन्धा नष्ट करेगा। उसे घर–संसार बसाने नहीं देगा, कौन-कौन ऐसा आदमी है? उसकी तरह आख़िर कौन इतनी दुःख-दुर्दशा में सिर ऊंचा कर खड़ा रह सकता था? कोई नहीं रह सकता था, सभी दुर्दशा के बोझ से पिस जाते, वह भी तो पिस गया था, पर अब वे दिन नहीं रहे, कल फिर से तुम लोग एक नये खुशी को देख पाओगे, नई उसकी आशा-आकांक्षा है, पहले से कहीं-कहीं अधिक।

इसी तरह बड़बड़ाते हुए वह रास्ता चलने लगा। पांवों की ताक़त जैसे बढ़ गई हो। तब तो बातें उसने झूठ नहीं कही। उसने नई शक्ति पाई है। उसके शरीर में दुष्ट रोग के कीटाणु घुस आए हैं। बीच-बीच में उसे बुख़ार भुगतना पड़ता है, पर इससे क्या? जब मन ही उसका बदल गया, रोग तो छू-मन्तर उड़ जाएगा, कीटाणु नष्ट हो जाएंगे–उसके लड़के-बच्चे स्वथ्य और शक्ति सम्पन्न होकर ही पैदा होंगे। हां, हां, इसमें कोई सन्देह नहीं।

तर-तरकर उसके शरीर से पसीना निकलने लगा। गला सूख आया है। प्यास मिटाने के लिए उसने इधर-उधर देखा। नहीं, नहीं चायख़ाने में वह नहीं घुसेगा। उसका अड्डा प्रायः आ ही चला है। रिक्शे को अड्डे में रख उसने एक छोटे लड़के को पुकारा। लड़का एक बहुत बड़े भांड़ में चाय रखकर बेच रहा है। फिकी और गन्दी चाय ही दो-तीन प्याली वह पी गया। बर्तन-थाली धोकर बच रहने वाले पानी की तरह ही गन्दी। निगलते हुए गले में अटकता है। मन क़ै करने को चाहता है, पर अब वह ऐसी ही चाय पीएगा..... बढ़िया चाय और व्यंजनों में वह अपने पैसे बर्वाद नहीं करेगा।

कुछ खाने को भी उसने ख़रीदा। कुछ वैसे क़ीमती खाने नहीं। कुछ कचौरियां, भीतर बंधकोबी की तरकारी दी हुई। खाते समय बालू कचकच करते हैं। निगलते उसे कष्ट ही हुआ, पर खुशी छोड़ने वाला जीव नहीं। किसी तरह वह निगल ही लेगा। नया जीवन वह शुरू करने जा रहा है, उसकी प्रथम परीक्षा के निमित उसे इन कचौरियों को हज़ार कष्ट के बावजूद खाना ही पड़ेगा। खाना ख़तम कर उसने अपने हाथ के उन्हे तौलिए से मुंह पोंछ लिया। अब वह कहां जाए?......दो जगह वह जा सकता है, दो व्यक्तियों पर उसे विश्वास है। जब उसने खटने का ही निश्चय किया है, तब इन दो आदमियों को उसे ढूंढ निकालना होगा। छोटी लक्ष्मी और चाउ–मालिक, उन दोनों से ही मिलना ज़रूरी है। चाउ-मालिक सज्जन हैं, निश्चय ही वे उसे क्षमा कर देंगे, उसे उपाय भी बतला देंगे। चाउ–मालिक के कथनानुसार चलने से उसकी दुःख-दुर्दशा फिर नहीं रहेगी। हां, छोटी लक्ष्मी की भी ज़रूरत उसे है। इन दोनों आदमियों के पाने पर वह दुनिया के साथ जूझ लेगा। खुशी मेहनत कर पैसे कमाएगा, छोटी लक्ष्मी रसोई-घर संभालेगी। कभी उन्हें अभाव नहीं होगा। वे संसार चला लेंगे।

पर चाउ-मालिक लौटे भी हैं या नहीं, क्या ठिकाना? लौटें चाहे नहीं लौटे हों, कल लांग नार्थ स्ट्रीट जाकर वह ख़बर ले आएगा। यदि उन्हें वहां नहीं पा सका, तो श्रीयुत चो के मकान पर जाकर समाचार लेगा। चो के मकान पर जा श्रीयुत चो से वह पूछ लेगा कि चाउ–मालिक कहां हैं इसके बाद सभी मामला

सुलझ जाएगा। अच्छा, आज वह शाम तक रिक्शा खींचेगा, कल भोर में ही उठकर चाउ-मालिक की खोज में निकल पड़ेगा। चाउ-मालिक से भेंट कर वह छोटी लक्ष्मी के पास जाएगा। उसे जाकर यह सुसंवाद देगा। अब तक तो वह कुछ नहीं कर पाया है, पर अब से कुछ करेगा यह उसने निश्चय किया है। छोटी लक्ष्मी की उसे ज़रूरत है। मिलकर काम करेंगे, भविष्य का रास्ता तो ऐसे ही तैयार होगा। इस तरह भविष्य का चित्र खींच वह प्रथम सवारी के पास दौड़ गया। भाड़ा ठीक होने के पहले ही अपने पहनावे की ढीली क़मीज़ उसने खोल दी, कसा हुआ कुर्ता उसके शरीर में है। ईगल पक्षी की तीक्ष्ण दृष्टि उसकी आंखों में उतर आई है। पहले की तरह शक्ति पैरों में नहीं रहने पर भी उत्तेजना वश उसका सारा शरीर गर्म हो उठा है। वह रिक्शा चला रहा है, उसका जीवन मानो रिक्शे के भीतर गतिशील हो रहा है। चाहे जो कुछ भी क्यों न हो, खुशी अब भी वही खुशी है। अभी भी दौड़ने की इच्छा होने पर वह सबों से तेज दौड़ता है। उसे हराने की ताक़त किसी में नहीं है। वह जी-जान से दौड़ने लगा। रास्ते में और दूसरे रिक्शों से प्रतियोगिता कर वह आगे बढ़ गया। एक दुर्दान्त पागलपन जैसे उसके सिर पर सवार हो।

उसके शरीर से पसीना छूटने लगा। एक ही बार भाड़ा कमा कर शरीर काफ़ी हल्का लगा। पावों में भी ताक़त जैसे लौट आई हो। वह फिर किसी सवारी की खोज में दौड़ा। रेस का नामी घोड़ा जिस तरह रेस के मैदान में आकर दौड़ने के लिए अधीर हो जमीन पर पैर पटकता है, ऐसी ही दशा खुशी की हुई। चुप होकर बैठना उसने नहीं चाहा, बैठ सका भी नहीं। ग्यारह बजे तक सवारियां लेकर वह दौड़ता रहा, उसके बाद अड्डे में रिक्शा रख आया।

सुबह के समय कपड़े-लत्ते बदल, खाना-पीना ख़तम कर वह अड्डे के मैनेजर से हंसकर बोला, "एक दिन की मैं छुट्टी लूंगा बहुत काम है। आज सब ख़तम करूंगा। कल से नया जीवन शुरू होगा।"

पहले वह लांग नार्थ स्ट्रीट की ओर दौड़ा। हो सकता है कि चाउ-मालिक लौटकर उसी घर में आ गए हों। जाते-जाते उसने बार-बार यही प्रार्थना की, "चाउ-मालिक घर पर हों! हे ईश्वर! चाउ-मालिक लौट आए हों! दुहाई तुम्हारी! मुझे अब और मत सताओ! पहले ही मामले में यदि धक्का खाऊं, तब तो कुछ नहीं कर सकूंगा! खुशी तो बिल्कुल ही बदल गया है, हे स्वर्ग के देवता! तुम्हें क्या अब भी दया-माया नहीं होगी? तुम लोग क्या मुझे नहीं बचाओगे?"

चाउ-परिवार के मकान की घंटी बजाते हुए उसका हाथ कांप उठा। कौन आकर दरवाज़ा खोलेगा, क्या पता? छाती धड़क रही है, कलेजा मानो छिटक कर बाहर आना चाहता है। यह परिचित दरवाज़े के सम्मुख खड़ा रहा। पहले की बात याद तक नहीं आ रही। वह सिर्फ़ सोच रहा है। कोई ऐसा आदमी आकर दरवाज़ा खोल दे जिसका चेहरा देखते ही वह पहचान ले। बहुत देर तक वह खड़ा रहा। एक बार उसे ऐसा लगा कि इस घर में कोई नहीं रहता। ख़ाली मकान हुए बिना ऐसा निर्जन क्या हो सकता है? हठात् भीतर से एक आवाज़ सुनी गई। खुशी चौंक उठा। वह मानो एक ऐसा आदमी हो, जो अपने दोस्त के मृत शरीर का पहरा दे रहा हो, हठात् शव के भीतर फुसफुसाहट की आवाज़ सुनते ही चौंक गया हो! दरवाज़ा इस बार खुल रहा है, चटखने और कुंडी खोलने की आवाज़ आ रही है। किसी का स्वर भी जैसे उमड़ आया, अत्यन्त घनिष्ठ, अत्यन्त ही अन्तरंग यह स्वर है, "अरी दैया! तुम हो!" काउ-मा आकर खड़ी हो गई।

"तुम अचानक यहां कैसे ? इतने दिनों तक तो तुम्हारी गन्ध भी नहीं लगी? इतने रोगी कैसे हो गए?"

खुशी ने आंखें उठाकर देखा, काउ-मा खासी मोटी हो गई है। "मालिक हैं क्या?" खुशी ने पूछा। दो घड़ी बात करने की उसे फ़ुर्सत नहीं।

"हां, घर पर ही हैं। तुम तो अच्छे आदमी निकले महाराज! आते ही मालिक-मालिक करना शुरू कर दिया। क्यों, मेरे साथ तुम्हारी जान-पहचान नहीं है क्या? तुमने तो एक बार पूछा तक नहीं कि मैं भली-चंगी हूं भी या नहीं! आओ-आओ! हां, इतने दिन मज़े में रहे न खुशी?" बोलते-बोलते काउ–मा उसे भीतर ले गई।

"नहीं।" खुशी ने मुस्करा कर उत्तर दिया।

"यह क्या! क्या बात हुई? मालिक ?" घर के बाहर से काउ–मा ने पुकारा, "खुशी आपसे भेंट करने आया है।"

श्रीयुत चाउ अपने पढ़ने के कमरे से नर्गिस के फूलों के गमले धूप में रख रहे थे, "आओ, भीतर चले आओ!"

"जाओ, भीतर जाओ! लौटकर आने पर बातें होंगी। मैं चलूं, मालकिन को ख़बर दे आऊं। हम लोग हमेशा तुम्हारी चर्चा किया करते थे, छोकरे का क्या हुआ! इस तरह आंखें फाड़ कर देख क्या रहे हो? भोले आदमी को सभी चाहते हैं।" काउ–मा बकते-बकते चाउ-मालकिन के कमरे की तरफ़ चली गई खुशी इस बार घर में घुसा।

"मालिक, मैं हूं!" उसने सोचा कि पूछो मालिक का शरीर कैसा है, पर उसके मुंह से बात ही नहीं निकली।

"अरे, आओ, आओ!" श्रीयुत चाउ–घर के बीच में खड़े हैं, उनकी देह पर एक चादर है, मुंह पर प्रशान्त हंसी है, "बैठो! हां..." पता नहीं क्या उन्होंने सोचा, उसके बाद बोले, "हम लोगों को लौटे तो बहुत दिन हो गए। बूढ़े चेंग से मालूम हुआ था कि तुम 'मानव मिलन' में ही हो । एक दिन काउ–मा को वहां भेजा भी था, पर तुम्हें वह नहीं पा सकी। अरे, बैठो, बैठो! तब कहो, कैसे रहे? काम-काज मज़े में चल रहा है न?"

खुशी को रो पड़ने की इच्छा हुई। अपने अन्तर में उसने कितनी मर्म कथाएं छिपा रखी हैं, कौन जाने? ये सब कथाएं ख़ून से बनी हैं। लोग इन्हें नहीं समझ सकते। काफ़ी देर तक वह चुप लगाए। रहा। उसने अपनी सरल बातों का प्रवाह उड़ेल देना चाहा, इतने दिनों का बांध तोड़ देना चाहा। एक भी बात वह भूला नहीं है। लाल निशान की तरह ही उसकी स्मृतियों में वे उज्ज्वल हैं। एक भी बात याद आने पर निशान की तरह सारी स्मृति मानो उसकी आंखों के सम्मुख नाच उठती है।

पर चाउ–मालिक के सामने इतने उलझे रूप में वह नहीं कह सकता। धीरे-धीरे, सोच-सोचकर कहेगा, एक के बाद एक घटना अपने मन में सजा लेगा। एक जीवित इतिहास ही वह कहने जा रहा है। इसका अर्थ वह नहीं जानता, पर तिल-तिल कर उसकी दु:ख-दुर्दशा से ही यह कहानी निर्मित हो पाई है। ये दु:ख-दुर्दशा ही तो उसके जीवन के चरम सत्य हैं, यहां तनिक भी धुंधलापन नहीं।

श्रीयुत चाउ समझ गये कि खुशी पुराने दिनों की बातें याद कर रहा है। वे चुपचाप बैठे रहे। कब उसके मुंह से आवाज़ निकलेगी, क्या ठिकाना। खुशी गूंगे के समान बैठा रहा। सहसा एक बार सिर उठाकर उसने श्रीयुत चाउ की ओर देखा। यदि कोई सुनना नहीं चाहता है, तो उसे भी बोलने की इच्छा नहीं होगी, ऐसा ही मानो उसका अभिप्राय हो।

"बोलो खुशी, तुम क्या कहना चाहते हो?" श्रीयुत चाउ इस बार बोले।

खुशी अपने जीवन की सारी घटनाएं सुना गया। पहले-पहले जिस दिन गांव से शहर में आया था, वहीं से उसने शुरू किया। इन सब फालतू बातों को बोलने की उसकी इच्छा नहीं थी, पर बिना बोले नहीं

रह सका। तब तो उसकी कहानी अधूरी रह जाएगी! उसकी स्मृति पर दुःख की छुरी ने दाग़ काट-काट कर यह कहानी लिख दी है। कहते समय वह कुछ भी छोड़ नहीं सका कहीं पर भी किंचित विद्रूप का आभास देखने को नहीं मिला। उसके पसीने की प्रत्येक बूंद रक्त चूस कर घटनाओं का यह स्रोत चलता रहा है, इसे वास्तविक रूप तो देना ही होगा।

उसने सचमुच ही वास्तविक रूप दिया। उसकी कहानी में चित्र-पर-चित्र जैसे सजीव होते गए। शहर में आकर वह श्रमिक हुआ। रुपये जमा करके उसने रिक्शा ख़रीदा, उस रिक्शे को उसने खो दिया, इसके बाद काफ़ी दुःख-दुर्दशा भुगत कर वह इस हालत तक पहुंचा है। वह स्वयं अपनी शक्ति पर अवाक रह गया। इतने स्वाभाविक ढंग से वह भी बातें कह सकता है। घटनाएं एक पर एक मानो दौड़ती आ रही हों, इतनी सजीव हैं वे! और वे अपनी बातें स्वयं ही कह जाती हैं। पंक्ति के बाद पंक्ति आ रही है, आशा, आनन्द निराशा और आंखों के पानी का द्रुत आवागमन चल रहा है। अतीत की इस सजीव भीड़ को रोक सकने की सामर्थ्य उसमें नहीं। बातों के समाप्त होने पर भी वे मानो रहेंगी, उसके चारों ओर घूमेंगी। बोलते-बोलते खुशी की छाती का भार थोड़ा हल्का हो गया, वह खुश हो उठा। वह अपने को भूल ही गया। उसकी प्रत्येक बात जैसे उसका अपना ही एक अंग हो, उसकी पीड़ित, पतित आत्मा का एक संकोच रहित निवेदन हो। कहानी ख़तम हो गई। उसके ललाट से पसीना चू रहा है। छाती बिल्कुल ही हल्की हो गई है, हृदय शान्त और हल्का हो गया है। जैसे अब तक वह अचेतनावस्था में था, अब चेतना पाई है, आंखें खुली हैं।

"शायद तुम हमसे सलाह लेने आए हो?"

खुशी ने गर्दन हिलाई। जो कुछ कहना था, उसने कह दिया। अब और कुछ बोलने की इच्छा नहीं होती। "अच्छा, पर जासूस वाले मामले को मैं तुम्हें पहले बता देना चाहता हूं। अभी तक शायद इसे तुमने ठीक से नहीं समझा है। मैं जब चला गया, तो तुम.....। हां, क्या बात हुई, यह सुनो। विश्वविद्यालय की दो-एक कक्षाओं में मैं पढ़ाता हूं। डयान सिंग नामक वहां का एक विद्यार्थी मेरे पास अपनी पढ़ाई के सिलसिले में कुछ पूछने आया करता था। लोग मुझे सोशलिस्ट जानते हैं। ओह। मैं तो बिल्कुल भूल गया कि इन सब बातों को बिल्कुल साफ़ तौर पर समझाए बिना तुम कुछ भी नहीं समझोगे! सोशलिस्ट लोग यह विश्वास करते हैं कि जमीन, कारखाना सब साधारण लोगों के लिए होंगे, उनके मुनाफे में साधारण जनता को भी हिस्सा मिलेगा। कुछ गिने-चुने मुनाफाखोरों के हाथ में यह सब रहने से वे ग़रीबों को चूसकर सिर्फ़ रुपये जमा करेंगे। गाड़ियां ख़रीदेंगे, पकवान उड़ाएंगे। इधर ग़रीब जनता भूखों मरेगी। क्यों समझे न?"

खुशी ने स्वीकृति में सिर हिलाया। उस छात्रा की बात उसे याद आई। उसे चिंगहुआ पहुंचाने जब वह जा रहा था तब छात्रा ने ऐसी ही कुछ बातें बतलाई थी, पर दुनिया में यह सब कभी नहीं होने का, इतना वह जानता है। "वह डयान सिंग छोकरा अपने को मुझसे भी बड़ा सोशलिस्ट ज़ाहिर करने लग गया। अत: उसके साथ प्रायः मैं वाद-विवाद करता, पर वह चूंकि छात्र था, और मैं उसका अध्यापक, इसलिए ये तर्क-वितर्क झगड़े तक नहीं पहुंचता। अध्यापकों का तो ये कर्तव्य ही होता है। कि अपने छात्रों को पढ़ने-लिखने की प्रगति से वे परिचित रहें। मेरे साथ हेल-मेल पैदा कर कोई अपनी पढ़ाई में फांकी दे, यह मैं कभी नहीं चाहता।"

खुशी कुछ समझ नहीं सका। चाउ–कर्ता को वह श्रद्धा करता है, इसलिए सुनने का आग्रह दिखा कर बैठा रह गया। वह समझ नहीं सका कि जासूस सान के साथ डयान सिंग का क्या सम्बन्ध है।

श्रीयुत-चाउ ने यह बात ताड़ते ही कहा, "डयान सिंग की बात क्यों कह रहा हूं, अभी ही समझ जाओगे," उन्होंने फिर कहना शुरू किया, "कुछ ही दिनों के भीतर मैं यह समझ गया, डयान सिंग का

मत हमारे मत से बिल्कुल उल्टा है। वह जो कहता है स्वयं ही उस पर विश्वास नहीं करता। सबसे वह काबिल है, सिर्फ़ यही बात दिखलाने के लिए वह बड़ी-बड़ी भूमिकाएं बांधता है। क्लास की पढ़ाई की ओर भी उसका ध्यान नहीं। मेरे साथ उसने इसलिए हेल-मेल नहीं बढ़ाया था कि बड़ी-बड़ी बातें करने की सुविधा पाएगा बल्कि इसलिए कि अपने इम्तहान में चाहे जो भी वह कूड़ा-कर्कट क्यों ने लिखे, मैं उसे पास का नम्बर दे दूंगा। मुझे तो लगता है" श्रीयुत् चाउ का मन कुछ क्षणों के लिए अपनी चिन्ताओं में खो गया "वह यही सोचता कि देश की अराजकता का सुयोग पाकर जो सब नेता उठते हैं, वे कई दृष्टियों से अपदार्थ ही होते हैं। मैंने इतिहास पढ़ा है, अत: इससे परिचित होकर अवश्य ही मैं उसे इम्तहान में फेल नहीं करूंगा। वह भी तो एक उदीयमान 'नेता' है! उसके दृष्टान्त भी अनेक थे। लिखने-पढ़ने की बात उठने पर वह कहता, "कौन ऐसा जगत प्रसिद्ध व्यक्ति है जो अपने स्कूल जीवन में गधा नहीं रहा, कहिए तो ?"

"जब इम्तहान आया तो मैं अपने विषय में उसे पास का नम्बर नहीं दे सका। और भी दूसरे विषयों में इसने इतना खराब किया था कि मेरे पास नम्बर देने से भी वह दूसरी श्रेणी में उत्तीर्ण नहीं हो सकता था। फिर भी मेरे ऊपर ही वह ग़ुस्सा हुआ, मानो मैंने ही उसे पास होने नहीं दिया। लड़कों के सामने उसे मुंह दिखलाने लायक नहीं रखा। मान बचाए रखना भी तो विप्लव के समान ही एक जरूरी चीज है।" श्रीयुत चाउ हंसे।

"उसने सोचा कि मैं उसके ऐसे एक छात्र को नहीं समझ सका! मेरे साथ उसका सम्पर्क इतना अच्छा रहा और मैं ही इम्तहान में उसके फेल होने का कारण हुआ। वह अब विद्यार्थियों में यह प्रचार करने लगा कि मेरी नस-नस में शैतानी भरी है कि मैं विश्वासघाती हूं।"

"यदि मेरे पास कर देने से ही वह विश्वविद्यालय में टिक जाता, तो न एक बार फिर मैं उसकी परीक्षा लेता, पास भी कर देता, पर उसने पढ़ाई-लिखाई छोड़ दी। समाज-व्यवस्था बदलने में वह प्राण–पन से लग गया। अब उसे पढ़ने-लिखने की छुट्टी कहां है। वह यही कहते फिरने लगा कि समाज-व्यवस्था बदलने की ही चेष्टा करेगा, पढ़ाई-लिखाई चूल्हे में जाए वह जाने कैसा काहिल भी हो गया, पर बिना परिश्रम के मान-मर्यादा बचाने की फिक्र में रहने लगा। सोशलिस्ट कितने व्यक्ति हैं, कहो तो'? हां, जब उसने देखा कि विश्वविद्यालय में अब और किसी तरह वह नहीं टिक सकता, तब मेरे ऊपर ही उसका सारा गुस्सा पड़ा। वही मानो एक ऐसा व्यक्ति हो, जिसे रुपयों के लिए किसी ने बन्दी कर रखा हो, पर इस हालत में अपनी मुक्ति के रुपये जुटाने के लिए वह किसी भागीदार की खोज में व्यस्त हो। उसने सोचा कि वह तो विश्वविद्यालय से जाएगा ही, मुझे भी साथ ले डूबेगा। सरकार या समाज-व्यवस्था के सम्बन्ध में मैंने जो सब बातें क्लास में कही थीं, उन सब बातों में नमक-मिर्च लगा कर अधिकारियों के कान तक वह पहुंचाने लगा। उसने यह भी कहा कि मुझ जैसे उग्र वामपन्थी को विश्वविद्यालय में पढ़ाने देना बिल्कुल अनुचित है। मैं भयंकर मतों का प्रचार कर लड़कों के दिमाग़ ख़राब कर रहा हूं। बाद में जब मुझे यह सब मालूम हुआ, तब एक अफ़वाह मेरे कानों तक पहुंची थी। मैंने मज़ाक़ में उसे उड़ा दिया। मज़ाक़ की बात ही है। अन्त में उन्होंने मुझे क्रान्ति का अग्रदूत घोषित कर दिया। ऐसी बात क्या सचमुच कभी विश्वास करने लायक है? मेरे साथ जो काम करनेवाले थे उन्होंने तथा कुछ छात्रों ने भी मुझे सवाधान रहने को कहा।

श्रीयुत चाउ ने सब कुछ कहा, सिर्फ़ एक बात ही उन्होंने जानबूझकर नहीं कही कि समाज तन्त्रवाद के सम्बन्ध में उनको धारणा नितान्त ही उथली-उथली है, उन्होंने जिस सौन्दर्य की अनुभूति

की है, वह सौन्दर्य उन्हें क्रान्तिकारी होने नहीं देगा, पर उन्हें यह सीख मिली कि स्वयं निर्दोष रहने पर भी अभियान अराजकता के बीच शान्त मन ही ख़तरे से बचने का एकमात्र उपाय है। कितना ग़लत उन्होंने सोचा था!

खुशी से वे कहने लगे, "शीत की छुट्टी में ही खुफिया पुलिस शिक्षा-विभाग को ठंडा करने का अवसर ढूंढते हैं। वे अनेक प्रकार से भेद लेते हैं, खानातलाशी लेते हैं। मुझे हमेशा लगता जैसे कोई मेरे पीछे लगा हुआ है। अपने पीछे की इस छाया का अन्दाज पाते ही मैं सावधान हो गया। तब तो सचमुच ही मज़ाक समझ कर उड़ाने की बात नहीं है। मैं इस समस्या पर सोचने भी लगा। सफलता पाने का यही तो अच्छा मौका है। बम फेंकने या और भी ऐसे कुछ काम करने की अपेक्षा कुछ दिन जेल हो आना कहीं सहज है," श्रीयुत चाउ पुनः मुस्कराए, जेल जाते ही प्रसिद्धि का रास्ता खुल जाता है।

खुशी भी मुस्कुरा पड़ा अब बात कुछ-कुछ उसकी समझ में आई। चाउ–मालिक के यहां से जाने के बाद कई बार वह जेल हो आया है। अवश्य ही प्रसिद्धि वह नहीं कमा सका, पर जेल जाने से कुछ दिन मज़े में कट जाते हैं, यह बात वह जानता है।

"पर इतने सस्ते में बाज़ी मात करना नहीं चाहता। सरकार की तरह आंखमिचौली खेलना मैं पसन्द नहीं करता। खुफिया की आंखों में धूल झोंककर नाम कमाने की भी तब काफ़ी सुविधा थी, पर मैं ऐसा नहीं कर सका।" श्रीयुत चाउ जो बातें कह गए उनके पीछे एक गंभीर मानसिकता छिपी थी। वे सचमुच ही क्रान्तिकारी नहीं हैं, इसलिए वे अपने को घृणा करते हैं और साथ ही नकली क्रान्तिकारी होना भी वे नहीं चाहते।

"अपने दोस्त चो के पास जाकर मैंने सलाह ली। चो ने उपाय बतला दिया। उसने कहा कि जब कुछ मामला बेढब नज़र आए, तो मेरे घर में चले आना। मेरा घर वे तलाश नहीं करेंगे। चो के बहुत से हित-मित्र हैं, और उनके दोस्त कानून से कहीं ऊपर हैं, यह बात तो तुम अवश्य जानते होगे। उन्होंने मुझसे कहा कि तुम यहां आकर कुछ दिन रहो, तब सरकार इससे समझ जाएगी कि तुम डर गए हो। चो ने अक्लमन्दी की बात बतलाई, इसके बाद उनके पास जाकर रफ़ा-दफ़ा कर देने से ही मामला ठीक हो जाएगा। हो सकता है कि इसमें कुछ रुपए भी खर्च हों एक तो यह सुनकर वे खुश होंगे कि तुम भयभीत हो गये हो, दूसरे नकदनारायण पाने पर तो कोई बात ही नहीं। इसके बाद तुम घर लौट जाना। देखोगे, कुछ नहीं होगा।

"मुझ पर दृष्टि रखने का भार जासूस सान पर था। उसने प्रायः ही मुझको चो के घर जाते देखा है। वह समझ गया था कि इस धक्के से मैं चो के घर चला जाऊंगा, पर चो के घर चले जाने पर फिर तो उसकी दाल नहीं गल सकती थी, मुझ पर वह हमला नहीं कर सकता था। इसके अलावा हमें डरा देने का शायद उसका उद्देश्य था। चाहे जो हो, बिना चो के घर तक भगाए मुझसे एक पैसा भी वे नहीं वसूल सकते, यह बात वे जानते थे। अतएव इसी हिसाब से उन्होंने काम किया। मेरे कुछ रुपए खर्च हुए। डरकर मैं शंघाई चला गया। वहां कुछ महीने मैंने बिताए, पर डरने की सचमुच कोई वैसी बात नहीं थी।"

खुशी सान पर गुस्से में लाल हो उठा, "वह तो मेरे रुपये छीन ले गया?"

श्रीयुत चाउ ने दीर्घ नि:श्वास फेंकी, "तुम्हारे रुपये छीनने का मतलब असल में खुफिया विभाग का नहीं था, पर तुमको सामने पाकर शायद जासूस सान के दिमाग़ में यह दुर्बुद्धि आई। जब जाल में फंस ही गया, तो शिकार कैसे छोड़ दे? पुलिस में आदमी तो ऐसे मौके की ताक में रहते ही हैं। वे सोचते हैं कि जब आदमी मुट्ठी में आ गया है, तो दस-बीस डालर क्यों न वसूल लिए जाएं?"

उस दिन की बात याद कर खुशी अस्फुट चीत्कार कर उठा। उस दिन की बात वह अब तक नहीं भूल पाया, वह घटना याद आते ही रुलाई आती है।

"हां-हां, उसे यह अच्छा मौका हाथ लग गया न, इसलिए तुमसे जो हो सका, वसूल कर लिया। इसमें तुम्हारा कोई दोष नहीं। तुम्हें याद है न, मैंने ही तुम्हें घर जाने के लिए कहा था। यदि कुछ दोष है, तो मेरा है।" श्रीयुत चाउ इस बार बात पलट कर बोले, "जो बीत गया, सो बीत गया। इसके लिए तुम ज़्यादा चिन्ता मत करो। तुम तो सारी घटना जानते हो। जो गुजर गया, उसे लेकर सोचने से क्या होगा? अब यह बतलाओ कि क्या करना चाहते हो? अब भी रिक्शा खींचोगे क्या?" खुशी ने सिर हिलाया। यही वह अब भी कर सकता है। उसे छोड़ और क्या करेगा?

"जब रिक्शा खींचना ही चाहते हो," श्रीयुत चाउ धीरे-धीरे बोले, "तो दो उपाय हैं। एक रुपये जुटाकर अपना रिक्शा ख़रीदना, दूसरा भाड़े पर लेकर खींचना। क्यों ठीक कहा न? तुम्हारे हाथ में तो पूंजी नहीं होगी, तुम्हें तो रुपये उधार लेकर ही रिक्शा ख़रीदना होगा? तब जो रुपये भाड़े में चुकाना पड़ेंगे वे सूद में ही चले जाएंगे। इसलिए कहता हूं कि पहले एक रिक्शा भाड़ा लेकर ही शुरू करो। माहवारी काम में खुदरा भाड़ा खटने से कहीं अधिक सुविधा है। काम का एक समय बंधा हुआ है, इसके अलावा महीना बीतते ही महीना हाथ में आ जाता है, खुराक और रहने की जगह के लिए भी तुम्हें कुछ पैसे खर्च नहीं करने पड़ेंगे। मैं जैसी हालत देख रहा हूं, इससे मेरे मन में आता है कि तुम्हारा मेरे यहां हो चला आना ठीक होगा। मैंने अपना रिक्शा चो के हाथों बेच दिया है। न होगा एक भाड़े पर ले लूंगा तुम्हारी क्या राय है?"

"यह तो सब से अच्छा होगा, मालिक।" खुशी उठ खड़ा हुआ।

"हां, एक बात से तुम्हें सावधान कर देना अच्छा समझता हूं।" ऐसा लगा कि श्रीयुत चाउ मानो मन-ही-मन कह रहे हों, "मैं अब विश्वविद्यालय में नहीं पढ़ाता, पर डयान इस समय एक बहुत बड़ा सरकारी अफ़सर हो गया है। आजकल उसके साथ मेरी ख़ूब ही...."

खुशी के हाथ हिलाने की मुद्रा बनाते हुए कहा, "जब मालिक ही नहीं डरते, तो मैं क्यों डरने लगा?"

"अच्छा-अच्छा।" श्रीयुत चाउ मुस्कराए, "हां, अभी न छोटी लक्ष्मी के बारे में जाने क्या कह रहे थे? इस सम्बन्ध में तुमने क्या करने का निश्चय किया है।"

"मेरे दिमाग़ में तो कोई बात नहीं आ रही।"

"ख़ैर, तुम्हारी ओर से मैं ही सोच देखूंगा, इसके बाद यह तय होगा कि क्या होना चाहिए। यदि तुम अभी ही उससे ब्याह कर अलग एक घर–भाड़ा लेना चाहते हो तो, यह बात कोई सुविधाजनक नहीं मालूम पड़ती। घर का किराया, कोयला, रोशनी इन सब चीज़ों का बन्दोबस्त करने में ही तुम्हारे सारे रुपये हवा हो जाएंगे। महीने से नहीं संभाल सकोगे। एक ढंग हो सकता है। यदि दोनों के लिए एक ही घर में नौकरी का इन्तजाम हो जाए। एक ही घर में तुम रिक्शावाला बनो और तुम्हारी स्त्री नौकरानी का काम पकड़ लें, पर इस तरह की क़िस्मत बहुत कम लोगों को नसीब होती है।" श्रीयुत चाउ ने सिर हिलाया, "नहीं-नहीं, मुझे ग़लत मत समझो। अच्छा, यह तो बतलाओ कि तुमने उस लड़की से कब ब्याह करने का निश्चय किया है? उस पर क्या सचमुच विश्वास किया जा सकता है?"

खुशी का चेहरा शर्म से लाल हो उठा। कई बार सूखा घूंट निगल कर बोला, "जब कोई उपाय नहीं रह गया था, तभी न उसने वह पेशा अपनाया। मैं अपने सिर की क़सम खाकर कहता हूं मालिक, इतनी

अच्छी लड़की मैंने कभी नहीं देखी। वह....." उसके मन में सब जैसे अस्त-व्यस्त हो गया हो। उसके हृदय की भावनाएं अब तक मानो लोहे के समान कड़ी थीं, अब टूट कर टुकड़े होकर बिखर पड़ना चाहती हों। अपना वाक्य वह पूरा नहीं कह सका, ठिठक गया।

"यदि ऐसी बात हो तो," चाउ धीरे-धीरे बोले, "मामला कुछ ज़्यादा बेढब है, जल्दी में कोई सलाह नहीं दी जा सकती। एक यह हो सकता है यदि तुम दोनों को यहीं रखूं! तुम्हें तो कुल एक ही कमरा मिलेगा, पर दो आदमियों के लिए भी उसमें अच्छी तरह गुंजाइश हो जा सकती है। रहने की समस्या तो एक तरह मिटी। मैं नहीं कह सकता कि वह थाली-बर्तन धोने का काम, या इसी तरह के छोटे-मोटे काम कर सकेगी, या नहीं? यदि कर सकी तो काउ–मा को मदद ही मिलेगी। शीघ्र ही तुम्हारी मालकिन को बच्चा होने वाला है। काउ–मा के सिर तब बहुत काम पड़ जाएंगे। छोटी लक्ष्मी यदि उसकी मदद करे तो काफ़ी अच्छी बात होगी। मैं उसे खुराक दूंगा, पर महीना नहीं दे सकूंगा। क्यों, यह शर्त तुम्हें कैसी लगती है?"

"यह तो सबसे अच्छी बात होगी, मालिक।" खुशी छोटे बालक की तरह सहज भाव से मुस्कराया।

"इसके अलावा जब तक तुम्हारे चोरी गए रुपयों की क्षति-पूर्ति न हो जाए, मैं हर महीने तुम्हारे वेतन में कुछ अधिक डालर दिया करूंगा।" खुशी के चेहरे पर कृतज्ञता का ऐसा भाव फूट पड़ा कि श्रीयुत चाउ ने फौरन ही बात का रुख पलट दिया, "हां, एक बात और। उस लड़की के बारे में ही कह रहा हूं। मैं अकेले तो कुछ नहीं कह सकता, तुम्हारी मालकिन से भी एक बार पूछ लेना होगा...."

"जरूर, खुशी बोला, "मालिकन यदि देखना चाहें तो उसे ले भी आ सकता हूं।"

"हां-हां, यही करो ।" श्रीयुत चाउ हंसे, "मैं तुम्हारी मालकिन से यह बात कह रखूंगा, इसके बाद तुम किसी दिन उसे यहां ले आओ। वे यदि राज़ी हो गई, तो सब तरफ़ से ठीक है।"

"मैं अभी ही जाता हूं, मालिक!" छोटी लक्ष्मी को खुशी फौरन ही ढूंढ़ लाना चाहता हैं उसे यह शुभ समाचार सुनाना चाहता है। इतनी तो उसने कल्पना भी न की थी।

दोपहर होने के ठीक पहले ही वह चाउ–मालिक के घर से निकल आया। शीत के ये आख़िरी दिन काफ़ी मनोरम हैं। बिल्कुल सूखा हुआ दिन, उज्ज्वल नीले आसमान में एक टुकड़ा मेघ नहीं, सूर्य का प्रकाश सारे शहर में व्याप्त हो गया है, उत्ताप के साथ-साथ आनन्द की वृद्धि होती है। मुर्गें बोल रहे हैं, कुत्ते घांऊ-घांऊ कर रहे हैं, फेरीवाले आवाजें लगा रहे हैं। एक ओर का कोलाहल दूसरी ओर तक फैल रहा है। रिक्शों के ढक्कन तक खुले हैं, पीतल पर कारीगरी प्रकाश में चकमका रही है, रास्ते में ऊंट–ऊंघते हुए जा रहे हैं, मोटर गाड़ियां दौड़ रही हैं। मनुष्य, जन्तु, गाड़ी-घोड़ा, पंछी, शहर का प्रत्येक स्पन्दन मानो नया रूप बदल कर आज प्रात:काल दिखाई पड़ता है। इन कलरव के भीतर भी शान्ति की एक छाया उद्भासित है। रास्ते के निकट वाले पेड़-पौधे सिर ऊंचा कर खड़े हैं।

खुशी का लगा कलेजा शरीर से बाहर छिटक कर पंख लगा कबूतर की तरह ही नीले आकाश में उड़ जाना चाहता है। इतने दिनों से वह जो स्वप्न देख रहा था, आज वह मुट्ठी में है। काम, महीना, छोटी लक्ष्मी, सब कुछ उसने पा लिया। इतने दिनों तक लाख सोचने के बाद भी वह कुछ नहीं कर पाया था, और मज़ा यह कि आज चन्द बातों से ही समस्या का समाधान हो गया। यह तो उसने सोचा तक न था। और सुख का समय आने पर क्या आबोहवा भी बदल जाती है? शीत काल में ऐसा मनोरम दिन तो कभी देखने को नहीं मिला।

उसे ख़ूब ही प्रसन्नता हुई। उसने तुरंत बर्फ़ दिया हुआ कुछ खजूर ख़रीद लिया। खजूर कितने ठंडे हैं! क्या करे, यह आनन्द तो वह फुस से उड़ जाने नहीं देगा। खजूर में मुंह लगाते ही चेहरा बर्फ़ हो गया। दांत कटकटा उठे। अब गले से होकर पाचन संस्थान तक पहुंच रहे हैं, सारे शरीर में कंप-कंपी समा गई है। दो-तीन बार चेष्टाएं कर उन्हें आंखें मूंद कर निगल लिया। जीभ जैसे बेजान हो गई हो, पर भीतर जाने कैसा शान्त हो गया है, बहुत ही शान्त हो गया है।

जल्दी-जल्दी पांव बढ़ाते हुए वह छोटी लक्ष्मी की खोज में चला। उसके सम्मुख नाच उठा, वह सरकारी आंगन, वह कबूतर खाना, वहीं वह रहती है, उसे वह प्यार करता है। धुत.... पैर तो चल ही नहीं रहे हैं। ओह! उसके पास यदि दो पंख होते तो वह उड़ कर उसके पास चला जाता। सिर्फ़ एक बार उससे भेंट होने की देर है। इसके बाद अतीत को एक ही झटके में वह उखाड़ फेंकेगा। नई पृथ्वी पर वे दोनों रहेंगे। उसने जल्दी-जल्दी चलना शुरू किया। उसकी ताक़त मानो बढ़ गई हो। चाउ–मालिक से भेंट करने के लिए जाते समय तो वह इतनी तेजी से नहीं चला था। चाउ–मालिक उसके अन्नदाता हैं, उसके शुभचिन्तक हैं। उनकी वह भक्ति करता है, सम्मान करता है, पर छोटी लक्ष्मी को वह प्यार करता है। उसके लिए तो ताक़त थोड़ी बढ़ेगी ही!

छोटी लक्ष्मी सिर्फ़ उसकी बान्धवी ही नहीं है। उसके लिए वह अपना सारा जीवन मिटा देगा, उत्सर्ग कर देगा। मानो इन दो आत्माओं ने तुरंत ही नरक से उद्धार पाया है, दुर्दिन में वे एक दूसरे के नयनों का पानी पोंछते हुए, एक दूसरे का हाथ पकड़े हुये सामने की ओर बढ़ते जाएंगे। चाउ–मालिक की बातों ने उसे अभिभूत किया है, पर छोटी लक्ष्मी के सामने तो मुंह खोलने की भी ज़रूरत नहीं। चाउ–मालिक के सम्मुख उसने अपने जीवन की कहानी सुना दी है, पर छोटी लक्ष्मी से यह कहने की जरूरत नहीं पड़ेगी। वह उसे ऐसी बातों सुनाएगा जो सिर्फ़ उसीसे कही जा सकती हैं। वह मानो उसका जीवन है, उसे नहीं पाने पर जीवन का कोई अर्थ ही नहीं है, किसी चीज़ का अर्थ नहीं है। सिर्फ़ अपने पेट के ही लिए मेहनत करना मूर्खता है। यही मूर्खता वह इतने दिनों से करता आया, लफंगे का जीवन बिताता आया। पर यह जीवन पसन्द तो नहीं आया। इसीलिए तो छोटी लक्ष्मी को उस कबूतर खाने से छीन लाने वह चला है। वह वहां बन्दिनी है। उसे छुड़ा लाकर वह और छोटी लक्ष्मी दोनों एक बहुत बड़े घर में अपनी दुनिया बसाएंगे। बिल्कुल सूखा और झकझक वह घर होगा। दो छोटे पंछी की तरह ही वे रहेंगे। स्वच्छन्द, स्वाभाविक और एकान्त, बिल्कुल घुला-मिला होगा उनका जीवन।

छोटी लक्ष्मी बाप-भाई का संसार छोड़ उसके पास ही चली आएगी। और ज़ोरमन्त? ज़ोरमन्त तो ख्वाहिश करते ही काम का जुगाड़ कर ले सकता है, दोनों लड़कों के लिए भी काम का बन्दोबस्त हो जाएगा। वे दोनों मिलकर हिस्सेदारी में कोई रिक्शा भी तो खींच सकते हैं। छोटी लक्ष्मी के न रहने पर भी उनका काम चल जाएगा, पर खुशी का तो नहीं चलेगा। खुशी को वह चाहिए, वह उसे मिलनी चाहिए। उसके अपने शरीर, मन, काम-काज सबके लिए ही तो छोटी लक्ष्मी की उसे ज़रूरत है। छोटी लक्ष्मी को भी उसके जैसे पुरुष के बिना गुज़ारा नहीं।

जितना ही वह इस तरह सोचता रहा उतना ही उसका मन आनन्द से भर उठता, पांव भी मानो उसकी प्रतियोगिता में दौड़ने लगते। इस आसमान के नीचे, इस दुनिया में लड़कियां तो असंख्य हैं, पर छोटी लक्ष्मी के समान एक भी नहीं। ठीक जैसे उसकी ही जोड़ी मिलाने के लिए यह लड़की पैदा हुई हो। इस बीच उसने एक औरत से शादी की थी और एक को फुसलाकर उसने घायल किया है। नहीं, उसने घायल नहीं किया, वह खुद ही घायल हुआ। इनके अलावा काफ़ी छोकरियों और बुड्ढियों के साथ उसकी रातें

घनिष्ट हुई हैं। उनमें से कोई सुन्दरी थी, कोई कुत्सित थी, पर कोई उसके मन पर छाप नहीं डाल सकी। वे सिर्फ़ औरतें हैं, खिलौने, दो घड़ी उनसे मौज किया जा सकता है, पर वे घर में औरतें नहीं हैं, उसके सारे जीवन की साथिन बन सकने योग्य वे नहीं हैं।

यह सच है कि शहर में पहले-पहल जब वह आया था, तब उसके मन में यह आकांक्षा थी कि वह एक सती लड़की से ब्याह करेगा। इस दृष्टि से छोटी लक्ष्मी सती लड़की बिल्कुल नहीं है। वह तो शरीर बेचकर धन्धा कमाती है। पर लड़की को देखकर बड़ी दया आती है, उसके अलावा काम में सहायता करने वाली ऐसी कोई दूसरी लड़की नहीं मिलेगी। गांव की लड़कियां सती हो सकती हैं, पर छोटी लक्ष्मी की सी बुद्धि जो उनके पास नहीं है। लड़की की बुद्धि चौकस है। इसके अलावा अपनी बात भी तो सोचनी होगी। उसके मन में भी काफ़ी दाग़ पड़ चुके हैं। वह ही कौन अच्छा है? तब तो दोनों अच्छे मिलते-जुलते हैं। कोई किसी से ऊंची सतह का आदमी नहीं। वे मानो दो घड़े हों, दोनों में कुछ दरारें हों पर पानी अभी भी नहीं चू रहा, उन्हें आस-पास सट कर ही तो रहना चाहिए।

चाहे जिस तरफ से हिसाब लगाकर क्यों न देखा जाए, उन दोनों का मिल जाना ही अच्छा होगा। सोचते-सोचते खुशी अब वास्तविकता पर उतर आया। पहले महीने का वेतन वह एडवांस लेगा, इसके अलावा चाउ–मालिक उस चोरी चले जाने वाले रुपयों की क्षतिपूर्ति के हिसाब से कुछ देंगे। इन रुपयों के पाने पर वह छोटी लक्ष्मी को एक सूती क़मीज़ ख़रीद देगा, जूता और मोजा भी अवश्य देगा। नहला कर, नये कपड़े-लत्ते और जूते पहनाकर चाउ-मालकिन के पास ले जाकर हाज़िर कर देगा। पांव से सिर तक एकदम साफ़-सुथरी होकर, लम्बी, धबधब सफ़ेद क़मीज़ पहनकर जब वह खड़ी होगी, तब निश्चय ही वह कोई वैसी बुरी नहीं जंचेगी। उसका चेहरा, उसकी गठन सुडौल है ही, इस पर जवान भी है। चाउ–मालकिन निश्चय ही खुश होंगी, यह क़सम खाकर वह कह सकता है।

जब अपने ठिकाने पर खुशी पहुंचा, तो उसके सारे शरीर से पसीना झर रहा था। फाटक के टूटे दरवाज़े के सम्मुख जाकर जब वह खड़ा हुआ, तो उसे लगा मानो बहुत दिनों के बाद अपने पुराने मकान में वह फिर लौट आया है। टूटे दरवाज़े, गिरती दीवारें। आंगन के कूड़े-कर्कट के भीतर दो एक अधमरे कीड़ों को देखकर उसे जाने कैसी, एक तरह की प्रसन्नता ही हुई। सहसा जैसे सब कुछ उसे अच्छा लगने लगा है, पहले जब वह यहां रहता था, तो आंखें उठाकर भी इन सब चीज़ों की ओर नहीं देखता था। फाटक के भीतर घुसते ही वह छोटी लक्ष्मी के घर की तरफ बढ़ गया। सांकल बजाना या पुकारना उससे पार न लगेगा, वह सीधा घर में ही घुस पड़ेगा।

दरवाज़ा ठेल कर घर में बढ़ते ही वह दो कदम पीछे उछल आया। तख्तपोश के ऊपर एक अधेड़ उम्र की औरत पैर समेट कर बैठी हुई है। घर में आग की अंगीठी नहीं है, इसलिए एक फटे हुए लेप को अपने कन्धे तक उसने लपेट रखा है। उसके घिनौने, दो सूखे हाथ दिखलाई पड़ रहे हैं। खुशी बेवक़ूफ़ की तरह आंगन में खड़ा रह गया।

तख्तपोश पर की औरत बरस पड़ी, "क्या बात है जी? तुम कोई बुरी ख़बर ले आए क्या? कोई मर गया क्या जी? तुम्हारी अक़्ल कैसी है जी? कहना नहीं, सुनना नहीं, बेधड़क घर में घुस पड़े? किसे खोज रहे हो?" खुशी की छाती भय से सर्द हो गई। दरवाज़े की चौखट पकड़ कर उसने किसी तरह अपने को सम्हाल लिया, पर अभी भी उसने आशा नहीं छोड़ी।

"मैं छोटी लक्ष्मी को ढूंढ रहा हूं।"

"किसके बारे में कह रहे हो, यह नहीं जानती जी पर कहे देती हूं, जब कभी किसी को ढूंढ़ने जाओ तो, झटाक से दरवाज़ा खोलकर घुस मत पड़ना। कम से कम एक बार तो पुकार लिया करो, बबुआ। यहां

छोटी लक्ष्मी या बड़ी लक्ष्मी कोई नहीं है। भला चाहते हो तो भाग जाओ!"

चुप होकर फाटक के बाहर वह बहुत देर तक बैठा रहा। उसकी छाती जैसी सूनी हो गई हो। क्या करे, समझ नहीं पाया। सब जैसे भूल बैठा हो।

धीरे-धीरे उसे याद आया, छोटी लक्ष्मी का चेहरा उसके मन में बार-बार उद्भासित होने लगा। जादुई लालटेन की तरह ही मानो छोटी लक्ष्मी एक बार आती है, एक बार जाती है। वह बड़ी-बड़ी दिखलाई पड़ती है। शरीर की प्रत्येक शिरा तक दिखलाई पड़ रही है, पर इस तरह ज़िन्दगी-भर आने-जाने से भी उसका कोई मोल नहीं। आए-जाए! खुशी ध्यानस्थ व्यक्ति की तरह बैठा रह गया।

इस बार छोटी लक्ष्मी की छाया छोटी हो पड़ी, छवि धुंधली हो गई, पुनः उसकी चेतना सजग हो रही है। वह समझ गया कि कितना बड़ा धोखा उसने खाया। मनुष्य जब अपने भाग्य के सम्बन्ध में कोई अन्दाज़ नहीं कर पाता, तब वह अच्छाई ही सोचता है, चाहे वह कितनी भी असंभव क्यों न हो! खुशी ने भी मन-ही-मन सोचा, छोटी लक्ष्मी यहां से चली गई है, सिर्फ़ घर बदल दिया है उसने। उसकी दशा में शायद कोई परिवर्तन नहीं हुआ होगा। उसे अपने ऊपर ग़ुस्सा आया। उसका ही तो दोष है! वह क्यों नहीं बीच-बीच में उसे देखने आया? वह कैसी है उसकी क्यों नहीं खोज की? अनुताप का चाबुक लगते ही मनुष्य सजग हो उठता है, भूल सुधारने के लिए चेष्टा करता है। खुशी ने भी तय किया कि वह ऐसा ही करेगा। आसपास के बाशिन्दों से वह पूछ देखेगा, हो सकता है कि वह उसका पता जानते हों। वह पुनः आंगन में घुस पड़ा। इस बार एक पुराने पड़ोसी से उसकी मुलाक़ात हुई पर कोई स्पष्ट उत्तर उसने नहीं पाया।

फिर भी खुशी ने आशा नहीं छोड़ी, छोड़ नहीं सका। दोपहरी ढल गई है, अभी तक उसका खाना-पीना नहीं हुआ। खाने की इच्छा भी उसे नहीं है। ज़ोरमन्त को या उन दो छोटे भाइयों को ढूंढे पाने पर सारा मामला साफ़ हो जाएगा। रास्ते में वे कहीं न कहीं मिल ही जाएंगे, उन्हें ढूंढ़ निकालना कोई उतना मुश्किल काम नहीं। रास्ते में जो मिलता गया, सभी से उसने पूछा। गली-कूचे के कोने-कोने में, रिक्शों के अड्डे-अड्डे में, चायखानों और बस्तियों में भी, सभी जगह वह उन्हें ढूंढ़ता फिरा। उस दिन शाम तक और दूसरे दिन सारे रोज़ वह ढूंढता ही रह गया, पर कोई ख़बर नहीं मिल सकी। दूसरे दिन शाम को जब वह अपने अड्डे में लौटा तो शरीर में जरा भी ताक़त नहीं थी। तब कोई आशा नहीं रह गई थी। किस तरह आस बांधे? जो ग़रीब हैं, उनकी खोज-ख़बर कौन रखता है? वे मर जाते हैं, लोग उन्हें भूल जाते हैं, कौन कह सकता है, छोटी लक्ष्मी भी नहीं मर गई हो? और यदि वह जिन्दी भी हो, तो शायद ज़ोरमन्त ने उसे फिर बेच दिया हो। इस बार शायद पास के किसी जगह में नहीं, बहुत दूर के किसी देश में। और यदि यही बात हो, तो गह मृत्यु से भी भयंकर है।

चाउ–मालिक के घर जाने की इच्छा नहीं। मालिक को कौन-सा मुंह दिखाएगा? वह उन्हें कैसे समझाएगा कि छोटी लक्ष्मी को इतना प्यार करने पर भी वह इन कई महीनों में एक बार भी उससे भेंट करने नहीं गया। छोटी लक्ष्मी उसी की नादानी से खो गई है, बिल्कुल ही खो गई है। मालिक के घर वह नहीं जाएगा, ख़बर भेजने की भी ज़रूरत नहीं। क्या होगा ख़बर भेजकर? उसका भाग्य छिन्न-छिन्न हो चुका है, चाउ–मालिक हज़ार कोशिशों के बावजूद उसमें पेबन्द नहीं लगा सकते। पर दस रोज तक व्यर्थ ढूंढ़ने की कोशिश करने के बाद खुशी चाउ–मालिक के यहां लौटकर अपनी कोठरी में घुस पड़ा। इसी कोठरी में तो छोटी लक्ष्मी के साथ उसकी दुनिया बसने को थी। किसी से उसने कुछ नहीं कहा। काउ–मा तो इतनी बातूनी है, पर उसने भी कोई बात नहीं पूछी। शराब और सिगरेट अब उसके दोस्त हुए। सिगरेट बिना खींचे वह कैसे सोचेगा? और साथ ही बिना शराब पीए वह अपनी भावनाओं के ज्वार को कैसे दबा सकेगा?

व र्ष पुनः घूम गया। फिर उत्सव आ गया है, दिनों में गर्मी की छाप दिखलाई पड़ती है। श्रीयुत चाउ ने उत्सव के दिन खुशी को एक रोज की छुट्टी दी। इस दिन उसकी तबीयत में चाहे जो आये करे, जहां मन हो जाए। पर खुशी के मन में स्फूर्ति नामक अब कोई चीज़ नहीं रही। पहले के स्फूर्ति वाले दिन अब अपरिचित–से लगते हैं। क्या करे, यही सोचने में असमर्थ होकर वह सड़कों पर इधर-उधर घूमने लगा। मानो एक भूत हो, क़ब्रगाह का रास्ता भूल बैठा हो!

उसके मन में कैसा आंधी-तूफान मचा है, यह जानने को बेदर्द शहर उत्सुक नहीं। अपने चारों ओर उसने कोलाहल मचा रखा है। काग़ज़-पंखे के फेरीवाले अब तक शीत के कारण जाने कहां मुंह छिपाए बैठे थे, अब रास्ते पर निकल आए, पथ पर छा गए। उनके गले में रस्सी के सहारे झूलती हुई एक बड़ी थाल है, रस्सी के साथ बंधी हुई एक घण्टी टुनटुन आवाज़ कर बज रही है, पथिकों को आकर्षित कर रही है, सड़क के किनारे-किनारे फल की दूकाने सजी हुई हैं। हरे रंग के खजूर जैसे फलों का अंबार लगा हुआ है, चेरी फल का लाल रंग आंखें झलमला जाता है। झुंड-की-झुंड पीली मधुमक्खियां उड़-उड़कर बड़े-बड़े लाल गुलाब और खजूरों के ऊपर मंडराती हैं और फिर लौट जाती हैं। चीनी मिट्टी के बड़े-बड़े बर्तन, कांच के हर क़िस्म के सामान दूकान-दूकान में नज़र आते हैं। सूर्य की रोशनी आकर बिखर रही है, दूध की तरह सफ़ेद रोशनी। कन्धों पर बक्स लेकर फेरीवाले चल रहे हैं, उनमें क़िस्म-क़िस्म की मिठाइयां भरी हैं। रास्ते की दूकान-दूकान में रंग-बिरंगी चीज़ें भरी हैं।

शीत के दिनों के गन्दे मोटे कपड़े-लत्ते उतारकर लोगों ने पतली कमीज, हल्के कपड़े पहन रखे हैं। जाने कितने रास-रंग हैं, जाने कितनी बहार है! सारी सड़कें बदल गई हैं, बिल्कुल ही बदल गई हैं। मेहतर रास्तों को बुहार रहे हैं, पहले से कहीं ज़्यादा मनोयोगपूर्वक काम कर रहे हैं। सड़कों पर पानी का छिड़काव हो रहा है, धूल उठ रही है, पथिकों को झुंझला जाती है, पर इन धूलकणों के बीच ऊइल वृक्षों की झुकी हुई डालियां धुंधली नज़र आ रही हैं। रुपहले पंछी झुंड के झुंड उड़ रहे हैं। सभी अपने-अपने में मगन हैं। क्या करना चाहिए, यही सोच नहीं पाते और साथ ही यह उज्ज्वल दिन यों ही बीता जा रहा है। कैसा तो आलस्य लग रहा है, थोड़ी शान्ति भी। बार-बार सिर्फ़ जम्हाइयां उठ रही हैं। दिन ख़तम होता जा रहा है।

अनेक प्रकार के जुलुस रास्ते में निकले हुए हैं। लोगों का एक दल धान रोपने का वही पुराना गीत गाता हुआ बढ़ता जा रहा है, कोई दल विख्यात सेनापति और 'पांच बाघों की कहानी' गाता हुआ जा रहा है। कोई जुलूस शैतान को डरा देने के लिए काग़ज़ का सिंह लेकर चला है। रास्ते में एक पर एक जुलूस निकल रहे हैं, शहर के टेढ़े-मेढ़े रास्तों से होकर पहाड़ की ओर वे दौड़ रहे हैं। ढोल और घड़ियाल बज रहे हैं। चक-चक रंगे हुए बक्स, पीले रंग के झंडे कन्धों पर लेकर एक के बाद एक दल गुज़र रहा है। पुराना, खुर्राट बुड्डा पीकिङ्ग मानो फिर से नए उत्साह में मतवाला हो उठा है। जनता के हृदय में उद्दीपन आया है। वे चल रहे हैं, गीत की ध्वनियां गूंज रही हैं, धूल उड़ रही है, प्रत्येक बौद्ध धर्मावलम्बी को इस पृथ्वी की पाप–कहानी सुना जाती है। जो जुलूस के साथ चल रहे हैं, जो खड़े होकर देख रहे हैं सभी के मन में एक उष्ण अनुभूति घनीभूत हो उठी है, उत्तेजना और धर्मविश्वास दिखलाई पड़ रहा है। ये पाथिक हो-हल्ले, ये कर्म-धर्म सभी तो संस्कार के परिणाम हैं। जो मूर्ख होते हैं। वह इस पार्थिव भाषा में अपने को प्रताड़ित करते हैं, भूले रहते हैं। रंगों का वैचित्र्य, शब्दों का कलरव, ये धूल भरे रास्ते, सभी मानो प्रत्येक मनुष्य के लिए नई प्रेरणा ला रहे हैं, उनकी दृष्टि आकर्षित कर रहे हैं। अब जो पहाड़

जाने वाले थे, वे चले गए, जो मन्दिर में जाने वाले थे वे मन्दिर में गए। जो फूल देखने निकले हैं, वे सद्यः प्रस्फुटित फूलों की गन्ध सूंघते हुए घूमने लगे और ऐसे हज़ारों आदमी, जो इस भांति अपना समय नष्ट नहीं कर सकते, वे थोड़ी देर तक खड़े-खड़े इस उत्तेजना को देखते रहें, भगवान बुद्ध की याद ही बार-बार उनके मन में आती रही।

चारों ओर स्फूर्ति, उत्तेजना, शब्द और रंगों का समारोह है। दक्षिण और उत्तर समुद्र के शान्त जल पर, उइल वृक्षों की घनी छाया में, नौका बांध कर प्रेमी-प्रेमिका बैठे रहे। कोई जंगल में ही लेटकर पड़ रहे, प्रेम के गीत गुनगुना कर गा उठे, बहुत-बहुत दिनों के प्रेम गीत! इस अलस अवस्था में शरीर एक दूसरे पर झुका कर उन्होंने परस्पर चुम्बनों का आदान-प्रदान किया, आंखों में आंखें डालकर वे एक दूसरे को देखते रहे। आंखों की दृष्टि ने यह प्रकट कर दिया कि वे क्या चाहते हैं.... और देह? देह की तब मानो प्रथम सिहरन शुरू हुई है।

'स्वर्ग पुल' के निकट एक मेहराब बांध कर खुली हवा में एक चायख़ाना तैयार किया गया है। सफ़ेद कपड़े बिछाये हुए टेबुलों पर भीड़ है, इधर-उधर दो-एक देहाती छोकरियां दौड़-धूप कर रही हैं। संभ्रान्त लोग और सुसंस्कृत एवं सुरुचिवाले बुद्धिवादी व्यक्ति सरकारी उपवन की ओर जा रहे हैं, वह उपवन कैमेलिया और पियोनी से आच्छादित है। वे धीरे-धीरे फूलों के बीच घूम रहे हैं हाथ में पंखे से शरीर को आराम पहुंचा रहे हैं। बड़े घर की औरतों और पश्चिमी दक्खिनी नाचवालियों की ओर आंखें बचाकर देख रहे हैं। बीच-बीच में रास्ते पर गाड़ियां दौड़ती नज़र आती हैं। उन गाड़ियों में बड़े घर की औरतें या प्रसिद्ध नाचवालियां दिखलाई पड़ती हैं। उनकी सज-धज में आज वैसी बहार नहीं। सीधे-सादे कपड़े उनके शरीर पर हैं, सिर्फ़ शरीर की प्रत्येक रेखा तंग कमीज के भीतर से फूट पड़ी है। बड़े घर की औरतों ने अपनी देह-सुषमा दिखलाने का आज एकान्त सुयोग पाया है।

ग्रीष्म के प्रारम्भ की गर्मी देवताओं का आशीर्वाद है। पुराने शहर का सौन्दर्य उसने प्रस्फुटित कर दिया है। पीकिङ्ग साधारणत: ऐसी नगरी है मानो अफ़ीम के नशे में तन्द्रा ले रही हो, पर इसी समय उसकी चेतना जगती है। दु:ख-दुर्दशा, दुर्घटना सभी कुछ भुला कर अपनी क्षमता ज़ाहिर करने के लिए जैसे सिर ऊंचा उठा कर वह खड़ी होती है। हज़ार-हजार लोगों पर जादू कर उन्हें स्वप्नों के राज्य में लाकर छोड़ देती है। दुःख दुर्दशा छाती में छिपा, मृत्यु का शोक भुला वे इस महानगरी की वन्दना करते हैं। वह कुत्सित है, दुर्गन्धमयी है, फिर वह सुन्दरी भी है, युवती भी है, शाश्वत भी है। फिर वह जीवनमयी है। हास्यमयी है, वह हताशमयी है, साथ ही शक्ति का प्रलेप छिड़कनेवाली भी है। ऐसी ही तो पीकिङ्ग है, विस्तीर्ण पीकिङ्ग अनुकरणीय पीकिङ्ग! यही तो महानगरी पीकिङ्ग है! इसे बिना प्यार किए तुम से रहा नहीं जाएगा।

आज भी शायद खुशी पीकिङ्ग छोड़ने की बात नहीं सोच सकता था, पर उसका मोह टूट गया है, इस महानगरी का जादू अब उसे और बांध सकने में असमर्थ है। दूसरी स्थिति में, इस उत्सव के दिन, वह छोटे बच्चे की तरह आनन्द से नाच उठता, पर आज वह उदासीन है, क्लान्त है वह।

भोर का प्रकाश अब भी प्रखर नहीं हो पाया था कि ऐसे ही समय एक परिचित आदमी से उसकी भेट हो गई। यह आदमी टूटू का दादा था। बूढ़े ने रिक्शा खींचना छोड़ दिया है। उसका चेहरा, उसकी जीर्ण-शीर्ण पोशाक देखने से ही मालूम होता है कि उसकी हालत पहले ही से भी बुरी हो गई है। उसके कन्धे पर उइल काठ का एक बक्स है, उसके साथ ही चाय की एक बहुत बड़ी केतली भी झूल रही है, और पीछे एक टूटे बक्स में कुछ पीठे और मिठाइयां हैं। खुशी को वह अब तक नहीं भूला है। देखते ही पहचान गया।

बातचीत के सिलसिले में खुशी को यह मालूम हुआ कि आज से छः महीने पहले टट्टू मर गया, बूढ़े ने अपना रिक्शा बेच दिया है और अब केक, फल और चाय बेच कर ही किसी तरह ज़िन्दगी गुज़ार रहा है। रिक्शे के प्रत्येक अड्डे में वह फेरी लगाता है। बूढ़ा अब भी वैसा ही है, पीठ और भी कुबड़ी हो गई है, आंखों में थोड़ी भी हवा लगने से पानी निकल आता है, आंखें जैसे रोते-रोते फूल उठी हों। खुशी ने उससे एक प्याली चाय लेकर पी। इसके बाद दो-चार शब्दों में अपने दुःख की बात कह सुनाई।

"ओह! तुमने सोच रक्खा था कि अपनी चेष्टा से कुछ करोगे?" बूढ़ा बोला, "इसमें तुम्हारा क्या दोष है भैया! हम लोग सभी इसी तरह तो सोचते है, पर क्यों, मैं कुछ कर सका? जब पहले-पहल रिक्शा खींचने निकला था, तब शरीर काफ़ी लम्बा और मज़बूत था, मन में जाने कितनी आशाएं थीं, पर हुआ क्या? इस उम्र तक खटना पड़ रहा है, भटकना पड़ रहा है। मैंने क्या किया है, यह तो अपनी आंखों से ही देखकर तुम समझ सकते हो, भैया! तुम्हारे शरीर में ताक़त है! पर ताक़त से क्या करोगे जी? लोहे का आदमी होने पर भी इस शैतान के फन्दे में पड़ जाने पर फिर निकल सकते। तुम अच्छे आदमी हो? इससे ही क्या होगा रे भाई!"

"जो अच्छे आदमी हैं, भगवान उनका भला करते हैं और जो बुरे हैं, वे तहस-नहस हो जाते हैं, ये सब बातें देवता या मनुष्य किसी के क़ानून में नहीं। यही देखो न, जब हम जवान थे तब कितने आदमियों की मैंने भलाई की, दूसरे के दुःख कष्ट देखकर उन्हें अपना ही दुःख-कष्ट समझा। अपने लिए जितनी मेहनत नहीं की दूसरों के लिए उससे कहीं अधिक मेहनत की, पर क्या फल निकला? कुछ भी नहीं हुआ!"

"बहुत लोगों का जीवन मैंने बचाया। बहुत डूबते हुए लोगों को नदी से निकाला, गले में फांसी लगा कर आत्महत्या करनेवाली जाने कितनी औरतों की मैंने रक्षा की, पर इन सब के लिए मुझे क्या मिला, कहो? कुछ भी नहीं! कब भूखे मर जाऊंगा, शीत में जम जाऊंगा, यह खुद नहीं जानता। ग़रीब क्या करना चाहते हैं, जानते हो? एक छलांग में स्वर्ग चला जाना चाहते हैं।

"पर कितनी दूर तक छलांग मार सकता हूं, यह नहीं जानता। तुमने कभी झींगुर की ओर देखा है? जब वह अकेला रहता है, तो चाहे वह जितना भी ऊंचा क्यों न छलांग मारे, एक नन्हा बच्चा भी उसे तागे से बांध ले सकता है। पर उस झींगुर को तुम उसके दल में छोड़ दो। देखोगे उसकी क्या तेज़ी है! बिल्कुल खेत का खेत वे सफाचट कर जाएंगे! तब उस झींगुर को रोकने वाला कौन है? नन्हा बच्चा तब क्या उसे बांध सकेगा? क्यों, मैंने ठीक नहीं कहा?

इतना अच्छा होने पर भी मुझे क्या फल मिला, देखा न! एक पोता था, उसे भी भरपेट नहीं खिला सका। वह बीमार पड़ा, उसे एक बूंद दवाई भी नहीं दे सका। मेरी गोद में सोये-सोये ही वह मर गया, और मैं टुकुर-टुकुर देखता रह गया। जाने भी दो, अब उसकी याद कर क्या होगा? चाय चाहिए?.....कौन एक प्याला चाय लेगा?....गर्म-गर्म-चाय!"

खुशी ने असली बात अब समझी। नवकर्त्ता लिऊ से प्रतिशोध लिया, यह सोचकर उस दिन मन-ही-मन ख़ूब प्रसन्न हो उठा था, आज इन बातों को तौलने पर उसने पाया कि वह कितने भ्रम में था। नवकर्त्ता, इयाङ्ग, बहू, जासूस सान, इनपर उसका श्राप कोई असर नहीं पैदा कर सकता। वह स्वयं जो इतना खटता रहा, इससे ही क्या? कोई फल उसे नहीं मिलेगा। अपने ऊपर निर्भर करने के कारण उसकी दशा उस पुरानी कहानी के झींगुर के समान ही हो गई है। तागे में वह बिल्कुल बंध गया है। पंख रहने से ही क्या होगा, उड़ेगा कैसे? खुशी अपनी अनुभूति की बात कहने ही जा रहा था कि इसी समय एक अख़बार वाला छोकरा

चिल्लाता हुआ आ धमका, "वामपन्थियों को उयान सिंग ने गिरफ्तार किया। उन्हें फांसी होगी। आज सुबह दस बजे उन्हें सारे शहर में घुमाया जाएगा।"

उत्सव के दिन सुबह में जो मौज लेने चले हैं ऐसी सनसनीख़ेज़ खबर सुनकर वे खुश ही हुए। दिन ऐसे ही नीरस बीता जा रहा था, इस ख़बर ने मानो उनमें जान डाल दी। इस तरह की ख़बर तीन-चार बार पढ़ने से भी पुरानी नहीं पड़ती। जो हो, दिन की एक सद्गति हुई! अख़बार वाले छोकरे के हाथ में पैसे पर पैसे फेकें धक्कम-धुक्का करते हुए उन्होंने इस 'विशेष फांसी-अंक को' ख़रीद लिया। बूढ़ा और खुशी जिस जगह खड़े थे ठीक उनके पास के एक दूकानदार ने इस अख़बार को दीवार में लटका दिया। उनकी शराब की दूकान नज़दीक ही है। बूढ़ा पास जाकर देखने लगा। लोगों की एक भींड वहां जम गई। "अजी ओ बड़े भाई! हम लोग तो अक्षर नहीं पहचानते। ज़रा तुम्हीं पढ़कर सुना दो न!

बूढ़ा किंचित मुस्कराया। यह बात इन लोगों ने भांप ली कि वह पढ़ना जानता है। घटना का सबसे कौतूहल उत्पन्न करने वाला अंश उसने ज़ोर-ज़ोर से पढ़ सुनाया। अख़बार का अधिक हिस्सा उयाग सिंग की सुख्याति से भरा है। संवाददाता ने उससे भेंट कर सरकार के लिए जो-जो काम उसने किए हैं, उनकी एक लम्बी सूची दी है। इन्हीं कामों की बदौलत आज उसे इतना बड़ा पद मिला है। खुफ़िया विभाग के उयाग सिंग ने ली नामक एक व्यक्ति के सहयोग से सरकार के विरुद्ध काम करने वाले एक षड्यन्त्रकारी क्रान्ति-दल को गिरफ़्तार किया है। इससे ही यह बात प्रमाणित हो जाती है कि उयाग सिंग कितने बड़े योग्य और साहसी व्यक्ति हैं। संवाददाता के विवरण के बीच उयाग सिंह का एक बड़ा फ़ोटो भी छपा हुआ है। इसके अलावा प्राणदड पानेवाले व्यक्तियों को किस-किस रास्ते रो घुमाया जाएगा, उसकी भी एक तालिका दी गई है। तालिका के भीतर इस रास्ते का नाम है, यह बात खुशी को मालूम हुई।

दस मिनट के भीतर देखते-ही-देखते उत्सुक जनता की भीड़ से सड़क भर गई। वे चीख रहे हैं, धक्कम-धुक्का कर रहे हैं। सभी इस नाटक के ज़िन्दा शैतानों को देखने के लिये उतावले हैं। औरतें चूल्हा-चक्की का काम अधूरा छोड़, टहलना छोड़, दौड़ी आई हैं, रिक्शावाले अब सवारी की खोज में नहीं घूमते, दूकानों के कर्मचारी ख़रीदारों की ओर आंखें उठा तक नहीं देख रहे, फेरीवालों ने अपनी आवाजें बन्द कर दी हैं। सभी उयाग सिंग की इस बहादुरी के उपलक्ष्य में काम बन्द कर दौड़े हुए आए हैं, सरकार के विरुद्ध षड्यन्त्र करने वाले इन व्यक्तियों को वे देखना चाहते हैं।

इतिहास में पीली पगड़ी वालों के विषय में उल्लेख मिलता है। हान वंश के राजत्व-काल के आख़िरी हिस्से में इरा गुाा नि्लनी दल का प्रादुर्भाव हुआ था। उनकी सामर्थ्य अद्भुत थी। यांग चिगेन का पतन कराया और मानचूओं के लिए रास्ता साफ़ किया। वे हत्याकांड देखना पसन्द करते थे, अपने भी हत-आहत होते थे। आज उनके वंशधरों ने मानो वही बल फिर से पाया है! राइफल की गोली से मरना तो मामूली बात है। वे चाहते हैं कि इन क्रान्तिकारियों के सिर उड़ा दिए जाएं, उनकी देह टुकड़े-टुकड़े कर दी जाए, जीते जी उनकी खाल खींच ली जाए। इन बातों को सुनना और आइसक्रीम खाना मानो एक ही बात है। आनन्द से देह सिहर उठेगी, रोमांच पैदा होगा।

इस बार अवश्य ही प्राणदंड के साथ-साथ एक और मज़े की बात है। दंड पाए हुए व्यक्तियों को शहर घुमाया जाएगा! उयान सिंग के वे सभी कृतज्ञ हुए। हां, मज़ेदार बात है। इन अधमरे बदमाशों को जब गाड़ी के साथ ही साथ पैर बांध कर ले जाया जाएगा, तब यह दृश्य देखकर उनकी आंखें सार्थक होंगी। सभी तो जल्लाद नहीं हो सकते, पर जल्लादपन का कुछ तो मजा आएगा ही!

सहसा सभी चुप लगा गये। दूर, घुड़सवार पुलिस का एक दल दिखलाई पड़ रहा है। "आ रहे हैं, वे आ रहे हैं!" कोई एक चिल्ला उठा। सहसा एक बड़े इंजन के समान ही सारी जनता एक इंच आगे बढ़ आई, इसके बाद और एक इंच, "आ रहे हैं, वे आ रहे हैं!" चिल्लाहट बढ़ गई, पसीने की गन्ध नाक में आकर लगती है! दल के दल नागरिक बढ़ आए, वे इन प्राणदंड की सजा पाए हुए कैदियों की ओर भौंचक होकर देखेंगे!

एक खुली हुई ट्रक धीरे-धीरे आ रही है। इसी के पीछे तीन आदमियों के हाथ पीठ की ओर मोड़कर बांध दिए गए हैं। वे मुंह झुकाए हुए हैं, दृढ़ता की छाप वहां है। उनकी पीठ पर काले कपड़े के विज्ञापन में उनके अपराधों की कहानियां लिखी हुई हैं। इन्हीं अपराधों के लिए वे मरेंगे। इन तीनों में एक लड़की भी है, उसकी उम्र सभी से कम मालूम पड़ती है। तीनों चुप लगाए हैं, मानो रास्ते के डरे हुए कुए कुत्ते हों। भीग कर वे तरबतर हो गए हैं। दर्शकों ने अत्यन्त निराश होकर अपने होंठ काट लिए। बस इतना ही। ऐसा दृश्य कब किसने देखा है! तीन व्यक्ति हैं, और इन तीनों में एक लड़की ही है। चूं शब्द तक नहीं करते। मुंह बन्द कर चुप्पी साधे हैं, देखो न!

सहसा भीड़ के सामने एक आदमी के दिमाग़ में एक तिकड़म आया। इन डरपोक बन्दरों को देखकर उसने थोड़ा मज़ा लेना चाहा। जनता की ओर मुंह कर वह बोला, "आओ हम लोग उन्हें थोड़ा बनाकर मज़ा लूटें।" सभी ने शरीक होना पसन्द कर लिया। थियेटर में जब शैतान, वह भयंकर सफ़ेद मुंहवाला शैतान आकर प्रवेश करता है, तब चारों ओर करतल-ध्वनि होने लगती है, सभी चिल्लाने लगते हैं, "क्या ख़ूब! क्या ख़ूब!" यह आदमी वैसी ही मजे की बात कह रहा है।

जनता चीत्कार कर उठी, "क्या ख़ूब! क्या ख़ूब!" उस धीरे-धीरे चलने वाली ट्रक पर तीन ऐसे व्यक्ति बैठे हैं जिनके हाथ-पांव बंधे हुए हैं।

"क्या ख़ूब! क्या ख़ूब!" लोगों ने चिल्ला कर उनके प्रति अपनी घृणा प्रकट की। ट्रक के भीतर के दो बन्दी आदमियों ने तो ऐसा भाव दिखलाया जैसे उन्होंने सुना ही नहीं! सिर्फ़ लड़की ने ही शायद इस चीख़ने का ग़लत अर्थ समझ मुंह उठा कर जनता की ओर देखा। उसके आनन पर दीप्ति फूट उठी है। वह उत्तेजित होकर नारे लगाने लगी। इन नारों के ही लिए वे जीवन कुर्बान करेंगे। पहले तो उसकी आवाज साफ़ सुनाई नहीं पड़ी। क्रमशः स्पष्ट होती गई, "प्रकाश की स्वाधीनता!"

"थू!" एक बुढ़िया थूक कर बोली, "इससे क्या सुविधा होगी? जहां बीस आदमियों में एक पढ़ना-लिखना जानता है, वहां फिर क्या खाक प्रकाश की स्वाधीनता! इन बेवकूफ़ों को गोली से उड़ा देना उचित है !"

"वह शायद किसी बड़े प्रकाशक के यहां काम करती होगी। प्रकाशक लोग तो लेखक और पाठक दोनों को ठग कर पैसा कमाते हैं।" एक पतला-दुबला छोकरा मजाक कर उठा।

लड़की शायद सुन नहीं पाई। वह सब कुछ भूल गई है, सिर्फ़ उसके मन में अपनी नीति के प्रति विश्वास ही सजग है। संभवत: यह नीति कल्पना के रंग में रंगी हो, पर उसके विश्वास ने उसे वास्तविकता में परिणत कर दिया है।

"जासूस विभाग का नाश हो! राजनीतिज्ञ जहन्नुम में जाएं! सरकार को उसके व्यभिचार से बचाओ!" इसी समय एक घुड़सवार पुलिस ने आकर उसे बन्दूक़ के कुन्दे से मारा, उसे, 'वेश्या' कहकर कुत्सित भाषा में गालियां दीं। वह पहले की भांति हुकूमत के विरुद्ध चिल्ला उठी, "प्रकाश की स्वाधीनता!"

बस ख़तम। घुड़सवारों का दल चला गया, वे ओझल हो गए। आवाज भी अब नहीं आ रही। अनेक

व्यक्ति उनके पीछे-पीछे दौड़े। सारा शहर घुमा 'स्वर्ग पुल' के पास पहुंचा कर जब तक वे उन्हें गोली से नहीं उड़ा देते, वे इस ट्रक के साथ-साथ घूमेंगे। दूसरों ने मज़ा लेना बन्द कर दिया। इसका स्वाद जाने कैसा विचित्र है! जाने कैसा तीतापन लिए हुए! उत्सव का आनन्द जैसे कुछ मलिन हो गया हो! जब वह खुली ट्रक और घुड़सवार पुलिसों का दल चला जा रहा था, खुशी और बूढ़ा दोनों दीवार के किनारे पुराने टूटे-फूटे स्तूप पर खड़े थे। उनके पास की ही दीवार पर अखबार का पन्ना टंगा हुआ था। उन्होंने भीड़ के नरमुंडों की ओर नज़र उठाकर देखा, पर बन्दियों के सम्बन्ध में उन्हें कोई कौतूहल नहीं हुआ। सहसा उस लड़की के सिर उठाते ही खुशी चौंक गया। खुशी पहचान रहा है। यह वही चिंगहुआ की छात्रां है। कुछ महीने पहले सवारी के रूप में जिसे पहुंचा आया था। इसी लड़की ने उस दिन पुलिस के हाथों से उसकी रक्षा की थी। उसे देखकर छोटी लक्ष्मी की याद उमड़ आई थी। खुशी का सारा शरीर कछुए की तरह सिकुड़ गया। मुंह-आंख की जो हालत हुई वह वर्णनातीत है।

बूढ़ा अपनी चाय की केतली और बक्स रखकर बन्दियों की ओर देख रहा था, सहसा छोकरे साथी का हाथ अपने कन्धे पर पड़ते ही उसने खुशी की ओर देखा। ख़ुशी कांप रहा है, कांपता हुआ हाथ उसके कन्धे पर ज़ोर से जकड़ रखा है। "वह तो अभी भी बच्ची है।" खुशी के ओठों से निःश्वास निकल पड़ी। मुंह उसने बन्द कर लिया। बूढ़े ने उसकी ओर देखा। एक ओर जनता है और दूसरी आरे खुशी है। बीच में वह खड़ा है। हवा ज़ोरों से बह नहीं रही, फिर भी उसकी आंखों से पानी टपक रहा है!'वे लोग तुम्हें भी ले जाकर मार देंगे!" खुशी के मन में जो उत्तेजना आई है, उसीने उत्तर भी दिया, "कुछ कर सकने की सामर्थ्य तो तुममें नहीं है।"

"जानता हूं।" खुशी दीवार से उठ कर लज्जा से अपना मुंह ढकता हुआ बोला। बूढ़ा उसके पास जाकर बैठ गया। वे चुप लगा कर बैठे रहे, कोई बात उनके मुंह से नहीं निकली। धीरे-धीरे भीड़ छंट गई। इसके बाद धीरे-धीरे खुशी ने उयाग सिंग और चाउ मालिक की कहानी सुना दी। चिंगहुआ की इस लड़की ने किस तरह पुलिस से बहस कर उसका पक्ष समर्थन किया था, यह कहानी भी कह सुनाई। इसके अलावा इस लड़की ने उसे कुछ और भी बातें बतलाई थीं। उनका मतलब तो वह आज तक भी नहीं समझ पाया। साथ ही एक अच्छी रकम बख़्शिश भी दी थी। "मुझे रुपयों की जरूरत है, यह कहकर ही उसने दिया!" खुशी ने अपनी कहानी समाप्त की।

"हां, समझ रहा हूं! इन्हीं सब विचारों के लिए तो वे लोग उसे गोली से उड़ा देंगे!" बूढ़ा धीरे-धीरे समझाने लगा, "शास्त्र कहता है कि सभी अच्छे होकर ही जन्म लेते हैं, इसके बाद वे बुरे निकल जाते हैं। हान लोगों के भीतर प्रकाश और अंधकार दोनों हैं। जब अंधकार ख़ूब बढ़ गया, तभी उन्होंने धन-सम्पत्ति का क़ानून जारी किया। यही बात शायद वह लड़की समझाना चाहती थी। रुपये, रुपये! रुपये बुरी चीज हैं, रुपये अंधकार है, इसीलिए न वे हमारे भीतर की सभी कुछ बुराई खींच कर दिखला देते हैं। अच्छे रास्तों को वे बन्द कर देते हैं। हम लोग जितना ही लोगों को ठगेंगे, जितनी ही चोरियां करेंगे, दूसरों को जितना ही भूखों मार सकेंगे, उतने ही ज़्यादा हम लोगों के पास रुपये होंगे! यदि ऐसा नहीं कर सकें तो हम लोगों को खुद भूखों मरना होगा। कोई भूखा रहना नहीं चाहता, भीख मांगकर खाना पसन्द नहीं करता, उनके लड़के-बच्चे भूखों मरें या भीख मांगे, यह भी वे नहीं चाहते। जिनके पास रुपये हैं और यदि वे इन रुपयों को रखना चाहते हों और भी ज़्यादा बढ़ाना चाहते हों, तो हम उनकी निन्दा नहीं कर सकते। जितने ही रुपये होंगे, वे उतने ही ज़्यादा रुपये पैदा करेंगे, और साथ ही वे निश्चिन्त रहेंगे, उनकी सामर्थ्य भी बढ़ेगी, पर जो इन रुपयों की उत्पत्ति के विषय में कुछ कहना चाहेंगे, उनका वे ख़ून कर देंगे, जेलों में ठूस देंगे। इस छात्रा ने तो यही किया था!"

खुशी को चिल्ला कर रोने की इच्छा हुई। उसे याद आया, कुछ थोड़े से रुपये नवकर्त्ता के पास जमा करते समय उसे कितनी हिचकिचाहट हुई थी, और बाघिनी के साथ उसने जो घर बसाया था, वह भी तो कुछ रुपयों के ही लिए। अब वह समझ सका है, रुपये-पैसे के मामले में इयाङ्ग-गृहिणी की भांति वह स्वार्थ पर है। वह भी तो नवकर्त्ता के रास्ते पर चल रहा था, जिन्हें वह घृणा करता था, उनके ही रास्ते पर चलता था।

"तुम उयान सिंग की बात कह रहे थे न?" बूढ़ा कहने लगा, "वह तो सरकार के हाथ का खिलौना है। वे तो इसी तरह के होंगे ही। पर जो सचमुच ही घृणा करने योग्य हैं, वह है बेटन के दाग़ वाला ली। अख़बार ने लिखा है कि इसी बच्चू ने खुफ़िया का काम कर उन दोनों छोकरों और इस लड़की को पकड़वाया है। उगान सिंग ने भी तो तुम्हारे मालिक को ऐसे ही फन्दे में डाला था, पर इस साले को तो सरकारी काम तो मिला नहीं, तीन आदमियों को पारघाट लगाने के कारण साठ डालर पुरस्कार मिला है। बाज़ार के सस्ते दर में मनुष्य के प्राण बिक रहे हैं। एक-एक आदमी के सिर की क़ीमत हैं बीस डालर!

"हां-हां वही, वह हम लोगों की तरह ही अभागा है। बच्चू को अफ़ीम की लत पड़ गई थी, दो बरस से रुपये के लिए उसने क्या नहीं किया! कुत्ते से भी अधम है बच्चू! पर दोष सब उसी का है, यह कौन कह सकता है? हज़ार-हज़ार वर्षों के परिश्रम के बाद मनुष्य जानवर की श्रेणी से कुछ ऊंचा उठा है, पर अब भी अपने भाई-बिरादरों को उन हिंस्र पशुओं के बीच फेंक देने की उनकी कैसी प्रबल चेष्टा है। यह जो इतना बड़ा शहर देख रहे हों, कितना सभ्य-भव्य और पुराना है! पर यहां अधिकांश तो हम जानवर ही हैं।"

"ओह! जानवर होते-होते थोड़े के लिए ही बच गया बूढ़े बाबा!" खुशी चिल्ला कर बोला। अपने मन में सोचने लगा, रुपये के लिए और रुपयों के अभाव में उसने क्या-क्या न किया है! थोड़े से रुपये भी हाथ में रहने से वह क्या छोटी लक्ष्मी को इस तरह खो देता। सचमुच सब पर क्या एक अभिशाप की छाया पड़ गई है? वे क्या रास्ता नहीं पाएंगे? इस अन्धकार से नहीं निकलेंगे? उससे जब इतनी बातें वह कह गया है, तब उसे सचमुच ही अपना एक शुभचिन्तक मानकर खुशी ने छोटी लक्ष्मी की सारी कहानी खोलकर शुरु से कह सुनाई।

"मुझे तो ऐसा लगता है," बूढ़ा इस मामले पर थोड़ा सोचने के बाद बोला, "दो रास्ते अब हैं। यदि ज़ोरमन्त ने उसे किसी के हाथों बेच नहीं दिया होगा, तब वह जरूर 'सफ़ेद घर' चली गई होगी। मुझे तो लगता है कि 'सफ़ेद-घर' ही वह गई है। क्यों ऐसा कह रहा हूं, जानते हो? उसकी शादी एक बार हो चुकी है, आसानी से फिर क्या कोई उसे ग्रहण करेगा? रखने ख़रीदने के समय लोग ताज़ा और नया माल अच्छी तरह परख लेते हैं। इसलिए कह रहा हूं, दस आने में आठ आना उम्मीद है कि वह 'सफ़ेद-घर' ही चली गई है। मेरी साठ साल की उम्र हुई, क्या नहीं देखा। जब किसी तगड़े रिक्शेवाले को दो-तीन दिन तक रास्ते के मोड़ पर नहीं देखो, तभी समझ लो कि या तो उसने महावारी काम पकड़ लिया है, नहीं तो 'सफ़ेद-घर' में पड़ा हुआ है। हम लोगों की हैसियत की ग़रीब-घर की लड़कियों या बहुओं को यदि गुम पाओ, तो दस आने में आठ आना उम्मीद करो कि वे 'सफ़ेद-घर' चली गई हैं। हम लोग अपना पसीना बेचते हैं और हम लोगों की लड़की-बहू अपने शरीर का मांस बेचती है! तुम उसे उन जगहों में ढूंढ़ देखो। वह वहीं गई है, यह बात मैं नहीं कहता, पर......"

"मैंने शहर की सभी जगहों में ढूंढ देखा है।"

"तुमने शायद 'सफ़ेद मैदे का बस्ता' का नाम सुना है?" बूढ़े ने पूछा।

"हां, नाम तो सुना है।"

"ख़ैर, पच्छिम दरवाज़े के बाहर जो घर है न? उसी घर की मालकिन यह 'सफ़ेद मैदे का बस्ता' है! वह शहर के सभी सफ़ेद घरों की खबर रखती है। उसके पास जाने से छोटी लक्ष्मी की ख़बर मिल सकती है।"

"अच्छा, मैं वहीं जाता हूं। शीघ्र ही रास्ते के इसी मोड़ पर हम लोगों की भेंट होगी।" खुशी एक सांस में पच्छिम दरवाज़े जाकर हाज़िर हो गया।

पच्छिम दरवाज़े के बाद ही ग्राम शुरू हो गया है, ग्राम पर ग्राम। जाने कैसा सूनापन लिए! दूर पश्चिम के पहाड़ दिखलाई पड़ रहे हैं। रेल-लाइन के उत्तर में एक जंगल है। जंगल पार होते ही उसे कुछ छोटे-छोटे घर देखने को मिले। उनकी छतें झुकी हुई हैं। उसे लगा कि शायद ये ही 'सफ़ेद घर' हों। इसी के उत्तर 'दस हज़ार जीवियों के उपवन' के पास एक जगह परती पड़ी है। चारों ओर निस्तब्धता है। वृक्ष का एक पत्ता तक नहीं हिल-डोल रहा।

इन घरों से भी कोई सुगबुगाहट नहीं आ रही। वातावरण बिल्कुल ही निस्तब्ध है। उसे अचानक सन्देह हुआ कि सचमुच ही ये सफ़ेद घर हैं, या वह भूल से यहां चला आया है! साहस करके वह बीच वाले घर की ओर बढ़ गया। दरवाज़े पर घास के पीले रंग का पर्दा लटक रहा है। वह जानता है कि इन सब घरों की लड़कियां घर के दरवाज़ों पर नंगी देह बैठी रहती हैं, ग़रीब ग्राहकों को रास्ते से बुला लाती हैं। ग्राहक पहचानते उन्हें देर नहीं लगती। सफ़ेद-घरों के पास आते ही ग्राहक वेश्या-घरों में प्रचलित एक बहुत पुरानी कड़ी गा उठते हैं। पुराने ग्राहक होने का सबूत यही है, पर आज यह एकाएक चुप्पी क्यों? सभी क्या उत्सव देखने के लिए मन्दिर में गए हैं?

इसी तरह की वह उधेड़-बुन कर रहा था कि पर्दा हिल उठा। एक औरत का चेहरा पर्दे के भीतर से झांक रहा है। खुशी चौंक उठा, चेहरे की ओर पहली बार देखने से लगता है जैसे हुबहू बाघिनी हो! वह मन-ही-मन बोला, "मैं छोटी लक्ष्मी की खोज में आया हूं। बाघिनी को पाकर तो मेरा काम नही चलेगा!"

"भीतर आओ न बेवक़ूफ़, छैले!' उस चेहरे से आवाज़ आई, नहीं, गले का स्वर बाघिनी की तरह नहीं है! पर जाने कैसा उखड़ा-उखड़ा! 'स्वर्ग-पुल' के पास जो लोग जड़ी-बूटी की ताज़ी दवाएं बेचते हैं, ठीक उनकी ही तरह।

घर में कुछ नहीं है। कुछ तख़्ते पड़े हैं और एक किनारे वह औरत पड़ी है। दुर्गन्ध के मारे घर में सांस लेना मुश्किल है। तख़्तपोश पर एक फटा तेल का सना काला बिछौना है। इस औरत के सिर के केश तक अस्त-व्यस्त हैं, लगता है, जैसे इसने मुंह नहीं धोया। उसके पहनावे में काले रंग की एक क़मीज़ है, क़मीज़ के बटन खुले हैं। नीचे एक सूती पाजामा पहन रखा है।

खुशी झुककर दरवाज़े के भीतर घुसा। उसके घर में घुसते ही उस औरत ने उसे बाहों में जकड़ लिया। उसकी कंचुकी उघड़ गई और स्तन दिखने लगे। ऐसे भारी स्तन खुशी ने जीवन में कभी नहीं देखे थे। खुशी सिर नहीं उठा पा रहा, गले में चोट लगती है यही औरत शायद 'सफ़ेद मैदे का बस्ता' है! खुशी को आनन्द हुआ, तब वह ठीक-ठिकाने पर आ पहुंचा है। उसका नाम 'सफ़ेद मैदे का बस्ता' क्यों पड़ा, यह खुशी उसके उस भारी बोझ को देखकर ही समझ गया।

पर वह सिर्फ़ इन दो सफ़ेद बस्तों के लिए भी प्रसिद्ध नहीं है। सफ़ेद घर में रह कर भी उसने अपनी आज़ादी कायम रखी है। वह किसी मुसीबत में पड़कर यहां नहीं आई, उसके अपने विचार ही उसे यहां खींच लाए थे। सुना जाता है कि उसके पांच-पांच स्वामी थे। सूअर का मांस जिस तरह भूनते-भूनते सूख

जाता है, उसी तरह वे भी सूख गए, मर गए। तब ब्याह का और झंझट नहीं कर वेश्या-घर में वह आज़ाद जीवन बिताने लगी। तभी से यहां है।

वह चूंकि आज़ाद है इसलिए लुका-छिपा कर बातें नहीं करती। 'सफ़ेद-घर' के सम्बन्ध में यदि तुम्हें किसी प्रकार की ख़बर जाननी हो, इसी के पास तुम्हें आना होगा। बाशिन्दे तो डर से कुछ नहीं कह सकते। इसलिए उसे सभी पहचानते हैं। उसके पास लोगों की भीड़ की कमी नहीं होती। लोग पर लोग आ रहे हैं, पर उससे कुछ पूछने के पहले चाय पीने के लिए तुम्हें कुछ पैसे देने होंगे, तभी वह मुंह खोलेगी। इस तरह उसका धन्धा अच्छा ही चलता है।

खुशी इन सब बातों को जानता था, अत: पहले ही उसने चाय पीने के पैसे उसके हाथ पर रख दिए। 'सफ़ेद मैदे का बस्ता' अब समझी कि वह क्यों आया है? उसने खुशी को छोड़ दिया। पहाड़ देखने की तनिक भी इच्छा होने पर जिस तरह फ़ौरन खिड़की खोलकर मुंह बढ़ा दिया जाता है, उसी प्रकार खुशी भी चट से पूछ बैठा, "छोटी लक्ष्मी नाम की किसी लड़की को यहां देखा है?" 'सफ़ेद मैदे के बस्ते' ने अस्वीकृति में सिर हिलाकर बतलाया कि वह नाम उसने कभी नहीं सुना।

खुशी ने जब छोटी लक्ष्मी के चेहरे का वर्णन किया, तो वह समझ गई। "हां जी, हां, यही तो वह लड़की है। कच्ची उम्र, सफ़ेद झकझक दांत, यही न वह लड़की है, जी? हम लोग उसे 'नन्हीं लपलप मांस' कह कर पुकारती हैं।'

"किस घर में वह है?" खुशी की आंखें चमक उठीं। उस औरत के चेहरे का भाव बदल गया, "तुम उसे नहीं देख सकते।"

"मैं उससे भेंट करूंगा ही।"

"इस समय उसकी हालत नाजुक है।" खुशी बिछावन से उछल पड़ा। क्रोध से उसका मुंह सफ़ेद हो गया है।

"तुम मुझे वहां ले चलो, नहीं तो तुम्हारा ख़ून कर दूंगा।" खुशी चिल्ला उठा।

"मैंने सोचा था......मैं.....चलो, चलो! तुम्हें ही लिए चलती हूं।" वह समझ गई कि मामला बेढब हो सकता है। रास्ता दिखाती हुई वह ले चली। सिर उसका चक्कर खा रहा है, माथे में रक्त की गति बढ़ गई है।

बिल्कुल ही कोने के घर में, ढलती दोपहर का धुंधला प्रकाश भिड़े हुए दरवाज़े के ऊपर पड़ रहा है। उसी प्रकाश में खुशी ने उसे देखा। लेटी है वह! हां-हां, वही है।

बिछावन पर झुक कर खुशी ने उसका नाम पुकार, "छोटी लक्ष्मी?"

चेहरा उसका नीरव है। मैली चादर के नीचें उसका रुग्ण शरीर दिखाई पड़ रहा है। बिल्कुल ही छोटी बच्ची की तरह उसका शरीर सिकुड़ गया है। धीरे-धीरे उसने आंखें उठाईं, दोनों ओठ कुछ अलग हो गए, सफ़ेद दांत दिखाई पड़ रहे हैं। छोटी लक्ष्मी पहचान कर मुस्कराई।

"खुशी?" उसका स्वर स्पष्ट पर क्षीण है। सांस मानों ख़तम होने को है। दूर से आती हुई फुसफुसाहट के समान ही खुशी के कानों में उसका स्वर पहुंचा। थोड़ा रुक कर बोली, "इतनी देर करके क्यों आए?"

खुशी मानो पागल हो उठा। हृदय के भीतर जाने क्या हो रहा है!

"मैं तो तुम्हें ढूंढ नहीं पाया।"

"ओह! पर साल जाड़े में यहां आई थी। छोटा भाई बुखार में मर गया, इसके बाद बाबूजी एक दिन नशे में बर्फ़ के नीचे दब गए, दूसरा भाई जाने कहां भाग गया। दफ़न के खर्च के बाद मकान भाड़ा देने के

लिए मेरे हाथ में एक पैसा भी नहीं था। कहीं ठौर पाने की भी जगह नहीं थीं। आख़िर मैं यहीं चली आई।"

"क्या बीमारी है?" खुशी ने धीरे-धीरे 'सफ़ेद मैदा के बस्ते' से पूछा।

"क्या पता! तीन दिन से तो मुंह में कुछ नहीं दिया। यह ज़िन्दगी उसे अच्छी नहीं लग रही।"

"मैं उसे लेकर जाना चाहता हूं। इस घर की मालकिन तुम्हीं हो न?" ।

"क्या बोले? बिना पैसा दिए छुड़ाकर कोई नहीं ले जा सकता। घर की इतनी लड़कियों की मालकिन तो मैं नहीं। मालिक हैं मंझले भाई कू। ओह! उनका नाम तुमने शायद नहीं सुना? वे बड़े प्रतिष्ठित आदमी हैं। पांच जिले के भीतर उनके जैसा आदमी नहीं। ख़बरदार, यह काम कभी मत करना, नहीं तो ज़्यादा दिन जिन्दा नहीं रह सकोगे।"

"उसके लिए कुछ खाने को ला दो न।"

"ओह, मेरी क़िस्मत! वह तो मुंह में एक अन्न भी लेना नहीं चाहती।"

"हां, मैं खाऊंगी।" छोटी लक्ष्मी अस्फुट स्वर में बोली।

'सफ़ेद मैदे के बस्ते' की ओर खुशी ने आग्नेय नेत्रों से देखा, "जाओ, खाना ले आओ!" वह औरत चली गई। यह लड़की, जो बिछावन पर सोई है, जो बिछावन से बिल्कुल सट गई है। हां, यही लड़की उसकी ज़िन्दगी है। वह मर नहीं सकेगी। उसे वह मरने नहीं देगा। यहां, इस दुर्गन्ध में, इस नरक में वह उसे फेंक कर नहीं चला जाएगा। वह उसे पाना चाहता है। उसे नहीं पाने पर वह ठोकर खाने वाले अन्धे के समान ही उस दाग़ वाले ली के दल में जा मिलेगा, पर उसे यदि वह अपने निकट पाए, तो दो जीवन एक किनारे लग जाएंगे।

अब भी उसकी छाती में वही वाक्यहीन आशा चक्कर मार रही है। हो सकता है कि उनके ही साथ, जो उनका नाश करना चाहते हों, विरुद्ध वह उठ खड़ा होगा। वे जाकर एक ऐसे दल में शरीक होंगे जो संसार के अन्याय के विरुद्ध लड़ रहे हैं। पर उपाय क्या है? छोटी लक्ष्मी को अपने चंगुल में रखने से उन्हें कोई फ़ायदा नहीं। वे यदि इस बात को जान पाएं कि खुशी उसे चाहता है, तब मंझला भाई कू और 'सफ़ेद मैदे का बस्ता' दोनों एक ऐसी क़ीमत बोलेंगे, जिसे वह कभी देने में समर्थ नहीं होगा। सोचते-सोचते उसके ललाट और हाथ की हथेलियों में पसीना निकल आया। मृत्यु के अलावा अब उन्हें कोई रास्ता नहीं। उसे लेकर यदि वह घर से नहीं निकल सका, तो दोनों के लिए मर जाना ही बेहतर है।

सहसा उसने सोच लिया कि वह क्या करेगा। हां-हां, अब उसे कोई बाधा नहीं पहुंचा सकता। जल्दी-जल्दी छोटी लक्ष्मी को बिछावन से उठाकर चादर से ढंक लिया, इसके बाद अपने कन्धे झुका कर वह दरवाज़े के बाहर हो गया और फिर परती जगहों को पार करता हुआ जंगल के भीतर घुस पड़ा। ग्रीष्म की संध्या। गर्मी कम होकर अब कुछ शीतलता आई है। वह दौड़ता जा रहा है, उसकी गोद का बोझ रह-रहकर हिल उठता है। छोटी लक्ष्मी बची हुई है, खुशी बचा हुआ है। अब वे मुक्त हैं, अब वे स्वाधीन हैं!

• • •